O ENIGMA DE COMPOSTELA

FOTO DA PÁGINA ANTERIOR:
O autor diante do Castelo dos Templários, em Ponferrada.

A. J. BARROS

O ENIGMA DE COMPOSTELA

Romance

O ENIGMA DE COMPOSTELA
Copyright © 2009 by A. J. Barros
1ª edição — junho de 2009

Grafia atualizada segundo o Acordo Ortográfico da Língua Portuguesa de 1990, que entrou em vigor no Brasil em 2009.

Editor e Publisher
Luiz Fernando Emediato

EM COLABORAÇÃO COM

Capa
Raul Fernanades

Projeto Gráfico
Genildo Santana/ Lumiar Design

Preparação de texto
Beatriz Castro Nunes de Sousa

Revisão
Marcia Benjamim

DADOS INTERNACIONAIS DE CATALOGAÇÃO NA PUBLICAÇÃO (CIP)
(Câmara Brasileira do Livro, SP, Brasil)

Barros, A. J.
O enigma de Compostela / A. J. Barros. --
São Paulo : Geração Editorial, 2009.

ISBN 978-85-6150-127-3
1. Ficção brasileira I. Título.

09-04634   CDD-869.93

Índices para catálogo sistemático
1. Ficção : Literatura brasileira 869.93

GERAÇÃO EDITORIAL

Administração e Vendas
Rua Pedra Bonita, 870
CEP: 30430-390 — Belo Horizonte — MG
Telefax: (31) 3379-0620
Email: leitura@editoraleitura.com.br

Editorial
Rua Major Quedinho, 111 — 7º andar - cj. 702
CEP: 01050-030 — São Paulo — SP
Tel.: (11) 3256-4444 — Fax: (11) 3257-6373
Email: producao.editorial@terra.com.br
www.geracaoeditorial.com.br

2009

Impresso no Brasil
Printed in Brazil

Para a Helena
e para o Rafael

"*Muitas vezes, à janela, nas noites de luz baça, quando*
a Terra, em redondo, parece a boca dum cesto enorme,
suspenso ao firmamento pelo aro luminoso da Via Lác-
tea, em que tudo soçobra, homens, coisas e loisas, metia
a mão no seio a procurar. Achava espinhos, remorsos,
uma que outra flor imarcescível, e a gente que aí vai,
alguma celestial e sobre-humana, da muita que eu via
andando, andando Estrada de Santiago fora."

Aquilino Ribeiro, 1922
ESTRADA DE SANTIAGO
Livraria Bertrand, Lisboa, 1956

Agradecimentos

O esforço para compor *O Enigma de Compostela* me levou a dois sentimentos conflitantes: a realização, por ter feito a obra, e a frustração, por tê-la acabado. Escrever um livro no qual a trama leva a interpretações de fatos ainda não bem explicados pela História me consumiu durante esses anos.

Saltam-me da memória momentos emocionantes que vivi no decorrer desse período, pois, mais do que escrevê-lo, vivi o livro. Foram vários anos de pesquisa e visita aos lugares citados, para um relato verdadeiro. São muitas as lembranças, como das montanhas e cavernas dos Pireneus que percorri para bem entender o drama dos cátaros. As subidas aos castelos nos altos dos morros do Languedoc, a hospedagem na Abadia de Alet, para ali escrever, na atmosfera do século IX, alguns capítulos. A pé, atravessando os Pireneus ou os montes da Galícia, muitas vezes desci a mochila das costas e sentei-me numa pedra para aproveitar o silêncio de uma sombra e registrar as sensações e impressões que me vinham. Fui até o monte Massada, em Israel, para compreender o episódio em que mais de mil zelotes se suicidaram.

Foram momentos bonitos, às vezes cansativos, às vezes tristes e às vezes alegres, que compartilho agora com o leitor.

Agradeço a ajuda de amigos que se entusiasmaram com o tema e gostaria de citá-los a todos neste meu agradecimento. Alguns me ajudaram de forma especial, como meu amigo, Dr. Alberto da Rocha, médico do Rio de Janeiro, que me presenteou com importante bibliografia sobre o Santo Graal. O Dr. Antonio Pinto, ilustre advogado de São Paulo, que fez suas críticas desde os primeiros rascunhos. Os funcionários do Museu dos Cátaros em Carcassone com suas valiosas informações. A escritora e guia montanhesa Ingrid Sparbier, autora do *Guide de les Pays Catars*, que me orientou pelas paragens do Languedoc. Os muitos companheiros do Caminho de Compostela com os quais pude trocar ideias durante as peregrinações. Os monges dos monastérios e os hospitaleiros dos albergues com sua acolhida em toda a extensão do Caminho.

Com um carinho especial, agradeço à minha esposa, Clarice, que, como eu, viveu o livro desde o início e me acompanhou em visitas a museus, bibliotecas, no Caminho de Compostela e nos castelos do Languedoc — enfim, foi ela a grande companheira que me ouviu pacientemente durante todos esses anos em que me debrucei sobre *O Enigma de Compostela*.

A. J. BARROS

LIVRO

I

A VIA LÁCTEA

CAPÍTULO 1

Os primeiros raios do sol brindavam o céu azul com uma luminosidade amarelada, naquele início de setembro, enquanto pássaros sossegados faziam longos círculos com os bicos apontados para o chão em busca de algum pequeno ser que não teria mais o direito de participar dos quotidianos festejos da vida.

O peregrino esgueirou-se por uma pequena mata e se escondeu entre as ramas de folhagens e espinheiros que sobreviviam à sombra das árvores com o pouco sol que lhes sobrava. Agia como se já tivesse estado ali antes e conhecesse a antiga trilha que acompanha a borda do precipício. Na verdade, não era bem um precipício, mas um barranco íngreme que se inclinava até o fundo do vale, onde se encontrava com o silencioso riacho encoberto pela mata ciliar.

Sabia que o homem do burrico ia passar por ali. Mandara a mulher na frente e vinha conduzindo a filha, uma menina bonita de doze anos, montada no animal. Fazia esforços imensos para não se distrair com os pensamentos que o torturavam, quando se lembrava da menina. Aquela coisinha bonita, tenra como uma folha de alface, mas já entrando na juventude, logo ia ficar à sua mercê, sozinha.

Procurava, no entanto, controlar seus instintos porque a Ordem lhe dera uma missão e tinha de cumpri-la. Conhecia a severidade do castigo quando um membro falhava. Ele próprio ajudara a supliciar alguns que não seguiram corretamente as instruções e tiveram morte horrível.

Concentrou-se e manteve os ouvidos atentos para o ruído característico dos passos do burrico, pois não tinha certeza se conseguiria vê-los através das folhagens quando estivessem chegando. O Caminho fazia uma longa e suave curva para vencer o morro até onde ele estava.

Esperava pacientemente entre os arbustos, com o enganoso cajado que tinha na base uma lâmina de ferro forte e afiada. Ninguém desconfiaria dele, porque estava vestido como um peregrino comum: bermudas, botinas, mochila e um gorro que encobria as orelhas, o pescoço, e ajudava a esconder o rosto. A vieira sobre a mochila e o cajado completavam a camuflagem de um piedoso peregrino dirigindo-se para o túmulo de São Tiago, em Compostela.

De repente, ouviu arfar um animal. Ajeitou-se com cuidado e olhou por entre os vãos das folhas. Conseguiu ver o burrico, cansado e suado, que subia o morro com sua carga, levantando para cima e para baixo a enorme cabeça, como se procurasse dar ritmo aos passos. Era o momento de sair dali e andar meio devagar como se estivesse economizando energia para subir o resto dos Pireneus, porque o normal seria estar na trilha quando o outro aparecesse.

Sentiu o animal mais próximo e, como seria natural que qualquer um fizesse, olhou de esguelha para trás e subiu a saliência do Caminho pelo lado de cima do barranco onde ficou em pé, para dar passagem, mas com a ponta do cajado escondida numa pequena touceira de capim.

Era o mesmo homem que espreitara antes: um espanhol, nos seus quarenta anos, barba curta, espessa e preta, um tipo forte, atlético; parecia mais disposto que o animal. Foi bom ter pensado em tudo com detalhes. Precisava dar a aparência de um acidente, como se o burrico tivesse se assustado com alguma coisa e caído no barranco.

Tinha de ser preciso e rápido, porque ali era passagem de peregrinos e algum deles poderia aparecer e atrapalhar o seu trabalho. Sabia, no entanto, que a maioria não usava aquele atalho, mas o homem o preferia porque levava carga e a criança. Pelo menos tinha sido esse o trajeto feito por ele no sábado anterior e por sorte não errara em ficar ali, na tocaia, saboreando por antecipação o sofrimento do outro, enquanto repassava na memória os golpes que deveria dar.

Traçara uma estratégia que julgara inteligente. Tinha de acertar o burrico, na perna direita traseira, para que ele sentisse a dor horrível e se assustasse, pondo em perigo a vida da menina. Com certeza o espanhol estaria armado, mas ficaria aturdido com a cena e, até que saísse da dúvida entre se salvava a filha ou puxava a arma, ele o atacaria.

O homem passou por ele, olhou-o com atenção e cumprimentou:

— *Buenos dias.*

Ele também respondeu em espanhol:

— *Buenos dias.*

O animal andou mais rápido, assustado com a presença inesperada do intruso, e assim abriu espaço para ele erguer o bastão e baixá-lo impiedosamente. A lâmina cortante entrou na perna direita traseira do animal, logo abaixo do joelho, quebrando-lhe o osso. O burrico deu um urro assustador, agachou-se sobre a perna cortada, tentou firmar-se de pé, mas pendeu para o lado do barranco e derrubou a menina, que desmaiou ao bater a cabeça no chão.

O homem voltou-se com rapidez e viu o peregrino avançar sobre ele com o bastão levantado em direção à sua cabeça. Tentou pegar o revólver que trazia escondido na cintura, mas não havia tempo. Levantou o braço para amparar a pancada, mas não sabia que o bastão era como uma espada afiada e, num instante, seu braço foi separado do corpo. O peregrino aproveitou o aturdimento que a dor causou na sua vítima e deu-lhe uma rasteira, derrubando-o.

O homem caiu de costas, gemendo, e, quando tentou se levantar, o peregrino o pressionou contra o solo com o pé direito sobre o peito e a ponta do bastão na sua garganta. O espanhol sabia que aquele assassino não ia ter piedade. Tentou virar o rosto para ver a filha, mas estava imobilizado por aquela arma no pescoço.

— Se quiser que ela viva, diga-me: quem é o seu chefe? Para quem você trabalha?

O assassino insistiu com rudeza, com a ponta de ferro na garganta do homem, que perguntou quase num gemido:

— Mas, quem é você? Sou um homem inocente. Não sei quem me contratou. Apenas me pagaram para seguir um peregrino. Nem sei o nome dele.

— Não é verdade. Sabemos que faz parte de uma sociedade que usurpou a insígnia dos antigos templários, mas vocês são falsos e ajudam os inimigos da Ordem. Diga quem é o seu Mestre, se quiser que a sua filha viva. Você vai morrer, mas pode salvá-la.

O homem estava estendido no chão, imobilizado com a lâmina na garganta e sentindo a dor horrível do braço cortado do qual o sangue esguichava sobre a grama.

— Não minta! Você ganha para isso. Não é um Cavaleiro do Templo e desta vez recebeu instruções especiais. Quais são essas instruções? Vamos! Diga!

O espanhol fechou os olhos e começou a rezar. Falhara na sua missão e agora sua filha e sua esposa também estavam em perigo. A mulher seguira na frente para observar o brasileiro e esperaria por ele no descanso da Virgem do Horizonte. Agora estava com medo de que esse assassino também a perseguisse. Pedia a Deus que o levasse, mas as deixasse vivas e sem perigo. Rezava para que algum peregrino passasse por ali, naquele momento, mas Deus queria dele um sacrifício maior.

O sangue continuava a escorrer das veias expostas no braço decepado, que doía terrivelmente.

— Mas quem é você? Por que fez isso comigo? Sei que vou morrer, mas não faça nada à minha mulher e à minha filha, se tem amor a Deus.

— Sou um mensageiro de Deus para vingar o que vocês fizeram contra Ele.

O pavor aumentou com o som daquela voz que parecia sair das chamas escuras do inferno e não escondia a raiva por não ter nenhuma informação. O assassino olhou para o lado e aquele corpinho, de bruços, com a saia levantada até a cintura, despertou de novo os seus instintos animalescos e, com um gesto brusco, forçou a ponta do cajado, que penetrou fundo na garganta do homem, matando-o.

Não podia perder tempo porque, apesar de ser uma curva que desviava um pouco do Caminho, havia sempre o risco de outros peregrinos passarem por ali. Arrastou o corpo até a beira do barranco e jogou-o no precipício. Livrou-se do braço decepado e cortou uns ramos para tentar limpar o chão. O burrico arrastava-se ladeira abaixo, soltando urros que ecoavam pelo vale.

O peregrino voltou para onde estava a menina e sorriu. Era bonita, quase moça, com as curvas e saliências que o faziam se lembrar das outras. Mas recebera ordens para fazer um serviço rápido e limpo. Não podia deixar o homem vivo e tinha de sair dali o mais depressa possível. Pegou-a no colo e quase não resistiu. Pensou em levá-la para o meio da mata onde não seria visto. Mas, e se ela gritasse? Alguém poderia ter ouvido o barulho do burrico. Pensou no rigor da pena aplicada àqueles que não obedeciam às ordens e pegou-a por baixo dos braços, perto dos ombros. Colocou-a entre os joelhos, apertando-a para que não se movesse. Ainda hesitava, quando, naquele instante ela abriu os olhos que se dilataram apavorados e ia gritar, mas, ele agiu rápido. Com a duas mãos enormes e calosas apertou a cabeça da menina perto das orelhas e num movimento brusco, da esquerda para a direita, quebrou-lhe o pescoço.

Estava tenso como um animal feroz encurralado e levantou-se com um grunhido. Suspendeu-a nos braços e, soltando um urro quase igual ao do burrico, como se assim enganasse os instintos bestiais que não pudera satisfazer, lançou o pequeno corpo no precipício, para que acompanhasse o pai.

Embrenhou-se na mata e desapareceu.

CAPÍTULO 2

Sentado numa pedra, no mirante da Virgem do Horizonte, no alto dos Pireneus, Maurício contemplava a paisagem que se estendia ao longe. Sinais luminosos nos picos das montanhas refletiam a luz do sol nas faces lisas das pedras. Seu olhar descia até as montanhas que o acompanharam desde lá debaixo e que agora escondiam muitas das paisagens que apreciara na subida.

Aquelas montanhas pareciam perenes, como as convicções. Algumas têm seus montes cobertos de florestas verdes como uma mensagem de esperança. Outras estão cobertas de neve e lançam seus picos esbranquiçados contra as nuvens azuis do céu como um incessante pedido de paz. Existem aquelas cujos picos secos, feitos de rochas pontiagudas e esqueléticas, desmentem com a sua nudez a ilusão das impressões.

"Sim! As montanhas são perenes, como as convicções que cada pessoa cria", pensou Maurício, sem entender direito esse seu rasgo filosófico.

Sossegados grupos de ovelhas dividiam as pastagens, guiados pelos pastores e vigiados pelos cães, enquanto aves serenas descreviam curvas mansas sob o céu. Nuvens brancas se espreguiçavam e a tranquila paisagem que se assentava sobre aqueles campos verdes perdia-se na distância.

"É isso!" pensou, "A paz dessas montanhas está me deixando piegas".

Há seis anos, sentara-se ali, naquela mesma pedra. Sua mulher estava viva, mas não quisera segui-lo. Precisava cuidar dos dois meninos, do filho e da filha, já adolescentes, que não podiam ficar sozinhos, mas o apoiara e até mesmo insistira para que fizesse a peregrinação.

Lembrou-se de que também ficara observando os pastores, cada um com o seu cão, que às vezes saía latindo para trazer de volta ao grupo uma ou outra ovelha que se afastava. Parecia uma vida agradável, a de pastor. Ali, no alto dos Pireneus, ovelhas, cães, pastores, aves e paisagem formavam uma harmonia onde a felicidade parecia supérflua.

Agora não tinha mais a sua companheira, e o Caminho ficara mais triste. Não deveria ter vindo. Não tinha mais nada a provar e a peregrinação a Santiago é uma invocação da tristeza. Mas tinha sobrevivido a momentos perigosos no Brasil e estava ainda viva em sua memória a cerimônia misteriosa dentro de uma sala subterrânea no Real Forte Príncipe da Beira, à margem do Rio Guaporé, no interior da Amazônia, que o colocara no centro de uma perigosa conspiração para separar os Estados amazônicos do Brasil.

Gostava do silêncio e, mesmo quando ainda tinha sua família e todos viviam no mesmo apartamento, procurava um cantinho da casa, longe das discussões e dos ruídos de liquidificador, máquina de lavar pratos e secadores de cabelo, embora não conseguisse se livrar do barulho da rua e da campainha do telefone.

O Caminho era uma nova oportunidade para repor o seu estoque de silêncio. Estava assim pensando quando reparou na mulher que havia chegado junto com ele ao alto do morro.

Ela tomou água sofregamente e depois abriu uma embalagem de onde tirou o lanche. Estava cansada, mas conseguira acompanhá-lo na subida. Seguira-o de perto, desde os pés dos Pireneus, e agora estava ali, sentada, com o olhar para os morros que acabara de subir, como se esperasse alguém com quem dividir o silêncio e a beleza curvilínea das montanhas. Toda aquela paisagem lhe entrava pelos olhos e ele sentia também a beleza da alma, como se os sentimentos fluíssem agora para uma paisagem interna, que os olhos não veem e o espelho não mostra.

Uma viatura da polícia apareceu ao longe, subindo as curvas da estrada e dando a sensação de um pequeno barco jogado, ora para um lado ora para o outro, pelas ondas de um mar encrespado. O veículo vinha com a sirene ligada, destoando da calma paisagem, e parou perto da mulher. Um policial ficou ao volante e outro, de uniforme azul, bonito e impecável, com algumas divisas nos ombros, desceu e se dirigiu a ela.

— Senhora Marina, desculpe interromper a sua peregrinação, mas vim pedir-lhe para me acompanhar de volta.

Ela levou as duas mãos ao rosto, tomada pela angústia.

— Aconteceu alguma coisa, sargento?

O sargento notou a presença de Maurício, mas respondeu:

— Houve um acidente e o burrico caiu no precipício. Um peregrino avisou pelo telefone celular de alguma coisa suspeita e achamos melhor ir até lá.

— Precipício? O burrico caiu num precipício? Oh! Meu Deus! — exclamou ela, com voz desesperada.

Decididamente, é difícil ser diplomático numa emergência dessas.

— Acho melhor voltar comigo. Não vou mentir. Seu marido e a menina morreram.

A mulher empalideceu, pareceu meio estonteada, e desmaiou. Os policiais a colocaram na viatura e desceram o morro de volta.

Por que teria a paisagem mudado, de repente? Os raios do sol ficaram quentes e as nuvens brancas não tinham mais a leveza de antes. Em vez de ovelhas pastando silenciosas sobre o gramado verde dos montes, ele via agora uma criança morta no fundo de um precipício.

CAPÍTULO 3

Saíra da Porta de Espanha, em Saint-Jean-Pied-de-Port, no sul da França, que os peregrinos já cruzavam desde a Idade Média, às sete horas da manhã, e já passava das onze. O primeiro trecho do Caminho, que vai até Roncesvalles, no norte da Espanha, estende-se por uma distância de 27 quilômetros e é considerado o mais difícil dos 800 quilômetros do percurso. Nessa etapa, o peregrino vence um aclive de mais de 20 quilômetros de morros cheios de curvas, quando então começa sua descida até Roncesvalles.

Ele já andara uns 15 quilômetros e agora pensava no espanhol que encontrara na saída de Saint Jean Pied de Port.

O homem tomara a iniciativa de cumprimentá-lo:

— *Buenos dias. Brasileño, no?*

— Sim, brasileiro — respondera em português. — Vai fazer o Caminho?

— *No, ahora. Voy con mi hija en uno burrito hasta Roncesvalles. Ella tiene solamente 12 años, pero mi mujer ya fue adelante.*

De fato, logo mais à frente passara por uma peregrina, mas não lhe ocorrera que poderia ser a mulher do espanhol. Muitas peregrinas fazem sozinhas o Caminho, porque é uma caminhada segura e um dos mais belos passeios que o ser humano tem à sua disposição. Mas, como aquele espanhol adivinhara que ele era brasileiro? Usava um gorro verde, com uma pequena bandeira brasileira do lado esquerdo, mas o homem estava do lado direito, quando o cumprimentou.

Não tinha se dado conta antes, mas com a notícia desse acidente ele lembrou que, após tê-la ultrapassado, a mulher o seguira mantendo uma distância de uns 30 metros. Também na hora não dera importância a isso, achando apenas que a mulher tinha bom preparo físico. Veio-lhe à memória aquela corrida no Parque da Cidade, em Brasília, quando fora seguido por dois seguranças e, por causa dessa corrida, envolvera-se numa aventura cheia de perigos. Mas agora não estava no Brasil, nada ali lhe dizia respeito. Era livre para seguir despreocupado o Caminho de Compostela.

Depois que a viatura se perdeu numa curva da descida, ainda ficou sentado na pedra, olhando os peregrinos que surgiam lá embaixo e formavam uma fila que parecia não ter começo e nem fim.

Alguns tinham o cajado que ajudava a descer os morros e a espantar cachorros. Quase todos ostentavam nas costas, sobre a mochila, a concha do mar, que também chamam de vieira, o mais antigo símbolo do Caminho.

Diz a lenda que um barco se aproximava da praia na região de Padron, antiga Liberon, quando o mar encrespou-se, colocando os tripulantes em perigo. Um rapaz estava a cavalo e entrou no mar para ajudar a pequena barca, mas foi engolido pelas águas. Pediu então ajuda a Deus, e o mar se acalmou. Ele e o cavalo conseguiram romper as ondas e saíram do mar cobertos de conchas, que passaram então a simbolizar o Caminho, porque o barco que ele tentara salvar era o barco que trazia o corpo do apóstolo. É possível, no entanto, que no início da peregrinação a vieira tivesse sido usada como um utensílio, para beber ou comer, na falta de talheres nos albergues.

Levantou-se hesitante, como se uma dúvida o corroesse, mas respirou fundo, criou coragem e passou a ser mais um naquela interminável fila, que vinha do fundo do vale. Havia jovens, mulheres, homens de todas as idades, a maioria num passo cadenciado, para não quebrar o encanto do próprio silêncio. Outros iam mais rápidos, como aquele peregrino de cabeça baixa e coberta com um gorro escuro, que passou apressado como se estivesse fugindo da própria consciência.

Tinha ainda de ver o monumento a Rolando que parecia ter um significado especial para o Mestre daquela Confraria, lá no meio da Amazônia brasileira. Na caminhada anterior enfrentara uma descida de mais de quatro quilômetros, inclinada, pedregosa e perigosa, com as raízes das árvores invadindo a trilha. Tinha agora seguido pelo caminho indicado no mapa recebido no albergue em Saint-Jean, tomando a estrada asfaltada, na altura do porto de Lepoeder, até Ibañeta.

Toda a região dos Pireneus está impregnada das lendas que cercam a figura histórica do imperador Carlos Magno e seus Doze Pares, à semelhança das lendas sobre o Rei Artur e os Doze Cavaleiros da Távola Redonda. Foram muitas as batalhas, derrotas e vitórias, terminando com a expulsão dos árabes do norte da Espanha, em 1492. Os Pireneus se tornaram um limite natural, além do qual os árabes tiveram dificuldade de se fixar. Depois de derrotados em Poitiers por Carlos Martel, avô de Carlos Magno, e por este em Lourdes, preferiram ficar mais ao sul.

Ao chegar a Ibañeta, o peregrino se depara com um pequeno monumento. Trata-se de um monólito, ali colocado em 1967, em homenagem a Durindana, a espada de Rolando, e lembra um episódio que teria ocorrido no ano de 778. Ao ver que ia morrer, o heroico sobrinho de Carlos Magno, num gesto de desespero, bateu a espada com força numa rocha para que ela quebrasse e não caísse em mãos do inimigo, mas a rocha partiu-se ao meio e Durindana virou lenda.

Uma igreja solitária e estranha, que dizem estar no mesmo local onde antigamente era o hospital de peregrinos, se interpunha entre o monumento e a estrada asfaltada que chega a Roncesvalles, apenas um quilômetro abaixo. Indeciso e com uma sensação que não soube definir, dirigiu-se à Colegiata.

CAPÍTULO 4

Muito tempo antes de Cristo, o vale de Roncesvalles já exercia uma atração mágica para a celebração de funerais. Diversos dolmens de pedra ali existentes, como o dólmen de Lindux, anterior à era cristã, testemunham ainda essa estranha vocação, e, mesmo depois da invasão romana, o vale continuou sendo cultuado como destino dos mortos. Os druidas, sacerdotes celtas, construíam os dólmens nas florestas para o culto às divindades naturais, colocando duas ou mais pedras em posição vertical e, assentadas sobre elas, outras pedras achatadas, formando um recinto fechado. O vale coberto de florestas, nos pés dos Pireneus, despertava um profundo respeito à natureza e, durante o período áureo da peregrinação, a Colegiata de Roncesvalles era como um grande cemitério, com inúmeros túmulos, que foram destruídos por incêndios e pelas reformas do edifício.

O ser humano se atormenta quando se aproxima dos esconderijos da morte, mas Maurício estava contente, porque vencera a primeira etapa da longa jornada, da qual restavam ainda centenas de quilômetros. Mas, era como se estivesse entrando num túnel do tempo para desvendar um passado que se ocultava em lendas e mistérios.

Caminhou firme até o escritório da Colegiata, onde entregou o seu "passaporte" para ser carimbado. O passaporte do peregrino é uma identificação que lhe permite dormir nos albergues e, ao final da caminhada, receber a Compostelana, o certificado de que fez o Caminho. Para receber esse certificado, no entanto, precisava carimbá-lo em cada albergue onde dormisse, ou também nas prefeituras e igrejas. O selo de cada cidade é como um brasão e traz um profundo significado histórico.

A importância do Caminho na Idade Média era tão grande, que quem tivesse a Compostelana era respeitado e obtinha benefícios da Igreja e dos nobres. Surgiu então o comércio de certificados falsos, vendidos como prova de que a pessoa fizera a peregrinação. A solução para evitar a fraude foi o passaporte do peregrino, que deveria ser carimbado nos lugares por onde passava. Cada cidade criou o seu próprio selo, com emblemas locais, o que faz do passaporte uma espécie de coleção de carimbos, como se fosse uma coleção heráldica.

Estava com as pernas e as solas dos pés doloridas. Dirigiu-se ao albergue, onde escolheu uma cama e marcou-a com a mochila. Roncesvalles mudara um pouco. No lugar do antigo abrigo de peregrinos, havia agora um hotel de turismo, e uma igreja de pedra do século XII fora transformada em albergue. Os banheiros tinham água quente e, durante o banho, lavou as bermudas, camiseta, meias e lenço, para que chegassem secos ao próximo destino, onde então lavaria as peças que iria usar no dia seguinte. Sabia que não era conveniente deixar para tomar banho de manhã, porque o banho deixa úmida e sensível a sola do pé, facilitando o aparecimento das bolhas que infernizam a vida do caminhante.

A Colegiata de Roncesvalles é palco de uma das mais marcantes solenidades do Caminho. A Missa do Peregrino é celebrada todos os dias às 20 horas, e essa cerimônia vem sendo repetida desde o século XI. A Bênção ao Peregrino é dada em espanhol, alemão, latim, inglês, português e outros idiomas.

Na peregrinação anterior, estava cansado e não resistira à cerveja gelada, chegando atrasado para a missa. O que ele não entendia era como o mestre daquela Confraria lá da Amazônia tinha ficado sabendo disso. Alguém tinha investigado a sua vida para saber de coisas que ele próprio certamente havia contado, em uma dessas ocasiões em que as pessoas perguntam sobre as experiências do Caminho. Perdera a missa dos peregrinos por causa da cerveja e também não tirara as fotografias do túmulo de São Tiago porque colocara na máquina um filme já usado. Hoje, são comuns as máquinas digitais, mas naquele ano ele havia trazido uma de filme de rolo e colocara um filme já usado, perdendo as fotos.

Estava ansioso para assistir agora a toda aquela cerimônia religiosa. Saiu do albergue com as sandálias ainda molhadas que colocara para tomar banho e dirigiu-se à igreja, arrastando as pernas e um forte pressentimento. A missa foi comovente. O padre fez um sermão como se pregasse para peregrinos da Idade Média, que iam enfrentar um caminho desconhecido e cheio de perigos. Naquela época certamente havia mais fé e todos rezavam com fervor, pedindo ajuda aos céus, porque sabiam dos perigos que os esperavam. Muitos iam em busca de milagres ou de perdão para os seus pecados e aquela cerimônia ainda despertava emoções que traziam lágrimas aos olhos.

Não se assiste mais a tantas curas pela fé, porque os santos foram substituídos pelo antibiótico, pela cortisona e pelas vacinas, enquanto os transplantes ressuscitam mortos. Apesar desses raciocínios que o deixavam em dúvida se Deus apenas mudara a forma dos milagres, substituindo a fé pela ciência, teve inveja dos peregrinos que comungaram e rezaram como se ainda estivessem na Idade Média, mas não se sentia católico bastante para tanta contrição. A alma pesada o acusava de que não estava fazendo o Caminho como uma busca, mas como uma fuga.

CAPÍTULO 5

Nem todos conseguem chegar a tempo para a missa. Às vezes saem tarde de Saint-Jean-Pied-de-Port ou não estão preparados para a travessia dos Pireneus e se atrasam.

Não parecia ser o caso daquele peregrino alto, forte, com um cajado maior que o comum. Ele entrou na igreja, já na hora da comunhão, quando todos estavam voltados para si mesmos, e acomodou-se num dos bancos de trás, do lado direito. Deitou o cajado com cuidado no chão, embaixo do banco, à sua frente. Estava sem mochila, e um observador atento poderia estranhar que ele entrasse com o cajado na igreja. Era uma noite fresca, mas não fazia frio. Vestia uma capa de plástico, que tirou e colocou sobre a ponta do cajado, como se quisesse escondê-la.

Examinou com cuidado a parte interior da igreja. Estudava disfarçadamente uma planta da Colegiata, onde anotou a residência dos padres e as outras dependências: o refeitório, os corredores internos, a sala de lazer, o pátio e as saídas. Os peregrinos presentes à missa ocupavam os bancos perto do altar, de maneira que a parte de entrada da igreja estava vazia. Já sabia que grossas paredes ocultavam um corredor que ficava no piso superior e passava sobre a porta de entrada, terminando em uma longa escada que acompanhava a lateral esquerda da igreja e chegava até a sacristia. Para celebrar a missa, os padres teriam de chegar e sair por esse corredor, sem entrar na nave da igreja.

Seis padres participavam da missa e um deles, de estatura mediana, pele clara e meio calvo, com aparência de 40 anos, auxiliava o celebrante e ajudou a distribuir as hóstias na hora da comunhão. Não podia ver que o peregrino o examinava, como se quisesse confirmar as suas feições. No final da missa, antes do *ide in pace*, os padres desceram e se postaram um ao lado do outro de costas para a entrada, na frente dos fiéis, abaixo do altar. Como em todos os dias, nesse momento, as luzes se apagaram e os padres cantaram em latim a Salve Rainha (*Ave Regina*), uma oração composta pelo bispo Pedro Mezonzo, de Santiago de Compostela, no fim do século X, para pedir o apoio da Santa Virgem, quando o general muçulmano Almanzur cercava a cidade.

Momento comovente, quando as lágrimas chegam aos olhos e os corações se aproximam de Deus. O peregrino olhou para a porta da parede da direita, que dava acesso ao pátio interno e se levantou lentamente. Esperava por aquele momento. Protegido pela grossa coluna, ficou de pé diante da porta, como se estivesse também atento à cerimônia e, com as mãos nas costas, introduziu uma chave. O trinco cedeu e as fechaduras não rangeram ao abrir uma das folhas e ele entrou no pátio do claustro. Fechou a porta com cuidado, trancou-a, e, por uma escada medieval que ficava no fundo do claustro, subiu até um patamar de onde podia observar os padres voltarem da igreja. Pela planta, concluiu que o corredor da direita era a área de lazer e que no corredor do outro lado ficava o refeitório. No piso de cima, estava o dormitório, onde cada padre tinha um apartamento, com sala e banheiro privativo. Também sabia que os padres deveriam voltar pelo corredor da frente, o mesmo que passava por cima da porta de entrada da igreja.

Havia uma portinhola com cadeado que impedia o acesso pela escada até o piso superior onde estava o dormitório, mas ele não teve dificuldade de abri-lo. Protegido por uma coluna, consultou a planta e confirmou que havia uma ala destinada aos clérigos visitantes e outra aos residentes. Não demorou e ouviu os passos dos padres que passaram por uma escada interna, subindo cada um para os seus aposentos.

Observou o padre que auxiliara o celebrante. Ninguém desconfiou da sua presença e, alguns minutos depois, eles começaram a sair para o refeitório. Eram de novo os seis e, portanto, todos os apartamentos estavam vazios.

Depois de alguns minutos de silêncio, ele ouviu as vozes das orações para a refeição e entrou no apartamento do padre que observara. Fechou a porta e esperou um pouco, antes de acender a pequena lanterna. A porta dava para uma sala e, entre ela e o quarto de dormir, havia um corredor com banheiro e um pequeno *closet*. Procurava um lugar para esconder-se. Na sala, um livro fechado sobre a escrivaninha, mas marcado por uma espátula, indicava que o padre tinha por hábito ler antes de dormir.

No dormitório, uma cama simples não servia de esconderijo, porque o cajado era maior que ela, mas havia ali um grande armário ainda da época medieval, escuro, alto e com várias portas. Abriu-o e respirou, aliviado. O espaço era suficiente. Apenas paramentos que mais pareciam peças de museu do que vestimenta para o uso quotidiano. Mas essa mania de guardar roupas usadas por aqueles que consideravam santos lhe seria útil.

Calculou o tempo e, quando imaginou que faltavam apenas uns quinze minutos para o padre chegar, abriu a janela e prendeu do lado de fora um gancho no qual estava amarrada uma corda fina, mas firme e com nós para poder descer. Já tinha estudado a parte externa da parede e observado que alguns vãos nas pedras serviriam de apoio para os pés até alcançar o terreno atrás da igreja. Fechou novamente a janela, deixando o gancho e a corda do lado de fora. Voltou para o dormitório e se escondeu no velho armário.

Esperou com paciência. A sua profissão exigia isso. Logo começou a ouvir conversas e barulho de passos vindos do corredor. O trinco da porta movimentou-se e o padre entrou. Como imaginara, ele ficou lendo até as 11 horas aproximadamente e depois se preparou para dormir. O padre foi ao banheiro, colocou o pijama, ajoelhou-se ao pé da cama, rezou por uns 15 minutos, deitou-se e apagou a luz da cabeceira. O silêncio tomou conta do edifício e já fazia algum tempo que não se ouviam as conversas dos peregrinos, que deviam estar cansados e tinham se recolhido no albergue.

Era meia-noite quando abriu a porta do armário, segurando o cajado na mão direita, mas calculou mal a altura e pisou forte no chão. O padre acordou assustado e acendeu a luz:

— Quem é você?

— Sou um peregrino e preciso fazer uma confissão especial. Só o senhor pode me perdoar.

— Você...! — exclamou o padre, horrorizado. — Você é o demônio.

— E você estava me espionando.

Sem esperar mais, lançou o cajado contra o padre, que pôs as duas mãos na frente do peito para proteger-se, mas não conseguiu evitar que a lâmina entrasse sem piedade em seu corpo, atravessando-o.

Um grito agudo ecoou pela noite adentro. O vulto abriu a janela e desceu pela corda que havia deixado presa pelo gancho do lado de fora.

CAPÍTULO 6

Depois da missa, Maurício foi até o restaurante do hotel. Outra das tradições do Caminho é o prato do peregrino, normalmente uma salada, duas opções de prato principal, uma garrafa de vinho, pudim de caramelo ou iogurte de sobremesa. Restaurado com a ceia e mais animado com o efeito do vinho, voltou para o albergue.

Tinha comprado um guia na livraria da Colegiata e estudou o trajeto para o dia seguinte, que terminaria em Larrasoaña. Nem sempre se encontra leito livre nos albergues indicados pelo guia, porque a maioria dos peregrinos acaba indo para os mesmos lugares. Massageou a sola do pé com um creme antibactericida, para se prevenir contra as bolhas e se aconchegou no travesseiro.

A noite era uma orquestra com roncos de todos os sons. Mas quem chegava ali, depois de ter atravessado os Pireneus a pé, não se importava com roncos e acomodações simples. O sono era pesado e o dia seguinte seria outro árduo dia de caminhada. Adormeceu, mas, de repente, acordou assustado.

Que barulho teria sido aquele?

"Um grito? Será que ouvi um grito?"

Uma mulher com aparência de 30 anos tinha tentado se levantar para ir ao banheiro, mas tropeçara em alguma coisa e caíra. Logo em seguida, acendera uma pequena lanterna e fora saindo devagar por entre as camas. Não mancava e, portanto, não fora nada grave. Teria sido uma infelicidade machucar-se logo no início do Caminho. Mas por que será que ela não acendera a lanterna, antes de se levantar? Um dos equipamentos mais importantes do peregrino é a pequena lanterna para quando se levanta muito cedo, ou então para ir ao banheiro, sem ter de tropeçar nas mochilas deixadas ao lado das camas nos albergues. Por que ainda a ideia de correr a luz pelas camas como se ela quisesse conferir alguma coisa?

"Presságios." Não gostava de presságios. Se não bastassem aqueles acontecimentos nos Pireneus, agora vinham os tropeços dessa mulher atrapalhar o seu sono. Esticou-se na cama e tentou dormir. Quem teria se deitado naquele leito na noite anterior? Aquela cama o aceitara com uma indiferença de quem já tinha recebido pessoas desconhecidas durante séculos. Ruminava estranhas preocupações e viu o vulto da mulher de retorno ao seu lugar.

O cansaço e o silêncio venceram seus receios e voltou a dormir. Acordou com a sensação de que dormira o suficiente. Melhor assim. Mas não fora um sono tranquilo, desses que deixam o corpo e a alma concorrendo em bem-estar no dia seguinte, porque tinha a confusa lembrança de vultos parados perto de seu beliche.

Amanhecia, e é uma boa estratégia levantar-se cedo para aproveitar a parte da manhã, por causa do sol inclemente nessa época do ano. Não eram ainda seis horas quando se levantou. O albergue oferecia um café simples, mas o bar no pátio da Colegiata tinha uma refeição completa.

A botina havia cumprido bem o primeiro percurso. Comprara uma de cano alto, para evitar que pedregulhos e grãos de areia entrassem dentro dela. Tomara também a precaução de escolher um número maior e usar duas meias, dessas de corrida, para que o pé ficasse apoiado sobre um acolchoado e não sofresse tanto.

Deixou para pôr a mochila nas costas quando estivesse lá fora. Conferiu o dinheiro, os documentos e saiu. "Mas o que será que aconteceu?" Notou que alguma coisa agitava o ambiente e alguns peregrinos andavam apressados, enquanto outros estavam parados, como se não pudessem ir embora. O que poderia ter acontecido?

Viaturas da polícia ocupavam o grande pátio do monastério e, enquanto ele hesitava se ia ao bar tomar café, um policial se aproximou:

— O senhor não pode sair sem prestar depoimento.

— Depoimento? O que houve?

O policial não deu detalhes, mas deixou-o ir até o bar ao lado da Colegiata, e ali soube que o padre Augusto, que participara da missa da noite anterior, havia sido assassinado naquela madrugada. Alguém entrara no quarto dele e o matara.

Tomou café e esperou pacientemente, porque compreendia a gravidade da situação. "Mais um crime. Agora um padre", pensava, absorto. Depois de quase duas horas de espera, foi conduzido a uma sala, onde se encontravam um detetive, um oficial militar graduado e o escrivão concentrado num *laptop*. Ao lado deles estava o abade, superior da irmandade.

O oficial pediu seus documentos e conferiu o nome que estava no passaporte de peregrino, que a Associação dos Peregrinos de Santiago de Compostela no Brasil havia lhe fornecido, com o passaporte oficial.

— Maurício da Costa e Silva. Brasileiro.

Em seguida, apontou para o cajado que havia matado o padre:

— Obviamente, o senhor não vai dizer que esse cajado lhe pertence, mas por acaso teve a oportunidade de ver alguém com ele? Digo, no trajeto de ontem, vindo para cá? Sabemos que na hora do crime o senhor estava dormindo e não poderia tê-lo praticado, mas talvez pudesse nos ajudar a identificar o dono desse cajado.

"Estranha maneira de começar uma investigação", pensou, enquanto lembrava vagamente de um peregrino alto e forte que passara por ele no alto dos Pireneus.

— Não, senhor. Nunca vi esse cajado antes, mas isso aí não é um cajado, é uma arma.

— Quem está sendo interrogado é o senhor. Limite-se a responder as perguntas.

Foi uma censura ríspida, mas na verdade era melhor mesmo ficar quieto. Estava começando o Caminho e não queria problemas com as autoridades de outro país. Lembrou-se da sensação de ambiente fúnebre, que tivera ao entrar em Roncesvalles, e esta já era a terceira morte desde que saíra de Saint-Jean-Pied-de-Port, porém, foi tomado por um medo inoportuno.

— Desculpe-me perguntar, mas será que esse crime não estaria ligado ao outro, de ontem, na subida dos Pireneus?

Devia ter mordido os lábios e ficado quieto, mas já era tarde. O oficial ia novamente reagir do alto da sua autoridade, quando o detetive o interrompeu:

— Houve um acidente ontem na subida dos Pireneus. Um homem e uma menina morreram. Disso, nós estamos informados. Mas de onde tirou a conclusão de que aquele acidente foi outro crime? E que conexão tem aquele episódio com o assassinato do padre?

Imaginou a ciumeira entre a polícia francesa e a espanhola ali na fronteira. Os policiais espanhóis estavam com receio de pedir informações do lado de lá dos Pireneus, sem um motivo razoável. Fosse isso, a polícia espanhola não sabia exatamente o que ocorrera com o homem do burrico e a menina. O mais sensato era sair logo dali e não se envolver em nada, mas o instinto lhe dizia que precisava saber mais coisas. Não podia ser mera coincidência ter iniciado o Caminho e no mesmo dia ocorrerem três crimes.

Talvez fosse melhor esclarecer essas dúvidas.

— Desculpe mais uma vez, mas não me parece que o assassino tenha feito esse cajado apenas para matar um padre dormindo. É uma arma apropriada para alvos mais fortes. Pelo que sei, o homem morto nos Pireneus vinha subindo o morro puxando um burrico com a filha montada nele. Talvez valesse a pena perguntar à polícia francesa. Tenho a impressão de que a perna do burrico foi cortada com esse cajado. Desculpem-me, mas acho que não foi acidente.

O detetive olhou-o por uns instantes e perguntou:

— Pois volto a perguntar: de onde o senhor tirou essa conclusão?

Maurício não quis dizer que o espanhol o havia cumprimentado na saída de Saint-Jean-Pied-de-Port e parecia um atleta, com condições de oferecer resistência ao assassino, mas deu uma explicação:

— Aquele burrico já devia estar acostumado com o Caminho, assim como o homem. Vi quando a polícia veio buscar a esposa dele, lá no alto dos Pireneus. Era uma mulher jovem. Imagino que ele devia ser apenas um pouco mais velho que ela e, portanto, ainda novo. Além disso, a mulher subiu o morro como se fosse uma rotina. Era gente acostumada a andar.

O abade sentiu um arrepio como se a brisa fria das montanhas tivesse entrado naquela sala para testemunhar mais duas mortes.

— Queiram desculpar-me novamente, mas acho que uma investigação está ligada a outra. Pretendo seguir o Caminho e os senhores me encontrarão nos albergues, se precisarem de mim.

O oficial engoliu a isca e consultou o detetive:

— Inspetor Sanchez, por mim o depoimento do Sr. Maurício já é suficiente.

O detetive balançou a cabeça concordando, mas não parecia satisfeito. O oficial deu, porém, o interrogatório por encerrado:

— Não vamos precisar do senhor. Assine o Termo de Declarações. Nós já temos a sua identificação e o encontraremos onde estiver e quando quisermos.

O escrivão completou o Termo de Declarações que ele assinou. Voltou-se para a saída, mas um novo temor levou-o a comentar:

— É esquisito que ele tenha deixado a sua arma.

O oficial pareceu ofendido e falou no mesmo tom ríspido:

— Sabemos disso. Não precisa dizer o óbvio.

Não parecia, porém, tão óbvio para o detetive:

— Por favor, comandante Perez! Gostaria de saber o que o Sr. Maurício quis dizer com isso.

Percebeu que o detetive já o tratava com respeito. Não era apenas o "depoente" ou "testemunha", mas o "o Dr. Maurício".

— Ele deixou o cajado, porque poderia identificá-lo. Isso significa que ou ele completou o trabalho e desapareceu, ou continua no Caminho, disfarçado. Penso que haverá mais mortes. Ele pode ter uma missão, que não completou.

O abade, quieto até então, exclamou apavorado:

— É o demônio. Ele matará mais sacerdotes para impedir a assistência aos peregrinos.

Um silêncio fúnebre tomou conta do ambiente. A vocação funerária de Roncesvalles influía na mente das pessoas. O padre o olhava fixamente, como se através dele visse um bando de demônios, mas tinha a fisionomia de quem ocultava alguma coisa. Por que o demônio era o culpado por aqueles crimes? O demônio tinha meios mais eficazes de impedir a ajuda aos peregrinos.

Maurício olhou para o sacerdote com firmeza:

— Por acaso o senhor saberia se o padre Augusto disse alguma coisa antes de morrer?

O oficial olhou para ele, furioso:

— Como se atreve a fazer essa pergunta a uma autoridade eclesiástica respeitada em meu país? Posso prendê-lo por desacato. É o senhor quem está sendo interrogado e esses seus comentários são suspeitos e inoportunos.

— Peço mil perdões, comandante.

Virou-se e começou a sair quando ouviu a voz do detetive:

— Desculpe, mais uma vez, comandante, mas quem está conduzindo a investigação aqui sou eu e essa questão é interessante.

E, sem esperar qualquer comentário:

— Suas observações são embaraçosas. Nosso prior é um homem muito respeitado. Então, primeiramente, gostaria que esclarecesse a acusação de que o abade Anselmo está escondendo alguma coisa. Caso, porém, ele tenha algo que possa interessar às investigações é claro que tem a obrigação de fazer isso.

O abade estava nervoso. Maurício aproveitou a interferência do detetive e insistiu:

— Padre, não foi o senhor quem atendeu o padre Augusto logo após o grito dele, foi?

O prior respondeu depressa, como se com a sua resposta pudesse se livrar de mais esclarecimentos.

— Não, foi o padre Juliano, que dorme no quarto ao lado. O meu é mais afastado. Ele abriu a porta, viu o padre Augusto naquele estado e veio correndo me avisar, mas quando cheguei, ele já estava morrendo. Era pouco mais da meia-noite.

Lembrou-se da mulher que se levantara durante a noite no albergue. Ele olhara no relógio e faltavam alguns minutos para a meia-noite. Todas as camas estavam ocupadas e, portanto, o comandante tinha razão. Nenhum peregrino que estivesse dormindo no albergue podia ser o assassino.

— Entendo, entendo. — E Maurício comentou, com aparente displicência:

— Imagino o esforço e o sofrimento do padre Augusto para lhe dizer suas últimas palavras. O senhor poderia repeti-las?

O abade reagiu como se tivesse ficado perturbado com a pergunta:

— Eu não disse isso. O senhor está colocando palavras em minha boca e isso é um insulto. O comandante tem razão.

Mas Maurício não deu tempo para o comandante falar nada, ainda porque talvez ele não se atrevesse, diante das interferências anteriores do detetive.

— Padre Anselmo, melhor do que todos nós, aqui presentes, o senhor sabe que Deus quer a verdade. É preciso capturar esse assassino antes que ele cometa outros crimes. Não precisa dizer na minha frente, se preferir, mas diga depois às autoridades as últimas palavras do padre Augusto.

Fez um movimento de despedida com a cabeça e ia saindo, quando ouviu:

— "A prata não pode refletir a luz", foi só o que falou antes de morrer.

— Mas o senhor não declarou isso para nós — admoestou-o o oficial, indignado porque o padre estava passando para um estrangeiro uma informação que deveria ser sigilosa.

— O senhor não me perguntou — respondeu o padre, bastante nervoso.

O detetive mostrou novamente a sua habilidade na busca dos objetivos.

— Comandante! Mais tarde conversaremos sobre isso.

E, voltando-se para Maurício:

— Essas palavras trazem algum significado para o senhor?

Estava se envolvendo demais naquele assunto, mas já não havia retorno.

— Acho que esse assassino tem uma missão a cumprir e não é matar padres, a não ser que eles interfiram, ainda que involuntariamente, nessa missão. Talvez o padre Augusto soubesse de alguma coisa. Provavelmente estava no lugar errado e viu ou ouviu o que não podia ser passado adiante. Em minha opinião, o espanhol era um dos alvos dessa missão, não o padre.

O oficial parecia mais humilde e o detetive o olhava como se esperasse mais informações. Entendeu o silêncio do policial, que lhe pareceu bastante perspicaz e falou:

— Ao que sei, a menina também morreu. Se o pai a puxava no burrico, é porque ia na frente. Então, pelo que deduzo, o assassino esperou o animal passar e deu-lhe um golpe na perna direita traseira, que pela lógica devia estar na beira do declive. O assassino deve ter previsto que, com a dor e o susto, o animal pularia, pondo a vida da menina em perigo, e que a preocupação instintiva do pai seria com ela. Era o tempo que precisava para atingi-lo.

Suas deduções eram lógicas e os outros não contestaram.

— Por isso penso que essa arma não foi feita para matar o padre, mas, sim, para cortar a perna do burrico e em seguida para matar o homem. Seria interessante saber se ele molestou a menina. Isso lhe daria material para estudar o perfil do assassino.

O oficial começou a olhar para o peregrino com outros olhos e Maurício aumentou a tensão que já tomava conta do ambiente, dirigindo-se ao detetive:

— Haverá mais mortes, e o senhor pode ser uma das vítimas, se a sua investigação puser em risco a missão do assassino.

O abade começou a rezar em voz alta.

— E por que a sua vida não corre risco?

— Era mais fácil me matar do que o espanhol e o padre. Estive sozinho e isolado em várias situações. Também não vejo interesse em matarem um brasileiro aqui, quando lá no Brasil seria simples e não despertaria suspeita. Mas agora, se me permitem, gostaria de seguir a sugestão do comandante e continuar a minha peregrinação.

CAPÍTULO 7

Com um gesto de reverência para as autoridades, dirigiu-se para a porta, em passos cadenciados, como se nada houvesse acontecido. Ia pensando nesse crime sem explicação em que o moribundo enviara uma mensagem. Veio-lhe à lembrança a estranha figura daquele peregrino forte, com um cajado maior que o normal, andando apressado. Se fosse o assassino, estava dirigindo-se a Roncesvalles. Mas para quê? Matar um padre em condições tão arriscadas? Não parecia lógico.

Não resistiu à tentação de olhar para trás, quando chegou perto da porta. O que viu o deixou intrigado. Os policiais e o comandante estavam entretidos com o inquérito, mas o abade lançava sobre ele um olhar de súplica, com a testa franzida e a mão direita no bolso da batina. Fitaram-se por alguns minutos. O detetive parou de examinar papéis e o comandante estava por perguntar por que ele não ia embora logo, mas percebeu a cena.

Em vez de sair, voltou-se e caminhou lentamente até o padre. O próprio escrivão não se atreveu a mexer nos papéis ou nos objetos da mesa do inquérito para não quebrar o silêncio perturbador. Maurício aproximou-se do superior da irmandade e apenas estendeu a mão direita.

O comandante teve ímpetos de segurar o religioso para que ele não tirasse do bolso uma arma que pudesse ter às escondidas, mas o abade estava visivelmente tenso, aturdido e suava. Contemplou por pouco tempo a mão estendida por aquele estrangeiro, em quem passara a confiar mais do que nas autoridades do seu país, e lentamente tirou do bolso uma folha de papel dobrada.

Maurício pegou-a e entregou ao comandante, sem ler, porque era um documento que deveria ser visto antes pelas autoridades policiais, e estas é que decidiriam se ele poderia ou não conhecer o conteúdo. O comandante já estava prestes a explodir, e agora com razão, mas se conteve diante da atitude correta de Maurício, e tomou o papel às pressas da sua mão. Olhou feio para o padre e dirigiu o seu olhar furibundo para Maurício, que apenas o encarou respeitosamente. O detetive quebrou as tensões fortes do momento com apenas uma palavra:

— Comandante! — e estendeu a mão.

O comandante não teve pressa e ficou olhando para o papel, como se fosse em outra língua. Depois de alguns minutos, sem fazer comentários, entregou-o ao detetive, que o leu com o rosto sombrio e passou-o a Maurício, perguntando em seguida:

— O senhor entende de charadas?

Em vez de responder, Maurício começou a estudar o papel em voz alta.

— Folha de bloco, tinta vermelha, letra de calígrafo.

Olhou para o abade:

— Isso, suponho, estava na cama do padre Augusto. O senhor acha que foi deixado pelo criminoso, não é?

O abade benzeu-se com tanta força, que quase bateu as mãos no nariz. Estava vermelho e tremia. O comandante poderia ter ficado quieto, mas tinha o vício da autoridade:

— Isso parece óbvio, o senhor não acha? E agora? O que o senhor me diz dele não ter vindo aqui para matar padres, se deixou uma mensagem no corpo do padre, que assassinou com tanta crueldade?

O detetive interrompeu o comandante:

— O senhor poderia explicar esse seu comentário sobre o papel e a letra?

— Papel de bloco. Sugere que vamos receber outras mensagens do mesmo tipo. Tinta vermelha. Não gosto disso. Normalmente escreve-se em azul. O vermelho sugere sangue.

Ficou em silêncio como se pensando no que poderia acontecer, mas o comandante interrompeu seus presságios:

— E o senhor acha que ele é um calígrafo? Se for isso, é só descobrirmos os calígrafos do país.

Maurício levantou a cabeça e deu uma resposta perturbadora:

— É muito difícil identificar o autor de uma letra artificial. O senhor sabe disso. A tecnografia compara letras para verificar se elas são do mesmo punho que escreveu o modelo levado para exame. Quando a escrita é comum, o trabalho é simples. Não sei se me fiz entender.

— Não importa! Se recebermos outra mensagem, teremos duas letras para identificar esse calígrafo. Não existem muitos calígrafos e com esse papel tudo fica mais fácil.

Teve, porém, um súbito momento de lucidez, que não demonstrara antes, e compreendeu que não era tão simples.

— O senhor acha que as novas mensagens serão escritas por calígrafos diferentes?

— Não sei se serão, se já foram ou de que países seriam esses calígrafos.

O detetive voltou à charada.

— O senhor tem ideia do que o texto significa?

Ele leu:

— *"O Caminho tem um começo e um fim"*

E como se estivesse apenas pensando em voz alta:

— O princípio da dualidade. Um começo e um fim ligados por uma linha que os mantém cúmplices. É assim a vida. Ela é um caminho no qual a gente gasta as nossas reservas de energias e emoções. A vida é apenas um intervalo, como o Caminho de Compostela.

Não era sua intenção filosofar, mas falava de modo misterioso, e os outros não se atreveram a interromper.

— A mensagem é clara: o que aconteceu aqui foi apenas o começo.

O abade parecia caminhar para o desespero.

— E qual será o fim? O senhor sabe, tenho certeza disso!

Maurício respirou fundo. O medo do padre o contagiou. Olhou para o detetive, que também estava impressionado com suas observações.

— O fim é sempre um mistério. Mas os senhores me perdoem. Preciso seguir.

CAPÍTULO 8

Já eram 10 horas quando se livrou do interrogatório e pretendia dormir em Larrasoaña, 28 quilômetros adiante. Sabia que era um trajeto difícil, subindo morros e descendo escarpas de pedras lisas, mas estava contente por sair daquele lugar.

O Caminho é um estranho exercício em que as pernas se alegram com a chegada e a alma com a saída. Pensava em ter o mês inteiro para reviver lendas e histórias reais que começaram nos tempos de Cristo, mas agora o Caminho tornara-se uma longa linha de cumplicidade entre um perigo e outro.

Gostava de charadas, porque elas ajudam a exercitar o cérebro. A charada que o assassino deixara no corpo do padre não parecia difícil. Ela trazia a dualidade do começo e fim. Mas, dualidade em relação a quê? O começo era Roncesvalles, mas o fim? Onde é o fim? O fim não é em Santiago de Compostela. Não iriam criar um mistério desses para simplificar o fim. No começo não há mistério, apenas revelação. O fim, porém, é uma suprema incógnita.

"No que será que vai dar tudo isso? Crimes? Presságios? Charadas? Mistério? Logo no início do Caminho?", pensou, com a testa franzida.

"Não pode ser. Algo estava errado. O assassino não iria correr o risco de entrar na Colegiata e matar um padre em circunstâncias tão complicadas, apenas para deixar uma mensagem misteriosa. O mais provável é que, por algum motivo, teve de matar o padre e acabou tendo um cenário mais apropriado para semear o medo. Mas o que teria feito o padre para merecer essa morte violenta?"

Não podia deixar que essas preocupações estragassem a sua peregrinação. Investigação é trabalho da polícia. Estava ali para peregrinar até o túmulo de São Tiago, o apóstolo do Trovão, irmão de São João, o Evangelista, autor do Apocalipse, e o melhor a fazer era seguir em frente.

Não se sabe com precisão a data, mas consta que no ano de 814 foi descoberto na região de Finisterre, na Galícia, um túmulo que, pelas coincidências que apresentava, passou a ser considerado como sendo o túmulo do apóstolo São Tiago.

Um monge eremita chamado Pelágio começou a ver luzes que vinham das estrelas e iluminavam mais intensamente e de modo anormal um determinado lugar perto da localidade de Iria Flávia, no norte da Espanha. Enquanto via essas luzes, Pelágio ouvia músicas angelicais. Não teve coragem de ir até lá sozinho, mas informou o bispo Teodorico, que passou a ter revelações em sonhos de que, no local iluminado pelas estrelas, estava enterrado o apóstolo São Tiago.

Parece que essas luzes foram também observadas por outros pastores e daí o lugar passou a se chamar *campus stellarum*, ou campo de estrelas, de onde alguns concluem que se originou a palavra *compostela*. Há referências a outras origens para esse nome, inclusive de que se trata de um topônimo de *compositum tellus*, ou monte de terra, em referência aos montículos que rodeavam o sepulcro.

O bispo Teodorico mandou fazer pesquisas e escavações no local e acabaram descobrindo uma pequena capela com um sepulcro e um oratório. Ao lado da pequena capela havia dois túmulos menores.

A descoberta comoveu todo o mundo ocidental. Multidões começaram a se deslocar em direção à Península Ibérica para venerar o apóstolo, e assim foi se definindo essa instituição que passou a ser chamada de "Caminho de Santiago".

Mas, quem foi São Tiago?

Entre os doze apóstolos, havia dois com o nome de Tiago. Existia Tiago Menor, filho de Alfeu, e Tiago Maior, irmão de São João, o Evangelista. Tiago Maior, ou São Tiago, depois da morte de Cristo, chegou até a Península Ibérica, mas não tendo muito êxito em sua evangelização, retornou à Palestina, onde foi decapitado a mando de Herodes Agripa I, no ano 42 da era cristã. A intenção de Herodes não era apenas conter a nova religião, mas agradar a romanos e judeus, e mandou prender São Tiago e São Pedro. Pedro conseguiu fugir da prisão, com a ajuda de um anjo, que não conseguiu libertar os dois, e Tiago foi morto. Seu corpo foi jogado em um terreno baldio, fora da cidade de Jerusalém, onde seria devorado pelos cães e serviria de exemplo para o povo.

Dois discípulos de São Tiago, Atanásio e Teodoro, conseguiram recolher o corpo e o levaram através do Mediterrâneo até Finisterre, na Galícia, mais precisamente em Iria Flávia, na desembocadura do Rio Ulla, depois de escaparem milagrosamente da perseguição dos soldados de Herodes.

Esses fatos ocorreram no século I, e a descoberta do túmulo no final do primeiro milênio, quando o cristianismo passava por sérias dúvidas, modificou a história ocidental.

Tendo chegado à conclusão de que as estrelas iluminavam o túmulo do apóstolo, o bispo Teodorico informou o fato ao rei Alfonso II, o Casto. No ano de 834, juntamente com a família real e toda a sua corte, o rei dirigiu-se de imediato para lá, onde mandou construir uma igreja e declarou São Tiago patrono de seu reino.

Foi assim lançada a pedra fundamental de Compostela, com a consagração de um movimento de centenas de milhões, talvez bilhões de pessoas, através dos séculos, como a história nunca tinha visto e não mais viu. A Europa comovida começou a se deslocar em visita ao túmulo do apóstolo e o Caminho foi-se definindo até receber seu primeiro guia no ano de 1140, conhecido como Código Calixtino, escrito pelo abade francês Aymeric Picaud.

Na verdade, o Código Calixtino é o quinto livro do *Líber Sancti Jacobi* (Livro de São Tiago), escrito por várias pessoas, mas que leva o nome de Calixtino, em homenagem ao Papa Calixto II.

CAPÍTULO 9

Maurício não queria perder esse espírito de misticismo histórico ao iniciar a grande jornada que tomaria um mês de meditação, visitas a monastérios, catedrais seculares ricas em artes góticas e românicas, lugares lendários e monumentos, enquanto se deliciaria com o amanhecer ou o entardecer bucólico dos campos. Não podia deixar-se levar por preocupações que não lhe diziam respeito, e procurou viver o espírito da peregrinação.

Devido às guerras, às perseguições religiosas e ao materialismo do século XX, o Caminho foi perdendo importância e os sinais que orientavam os peregrinos desapareceram, até que nos anos 1980 o Pároco de O Cebreiro, Elias Valina Sampedro, sinalizou-o com flechas amarelas, que ainda são mantidas e representam a mais segura indicação para o peregrino.

Mas essas flechas não são como as sinalizações indiferentes do trânsito. Elas têm vida própria e, depois de alguns dias vendo-as em pedras, árvores, arbustos, muros, casas, latões de lixo, esquinas e encruzilhadas e por elas guiando-se, o peregrino a elas se apega. São fiéis companheiras que trazem emoções e despertam sensações de esperança, como a que sentiu ao ver uma delas apontando para Burguete, um agradável vilarejo três quilômetros adiante.

Logo na saída de Roncesvalles está um dos muitos emblemas do Caminho, que chamam de Cruz do Peregrino, uma cruz do século XIV, com a figura de Sancho, o Forte, com 2,2 metros — que teria sido a sua altura — e da sua esposa, Clemência. O corpo do monarca, que venceu batalhas importantes para o cristianismo e morreu em 1234, está numa capela ao lado do claustro da Colegiata.

Com a mochila nas costas, cajado e a máquina fotográfica pendurada no pescoço, voltou para a trilha e apressou o passo para tentar chegar a Larrasoaña antes do escurecer, mas, para isso, precisava recuperar o tempo perdido com o depoimento.

Durante centenas de anos milhões de pessoas irrigaram aquele mesmo trajeto com suor, esperanças e temores. O cansaço, o desespero dos que se perdiam, o medo das sombras que ocultavam todo tipo de perigo, as curas e os relatos de fatos misteriosos foram gerando lendas e milagres.

Essa percepção de que estava iniciando um roteiro único no mundo tomou conta dele e o fez esquecer o assassinato do padre. Sentia-se privilegiado e orgulhoso por enfrentar de novo o desafio dessa caminhada, como se a energia de todos aqueles que por ali passaram o contagiasse. Um peregrino o saudou com o cumprimento tradicional do Caminho:

— *Ultreia et suseia!*

E ele respondeu:

— *Ultreia!*

Essas expressões originam-se do latim. *Ultreia* é formada por duas palavras, "*ultra*" (mais) e "*eia*" (lá), enquanto que *suseia* significa mais alto, para cima. São expressões tiradas de uma antiga canção basca, citada no Código Calixtino, de Aymeri.

Hoje, no entanto, a saudação que os peregrinos ouvem durante várias vezes ao dia é: *Buen Camino.*

CAPÍTULO 10

Da solidão e do medo, surgem os fantasmas, e antigamente os peregrinos se assustavam com as bruxas que acompanhavam o ruído dos ventos que vinham dos bosques de Irati. Os locais acreditavam que, quando o vento soprava através do bosque, apareciam bruxas com um sudário acompanhando um esqueleto que trazia sobre o crânio uma coroa real. Quando a mãe de Henrique IV foi envenenada em Paris, seu corpo foi tomado pelas *lâmias*, monstros com corpo de dragão e rostos de mulheres bonitas, e desde então elas fazem cavalgadas no bosque de Irati, carregando o corpo da rainha.

O peregrino não atravessa esses bosques, que ficam à esquerda do Caminho, mas a sua proximidade desperta receios que se escondem no fundo da mente e escolhem momentos turvos para vir à tona. Havia uma ameaça implícita naquela charada e a insegurança o mantinha alerta.

Depois de passar por Burguete e Espinhal, atravessou os bosques do Meskiritz, saboreando de novo a solidão da trilha monótona escondida sob o arvoredo das montanhas. Os ruídos da floresta e as sombras, que se moviam com o balançar dos galhos, às vezes o assustavam, mas aos poucos foi se acostumando com os códigos da natureza. Perto das quatro horas da tarde chegou a Zubiri, vilarejo que significa "povo da Ponte" em *euskera*, a língua basca. Logo na chegada, o peregrino atravessa uma ponte gótica chamada Ponte da Raiva, porque os antigos criadores acreditavam que, fazendo os animais dar três voltas ao redor dela, eles se livravam dessa doença.

Teria ainda mais cinco quilômetros até Larrasoaña, onde pretendia chegar antes do escurecer. Vencera as trilhas difíceis do Alto de Meskiritz e do Alto do Erro. Atravessara bosques onde antigamente se escondiam bandidos e animais selvagens, e respirara o ar puro de um dia agradável, parando às vezes para comer um pouco de amoras silvestres da beira do Caminho e contemplar as paisagens distantes das quais ia em breve fazer parte.

Desde que se envolvera na trama do *O Conceito Zero*[1] e denunciara o grupo que pretendia proclamar a independência da Amazônia, separando-a do Brasil, pensava que ainda poderia ser vítima de alguma represália. Passara a ficar mais atento e tudo lhe parecia suspeito. A organização que havia tentado a divisão do Brasil não era composta apenas das pessoas que foram presas.

Não conseguia também tirar da cabeça a menina de 12 anos que poderia ter sido brutalmente violentada pelo assassino. Sim, sem dúvida que o espanhol não caíra no precipício por algum descuido, e aquele cajado, com ponta de metal como se fosse uma espada, levava à suspeita de que fora preparado para eliminar o pobre homem. Mas por quê? Só para violentar a menina? Um assassino comum faria isso.

Havia muitos bosques e lugares ermos, onde um estuprador poderia satisfazer seus instintos. Mas, e se a menina fora simplesmente morta sem ter sido tocada? Seria uma informação que não poderia ser desprezada, porque o perfil do assassino não seria de um tarado, mas de alguém que tinha outros planos. Tinha certeza de que saberia isso no fim do Caminho: o começo e o fim. Entre esses dois pontos, o perigo o acompanharia.

A flecha amarela estava bem visível e ele caminhava pensativo, quando passou por um pequeno vilarejo onde viu um homem forjando ferramentas de uso rural. Um raciocínio lhe passou pela cabeça. Aquele peregrino não devia ter comprado o ferro para o cajado em Saint-Jean-Pied-de-Port. O crime contra o espanhol fora cometido em território francês, então seria mais seguro comprar a arma na Espanha, para dificultar as investigações. Precisava chegar a Larrasoaña antes do anoitecer, mas a curiosidade foi mais forte.

Chegou ao barracão, onde um homem suado malhava ferros já quentes pelo fogo. Dois rapazes que pareciam seus filhos o ajudavam. Observou o estoque de produtos feitos por eles. A maioria eram vitrais, portões, estribos

---

1. *O Conceito Zero* — Romance do autor.

para arreios, argolas para laços, ferraduras e outros objetos de uso comum na região. Havia também foices, machados, facões, garfos enormes para levantar o capim e colocar no cocho. Reparou melhor na maneira como o cabo de madeira era encaixado no vão superior da foice.

O homem parou de malhar o ferro e limpou a testa suada com um lenço sujo. Maurício aproveitou e cumprimentou-o em português:

— Boa tarde.

— *Buenas tardes.*

— O senhor poderia, por acaso, me informar se seria difícil afinar o cabo de uma foice dessas e encaixá-la dentro de um bastão mais reforçado? — e fez gestos para facilitar a sua explicação em português.

A surpresa foi grande. Não esperava por aquela resposta.

— *Si, señor. Usted eres lo segundo que me piede esto esta semana.*

Outro peregrino, com um capuz que encobria o rosto, havia pedido para que ele reduzisse a largura de uma foice e a deixasse um pouco mais reta, sem tirar toda a curva. Ele atendeu ao pedido e fixou a ponta da foice no cajado. O peregrino explicara que tinha medo de cachorros.

— Devia ser um homem muito forte para carregar um bastão desses por 800 quilômetros, o senhor não acha?

— *Si, si, era uno hombre enorme. Nuevo, cuarenta años, hablaba poco e bajo. Usted tambien quieres uno?*

Respondeu que não, agradeceu e seguiu o Caminho ainda mais pensativo. Comprar a arma na Espanha para cometer um crime na França era coerente, porque seria fácil para o assassino sumir naquelas montanhas dos Pireneus e chegar a algum destino previamente estudado. O que acabara de descobrir, no entanto, era que o assassino comprara a arma em Roncesvalles e fora na direção contrária à do Caminho, com a intenção de ir à França matar o espanhol. Para Maurício, não fazia sentido ele ter voltado para matar o padre, correndo o risco de ser identificado.

O que o levara a voltar a Roncesvalles? Encontrar-se com alguém para informar sobre a morte do espanhol? Receber novas instruções? Como é que conseguira entrar tão facilmente na Colegiata? E por onde saíra? Eram muitas as indagações que teriam de ser respondidas.

Escurecia, quando Maurício atravessou a Ponte dos Bandidos, na entrada de Larrasoaña, um vilarejo do século XI. Instintivamente apressou o passo e foi direto ao albergue onde a animação dos peregrinos o ajudou a encontrar outros assuntos.

CAPÍTULO 11

Desde Larrasoaña até Pamplona, o grande companheiro do peregrino é o rio Arga. À sombra dos arvoredos, suas águas cristalinas seguem a histórica trilha em direção a Pamplona, a cidade da corrida dos touros, restaurantes e monumentos históricos, fundada 75 anos antes de Cristo, pelo pró-cônsul romano Pompeu, de onde deriva o seu nome.

O albergue ficava perto da catedral, no prédio de um antigo colégio da Irmandade das Adoradoras, que cuidava de moças desajustadas. Depois de acomodar-se, Maurício saiu para visitar a catedral, entrando por uma porta lateral à direita, que dá para o claustro, um grande pátio interno com corredores sustentados por colunas góticas de rara beleza.

Após as cerimônias religiosas na igreja, os monges saíam por essa porta e entravam no claustro por outra porta que ficava no ângulo oposto, quando então cantavam o salmo *Pretiosa in conspectu Domini mors sanctorum ejus* ("A morte dos santos é preciosa no conceito de Deus") e por causa desse salmo a porta ficou conhecida como "Preciosa". Em cima dela existe uma moldura que representa a morte e assunção de Nossa Senhora, com os anjos afugentando alguns judeus que queriam profanar o seu corpo já sem vida. Esse simbolismo mostra a divisão que havia na cidade, onde os bairros dos navarros, judeus e burgueses eram separados por muros e pelo ódio. Conflita também com a tradição católica de que Nossa Senhora não morreu, mas caiu num sono profundo (*dormitio*), aos 72 anos de idade, e foi levada aos céus de corpo e alma.

Depois de visitar o pequeno museu que fica onde antes eram o restaurante e a cozinha do monastério, Maurício entrou na igreja e se deslumbrou com sua beleza. Esculturais colunas góticas se elevando até o alto da nave e vitrais coloridos contrastavam com o silêncio que preenchia todos os espaços. Caminhava devagar para não perder os detalhes dos quadros, das capelas laterais e dos altares com colunas barrocas, e chegou ao altar-mor, onde a imagem da padroeira, Santa Maria Real, era protegida por grades. Absorto em seu deslumbramento, não percebeu o tempo passar e quase se assustou com o som nostálgico de um órgão que substituiu o pesado silêncio da igreja. Um grupo de homens saiu de uma sala que ficava à direita da porta de entrada, em filas de dois, carregando uma vela acesa e um estandarte de Nossa Senhora.

A vela e o estandarte foram levados até o altar e o grupo sentou-se nos bancos diante do órgão. As luzes da igreja se acenderam, trazendo uma luminosidade suave e fria. Um homem de pé, em frente do altar, puxou o *Ora pro nobis domine* e o Terço cantado, que o grupo respondia ao som do órgão.

O rapaz com a vela e o homem do estandarte encaminharam-se para a lateral da igreja, e as pessoas que estavam nos bancos se levantaram e os acompanharam em procissão. A cena e o cântico despertavam emoções, e assim que terminou a procissão, o coro continuou a ladainha com o *miserere nobis*. Ao final, quando os cantores começaram a se levantar, Maurício não resistiu e perguntou para um deles sobre a cerimônia.

O homem se mostrou solícito:

— Não somos clérigos, mas leigos, e fazemos parte da Congregação do Rosário dos Escravos de Santa Maria. Há 403 anos, nós repetimos essa cerimônia da mesma maneira como o senhor viu.

— Há 403 anos...?! A mesma cerimônia todos os dias?!...

— Sim. Antes, nós dávamos a volta na catedral, do lado de fora, mas a cidade cresceu e hoje rezamos o Terço aqui dentro.

Era um privilégio usufruir da beleza daquele templo e participar de cerimônias centenárias como a que assistira, mas iam fechar a igreja e ele teve de sair. O anoitecer estava chegando e estava cansado. Saiu com a sensação de que 403 anos iriam aumentar o peso da sua mochila.

Caminhou até a rua do *encierro*. Todos os anos, durante as festas de São Firmino, no período de 6 a 24 de julho, a rua do *encierro* é palco da famosa corrida de Pamplona, quando pessoas arriscam a vida correndo um trajeto de 800 metros na frente de touros enfurecidos.

Não sabia por que a procissão na catedral não saía da sua cabeça, quando passou em frente de uma livraria. Hesitou uns minutos e entrou. Os livros estavam dispostos por assunto e depois de várias perguntas ao vendedor, comprou um opúsculo sobre as heresias da Idade Média.

CAPÍTULO 12

No dia seguinte, levantou-se bem cedo porque, embora até Puente la Reina fosse apenas 23,5 quilômetros, era um trecho difícil. Tão difícil como vencer a subida do Monte del Perdon era descer os fortes declives escorregadios e pedregosos.

Uma das lendas mais bonitas do Caminho teve origem na subida do Perdon. Naquela época, os povoados eram muito distantes uns dos outros, e um peregrino se viu sem água na subida do morro. Já não aguentava mais seguir em frente e se sentia desfalecer sob o sol inclemente. Rezava para que Deus o ajudasse a chegar a uma fonte ou que alguém aparecesse com um pouco de água. Estava esgotado, sem forças, quando o Diabo apareceu diante dele e prometeu que, se renegasse a sua fé e desistisse da peregrinação, uma fonte de água cristalina e fresca ia jorrar daquele lugar. A tentação era grande e o peregrino já quase não aguentava mais o sofrimento, mas resistiu e não aceitou. O Diabo usou de todos os recursos para convencê-lo, mas o peregrino respondia que preferia morrer de sede a renegar a sua fé.

O Diabo ficou furioso e desapareceu no meio de uma explosão, soltando um forte cheiro de enxofre. Depois que o Diabo se foi, o peregrino agradeceu a Deus por ter resistido à tentação. Nesse instante, outro peregrino se aproximou e lhe mostrou a fonte. Sedento e quase sem conseguir andar, arrastou-se até o lugar e viu a água fresca jorrando de uma pedra. Depois de matar a sede, agradeceu o bondoso peregrino, que sorriu para ele e seguiu o Caminho.

Dias depois, chegou a Compostela. Entrou na igreja para assistir à Missa dos Peregrinos e quando olhou para a imagem de São Tiago reconheceu o peregrino que lhe mostrara a fonte de água. Fora o próprio santo que lhe aparecera, porque não renegara a sua fé e não desistira da peregrinação. A fonte passou a ser conhecida como *Fuente del Reniego*, Fonte da Renegação.

Maurício também estava cansado e com sede, mas tinha água suficiente. Sabia que a *Fuente del Reniego* havia secado e o Caminho tinha às vezes longas distâncias, por isso tomava precauções para evitar a fome e a sede em trechos desabitados e longos. Mas o lugar parecia mesmo amaldiçoado e o Diabo estava ali esperando por ele, como se quisesse testá-lo também.

Encostado no barranco, perto de onde antes era a fonte, um peregrino aproveitava a sombra para descansar. E o cheiro forte do enxofre que o Diabo deixara na lenda entrou pela sua alma, assim que o reconheceu. Aproximou-se. O peregrino continuou sentado, sem nada dizer, e o olhava com um sorriso inexpressivo. Maurício chegou mais perto, tirou a mochila das costas, colocou-a no chão e se sentou.

— Tinha mesmo a impressão de que ia encontrá-lo pelo Caminho. Mas o senhor escolheu um lugar apropriado para a gente falar do Diabo.

— Entendi que havia um recado, quando me mandou verificar se o assassino havia judiado da menina. O perfil do assassino. Lembra-se da sua preocupação?

Maurício respirou fundo e respondeu com outras perguntas:

— O assassino não mexeu na menina? Nem tentou? Descobriram alguma pista?

— Não há sinais de violência sexual. Nem mesmo a calcinha dela foi tirada.

CAPÍTULO 13

Embora já esperasse por essa resposta, a informação o assustou. Baixou a cabeça e o cheiro de enxofre espalhou-se por toda a paisagem. Passaram-se uns minutos e o inspetor mostrou-lhe uma foto da garota.

— Esta fotografia foi tirada em Majorca, no mês de julho, onde ela estava de férias com os pais.

Uma menina bonita, de biquíni, com o corpo já salientando as curvas da adolescência e cheia de sonhos na sua face sorridente, fazia pose, perto de uma barraca fincada na areia da praia.

Só damos valor ao repouso quando estamos cansados. Maurício tirou o gorro de pano verde e amarelo da cabeça e enxugou o rosto com o lenço. Encostado no barranco, sem a mochila nas costas, que vinha carregando como se fosse uma corcunda, olhava para aqueles campos amarelos de trigo já ceifado, sem saber no que pensar.

Ao longe, os Pireneus exibiam seus majestosos picos contra o horizonte, mas o detetive não estava interessado em paisagem.

— Sua percepção no caso é que o assassino pode ter uma missão, pois um tipo violento como ele somente conteria os seus instintos animalescos em relação à menina por alguma razão superior. Se ele ficasse ali para satisfazer seus instintos sexuais, poderia surgir alguém e prejudicar a sua missão. Acho que foi esse o seu raciocínio em Roncesvalles.

Maurício não respondeu. Olhava para as elevações no meio do vale, onde pequenos vilarejos pareciam se esconder à sombra de suas imensas igrejas.

— Podemos ir conversando, se aceitar minha companhia. Admito que o comandante não gostaria de eu estar aqui, trocando ideias com um peregrino estrangeiro sobre matéria de investigação criminal em curso, mas seu raciocínio me trouxe questionamentos que não posso desprezar.

Havia qualquer coisa de misterioso naquele encontro com o detetive, que parecia ao mesmo tempo agradecido e desconfiado. Era melhor tê-lo por perto e conseguir informações.

Caminharam até o alto do morro, onde uma linha de grandes torres de ventiladores gigantes para a geração de energia eólica, fora instalada no espigão do Monte del Perdon, e ali ficaram como se fossem D. Quixote e Sancho Pança se preparando para investir contra moinhos de vento. Um estranho monumento, com peregrinos dispostos como se fossem cavaleiros andantes, justificava a inscrição que dizia: *"O caminho do vento se cruza com o caminho das estrelas"*.

O policial retomou o assunto que o levara àquele encontro:

— Tenho a impressão de que alguma coisa mais o incomoda. Em Roncesvalles, o senhor desenvolveu um raciocínio de quem não estava apenas dando uma opinião. Já temos três homicídios, e a sua conclusão de que o assassino deu o golpe na perna traseira do burrico foi comprovada. Chegou mesmo a adivinhar que era a perna direita.

Não estava orgulhoso com os elogios. Um novo perigo, ainda desconhecido, parecia estar surgindo diante dele. Talvez fosse mais prudente cooperar com o Chefe de Investigação do Distrito de Pamplona.

— Era previsível que ele queria que o burrico caísse no precipício. O animal era muito pesado para um homem sozinho erguê-lo ou mesmo arrastá-lo. Com certeza levantou os corpos do homem e da menina e os jogou no precipício, mas não podia fazer isso com o burrico. Por outro lado, não podia deixar o burrico ali, com a perna cortada porque era arriscado, então ele preparou as coisas de modo que o burrico se arrastasse barranco abaixo.

O calor era abrandado por uma brisa fresca que descia o morro e corria pelos prados cultivados.

— Ia saindo de Saint-Jean-Pied-de-Port quando ouvi alguém dizer: *"brasileño, no?"* Sei que o Caminho é cheio de brasileiros, mas de qualquer forma registrei o fato. Depois, uma mulher subiu o morro, no mesmo ritmo que eu, e estava quase morta de cansaço quando paramos. Parecia que estava me seguindo ou fugindo de alguma coisa. Adquiri o hábito de observar detalhes.

— Ele reconheceu a bandeira brasileira no seu gorro, imagino.

— A questão é que a bandeira estava do lado oposto, e é um emblema pequeno, difícil de ser identificado na distância em que o espanhol estava, como pode ver.

E tirou o gorro da cabeça, passando-o para o detetive.

— Tem razão. Então, em sua opinião, ele já o estava esperando. Mas, por quê?

— Não sei se era por mim que esperava ou por outra pessoa, mas estava prevenido. Seria interessante saber o que esse padre fez naquele dia. Se, por exemplo, ele teve de visitar algum doente ou executar alguma tarefa que o fez sair da cidade e percorrer uma parte do Caminho. Não pode ter ido a lugar distante. Acredito que ele possa ter visto ou ouvido alguma coisa e o assassino o seguiu para saber quem era aquele intruso.

— Por acaso está sugerindo que o padre não se afastara muito de Roncesvalles porque, se o tivesse feito teria sido morto fora da cidade? É um raciocínio interessante.

Não era conveniente falar, por enquanto, sobre as suas descobertas com o ferreiro em Zubiri. Estava se intrometendo numa investigação policial em território estrangeiro e já cometera o erro de sugerir que o espanhol estava esperando por ele. Por outro lado, já estava sendo vigiado, como indicava o aparecimento desse detetive, e era melhor mostrar cooperação.

Uma nova dúvida o intrigava. Por que o inspetor não se interessara em saber sua opinião sobre como o assassino entrara no claustro para matar o padre?

CAPÍTULO 14

Ao descerem o Monte del Perdon, o detetive fez um comentário enigmático.

— O Caminho é uma homenagem à morte e ao sofrimento.

— O senhor já fez o Caminho?

— É o lugar predileto das minhas férias. Já fiz o trajeto de Roncesvalles a Santiago onze vezes.

— Onze vezes! — exclamou Maurício, impressionado.

— Sim. Onze vezes. Mas não foi só a passeio. Minha mulher é professora de arquitetura e defendeu tese de mestrado sobre a influência muçulmana na construção das igrejas do Caminho. A primeira vez que fiz o Caminho tinha dezoito anos. Éramos um grupo de universitários fazendo pesquisas para trabalho escolar. Naquela época o percurso era mal sinalizado e havia menos peregrinos.

Apoiando-se no cajado para não escorregar no terreno pedregoso da descida, trocavam opiniões sobre a influência que a simples descoberta de um túmulo teve sobre a humanidade. Calcula-se que durante o período que vai do século X ao XIV aproximadamente quinhentos mil pessoas desciam anualmente de todos os cantos da Europa para visitar as relíquias de São Tiago.

— Minha mulher diz que o Caminho foi um fenômeno histórico e histérico ao mesmo tempo. Ainda hoje, para quem o faz, o Caminho é uma coisa inexplicável e inesquecível.

— Dois conceitos interessantes. Gostei.

— O albergue! O albergue criou o Caminho, marcou o seu trajeto e recebia os peregrinos que passaram a ter onde repousar e se recuperar para enfrentar a jornada seguinte.

— É bem possível que tenha razão. Deve-se ao albergue a definição do Caminho.

— Uma das coisas que mais me impressionam é a importância do Caminho para o progresso da humanidade.

— Progresso da humanidade? — os pensamentos de Maurício se afastavam para outro raciocínio e a pergunta não saiu com naturalidade.

— Mas é claro! Enquanto os cristãos viviam obcecados pelo medo do inferno, os árabes avançaram nos estudos da matemática, da física, da arquitetura, filosofia, literatura, medicina e astronomia. Quando invadiram a Península Ibérica, em 711, textos de Sócrates, Platão, Aristóteles, Ptolomeu, Hipócrates, Galeno e grandes médicos árabes, como Avicena e Ali Abbas, escritos em árabe e hebreu, vieram para a Espanha. Com a reconquista da cidade de Toledo em 1085, esses textos chamaram a atenção de cristãos e judeus. O bispo da época criou um grupo de tradutores que ficou conhecido como Escola de Tradutores de Toledo.

Como um arauto de toda a sabedoria da Idade Média, ele parou e virou-se para Maurício:

— Entendeu agora? Ao chegarem à Península Ibérica os peregrinos entravam em contato com essas traduções e as levavam de volta para Paris, Roma, Amsterdã e outros centros europeus. A cultura clássica havia desaparecido e o Caminho a ressuscitou.

— De fato, a Escola de Tradutores provocou uma revolução cultural no continente. Um peregrino levava na mochila uma tradução de Sócrates, outro, de Platão, e assim a Europa recompôs a cultura clássica. Sob esse aspecto, é inegável o mérito da peregrinação.

— Não podemos esquecer que o cristianismo deteve o progresso da humanidade por mais de mil anos e, se não fosse o Caminho, esse atraso seria maior.

A queda do Império Romano deixara a Europa sem lei e sem ordem. Não havia mais uma força organizada para proteger a ordem pública, e o comércio e a vida urbana enfraqueceram. Consequentemente, escolas e atividades culturais também diminuíram e o que restou girava em torno do cristianismo.

Havia a crença de que o mundo desapareceria no fim do primeiro milênio e, então, reis e nobres começaram a construir igrejas, para serem enterrados dentro delas. Acreditavam que, assim, ficavam mais perto de Deus, e essas construções se caracterizaram por verdadeiro loteamento do céu, porque, quanto mais perto do altar, mais caro o túmulo.

Felizmente, o mundo não acabou com o fim do milênio, mas o poder religioso se consolidara, e igrejas e monumentos continuaram sendo construídos em toda a Europa como prova de devoção, levando catedrais e monastérios a concorrer em grandiosidade para atrair peregrinos e doações.

Até então, as igrejas eram construções menores e os grandes templos foram um desafio novo que levou os construtores a buscarem inspiração nos edifícios de Roma, dando origem ao estilo que passou a chamar-se românico.

— Não se aborreça com minhas explicações, pois elas são importantes para se entender o Caminho. A quantidade de monumentos românicos forma uma rica esteira de arte. O estilo românico se aperfeiçoou e surgiu o arco de tensão, em que uma pedra se apoia noutra, possibilitando maior abertura dos vãos e dando origem ao estilo gótico, que permitiu naves mais altas e janelas maiores com vitrais coloridos, trazendo a luminosidade para dentro das igrejas.

Maurício tinha por hábito tentar descobrir o que de mais sério poderia existir dentro de uma conversa simples. Inquietava-o que um policial graduado, envolvido numa investigação de crimes misteriosos, perdesse tempo em tantas divagações.

Não simpatizava com aquele homem, não o conhecia e estranhava o diálogo.

— Aliás, os dois estilos mostram maneiras diferentes de se ver Deus. Sim, é verdade! No românico, o interior das igrejas tem pouca luz, para que a pessoa medite e sinta a plena força da divindade. Já o gótico é alegre, nele as janelas são maiores, e a claridade mostra o ser humano como parte da divindade. No românico, o homem fica na escuridão e Deus desce até ele. No gótico, é o homem que se eleva até a presença de Deus, através da luz que inunda o ambiente.

"O que será que poderia estar por trás dessa pregação?", pensou Maurício, olhando no alto do morro o pequeno vilarejo de Obanos.

CAPÍTULO 15

Obanos foi palco de um dos mais tristes episódios da história do Caminho. Por coincidência, naquele dia, o vilarejo fazia uma representação teatral do misterioso drama dos irmãos Felícia e Guilherme, filhos do Duque de Aquitânia.

— Eis aí outro mistério inacessível do passado — voltou o inspetor, com suas infelizes explicações. A Igreja transformou assassinos em santos e deu a reis poderes para governar os céus, canonizando muitos deles. O assassinato de Felícia pelo seu irmão é outra curiosidade. Se ele fosse um plebeu, seria enforcado, mas Guilherme era o poderoso Duque de Aquitânia e, então, virou santo.

Depois de peregrinar a Santiago, Felícia abdicou das riquezas, preferindo ficar em Obanos para se dedicar aos pobres e aos peregrinos. Seu irmão Guilherme tentou convencê-la a voltar para se ocupar do palácio, mas diante da resistência da irmã ficou tão indignado, que a degolou, num gesto impensado do qual se arrependeu. Cheio de remorsos, fez a peregrinação e mandou construir uma Ermida de Arnotegui, perto de Obanos, conhecida como Ermida de São Guilherme. Felícia foi santificada e seu túmulo fica na cidade de Labiano, nas imediações de Pamplona. Guilherme passou o resto dos seus dias acudindo peregrinos e ajudando os pobres.

Chegaram ao centro da cidade onde dois enormes bonecos na frente da igreja simbolizavam Felícia e Guilherme. Entraram em um bar, tomaram água e café e descansaram um pouco para continuar até a ermida de Nossa Senhora de Eunate. Quem vem de Roncesvalles, precisa andar mais uns três quilômetros até esse misterioso templo cuja visita é obrigatória.

O Caminho tem dois pontos de origem. Um deles é a cidade de Saint-Jean-Pied-de-Port, onde começa o chamado Caminho francês, que passa por Roncesvalles; o outro é o alto de Somport, de onde sai o Caminho aragonês, assim chamado por causa do rio Aragão. Em Puente la Reina, os dois se encontram e o Caminho continua em um único trajeto. Na peregrinação anterior, Maurício tinha tomado um táxi em Puente la Reina para voltar a Somport e fazer também esse trajeto a pé, mas agora não estava disposto a tanto.

Já eram duas horas daquela tarde de sol inclemente e sentia-se reconfortado por estar equipado de óculos escuros, mangas compridas e filtro solar nas partes expostas, apesar de as plantas dos pés arderem sobre o solo quente.

A igreja de Eunate, que em *euskera* significa "cem portas", dá aos adeptos do esoterismo razões para longos estudos. Sua arquitetura evoca mistérios do Além. Vestígios de construções anteriores mostram sucessivos elementos octogonais em volta de um ponto central e teria sido construída inicialmente como túmulo para uma misteriosa rainha que ninguém sabe de onde viera.

Sua estrutura é similar à do Santo Sepulcro, com o quadrado indicando a ordem terrestre e o círculo simbolizando a vida eterna, e por isso chamou a atenção dos iniciados em ciências secretas.

Era impossível ver aquela construção e não se lembrar dos Cavaleiros Templários e sua lendária existência.

— O senhor está vendo aquela figura esquisita? Aquele é o *bafomet*.

Figuras de seres estranhos rodeavam o beiral, e o inspetor apontava para uma delas.

— Veja o senhor que injustiça o papa fez com os templários. Eles foram os criadores do gótico a partir dos estudos que fizeram do Templo de Salomão e introduziram essas gárgulas como canaletas para escoamento de água. Para acusá-los, inventaram que o *bafomet* era o Diabo e que os templários o adoravam.

Maurício procurava ser cortês e o inspetor entendia essa cortesia como uma demonstração de interesse. Ele dava voltas para chegar ao assunto principal, como se quisesse pegar o interlocutor de surpresa, e trouxe do fundo dos séculos um dos temas mais delicados da história do catolicismo.

— A Igreja não poupava os inocentes, quando eles ameaçavam o seu poder. Veja o que aconteceu com os cátaros. Eles eram considerados hereges apenas porque praticavam um cristianismo puro e por isso o papa lançou contra eles uma Cruzada, a chamada Cruzada Albigense. Sabe qual era o crime dos cátaros? Eles viviam bem no centro da peregrinação, em torno da cidade de Albi.

Acabaram de dar a volta da igreja e estavam diante da entrada principal, admirando a simetria da construção.

— O senhor vai passar por Estella. Não deixe de notar o erotismo disfarçado que brota da cena em que o sagitário aponta sua flecha para o umbigo de uma sereia, na igreja de São Pedro de la Rua.

"Bafomet, umbigo de sereia, cátaros! O que estaria por trás dessas observações extemporâneas?" — pensava Maurício, mas nesse momento uma senhora chegou correndo, assustada.

Ela estacionara o carro para visitar a igreja e, quando voltou, o vidro à direita do motorista estava aberto e uma bolsa que tinha deixado no banco da frente desaparecera. O inspetor se identificou e foram até o veículo.

— Olhem que coisa mais esquisita! Levaram a minha bolsa e deixaram isso aí. Parece coisa de feitiçaria.

A porta estava semiaberta e o inspetor examinou o carro, não dando muita importância às reclamações da mulher, que se lamentava por ter ficado sem documentos e dinheiro. Em seguida, ligou pelo celular para o posto policial mais próximo, o de Puente la Reina.

Maurício tinha ficado afastado porque era assunto para o inspetor, mas a mulher abriu toda a porta para revistar melhor o carro, na esperança de encontrar a bolsa, e ele pôde ver os objetos que estavam no banco dianteiro do motorista.

Sua exclamação foi espontânea e demonstrava preocupação:

— O barrete vermelho! Mas, tecido cor púrpura!?...

O inspetor ficou intrigado com aquela reação.

— Isso lhe diz alguma coisa?

Maurício não respondeu e, com a ponta do cajado, levantou o tecido e o examinou.

— Material antigo.

Trouxe para mais perto do rosto.

— Cheiro de mofo, corte feito com faca. Não foi tesoura.

Os dois o olhavam, intrigados.

— A senhora tem certeza de que esses objetos não estavam aí quando saiu do carro?

— Sim, tenho. Nunca tinha visto isso antes. Será que o ladrão estava fugindo e deixou essas coisas?

— Não seria muita esperteza da parte dele esconder o resultado de um furto dentro do carro que acabava de assaltar, penso eu.

O inspetor deu o seu palpite.

— De fato, não faz sentido. A dúvida é se ele abriu o vidro para roubar a bolsa e aproveitou para deixar esses objetos ou se, ao contrário, queria desfazer-se deles e aproveitou para levar a bolsa. Nessa hipótese, deve ter cometido outro assalto antes de chegar aqui.

O zelador de Eunate vinha chegando e o inspetor pediu um saco plástico para guardar os dois objetos. Ele se comportava como se não tivesse gostado de Maurício ter interrogado a mulher e procurava agora tomar iniciativas. Para Maurício, porém, aquilo não fora um simples roubo. O inspetor tentava acalmar a mulher.

— Assim que a viatura chegar, a senhora poderá formalizar a ocorrência e serão tomadas as providências para encontrar a bolsa com os seus documentos.

Maurício olhou mais uma vez para o saco plástico e depois se aproximou do carro. Uma ideia, que de início achou absurda, começou a tomar vulto e ele se voltou para a comprida alameda que vinha da rodovia até o estacionamento.

"Esse assassino pode ter feito isso, sim, pode ter feito."

Enquanto o inspetor tranquilizava a mulher, ele começou a caminhar pela alameda, examinando os arbustos e as árvores que ladeavam o asfalto. O inspetor o observava, inquieto, com receio de ser desprestigiado. A mulher parara de falar e pouco depois eles o viram agachar-se perto de uma árvore e pegar um objeto que de longe parecia uma bolsa.

Lá do outro lado da alameda, despontou uma viatura policial que chegou até o pátio de estacionamento. Maurício começou a voltar, tão devagar quanto tinha ido, e trazia na mão uma bolsa de tamanho médio, de couro, parda, que entregou à mulher.

— Mas, essa é minha bolsa! Como o senhor sabia que ela estava escondida perto das árvores?

— O ladrão devia estar de motocicleta. A bolsa é meio grande e seria um estorvo. Imaginei que ele a jogaria em algum lugar próximo daqui. Acredito que não teve tempo para retirar qualquer coisa.

A mulher abriu a bolsa e sorriu aliviada. O dinheiro e os documentos estavam ainda lá.

Era uma situação desconcertante para o inspetor, que se lembrava do desempenho de Maurício em Roncesvalles e que agora, como num passe de mágica, devolvia os pertences da mulher. Entretanto, ficou agradecido por ele não dizer mais nada na frente dela e dos policiais, que a acompanharam à delegacia, levando o saco plástico contendo os objetos encontrados no carro.

Logo que se distanciaram, o detetive não aguentou:

— Nenhum ladrão jogaria fora essa bolsa sem pegar o dinheiro.

Certas intuições não se traduzem facilmente em palavras. Era preciso cuidado para explicar a esse policial que a mulher tinha razão quando lembrou que aquilo parecia feitiçaria. Um ladrão não deixa no lugar do roubo dois objetos emblemáticos como aquele barrete e o tecido purpúreo.

— A lógica não cria um conhecimento novo, como a botânica ou a química. Ela apenas se aproveita de dados já existentes. No caso desse estranho roubo, cheguei à conclusão de que a bolsa não era o objetivo do ladrão, que queria apenas completar o serviço de Roncesvalles.

O policial quase caiu ao se virar bruscamente para interrogá-lo.

— O quê? O assassino de Roncesvalles aqui? Perto de mim e eu o deixei escapar? De onde o senhor tirou essa ideia? Ou está querendo complicar mais ainda essa investigação? Por que aquela sua reação diante de um barrete vermelho e um pedaço de pano?

O homem estava nervoso e era melhor não enfezá-lo ainda mais.

— Bem, primeiramente e o senhor sabe disso melhor do que eu, nesse tipo de roubo, o ladrão normalmente quebra o vidro, pega rapidamente um objeto e desaparece. Nesse caso, porém, não agiu assim, porque o barulho chamaria a atenção. Sua intenção era só deixar os dois objetos, mas havia o risco de a mulher simplesmente se livrar deles. Ele precisava que a reação dela o fizesse ver o barrete e o tecido. Para sua sorte, a mulher cometera a imprudência de deixar a bolsa. Sem a bolsa e os documentos, ela chamaria a polícia.

Não tinha pressa e aguardou algum comentário, que não veio, e então fez uma curta observação para provocar o raciocínio do detetive.

— É fora de propósito um ladrão vir até Eunate, com a intenção de praticar um furto, e deixar como lembrança do seu feito dois objetos tão misteriosos.

— Coisa esquisita! Mas o senhor foi muito direto ao lugar da bolsa, como se já soubesse que ela estava lá.

Era quase uma acusação que Maurício desconsiderou com um sorriso desdenhoso, mas procurou ser cortês.

— Acredito que, como eu, assim que o senhor viu os dois objetos, também teve a impressão de que não se tratava de mero furto.

O inspetor pigarreou com o elogio, sem responder, e esperou o resto da história.

— Esse assassino é tinhoso e planeja tudo com cuidado. Essa questão da bolsa é significativa. Se a polícia não encontrasse a bolsa, iria parecer um furto e a mensagem que ele queria enviar não seria entendida. Por isso a deixou num lugar fácil de ser encontrada.

Continuou na sua estratégia de não melindrar o inspetor:

— O senhor deve estar lembrado das suas leituras de criança. As crianças leem contos de fadas. O barrete vermelho é um duende do folclore inglês, que assombra ruínas e castelos. Ele tem esse nome porque tinge o seu barrete com o sangue das vítimas. Quando o vi, fiquei na dúvida. O Caminho é cheio de castelos e ruínas. Cheguei a pensar que o assassino estaria indicando o lugar onde outros crimes seriam cometidos. Mas isso não combinava com o tecido púrpura.

O policial manteve uma suspeita humildade.

— Desculpe se não alcanço o seu raciocínio, mas de que maneira o folclore inglês o levou a essas ideias?

— Já tive a curiosidade de estudar a roupagem dos cerimoniais religiosos. No século XIII, o Papa Bonifácio VIII deu aos cardeais o título de Príncipes da Igreja, incluindo-os na Ordem dos Príncipes. No fim do século XV, eles passaram a usar a cor púrpura e o barrete vermelho, vindo a ser chamados de Eminência no século XVII, com Urbano VIII.

— Mas essa informação é preocupante. Por essa sua digressão histórica, esse assassino está pensando em atingir os escalões mais elevados da Igreja. Mas então não seria coisa de uma só pessoa. Teria de haver uma organização.

E, sem sair do seu estado de estupefação:

— Ainda falta o senhor me dizer por que esses objetos o lembraram do crime de Roncesvalles.

"Esse homem está se fingindo de bobo. Em todo caso, é melhor manter um diálogo normal" — pensou Maurício, já cheio de cismas.

— Quem melhor do que o assassino de Roncesvalles teria a oportunidade de conseguir roupas do clero? Assim que os vi, lembrei-me de que o crime da Colegiata fora cometido no interior de um monastério. O senhor esteve no quarto do padre Augusto. Suponho que ele tinha um armário onde guardava paramentos antigos.

— Sim! No quarto havia um grande armário onde ele conservava coisas desse tipo. Parecia um colecionador de objetos que considerava sagrados.

— Pois então esteja certo de que o assassino ficou escondido nesse armário, onde teve a ideia de levar esses objetos como uma espécie de troféu, para serem exibidos na primeira oportunidade. O tecido foi cortado com um punhal ou coisa parecida. Ele o está desafiando, inspetor Sanchez.

Esperava que essas conclusões fizessem o seu indesejado companheiro voltar a Roncesvalles, mas o inspetor mandou para lá outro investigador e acompanhou-o até Puente la Reina. Estava mudo e acabrunhado porque vinha dando aulas de religião a Maurício que, de repente, se mostrara entendido em roupagens do clero para com isso descobrir a bolsa da mulher atrás de uma árvore.

CAPÍTULO 16

Na entrada de Puente la Reina existe um hotel com uma área reservada para peregrinos. O preço era razoável, o hotel tinha também um bom restaurante e decidiram hospedar-se ali mesmo.

O desvio para Eunate aumentara a distância, cansando-os mais que o normal. Agora o barrete vermelho e o tecido púrpura traziam a esses crimes um ingrediente novo: o ritualismo. Qual seria a misteriosa missão desse assassino e sob as ordens de quem estaria ele?

Não tinha certeza de ter convencido o inspetor de que o desafio lançado pelo bandido se dirigia à polícia, porque tudo indicava que o alvo do roubo de Eunate era ele próprio. Seus pressentimentos provocavam dúvidas que preferia não ter, mas que seriam rapidamente confirmadas.

Um pouco de repouso depois do banho poderia ajudá-lo a pensar com mais objetividade, pois tudo levava a crer que novos episódios viriam e nunca gostara de ser pego desprevenido. Depois do descanso, teria também tempo para visitar Puente la Reina e a ponte mais simbólica do Caminho.

Deitado com as mãos sob o travesseiro, Maurício olhava para o teto. Estava de frente para a entrada do albergue e olhava os vultos dos peregrinos que chegavam com olhar inexpressivo e tiravam a mochila das costas, quando viu o rapaz alto, forte, com uma longa cabeleira e fisionomia simpática, parado na porta, como se procurasse alguém. Depois de percorrer as camas com seus simpáticos olhos azuis, perguntou num português carregado:

— Algum de vocês é brasileiro?

O inspetor sentou-se imediatamente na cama e Maurício esperou para ver se outro peregrino se manifestava. O rapaz segurava um envelope:

— Procuro um brasileiro chamado Maurício. Tenho este envelope para lhe entregar. Pousei no albergue de Cizur Menor e um peregrino que estava com o pé machucado pediu-me para ver se o encontrava em Puente la Reina. Disse que o envelope tinha uma mensagem urgente, que não podia se atrasar.

Maurício respirou fundo. Levantou-se e respondeu:

— Deve ser comigo. Sou brasileiro e me chamo Maurício, mas você não é brasileiro. Onde aprendeu a falar português?

— Fiz intercâmbio cultural com uma família em São Paulo, há cinco anos. Sou holandês. Esqueci muita coisa, mas ainda consigo falar um pouco.

A sua voz era trêmula, seus lábios estavam roxos e a pele do rosto meio branca, apesar do sol. Parecia cansado.

— Você está se sentindo bem?

— Estou meio cansado, meio zonzo.

— É melhor deitar-se.

Olhou para os beliches e viu uma cama vazia. Ajudou o rapaz a tirar a mochila e a se deitar.

— Você é capaz de descrever o peregrino que lhe entregou o envelope?

— Sim, posso — respondeu o rapaz titubeante.

O inspetor olhava, desconcertado, para a cena e Maurício voltou-se para ele:

— Arranje um médico com urgência. Este rapaz está com algum problema sério e pode ter sido envenenado.

— Envenenado? Mas como?

— Pelo amor de Deus, inspetor! Chame uma ambulância. Isso me parece urgente.

Ajudou o rapaz a tirar as botinas e desabotoou a camisa dele. Viu que suava frio e foi buscar água. Forçou-o a beber o mais que pôde e o rapaz vomitou uma gosma verde.

— Quem lhe entregou o envelope? Por favor! Me diga.

— Um peregrino. Uma figura estranha com um barrete vermelho na cabeça. Disse que tinha torcido o pé e me pediu para tentar encontrá-lo aqui em Puente la Reina. Eu tomei veneno? Mas como? O senhor não vai abrir o envelope?

"O barrete vermelho"! Então ele entregou o envelope ao rapaz e depois saiu, certamente de motocicleta, para preparar o terreno em Eunate. Seria a mulher cúmplice dele? Não deve ser porque ela acompanhou os policiais para formalizar a queixa e seria identificada.

Os outros peregrinos se aproximavam curiosos, uns preocupados, outros querendo ajudar, mas o rapaz foi ficando mais pálido, os lábios mais roxos, os olhos vermelhos pareciam saltar das órbitas, e suava frio. Começou a tremer e Maurício olhava em volta, esperando a ambulância que o inspetor deveria chamar.

Poucos minutos depois, ouviu uma sirene e deu graças a Deus. Logo uma equipe de médicos e enfermeiros entrou no albergue e, após um exame rápido, levou o rapaz de volta a Pamplona.

O envelope ficara em cima da cama onde o rapaz estava deitado. Maurício pegou-o com a dobra do lençol e o abriu. Dentro estava um papel de bloco, com letras vermelhas e caligrafadas.

Leu a estranha mensagem:

"Os caminhos se unem numa só ponte para renegar o passado."

O detetive observou o cuidado que ele teve para pegar o envelope.

— O senhor acha que o envelope está envenenado? Será que esse envelope teria veneno suficiente para causar tanto dano assim ao rapaz?

— Acho que sim. É um envelope áspero, meio esponjoso, e dependendo de quanto tempo o rapaz ficou com ele na mão, a quantidade de veneno pode ter sido fatal. O rapaz deve ter recebido alguma instrução boba, como, por exemplo, não dobrar o envelope ou segurá-lo de algum jeito apropriado. É bem provável que não o tenha guardado no bolso, trocando-o de mãos quando suava. Foram várias horas de caminhada sob o sol.

O detetive o olhava, ainda sem acreditar.

— E isso aí é para o senhor mesmo? Algum recado? Posso ver?

Maurício leu novamente e entregou o papel ao inspetor.

— Alguém está fazendo uma brincadeira de mau gosto. As duas palavras-chave são ponte e destino. O senhor entende de charadas?

— Tivemos um caso estranho de um *serial killer* que usava charadas para assustar as vítimas. Uma moça conseguiu escapar. Ela era estudante de matemática e nos ajudou a prender o assassino. Aprendi alguma coisa com ela e estou vendo que o senhor também entende disso.

— Depois que minha mulher morreu, não conseguia fazer mais nada. Passei a comprar revistas de problemas, palavras cruzadas e charadas. Qualquer coisa que me ajudasse a passar o tempo servia.

Respirou fundo.

— Alguém está nos desafiando. Acho melhor deixar o descanso para depois e irmos até a ponte.

"Quantos peregrinos entendem de charada?"

Mensagens em charada ou enigma só podem ser dirigidas para quem os compreende. Forçava o raciocínio para se excluir, mas não podia enganar-se: o rapaz o chamara pelo nome.

CAPÍTULO 17

Antigamente, os peregrinos tinham de cruzar o rio Arga, utilizando-se de pequenos barcos, e muitos morriam no período das chuvas, arrastados pelas fortes correntezas. No século XI, a rainha Dona Mayor, esposa de Sancho III, mandou construir a ponte e daí derivou o nome da cidade.

A arquitetura foi a principal manifestação do desenvolvimento da Idade Média e a travessia dos rios era uma das dificuldades para o progresso. Construindo pontes, o homem mostrou a sua capacidade de dominar a natureza e comemorou a euforia de manter as comunicações entre os povoados durante todo o ano, construindo algumas delas com esmero e arte, como a de Puente la Reina.

Seis bonitos arcos em curva sustentam a ponte, que começa num ponto elevado da cidade e cruza o rio. Um grupo de peregrinos aproveitava a sua sombra, sentados sobre um gramado, e entre eles uma mulher que Maurício teve a impressão de já conhecer. Devia ter uns trinta anos, pele clara, rosto bem feito, face serena, olhos verdes, corpo esbelto com curvas harmônicas. Era uma mulher bonita e tinha um sorriso cativante.

Um pouco intrigado, voltou ao assunto que os levara à ponte:

— O senhor é um policial bem preparado. O que acha que pode acontecer aqui? Se for aqui?

— É possível concluir que queiram destruir a ponte, mas por quê? O Caminho não vai deixar de existir se a destruírem, e hoje a reconstrução é rápida.

Mas Maurício insistiu:

— Esta é, sem dúvida, a ponte mais bonita do Caminho. Veja a beleza e a harmonia dos seus arcos romanos. E ela tem também sua lenda. A lenda do pássaro e Nossa Senhora do Puy.

Não estava satisfeito com aquilo. Esse novo tipo de mistério era diferente da violência clara das mortes anteriores. Pelo seu raciocínio, a violência deveria continuar e essa história de charadas e derrubada de pontes era esquisita.

Em Puente la Reina, todos os caminhos se unificam antes da ponte, que passa a ser também um símbolo de união. Os templários deixaram ali registros de sua presença, como a Igreja do Crucifixo, cuja primeira construção data do século XII, com o nome original de Santa Maria de los Huertos. O crucifixo apresenta Cristo pregado numa árvore, e os peregrinos postavam-se diante dele, pedindo forças para poder chegar a Compostela. Com o infortúnio da Ordem do Templo, a igreja foi esquecida durante vários séculos.

O detetive interrompeu seus pensamentos.

— Precisamos ir à catedral. Pode ser que haja alguma cerimônia que colocaria em perigo aqueles que a ela vierem.

Dirigiram-se à igreja de Santiago em torno da qual se desenvolveu concentricamente a cidade. A igreja foi também construída sobre uma outra do século XII, da qual se conservam as portas.

Na secretaria ficaram sabendo que no dia seguinte, domingo, haveria uma procissão às 8 da manhã até a ponte, onde uma missa seria celebrada em homenagem à Nossa Senhora do Puy, cuja imagem está hoje na catedral de São Pedro, em Estella. Antigamente, havia uma pequena torre que servia de capela para a imagem da santa e, segundo uma antiga lenda, um passarinho esvoaçava ao seu redor e com o bico limpava a imagem. Depois descia até o rio e buscava água para lavar-lhe o rosto.

Ao saírem da igreja, o detetive começou a levantar dúvidas.

— Talvez haja um atentado amanhã na hora da cerimônia e, se houver, muitas pessoas podem morrer ou sair feridas. Mas por que nos avisariam disso, se querem atingir os fiéis?

Se tivessem essa resposta, o problema poderia estar resolvido.

— E quem estaria fazendo isso? Não sabemos ainda se é a mesma pessoa. Qual o propósito dessas mensagens? Pode ser uma simples brincadeira, mas depois desse aviso, se houver vítimas, a culpa passa a ser da polícia.

O inspetor continuou falando, como se pensasse em voz alta.

— Podem estar nos preparando para alguma coisa mais séria. Não matariam o espanhol e o padre para esconder um atentado tão sem importância como destruir uma ponte, por mais histórica que seja. Estão mexendo com os nossos nervos. Tenho de informar meus superiores. Isso pode ser coisa desses terroristas bascos que estão atormentando a Espanha.

"Talvez fosse isso mesmo que esse grupo quisesse", pensou Maurício, pois assim, as forças de segurança da Espanha estariam dispersas e confusas. Mas preferiu não assustar o detetive, mesmo porque não adiantava fazer mais nada e o entardecer começava a trazer aos seres vivos a paz que antecede a hora do recolhimento.

CAPÍTULO 18

O restaurante ficava no primeiro andar. Maurício estava sentado de frente para as escadas e fez um grande esforço para disfarçar o deslumbramento que tomou conta dele quando a viu. Era a mesma mulher que estava sob a ponte e a mesma que acordara à noite em Roncesvalles. Subia agora as escadas, junto com o seu grupo de amigos.

Elegante e desembaraçada, movimentava o seu corpo escultural com aquele passo que os gatos levam anos para ensaiar. Lera essa frase não lembrava onde, mas era bem aplicada àqueles movimentos.

Ela se aproximou com um doce sorriso que poderia servir de sobremesa:

— O senhor não estava em Roncesvalles, há três dias? Acho que me lembro de quando entrou na igreja para a missa.

Maurício respondeu com outra pergunta, como se quisesse dizer que também se lembrava dela:

— Teve sorte em não se machucar naquela noite, não foi?

Ela deixou que o seu envolvente sorriso ficasse apenas no ensaio e dirigiu-se ao inspetor:

— Então, inspetor, já encontrou o assassino?

Lembrou-se de que o comandante em Roncesvalles tinha informações de que ele dormia na hora do crime. Mas, como ele sabia disso? Teria sido ela a dar essa informação? Nesse caso, a luz da lanterna percorrendo as camas não fora casual. E, sem consultar seu companheiro de mesa, convidou-a:

— Não quer sentar-se conosco?

Chamava-se Patrícia e era americana. Estudara línguas neolatinas na Universidade de São Paulo e por isso falava bem o português, com um sotaque quase imperceptível. Estava fazendo o Caminho para escrever uma reportagem para uma rede de televisão que não quis dizer qual.

— Na verdade, estava muito cansada naquele dia e não devia ter ido à missa dos peregrinos. Fiquei impressionada com aquela cerimônia. Não é todo mundo que está preparado para assistir a uma solenidade bonita e tão tocante no início de uma peregrinação difícil e mística como a que estamos fazendo. Todos os meus *mea culpa* me acusaram naquela noite e não dormi direito. Acordei meio zonza. Foi só isso.

O garçom veio com uma garrafa de vinho e eles pediram o jantar. Conversaram sobre vários assuntos e ela comentou de maneira displicente:

— Muito esquisito. A "rádio peregrino" está dizendo por aí que houve outro crime na subida dos Pireneus. Não foi só o padre.

A "rádio peregrino" são os boatos que passam de boca em boca durante a caminhada. Tem-se notícia de quase tudo e não é preciso ler jornais. O inspetor ficou quieto e Maurício respondeu:

— Ouvi algo a respeito, mas espero que fique nisso. Já houve muitas mortes durante séculos no Caminho.

O detetive a olhou com curiosidade, quando ela perguntou:

— Posso acompanhá-los até Estella, amanhã?

— Mas e os seus amigos?

68

— São ótimos, bons companheiros, mas vejo que vocês são mais estudiosos do Caminho e gostaria de aprender mais coisas. Vi como se interessaram pela ponte e depois foram visitar as igrejas. Meus amigos só querem saber de vinho e presunto.

CAPÍTULO 19

Logo de manhã, saíram em direção à ponte. Ao ver as ruas atulhadas de policiais e soldados, Maurício não resistiu:

— Meus parabéns! Isso aqui está parecendo mais um campo de batalha do que uma pequena cidade do Caminho de Compostela.

Veículos carregados de policiais bem armados, técnicos em eletrônica, peritos de todos os tipos e um batalhão do exército. A segurança de Puente la Reina estava completa. Se alguma coisa de errado acontecesse, não seria mais culpa do detetive.

"Essa divisão de responsabilidades é bem típica dos incompetentes", pensou Maurício, sem resistir à filosofia barata.

A cerimônia foi adiada e a cidade continuou ocupada. Na entrada de Puente la Reina existe uma grande estátua de metal de um peregrino, na confluência do Caminho francês com o Caminho aragonês. Todos os peregrinos foram submetidos a uma rigorosa vistoria junto à estátua.

Não adiantou o bispo interceder, considerando um ultraje ao Caminho aquele abuso contra os peregrinos que apenas buscavam o perdão dos seus pecados. A vistoria foi rigorosa. Nenhum veículo, nem mesmo ambulâncias, pôde andar pela cidade no horário previsto para a cerimônia.

O detetive olhava desanimado para Maurício, que observava pensativo tudo aquilo. Alguma coisa tinha de acontecer, mas não se atrevia a fazer mais conjeturas. Depois do almoço, decidira seguir adiante, pois o problema de segurança não era dele.

Expôs isso de forma elegante e educada, mas não conseguiu se livrar do policial, que quis acompanhá-los até Cirauqui, que na língua basca significa "ninho de cobras". Patrícia ia junto e depois de uma longa e íngreme subida, o detetive os levou ao cume de um morro, de onde se descortinava o vale do Arga com a cidade de Puente la Reina ao fundo.

Era um cenário maravilhoso até para quem já o havia apreciado onze vezes.

— Essa é uma das coisas que me agradam no Caminho para Santiago. O peregrino para, olha para trás e sente uma satisfação que o ser humano não tem quando se volta para o próprio passado.

O inspetor fazia o seu monótono discurso, enquanto Maurício olhava a cidade de Puente la Reina, procurando uma resposta para a charada.

— O senhor vê a torre da igreja? Não sei por que sinto certa nostalgia toda vez que vejo uma torre de igreja. Talvez seja porque se ergam solitárias buscando inutilmente a imensidão do infinito. Ou será porque os sons melancólicos dos sinos nos tocam a consciência lembrando a hora da oração ou do enterro de alguém? Ou quem sabe por que lá está o relógio, mostrando de longe o tempo correr inexorável em seus ponteiros? Não sei, mas gosto de ficar olhando para elas, de longe, porque também são os primeiros sinais de um agrupamento humano.

O olhar inexpressivo de Patrícia se dispersava pelo vale.

Maurício pensava se o sol quente e o cansaço da íngreme subida não teriam afetado as emoções do policial, que não parou sua estranha filosofia sobre torres de igreja.

— Vejam, por exemplo, a torre da igreja de São Tiago, o padroeiro da cidade. Ela guarda segredos como a forma octogonal, que o arquiteto Ventura Rodrigues deu à parte superior.

— Octogonal?!...

— Sim! — respondeu um entusiasmado inspetor com o interesse de Maurício. Existe uma coisa curiosa no Caminho. No auge da peregrinação, a catedral de Santiago de Compostela chegou a ter receitas maiores que a diocese de Roma. Era tal a devoção ao santo, que os papas se assustaram. E, então, a Igreja começou a introduzir elementos que nada têm a ver com a tradição do Caminho, como a devoção a Nossa Senhora.

— Não entendi isso aí! — exclamou Patrícia.

— A devoção à Virgem Maria coincidiu com a descoberta do túmulo de São Tiago.

O homem gostava de provocações e falava novamente com aquele estilo místico que adotara em Eunate.

— O Caminho estremeceu a hierarquia papal a tal ponto que o Papa Gregório IX fez uma procissão solene por toda a cidade de Roma, no ano de 1239, mostrando as cabeças de São Pedro e São Paulo — que aliás não se sabe se eram mesmo deles — apenas para mostrar que o Vaticano ainda tinha relíquias mais importantes que os ossos de São Tiago.

— Credo! Do jeito que o senhor fala, a peregrinação pode ser interpretada como uma heresia.

— É verdade. Desgostosa com os excessos da Igreja Romana, a esperança da cristandade se dirigiu para o túmulo de São Tiago, e a rapidez com que o movimento se consolidou despertou preocupações. Uma das maneiras de reduzir a importância do santo foi introduzir a Virgem no Caminho, como a imagem de Nossa Senhora de Nieble no século XVIII, aqui em Puente la Reina.

Maurício foi tomado de repente por uma inesperada inquietude e, menos interessado na história da cidade do que na interpretação da mensagem, perguntou:

— Essa imagem ainda existe?

— Sim, sim. Está na igreja de São Tiago.

— São Tiago, o Caminho é de São Tiago, — começou a pensar Maurício em voz alta. A igreja é de São Tiago e a imagem de Nossa Senhora, a mãe de Deus, está na igreja de São Tiago, o dono do Caminho. *Os caminhos se unem numa só ponte para renegar o passado,* diz a charada. Nós nos preocupamos com a Nossa Senhora da ponte, mas os terroristas podem estar se referindo a essa Nossa Senhora que está na torre da igreja de São Tiago, o dono do Caminho.

O detetive pareceu atordoado, e só depois de alguns segundos de silêncio reagiu a esse comentário.

— Não é possível. O que o senhor está querendo dizer agora? Que nós interpretamos a charada da maneira errada? Que eles nos induziram ao erro? Não vejo lógica em mais nada. E também não posso dar outra pista falsa para as forças de segurança do meu país. Vou cair no ridículo.

Não era momento para ter medo de ridículo. Afinal, até o exército espanhol já tinha sido movimentado.

— Se for da sua conveniência, não precisa fazer isso. Eu falo com eles. Digo que tive uma suspeita e passo a responsabilidade para o comandante. É o mesmo do inquérito?

O detetive pegou o pequeno aparelho, hesitante. Olhou para Maurício, mas depois ele mesmo fez a ligação:

— Comandante Perez. Aqui é o inspetor Sanchez. Temos quase certeza de que alguma coisa vai acontecer em Puente la Reina, envolvendo a Mãe de Deus. Pensamos que seria na ponte e na hora da cerimônia, mas pode ser que seja na igreja de São Tiago.

Mas era tarde. No mesmo instante, aquela paisagem ainda bucólica, apesar do sol quente, transformou-se num momento de pesadelo. Lá embaixo, nuvens negras subiam para o céu após uma explosão que se ouviu até onde estavam e, para surpresa deles, quando a fumaça desapareceu, a torre da igreja, que tantas vezes despertara o sentimento poético do detetive, continuava de pé.

Eles haviam interpretado da forma correta a mensagem enviada por meio da charada. Apenas o momento da explosão fora aleatório. A ponte, que simboliza a união do Caminho e um destino único contrário a Roma, deixara de existir.

Não tinham mais o que fazer e Maurício notou a tristeza do seu companheiro, que lamentava não estar lá para evitar o incêndio que apareceu logo depois. O detetive teve de voltar para ajudar nas investigações, e eles continuaram.

Maurício subia, pensativo, o morro para Cirauqui. Esses atentados não tinham as características de terrorismo ou criminalidade comum. Algo mais sério e misterioso estava sendo articulado. Tinha também a impressão de que o inspetor o alertava sobre a possibilidade de que fatos ocorridos num passado distante pudessem estar por trás desses crimes.

LIVRO
2

OS CÁTAROS

CAPÍTULO **20**

Era a noite de 25 de maio de 1242 e o *perfeito* Olivier caminhava em silêncio por entre a vegetação à margem do rio Ariège, que serpenteia aos pés dos Pireneus na região de Sabartèz, no sul de França. Às vezes, a claridade indiscreta da lua projetava sua sombra e ele recuava apressado para dentro da mata. Foram-se os tempos em que ele andava livremente pelos campos para ajudar os doentes e moribundos.

Nas noites claras, quando as estrelas e a lua embelezavam o céu, os *perfeitos* costumavam sair pelos campos para tratar dos doentes e lhes administrar o *consolamentum*, que purifica o espírito. Desde o início das perseguições, não podiam mais pregar nem mais caminhar livremente, e passaram a fazer suas orações em cavernas, bosques, esconderijos ou em casas de amigos, que guardassem segredo.

Os combates já duravam dezenas de anos e corpos de pessoas mortas ou moribundas se esparramavam pelos campos. Os *perfeitos* saíam à noite, não mais em dois como faziam antes, porque sozinho é mais fácil se ocultar. Caminhavam cautelosos, porque os cruzados podiam surgir de repente, e eram impiedosos. Um gemido ou um soluço poderia indicar pessoas ainda vivas que eles pudessem curar ou, pelo menos, com tempo ainda de serem *consolados*.

O choro e o desespero revelavam corpos mutilados dos que ainda viviam. Os mortos não reclamavam da dor e por eles nada mais podia ser feito. Olivier andava com cuidado, ocultando-se entre as folhagens, quando teve a impressão de ouvir um ruído diferente. Pareciam pisadas de alguém que vinha em sentido contrário na mesma margem do Ariège. Escondeu-se. Os passos foram se aproximando e ele viu o vulto de um homem mancando que se apoiava num galho, que fazia de bastão.

Parecia fraco, cansado, e parou alguns metros de Olivier sem o perceber. Olhou em volta e agachou-se para beber um pouco da água do rio, mas caiu e ficou encostado no barranco, sem conseguir se levantar. Correu para ajudá-lo, e o homem o olhou como se estivesse vendo um fantasma. Olivier fez sinal de silêncio com o dedo na boca e, com jeito, arrastou-o para baixo dos arbustos. Pouco depois, o homem se recuperou e conseguiu falar:

— Só um *perfeito* cátaro estaria aqui para ajudar um moribundo. Então me ajude. Preciso achar um Perfeito chamado Olivier. Tenho uma mensagem do pai dele.

Olivier levou um choque. Não via o pai desde os 8 anos de idade. Recebia notícias por intermédio de outros crentes ou pelos trovadores e, por essas pessoas, sabia que o pai estava bem e lhe enviava recados para se proteger. Um grande perigo pesava sobre ele, Olivier, e devia se esconder. Lembrava-se de que pouco antes de fugir, o pai lhe fizera prometer que se transformaria num *perfeito*. Não sabia por que, mas o pai insistiu que era muito importante e chegaria o dia de uma grande revelação. Ele e a mãe desapareceram. Soube que ela morrera de uma infecção pulmonar, mas que o pai continuava vivo.

E, então, sem pensar, perguntou:

— Meu pai? Onde está ele?

— Você é Olivier, o *perfeito*?

— Sim, sou filho de Bernard e Cecille.

— Oh! Senhor, Deus do Bem, eu Vos dou graças — e fizeram o *melioramentum*, a troca de cumprimentos entre um *crente* e um *perfeito*.

O peregrino tirou da bolsa um pergaminho e entregou-o a Olivier.

— É uma carta do seu pai. Mas, preste atenção! Isso aí é um grande segredo e você não pode ficar aqui. Os soldados estão se aproximando.

— E onde está meu pai? Por que ele não veio, como prometeu?

— Não tenho tempo para explicar e sinto lhe dar uma notícia triste. Seu pai foi traído, mas ele não se entregou. Lutou contra os cruzados que foram prendê-lo e eles o mataram.

— Meu pai, lutando? Mas ele é um cátaro. Não podia usar armas!

— Vá embora antes que os soldados cheguem. Seu pai desconfiava que poderia ser preso a qualquer momento. Ele guardava o segredo que está no pergaminho e agora você vai compreender por que ele saiu daqui e por que usou armas. Ele sabia que podia ser preso ou morto e, se isso acontecesse, eu devia lhe entregar essa mensagem.

Olivier perguntou ao moribundo:

— E você? Quem é você?

— Sou seu tio, irmão do seu pai. Tínhamos de manter em segredo esse parentesco para proteger a nossa linhagem. Na carta está tudo explicado. Agora vá.

Olivier estava aturdido, sem reações. Nunca soube que tinha um tio. E que segredo seria esse que seu pai mantivera tão bem guardado?

— Não posso ir. Não posso deixá-lo aqui. Você quebrou a perna, vou fazer uma tala e ajudá-lo.

— É inútil, é inútil. Seremos presos os dois e nossa última esperança é você. Fuja!

E dizendo isso, puxou da cinta um punhal que estava escondido.

— Não posso ser preso. Temo não resistir às torturas da Inquisição e revelar o nosso segredo, e aí então tudo estaria perdido.

Olivier nada pôde fazer. O moribundo foi rápido — agarrou o punhal com as duas mãos e o enfiou no próprio peito, na altura do coração. Arregalou os olhos e deu um suspiro tombando de bruços.

Foi algo inesperado, sem tempo para reações. Olivier pegou seu braço e sentiu o pulso já quase desaparecendo. Deu-lhe o *consolamentum* e rezou pela sua alma. Pegou o pergaminho e refletia, indeciso, quando ouviu vozes e, então, voltou para o meio dos arbustos. Tinha de sair dali e andou rápido, mas com cuidado para não movimentar a vegetação ou fazer barulho ao pisar no chão e, quando o rio fez uma curva, colocando um barranco entre ele e o lugar onde ficara o peregrino morto, entrou na água e continuou seguindo pelas margens, pisando no leito do rio para não deixar rastros.

Os soldados desconfiariam daquela morte e, ao examinar o terreno perto do morto, veriam as suas pegadas. Por sorte, ele estava descansado e apressou os passos, afastando-se do local.

Como imaginava, depois de alguns minutos, começou uma gritaria, indicando que o seguiam. Os soldados compreenderam que aquele peregrino morto significava que alguém devia ter recebido a mensagem que trazia, ou então o mataram para roubá-lo.

Mas, Olivier conhecia melhor do que qualquer outro a região montanhosa e cheia de cavernas do Sabartèz. Percorrera muitas vezes aquele rio, aonde vinha pescar com o seu grande amigo de infância. Chegou a um lugar onde as árvores se debruçavam sobre as águas e formavam uma mata fechada de ambos os lados. Ele subiu por um galho, como gostava de fazer quando os dois brincavam por ali, e foi passando com cuidado de árvore em árvore, afastando-se da margem do rio, em direção ao alto da montanha. Às vezes ficava quieto, tentando distinguir na sinfonia da noite algum barulho diferente, mas nada indicava que os soldados tinham desconfiado do seu ardil. Conhecia um bom esconderijo e subiu as escarpas do Montgrenier durante várias horas até chegar a uma pequena gruta oculta pela vegetação, onde se acomodou. Estava ansioso para ler a carta de seu pai e ficou de cócoras contra a parede com os olhos abertos e procurando não dormir, ansioso para o dia clarear.

CAPÍTULO 21

Os primeiros raios do sol o encontraram de pé, oculto pelas árvores e com o pergaminho aberto. As palavras do peregrino, que se identificou como irmão do seu pai, foram misteriosas e, quando a claridade do sol começou a chegar, ele estava trêmulo.

Mal começara a ler e levou um susto. Não podia ser! Alguma coisa estava errada. Mas era seu pai que dizia:

"Para Henry Christophe, meu filho, rei dos Francos"

Henry Christophe! Esse era seu verdadeiro nome. Quando seu pai fugira do Languedoc, deixara-o na casa de uns amigos que passaram a chamá-lo de Olivier. Era mais um dos misteriosos pedidos do pai: mudar de nome. Ninguém podia saber que ele era filho de Bernard e Cecille.

Olhou de novo o papel para conferir se a letra era mesmo de seu pai e não teve dúvidas. Fora o próprio pai que o ensinara a escrever e ele se lembrava daquela caligrafia. Mas como podia ser o rei dos Francos, se o rei se chamava Luiz e estava em Paris? Seu pai, porém, continuava:

> *"Não estranhe a saudação. Você é o rei dos Francos.*
>
> *Lembra-se da história do rei merovíngio Dagoberto? A Igreja aliou-se aos inimigos dele e o matou, mas ele tinha uma filha, de um casamento anterior, que era monja no Languedoc. Ela soube da trama e conseguiu salvar seu meio-irmão, Sigisberto, filho de Dagoberto, o herdeiro do trono.*
>
> *O que eu vou revelar agora pode assustá-lo, mas acredite no seu pai.*
>
> *Você deve estar lembrado do que lhe foi contado sobre os reis merovíngios serem os descendentes de Cristo. Eu, seu pai, sou descendente de Cristo e legítimo rei dos Francos. Se você está lendo esta carta, é porque não existo mais e, portanto, você é agora o legítimo herdeiro do trono francês. Você é um rei merovíngio e descende da Casa de Cristo."*

Os olhos de Olivier se encheram de lágrimas. Fora de repente dominado por uma aguda saudade da mãe e do pai, que não ia ver mais. O amanhecer ainda não tinha trazido todas as suas luzes e as lágrimas turvavam as letras. Chorou e depois limpou o rosto molhado com as mãos. Estava desorientado.

Aprendera entre os cátaros que Cristo adotara forma humana, mas nunca tivera corpo humano, porque era um espírito enviado pelo Deus do Bem para dar exemplo e mostrar como chegar aos céus. O corpo era matéria e o mundo material tinha sido criado pelo Deus do Mal. Continuou a leitura.

> *"Nós, da linhagem de Cristo, vivíamos entre os cátaros para não sermos identificados. Agora, você é a única esperança de vingança do nosso povo e do povo que nos acolheu.*
>
> *Sei que seguiu minhas duas recomendações: tornar-se um* perfeito *e manter o nome de Olivier. Fez muito bem.* Perfeitos *não se casam e não têm filhos, e esse disfarce evitaria uma perseguição especial a você, como a que aconteceu comigo. A Igreja suspeitava de que não tinha acabado com a linhagem merovíngia e, quando desconfiava de alguma família, matava-os a todos. Mudando de nome, não o identificariam como meu filho e, como* perfeito, *não poderia se casar, de forma que eles entenderiam que não estava preocupado em dar continuidade a uma linhagem. Eram duas maneiras de tentar enganar nossos perseguidores.*
>
> *Estava tudo sendo preparado para que o trono fosse recuperado a partir do Languedoc, que deveria logo se transformar num país forte e rico, mas fomos traídos pelo conde de Toulouse, Raymond V, da família dos Saint Gilles. Ele pretendia ser o rei do Languedoc e enviou uma carta ao papa, pedindo apoio para acabar com a nova religião. Ele não sabia quem eram os descendentes dos merovíngios, mas sabia que estávamos entre esses Bons Cristãos e, por isso, todos eles acabaram sendo vítimas da violência papal.*

De onde estava, podia enxergar longe e um estranho movimento de pássaros chamou sua atenção. Os soldados deviam ter esperado o amanhecer para recomeçar as buscas. Se os pássaros esvoaçassem apenas nas margens do rio, ele estaria seguro, mas se houvesse algum movimento de aves na subida do morro, tinha de sair logo dali. De fato, logo mais adiante, seguindo o curso do rio, novo movimento de pássaros indicava que seus perseguidores seguiram em frente.

Respirou, aliviado, e voltou a ler.

Vou lhe contar uma coisa muito triste. Você nunca soube disso porque o silêncio era a nossa maior proteção.

Quando nós morávamos em Bram, a cidade tentou resistir ao ataque dos cruzados, que estavam sob o comando de Simon de Monfort, o destruidor do Languedoc. Bram foi capturada e Simon de Monfort mandou perfurar os olhos de cem pessoas. Entre essas pessoas estava minha mãe, sua avó.

Depois, ele mandou segurar meu pai, seu avô, e furou um só olho. Dando risadas de escárnio e humilhação, obrigou todos os cegos a se darem as mãos e mandou meu pai guiá-lo, até o castelo do senhor de Cabaret, na região de Lastours, que também não aceitara a submissão a Monfort.

Ninguém pode descrever a dor de um filho ao ver perfurarem com a ponta de um punhal os olhos da mãe e depois cegarem seu pai, deixando-o ver com apenas um olho para guiar os demais por trilhas, rios, montanhas, no sol, na chuva, no frio, de dia e de noite, até chegarem ao castelo do senhor de Cabaret, onde foram soltos.

Essa maldade foi feita para semear o terror, como um exemplo ao povo do Languedoc. Esse seria o destino de todos aqueles que não se rendessem e não renegassem a sua fé. Nunca pude chegar perto dos meus pais durante a caminhada porque seria morto, como fizeram com todos aqueles que tentavam ajudar os próprios parentes.

De longe, eu via e ouvia. Caíam e, para se levantar, recebiam chibatadas. Batiam em minha mãe e eu chorava em silêncio, abafava o meu soluço, esperando uma oportunidade para tirá-la de lá. Meu pai andava altivo como um rei. Caía porque tropeçava, mas guiava os demais para perto dos riachos onde podiam beber e se lavar.

82

Olivier já tinha ouvido relatos sobre essa barbaridade, mas não sabia que seus avós também haviam sido vítimas daquela brutalidade. Cada palavra o atingia no fundo da alma, como um martelo batendo nos pontos mais doloridos do corpo.

E assim chegamos a Cabaret. Os cegos foram abandonados pelos soldados e o povo local os ajudou. Minha mãe morreu logo e meu pai ficou perto dela. Eu entrei no castelo e fiquei com eles. Chorava muito, mas meu pai me consolava. Ele dizia que eu precisava ser forte e que, assim que eu me acalmasse, iria me contar um segredo.

Um dia, de manhã, nós nos afastamos dos demais e, olhando o vale grande e bonito do alto do castelo, ele me fez a mesma revelação que estou lhe fazendo. E só então ele me explicou por que fazia questão de que eu estudasse, aprendesse a ler e a escrever. E agora você sabe por que eu fiz questão de lhe ensinar as mesmas coisas que ele me ensinou e de que você continuasse a estudar com a família que o agasalhou. ·

A nossa linhagem está guardada em códigos nas cavernas dos Pireneus e somente alguns sabem onde e como identificar os nomes. Você é o primeiro da linhagem e precisa ter um herdeiro.

Esse herdeiro será cuidado pela confraria que guarda esses segredos. Foi por isso que estive fora todo esse tempo. Tínhamos de organizar o futuro do Sangue de Cristo.

A família que o acolheu foi escolhida pelo mesmo motivo. Eles também descendem da Casa de Cristo. Michelle é uma princesa merovíngia, e o pai dela sabe que vocês dois precisam ter um filho. Ela está no Montsegur com o pai. Não existe mais lugar seguro no Languedoc e, assim que ela estiver esperando o herdeiro, deverá sair da região.

O Perfeito Bertrand saberá como ajudá-lo.

O filho de vocês será levado para um lugar secreto. Talvez não haja esperança, nem mesmo para você, pois a perseguição não dará tréguas. Precisamos preparar um rei para se vingar do presente. Quando um monge se identificar pelas três letras que você já conhece, é porque não há mais tempo a perder. Siga as instruções dele.

Lembre-se sempre de todos os episódios atrozes que a Igreja cometeu contra nós, em nome do seu Deus. Os cátaros podem ter razão na existência de um Deus do Bem e um Deus do Mal, mas eles erram quando pensam que o Mal será vencido com amor. O Deus do Bem só vencerá o Deus do Mal, quando o Mal ficar enfraquecido. Esta é, agora, a sua missão e a de todos os herdeiros do Sangue de Cristo: acabar com o Mal antes de praticar o Bem.

Rasgue esta carta em muitos pedacinhos e espalhe-os por vários riachos para que a tinta se apague e ninguém mais tome conhecimento do seu conteúdo.

Seu pai,
Bernard"

Como acabar com a tristeza quando ela chega? Mataram seu avô, mataram sua avó, mataram seu pai e sua mãe morreu porque vivia escondida nas cavernas úmidas dos Pireneus. E toda essa maldade havia sido feita em nome de um Deus que dizem ser cristão.

Precisava vencer o desânimo e sair dali. Mas, antes releu várias vezes a carta para mantê-la no coração e nunca se esquecer dessas crueldades. Depois, rasgou-a em pedacinhos e se sentou na beira da gruta. Enxergou ao longe o Montsegur, do outro lado do Ariège. Não podia correr o risco de voltar pelo mesmo caminho. Os soldados podiam ter ficado escondidos, esperando por isso. Seguiria as trilhas do alto do Montgrenier até fazer o contorno pelo leste e sair perto do Montsegur.

CAPÍTULO 22

Três dias já haviam se passado desde que Olivier começara a descer o Montgrenier em direção a Montsegur. Escondia-se durante o dia em grutas ou copas de árvores e andava à noite pelas matas, evitando trilhas e estradas. Comia frutas silvestres e bebia a fresca água das abundantes fontes do vale.

Sua mente estava confusa. Crescera numa comunidade que só praticava o bem. Aprendera com eles que, quando o ser vivo morria sem estar preparado para entrar no Paraíso, ele voltava para o reino do Mal para praticar uma vida de virtudes e se mostrar merecedor da felicidade eterna. Era no reino do Deus do Mal que se provava a virtude. Por isso, eles, os cátaros, praticavam o bem, comiam o que produziam, não acumulavam riqueza, não matavam, nem mesmo os animais, e não praticavam o sexo, embora os *crentes* que não fossem *perfeitos* pudessem ter família. Não comiam carne de nenhum tipo de animal cuja reprodução era sexuada. Comiam apenas peixes porque acreditavam que eles nasciam da geração espontânea na água, sem atividade sexual. Podiam beber vinho, mas não leite.

Dividiam-se em *crentes*, ou *"credentes"*, e *bons homens*. Eram também chamados de cristãos albigenses, porque a maior comunidade estava ao redor da cidade de Albi, mas se referiam a si mesmos como *bons cristãos*. Seus sacerdotes eram os *bons homens*, que recebiam o *consolamentum* e praticavam a castidade e a pobreza. A Inquisição passara a chamá-los de *hereticus perfectus*, para lhes impingir a acusação de que eram completamente heréticos, e daí ficaram conhecidos como *perfeitos*.

O *consolamentum* é, ao mesmo tempo, o batismo, a confirmação, a ordenação e, quando administrado na hora da morte, é também a extrema-unção, que purifica a alma para entrar no reino do Deus do Bem.

Mas eles eram puros e nem a guerra de difamação os atingira. Na Alemanha, tinham sido acusados de adorarem Satã, dizendo que, quando rezavam, seguravam o rabo de um gato e lhe davam um beijo. Passaram a ser chamados de *cátaros*, que vem da palavra *Kate*, do alemão provençal da Idade Média. Um monge fanático, Eckber, de Schonau, fez um sermão no ano de 1163 e os chamou de *ketter*, ou heréticos. Outro católico fanático, Alain de Lille, escreveu que deviam chamá-los de *catus*, que é gato em latim, o animal do Diabo.

O nome ficou, mas adquiriu sentido contrário daquele que pretendia a Igreja, pois o povo entendeu que a palavra cátaro vem do grego *katharoi*, que significa puro. Então, a Igreja lançou outras calúnias para afugentar o povo simples. O clero passou a dizer que eles praticavam orgias e matavam recém-nascidos em rituais de adoração ao Diabo.

Olivier aprendera também que Cristo era apenas espírito e nunca tivera forma humana, mas a carta de seu pai lhe trouxera outra verdade: Cristo fora um ser humano e tinha deixado uma dinastia de reis que a Igreja já vinha tentando extirpar.

Olivier caminhava, cuidadosamente, sob os arbustos, porque as noites primaveris eram estreladas e claras. Já vivia sobressaltado e as revelações do seu pai o pegaram de surpresa, deixando-o ainda mais nervoso.

CAPÍTULO 23

Embora fosse um *perfeito* e esperasse a hora da morte para sair do mundo material e usufruir a felicidade eterna, Olivier tinha medo da dor e da morte. As cenas que presenciara durante esses anos tinham-no deixado assustado. A carta do pai aumentou ainda mais a sensação de perigo. Se desconfiassem que ele era um herdeiro merovíngio, iriam caçá-lo sem descanso, por todas as entranhas dos Pireneus.

O Languedoc era praticamente um país autônomo e sua capital, Toulouse, era maior que Paris, ombreando com Veneza e Roma. A cultura occitana era a mais adiantada de toda a cristandade e já contagiava outras partes da Europa. O Conde de Toulouse era também Duque de Narbonne e Marquês da Provence e Vivarais, Barão de Montpellier, Gevauden, Rouergue, Béziers e Carcassone, Conde de Foix, Comminges, Quercy e Agenais e Visconde de Couserans. Diziam que seus domínios eram maiores que os do Rei de França.

A região tinha até língua própria, a *langue d'Oc*, a língua do "sim", que passara a ser empregada no sul justamente para se diferenciar da *langue d'oil* (também "sim", mas com outra pronúncia). Com língua própria e religião independente do papado, existia de fato e direito o país d'Oc, a terra occitana, onde os senhores e nobres locais apoiavam os cátaros e adotavam formalmente a nova religião, que não concorria com eles na cobrança de impostos, como os bispos católicos.

Mas, apesar de suas riquezas, o Languedoc não tinha uma hierarquia política e uma organização que o mantivesse unido. Disputas e acordos de vassalagem com os reis de França, da Itália e de Aragão, em busca de maior poder regional, criavam condições para semear a desarmonia.

No dia 13 de janeiro de 1208, na cidade de Saint Gilles, na margem do rio Ródano, perto de Arles, o legado papal Pedro de Castelnau foi assassinado. Era uma notícia que parecia esperada, porque imediatamente o papa reagiu com ferocidade e conclamou os senhores do norte e Imperadores cristãos para uma cruzada que limpasse o Languedoc da heresia.

A quem interessava esse crime?

Os cátaros não usavam armas e não praticavam violência, mas o assassinato do legado papal serviria de pretexto para o Papa Inocêncio III dar início ao genocídio dos cátaros, num feroz ritual de crimes inomináveis.

Uma poderosa força de mais de 50 mil soldados, chamada de Cruzada Albigense, foi entregue ao comando de Simon de Monfort, amigo do rei. Logo no primeiro assédio, a cruzada mostrou toda a sua ferocidade.

No dia 27 de junho do ano de 1209, a cidade de Béziers foi cercada e, por causa de um descuido de suas defesas, acabou dominada em poucas horas. Simon de Monfort tinha ordem para exterminar todos os hereges. Mas, como saber quem era ou não católico? Monfort mandou uma mensagem ao novo representante do papa, o abade de Cister, Arnaud-Amaury, para saber como distinguir os *cátaros* das outras pessoas.

A resposta do abade ficou na história:

"Mate-os a todos. Deus reconhecerá os seus."

Mais de 20 mil pessoas foram barbaramente assassinadas em nome de Deus, nessa cruel carnificina. Cristãos e não cristãos, católicos e judeus, mulheres e homens, velhos, crianças e até mesmo sacerdotes e bispos católicos foram mortos. A bela cidade de Béziers, situada numa colina à margem do Orb, foi saqueada, destruída e incendiada. A Deus coube julgar aqueles mártires e a Ele coube também julgar quem os assassinou tão barbaramente.

Para celebrar a carnificina, o abade Amaury enviou ao papa uma mensagem em que dizia: *"Os efeitos da vingança divina foram prodigiosos".*

Depois do massacre de Béziers, o exército dos cruzados sitiou Carcassone, cidade fortificada no alto de uma colina à margem do rio Aude. Diante do terror que se espalhara pelo Languedoc após a destruição de Béziers, um grande número de pessoas buscou asilo dentro das inexpugnáveis muralhas de Carcassone. Os cruzados conseguiram, porém, cortar o acesso ao rio, deixando a cidade sem água. O tempo seco ajudou os agressores e logo a sede e as doenças venceram as inexpugnáveis muralhas da cidade. O Visconde de Trancavel acabou assinando um acordo de capitulação pelo qual ele ficaria livre e a população seria poupada.

Não houve massacre em Carcassone, mas a população teve de abandonar a cidade, deixando todos os seus bens, até mesmo a roupa do corpo. Simon de Monfort não respeitou o acordo feito com o Visconde de Trancavel e o prendeu nas masmorras do seu próprio castelo, onde morreu assassinado alguns dias depois, e seus títulos, bens e terras passaram para Monfort.

No dia 22 de julho de 1210, a cidade de Minerva foi sitiada. O abade Amaury e Simon de Monfort decidiram que, se seus habitantes abjurassem a sua crença não-católica, seriam salvos. Viviam, em Minerva, 140 *perfeitos* e *perfeitas* que se negaram a rejeitar sua fé e foram condenados à fogueira. Assim que a madeira foi amontoada, eles se dirigiram espontaneamente para o local e, quando o fogo foi ateado, começaram a entoar cânticos religiosos.

O castelo de Lavaur foi tomado no dia 13 de maio de 1211, após resistência de apenas dois meses. O exército de Cristo, como também eram chamados os cruzados, e entre eles vários nobres, bispos e abades, entrou na cidade passando a fio de espada toda a população que viam pela frente. Dona Geralda, castelã de Lavaur, estava grávida e foi enterrada viva, com uma lápide em cima para que seus gemidos não fossem ouvidos. O irmão dela, junto com 80 cavaleiros, seriam enforcados, mas o cadafalso caiu. Simon de Monfort mandou retalhá-los à espada e cortá-los em pedaços, num acesso de raiva, porque queria vê-los pendurados pelo pescoço.

Nunca saiu da memória de Lavaur a imagem daqueles 400 *crentes* que seguiram o exemplo dos *perfeitos* e caminharam para a fogueira rezando e cantando.

Em Cassès, no mesmo ano de 1211, morreram 600 pessoas entre judeus, *perfeitos* e *crentes*. Em Moissac, foram queimados 210. E ali até os monges cistercienses, indignados com tanta maldade, esconderam alguns hereges.

Todo o território do Languedoc foi pilhado. Fogueiras imensas eram acesas e, nelas, homens, mulheres, jovens e crianças foram assassinados, numa orgia selvagem praticada em nome de Deus.

Não era mais possível apreciar a beleza das flores dos campos ou o verde das florestas. O entardecer mudara o colorido dos raios do sol para os tons escuros das nuvens negras que subiam das chamas das casas e dos trigais incendiados. Quantas vezes Olivier se escondera em grutas ou no cimo das árvores, de onde ouvia os gritos das vítimas e o barulho das armas espantarem as aves e os animais, que fugiam desorientados, quebrando a paz dos vinhedos e a harmonia dos bosques!...

Olivier sentiu um arrepio carregado de piedade, horror e ódio ao se lembrar da inominável barbaridade que os cruzados cometeram na cidade de Bram, onde seus avós foram obrigados a caminhar dezenas de quilômetros com os olhos perfurados, até o castelo do Senhor de Cabaret.

CAPÍTULO **24**

Um dia, o Deus do Mal se vestiu com as roupas do Deus do Bem e veio de mansinho ao Languedoc, imitando os *perfeitos*.

Ele tomou o nome de Domingos de Gusmão e desceu para a cidade de Longeais vestido como um *bom cristão*. Andava descalço e, como os *perfeitos*, ia de vilarejo em vilarejo, pregando o catolicismo. Mas era um falso e, diante do fracasso de suas tentativas, criou uma organização criminosa para torturar e perseguir os bons cristãos.

No ano de 1216, ele fundou na cidade de Toulouse a Ordem dos Dominicanos, que passou a ser chamada de Ordem dos Cães do Senhor (*Domini Cannes*, em latim). Sua crueldade foi tanta, que inspirou a criação do Tribunal do Santo Ofício, também chamado de Inquisição, cuja missão era acabar com a heresia dos cátaros.

Temidos e odiados, os dominicanos transformaram o arrasado Languedoc numa região de terror, traição e denúncias. Só escapava da fogueira quem denunciasse o vizinho, o pai ou um amigo. Onde chegavam, mandavam desenterrar os mortos e os empilhavam na praça central sobre feixes de madeiras embebidas em betume e ateavam fogo. Gritavam para o povo:

— *Isso é o que acontecerá a vocês se não confessarem suas heresias ou não denunciarem aqueles que não aceitam os sacramentos da Igreja Católica.*

Para facilitar as denúncias, o Papa Inocêncio III, no Concílio de Latrão de 1215, obrigou a confissão uma vez por ano diante de um padre. Aqueles que não se confessassem eram considerados hereges ou judeus, e a Inquisição os torturava e depois os matava. Essa obrigatoriedade tinha por finalidade descobrir quem não era católico. Aos que se confessavam, eram prometidos o reino dos céus e os bens pertencentes ao herege que tivesse denunciado.

Distraído por suas lembranças, Olivier se assustou com o ruído de cavalos que vinham da direção do Montsegur. Jogou-se atrás de um barranco e procurou desesperadamente um caminho por onde fugir, porque o número de cavalos era grande. Mas não havia mais tempo. Ao se aproximar do Montsegur, cometera o descuido de andar muito próximo da estrada, acreditando que não teria mais problemas. O melhor que podia fazer agora era continuar imóvel no mesmo lugar.

Os cavaleiros se aproximavam com rapidez e ele respirou, aliviado, ao ver que passaram perto dele e seguiram estrada afora. Calculou aproximadamente uns 50 cavaleiros. Não eram soldados do rei ou cruzados do papa. Pareciam mais cavaleiros faiditas (*faidifs*), nobres e senhores excomungados e despojados de seus bens, que apoiavam os cátaros e se refugiavam agora no Montsegur.

Esperou um pouco, porque esses cavaleiros poderiam estar sendo seguidos, ou até mesmo perseguidos, e depois seguiu rumo à montanha que o esperava.

E lá longe, brilhando sob a lua prateada, estava o *Castrum Montis Securi*, como os romanos o chamavam, o Castelo do Monte Seguro, uma fortaleza solitária e emudecida pela tristeza.

Desde o início das perseguições, o Perfeito Guilhabert de Castres, também chamado de bispo, elegera o castelo de Montsegur como a nova sede da igreja cátara. O *perfeito* Guilhabert de Castres era o maior teólogo dos cátaros e, após sua morte, o *perfeito* Bertrand Marti o sucedera. Logo que as perseguições começaram, no ano de 1206, Raymond de Peyreille, na época proprietário do Montsegur, resolveu fortificar o morro. Construiu então um *castrum*, uma vila protegida por muralhas e bem no alto ergueu sua torre de defesa, o *donjon*, junto à qual construiu uma pequena mansão de pedra para sua residência.

Olivier aproximou-se pela rampa sul e os vigilantes o reconheceram. Logo que passou pela muralha, um estranho pressentimento tomou conta dele. Já era tarde da noite e muitos ainda estavam de pé. Ele foi saudado pelo *perfeito* Bertrand e, como estava cansado, procurou um lugar para dormir.

Na manhã seguinte, percebeu que o vilarejo estava agitado, como se aguardasse notícias de um grande acontecimento. Havia pessoas olhando por cima da muralha e logo vozes animadas chamaram sua atenção.

Lá embaixo, uns 50 cavaleiros tinham subido o morro, montados em seus animais até onde puderam, e agora completavam o percurso, puxando-os pelas rédeas.

Com a fisionomia sombria, o *perfeito* Bertrand Marti e os demais *perfeitos* rezavam. Alguma coisa séria acontecera. Ele esperou, pacientemente, os cavaleiros entrarem para saber das novidades. À frente vinha Pedro Rogério de Mirepoix, o senhor de Montsegur. Eles chegavam de Avignonet e relatavam os fatos, como se tivessem vencido a guerra contra o rei e o papa.

Os inquisidores Guillaume-Arnaud e Etienne de Saint-Thiberi vinham percorrendo vilarejos perto do vale do Aude e do Ariège, e os boatos davam conta de que eles tinham uma lista de nomes obtida mediante confissões arrancadas sob torturas e ameaças, que os oito escrivães que os acompanhavam registraram cuidadosamente. Entre esses nomes, estavam parentes e amigos dos cavaleiros *faidifs* refugiados no Montsegur.

No dia anterior, os inquisidores tinham chegado a Avignonet e o senhor D'Alfaro, representante local de Raymond VII, o Conde de Toulouse, alojou-os na sala da torre do castelo. Durante a noite, quando os inquisidores já estavam dormindo, os cavaleiros *faidifs*, com ajuda de pessoas de Avignonet, entraram na torre e mataram os dois inquisidores e os escrivães com machados, facões e foices. Depois do massacre, rasgaram todos os registros da Inquisição e roubaram o dinheiro e os pertences das vítimas.

Esse gesto de imprudência e coragem despertou a população. Palácios de bispos, igrejas e abadias foram saqueados e os franceses do Norte, que ocupavam propriedades na região, foram expulsos. Mas foi uma tentativa frustrada de recuperar o prestígio do passado. O Conde de Toulouse, depois de chicoteado dentro da catedral de Paris, acabou assinando um tratado com o rei de França, com quem tinha parentesco, mas os cátaros não foram perdoados.

Num conclave em Béziers, no começo de 1243, os bispos decidiram que o Montsegur, a "sinagoga de Satã", não podia mais existir.

CAPÍTULO 25

O assassinato de Avignonet também complicou os planos de Olivier.

Em vão, ele percorreu as cavernas dos Pireneus em busca de nomes com os quais pudesse identificar os demais ramos da sua família. A ideia de que era rei crescia em sua cabeça. Pela carta de seu pai, uma sociedade secreta cuidaria de educar e preparar um rei que, no futuro, restauraria a grandeza do seu povo. Mas ele se sentia frustrado. Se era o rei, então essa sociedade lhe devia satisfações.

O rei francês Luís IX dera ordens para que o Conde de Toulouse, Raymond VII, acabasse com os cátaros que ainda existiam. O conde organizou um exército, mas tinha vários parentes e cavaleiros amigos refugiados no alto do Montsegur e voltou com sua tropa, alegando que o morro era inexpugnável. Luís IX ordenou, então, ao funcionário real, Hugo de Arcyz, responsável por Carcassone, que tomasse o Montsegur e matasse todos os cátaros.

As planícies que se estendiam em torno do morro começaram a ser vigiadas. Pequenos grupos de guerreiros vindos da Gasconha, da Aquitânia e de outras regiões armaram tendas em torno do Montsegur, e a cada dia o número dessas tendas aumentava. O dever de vassalagem reunira toda a região do Languedoc e outras à sua volta para formar um grande exército.

O *perfeito* Bertrand Marti olhava cismado para o sopé do morro onde pequenas nuvens de fumaça saíam das tendas dos guerreiros nelas acampados. Na carta, o pai de Olivier dizia que o *perfeito* saberia como ajudá-lo.

Olivier saudou-o com o *melioramentum* e procurou ser objetivo:

— O senhor sabe a respeito do meu pai?

Os olhos calmos de Bertrand pousaram sobre a sua face.

— Sua família é a última descendente dos merovíngios.

Olivier não escondeu a preocupação e olhou para os lados.

— Não se assuste. Sei o conteúdo da carta de seu pai. Sei o que deve fazer.

E, no mesmo tom místico, tentou se justificar:

— Vocês foram enviados a este mundo como espiões do Deus do Bem para se infiltrar no reino do Deus do Mal. E é nesse sentido que eu posso ajudá-lo. Se compreendesse de outra forma, perderia todo o esforço que já fiz para purificar a minha alma.

— Então as histórias que me contaram sobre o rei Dagoberto e seu filho, Sigisberto, são verdadeiras?

— Os cátaros guardaram o segredo da sua família porque tinham a esperança de que, assumindo o trono de França, vocês permitiriam a liberdade de religião. E ainda temos essa esperança. Você é um *perfeito* e, no momento em que praticar um ato sexual, também perderá tudo aquilo que fez de bom e deverá recomeçar a sua purificação.

E, olhando passivamente para Olivier, como se já soubesse da resposta:

— Qual a sua decisão?

— O Deus do Bem não vencerá essa guerra se as forças do Deus do Mal não forem enfraquecidas. Vou cumprir a vontade do meu pai — respondeu com firmeza.

Bertrand balançou lentamente a cabeça para baixo e para cima durante alguns segundos e fez outra revelação.

— Além do segredo da sua família, os cátaros guardam documentos perigosos. Toda essa carnificina praticada contra nós teve apenas a finalidade de acabar com os descendentes merovíngios e encontrar documentos que estão em nosso poder. O papa não está preocupado em salvar almas, mas em manter o poder da Igreja e dos senhores que o apoiam.

Pouco importavam agora os motivos que levaram a Igreja de Roma a perseguir os cátaros. As esperanças se apagavam e ele tinha uma missão, mas, ouvia Bertrand com interesse.

— Na época do Imperador Deocleciano, houve uma grande perseguição ao cristianismo e ele deu ordens para queimar todos os escritos cristãos. No entanto, alguns documentos foram salvos, mas só podem ser revelados quando houver condições para serem lidos e entendidos. Os evangelhos foram posteriormente reescritos por ordem do Imperador Constantino, mas é fácil deduzir que omitiram e acrescentaram o que interessava ao imperador. Muitos cristãos foram condenados como hereges, porque rejeitaram os evangelhos de Constantino.

Bertrand não queria abordar a delicada questão da linhagem de Cristo porque não acreditava nisso, mas Olivier o olhava firme nos olhos, e o *perfeito* não teve escolha.

— Um desses escritos é chamado de Evangelho de Maria Madalena, um evangelho incoerente com a nossa fé. Há quem acredite que ela teria sido esposa de Cristo, mas digo que não pode ser o mesmo Cristo, o Espírito da Luz, enviado por Deus para nos mostrar o Caminho.

Olivier desconsiderou a explicação.

— E onde estão os escritos de Madalena?

— Conforme já disse, você não os verá. Eles serão retirados do Montsegur e entregues aos novos guardiões, junto com outros documentos.

Então os evangelhos ocultos estavam no Montsegur e a sociedade secreta confiara-os ao bispo Bertrand, que não acreditava na dinastia de Cristo e por isso seria o último a levantar suspeitas. Olivier compreendeu que os cátaros devem ter assumido um compromisso com os descendentes de Sigisberto e ainda os protegiam.

— E como você pode me ajudar?

— Talvez eu não possa ajudá-lo da maneira como pensa. Mas você já tomou sua decisão e tem agora uma missão a cumprir.

CAPÍTULO 26

Aproximava-se o mês de dezembro do ano de 1243 e lá embaixo, aos pés do Montsegur, a neve se derretia com o movimento dos animais e dos soldados. Mais de 10 mil cruzados esquentavam-se em muitas fogueiras, enquanto os *crentes* sofriam com o gelo, a falta de roupa, alimentos e água, atrás das muralhas de pedra.

Olivier olhava com tristeza aquela paisagem desoladora da morte. Seu pai tinha razão ao dizer que o Conde de Toulouse dera início a essa violência, mas também fora vítima dela, assim como seus herdeiros, condes Raymond VI e Raymond VII.

Arbustos cobertos de neve resistiam à leve brisa que passeava pelos picos gelados dos Pireneus. A vigilância durante a noite era mais difícil e Olivier tomava conta da rampa de acesso na face sul, de onde podia contemplar o Monte de São Bartolomeu, quando teve a impressão de que alguém se arrastava sobre o solo gelado, como se não quisesse ser visto.

Em uma época de fugas e armadilhas, não era novidade que alguém se esgueirasse furtivamente na noite. Por outro lado, no alto do Montsegur não dava para plantar alimentos suficientes. Os cátaros, então, faziam pentes de madeira, tecido, ferramentas, pães, sandálias e outros produtos artesanais para trocar por alimentos nos vilarejos vizinhos. Mesmo durante o cerco, eles conseguiam sair, porque muitos soldados foram recrutados entre moradores da região e eram amigos ou parentes dos sitiados.

Olivier ficou atento, porque podia ser um desses moradores do Montsegur. Mas, por que vinha se arrastando e se escondendo como um fugitivo? Se estava só e sem armas, bastava levantar as mãos e poderia entrar. Estaria doente ou machucado? Não saiu da sua posição porque podia ser uma armadilha, e procurou um ângulo entre as pedras para ver melhor.

Ao mudar de lugar, porém, perdeu a visão do vulto e ficou em dúvida. Teria mesmo visto alguém? Estava pensando que se enganara, quando foi surpreendido com o vulto já perto dele, do lado de dentro da muralha. Ia perguntar como conseguira entrar, quando notou que era um monge, a cabeça coberta por um capuz e a mão direita mostrando um crucifixo com as letras *L.P.D.*

Na carta, o pai falara que um monge o procuraria e se identificaria por meio de três letras. Olivier sabia que aquelas letras eram o símbolo da Confraria Negra.

O monge perguntou em voz baixa:

— Você cuidou da dinastia?

Não soube como responder e ficou em silêncio.

— Há rumores de que Hugo de Arcyz contratou montanheses gascões para subir a falésia do outro lado. Provavelmente, eles aproveitarão esta noite, que está bastante escura.

Olivier não acreditou. Ninguém conseguira até agora subir por ali. Eram cem metros de altura numa parede reta de pedra. A estratégia da defesa do Montsegur baseava-se em que os soldados não conseguiriam enfrentar o inverno rigoroso. De fato, muitos deles já queriam desistir, e o próprio Hugo de Arcyz estava para reconhecer a sua derrota. Se o cerco continuasse, não conseguiria segurar aqueles recrutas ali, ao pé do morro, suportando os gélidos ventos. As árvores para fogueiras estavam escasseando e os soldados debandariam. Essa era a esperança dos cátaros, mas a notícia de que os montanheses subiriam o morro mudava tudo.

— Você precisa seguir a orientação do seu pai. Depois que cumprir a missão, Michelle deverá sair daqui. Não tente segui-la porque revelará o segredo. O *perfeito* Bertrand Marti sabe para onde ela será levada. Não se preocupe, porque ela será protegida e o herdeiro será preparado para destruir os maus e salvar a linhagem sagrada.

Olivier não estava satisfeito. Aquilo parecia outra armadilha. Fez uma pergunta, embora soubesse de antemão que o monge teria resposta já preparada e por isso não ficou surpreso.

— E como é que você passou pelos soldados que cercavam o morro?

— Acompanhei o arcebispo Pedro Amiel, de Narbonne.

Não disse mais nada. Misteriosamente, como chegou, o monge ocultou-se nos ângulos da muralha e desapareceu.

Lembrou-se então de outra recomendação misteriosa que o pai lhe fizera antes de partir: quando encontrasse um amigo de sua inteira confiança, devia fazer com ele um pacto de lealdade. Olivier compreendia agora por que, mas não era hora de pensar no passado e saiu correndo e gritando, para acordar todo o vilarejo.

Chegou perto da torre junto à qual Pedro Rogério de Mirepoix construíra sua pequena fortaleza de pedra e acordou quantos pôde, mas era tarde.

Os montanheses haviam subido o morro e degolado os vigilantes desprevenidos. A tomada do posto de vigilância mudara radicalmente a situação. Os sitiantes conseguiram manter o posto e, em poucos dias, montaram uma catapulta, de onde lançavam bolas de pedra, que destruíam as casas e matavam os moradores.

O desânimo tomou conta dos sitiados e, enquanto os faiditas se preparavam para uma luta ferrenha e um armistício honroso, os *perfeitos* animavam os *crentes* com a perspectiva de que logo estariam nos céus, chamados pelo Deus do Bem, e se reuniriam a todos os outros que foram vítimas da crueldade do papa.

Lembraram a coragem e a fé daqueles que foram martirizados, como um exemplo a ser seguido, porque o corpo era apenas o instrumento do sacrifício e só com o sofrimento se purifica a alma.

Pedro Rogério de Mirepoix, o novo titular do castelo, tinha organizado a resistência, impedindo que os soldados do rei subissem pelas trilhas das cabras, ziguezagueando por entre a vegetação coberta de neve. Setas certeiras os faziam correr de volta, e foi assim que resistiram, durante nove meses, com a esperança de que a chegada do inverno desanimasse os sitiantes.

Antes do cerco, era grande a população de *perfeitos* e *crentes* que moravam nas casas ao seu redor. Agora a população do Montsegur se limitava a 200 cátaros, protegidos por 150 faiditas, que enfrentavam corajosamente os cruzados na defesa do *castrum*.

Imóvel e pensativo, Olivier contemplava por cima da muralha as tropas preparadas para cumprir as ordens do papa e jogar, todos eles, vivos em fogueiras formadas com as lenhas daqueles mesmos arbustos que um dia os esconderam.

Enquanto olhava os campos distantes, Olivier lembrava-se da carta deixada por seu pai. Seus olhos marejavam. Perdera a mãe, perdera o pai e iria também perder a vida.

Seu pai tinha razão: "O Deus do Bem só vencerá o Deus do Mal quando o Mal ficar enfraquecido".

CAPÍTULO 27

Michelle espelhava toda a beleza e juventude de seus dezoito anos. A guerra não a assustava porque ela era uma *perfeita* preparada para o sacrifício. Mas Michelle estava triste e confusa.

Havia três dias seu pai morrera tentando salvá-la. Ele era um *crente* e não podia usar armas nem lutar, mas ficava na retaguarda dando apoio aos faiditas. Ela o ajudava e não viu a enorme pedra que vinha para cima dela. Só percebeu o perigo quando sentiu o empurrão e ouviu o grito do pai. Os montanheses já haviam escalado o morro e construído uma pequena catapulta para lançar pedras contra os defensores, que se protegiam nas pequenas muralhas construídas na colina.

Lembrava-se agora com tristeza daquele momento. O pai tentou salvá-la, mas não conseguiu evitar que a enorme pedra o atingisse no peito. Ela correu para segurar a cabeça dele, que mal conseguia falar. Só a crença no Deus da Bondade impediu que naquele momento ela caísse no desespero.

O pai a olhava com o rosto angustiado, tentando falar. Ajoelhara-se lentamente e passara as mãos pela cabeça dele. Inutilmente tentara empurrar a pedra e, antes que outras pessoas chegassem, ouvira do pai uma coisa assustadora. Ela era descendente direta de Jesus Cristo e logo seria informada de como devia dar continuidade ao Sangue Real. Ele murmurara frases estranhas, que ela não entendeu na hora, e o olhar dele fora ficando cada vez mais distante dela, até que momentos depois, não mais a viu. Queria ter dito ao pai o quanto o amava, mas o soluço, as lágrimas e o horror de tudo aquilo a emudeceram.

Depois daquele momento triste, lembrou-se da estranha revelação e pensou que ele estivera delirando. Ela, portadora do Sangue de Cristo? Herdeira de Cristo, que deveria dar continuidade ao Sangue Real? Ele conseguira ainda dizer, com voz quase inaudível, que ela fora eleita. Que ficaria surpresa, assustada, até mesmo indignada, que acharia tudo aquilo um absurdo, mas era a vontade de Deus. O pai dissera que ela não poderia se negar, porque o seu pecado seria ainda maior do que o pecado que ela achava que ia praticar.

Naquele momento, ela concordou chorando e, depois que o pai morreu, fechou-lhe os olhos e aguardou a chegada do Anjo Gabriel para lhe dizer em sonhos que ela era uma bem-aventurada, como a Virgem Maria.

Mas esse sonho não acontecera. Ela estava agora na muralha perto da sua casa, oculta sob os frondosos carvalhos, sem o pai para protegê-la e esperando a morte na fogueira, quando o *perfeito* Olivier se aproximou discretamente e lhe disse para ficar acordada naquela noite. Ela deveria voltar àquele mesmo lugar e ele viria encontrá-la logo que escurecesse.

Ela também tinha recebido o *consolamentum* e não estranhou o pedido de Olivier. Podia ser algo relativo à vigilância do castelo, em que todos eles ajudavam. A religião proibia o uso de armas, mas juntos podiam vigiar melhor. Eles não eram muitos, e ficavam em duplas, a uma distância de cerca de 50 metros para essa vigilância. Estava escuro, devia ser mais de onze horas, quando ela ouviu os passos de Olivier.

Ele se aproximou bem perto dela e, meio envergonhado, perguntou se ela sabia da sua missão. Compreendeu então que aquele era o momento da revelação. Mas não foi como esperava.

Ele pediu para ela continuar de pé para não chamar a atenção, como se fossem duas sentinelas da muralha. A maneira como falava era estranha e ela não soube por que, mas começou a tremer. Ele quis saber se o pai lhe havia dado instruções antes de morrer. Respondeu que sim e, de repente, começou a compreender que o Anjo Gabriel a havia abandonado.

Não sabia o que ia acontecer, mas antevia algo diferente, para o qual não estava preparada. A mãe morrera quando ela era ainda pequena e o pai nunca lhe falara sobre nada daquilo. Fechou os olhos e começou a rezar. Ele explicou o que tinham de fazer, como uma espécie de sacrifício para cumprir a vontade de Deus. Ela estava encostada na muralha e ele disse que nunca pensara que um dia tivesse de fazer aquilo, porque era um *perfeito*, mas agora os dois deviam praticar sexo para salvar o sangue de Cristo.

Ela não falava. Seu coração batia acelerado e sua respiração estava descontrolada. Olivier a abraçou carinhosamente e um vento frio bateu em suas pernas, quando ele levantou as suas saias. Ela reagiu instintivamente contra aquela tentativa de invasão à sua intimidade, mas ele foi persuasivo. O mundo em que eles viveram inocentemente tinha desmoronado e era preciso revelar uma nova vida para que o sangue de Cristo, o Sangue Real, não desaparecesse.

Quando terminaram, Michelle, sufocada em sua vergonha, mal ouviu as justificativas de Olivier. Mas ela estava aturdida e envergonhada.

— Você precisa ter certeza de que tudo deu certo. Se não, vamos ter de repetir isso. Acho que sabe que o quero dizer.

Não, ela não sabia. Só o que sabia é que nunca mais seria a mesma. Nunca mais seria uma *perfeita* e nem entendia como permitira aquilo. Lembrou-se da dor que sentira e que chegara a chorar. Mas a morte do pai, as suas últimas palavras, a guerra, as atrocidades que amigos e parentes tinham sofrido e pelas quais eles, ali do Montsegur, também passariam, tudo isso a deixou sem reação. Não havia motivos para reagir, nem para estranhar ou para negar.

O *perfeito* Bertrand Marti havia ensinado que o Deus do Bem havia se submetido a assumir um corpo humano para entrar no reino material e dar o exemplo do sacrifício, que todos deviam fazer para ser aceitos por Ele. Então, o Deus do Bem iria voltar ao reino do Deus Mau por intermédio dela porque ela também era uma reencarnação de Cristo? Não fora isso que aprendera. Ensinaram-lhe que Cristo fora o primeiro dos anjos e entrara no corpo de Maria pelo ouvido, sem maculá-la e não lhe tomara nada material, porque Ele era o Verbo Divino. É por isso que o *perfeito* Marti dizia que Cristo nunca a chamou de mãe, mas apenas de mulher.

Mas estava tudo errado. O que ela sentira fora a matéria entrando dentro dela. Compreendeu o que seu pai quis dizer. Havia comentários de que entre os cátaros alguns descendiam dos reis merovíngios e eram descendentes de Cristo. Ela, então, não era uma verdadeira cátara, assim como Olivier também não era.

Mas não queria fazer de novo, embora emoções conflitantes a torturassem, porque um forte sentimento de realização a dominava, como se tivesse nascido para fazer aquilo. Começou a rezar todos os dias para que tudo tivesse dado certo, embora não soubesse o que seria esse "certo". A consciência a acusava de não ter reagido como deveria aos instantes de doação e felicidade que sentira naquele momento, mas, se era a vontade de Deus, não podia ser pecado.

O tempo passou, e a sensação de pecado foi desaparecendo. Talvez fosse por causa das tensões da luta ou dos gritos dos campos lá embaixo. Começara a sentir enjoo, perdera um pouco a vontade de comer e também percebera que seu organismo mudara.

Um dia, Olivier perguntou se eles tinham cumprido a vontade de Deus. Ela corou e abaixou a cabeça, com movimentos afirmativos.

— Então, você precisa ir embora. Não pode ficar para o sacrifício final. Já providenciei tudo. Os meios para cuidar da criança e ajudar a formar a nova sociedade já foram enviados com aqueles que fugiram em janeiro.

Ela tinha sido preparada para morrer queimada junto com todos os outros e agora estava recebendo ordens para fugir e salvar a linhagem sagrada. Olivier voltou a informar:

— Escolhi quatro pessoas para acompanhá-la e salvar o nosso último tesouro. Eles e os outros que foram na frente sabem o que devem fazer. Se eu não me enganei na escolha, vocês terão ainda um fiel protetor.

Ela levantou a cabeça espantada com essas revelações e ele murmurou emocionado:

— Faça o melhor pelo nosso filho.

"Nosso filho!", e então compreendeu que seria mãe. Quase gritou. Era preciso dar à luz um filho para que a linhagem mais perfeita e até então protegida entre os cátaros não desaparecesse. Olhou para ele com olhos brilhantes, de alegria e tristeza ao mesmo tempo, porque o seu filho nunca veria o pai.

Em janeiro, quase três meses antes da queda da fortaleza, dois *perfeitos* haviam escapado. Constava terem carregado consigo o tesouro material dos cátaros, como ouro, prata e moedas. Embora sua religião não permitisse o acúmulo de riquezas, os tempos ruins e a necessidade de pagar pela defesa

102

do castelo e de comprar alimentos, obrigaram que economizassem e, assim, juntaram uma pequena fortuna, que ficara guardada no castelo.

No dia 1º de março do ano de 1244 a fortaleza no topo do Montsegur capitulou para um exército de mais de 10 mil homens fortemente armados. Na noite anterior, porém, quatro *perfeitos* conseguiram fugir, baixados por cordas, de uma centena de metros de altura e levando com eles o maior segredo dos cátaros.

Pelos termos da rendição, os cátaros seriam perdoados e poderiam levar seus pertences, se renegassem a heresia. Os defensores pediram uma trégua de duas semanas para discutirem a proposta, que foi aceita, porém, mediante a entrega de reféns que seriam executados, se alguém tentasse escapar da fortaleza. O esforço e a crueldade da guerra já haviam esgotado até mesmo os soldados da cruzada. Foram dezenas de anos da mais sangrenta carnificina, cujo único objetivo era um genocídio: matar todos os cátaros.

Os sitiantes esperavam que eles se rendessem e renegassem suas crenças, mas estavam enganados. Os cátaros queriam apenas tempo para fazer sua última cerimônia, no dia 14 de março, coincidentemente o dia da Páscoa, quando Cristo se libertara da sua forma humana e voltara aos céus.

CAPÍTULO **28**

O *perfeito* Olivier estava na muralha, olhando tristemente os vales cobertos de neve que se estendiam até o horizonte azul. Ali, no meio daquelas florestas, bem escondida numa caverna, Michelle e seu filho preservariam o Santo Graal, o Sangue Sagrado. Mas ela ia precisar de mais ajuda e ele sabia em quem confiar. Pensava no seu amigo de infância que andava com ele pelas montanhas e cavernas calcárias dos Pireneus, quando um soldado jovem e forte aproximou-se. Tinham a mesma idade e Olivier ficou parado, com os olhos distantes, como se não tivesse notado a presença do soldado, que comentou:

— Você está olhando para os lados do rio subterrâneo. Costumávamos pular de um lado e sair do outro, perto da caverna. Sei que vou perder o meu melhor amigo. Nós nos conhecemos bastante.

E, em tom mais baixo:

— Onde está Michelle?

Olivier voltou-se. De seu rosto, saía uma paz de cor mais branca que a neve e sua voz era mais penetrante que o silêncio da paisagem. Parecia um mensageiro de Deus, preparado para ditar salmos aos profetas.

— Você se lembra da promessa que fizemos um ao outro, quando andávamos pelas cavernas de Ariège? Prometemos que, se um dia um precisasse do outro, ninguém no mundo seria mais leal do que você a mim e eu a você.

Sim. O soldado lembrava-se das promessas da juventude quando ambos andavam pelos campos. Ele era católico e Olivier era um cristão diferente que não podia jurar porque a sua religião era contra juramentos. Por causa disso, foram também perseguidos. A organização do Languedoc, da Aquitânia e de toda a região dos francos se baseava no juramento dos vassalos aos senhores feudais. Com o juramento, o vassalo ficava subordinado a um senhor, pagando impostos e ajudando na guerra, enquanto o senhor protegia as terras dos vassalos e também seus empregados. Mas os cátaros eram contra essa submissão terrena, porque o mundo material era do Deus do Mal.

Olivier apenas dera a sua palavra, enquanto ele jurara, porque sua Igreja permitia. Assim, selaram vários compromissos, que nasceram dessa profunda amizade.

— É preciso que você se encarregue de uma grande missão.

— Missão? Que missão?

— Talvez a maior que exista hoje neste universo diabólico.

E em seguida, com olhar penetrante, como se fosse novamente Cristo na Transfiguração, falou num tom profundo:

— Você foi escolhido para salvar o Sangue do Senhor.

— Não entendo essa história de Sangue do Senhor, mas, se minha missão é ajudá-lo a sair daqui, acho que temos de fazer isso logo.

Olivier sorriu tristemente.

— É tarde para me salvar. A minha missão é ficar aqui para enganar os perseguidores.

Não havia ninguém por perto, mas a qualquer momento poderia aparecer algum soldado ou mesmo o seu amigo ser chamado para a guarda. Olivier compreendeu isso e foi breve:

— Lembra-se de Lombrives?

— A catedral? Sim, me lembro.

Lombrives, perto da aldeia de Ornolac, é considerada a maior caverna da Europa e sua cavidade interna é tão grande, que se comunica com a caverna de Nyeaus. Eles costumavam andar por aqueles montes e visitar as grutas onde os cátaros se escondiam para dali sair à noite e visitar os doentes.

Também chamada de catedral, a entrada de Lombrives tem três grupos de estalagmites cuja lenda diz serem os túmulos de Hércules e Pirene, e o trono de Bebrix. Depois que Hércules seduziu Pirene, a filha de Bebrix, ela ficou com medo da ira do pai e saiu à procura do amado, entrando pelas florestas escuras das montanhas, onde animais ferozes a atacaram. Ela então gritou por Hércules, que veio em seu socorro, mas chegou tarde e a encontrou morta, caindo no desespero. O eco de seus soluços ressoava nas rochas e cavernas, enquanto o herói repetia o nome de Pirene. Os montanheses acreditam que ainda hoje as montanhas ecoam o nome da filha de Bebrix e por isso são chamadas de Pireneus.

Olivier confirmou:

— Sim. A catedral. O que vou lhe dizer é um segredo que não pode ser revelado. Uma *perfeita* fugiu, levando o Sangue de Cristo. Você foi escolhido para cuidar da criança. Ninguém poderá saber disso. Como São Pedro, deverá abandonar tudo em nome do Senhor. Num determinado momento, alguém virá buscar Aquele que você preparou, como fez São José com o próprio Cristo.

O soldado perguntou, comovido:

— O Sangue Real, o Santo Graal. Então é verdade que entre vocês havia aqueles que levavam o Sangue de Cristo?

E estupefato olhou o amigo:

— Dizem que entre os cátaros havia um *perfeito* que era o verdadeiro rei merovíngio, o primaz da dinastia de Cristo. Então, então... — balbuciou. — Michelle está em Lombrives.

Quase se ajoelhou diante do amigo, mas compreendeu de repente que a esperança de salvação do Sangue Real era ele e não podia cometer imprudências.

Conseguiu pronunciar em tom solene:

— Doravante não farei juramentos, mas lhe prometo que não se repetirá a história de Pirene.

CAPÍTULO 29

Na manhã do dia 14, domingo, os cátaros celebraram uma cerimônia na qual todos os *Crentes*, entre eles a esposa de Raimundo de Pireille, Corba, sua filha, Esclermonde, e outras vinte pessoas receberam o *Consolamentum Spiritus Sanctis* tornando-se *perfeitos* e prontos para a morte. O *perfeito* Bertrand rezou o Pai-Nosso dos cátaros, diferente do Pai-Nosso dos católicos, e tocou a cabeça de cada um com o Evangelho de São João. Depois, deram-se o beijo da paz. Em seguida, informou o comandante dos invasores que nenhum deles havia aceitado renegar as suas convicções.

O arcebispo Pedro Amiel ficou indignado com essa sustentação de fé, porque esperava a glória de comunicar ao papa a conversão ao catolicismo dos últimos hereges. Esses fanáticos, no entanto, escolheram ser queimados vivos, numa grande afronta ao Vaticano.

O comandante das forças invasoras também esperava que eles aceitassem as condições da rendição e não preparara a fogueira. As árvores, que restavam do cerco e que não tinham sido queimadas para aquecer os soldados ou cozinhar alimentos durante o sítio, estavam úmidas.

Ao contrário do arcebispo, que queria se vangloriar da rendição dos cátaros, os soldados ansiavam por sentir o cheiro da carne dos hereges, como compensação por terem enfrentado o inverno durante meses.

O papa havia prometido indulgência plenária a todos que levassem lenha para as fogueiras, porque o suplício do fogo era um ato de piedade para salvar aquelas almas. Animados pela promessa, milhares de soldados percorreram o vale que se divisa do alto do Montsegur, na esperança de ganhar a vida eterna, e, em poucas horas, juntou-se um enorme monte de lenha.

Quando os primeiros sinais do amanhecer do dia 16 de março mostraram os contornos ainda escuros do Monte de São Bartolomeu, o Tabor cátaro, o bispo Amiel deu ordens para que os hereges fossem arrastados até as pilhas de lenha. Era o final de uma das maiores violências praticadas pelo Vaticano. Mais de 200 cátaros foram amarrados e puxados montanha abaixo para dentro de um cercado de madeira, onde vários montes de lenha esperavam por eles.

Como cordeiros, conformados com o seu destino, eles rezavam o Pai-Nosso cátaro:

"Pai santo, Justo Deus dos Bons Espíritos, vós que não vos enganais nunca, que jamais mentistes, que jamais errastes, que jamais tivestes dúvidas de que não morreríamos no mundo do Deus do Mal, porque não somos do mundo e ele não é do nosso mundo, ensina-nos a conhecer a sua verdade e a amar o que amais."

Desesperado com essa demonstração de penitência, que não via no seu rebanho, o bispo Amiel pegou uma tocha acesa e correu até o feixe de madeira onde estava amarrado o *perfeito* Bertrand Marti, gritando:

— Herege maldito! Hoje ainda você estará no inferno e vai arder nas chamas do Diabo por toda a eternidade.

E ateou fogo ao monte de lenha. Quando a fumaça negra começou a subir, Bertrand Marti olhou para o bispo e disse, na língua occitana, a mesma frase que Cristo dissera na hora de morrer:

— *Pai, perdoai-os porque não sabem o que fazem!*

Estalidos da madeira verde acompanharam a fumaça escura que distribuía no ar o forte cheiro de betume. A cena, macabra e assustadora, nunca vista antes, registrou para sempre na consciência de cada soldado o receio de ter cometido um crime imperdoável.

Da madeira verde saiu uma fumaça que sufocou os cátaros e eles morreram de asfixia antes que o fogo os alcançasse. Os soldados viram incrédulos os cátaros tossindo, ajoelhando-se ou caindo e ficando imóveis, mesmo quando o fogo começou a queimá-los.

Eles não morreram pelo fogo, e seus algozes então compreenderam que a afirmação de que seria preciso queimá-los aqui na terra para que não fossem para o inferno não tinha a aprovação de Deus, que poupara aquela gente desse sofrimento.

Horrorizado, o soldado amigo de Olivier ajoelhou-se e outros o seguiram. Rezou e pediu perdão a Deus, enquanto uma brisa fria descia como suspiros dos morros brancos de neve. Havia feito uma promessa ao amigo que acabara de morrer e iria cumpri-la.

Tempos depois, começou a correr a lenda de que um homem e um menino andavam pela floresta, caçando, perseguindo bandidos e praticando o uso das armas. O homem seria o Deus do Mal e uma luta intensa se travava entre o que o menino aprendia com ele e o que lhe ensinava a mãe, pessoa dócil e religiosa, que vivia numa caverna oculta no Caminho dos Bons Homens (*El Cami dels Bons Homes*). Segundo os camponeses que ouviam essas histórias misteriosas, ela seria o Deus do Bem.

CAPÍTULO 30

Entardecia, quando o cavaleiro viu as torres da igreja da abadia que ocupava o fundo do vale. Parou um instante para apreciar a beleza da construção de pedra circundada por montanhas dominadas pelo verde das matas. Pensou na quantidade de obreiros e no sacrifício de quantos morreram, adoeceram ou simplesmente sofreram para levantar aquela obra.

Depois de alguns minutos, respirou fundo e alisou o pescoço do animal, que fungou com o carinho. Deu um toque com os joelhos e o cavalo continuou a sua descida pela estrada tortuosa, pisando firme no solo branco de neve.

Havia dezoito anos prometera a seu amigo Olivier que cuidaria do seu filho. Quando fora convocado para a tomada de Montsegur, achava que estava fazendo o bem para aquele povo. Carlos Magno convertera muitos árabes ao cristianismo, fazendo-os ajoelhar-se com a cabeça sobre um tronco, enquanto levantava a espada, ameaçando cortá-la, se o infiel não se convertesse. O cavaleiro lembrava que, na luta contra os cátaros, ele também imaginara um dia ser reconhecido por Deus porque estava ajudando a converter aqueles hereges e a aproximá-los do reino dos céus.

Fora uma triste surpresa encontrar o seu amigo Olivier entre aqueles que seriam sacrificados. Eram amigos desde os tempos de criança, quando saíam pelos bosques para apanhar frutas e pescar. Olivier não podia caçar porque era um cátaro. Já, naqueles bons tempos de juventude, a crueldade se espalhara por todo o Languedoc.

Num desses passeios, perguntara a Olivier por que ele não ia à missa e não comungava. Assim, ficaria livre da perseguição.

— Nosso Deus é diferente do seu e nós praticamos a forma original do cristianismo. Costumamos nos reunir e dividir o pão como Cristo fez, mas não achamos que o pão é o próprio Cristo, como os cristãos. Também rezamos a oração que ele ensinou, mas quando falamos do pão, não falamos do pão terrestre, porque esse pão não merece ser reverenciado.

— Mas isso é pecado. Como pode não acreditar que Cristo está na hóstia?

— Mas comer o corpo de Cristo não é canibalismo? Comer o corpo de Cristo, ainda vivo? Que barbaridade! Vocês, católicos, pegam um pedaço de pão e dizem que é Deus. Depois o colocam na boca, mordem-no e mastigam-no com os dentes até ficar em pedacinhos e o engolem. Será que isso está certo?

— Não é isso, não! A Eucaristia é um ato de louvor a Deus. A hóstia eleva os pensamentos a Deus e vocês não são capazes de entender isso.

Olivier ria e o atormentava com mais dúvidas:

— Será que um padre, uma pessoa comum, como eu e você, pode mesmo fazer Deus descer à Terra na hora que quiser? É só ele ficar diante de uma pedra, ou um altar, como dizem, benzer um pedaço de pão e aquela massa de farinha estragada se transforma em Deus?

Apesar de ficar horrorizado com aquelas palavras e de se benzer sempre que as ouvia, admirava a vida simples que os cátaros levavam, trabalhando no campo, ajudando os pobres, cuidando dos doentes e tratando a todos com respeito. Diziam que se entendiam diretamente com Deus e não precisavam dos padres e dos bispos como intermediários.

Sabia que não era intenção do seu amigo tentar convertê-lo ao catarismo, mas Olivier dizia coisas que o assustavam:

— Se você ler o Evangelho de Marcos, verá que Jesus chama Pedro, o primeiro papa, de Satanás, porque Pedro não se ocupava das coisas de Deus, mas, sim, das coisas dos homens. Será que Cristo não estava prevendo tudo o que os papas estão fazendo hoje?

Ele não sabia o que responder. Olivier continuava:

— Um Deus não morre tão facilmente como mataram Cristo, e um Deus não pode admitir que matem em seu nome. Então, o Deus dos papas é falso, ou melhor, é o Deus do Mal, o próprio demônio.

Não estava preparado para responder a essas questões, porque os cristãos não podiam ler a Bíblia.

Mas Olivier sabia muita coisa.

— No Evangelho de São João, Cristo também já dizia que iriam nos matar, porque era a vontade de Deus.

— Mas isso não pode ser verdade. Ele não diria uma coisa dessas.

— Está no evangelho de São João, mas se você preferir o Evangelho de São Mateus, lá também está profetizado que nós despertaríamos o ódio do papa, mas aqueles de nós que perseverarem até o fim serão salvos.

Quem fosse pego com uma Bíblia traduzida era considerado herege, mas ele tinha escondido uma das versões de Pedro Valdo e ficou horrorizado quando leu no Evangelho de São João que *"está para chegar o tempo em que todo aquele que vos matar, julgará que nisso faz o serviço de Deus."*

No Evangelho de São Mateus também está escrito: "*E um irmão entregará à morte o outro irmão, e o pai ao filho. E os filhos se levantarão contra os pais, e lhes darão a morte. E vós, por causa do meu nome, sereis o ódio de todos. Aquele, porém, que perseverar até ao fim, esse é o que será salvo.*"

Gostava do seu amigo Olivier e ficara surpreso quando o vira no Montsegur entre aqueles, que tinha de matar. Nas brincadeiras daqueles tempos, tinham feito promessas para substituir os juramentos de vassalagem feudal e ele estava agora orgulhoso de cumprir as promessas feitas ao amigo.

CAPÍTULO 31

Já tinha, porém, quase se esquecido do futuro do garoto, quando, numa tarde em que eles treinavam numa clareira, surgiu de repente, do meio da mata, um monge. Percebeu que aquele era o momento da separação, quando o monge aproximou-se, silencioso, e uma profunda tristeza tomou conta dele. Já havia dito ao garoto alguma coisa sobre a sua missão neste mundo e explicara que um dia ele teria de ir embora e não se veriam mais. Fora difícil para aquela criança entender essa separação, e a mãe chorava constantemente sabendo que logo perderia seu filho querido.

Não tinha instrução suficiente para dizer coisas mais profundas, mas já havia relatado ao menino os fatos ocorridos em Montsegur, a morte dos cátaros e do seu verdadeiro pai, que lhe confiara a missão de cuidar dele e da mãe.

O monge aproximou-se do garoto e, num gesto inesperado, ajoelhou-se:

— Bendito aquele que tem o Sangue do Senhor — e, dizendo isso, persignou-se três vezes antes de se levantar.

Seguiu-se um silêncio durante o qual o monge contemplou o garoto com admiração e respeito. Depois, virou-se para o Homem da Floresta:

— Nós estamos muito agradecidos pela proteção e pelo treinamento que deu ao menino, mas é preciso que ele cumpra o seu destino. A mãe será levada para um convento e o senhor deverá continuar na floresta e defender os peregrinos contra os salteadores, para manter a lenda do Homem da Floresta. Poderá visitá-lo uma vez por ano, vestido de Cavaleiro Templário, enquanto nós o preparamos.

Já fazia seis anos que ele vinha todo final de ano fazer a sua visita. Era um momento encantador em que os dois se abraçavam e o menino chorava de alegria. O menino gostava de contar tudo o que lhe ensinavam. Estudava latim, grego e aramaico. Sabia muitas coisas e, principalmente, aprendera a pensar e a raciocinar. Tinha nomes novos para as plantas e os animais que antes encontravam na floresta. Os dois riam quando o menino dizia que o loureiro se chamava *laurus nobilis* e que a flor que chamavam de amarelinha tinha o nome de *genista scorpius*. Os patos e marrecos, que caçavam e sua mãe defumava para o inverno, os padres os chamavam *anas clypeata*, *netta rufina* ou *tadorna ferrugina* e outros nomes esquisitos.

Havia dois anos, o menino lhe contara a história dos reis merovíngios. Falava baixo, em segredo. Era assim que devia ser, segundo os seus instrutores, que o ensinavam em lugares escondidos, onde pessoas estranhas não podiam ouvi-los. Esses instrutores eram monges, que insistiam que ele nunca deveria contar a ninguém que estava aprendendo a história e a vida dos reis.

Mas o menino sabia o que era. No ano anterior, ele já era um rapaz alto, forte e bonito. Como estaria agora, com 18 anos?

Foi se aproximando da impressionante abadia de pedra protegida por muros altos sobre os quais despontava a torre delicada de um templo gótico. Diziam que a construção fora orientada por um mestre templário, que tinha a sabedoria dos grandes construtores e sabia também forjar o ferro e os vidros coloridos dos grandes vitrais, através dos quais, as luzes entravam e iluminavam a nave da igreja.

O cavalo parou em frente do grande portão de entrada e olhou em volta como se quisesse lembrar-se daquele lugar. O cavaleiro desceu e o portão se abriu. Um monge pegou o animal pelas rédeas e o levou para dentro, mostrando assim que o cavaleiro gozava de prestígio. Depois de amarrar o cavalo, o monge cerimoniosamente fez sinal para que o acompanhasse. Passou pelos canteiros de verduras e flores que adornavam a entrada da abadia, cobertos agora pela neve.

Foi levado por entre corredores de pedra até chegar a um recinto, que era o único lugar onde havia uma lareira. Era um dia frio e o fogo estava aceso. O frio era uma forma de sacrifício e a lareira naquele recinto era um privilégio das visitas mais nobres.

O monge saiu e pouco depois o rapaz chegou. Uma cabeleira longa e loira moldava o rosto bonito de um jovem alto e forte. Os dois se abraçaram e por uns momentos não falaram nada, para controlar a emoção.

— Sinto muito orgulho de você, — e, pela primeira vez desde que começara a tomar conta da criança, atreveu-se a dizer — meu filho.

O rapaz apenas respondeu:

— Papai.

Passado o momento de emoção, o cavaleiro notou a tristeza que tomou conta do rosto do garoto quando perguntou pela mãe.

— Não tive mais notícias de sua mãe. Sei que ela está num convento e bem protegida.

Lágrimas começaram a descer e ele fechou os punhos, mordendo os lábios para se conter. Sentia falta dela e sabia que ela também estava com saudades dele, mas o destino, ou então a vontade de Deus exigira esse sacrifício.

— Tenho coisas novas para contar, mas não agora. Quando estivermos andando a sós, no pátio.

E, erguendo o tom de voz para mostrar naturalidade:

— O senhor será convidado para os festejos do Natal. A missa será celebrada em canto gregoriano e eu também estarei no coro. É uma cerimônia bonita e só convidam algumas pessoas. Sei que será convidado este ano e será nosso hóspede.

Foi levado para uma cela mobiliada com uma cama de pedra, amaciada com colchões e cobertores de lã para aplacar o frio. Encostado na parede havia também um armário e, sobre ele, um crucifixo testemunhando a austeridade da vida monástica. Toalha e bacia com água quente eram luxo naquele lugar, e ele se lavou.

Às sete horas, foi servido o jantar, com legumes produzidos na abadia, carne de porco e toucinho cozido que cheiravam bem. Depois, serviram queijo de cabra e vinho tinto.

Quando voltou para a sua cela, já tinham retirado a bacia, e ele se deitou e dormiu. A noite pareceu curta porque logo os sinos repicaram para o amanhecer, mas se levantou bem disposto.

Ouviu batidas na porta e o monge estava lá, com uma nova bacia de água quente. Ele lavou o rosto, as mãos e se vestiu. Pouco depois, o menino chegou e pediu a bênção, beijou a sua mão e disse em voz baixa:

— É preciso que o senhor confesse e comungue.

Não acreditava mais naquelas cerimônias, mas fora instruído para agir como um católico fervoroso para não comprometer a vida do garoto e os membros da comunidade.

Foi uma missa simples, e o celebrante fez a pregação, contando a história do Advento, do nascimento do Cristo Rei, o Cristo Redentor, aquele que veio para salvar o mundo e foi reverenciado pelos Reis Magos.

Sentiu tristeza porque a cerimônia religiosa lhe tocava o coração e era aquela religião que sua mãe também lhe ensinara. Mas a missa não combinava com a matança que a Igreja praticava. Havia agora a Santa Inquisição, criada pela Ordem dos Dominicanos, que também queimava cristãos, não importando se eram mulheres grávidas, velhos, doentes ou crianças.

Aqueles que tinham ideias diferentes daquilo que os padres diziam eram condenados à fogueira. Assistira a muitos espetáculos de cremação de pessoas vivas, e naqueles momentos percebia o regozijo dos que acreditavam estar livrando o reino de Deus de hereges que não mereciam estar nele.

Quando essas cenas já não atraíam multidões, os padres acrescentavam o enforcamento ou a mutilação para mudar o cenário e continuar atraindo gente para assistir ao castigo daqueles que estavam contra a vontade do papa. Cardeais vestidos de cetim e púrpura puxavam a procissão que levava tochas acesas até o cadafalso. Um monge levava o brasão branco e preto da Inquisição enquanto as preces e os cânticos entoados pela multidão emolduravam o cenário fúnebre. Outras vezes, os condenados usavam barretes para cobrir suas cabeças e mordaças para que não gritassem e eram empurrados em direção à fogueira, enquanto a multidão se acotovelava para assistir ao grande evento.

Perto do cadafalso, ficavam os caixões para levar aqueles que não fossem queimados vivos, por terem confessado a heresia e, num gesto de misericórdia, suas cabeças eram decepadas. Um murmúrio de excitação saído da multidão indicava quando a cena estava prestes a começar. Quantas vezes ele não vira corpos que esperneavam pendurados pelos pescoços, porque os nós não deslizavam! Era a vontade de Deus que sofressem antes de morrer, e ninguém podia ir lá correr o nó do enforcamento. Davam a essas cenas o nome de Autos de Fé.

Outras vezes, assistira a condenados à fogueira serem arrastados vivos enquanto um capelão tentava arrancar-lhes uma confissão ou o arrependimento pelos seus pecados. Depois eram queimados, os corpos se retorciam nas chamas e os gritos e gemidos se misturavam com os cânticos e ladainhas que a multidão delirante cantava, acompanhando os padres. Na época, achava tudo aquilo muito certo e, quando às vezes ficava horrorizado com alguma cena ou com pena de algum amigo, pedia perdão a Deus pela sua fraqueza.

CAPÍTULO 32

Depois da missa, saíram para caminhar na estrada que atravessava os bosques que cobriam os morros em torno do vale. O garoto estava sério, compenetrado, como se algo o preocupasse.

Aquelas duas figuras — ele vestido como um cavaleiro templário e o garoto, como um monge com o capuz cobrindo a cabeça, as mãos por entre as mangas e com um cordão branco amarrado à cintura — impunham respeito pela altivez do porte e elegância do andar.

O cavaleiro notou o silêncio do rapaz.

— O que o preocupa?

115

O rapaz adotou uma postura de dignidade.

— O destino de todos os cátaros ou de quem os oculta é a fogueira. Levantaram um ódio inexplicável contra nós. Chegam a santificar cátaros que renunciaram a fé e depois passaram a nos delatar e perseguir, como foi o caso de Pedro de Verona, que se tornou inquisidor. Agora o chamam de São Pedro de Verona.

E, mostrando que tinha sido bem preparado pelos seus instrutores:

— O ódio contra os cátaros deriva do medo de a Igreja perder o Sacro Império Romano e eles próprios serem considerados hereges.

— Sim, sei disso. Mas o que o preocupa agora?

— No fim de novembro, quando o inverno já começava a se fazer sentir, o instrutor me levou para uma cela muito escura. Antes de fechar a porta, mostrou um lugar onde havia um buraco na parede e fez sinal com o dedo sobre os lábios para eu ficar quieto. Era uma cela secreta que se comunicava com os aposentos do arcebispo, que estava de visita no monastério.

Não era difícil imaginar um buraco disfarçado na parede dando para alguma alcova pelo qual alguém pudesse ouvir segredos. O cavaleiro sabia do papel predominante que a abadia de Cister exercera para pregar a Cruzada Albigense, que exterminou os cátaros. Sentiu o peso da situação, e o rapaz continuou falando em voz baixa e fingindo rezar o terço:

— Não era possível ouvir com clareza tudo o que diziam, mas a perseguição vai continuar e todas as cavernas dos Pireneus serão tomadas pelos soldados do papa. Não só os cátaros e judeus escondidos serão queimados, mas todos os camponeses que residirem por perto, porque são considerados amigos deles.

— Já mataram tantos, destruíram o Languedoc e cidades importantes. Não ficam nunca satisfeitos? Ainda bem que sua mãe não está mais saindo de um lugar para outro para se esconder.

A figura da mãe parecia agora distante, mas sua lembrança entristeceu os momentos de silêncio que se seguiram e o garoto continuou falando, para disfarçar a emoção.

— O abade parecia um soberano e segurava o crucifixo para mostrar sua fé inabalável no Cristo Redentor crucificado. Falou de rumores sobre um menino com sangue merovíngio e pretendente à coroa do Sacro Império Romano, que fora levado de Montsegur. Ele estaria vivendo com um cavaleiro renegado nas florestas dos Pireneus e teria hoje 18 anos. Nesse momento, o monge instrutor colocou a mão sobre a minha boca porque comecei a respirar forte. Era evidente que o abade se referia a nós dois.

O cavaleiro olhava fixo no horizonte. A testa franzida por essa última informação.

— Já me avisaram que corro perigo e é por isso que o senhor está hoje aqui. Assim como nunca mais vi minha mãe, também não o verei mais. Fui avisado de que irão vasculhar a floresta para encontrá-lo ou encontrar alguém que informe onde está. Mas não se preocupe, porque o senhor sairá daqui para um lugar onde não o reconhecerão.

Voltaram para a abadia como se estivessem rezando. O terço aparecia ostensivamente nas mãos do garoto. O dia transcorreu normalmente e o monge levara a bacia de água quente para o seu quarto. Depois que se lavou, foi para o refeitório, onde o jantar foi servido às sete horas.

Voltou à cela e não se surpreendeu de início quando viu o monge esperando por ele. Parecia uma sombra que o seguia, mas alguma coisa nova estava acontecendo. O monge foi discreto, mas alertou-o para preparar suas coisas, porque à meia-noite sairia do convento.

Algo errado tinha acontecido. Fora convidado para os festejos do Natal, mas provavelmente o perigo aumentara. Queria despedir-se do garoto, mas preferiu não questionar e seguiu as instruções. Arrumou suas coisas e ficou esperando. Depois de um longo tempo de espera, escutou passos furtivos no corredor. Abriu a porta da cela e viu que o monge trazia uma sacola com alimentos e uma garrafa de vinho.

Se não fosse um guerreiro acostumado com as sombras das árvores em noites escuras, teria medo daquele silêncio que brotava das pedras frias. Passaram por corredores que não tinha visto antes, até pararem diante de uma parede, que o monge tateou. Uma parte dela se abriu e entraram num corredor mais escuro, frio e úmido. A parede por trás deles se fechou.

Era um verdadeiro labirinto e somente quem estava habituado a ele saberia aonde chegar. Um ar mais fresco indicou que estavam perto da saída. O monge pressionou uma laje de pedra, que se moveu, e eles saíram para a noite. Já estavam dentro da floresta quando o monge entregou-lhe um mapa, com a indicação de um local onde pessoas de confiança o encontrariam. Logo depois do Natal, um grupo de caçadores contratado pelo abade começaria a perseguição para encontrá-lo. Tinha de ficar longe do menino. Perguntou por ele e o monge respondeu apenas que não se preocupasse.

Seguiram por entre as árvores até onde estava o cavalo arreado, que pareceu feliz ao vê-lo. Sobre a sela havia uma seteira e flechas dentro de uma sacola amarrada do lado do arreio. Sorriu porque sabia que aquilo era coisa do garoto.

Depois que o seu guia voltou para o monastério, o cavaleiro guardou o mapa. Não podia pensar apenas em sua própria segurança e iria tomar outro rumo. Procurava andar por baixo das árvores mais altas e frondosas que faziam sombra durante o dia e não deixavam a vegetação crescer embaixo delas. Andar em terreno sem folhagens era mais fácil e, como estavam no mês de dezembro e nevava na região, seus rastros logo desapareceriam. Subiria o morro e durante o dia tomaria o rumo da floresta onde tinha vivido nos últimos anos.

Era previsível que um dia iriam procurá-lo e então, durante todo o tempo que passaram juntos, ele e o menino fizeram esconderijos, aprenderam a armazenar alimentos, a selecionar as frutas silvestres para as situações de emergência, estudaram o comportamento dos animais, os precipícios, as cavernas, e foram também armando uma ardilosa rede de armadilhas no meio da selva.

Agora precisava dirigir-se o mais depressa possível para o lugar onde vivera antes, para que a busca se concentrasse longe da abadia. Os perseguidores viriam depois do Natal, o que lhe dava tempo para conferir as armadilhas e os locais escolhidos para atraí-los.

CAPÍTULO 33

Os três caçadores caminhavam silenciosamente pela mata, escondendo-se entre moitas e evitando fazer ruídos que espantassem aves e animais. No inverno, os ursos desapareciam no interior das cavernas, mas corças, coelhos, raposas, lobos ou então aves como corujas, podiam assustar-se e alertar o misterioso Homem da Floresta.

A manhã era de sol e alguns raios de luz escorriam por entre os galhos das árvores. Um caçador fez sinal para os outros e apontou para uma marca quase apagada sobre a neve do chão. Olharam o topo das árvores e as frestas das moitas de arbustos para ver se não era uma armadilha, e então se aproximaram daquele sinal diferente. Um leve aprofundamento na neve, do tamanho do pé de um homem calçado, indicava que alguém tinha passado por ali, havia pouco. Logo mais adiante, viram outra marca e não tiveram dúvidas. Fosse lá quem fosse, sabia fazer suas próprias vestimentas com o couro de animais, portanto era alguém acostumado a viver no mato. Certamente haviam encontrado as pistas do Homem da Floresta.

Seguiram cuidadosamente os sinais na neve, mantendo distância um do outro para não se transformarem em alvo fácil. Se um deles fosse agredido, os outros dois estariam em condições de ajudá-lo. No entanto, se andassem juntos, um arqueiro hábil precisaria de pouco tempo para fazer a pontaria e, depois, teria apenas o trabalho de pegar as setas, porque a direção seria a mesma. Os vestígios foram ficando mais nítidos e os levava a uma trilha que passava no meio de uma pequena formação de faias.

O homem que ia à frente parecia mais afoito, mas parou subitamente, sem tempo, porém, para se desviar. Pisara em alguma coisa suspeita e um galho que estava soterrado na neve se levantou do solo com velocidade, desequilibrando-o. Os outros dois viram-no cair com uma seta no abdome. Logo outra seta o atingiu no braço esquerdo e uma terceira na altura do ombro direito. As flechas não foram mortíferas. Ele estava vivo, mas gritava desesperadamente de dor e pedia que o tirassem dali. Instintivamente, os outros dois correram para tentar ajudá-lo, sem notar o vulto, que esperava com o arco preparado, atrás de uns arbustos. Ao se abaixarem para ajudar o amigo, duas flechas atravessaram a ramagem e alcançaram cada um deles nas costas, causando ferimentos doloridos. Os dois saíram gritando pela floresta e deixaram o companheiro ainda vivo, gemendo no chão.

O vulto sorriu. O pavor seria a sua arma mais poderosa.

Os gritos foram ouvidos e os demais caçadores se dirigiram ao local. Não havia como salvá-los, porém, deixá-los feridos na floresta para serem atacados por animais ou terem uma morte lenta seria ainda mais cruel. Então, o chefe do grupo deu uma ordem simples:

— Acabem com o sofrimento deles.

Sabiam agora que estavam procurando por alguém que existia realmente e era perigoso. O Homem da Floresta não era um fantasma e devia ter deixado rastros, que procuraram sem encontrar. Desaparecera misteriosamente, e os caçadores voltaram a acreditar que as histórias de um fantasma que assombrava a floresta eram verídicas.

Se tivessem prestado mais atenção, teriam notado que cipós fortes e longos pendiam de árvores vizinhas e podiam ter servido para um homem fugir sem deixar vestígios. Mas estavam nervosos e queriam sair logo daquele lugar, onde deixaram os companheiros mortos. O chefe do grupo se impôs, mostrando mais coragem que os outros e continuaram a busca. Andavam agora cautelosamente espalhados na mata e olhavam com cuidado para o alto, para a copa das árvores. Examinavam moitas, rodeavam troncos, pedras ou arbustos, e se assustavam com qualquer ruído como se fosse o sibilo de uma flecha traiçoeira. Olhavam receosos para trás, com medo da sombra de algum arbusto.

O homem parecia ter evaporado. Nenhum rastro na neve. Vez e outra, um deles chamava a atenção para algo estranho no solo, mas não encontraram vestígio do misterioso personagem. Começava a entardecer e precisavam aproveitar a luz do dia para procurar abrigo. Eram caçadores experientes e sabiam como encontrar um lugar seguro para dormir. Grandes teixos apontavam seus troncos retorcidos e avermelhados para o céu, com os galhos mergulhando até o chão e formando um abrigo dividido pelas saliências de suas raízes, que se firmavam no solo como colunas góticas invertidas. Nelas se protegeriam do vento e do frio. Depois de aconchegados, molhavam o pão seco na neve que derretiam com o calor do corpo e assim também faziam água.

O teixo era a árvore sagrada dos celtas. Ela guarda na seiva que corre pelos seus galhos um veneno fatal que não alcança seus frutos. Eram homens de luta, mas supersticiosos, e acreditavam que a força mística da árvore afastaria o espírito mau da floresta.

Os caçadores se revezavam na vigilância, ficando quatro deles sempre acordados, com os olhos na escuridão da floresta e os ouvidos atentos aos menores ruídos. Um leve sonido, que parecia prenunciar uma inesperada brisa de inverno, os levou a se aconchegar mais fortemente contra o tronco para se aquecerem. De repente, o som se transformou no zumbido de centenas de milhares de abelhas nervosas, que os atacaram.

As abelhas são animais fantásticos. Durante a primavera, polinizam as árvores para que tenham flores e elas possam retirar o néctar e fazer o mel. No inverno, trabalham dentro da colmeia e se reproduzem. São organizadas e pacíficas, mas, quando molestadas, atacam com a disciplina de um exército. Não é comum as abelhas serem usadas como armas. Os falcões e os cães podem ser treinados para defender o dono ou atacar inimigos, mas nunca foi possível treinar abelhas para esse fim.

No começo, os caçadores acharam que bastava espantá-las com as mãos ou com pedaços de pano, mas elas não paravam de chegar, agressivas, esvoaçantes, entrando pelos cabelos e pelas vestes, picando todos os pontos do corpo, que doía.

Grandes colmeias, colhidas durante a noite em sacolas de pano, eram lançadas por arbustos improvisados em catapultas para o meio dos caçadores, que não estavam preparados para aquele tipo de ataque. Vez ou outra, uma seta cortava o gélido ar e descia impiedosa sobre um deles. O pavor os levou de volta ao pé do morro, de onde antes tinham saído e se olhavam agora envergonhados por terem apanhado de um único homem.

Cabisbaixos, ouviram o chefe dizer:

— É só um homem, não um fantasma. Ele vive nessa floresta há muito tempo e a conhece melhor que nós. Durante todos esses anos, ele se preparou e montou essas armadilhas. Mas nós também conhecemos a vida da floresta e sabemos que os mesmos recursos que ela oferece para a defesa, também servem para o ataque. Amanhã traçaremos um plano.

Eram palavras sensatas que pareciam ter chegado até os ouvidos do cavaleiro que estava a alguns quilômetros de distância, dormindo dentro de uma caverna onde tinha guardado o cavalo e a sua vestimenta de templário.

De madrugada, ele pegou o animal pelas rédeas e deu algumas voltas ao redor da caverna para confundir os rastros e, depois, subiu o morro em direção a um penhasco não muito longe dali, onde as águas de uma cachoeira caíam sobre um pequeno lago. A cachoeira era bonita no verão, na primavera, no outono e mais ainda no inverno, quando crostas de gelo formavam uma moldura branca em suas laterais. Muitas vezes estivera ali com o menino e ensaiaram como escapar de perseguidores. Estudaram a profundidade da água no lugar da cachoeira e na corredeira subterrânea que se formava em seguida. A altura da queda não permitia que a água congelasse e logo adiante a correnteza cavara um túnel e o riacho descia oculto até emergir numa macega, onde a vegetação escondia suas margens.

O homem subiu até o alto da cachoeira e escondeu a vestimenta de templário, descendo a ladeira até a margem do riacho, a umas centenas de metros depois do lago, onde deixou o animal.

Voltou para onde estava antes e procurou outra caverna, onde um antílope estava amarrado com as patas envolvidas com uma espécie de sapato de couro. Soltou o animal, que saiu estranhando a maneira de andar, mas logo sentiu o gosto da liberdade e correu por entre a mata, como se soubesse para onde ir.

E assim fez com mais três animais em pontos diferentes. Agora era só esperar.

Os caçadores dividiram-se em dois grupos de vinte homens cada um e desdobravam-se em cautelas. Um grupo ficou na base do morro e o outro subiu. Depois de algum tempo, espalhados para poder estudar melhor o terreno e ainda evitar serem pegos todos numa armadilha, viram quatro rastros suspeitos.

O chefe estudou as pegadas na neve:

— São várias direções, mas é estranho, porque todos eles parecem rastros de algum animal indeciso, que não sabe de início para onde vai. O que será que isso significa? Não são rastros humanos, mas, sim, de animais de quatro patas.

Não sabiam que atitude tomar, e os mais temerosos achavam que era mais prudente continuarem juntos e escolherem apenas um rastro. Para os outros, deviam se dividir em dois grupos e assim teriam cinquenta por cento de chance e seria menos perigoso. Podia ser outra armadilha do Homem da Floresta ou podiam ser apenas animais selvagens, sem maior perigo.

— Somos vinte. Formaremos dois grupos de oito pessoas. Um grupo seguirá os rastros para o leste e o outro irá para oeste. Três irão buscar os outros companheiros que ficaram na base do morro e assim que chegarem lá se dividirão em dois grupos, como estamos fazendo, para seguir os outros rastros.

Olharam surpresos para o chefe, que não se incluíra em nenhum dos grupos, mas ele explicou:

— Vou subir o morro. Tenho meu palpite. Quando os três, que forem chamar o grupo que ficou para trás voltarem, seguirão meus rastros.

O cavaleiro escutava os pequenos ruídos que saíam da floresta coberta de neve.

Não havia segredos naquela mata para ele. Os caçadores tomaram as direções indicadas pelo chefe, sentindo arrepios de medo toda vez que encostavam nas folhas congeladas.

CAPÍTULO 34

Depois de caminharem pouco mais de um quilômetro, andando devagar e pisando cautelosamente, enquanto olhavam para cima e para os lados, um movimento estranho assustou aqueles que haviam seguido para o leste. Alertados com o movimento inesperado das ramagens em volta deles, prepararam dardos, espadas e seteiras, mas uma corda levantou-se da neve e jogou vários deles ao chão. Os outros correram desordenadamente e outras cordas também se levantaram, derrubando-os. Aquela armadilha tinha algum propósito, porque nenhum dos homens fora ferido. Então, o perigo ainda estava por vir. Armadilhas assim tão bem-feitas não eram normais e só podiam ser obra de um fantasma. O pavor tomou conta deles, que começaram a descer o morro afundando-se na neve, caindo e se levantando para fugir do Homem da Floresta.

A oeste, o outro grupo chegou até a entrada de uma caverna. Passaram com cuidado por entre as rochas que formavam túneis escuros, onde os pingos de água estavam congelados. Camadas de gelo lisas e escorregadias, formadas pela umidade que descia das paredes, mostravam marcas de que alguém passara por ali e não fazia muito tempo. Como buscavam um fantasma, as formações calcárias adquiriam formas assustadoras.

Quando os olhos se acostumaram com a escuridão, vislumbraram um vulto acocorado a uns dez metros e não hesitaram. Afobados e assustados, soltaram dezenas de flechas, e um grito pavoroso repercutiu pelo imenso labirinto de gelo.

— É nosso — gritou um deles. — Pegamos o Homem da Floresta. Ele deve estar muito ferido. Vamos cercá-lo.

Na pressa, demoraram para perceber que a caverna era formada de vários precipícios unidos por trilhas estreitas e escorregadias. Vários deles caíram e os outros assistiram, horrorizados, à queda dos companheiros, que soltavam gritos lancinantes ao baterem nas rochas pontiagudas. Surpresos, examinaram o lugar onde antes estava o vulto e viram o monte de capim. O animal, que pensavam ser o Homem da Floresta, devia estar acostumado àquele local e a armadilha fora bem preparada naquele emaranhado de galerias cheias de colunas que desciam da imensa abóbada, ocultando os seus precipícios.

CAPÍTULO 35

A coragem de um homem é uma virtude que deve ser respeitada, a não ser quando ele a usa para o mal. O chefe, que ficara sozinho e agora subia o morro cautelosamente, era observado. Era, sem dúvida, um caçador experiente e corajoso, mas estava a serviço do Deus do Mal. Prestava atenção e procurava ouvir os ruídos da mata, mas o barulho da cachoeira não o ajudava a decifrar os códigos da floresta. De repente, parou e sorriu, quando viu um vulto sair de uma moita e correr, subindo o morro. Como imaginava, era tão-somente um homem. Forte, ágil, vestido com um uniforme velho de templário e pouco armado. Dominado pela raiva, correu atrás dele, seguindo seus passos e pisando nos mesmos lugares onde o vulto pisara, porque assim evitaria surpresas.

O vulto tomou a direção do ruído de água que parecia vir de cima do morro. Procurou manter-se próximo ao Homem da Floresta, mas a corrida o impedia de armar a seteira ou lançar com precisão a faca que trazia no cinto porque os arbustos o atrapalhavam. Sabia que aquele não era o momento de pensar em perigo, mas de vencer o inimigo. Lutara muito, caçara, enfrentara a morte muitas vezes e até participara de concursos em que a vida era o prêmio.

Apesar de correr em ziguezague por entre árvores e moitas de arbustos, o Homem da Floresta parecia cansado, pois não conseguia se distanciar. O caçador aumentou a velocidade e, quando pensou que ia pegá-lo, deparou com a cachoeira. Nunca soube da existência de uma queda d'água por ali e ficou imaginando por que o outro teria escolhido aquele lugar. Ele não podia ter passado o rio, por isso não tinha mais para onde fugir. Ansioso, preparou-se para o iminente enfrentamento. Viera com a seteira armada na mão direita, ao lado da perna, porque assim podia correr melhor em meio aos arbustos, mas agora a levantara e ficara de costas para a cachoeira, olhando para o mato, árvore por árvore, arbusto por arbusto. Estava tenso e atento ao menor ruído, quando ouviu uma voz que vinha de trás de um grande tronco, a uns dez metros dele, bem em sua frente:

— Você não vai precisar dessa arma.

Não teve tempo de reagir, e uma seta veloz atravessou-lhe a garganta. O Homem da Floresta jogou o corpo sem vida do adversário na cachoeira e começou a simular uma luta, usando a espada do caçador. Gritando e xingando em voz alta, batia a espada contra pedras e árvores para deixar vestígios de uma luta feroz, e assim que ouviu passos, correu para a cachoeira e deu um grito, como se nela tivesse escorregado.

A água fria foi como um prêmio para o êxito da estratégia. Afundou no pequeno lago e ajudou a correnteza a levá-lo até onde as águas entravam no solo. Ali encontrou o corpo do caçador, preso no barranco. Trocou as roupas, vestindo o caçador com o uniforme de templário e tomou as mantas sujas e rasgadas do outro. Tirou-lhe as botas de cano alto e calçou-o com os seus borzeguins, que havia feito com pele de urso. Depois, desfigurou-lhe o rosto e examinou se havia algum vestígio pelo qual pudesse ser identificado. Deixou o rio se encarregar do corpo e desceu a corredeira que o lançava contra pedras gosmentas até sair bem mais adiante, onde a vegetação cobria o riacho e o cavalo o esperava oculto numa moita. Tremia de frio e tirou logo as roupas molhadas, colocando as botas e as vestimentas de pele que tinha guardado na sela.

Lá do alto, os caçadores acreditaram compreender o que acontecera. Orgulhosos do seu chefe, espalharam pela região a notícia de que ele matara o misterioso Homem da Floresta numa luta igual, mas perdera o equilíbrio e caíra na cachoeira. Não encontraram os corpos, mas provavelmente depois do inverno seus ossos iriam aparecer.

O cavaleiro desceu o rio com cuidado, buscando as matas densas com árvores frondosas, para não ser visto.

Precisava cuidar do garoto. Se esses caçadores tinham vindo atrás dele, com certeza tinham enviado outros para tentar encontrá-lo também. Os monges se mostraram repentinamente preocupados. Não ousariam mandar um exército regular para invadir a abadia, porque seria uma afronta muito grande ao abade, que gozava da amizade do papa e tinha prestígio entre os nobres, mas, se desconfiassem que eles davam guarida a um merovíngio, seriam todos denunciados à Inquisição.

A abadia era muito visitada por causa dos milagres das suas relíquias. Havia ali um pedaço da túnica que Nossa Senhora usara durante o martírio de Cristo, um pedaço da cruz do Senhor, trazido por Santa Helena, a mãe do Imperador Constantino, além de ossos de muitos santos.

O próprio abade já estava ficando conhecido por seus milagres. Era comum penitentes chegarem, doentes, à abadia para tocar as relíquias, pedindo pela cura. O abade os recebia em confissão e os acomodava. Também tinha descoberto um remédio contra a quentura. Certa vez o conde de Toulouse fora visitar a abadia. Tinha as costas das mãos inchadas, irritadas. Aquilo coçava e, quanto mais ele esfregava, mais piorava. O abade olhou e foi até a horta. Pegou folhas verdes de um tomateiro e as espremeu até obter um sumo forte, grosso, cheiroso, que misturou com mel e passou nas mãos do conde, que ficou na abadia por três dias. Durante esse período, a intervalos regulares o abade fervia água, benzia, e com ela lavava as mãos do conde, antes de passar o remédio. Em cada ocasião o abade dava a bênção, colocando sua estola sobre as costas das mãos do conde, que ficou completamente curado.

Eram os chamados milagres do abade, que negava dizendo, como Cristo: "A tua fé te salvou". No entanto, a Inquisição inventara um novo tipo de perigo, o inimigo oculto. Era preciso desconfiar de gente vestida de monge ou de peregrino. Esses tinham poderes para matar em nome do abade de Cluny ou de Cister, e se matassem um inocente por engano o próprio papa já tinha aprovado a sentença de que Deus seria o Juiz misericordioso que levaria para o inferno os hereges e acolheria os seus.

Mas o cavaleiro sabia hoje que não era assim. Deus era apenas bondade e não aprovava esses atos de perseguição. Graças ao Bom Homem, seu amigo Olivier, ele descobrira a verdade e comprometera-se a proteger a linhagem de Cristo, que o papa queria extinguir.

A neve tinha esbranquiçado todo o bosque, mas o horizonte cinza-escuro escondia a visão e pressagiava que o mau tempo iria continuar. Filetes de gelo pendiam dos galhos das árvores e era preciso evitá-los para não se ferir. No fundo do vale, surgiu a abadia, que ele pôde ver através dos troncos das árvores. Desceu do cavalo, porque um vulto maior era visto com mais facilidade. Parecia que o silêncio e a imobilidade da natureza aumentavam o frio. Via fumaça sair de chaminés, as pessoas estavam recolhidas em suas casas por causa do forte inverno. A estrada, com suas longas curvas brancas e cobertas pela neve, estava abandonada.

Tudo quieto. Não podia mais entrar lá porque sua presença seria como uma denúncia contra todos eles e, com uma prova dessas, o próprio abade seria condenado como herege e acusado de bruxaria por causa dos seus milagres. Um movimento na cocheira chamou sua atenção. Parecia que uma carroça estava sendo preparada. Mas aonde iria uma carroça com um frio desses? Seria dia de feira? Mas não haveria feira com esse inverno. Iriam ao mercado? Para vender ou para comprar? Não havia verduras, nem frutas, mas, quem sabe, houvesse queijo e manteiga ou, então, chouriço e salames. Não levavam pão para o mercado ou para as feiras, porque o trigo era difícil de colher ali naquelas montanhas cheias de árvores.

Prestou atenção. Eram dois monges. Um deles subiu na carroça e foi guiando o burro com as rédeas, enquanto o outro ia na frente para abrir o portão. A carroça passou e pegou a estrada. O outro ficou olhando uns minutos, fechou o portão, ajoelhou-se e rezou.

Estranho. O que um monge iria fazer sozinho numa estrada abandonada e congelada? E por que o outro rezou de joelhos, ali na neve? Aquilo era esquisito. Orações para que o monge que saiu tivesse êxito na sua tarefa seriam mais bem ouvidas por Deus se fossem feitas no templo e olhando para o Senhor. Olhando para o Senhor!... Era isso! O monge ajoelhara-se para o garoto, que estava partindo. Ele era o Senhor.

Precisava segui-lo, de longe, para evitar que os inimigos o sacrificassem como sacrificaram todos os bons cristãos do Languedoc. Sentiu o remorso de tantos crimes que cometera em nome de Deus. Em nome de Deus, não. Em nome do papa.

A sua vida na floresta lhe ensinara muitas coisas. Aprendera com os animais a interpretar a Bíblia. Quando descobriu que as aranhas utilizam para fazer o veneno o mesmo néctar que as abelhas usam para fabricar o mel, entendeu porque existia o Bem e também o Mal. Como as aranhas, o demônio tirava da Bíblia o néctar para fazer o mal.

A carroça saiu da abadia e subiu por uma curva à esquerda, justamente do lado em que ele estava. Puxando o cavalo pelas rédeas, contornou o morro por dentro da floresta para se manter oculto. O branco da neve e o verde dos pinheiros traziam paz àquele ambiente, e raramente um pássaro assustado balançava o galho de uma árvore. Contornara a abadia e estava perto da estrada, mas evitou-a. Seria mais útil se continuasse sob as árvores, sem ser visto. Não tinha pressa, porque naquela subida e com a estrada cheia de neve, o burrinho puxava a carroça devagar. Mas, que barulho era aquele? Vozes? Ou seria alguém rindo? Apressou os passos e saiu na estrada a tempo de ver três caçadores, dois deles segurando o monge pelos braços, enquanto outro tirara o seu capuz. Era o garoto, o seu filho. Não! Era o filho legítimo de Deus que lhe fora confiado.

Os caçadores não o tinham visto, e ele pegou uma seta, que colocou com presteza no arco e soltou. Ela voou ligeira, esguia, porém firme e segura de que com ela ia a certeza da morte. Primeiramente subiu, esticou-se naquele ar parado, como se estivesse antegozando o cumprimento de sua missão. Depois desceu assobiando e atravessou o pescoço daquele que segurava o capuz.

Sentiu um grande orgulho do garoto, que treinava sempre com muita aplicação. Os dois que o seguravam descuidaram-se um segundo e foi o suficiente para que ele pusesse um para fora da carroça. O outro, porém, agarrou-se a ele e os dois começaram a lutar. Não podia atirar outra seta com segurança por causa da distância. Podia acertar o garoto em vez do caçador. A neve dificultava os seus movimentos e preferiu ajoelhar-se para armar de novo a seteira, esperando um momento oportuno. Confiava no garoto que a qualquer momento ia se livrar do inimigo, e ele tinha de estar preparado para essa oportunidade.

Foi quando surgiram outros caçadores e ele não teve dúvidas. Disparou setas que subiam, endireitavam e desciam raivosas, matando alguns deles, mas ele teve de esconder-se porque os caçadores também começaram a atirar. O garoto livrou-se do sujeito e tomou-lhe a espada. Mas seria uma luta desigual, porque os inimigos eram em maior número. Correu pela mata, e sempre que via uma fresta entre as árvores, enviava uma seta mortífera. Ainda assim, eles pegaram o garoto.

Com um grito agudo de urso ferido, que assustou até as folhas secas cobertas de gelo, ele pegou sua espada e correu em direção à carroça. Tinha um escudo e com ele amparava as setas, enquanto andava o mais rápido que podia, com os pés afundando na neve. Urrando enlouquecido, avançava contra os caçadores, e nem percebeu que as setas diminuíam até pararem.

Foi então que viu quatro cavaleiros com uma roupa que ele conhecia bem, o uniforme dos templários. Eles apareceram do outro lado da carroça e suas flechas e lanças tinham exterminado os inimigos.

Parou, estupefato. Não sabia o que fazer. Os templários deviam obediência ao papa e também eram suspeitos. Os quatro cavaleiros o olhavam com curiosidade, enquanto o garoto gritava:

— Papai!

Um dos templários desceu do cavalo e veio em sua direção. Ele ficou preparado. Estava com as pernas atoladas na neve até os joelhos, mas não ia fugir da luta. Não iam levar o garoto. Sabia que aqueles cavaleiros queriam apenas a glória de terem levado com eles o último descendente do Santo Graal, o Sangue Real.

O garoto estava solto e olhava a cena. Não podia deixar que nada lhe acontecesse e, então, preparou a espada para enfrentar o templário, mas no mesmo instante os outros três cavaleiros jogaram ao chão as suas próprias armas e desceram dos cavalos. O primeiro templário aproximou-se, com as mãos longe da espada, ajoelhou-se, e ele ouviu:

— O Homem Santo da Floresta! Bem-vindo seja aquele que protege o Sangue do Senhor!

Não podia ser. Estavam lhe prestando uma homenagem.

— Mas vocês são templários e estão a serviço do papa.

— Nós estamos a serviço de Cristo. Protegemos o seu Túmulo e protegemos o seu Nascimento. Pedimos perdão por chegarmos atrasados. Com essa neve, os cavalos tiveram dificuldade de galopar, mas agora vocês estão sob a proteção da Ordem.

Ainda de joelhos, o cavaleiro templário puxou a espada lentamente, com a mão esquerda, e, assim que o cabo saiu da bainha, ele passou a puxá-la pela lâmina, dando a entender que não ia lutar.

— O senhor consegue ver o emblema no punho da espada?

O Homem da Floresta examinou a espada do templário, em que estava cunhada uma flor.

E, então, se lembrou de Olivier. Quando um dia os dois estavam pescando, ele lhe contou a história de que, na cidade de Toulouse, os partidários dos cátaros criaram uma confraria, que chamaram de Confraria Negra, para combater a Confraria Branca, chefiada pelo bispo de Toulouse, Foulques. A Confraria Negra adotara como símbolo a flor-de-lis, que era o emblema dos reis de França, porém disfarçando em suas pétalas as letras L.P.D.

A flor na espada do templário tinha três pétalas, imitando, de forma quase imperceptível, as letras L.P.D. Olivier lhe explicara que formavam a sigla de uma frase em latim, *Lilia Pedibus Destrue*, que significa "destrua a flor-de-lis", também chamada de lírio.

Naquela época, ele ainda não tinha sido convocado para lutar pelos cruzados. Eram, então, amigos e Olivier dissera que, se um dia ele fosse procurado por pessoas que lhe mostrassem um símbolo com três letras, ele deveria seguir essas pessoas, porque o protegeriam. Com a lembrança repentina desse momento com seu amigo Olivier, ele exclamou:

— A Confraria Negra!

Olivier era como Cristo, falava por parábolas. O cavaleiro templário levantou-se, e ele e o jovem monge os acompanharam pelos vales brancos dos Pireneus.

Naquele momento, terminava a missão do Homem da Floresta, que cumpriu a promessa feita ao seu amigo Olivier e entregou o Sangue Real aos novos defensores do Templo.

Durante muito tempo, ainda se falou do misterioso cavaleiro que protegia um jovem monge descendente direto de Cristo. Tempos depois, surgiu a lenda de um rei que havia se refugiado nas grutas do Sabartèz, e dali organizaria um exército secreto, que dominaria o mundo e vingaria a carnificina cometida contra o seu povo.

LIVRO 3

O ENTERRO DE CÉSAR BÓRGIA

CAPÍTULO 36

A explosão da ponte, enquanto eles apreciavam a paisagem do vale do Arga com a cidade de Puente la Reina ao fundo, deixou Maurício frustrado. A sincronização perfeita, para que eles assistissem à destruição da ponte como espectadores privilegiados, combinava com a entrega da charada dentro de um envelope envenenado, logo que eles se acomodaram no albergue. Parecia que alguém os acompanhava de longe, com um imenso binóculo, adivinhando seus pensamentos.

Subia o morro para Cirauqui com a sensação de que a lógica daqueles acontecimentos não correspondia a seu raciocínio. Se já haviam assassinado o jovem holandês, por que destruir a mais tradicional e emblemática ponte do Caminho?

Ele e Patrícia conversavam por monossílabos e passaram por Cirauqui, um curioso labirinto de ruas medievais. Logo adiante, na saída da cidade, o peregrino encontra as ruínas de uma ponte romana. É um bom lugar para descanso e Maurício se sentou sobre uma das pedras milenares da amurada para dividir com ela suas cismas. Patrícia também pouco falava, sem coragem de quebrar o desencanto que os envolvera, e sentou-se ao lado dele.

O fim do Caminho ainda estava longe e ele tinha consciência de que devia se preparar para novos episódios. Estava sendo empurrado para dentro de um quebra-cabeças e detalhes poderiam levar à solução. Até mesmo a presença de Patrícia entrou no universo de dúvidas que passou a inquietá-lo. Por que essa mulher se interessou em segui-lo, se já tinha seu grupo de amigos?

Patrícia o olhava com curiosidade, mas um dos dois precisava reiniciar o diálogo e foi o que ela fez.

— O que você quis dizer com aquele "octogonal" lá atrás, pouco antes da explosão da torre?

A resposta não foi a que esperava.

— As hipóteses matemáticas são infinitas. Nove algarismos dependendo de um zero. Pequenos símbolos desafiam a mente humana em formulações nas quais o homem escondeu seus maiores mistérios.

— Nossa! Como você está filosófico!... Afinal, você é formado em quê? Já lhe contei que sou formada em Letras. Mas nada sei a seu respeito.

— Sou formado em Direito, mas já que estudou Letras, lembra de onde vem a palavra *pontifex*?

— Sim. É uma combinação de *pons* com o verbo *facere*, ou seja, pontífice é aquele que faz pontes. E a que vem isso?

— Pois veja esse grande vale. Ele era invencível, até ser dominado por uma ponte. Elas tiveram um papel importante no progresso da humanidade, pois se impuseram à natureza, atravessaram vales, brejos, rios, e por elas passaram as riquezas e os exércitos. Elas possibilitaram a continuação das estradas e a comunicação entre os povos. Como você disse, *pons*, em latim, é ponte, *pontifex* era o fazedor de ponte.

— Aonde você quer chegar com esse *pontifex*?

— Coisa admirável é a associação de ideias. Assim que vi essa ponte, me lembrei de um pedaço de tecido, que me levou a cardeais e papas.

Não era esse o tipo de conversa que pretendia ter com ela, mas os fatos de Puente la Reina interpunham-se entre eles. A bela mulher que ele vira na véspera transformara-se de repente em uma substituta do inspetor, e as palavras doces que podiam ajudar a desfrutar de uma bonita companhia estavam difíceis de sair.

O cansaço e a tensão do dia não ajudavam o humor, mas, ainda assim, se esforçaram para manter uma conversa amena.

— Não estamos longe de Estella, um dos bonitos estágios do Caminho.

— Interessante! Nas outras peregrinações não existe um Caminho. Você vai como quer e por onde quer, porque o importante é o destino, apenas chegar. Assim é a peregrinação para Roma ou para o Santo Sepulcro, em Jerusalém. Por isso, a palavra peregrino só se aplica à rota jacobina. Peregrino é aquele que anda pelos campos, do latim *per agro*. Romeiro é o que vai a Roma. Romeiro e peregrino passaram a ter o significado de todos aqueles que fazem uma peregrinação, mas a origem é distinta. Quem visita Jerusalém é chamado de palmeiro, porque, nos tempos antigos, as pessoas que visitavam o Santo Sepulcro traziam de lá uma folha de palmeira e a guardavam em um pequeno altar dentro de casa, para lembrar a entrada de Cristo em Jerusalém, no domingo anterior à sua morte.

Antes que ele fizesse qualquer comentário, ela disse, com ironia:

— E não me pergunte mais nada. Sei disso porque li na internet.

CAPÍTULO 37

Entardecia, quando atravessaram a ponte medieval sobre o rio Ega, na entrada de Estella, e foram para o albergue, cujos alojamentos eram divididos em quatro grandes quartos com beliches. Assim que subiram para o dormitório, Patrícia colocou sua mochila sobre a primeira cama perto da escada e Maurício optou por ficar mais no meio.

Era cedo e saíram para visitar Estella, fundada em 1090 e pródiga em monumentos que o peregrino não pode deixar de ver, como a Igreja de São Pedro de la Rua e seu claustro, palco de uma curiosa história.

Conta a lenda que um peregrino anônimo morreu nessa cidade e foi enterrado junto com seu pequeno fardo no lugar onde é hoje o claustro. Dias depois, uma luz começou a brilhar sobre seu túmulo, e descobriu-se que o peregrino era o bispo da cidade de Patras, capital da região de Acacha, na

Grécia, que peregrinou no ano de 1270 a Santiago e havia trazido com ele os ossos dos ombros de Santo André, martirizado no ano 62, em Acacha, e irmão de São Pedro.

Patrícia comentou aquela coincidência:

— Não é interessante que os restos do apóstolo Santo André tenham sido transportados até aqui para serem enterrados na igreja dedicada a seu irmão, o apóstolo São Pedro?

— Esse é outro mistério. Por que roubariam os ossos de Santo André, se hoje não existe mais o comércio de relíquias, como na Idade Média?

— Roubaram as relíquias que o bispo trouxe da Grécia? — ela perguntou, espantada.

— No ano de 1967, escavaram o túmulo e levaram as relíquias do apóstolo.

— E por que fariam isso?

Ele fez um movimento enigmático com as mãos, como se não soubesse o que dizer, e saíram dali em busca de um restaurante para jantar. Maurício foi moderado com o vinho. Perdera o direito de sonos profundos e de beber sossegado. Durante o jantar buscaram assuntos mais leves e logo voltaram para o albergue.

Antes de se deitar, deu a volta nas camas com a desculpa de testar se as janelas estavam bem fechadas, mas na verdade queria ter uma visão de todo o quarto e eliminar algumas suspeitas. Os demais peregrinos se acomodaram e as luzes se apagaram. Presságios disputaram com os sonhos o vazio da noite, e de madrugada ele acordou com o barulho de um grupo de alemães que se preparavam para sair, mas continuou deitado.

Patrícia era uma mulher bonita e animada. Não temia acompanhá-lo, apesar dos crimes que só ocorriam quando ele estava por perto, e isso era outra coisa intrigante. Os peregrinos que estavam no albergue, em Puente la Reina, viram o rapaz holandês perguntar por ele e certamente ela sabia disso.

Conhecera-a no dia anterior, e tinha até mesmo dúvidas de que se chamava Patrícia. O acidente no albergue de Roncesvalles e seu aparecimento repentino não podiam ser coincidência. Seus pensamentos não se acomodavam, indo inquietos de um ponto para outro de seu cérebro, dificultando o raciocínio. O que fazer para descobrir os motivos de coisas inexplicáveis, como a morte do padre em Roncesvalles e a do peregrino holandês, a destruição da ponte e essas misteriosas charadas, sem qualquer pista? A pergunta dela quanto aos motivos que teriam levado alguém a roubar as relíquias de Santo André fazia sentido. Mas do quê adiantava dizer que talvez esse roubo pudesse ter sido um simples exercício?

O exercício é o instrumento da perfeição, e todos esses fatos se encaixavam em um cenário perfeito, sem erro, precedidos por uma longa série de exercícios, como o roubo dessas relíquias, ocorrido há tantos anos e ainda sem solução. O crime dos Pireneus foi planejado com antecedência. Sabiam que o homem do burrico ia passar por um determinado lugar e levava a menina no lombo do animal. E por que o estariam envolvendo nessa trama?

O inspetor era uma pessoa incômoda, porque não havia dúvidas de que o estava vigiando. Ele se fora, isso era bom, mas teria deixado em seu lugar uma mulher bonita? Melhor assim, resmungou resignado para si mesmo e levantou-se.

CAPÍTULO 38

O Caminho é um rosário de monastérios e catedrais milenares. Cada uma dessas obras tem o encanto de uma música erudita, como o Monastério de Irache, na saída de Estella.

No ano de 958, já existia no local do mosteiro uma pequena comunidade beneditina, onde foi construído um hospital de peregrinos que lhe deu origem. É um templo de singela riqueza artística. Suas colunas esbeltas sustentam a abóbada, cujos arcos sóbrios realçam a beleza dos capitéis. No teto, o monograma de Cristo representa a vitória do cristianismo sobre o mundo.

Eram sete horas da manhã quando o zelador abriu as portas da igreja como de costume. Quase no mesmo instante, a porta do claustro que fica do lado direito do altar se abriu e um monge encapuzado, alto, de olhar dominador, entrou na igreja. O zelador se assustou e olhou para o padre como se um fantasma tivesse saído do claustro, há muitos anos sem uso. As chaves do monastério e de suas dependências ficavam com ele. Como poderia então aquele padre ter entrado lá, se havia trancado tudo na noite anterior? Uma voz imperiosa cortou-lhe as dúvidas:

— Feche a porta. Nós vamos ensaiar uma cerimônia especial para os peregrinos.

Como se uma força oculta o empurrasse, fechou as duas enormes folhas de madeira da entrada da igreja, que ficou na semiescuridão.

O padre deu outra ordem:

— Pegue uma cadeira e coloque bem embaixo do monograma de Cristo.

O zelador foi até o guichê, onde costumava ficar para vender os tíquetes de visitação, e trouxe a cadeira.

— Este é o momento do ensaio da cerimônia do monograma para representá-la aos peregrinos nesta manhã.

O zelador estava desorientado com o aparecimento do monge, que exercia sobre ele um incontrolável domínio. Ao dar as ordens, o outro o olhava como se perscrutasse sua alma e, apesar de nunca ter ouvido falar dessa cerimônia, ele obedecia como um autômato.

— A cerimônia do monograma vai ser simples. Ele está no teto bem acima de sua cabeça. É um círculo de oito barras com uma margarida de oito pétalas ao centro. Localize as letras alfa e ômega, a primeira e a última letras do alfabeto grego, simbolizando, para nós, que Cristo é o início e o fim de tudo.

Aquele monograma esteve sempre ali e nenhum padre sequer chamara a atenção sobre ele. Por que, de repente, se tornava tão importante? Concentrando-se para entender os sinais em relevo, o zelador deixou de olhar para o monge, que aproveitou aquele momento de distração e deu-lhe uma violenta joelhada no estômago. O impacto foi tão grande, que o deixou sem voz e zonzo. Imediatamente, o padre passou em sua boca uma fita larga de esparadrapo e amarrou seus braços atrás da cadeira, deixando-o imobilizado e sem poder gritar.

Apesar de estonteado, ele ainda se deu conta do que o padre pretendia fazer. Debateu-se desesperadamente na cadeira, tentou gritar, bateu os pés, tentando romper as cordas que prendiam seus braços, mas não conseguiu evitar que o monge segurasse sua cabeça com uma das mãos, imobilizando-a. Aquele desespero não estava nos planos do assassino, que tinha pressa e deu-lhe um violento soco na fronte deixando-o sem sentidos. Pegou os instrumentos cirúrgicos que havia trazido e iniciou uma macabra operação.

CAPÍTULO 39

Passara-se quase uma hora desse episódio, quando Maurício e Patrícia se aproximavam de Irache. Atrás deles, vinha um grupo de peregrinos conversando animadamente e quando chegaram diante do monastério Patrícia comentou, desapontada:

— Que pena! Queria entrar nessa igreja. Talvez só abram às oito horas. Enquanto esperamos, podemos aproveitar para tomar um pouco do vinho que jorra desse paredão.

Em frente ao monastério, uma bodega oferece vinho gratuitamente, saudando os peregrinos. Mas Patrícia não teve tempo de ir até lá, porque mal dissera isso e as portas da igreja se abriram como que automaticamente. Maurício se afastou e examinou com cuidado a frente da igreja. As duas imensas portas medievais continuavam com suas centenárias dobradiças, sem mecanismos eletrônicos.

Aproximou-se da entrada e examinou o interior da igreja. Não teve tempo para evitar que Patrícia visse o corpo de um homem cortado em oito pedaços, distribuídos em torno da cadeira no meio da igreja, e dos quais ainda escorria sangue. Seus olhos correram rapidamente por aquela cena e viram sobre a cadeira uma folha de bloco.

Chocada, quase em desespero com o inesperado da cena, Patrícia se virou. Maurício correu até a cadeira e envolveu o papel em seu lenço, saindo da igreja quando os outros peregrinos se aproximavam.

142

A polícia precisava ser avisada, mas era melhor não se envolver nisso e transferiu o problema:

— Acho melhor não entrarem na igreja. Parece que há um homem morto lá dentro. Alguém tem um celular para chamar a polícia?

No Caminho, o que não falta é celular. Pedir para alguém não se aproximar de um lugar onde possa ter havido um crime sempre desperta a curiosidade mórbida do ser humano. Logo se instalou a confusão entre o grupo, uns assustados, outros nervosos. Ele aproveitou para empurrar Patrícia, que ainda continuava em estado de choque e saiu discretamente dali.

Caminharam em silêncio alguns minutos, mas aos poucos ela voltou à normalidade e quis saber por que ele tinha entrado na igreja, mas não quis esperar pela polícia. Embora não a conhecesse direito, não queria levantar suspeitas. Afinal, ela o vira entrar na igreja, certamente para pegar alguma coisa, e agora se esquivava.

Ele esperou um pouco, até que ela estivesse em melhores condições, e leu em voz alta a mensagem escrita em letras gráficas, com tinta vermelha:

"Este é o meu sangue, que será derramado por muitos."

— Mas essa é a frase que Cristo disse quando sugeriu que o vinho era seu sangue. Ela é repetida em milhões de missas, todos os dias. Por que matar o homem daquele jeito e deixar a frase de Cristo? Você tem alguma ideia?

— Não, não tenho, e é por isso que preferi não ficar lá. Têm acontecido coisas quando estou por perto, e você sabe que não matei esse homem. Mas, se o inspetor viesse a saber que eu passei pelo monastério logo depois do crime, voltaria a me aborrecer com sua companhia.

Pouco sabiam um do outro, e caminharam sem falar, até que ela procurou amenizar a situação:

— Com certeza, não é nada com você e a polícia sabe disso. Em Puente la Reina, quase salvou a vida do rapaz. Eu não estava presente, mas foi o que me informaram no albergue. Afinal, que culpa tem do que aconteceu nesse monastério?

E não escondeu sua aversão pelo inspetor:

— Aquele policial parece insinuar coisas para descobrir o que pensamos ou estudar as nossas reações.

CAPÍTULO 40

Ter saído de Irache antes que a polícia aparecesse tinha sido uma decisão acertada, porque era mais uma ligação com os crimes anteriores. Não carregava celular e evitava usar o de Patrícia, porque ela seria identificada. Por sorte, conseguira pegar a mensagem sem que ninguém notasse e, para todos os efeitos, eles eram agora dois peregrinos distraídos no Caminho para Santiago.

Seguindo por trilhas estreitas e pedregosas, o peregrino passa por Azqueta e divisa ao longe um grande castelo de pedra, no cimo de um morro, isolado como os castelos mal-assombrados dos contos de fadas. O castelo de Monjardim fora construído por Navarra no século IX, para defender suas fronteiras contra o reino de Castela, e hoje é apenas uma marca do tempo.

A trilha seguia as quebras das montanhas e, ao se aproximarem do castelo, Patrícia exclamou com melancolia na voz:

— Que linda manhã para ser estragada assim!

Fora de fato um crime horrendo. O sangue ainda escorria do corpo do homem; portanto, não fazia muito tempo que o assassino saíra de lá. Para onde teria ido? Qual a direção mais lógica que ele tomaria? Além de planejar todos os locais que visitava, como se o estudasse a cada passo, esse ser misterioso ainda deveria ter ajuda em suas façanhas. Sem dúvida, devia estar adiantado, mas por perto, premeditando seus atos, saboreando seu êxito e estudando as reações das pessoas.

A paisagem, no entanto, era extasiante, com o castelo de Monjardim no alto do morro, de um lado, e, na frente deles, uma grande plataforma rochosa com paredões verticais prateados, que se destacavam em meio à vegetação.

Logo na entrada de Monjardim, uma solitária fonte medieval desperta a curiosidade do peregrino. Patrícia quis chegar mais perto, e eles entraram

144

para ver a água no fundo do poço. Quando saíram, se depararam com uma cruz de madeira com os braços quebrados, perto da porta, mas do lado de dentro, e por isso não a viram quando entraram.

Notando o interesse dele e querendo ir logo embora dali, Patrícia tentou uma explicação:

— Essa cruz devia estar pendurada e caiu. Por isso está quebrada.

Não havia, porém, lugar na parede ou no madeirame do telhado onde ela pudesse estar pendurada. Ele examinou a cruz:

— Madeira verde e feita agora pouco. Acho que é obra do mesmo artista do monastério de Irache.

Era o que ela temia.

— Ele cometeu o descuido de deixar isso aí depois daquele crime?

— Esse pessoal não comete esse tipo de descuido. Isso não foi descuido. Eles pensam em tudo.

Ela estremeceu e se afastou da fonte. Lá no alto do morro, as pedras do castelo refletiam os raios matinais do sol e um grupo de turistas admirava a paisagem que se estendia de suas muralhas.

— Aposto como esse assassino está nos vigiando com um binóculo, lá do alto do castelo. Não existe álibi melhor do que um grupo de turistas de várias nacionalidades.

Ele não quis assustar Patrícia com suas suspeitas, mas os dois braços da cruz deixada na fonte lembravam a lenda da cruz quebrada, segundo a qual o rei Sancho y Garces teria escondido uma cruz de prata para que os árabes não a destruíssem. Tempos depois, um pastor notou que uma de suas cabras estava parada e olhava para um determinado lugar. Imaginando que fosse um animal que quisesse pegar a cabra, o pastor atirou uma pedra, mas viu depois que era uma cruz e que havia quebrado um dos braços. Arrependeu-se, e pediu então a Deus que lhe inutilizasse seu próprio braço e restaurasse a cruz.

O assassino deixara, com aquela cruz, o recado de como seria o novo ritual. Era, sem dúvida, outro desafio, como o barrete vermelho.

Caminhavam agora pelo território de Rioja, onde o peregrino não encontra as trilhas sombreadas de Navarra. De Villamayor a Los Arcos, são 13 quilômetros em meio a pastagens e campos de cereais, sob o sol escaldante da tarde. Por causa dessas distâncias, outrora maiores e mais duras, entre um vilarejo e outro, foram sendo construídas fontes na entrada dos vilarejos com água abundante, onde o peregrino não resiste à tentação de tirar a mochila das costas e pôr a cabeça sob a água. Passaram por Los Arcos, onde fizeram uma visita rápida à esplêndida catedral e seguiram para Torres del Rio, pequeno vilarejo seis quilômetros adiante, datado da época romana.

O dia estava claro, e depois de se acomodarem no albergue saíram para visitar a singela igreja do Santo Sepulcro, da qual emana um mar de mistérios. Maurício ficou de pé, no meio da porta, como se não ousasse entrar naquele pequeno templo que mais parecia um mausoléu. Patrícia, porém, não tinha tanta compulsão por símbolos e avançou até ficar bem no meio da igreja. Ele a acompanhou e olhou para o alto.

— Note a simplicidade das oito linhas que se encontram no centro da cúpula octogonal. Elas têm um significado que vai além da fé. É como se a arte e o conhecimento humano se juntassem, no esforço para trazer dos céus a iluminação divina.

Patrícia achou meio ridícula aquela explicação, mas já percebera que ele gostava de símbolos e de linhas octogonais, como se fosse aluno de esoterismo. De vez em quando ele chegava a acrescentar algo interessante, como a razão de existirem igrejas do Santo Sepulcro fora de Jerusalém.

— Essa igreja é do século XII e cultiva a memória dos templários, os Cavaleiros do Templo, que protegiam a peregrinação a Jerusalém. Com a conquista da Cidade Santa pelos árabes, os templários construíram igrejas do Santo Sepulcro no Caminho de Compostela.

— Que interessante! Você quer dizer que, diante da frustração de o Santo Sepulcro estar sob controle dos muçulmanos, os templários começaram a fazer representações do túmulo de Cristo no Caminho de Compostela, para que essa peregrinação simbolizasse também a ida à Terra Santa?

O comentário dele a deixou nervosa:

— Essas mortes e charadas parecem fazer parte de um ritual. Todo ritual traz implícitas duas coisas inseparáveis: iniciação e missão.

— Não entendo desse negócio de iniciação e coisas secretas, mas estou cansada e com fome. Já devem estar servindo o jantar lá no albergue e me parece que era um macarrão, por sinal, muito cheiroso.

A noite silenciosa de Torres del Rio cedeu seu lugar a um fresco amanhecer que convidava à caminhada. A saída do albergue é um dos momentos mais agradáveis do Caminho, e o peregrino parte, alegre, com a expectativa desse novo dia. Depois de cruzarem campos silenciosos, subirem escarpas íngremes e descerem morros pedregosos, avistaram ao longe a cidade de Viana, que fica no meio do trajeto até Logronho. É uma vista que engana, e eles ficaram parados alguns momentos, apreciando a bonita paisagem.

Patrícia estudou, desanimada, a distância que os separava de Viana. No alto da colina, a cidade os desafiava a descer o vale e a percorrer a longa subida até onde estava. Ela não sabia se Maurício estava quieto por causa do cansaço ou se alguma nova preocupação o atormentava. O Caminho passa ao lado da catedral e, ao se aproximarem dela, ele foi diminuindo os passos. Parou e olhou para o chão. Uma lápide quase rente ao portão, com o nome de César Bórgia, pontifício e generalíssimo dos exércitos de Navarra, servia de tapete para a entrada da igreja.

— César Bórgia, enterrado aqui? Que coisa esquisita! — exclamou Patrícia. — Quer dizer que as pessoas que entrarem na catedral têm de pisar em seu túmulo? Vamos embora. Não quero saber de mais esse fantasma me acompanhando pelo Caminho.

— Mas já que estamos aqui, vamos aproveitar as mesas em frente a esse bar para descansar um pouco e tomar um refresco.

Encostaram as mochilas na parede do bar e Patrícia teve um inesperado interesse por César Bórgia. Como se esperasse por essa reação, ele explicou, paciente.

— Quando, há alguns anos, fiz o Caminho pela primeira vez, fiquei curioso em descobrir por que César Bórgia estava enterrado aqui. As respostas foram perturbadoras. Hoje, até imagino que César Bórgia pode ajudar a explicar esses crimes. — Antes que ela se recuperasse da surpresa, ele fez uma pergunta aparentemente fora de propósito:

— Você sabia que a palavra cofre tem origem nas lendas do Santo Graal?

— Essa não! Agora você está chutando.

— Cofre vem de *"coferre"*, inicialmente sinônimo de lugar para enterrar. O primeiro esconderijo do Santo Graal foi o túmulo de Cristo.

— Mas de onde você tira essas coisas?

Ele não deu importância à pergunta e continuou, como se precisasse convencê-la de algo em que ela nunca pensara.

— Segundo a lenda, José de Arimateia estava com o cálice usado na Santa Ceia e colheu algumas gotas de sangue quando desceu Cristo da cruz. Ele levou o corpo para o sepulcro de sua família, e guardou ali o cálice. Depois da Ressurreição o lugar já era tão seguro e José o levou para a atual Escócia.

— O túmulo de Cristo pode ser entendido, então, como o primeiro cofre a proteger o Santo Graal? Nunca havia pensado nisso.

— Pois bem. Mil anos depois, quando surgiu a lenda do Santo Graal, o lugar onde o rei Bandemaguz foi enterrado recebeu o nome de *"coferre"*, de onde cofre. Está percebendo o simbolismo? Não pode ser coincidência. O cálice teria sido guardado no túmulo de Cristo, e a lenda, não uma lenda comum, mas *"A Demanda do Santo Graal"* sugere que túmulo significa cofre. Então, pergunto: onde estariam os túmulos mais seguros, os túmulos que serviriam de cofre?

— Santo Deus! Você está dizendo que o Santo Graal poderia estar em um túmulo dentro de alguma catedral, monastério ou outro lugar sagrado?

— O túmulo sempre foi considerado uma espécie de cofre-forte da alma. Em algumas civilizações, os bens mais importantes para a pessoa eram até mesmo enterrados junto com o corpo, e por isso muitas vezes colocavam um sarcófago falso, com outro corpo na frente, para iludir os ladrões. A vida dos Bórgia sempre foi um mistério. Há informações de que César se envolvera com uma organização cátara.

— César Bórgia envolvido com os cátaros? Pelo que sei, na época em que ele viveu, os cátaros já não existiam.

— Alguns conseguiram fugir e a seita sobreviveu. A perseguição contra os cátaros foi tão sistemática e cruel, que eles se especializaram em esconder segredos. Não se concebe uma sociedade secreta sem que ela tenha como guardar seus principais segredos.

— Ai, ai! Por que não acaba logo com esse mistério?

— César Bórgia era uma das pessoas mais notáveis e polêmicas da época, a ponto de sua vida ter servido de modelo para Maquiavel escrever o seu famoso livro "O Príncipe". Ele sempre comandou exércitos e instituições. Então, se realmente esteve envolvido com alguma sociedade secreta, deve ter ocupado cargo de importância e, nesse caso, o seu túmulo verdadeiro foi protegido.

A conclusão era espantosa.

— Credo! Você então acha que ele estaria em outro túmulo dentro da catedral, sob uma lápide, que teria o nome de outra pessoa?

— É o que penso. E, se tomaram esses cuidados, é porque alguma coisa além de seu corpo estaria nesse túmulo.

Um longo silêncio se interpôs entre os dois. Ela batia levemente o copo de refrigerante sobre o vidro da mesa, pensando nessa ideia absurda. Mas havia lógica nessa história. O primeiro lugar onde o cálice foi guardado deve mesmo ter sido o Santo Sepulcro. Agora, Maurício vinha com a interpretação de que, pelas lendas do Santo Graal, essa relíquia estaria escondida em algum túmulo.

— Não acredito nisso! Você não vai me convencer de que um sujeito como esse César Bórgia, um criminoso que matou até membros de sua família, um corrupto nojento, possa ser comparado a cavaleiros puros como Perceval ou Galaaz.

Ele pegou a mochila, sorrindo:

— Vamos?

Enquanto desciam as rampas da cidade que levam de novo às planícies intermináveis, Maurício cismava. Que mistério se escondia por trás da família Bórgia, que a história se recusaria a revelar? Sua mente não conseguia decifrar as mensagens da intuição, mas ele sabia, sim, ele sabia que o turbulento César era mais do que um fantasma. Seria ele realmente um assassino, um corrupto, o inconveniente filho de um papa, ou sua vida seria um cenário já escondido por cortinas?

Era quase uma profanação a ligação entre o túmulo de César Bórgia e o sacrário do Santo Graal. Por que o subconsciente o perturbava com imagens confusas e irreais? O que seu cérebro dolorido queria dizer com suas fantasias? Esforçava-se, mas era difícil acreditar que estava vivendo uma realidade alheia ao momento atual.

CAPÍTULO 41

Corria o ano de 1501 e Lucrécia Bórgia, a mais bela e desejada mulher de Roma, alisava os longos cabelos dourados diante de um espelho que reluzia o azul cintilante de seus olhos. Ela esperava pelo cardeal Della Rovere no luxuoso aposento do pai, o Papa Alexandre VI — tão ricamente decorado, que passou para a história como os Aposentos Bórgia. Della Rovere ficara encarregado de convencer o Sacro Colégio de cardeais a aceitá-la como substituta de seu pai, no trono de São Pedro, em sua viagem até o reino de Nápoles.

Estava ansiosa, e assim que ouviu o leve toque na porta, correu para abri-la. Diante da porta estava o cardeal Giovanni Della Rovere, concorrente de seu pai no conclave de 10 de agosto de 1492.

Lucrécia fez um gesto elegante com o braço direito, dando a entender ao cardeal que ele podia entrar, e fechou a porta atrás dele. Della Rovere se postou diante dela sem esconder seu encantamento diante da formosura de Lucrécia, que perguntou:

— E então? Como reagiram os cardeais?

— Minha querida papisa, o Sacro Colégio me fez portador de suas homenagens. Tive alguma dificuldade, mas consegui convencê-los.

Ao mesmo tempo, ajoelhou-se e beijou a mão direita que Lucrécia lhe estendera. Ela deu-lhe a outra mão e ele se levantou.

Ficaram de pé olhando um para o outro, como se não acreditassem nessa aprovação.

— Você foi muito convincente quando se apresentou ao Sacro Colégio e disse com voz vibrante: *"Virgo intacta sum"* (*Sou uma virgem intocada*).

Embora Lucrécia tivesse sido casada, o casamento não se consumara devido à indiferença do marido Giovanni Scorza, posteriormente assassinado por seu irmão, César Bórgia. Consta que depois ela teve um filho de outro casamento com Afonso de Biscegli, também morto por César Bórgia — e a história desse filho gerou um manto de dúvidas. Ela estava em estado de uma incipiente, e ainda imperceptível gravidez, quando designada para reger o Vaticano, na ausência do pai, e usou da artimanha de colocar várias anáguas, para evitar dúvidas.

— Agradeço ao nobre cardeal a brilhante ideia de usar todas essas anáguas. Não acredito que alguém fosse perceber o meu estado, mas foi bom não correr riscos. Puxa! Como foi difícil colocá-las sozinha! Não podia confiar em nenhuma criada.

A alegria se estampava em sua face e de seus lábios saiu uma ordem:

— Continuo não confiando em criadas, e peço agora sua ajuda para tirá-las.

O cardeal suspirou com o arrepio que lhe percorreu a espinha, e desabotoou o laço que prendia a saia que vinha da cintura até os pés. Lucrécia continuou imóvel, com o sorriso nos lábios.

Ele queria saborear aqueles momentos e desatou a primeira anágua sem pressa. Depois, as outras foram caindo aos pés de Lucrécia, que já respirava ansiosa e pedia para ele tirar tudo rapidamente. Quando ele começou a soltar a última anágua, ela abriu o corpete, que ele ajudou a retirar.

Lucrécia estava nua diante do cardeal Giovanni Della Rovere, mostrando um corpo esbelto de curvas sensuais, a pele cor de madrepérola, e um olhar de exasperante malícia. Ela chegou mais perto dele e o cardeal soltou um grunhido quando ela levantou a batina. Descontrolado e também ansioso, ele a carregou para o leito macio e largo, que parecia um cúmplice à espera de os dois se jogarem sobre ele.

— Ah! Não acredito. Agora eu sou a mulher mais importante da Europa.

A alegria de assumir o controle do Vaticano a deixava mais excitada, e suas manifestações de prazer foram aumentando, até soltar repetidos gemidos, acompanhados de um animalesco ronco do cardeal. Os dois estavam agora estendidos ao lado um do outro e Della Rovere a observava, triunfante.

Vencera mais uma batalha, na guerra oculta que vinha travando contra Rodrigo Bórgia, desde sua eleição como Papa Alexandre VI. Cometera antes o erro de incentivar o rei Carlos VIII da França a invadir o reino de Nápoles, dominado pelos turcos, e tentar destituir o papa.

A estratégia não dera certo e ele adotou outra: a de apoio à família Bórgia. Usando de astúcia, reconquistou a confiança de Alexandre e começou a tramar sua própria eleição. Para isso, é claro, Alexandre não poderia viver mais do que ele.

Os escândalos do papa desmoralizavam o trono de São Pedro, e os reformistas ganhavam adeptos. A violência dos Bórgia, o luxo e as atitudes mundanas do papa estimulavam heresias que ameaçavam o poder da Igreja.

Não havia momento mais apropriado para seu plano.

A bela e insaciável Lucrécia, a mulher mais cortejada de Roma, estava agora à sua mercê. Se ele a dividia com outros, pouco importava. Ao convencer o Sacro Colégio de aceitar a filha do papa como regente do trono de São Pedro, em sua viagem a Nápoles, conquistara-a definitivamente e granjeara o respeito do pai e do belicoso irmão.

O papa não confiava no Sacro Colégio e tinha receios de não mais voltar ao trono, caso indicasse um dos cardeais para administrar o Vaticano em sua ausência, e então designou a filha bastarda para substituí-lo. Fora a gota d'água. A maioria dos cardeais descendia da nobreza italiana e, embora tivessem recebido gordas somas para o elegerem, agora o rejeitavam.

Os cardeais italianos estavam indignados com o atrevimento do papa, que pusera uma mulher no trono de São Pedro e escandalizara toda a Europa, mas preferiram agir com prudência e aceitar o conselho de Della Rovere, que prometera reverter essa situação no momento apropriado.

Della Rovere os convencera de que seria perigoso afrontar o papa em um momento desses, porque seu filho César Bórgia era o comandante da Santa Liga, o mais poderoso exército de Roma, e já matara os irmãos, os cunhados e vários nobres italianos. Até agora a estratégia vinha dando certo, e ele saboreava as manobras que havia feito para chegar ao ponto de se deitar com a filha do papa, para cumprir os desígnios que o Bom Deus lhe atribuíra. Passou as mãos levemente sobre os cabelos da doce Lucrécia e sorriu, lembrando do primeiro encontro com ela, depois de vários atos de preparação.

CAPÍTULO 42

O cardeal Della Rovere tinha três filhas e uma delas começara a frequentar o Vaticano assiduamente e fizera amizade com Lucrécia. Ele coordenara essa aproximação e a filha deu-lhe informações sobre os lugares que Lucrécia frequentava, de seus encontros amorosos, de suas fraquezas e preferências. A informação mais útil era que ela, às vezes, frequentava uma margem arenosa do rio Tibre nos arredores de Roma, onde se estendia ao sol ou se deleitava com a sombra dos arvoredos.

Nos festins que Alexandre VI dava no salão de banquetes do palácio, Rovere procurava ficar perto dela e buscava um diálogo ameno, sem demonstrar muito interesse, mas alcançava os pontos fracos de Lucrécia, seguindo a orientação da filha. Não podia estragar o paciente trabalho e, aos poucos, a conversa entre os dois foi ficando mais liberal. Ela parecia ceder às suas insinuações, mas Rovere a conhecia bem. Em muitas ocasiões, ela usara sua feminilidade e beleza para destruir os inimigos dos Bórgia. Tinha certeza, porém, de que, em circunstâncias de nervosismo e emoção, Lucrécia não resistiria a seus afagos. E se preparou para o bote final.

Agora ele estava ali, no leito dos Bórgia, recordando o dia em que desceu até onde ela estava, na margem do Tibre. Fora preciso muito controle para que a excitação que tomara conta dele ao ver Lucrécia, nua, deitada na areia, com os pés na água, não estragasse seu plano. Ele havia encomendado uma serpente venenosa, que trazia dentro de um engradado, com um pequeno orifício, por onde enfiou um punhal, matando-a. Pegou-a com um pedaço de pano e desceu o barranco devagar, silenciosamente. A correnteza do rio ajudava a abafar seus passos, e ele deixou a serpente na areia a uns 10 metros de Lucrécia. Voltou silenciosamente para o barranco, onde pegou uma pedra e jogou em direção à cobra. Seu grito fora propositadamente assustador:

— Cuidado, Lucrécia! Uma cobra!

Quando ela se levantou, já estava pisoteando a serpente, com as botas, e seu pisoteio fazia o corpo do animal se mexer, dando autenticidade à cena. Ao ver a cobra, Lucrécia, que se levantara, empalidecera e caíra na água. Rovere planejara tudo em detalhes e previra isso. Ele estava com uma toalha macia enrolada no pescoço e correu para retirá-la de dentro do rio. Colocou-a de pé sobre a areia e envolveu seu corpo com a toalha.

— Eu estava procurando um lugar sossegado como este para me banhar e ia descendo o barranco, quando vi esse animal rastejar em sua direção.

Ela estava pálida, suas pernas tremiam e se apoiava nele, sem forças para continuar de pé, alheia ao fato de estar sem roupa. Ele começou a enxugar seu corpo nu. A toalha subia mansamente pelas costas até o pescoço e depois descia até a cintura, algumas vezes se descuidando e descendo mais um pouco, para depois subir novamente, em movimentos compassados. Essa leve massagem surtiu efeitos e ela foi aos poucos voltando à normalidade e, quando o cardeal tentou passar o tecido macio por seu ventre, ela estremeceu e se afastou para que lhe enxugasse os seios. Mas, nesse movimento, ela viu a cobra no chão e deu um grito, agarrando-se novamente a ele, que recomeçou os movimentos nas costas com suaves pressões, e ela não resistiu. Pouco depois, ele a deitou sobre as roupas que ela deixara à sombra do arvoredo. Seu primeiro êxito.

O segundo foi conseguir sua nomeação como regente do papa. Sua vitória, porém, não estava completa. Para derrotar os Bórgia, tinha de se aproximar do irmão dela, o perigoso César. Se conseguisse assumir o papado, acabaria com todos eles.

Aquela sensação de triunfo, misturada com o enorme prazer de saborear o corpo de Lucrécia, o revigorou. Ah! Como fora agradável aquele momento em que ela se doara inteiramente na margem do Tibre! Ele a olhava, cobiçoso, e se mexeu para apreciar suas curvas e, com esse movimento, ela despertou, com um cativante sorriso nos lábios sensuais. As mãos se tocaram, na busca um do outro, em carícias cada vez mais atrevidas, enquanto os corpos nus se encostavam.

CAPÍTULO 43

Os monges, que faziam os manuscritos e cuidavam da biblioteca do Vaticano, olharam temerosos para a porta, quando o poderoso César Bórgia entrou a passos largos, pisando o solo com o ritmo próprio dos dominadores.

Conheciam o temperamento e a história do perigoso César, que aos 16 anos de idade fora nomeado cardeal por seu pai, mas não quisera seguir carreira eclesiástica e preferira assumir o comando das forças militares da Igreja. O príncipe César parou diante de um monge que o olhava, assustado.

— O diário. Encontrou-o?

O monge balançou a cabeça afirmativamente, com medo de a voz sair com um tom que ofendesse o príncipe, e pegou um manuscrito antigo, que trazia sobre a capa grossa o título em letras douradas: *Diário de São Remígio*. César abriu o livro para conferir se estava inteiro e saiu com os calcanhares batendo firme no piso de pedra.

No fim do dia, quando os vultos se deformam com a luminosidade opaca das velas, um monge, espadaúdo como um guerreiro, levantou-se de sua mesa e caminhou devagar, simulando procurar um livro nas estantes. Ao chegar perto do monge que ainda estava sentado, passou a mão esquerda sobre sua boca para ele não gritar e, com o braço direito por baixo do queixo, quebrou-lhe o pescoço, em um movimento rápido.

O assassinato de um monge na biblioteca do Vaticano, no mesmo dia em que César ali estivera, levantava dúvidas contra ele, e imediatamente Della Rovere procurou saber o que ele fora fazer lá. Da lista dos livros que ficavam sob a guarda do monge, faltava o *Diário de São Remígio*. O cardeal já ouvira falar desse diário, mas não sabia o que podia haver nele de importante para interessar ao filho do Papa Alexandre VI e causar a morte do bibliotecário.

Era outro assunto que precisava investigar, mas o papa já voltara de Nápoles e reassumira o trono. Era melhor continuar sua estratégia e não se imiscuir em assuntos que poderia resolver mais facilmente quando fosse eleito. Sua preocupação era eliminar Alexandre sem despertar suspeitas. Obviamente, não deveria concorrer à sua sucessão, pelo menos até que o comando das forças militares saísse das mãos de César. Não só ele, mas nenhum dos cardeais cujas famílias eram inimigas dos Bórgia podia correr esse risco.

O Sacro Colégio era constituído apenas por cardeais originários de famílias nobres. Por isso passaram a ser chamados — e até hoje o são — de Príncipes da Igreja. Della Rovere tinha consciência de que não podia perder mais tempo, porque o papa e seu filho César tramavam a organização de um poderoso exército, para conquistar os reinos vizinhos. A oportunidade surgiu com um banquete em que o papa convidara alguns cardeais e bispos que aspiravam a promoções e a nobreza de Roma. Nada havia para celebrar, e nem o papa precisava de motivos para promover aqueles banquetes, em que o principal prato eram as formosas cortesãs de Roma. Seus maridos, pais ou amantes acabavam recebendo um bispado, com direito a cobranças de impostos.

Corria o festim na noite do dia 17 de agosto de 1503, quando o papa passou mal e foi levado para seus aposentos, morrendo no dia seguinte. O médico atestou que ele tivera uma congestão, mas Della Rovere sabia que a causa fora uma dose de arsênico. Ele já vinha estudando os membros do Sacro Colégio e descobrira que o cardeal Piccolomini tinha uma doença incurável e estava definhando rapidamente. Não fora difícil convencer os demais a elegê-lo, para evitar suspeitas. O novo papa, que tomou o nome de Pio III, morreu um mês depois. Agora era sua vez, e ele já vinha mantendo boas relações com César Bórgia, cujo apoio era ainda importante.

Giovanni Della Rovere foi escolhido com o voto unânime dos cardeais e passou a ser o Papa Júlio II. Assim que foi eleito em 1º de novembro de 1503, sua primeira providência foi encarcerar César Bórgia e confiscar todos os seus bens. Mas queria de volta o *Diário de São Remígio*, o bispo confessor da rainha Clotilde, esposa do rei merovíngio Clóvis.

Della Rovere não tinha lido o diário, mas temia o que podia existir nele. César era agora prisioneiro do rei de Castela, na Espanha, e o papa mandou um enviado para falar com ele na prisão. Queria um acordo pelo qual perdoaria César e restituiria seus bens, se o diário fosse devolvido. O enviado do papa voltou com o diário, no qual faltavam algumas páginas. Na noite do dia em que o enviado saiu de Castela, um monge entrou na cela de César para lhe dar a confissão e, quando saiu, levava com ele as páginas arrancadas do *Diário de São Remígio*.

Dias depois César fugiu da prisão e se refugiou em Navarra, onde o rei era seu cunhado. De vez em quando, ele desaparecia e voltava diferente, com a fisionomia de um místico, como se tivesse sido tocado por forças misteriosas.

Para acompanhar os movimentos de César, o papa pediu ao abade do monastério de Saaghun, que atendia as centenas de peregrinos que passavam diariamente por Navarra, que o vigiasse de perto. Ninguém desconfiaria que, disfarçados de peregrinos, alguns monges da abadia rondavam o Caminho, para descobrir o paradeiro de César durante esses misteriosos desaparecimentos. Um dia, o papa recebeu o abade.

— Alguma notícia sobre o que esse assassino está planejando? — perguntou o pontífice.

O abade não demorou nas reverências, porque o papa se mostrava ansioso.

— Sim! Ele adota um comportamento estranho. Quando se ausenta de Navarra, toma precauções para não ser seguido. Às vezes, suas ausências são longas. Em uma delas, um dos nossos peregrinos seguiu-o até a cidade de Urgel, perto de Andorra, antigo reduto dos cátaros.

O abade percebeu o esforço de memória do pontífice e ajudou-o:

— O bispo Félix, de Urgel, seguiu a teoria do "adocismo", criado pelo bispo Elipando de Toledo, para satisfazer os árabes e os judeus. Elipando pregava que Cristo não era filho de Deus, mas fora adotado por Ele. Os cátaros praticavam algo parecido.

— Então, precisamos de outra Cruzada Albigense.

Não passou muito tempo e César Bórgia morreu em uma emboscada, perto do território de Viana. O Papa Júlio II se livrara do inimigo, mas não conseguira encontrar as páginas arrancadas do *Diário de São Remígio*.

Um pequeno cortejo de oito homens vestidos de preto carregou o caixão de César Bórgia até o interior da catedral de Viana e abriu uma cova profunda no centro da nave, onde o sarcófago foi colocado. O túmulo do seu aguerrido mestre não podia ficar exposto, por isso eles voltaram à igreja mais tarde, protegidos pela noite, abriram novamente o túmulo e sob ele escavaram uma passagem de cinco metros, até outra sepultura de um nobre recentemente morto. Rapidamente, trocaram os esquifes e apagaram todos os vestígios da mudança. Agora, só eles compartilhavam o segredo de que os restos de César Bórgia, juntamente com uma caixa lacrada de metal, repousavam em outro local, e não sob a lápide no centro da igreja que tinha seu nome e brasões.

LIVRO
4

O TESOURO DE EL CID

CAPÍTULO **44**

Depois de Viana, o peregrino caminha por uma extensa planície e, quando olha para trás, vê a cidade no alto do morro. O peregrino não sabe por que parou e olhou para trás, nem mesmo consegue explicar o que está sentindo, por isso olha pensativo, suspira fundo e segue em frente.

Lá do alto, a imagem solitária e imóvel de Viana despertava melancolia.

— Olhando daqui, dá a impressão de que a cidade está nos acusando de tê-la abandonado — disse Patrícia.

— É realmente um quadro bonito.

O sol avermelhado lhe trouxe à lembrança o barrete vermelho e a sensação de que, naquele episódio, o assassino o submetera a um teste, para saber se estava atento a detalhes, que fugiam da rotina da peregrinação. Teria valido a pena ter aceitado o desafio?

Não havia outro jeito. Precisava se expor, para deixar o adversário confiante e esperar que ele se descuidasse, como em Puente la Reina. Fora uma pequena fração de tempo, mas suficiente para ficar com a impressão de que o adversário cometera um deslize.

Vinte quilômetros adiante, encontra-se Logronho.

Dizem os incrédulos que o santo que fez mais milagres no Caminho não foi Santiago, mas o vinho. Depois de uma proveitosa jornada, era justo prestar homenagem a esse santo, e nada melhor do que em seu santuário, a capital da Rioja. Instalaram-se no albergue e saíram para caminhar pelo centro histórico e suas ruas boêmias. Cumpriram o roteiro obrigatório dos pequenos bares da *Calle Laurel*, também chamada de rua dos elefantes, porque de madrugada os *borrachos* saem andando como os elefantes, balançando de um lado para outro.

Encontraram um restaurante menos movimentado, porém simpático, onde esperavam ficar mais à vontade, mas não demorou muito e o grupo de peregrinos que a vinha acompanhando ocupou algumas mesas em torno deles. "Por que esse povo me persegue?", quase resmungou. Felizmente, as mesas que os intrusos ocuparam ficavam um pouco afastadas e eles podiam conversar sem serem ouvidos.

Maurício pediu um bom vinho da Rioja e ela levantou o copo:

— Vamos brindar o nosso encontro?

— Ora, viva! — e bateram levemente os copos.

Aqueles peregrinos formavam um grupo heterogêneo. Alguma coisa neles, que Maurício não soube distinguir, chamava a atenção. Não tinham um comportamento natural e não estavam à vontade. Teve a impressão de que haviam escolhido mesas de maneira que tivessem visão da porta de entrada e das janelas, como se estivessem em um serviço de vigilância. Durante todo o Caminho, agiam como se não o conhecessem e agora adotavam uma atitude claramente suspeita.

O bom vinho da Rioja foi aos poucos melhorando seu estado de espírito e ele esqueceu os peregrinos, quando ela pôs a mão sobre as suas e sussurrou:

— Vejo que você, às vezes, fica muito pensativo. Gostaria de ler seus pensamentos. Mas como não sou cartomante, o que posso dizer é que deve confiar nas pessoas. Nunca sabemos quando alguém pode nos ajudar.

Ele sorriu e ela insistiu:

— É sim! Não foi bom você me explicar tudo aquilo sobre o Santo Graal e César Bórgia? Eu nunca imaginaria uma história tão interessante como aquela.

A desinibição nascida do vinho aumentou a intimidade entre os dois e, em um determinado momento, ele deu-lhe um leve beijo nos lábios, que ela aceitou, dizendo:

— Assim está melhor.

Patrícia parecia uma pessoa sincera, e as reservas que teve contra ela nos primeiros contatos desapareceram.

O vinho o fizera esquecer as dores do corpo e, quando voltaram ao albergue, foi tomado por um sono profundo, que aos poucos foi sendo substituído por imagens estranhas e fantasmagóricas. Naquela noite, sonhou com bruxas e demônios. Alguém devia tê-lo cutucado, porque acordou assustado e atordoado.

Ficou imóvel e pensativo e deve ter dormido novamente, pois quando acordou vários peregrinos já se preparavam para sair, inclusive os amigos de Patrícia. Preferiu esperar que eles fossem embora. A cada dia gostava menos daquela gente esquisita. Ficou feliz ao ver que ela também só se levantou depois que eles se foram.

De Logronho a Najera são 30 exaustivos quilômetros por entre campos de cereais e vinhedos bem cuidados. Mantinha-se, porém, alerta, e olhava cuidadosamente por entre os vinhedos verdes, naquele árido trajeto em que o peregrino se esforça para engolir os quilômetros e os pensamentos, até alcançar o objetivo do dia.

CAPÍTULO 45

Haviam cometido o erro de sair tarde de Logronho e não tiveram disposição para visitar o monastério de Santa Maria Real, quando chegaram. Teriam tempo na manhã do dia seguinte, pois o trajeto de Najera até Santo Domingo de la Calzada é de apenas 20 quilômetros.

Conta uma bonita lenda que o rei Don Garcia soltou seu falcão para pegar uma pomba, mas, quando chegou ao lugar onde o falcão havia descido, encontrou uma caverna e, dentro dela, estavam a pomba e o falcão, como dois amigos, velando por uma imagem de Nossa Senhora. Na pedra onde estavam os dois pássaros, foram encontrados um sino, uma lamparina e um vaso com açucenas. O rei, comovido, mandou construir uma igreja no local.

Grutas são sempre lugares úmidos, estranhos. Fazem lembrar morcegos, aranhas, escorpiões, lagartixas, e ainda há o perigo de escorregar e cair. Não era mais o caso da gruta onde fora construído o monastério, mas ela ainda abrigava mistérios.

O que realmente aconteceu na época com o falcão e a pomba não se sabe, mas o local é de visita obrigatória para o peregrino que, se perder esses pontos de exaltação pode carregar uma frustração que pesará mais do que o cansaço.

Na entrada da gruta, alguns turistas ouviam uma senhora de certa idade que falava de modo ríspido, como se já estivesse cansada de cumprir aquele ritual de explicações. Assim que eles saíram, puderam visitar o lugar que deu origem à lenda e onde hoje é o panteão real. A memória esconde a maioria dos pequenos detalhes da vida, e ele não se lembrava do falcão empalhado ao lado do vaso de açucenas que já começavam a murchar. O lugar era apropriado para novos sobressaltos, e dessa vez seus pressentimentos não o enganaram. Não foi preciso examinar a gruta por muito tempo. Seus olhos deixaram o falcão e correram para o vaso, onde um papel de bloco com inscrições em letras gráficas vermelhas despontava entre as flores.

Enquanto Patrícia se sentia atraída pelos mistérios que fluíam do fundo dos séculos, ele esticou a mão até o vaso e retirou o papel, esquecendo-se das precauções que passara a tomar depois do envenenamento do rapaz holandês. Ela reagiu como se despertasse de um pesadelo:

— Por que você pegou isso?

Ele não tinha tempo para explicações. Leu a mensagem escrita em vermelho e, no mesmo instante, saiu da gruta para encontrar o grupo de peregrinos que estivera ali antes deles.

A guia estava diante do altar, explicando que a imagem de Nossa Senhora que eles estavam vendo era a imagem original encontrada por Don Garcia na gruta, mas Maurício não podia perder tempo.

— Por favor! Algum de vocês se lembra de ter visto este papel no vaso de flores quando passaram pela gruta?

Estava com a folha de papel na mão e um senhor respondeu, antes que a mulher pudesse despejar tudo o que seu olhar rancoroso mostrava que ela tinha para dizer:

— Não vimos nenhum papel como esse no vaso. O senhor pegou isso agora?

Os outros concordaram e a mulher guiou o grupo para fora da igreja.

Procurava pensar rápido. Quem iria prestar atenção em um papel como aquele? Não estava satisfeito, e insistiu, antes que o grupo saísse da igreja:

— Por favor, isso é urgente e importante. Nenhum de vocês viu alguém com um pedaço de papel como este na mão?

A pergunta era até um tanto ridícula, porque todo turista tem um papel na mão, como folhetos e mapas. Eles não tinham visto ninguém entrar ou sair.

— Outra charada, como em Irache? — perguntou Patrícia.

— Sim. Mas, aqui havia gente e ninguém viu nada.

O grupo de turistas desaparecera misteriosamente.

— Vamos sair daqui!

Percorreram as ruas e praças perto do monastério, sem êxito. Não viram mais o grupo, nem quem pudesse esclarecer aquele novo mistério. Ele procurava um tipo especial, alguém com habilidade para colocar o papel em uma gruta cheia de gente, sem ser notado.

Curtindo uma súbita dúvida, voltou ao monastério. Ele foi direto falar com a moça do guichê:

— Por favor, é urgente. Preciso saber como posso encontrar a guia que acompanhava o grupo que saiu há pouco.

— Guia? — perguntou a moça. — Até agora não entrou nenhum grupo guiado, apenas pessoas sozinhas ou famílias. Acho que o senhor se enganou.

Agradeceu, pediu desculpas às pessoas da fila e saiu para a praça, onde Patrícia o esperava, sentada em um banco de pedra.

— Não entendi bem sua correria, mas se estava atrás daquele grupo, não vai achar ninguém. Sumiram como se tivessem evaporado. É de fato muito esquisito, porque turistas sempre ficam por perto, vão tomar um café ou coisas assim. Será que eles sabiam de alguma coisa?

— Sim! Sabiam e não duvido que seja o mesmo grupo de turistas que estava no alto do morro, no castelo de Villamayor Monjardim.

CAPÍTULO 46

Seu cérebro não parava de trabalhar e, sem que Patrícia entendesse mais nada, ele voltou correndo para dentro do monastério. Ao chegar ao guichê, disse para a moça que tinha esquecido a máquina fotográfica na gruta. Ela o olhou com estranheza, porque a história agora era outra, mas o deixou entrar.

Até então todas as mensagens eram acompanhadas de um crime e ali faltava um. Qual seria o mistério que o desafiava agora? Examinou o altar, o panteão, as estátuas, o retábulo, e não viu nada que chamasse a atenção. Não estava tranquilo. Tinha certeza de que um crime havia sido cometido porque essa tinha sido a lógica até então, mas não via corpo ou manchas de sangue.

Lembrou-se de que o elemento místico do monastério era a gruta. O misticismo, pensou, é uma energia do passado que faz nascer fantasmas no presente. Entrou de novo na gruta e examinou detidamente. Seus olhos pousaram nas unhas do falcão e lá ele viu o fantasma que estava com medo de encontrar. Não podia, porém, fazer mais nada e apenas examinava, impassível, as garras cobertas com unhas humanas.

Poderiam ter trazido unhas de um defunto de qualquer cemitério para cobrir as garras do falcão, mas essa conclusão não era coerente com a lógica das charadas. Cada uma delas era acompanhada de um crime e certamente alguém morrera naquela mesma noite e naquele mesmo monastério, porque o trabalho no falcão só podia ter sido feito naquela madrugada, sem ninguém por perto.

O assassino deixara em Villamayor Monjardim o recado de que cortaria os braços de alguém, ao deixar na fonte medieval a cruz de madeira com os braços quebrados. Agora, deixara no falcão o sutil vestígio desse crime para testá-lo novamente.

Logo o monastério seria acordado com um grito de terror, quando alguém descobrisse o corpo de alguma freira. Tinha de sair dali discretamente, embora já tivesse cometido o erro de correr atrás do grupo de turistas, perguntando se tinham visto alguém deixar ali o papel da charada.

Voltou para o pátio e avisou Patrícia:

— Vamos ao albergue pegar as mochilas e sair daqui.

Em um momento em que estavam isolados, caminhando e sem nenhum peregrino por perto, ela procurou saber:

— E o que diz esse papel que o deixou tão preocupado?

Ele leu:

"No princípio era o Verbo"

— O que significa isso? Nunca gostei de charadas, nem de matemática.

— Em Irache, lembra? Lá era o evangelho de São Mateus. Agora parece que temos uma referência ao evangelho de São João. É uma mistura confusa de evangelhos. Qual será o critério que usam para escolher e sacrificar as vítimas?

Ela estremeceu com o arrepio que lhe passou pelo corpo e Maurício continuou meditando:

— Os cátaros seguiam o evangelho de São João, porque ele não menciona a Eucaristia e não fala na anunciação de Nossa Senhora. Cristo não teria transformado o pão e o vinho em seu corpo e em seu sangue, mas apenas pega o pão, molhado e dado a Judas, que o traiu em seguida. Eles acreditavam que toda matéria é obra do Deus Mau e por isso também não aceitavam a natureza humana de Cristo.

— Mas o que, no Caminho de Compostela, poderia estar ligado a "verbo"? O que São João quis afinal dizer com esse "verbo"?

— "No princípio era o verbo", disse São João. Muitas têm sido as explicações para esse "verbo". Pode significar palavra, espírito, Deus, ou a fonte de tudo porque, se existisse alguma coisa antes, o "verbo" não seria mais o princípio.

— Continuo sem entender.

— Não lhe contei sobre Roncesvalles, mas as duas primeiras charadas foram acompanhadas de um crime. Em Roncesvalles havia um papel com uma charada no corpo do padre. Em Puente la Reina, o rapaz foi envenenado. Em Irache, mataram um homem que talvez fosse o zelador da igreja.

— Meu Deus! Houve outro assassinato aqui em Najera? Você viu o corpo?

— Tenho certeza de que houve um crime, mas não vi o corpo e é por isso que estamos indo embora.

Ela apressou instintivamente o passo.

— Você já estudou a teoria da imprevisibilidade?

— Credo! Existe teoria para isso também?

— Dentro do conhecimento, tudo é previsível. Todas as coisas e todos os fatos seguem um caminho lógico. Precisamos descobri-lo.

— E como é que você vai descobrir lógica dentro daquilo que é ilógico?

— Se uma pessoa não tem a mínima ideia do que vai fazer, ela pode praticar um ato imprevisível. No entanto, se ela repete alguns atos, ainda que não planejados, movida sempre pelos mesmos impulsos, ela passa a ser previsível. Suponha, no entanto, que uma pessoa saiba o que vai fazer e planeje para que seus atos não sejam previsíveis. Nesse caso, a investigação começa pela causa, ou pela falha.

Ela pensou um pouco, para entender o que ele queria dizer.

— Você está procurando descobrir o que existe de comum nas diferenças, como na investigação de um *serial killer*.

CAPÍTULO 47

Aos poucos, o sol quente substituiu os suaves raios da manhã e eles pararam perto do desvio que leva aos monastérios de Suso e Yuso, onde teriam sido escritas as primeiras palavras da língua espanhola.

O cansaço é como o peso na consciência: com o tempo, ele se vai e a alma se refaz. No entanto, as preocupações só desaparecem quando os fatos que as provocaram já não existem mais.

— É complicado — disse Patrícia —, mas quando não são as guerras, é a preparação para elas. E a preparação para a guerra é também uma guerra.

Ele ouvia, distraído, essa introdução a um assunto que parecia novo.

— A Igreja também tem seu exército. Se os cavaleiros tinham armaduras, espadas e escudos, os padres se armavam com a batina, a Bíblia, a cruz e as orações. Enquanto os cavaleiros usavam as fortalezas para defender os bens terrenos, o clero usava as igrejas, também construídas de pedra como as fortalezas, para cercar um território exclusivo de Deus.

O Caminho deixa a alma livre e nele as ideias fogem da rotina urbana. Depois de uns minutos de repouso, voltaram a andar, cada um carregando o peso de seus pensamentos. Enquanto a mente se perguntava por que tinha de fazer o mesmo esforço que as pernas, os olhos se alegravam com as pequenas distrações da natureza, como o colorido das flores do campo ou o esvoaçar de um pássaro fugindo quando eles se aproximavam.

Eram momentos de encantamento, em que a mente se desarmava e reflexões traiçoeiras infiltravam novas dúvidas, como o tema inesperado trazido por Patrícia.

— Foi fácil para Cristo falar em paz e pregar o amor. Durante toda sua vida não houve um martírio. Ele não viu filhos, pais, irmãos, amigos serem perseguidos e martirizados por causa das ideias que Ele pregou. Se estudarmos a vida de Cristo apenas pela dialética, havia um motivo evidente para Ele não ter irmãos nem filhos, porque se os tivesse também seriam Deuses. E é por isso que lhe pergunto: como se explica o desinteresse dos historiadores pela vida particular de Cristo?

— Esse talvez seja o maior mistério da fé — respondeu Maurício.

— Acho que esses crimes estão me levando a pensamentos aos quais nunca me atrevi em toda a minha vida. Já li a vida de Cristo várias vezes e também os evangelhos. Quanta doçura existe no Sermão da Montanha!

Ela olhava os campos à sua frente como se quisesse ver neles o lírio do Sermão da Montanha.

— O Sermão da Montanha! Mas como não pensei nele antes? As bem-aventuranças! Elas são em número de oito, e para o cristianismo o número oito significa a ressurreição, significando mudança de um estado para outro.

Patrícia o olhava sem entender e ele tentou explicar sua preocupação:

— A primeira igreja octogonal foi a igreja de São Pedro, em Cafarnaum, construída no lugar onde era sua casa, ao lado do templo de Cafarnaum. Ali é que Cristo teria dito ao primeiro papa: "Tu és Pedro e sobre essa pedra edificarei a minha igreja". E perto dali teria sido feito o Sermão da Montanha, com as oito bem-aventuranças.

— Credo! Você está transfigurado. Parece Cristo no monte Tabor.

Ele completou seu raciocínio como se estivesse sentenciando alguém à pena capital.

— Serão oito charadas. As bem-aventuranças inspiraram a construção octogonal, que depois os arcos góticos levaram à crença de que o ponto central representava a entrada para o céu. Foram oito as bem-aventuranças, e serão oito charadas trazendo a morte.

— Meu Deus! Você pode ter razão.

— Recebemos até agora quatro charadas. Faltam mais quatro, e pelo menos mais quatro mortos.

CAPÍTULO 48

Eram duas horas da tarde quando chegaram a Santo Domingo de la Calzada, palco de um dos milagres mais significativos do Caminho.

São Domingos fora rejeitado pelo mosteiro por causa de sua condição humilde. Vivia na margem do rio Oja, que deu origem ao nome da província de Rioja, e, apesar dessa rejeição, começou a agir por conta própria, construindo uma igreja e ajudando os peregrinos. A região era coberta de florestas e ele abriu trilhas, construiu pontes. Acolhia e alimentava os peregrinos. Ficou conhecido, e a cidade se desenvolveu em torno da estrada que ele tinha construído. São Domingos viveu 100 anos, de 1019 a 1119, e durante esses anos foi uma das personagens mais conhecidas e procuradas do Caminho. A cidade tomou o nome de Santo Domingo de La Calzada, ou São Domingos da Estrada. A torre da catedral teve de ser construída ao lado da igreja, por causa de uma nascente de água. Em torno de sua vida, muitos são os fatos e milagres.

O mais precioso deles é a história de um jovem que peregrinava com seus pais e se hospedou em uma pensão. A filha do proprietário se apaixonou pelo rapaz e começou a fazer insinuações. Ele, no entanto, rejeitou-a porque tinha de manter seu estado de pureza durante a peregrinação. Indignada, ela colocou na mochila do rapaz um vaso de prata, sem que ele percebesse. No dia seguinte, depois que a família partiu ela avisou o pai que alguém roubara o vaso. A polícia foi atrás dos peregrinos e descobriu o objeto na mochila do rapaz. Apesar dos protestos do jovem, ele foi condenado à forca. Os pais não quiseram assistir ao enforcamento do filho e seguiram o Caminho. Ao voltarem, depois de terem cumprido a peregrinação, foram visitar o local do enforcamento, imaginando encontrar os restos de seu corpo. No entanto, ao chegarem lá, viram que o rapaz estava pendurado na corda pelo pescoço, mas ainda vivo. Ele rezara com fervor para São Domingos e o santo, que sabia de sua inocência, o mantivera suspenso no ar, não permitindo aquela injustiça. Os pais foram correndo avisar o juiz que o menino estava vivo, por um milagre do santo. O juiz, no entanto, já estava sentado à mesa para jantar uma galinha assada e não quis atendê-los, e com a insistência deles, se aborreceu:

— Deixem de bobagem, porque esse rapaz só pode estar tão vivo quanto esta galinha assada.

Na mesma hora, a galinha começou a criar penas, se levantou e cacarejou. O juiz e uma multidão foram até o local e constataram o milagre.

Até hoje, quem entra na catedral, pela porta sul, encontra na parede do oeste um engradado com duas galinhas brancas que são trocadas a cada 15 dias, para lembrar o milagre.

Séculos de religiosidade abraçam o peregrino quando ele entra na igreja, e Patrícia ficou emocionada.

— Sabe, Maurício, eu não me sinto uma peregrina autêntica como aqueles que enfrentavam os desafios do Caminho para ver o túmulo do apóstolo São Tiago. O que ele é para nós hoje? Turismo? Esporte? Fuga dos compromissos? Para muitos é religião, para outros, misticismo, mas para mim é uma tradição que ressuscita o passado, como se quisesse nos acusar de coisas que não fizemos.

— Que pensamento estranho!

— Olhe, vamos fazer pensamento positivo. Dizem que se o peregrino ouvir a galinha cantar ou encontrar uma pena branca, ele terá sorte durante o Caminho. Será que ela vai cantar para nós?

As galinhas estavam lá, silenciosas, aliás, um galo e uma galinha. Não havia nenhuma pena branca no chão. Desceram até a cripta para ver o mausoléu de São Domingos, uma peça de prata, ricamente trabalhada e bonita. Alguns peregrinos entravam e saíam, mas eles preferiram ficar ali no silêncio daquele ambiente santificado, sem saber no que pensar. Pouco depois subiram a escada, e quando estavam saindo da igreja ouviram o canto da galinha. Nitidamente, com som vibrante e agudo, a galinha encheu a igreja com um canto alegre e Patrícia sorriu, mais confiante.

— É por isso que surgiu a brincadeira: *Santo Domingo de la Calzada, donde la gallina canta después de asada.*

Apesar da importância de Santo Domingo e de ali ter ocorrido o mais lendário milagre do Caminho, Maurício pretendia seguir até Granhon, seis quilômetros adiante, onde se encontra o pitoresco albergue da torre da igreja.

Maurício explicou para ela que, em Granhon, o alojamento está situado no alto da torre. O padre ceia com os peregrinos, e depois vão todos ao antigo coro do século XIV, onde rezam pelos peregrinos que se hospedaram ali. O padre calcula que, por mais que se demore, o peregrino vai chegar em 30 dias a Santiago, e durante esse tempo lembra os nomes de cada um daqueles que nos últimos trinta dias também ali se hospedaram e todos rezam por eles.

— Interessante e até mesmo emocionante. Você repetiu o nome de pessoas que não conhecia e rezou por elas. E pessoas que não o conheciam rezaram por você durante os trinta dias seguintes. Que coisa bonita! O Caminho é tão rico! Cada lugar tem um fato diferente.

— Então, vamos. O entardecer promete ser muito bonito e Granhon não é longe daqui.

Iam saindo, quando o telefone celular dela tocou. Ele se afastou um pouco para não ser indiscreto, mas ela veio logo para perto dele com cara decepcionada.

— É uma amiga minha. Ela está fazendo o Caminho por minha causa. Eu insisti que viesse comigo, mas ela se atrasou. Saiu de Navarrete hoje cedo e deve chegar aqui lá pelas oito horas da noite. Tenho de esperá-la.

Ele se esforçou para esconder a contrariedade. Já estava acostumado com a companhia dela e uma esperança nova começava a mexer com seus sentimentos. Ia propor para ficarem ali, mas ela não deu tempo.

— Você se importa de me esperar amanhã em Granhon? Vou sair o mais cedo que puder e o alcanço, tá?

Com o desencanto natural de uma situação dessas, ele se despediu.

CAPÍTULO 49

Ao chegar a Granhon, depois de seis longos quilômetros, passou em um mercado e comprou vinho e alimentos para compartilhar com os demais peregrinos.

Subiu a escada lateral da igreja de São João Batista e entrou em uma ampla sala onde encontrou um pequeno grupo de peregrinos bastante animados. Havia uma juíza inglesa, um casal alemão que tinha visto em Puente la Reina, duas mulheres australianas e um ciclista espanhol casado com uma portuguesa, com a qual aprendera esse idioma.

Como na peregrinação anterior, quando também estivera ali, o padre participou da ceia, mas estava quieto, e parecia nervoso. Alguma coisa o perturbava e o jantar não teve aquela espontaneidade comum dos encontros de peregrinos. Logo depois, o sacerdote os levou para o coro da igreja onde costumava rezar pelos peregrinos que se hospedavam no albergue e, então, Maurício compreendeu sua preocupação. Com a voz embargada, o padre informou:

— Antes de rezarmos pelos peregrinos que nos últimos 30 dias ficaram neste albergue, vamos fazer uma prece profunda pela alma da madre superiora de Najera. Ela foi brutalmente assassinada. Algum maníaco a matou e cortou-lhe os dedos de ambas as mãos.

"A madre superiora. Nós saímos do monastério depois das oito horas. Freiras e principalmente a superiora se levantam cedo. Para lhe tirarem as unhas em tempo de as colocarem no falcão, ela devia ter sido morta durante a noite. Mas que ardil o assassino teria usado para que ninguém fosse incomodá-la antes das oito horas?"

Depois de ter feito suas orações, voltaram cabisbaixos para o dormitório. O silêncio era um misterioso prisioneiro daquela torre e todos se olhavam com suspeita. Maurício resolveu que não ia precisar dos fantasmas desconhecidos daquela torre, pois já tinha os seus. Depois que os outros se deitaram, ele pegou a mochila e desapareceu na noite.

Atravessou devagar o pequeno vilarejo, procurando com a luz da lanterna as flechas amarelas. Fardos de capim cortado para a silagem de inverno aproveitavam a noite estrelada para projetarem suas sombras sobre os campos prateados.

Aproximou-se de um desses fardos e estendeu sobre o solo roçado o colchão de dormir. Deitado com a cabeça apoiada na mochila, olhava as estrelas e deixava os pensamentos pularem de uma para outra, em busca das ideias ocultas. A alma se esticou por todo o firmamento e trouxe da imensidão aquela plenitude que faz o homem sentir a proximidade de Deus.

Tinha preocupações maiores do que escorpiões, aranhas ou formigas e já era hora de catalogar os elementos de que dispunha: vítimas, armas, locais, mensagens e ritual.

As vítimas não tinham nada em comum: um espanhol com a filha, um padre, um peregrino holandês, um zelador de igreja e uma madre superiora. Por essa diversidade, podia deduzir que elas não eram o alvo do assassino, apenas foram usadas como veículo de uma mensagem, o corpo humano era só matéria como as folhas do bloco que trazia as charadas.

"Matéria e sofrimento. Aonde levam essas duas palavras?"

Para o espanhol e o padre, a arma fora um cajado com ponta de ferro. Para o peregrino holandês, o envenenamento. Nada de especial nos meios aplicados para esses dois primeiros crimes. No entanto, e era isso que o preocupava, em Irache e Najera fora introduzido um elemento novo: o ritual. O corpo do zelador fora distribuído em oito partes sob o monograma de Cristo, enquanto em Najera a brutalidade ficara oculta e o assassino apenas se serviu dela para testar a capacidade de Maurício de descobrir o crime.

Esse ritual da morte sugere sectarismo. O assassino fazia parte de uma seita e tinha uma missão a cumprir, era a conclusão óbvia a que já chegara antes. Que missão seria essa e por que o envolviam nela é o que tinha de descobrir. Lembrou-se de que ao sair de Roncesvalles sentira um pouco de medo. Ia andar sozinho pelos campos e chegara a pensar que queriam atingi-lo. Estava enganado. Ele não era o alvo, mas participava de um jogo macabro no qual era desafiado por um inimigo desconhecido. Durante o Caminho, o medo foi aos poucos sendo substituído por um estado de alerta que o mantinha confiante.

O sono chegou mansamente e Maurício acordou quando a madrugada já começava a recolher as estrelas. Sonhou que era um cavaleiro errante à procura da fonte dos segredos.

CAPÍTULO 50

Com as costas um pouco doloridas pelo desconforto da noite, levantou-se e caminhou sem pressa.

Não entendia a abrupta despedida de Patrícia. Não fora uma separação normal. Devia ter ficado assustada com tantos crimes, e preferido se afastar. Era natural que assim fosse e o jeito era esquecê-la.

Parou em Redecilla para tomar café e aproveitou para entrar na igreja de

Nossa Senhora do Caminho, onde uma pia batismal do século XII, estilo românico, com influências moçárabes e bizantinas, desafia os estudiosos da arte mística. A pia se assemelha a um cálice apoiado sobre um corpo de oito colunas, representando uma cidade protegida por muralhas e torres.

"Objeto misterioso. Se fosse menor, poderia ser o próprio Graal. Novamente o número oito. E o que significaria uma serpente em sua base?"

Simbolismos que aumentam a ansiedade de quem procura decifrar um enigma é o que não falta no Caminho. Não dispunha de enciclopédias ou da internet para fazer pesquisas e tinha que contar apenas com as leituras que fizera desde sua última peregrinação a Santiago. Havia lido muito, desde teses de doutorado a tratados da arquitetura jacobina, e esses conhecimentos lhe estavam sendo úteis.

E ainda vinha usando de um artifício bem dissimulado para pedir ajuda. Não podia usar a internet para enviar um e-mail, nem mesmo os correios, pois certamente suas mensagens seriam interceptadas por essa organização e, fosse lá o que estivessem planejando, um pedido de socorro precipitaria os acontecimentos. Descobrira, porém, um meio seguro de enviar mensagens e esperava que as estivessem interpretando corretamente.

Com as duas mãos atrás das costas, como se apoiasse a mochila, mas se servindo dela para dar um balanço nos passos, avistou de longe a pequena ermida construída na rocha sobre o morro. A igreja de Nossa Senhora da Penha vigiava do alto da colina a pacata cidade de Tosantos.

Estava cansado, mas tomou um estreito caminho de terra que fica à direita da entrada da cidade e subiu a íngreme rampa até a igreja. O lugar era ermo, isolado, mas dali podia ver o longínquo horizonte e pôr ordem nas ideias. O pequeno outeiro estava fechado e ele sentou-se em um banco de pedra construído sob a rocha ao lado da igreja.

O momento recriava emoções. Patrícia era uma mulher bonita, jovem, e ele sabia que não podia continuar sozinho na vida. Mas o que havia nela que o preocupava? Era ágil, esperta, atenta. Então, como fora tropeçar no pé de uma cama em Roncesvalles e cair sem se machucar? Como conseguira caminhar até Puente la Reina e chegar antes dele? Pelo grito que dera, ele imaginara um tombo feio. O que a levara a permanecer em Santo Domingo de la Calzada? A história da amiga não combinava. Nunca tinha falado nessa amiga antes.

Seus pensamentos voltaram às charadas. Até agora tinham sido quatro que não diziam nada entre si, mas que, certamente, se ligariam mais tarde a outros enigmas e dariam um significado para o qual tinha de estar preparado.

A primeira delas, em Roncesvalles, falava do início e do fim. Em Puente la Reina, quando o rapaz holandês morreu envenenado, outra dizia que os caminhos se unem para renegar o passado. Em Irache, era um texto do evangelho de São Mateus, no qual Cristo dizia que o vinho era seu sangue, que seria novamente derramado, e, por último, em Najera, o "verbo", do evangelho de João. Faltavam quatro para completar o signo octogonal e mais quatro cenas de morte.

O sol já ameaçava esconder-se e ele desceu o morro em direção ao vilarejo. Um simpático albergue administrado pela Associação do Caminho tinha uma cama vaga, que aceitou dividir com ele suas preocupações.

CAPÍTULO 51

A noite era austera, sem estrelas, e a lua temerosa se escondia atrás de uma espessa nuvem. No alto do morro, as muralhas e paredões testemunhavam a intensa luta da gigantesca fortaleza de pedra contra o tempo. Resistia com bravura e impunha ainda sua majestade até longínquas distâncias.

Quem visse aquela figura com vestimentas negras, de pé entre a torre e a muralha, podia supor que era parte das ruínas do castelo. A figura permaneceu imóvel como se esperasse por alguém, que logo passou pelas ruínas do portão de entrada e caminhou a passos estudados até ouvir a ordem.

— Aí já está bom.

Não era a mesma voz, como nunca fora em todos os outros encontros. O visitante parou, ajoelhou-se e baixou a cabeça até encostar a testa no chão, com as mãos na frente, em uma postura que lembrava os gafanhotos, e com humildade fez a saudação:

— Honorável mestre! Compareço obedecendo a mais uma de suas ordens para saber se continuo o meu trabalho ou se recebo o castigo por algum deslize.

Não falaram por uns minutos em que os dois abriam os ouvidos e a mente para estudar a normalidade da noite.

— Até agora seu trabalho tem merecido o respeito da Ordem.

— Humildemente, mestre, recebo esse elogio como uma admoestação de que devo dedicar-me mais.

— Como ele reagiu em Irache?

— Com muita frieza e rapidez de raciocínio, senhor.

— E em Najera?

— Da mesma forma, senhor.

Passados novamente uns minutos em que estudaram os ruídos da noite, aquele, chamado de mestre, perguntou:

— Acha que ele pode atrapalhar o plano de Burgos?

— A ação em Burgos foi cuidadosamente planejada. Não vejo como ele ou outra pessoa poderia interferir.

— Não é uma resposta de quem está confiante. O que houve?

— Respeitável mestre, ele não tem medo da noite e se alimenta do silêncio. Em sua face neutra não aparecem emoções e seu olhar se move mais rápido que as ideias.

O que ele quis dizer com essa observação não ficou muito claro, mas logo depois o mestre desapareceu e o visitante ficou só no meio das ruínas. Permaneceu calado, com a testa no chão, sem levantar a cabeça para não demonstrar curiosidade em conhecer seu superior, enquanto a lua se aproveitava desse pequeno descuido para mostrar um pouco de claridade, como se ela própria quisesse saber quem era o misterioso mestre.

CAPÍTULO 52

Villa Franca de Oca dista sete quilômetros de Tosantos. Maurício acordou cedo, bem disposto, e caminhou sem pressa, aproveitando o alvorecer para encaixar em suas ideias as frações do tempo que ressuscitavam agora de um passado distante.

Estava ainda escuro, mas o céu estrelado prometia um dia quente. Fizera bem em sair cedo para chegar a San Juan de Ortega sem muitos sacrifícios. Já andara dois quilômetros e estava ao lado da igreja de Villambista, quando ouviu um ruído compassado. Seriam passos de algum caçador saindo com seus cães para a caça de perdizes e coelhos? Talvez o vento tivesse levantado alguma folha, ou quem sabe um pássaro na torre da igreja despertasse para o novo dia. Como o ruído não se repetiu, voltou a andar com passos firmes e batendo o cajado no chão para espantar os fantasmas. Mas parecia que eles não queriam sair dali. Novamente o barulho estranho, como se alguém tivesse corrido para esconder-se. Não! Não era fantasma.

— Quem está aí? — perguntou, na esperança de que ouvindo a própria voz, tivesse a sensação de companhia.

Mas não conseguiu iludir o indecifrável pressentimento de que estava sendo seguido e, por precaução, se aproximou da igreja, onde ficou de costas para o ângulo formado pela torre e a parede lateral, tenso, mas preparado para qualquer surpresa. O tempo demorou a passar, até que por fim o sol surgiu como uma bola de fogo e os peregrinos apareceram como pássaros saindo do ninho.

Aliviado, voltou a caminhar.

Chegou a Villa Franca Montes de Oca mais ou menos às nove horas. A cidade tomou esse nome porque era chamada de Vila dos Francos, nome originado das franquias que os governos locais davam para estimular o repovoamento depois da Reconquista, quando os espanhóis retomaram as terras dos árabes.

Os Montes de Oca ficaram conhecidos porque os assaltantes se refugiavam nas cavernas existentes nos montes para pilhar os peregrinos. As montanhas, as cavernas, as florestas, os assaltantes, os animais e as superstições tornaram os Montes de Oca o lugar mais perigoso da peregrinação.

Parou no bar logo da entrada para tomar um café e comprar um pouco mais de água, porque até San Juan de Ortega seriam ainda mais 13 quilômetros. Quando saía do bar, viu o grupo de peregrinos amigos de Patrícia.

"Mas de onde será que vieram esses sujeitos? Teriam dormido aqui e saído agora?"

Não os vira antes, embora tivesse saído mais cedo. Ou teriam sido eles que o assustaram em Villambista? Ao vê-los, porém, lembrou-se de Patrícia e voltou a ter a esperança de reencontrá-la.

Estava imerso nesses pensamentos quando teve outra surpresa.

— Senhor Maurício, bom dia.

Era o detetive Sanchez.

Cumprimentou-o meio desconcertado, enquanto o grupo de peregrinos amigos de Patrícia continuava o Caminho. Sentira vontade de perguntar por ela, mas agora esse abelhudo aparecera.

Depois dos episódios de Puente la Reina não mais o tinha visto e não gostara desse seu aparecimento abrupto. Seu humor estava abalado e transformara a melancolia em companheira, mas procurou ser gentil.

— Bem, detetive Sanchez. Estou feliz em vê-lo. Aceita um café?

O convite foi aceito e o policial se justificou:

— Primeiro devo pedir desculpas. Estou em Montes de Oca desde ontem à noite. Achei melhor esperá-lo aqui, para não perturbá-lo durante a noite em Tosantos. Além disso, o melhor lugar para conversarmos longe das pessoas é caminhando pelos bosques que começam logo mais.

"Então, ele está me seguindo", pensou, na dúvida se isso era bom ou ruim.

— A ponte mais tradicional e mais bonita do Caminho terá de ser reconstruída. Felizmente, não houve vítimas.

E, como se estivesse surpreso:

— Ah! Noto que o senhor está sozinho.

Fez que não entendeu a insinuação, pois era óbvio que, se o estava seguindo, devia saber a respeito dela.

— Fizemos investigações sobre o padre. O senhor se lembra de me haver dito que seria interessante saber se o padre saíra para atender alguém no dia em que morreu? Foi no nosso encontro na Fuente del Reniego. De fato, ele tinha ido rezar uma missa na igreja junto ao monumento de Roland, em Ibañeta.

Maurício fez movimentos de concordância com a cabeça e o inspetor perguntou, com certo embaraço:

— O senhor parece adivinho. Como chegou à conclusão de que ele morreu porque ouvira alguma coisa que não podia ter ouvido?

Não sabia se deveria alimentar a imaginação desse policial com mais informações e raciocínios, mas, por outro lado, estava só e poderia precisar da polícia. O assunto já o atormentava e as charadas indicavam que de uma forma ou de outra estava sendo envolvido nesses atentados.

— Não seria fácil matar o padre antes de ele chegar à Colegiata. Ali o Caminho é muito aberto. Por outro lado, por que ele não disse logo ao superior ou a outro padre sobre o que vira ou ouvira? Acho que ficou confuso e com receio de passar alarme infundado. Isso às vezes acontece. Na dúvida, as pessoas deixam passar o tempo, até se convencerem de qual atitude tomar.

E aproveitou para esclarecer esses súbitos aparecimentos.

— Posso concluir também que, de vez em quando, o senhor vai me surpreender pelo Caminho. Estaria me protegendo ou tentando descobrir mais coisas a meu respeito?

O outro riu.

— Quem sabe as duas coisas ao mesmo tempo? Em Roncesvalles, a maneira como respondeu às perguntas e fez comentários não foi mera espontaneidade. Percebi que estava inquieto e lançou questões para eu resolver. Muito bem, estou cumprindo a tarefa, mas gostaria que fosse mais explícito. Alguma coisa o incomoda, tenho certeza.

— Nada me incomoda, inspetor, nada me incomoda. Como o senhor vê, faço o Caminho como todo despreocupado peregrino.

Subiram em silêncio a rampa do Caminho que passa por trás da igreja e logo chegaram à Fuente del Panmollado, onde os antigos peregrinos molhavam o pão para amolecê-lo. A fonte ficou então conhecida como a Fonte do Pão Molhado.

Maurício se esforçava para não demonstrar que preferia percorrer sozinho aquele trecho de bosques e reencontrar na musicalidade suave da natureza a paz que perdera. Sentira uma doce emoção quando estava sentado no banco de pedra junto à igrejinha de Nossa Senhora da Penha em Tosantos. O sol parecia saudar o nascer da lua naquele entardecer romântico e se recordou de quantas vezes caminhara por campos floridos, ouvindo o canto dos pássaros e o manso correr dos arroios nesse quadro inexplicável da natureza.

O Caminho se faz em silêncio, como uma longa meditação em que cada um se volta para dentro de si mesmo para olhar os rastros do passado. Logo chegariam a um dos pontos mais importantes da peregrinação, a abadia de San Juan de Ortega. Nos equinócios de 21 de março e 22 de setembro, um raio de sol ilumina durante dez minutos um dos capitéis localizado à esquerda do presbitério. O raio chega às cinco horas da tarde e passa da esquerda para a direita, iluminando as cenas da Anunciação, do Nascimento, da Epifania e da comunicação aos Pastores. Esse fenômeno acontece dois dias antes e se repete até dois dias depois dos equinócios.

— É um dia complicado para visitar San Juan de Ortega. Hoje é 21 de setembro, — observou o policial. — Vai passar o resto do dia lá?

— Programei chegar mais cedo para encontrar lugar no albergue. Pretendo ficar para ver o fenômeno do sol no capitel. Se não encontrar lugar para dormir, pretendo caminhar à noite.

— Sabia que o senhor queria ver o equinócio e a luz refletir na imagem. Nós já estamos com camas reservadas no posto policial de lá. Cuidei para que não fosse muito desconfortável. Nesses dias o albergue fica lotado.

O detetive não disfarçou a ironia de quem o estava seguindo e começava a controlar sua vida. Em vez de agradecer, Maurício foi evasivo.

— Na minha última caminhada, passei por aqui no dia 15 de setembro e não pude esperar. Era muito tempo, uma semana até o dia do equinócio. Agradeço sua gentileza. Milhares de pessoas vão estar lá no meio da igreja para ver a luz do sol refletir no...

Parou bruscamente de andar e de falar, tomado por um súbito receio.

— *A prata não pode refletir a luz*, foi a frase do padre antes de morrer e é justamente isso que vai acontecer. Centenas de pessoas dentro de um dos mais importantes templos do cristianismo e da história da Espanha!...

— Espere! O senhor não está imaginando que...

— Sim, sim! Estou. O milagre da luz acontece nos equinócios da primavera e do outono. O raio de sol entra por uma janela existente na fachada da igreja e caminha da esquerda para a direita. É um momento carregado de misticismo e beleza que encanta os peregrinos.

— Mas e a prata? Nós temos o sol que é a luz, mas em que prata vai refletir? Vou telefonar para o Comandante. Temos de tirar os peregrinos de lá.

Maurício abanou a cabeça.

— Acho que não é o caso ainda de esvaziar a cidade. Nós temos apenas é de andar depressa e substituir as imagens. Ou será que é melhor cobri-las?

— Não sei, não sei. Existem dispositivos eletrônicos que intensificam a luz e a simples cobertura pode não resolver. Além disso, o equinócio pode ser apenas a ideia do momento. Quero dizer: um terrorista com controle remoto pode aproveitar o equinócio e provocar a explosão como em Puente la Reina. Vamos precisar de técnicos em eletrônica e bombas.

Deu várias ordens pelo telefone e uma viatura policial apareceu quando já estavam chegando à igreja. Não vira Patrícia, mas estava agora mais preocupado com a possível explosão.

Eram aproximadamente 14 horas e não havia muito tempo para um estudo completo da igreja, que se revelou cheia de detalhes. As pequenas imagens que faziam parte dos capitéis não podiam ser removidas e, se eles fossem quebrados, poderiam acionar algum *chip* eletrônico oculto. Se realmente esses bandidos eram tão eficientes a ponto de programar uma explosão acionada com a luz do sol, deveriam ter previsto cautelas contra a desarticulação do plano.

Os capitéis foram cuidadosamente examinados. Não havia fios ou folhas de metal em cima, dentro ou próximos a eles e exames cuidadosos com lentes e aparelhos especiais também nada revelaram.

Era uma bonita igreja do românico medieval com a abóbada gótica, tudo em perfeito estado. Investigadores e técnicos se perdiam em conjeturas e sugestões no esforço de salvar o templo. Alguém teve a ideia de tapar a janela e não deixar o sol aparecer, mas com certeza os terroristas haviam pensado nisso também.

Maurício olhava para as imagens onde o sol ia passar. Já eram três horas da tarde e não encontravam nada suspeito. Nem metais, nem ouro, nem prata, nem cobre, nem outro elemento que pudesse refletir a luz do sol.

A igreja já estava cheia e o padre tinha ido à sacristia, porque, no momento do equinócio, havia a celebração da missa e comunhão dos fiéis. O espetáculo da iluminação dura apenas dez minutos e cria uma forte emoção, que atrai milhares de curiosos, turistas e peregrinos de todo o mundo. Embora o fenômeno se repetisse durante os dois dias seguintes, a lógica indicava que o atentado seria no primeiro deles.

O inspetor balançava a cabeça de um lado para o outro enquanto olhava para o capitel, quando ouviu Maurício dizer pensativo:

— A luz reflete, ou seja, o raio de sol pode bater no capitel e refletir em alguma outra peça, até mesmo em peça que não esteja lá. Nesse caso, o raio de sol entraria pela janela e formaria um ângulo que iria refletir exatamente onde?

Ao fazer esse comentário, olhou para o baldaquino que fica logo na entrada da igreja e não foi preciso pedir ao inspetor para chamar seus auxiliares. Logo a equipe de técnicos estudava as possibilidades de projeção da luz.

O padre não estava gostando daquilo, porque em pouco tempo teria de rezar a missa, e temia que os policiais pudessem estragar o patrimônio do santuário. Tentou demovê-los dessa ideia:

— Nunca vi um raio de luz refletir no baldaquino. Acho que os senhores estão exagerando.

Porém, um dos técnicos comentou:

— Não é preciso ver. Basta uma pequena sensibilidade da luz para detonar um dispositivo eletrônico sofisticado. Nós sabemos que o sol entra por aquela janela e se dirige ao capitel. Mas, com certeza, ao bater nele, reflete uma luz. Pelas nossas projeções, é possível que um raio atinja a imagem de São Jerônimo que está bem ali, naquela coluna do baldaquino.

Seis imagens de santos venerados pela Ordem dos Jerônimos, que haviam tomado conta do santuário desde o ano de 1432 até o século XIX, quando foram desalojados pelo governo espanhol, estavam colocadas junto a colunas, contornando o baldaquino. À esquerda, Santa Marcela, Santa Paula e Santo Eustáquio, e à direita São Paulino de Nola, São Jerônimo e Santo Eusébio.

— O bastão de São Jerônimo — apontou Maurício, aproximando-se do baldaquino. — Foi ele que traduziu a Bíblia do hebraico para o latim. É um dos maiores teólogos da Igreja e aquele bastão é policromado.

O inspetor não esperou mais e mandou examinar a imagem de São Jerônimo, onde um minúsculo dispositivo eletrônico estava dissimulado nas curvas em relevo da parte superior do bastão. Os peregrinos tiveram de sair da igreja e após paciente trabalho que deixou a todos tensos e preocupados, o dispositivo foi separado da imagem.

O chefe dos peritos observou:

— Não estou gostando disso. É um aparelho quase invisível, uma obra de profissionais de alta especialidade.

Depois que saíram, o padre pôde celebrar a missa, enquanto um raio de luz solar se aproximou da cena da Anunciação, passou por ela lentamente e continuou sua trajetória rumo ao Nascimento de Cristo e à Adoração dos Reis Magos, provocando emoção.

Maurício estava cada vez mais desorientado. Tudo aquilo parecia bem arrumado demais. O detetive apareceu no dia do equinócio, pouco antes de San Juan de Ortega e agira como se soubesse que Patrícia não estaria lá.

Além disso, não disse uma palavra sobre Irache e Najera, embora soubesse, porque o vinha seguindo, que ele e Patrícia passaram por esses dois locais nos dias dos crimes.

O ruído do motor de um helicóptero distraiu sua atenção e logo o técnico e o artefato que ele desmontara foram levados de San Juan de Ortega.

O detetive se aproximou de Maurício:

— O senhor está muito pensativo.

— Não estamos ainda na metade do Caminho e as charadas indicam mais coisas. Bem, acho que o senhor vai voltar a Pamplona e continuar suas investigações por lá. Eu vou seguir adiante.

— Por agora, então, o mais recomendável é saborear a agradável sopa de alho que fazem aqui.

CAPÍTULO 53

No dia seguinte, Maurício se surpreendeu com a decisão do inspetor em acompanhá-lo. Esperava ficar livre dele e não entendeu essa mudança de planos. O que será que ele pretendia agora? Procurou mostrar-se grato pela companhia e saíram de San Juan de Ortega pouco antes das seis horas da manhã, em direção a Atapuerca.

O inspetor gostava de exibir seus conhecimentos sobre o Caminho, e Maurício teve de aguentar com paciência algumas lições de história.

— Quanto mais estudo ou percorro o Caminho, mais me impressiono com o acúmulo de fatos que o mantêm vivo e dinâmico.

Para valorizar alguma coisa que não queria dizer logo de início, o inspetor recorria a rodeios.

— O senhor sabe o que me magoa? Esse pessoal todo passa pelo Caminho e nem se interessa por seu passado. Veja, por exemplo, o estrago que o protestantismo fez nessa peregrinação. Os protestantes não acreditam nas relíquias, nem em santos. Como a peregrinação é para ver uma relíquia, ou seja, o corpo do apóstolo, o número de peregrinos diminuiu muito após o protestantismo. Além disso, bastava ser alemão para a Inquisição mandar para a fogueira, porque Lutero era alemão. E a Inquisição, é bom lembrar, estava no meio do Caminho.

"Inquisição! Por que lembrar isso agora?" Quase como um reflexo, lembrou-se dos acontecimentos do dia anterior. Fora muito oportuno o aparecimento do inspetor antes de San Juan de Ortega.

Embora já conhecesse alguns fatos, Maurício ouvia interessado, tentando descobrir o que havia por trás de cada palavra.

— Personagens importantíssimos na história do Caminho sequer são hoje lembrados, como o pirata Sir Francis Drake.

No ano de 1587, Sir Francis Drake, o famoso pirata inglês, ameaçou destruir Santiago, e o arcebispo, hoje São Clemente, mandou então ocultar o corpo do santo e morreu sem contar a ninguém onde o havia enterrado. Durante 300 anos, as relíquias foram consideradas perdidas.

— Ninguém medita sobre os estragos que esses dois fenômenos causaram ao Caminho — reclamava o inspetor. — O desaparecimento do corpo do apóstolo enfraqueceu a peregrinação e o protestantismo quase acabou com o que restava.

— É verdade. Por sorte, há dois séculos, surgiu uma ciência nova, a arqueologia. O cardeal Paya y Rico mandou fazer pesquisas, e em 1879 o túmulo foi encontrado no interior da igreja, removido para seu lugar anterior, onde permanece até hoje.

Parece que o inspetor esperava por essa informação, para concluir suas ideias.

— O ser humano, senhor Maurício, precisa da representação material para suas crenças. A imponência das catedrais, a cruz, a pompa dos cerimoniais, um cálice de metal, e, principalmente, as relíquias. Veja o que aconteceu com a peregrinação a Santiago — seu desaparecimento coincidiu com o do túmulo do apóstolo —, mas foi só reencontrarem os presumíveis ossos desse homem e os peregrinos voltaram em revoada.

Uma luz vermelha acendeu no cérebro de Maurício. Por que essa crítica aos símbolos mais sagrados da Igreja? O homem devia ser ateu, porque chegou a um raciocínio inesperado.

— O próprio Deus cristão se transformou em matéria que os católicos engolem.

"Aonde será que esse sujeito quer chegar? Ele sabe que sou católico e obviamente está me provocando. Ele só quer um pretexto, como um desacato, para me prender. Melhor não aceitar a provocação e mostrar interesse."

188

— Mas essa não é a doutrina dos cátaros?

Em vez de responder, o inspetor tirou um folheto de sua pequena mochila e o abriu. Era um mapa da Europa com o traçado do Caminho começando em todos os países.

— O senhor conhece esse mapa? Ele mostra os lugares de onde vinham os peregrinos. Veja que coisa impressionante era a peregrinação naquela época. Não respeitavam distância e desciam a pé lá da Finlândia, da Rússia, do extremo Norte. É notável como as religiões impulsionam, até mesmo ainda hoje, o ser humano. Pode ficar com ele. É um presente meu, para o senhor entender bem a peregrinação.

Antes de Maurício agradecer, o inspetor indicou no mapa o Caminho Português e, com uma risada sarcástica, emendou:

— Ah! Sei que não vai gostar de eu ter estudado sua vida, mas descobri que gosta de ir a Oliveira do Conde, que está bem no meio do Caminho Português.

De fato, tinha amigos naquela região e não se surpreendeu com o conhecimento que o inspetor tinha sobre sua vida. Afinal, estava investigando crimes e, por enquanto, ele era um dos suspeitos. Ia perguntar o que mais ele sabia sobre sua vida, quando o inspetor atendeu o celular.

— O quê?... Estamos indo nessa direção. Venham ao meu encontro.

Ficara de repente nervoso, e com razão.

— O helicóptero caiu. Parece que não há sobreviventes.

CAPÍTULO 54

Uma viatura apareceu e logo chegaram ao local onde estava o aparelho caído no meio de um campo seco, provocando um incêndio.

"Muito estranho", pensou Maurício, olhando meditativamente para a fumaça que subia aos céus.

— Imagino que não vão encontrar vestígios do *chip*. Também é estranho que não tenha havido uma explosão, como se esperava em San Juan de Ortega.

O inspetor perguntou com voz áspera:

— O senhor está querendo dizer que tudo foi uma farsa?

— Quem sabe? É até mesmo possível que o *chip* da bomba não estivesse no helicóptero. Nessa hipótese, se for uma bomba de verdade, ela será usada em outra oportunidade.

E tentou livrar-se dessa incômoda companhia:

— Certamente o senhor vai ficar para acompanhar a perícia. Eu vou seguir o Caminho.

— Não adianta ficar por aqui no meio de tantos técnicos e policiais. Caminharemos juntos até Atapuerca. Além disso, gostaria de lhe falar sobre as escavações arqueológicas daquele local. Já dei instruções para nos seguirem de perto, e de Atapuerca a viatura me levará a Pamplona.

"O que poderia levar esse policial a abandonar a investigação de um acidente suspeito como o desse helicóptero? Será que sou mais suspeito do que esse acidente?"

Maurício tolerou as explicações sobre o Homem de Atapuerca, que teria habitado a região há 250 mil anos, muito antes, portanto, do Homem de Neandertal, e estranhou que o acidente do helicóptero fosse esquecido.

"Quem sabe no albergue haja algum recado de Patrícia", pensou esperançoso, enquanto se dirigia para uma insinuante fonte de água fria à entrada da cidade.

O detetive tirou a mochila das costas e colocou a cabeça embaixo da água, que jorrava da parte superior. Naquele calor, a água potável e fresca é uma das satisfações que encantam o peregrino. Era quase um ritual, e eles estavam prestes a beber, quando um peregrino de bicicleta descontrolou-se e passou entre Maurício e a fonte, jogando-o no chão. O ciclista pediu desculpas, mas continuou pedalando, sem parar. Maurício levantou-se com cuidado, porque não podia correr o risco de uma distensão ou cãibra na perna. O detetive correu para ajudá-lo, mas ele já estava bem.

A patrulha que os acompanhava ia saindo atrás do ciclista que se distanciara, mas Maurício não deixou.

— Não aconteceu nada. Estou bem e o rapaz pediu desculpas. Deixemno ir.

Pensou que fora um acidente tão sem importância que até mesmo o pássaro que estava no chão perto de onde caíra não se movera. Outro pássaro andava devagar, com as asas abertas, e parecia estonteado.

"Por que esses pássaros não se assustaram?" E, sem pensar mais, embrulhou o lenço na mão, pegou um deles, depois o outro e viu que os dois estavam com o tecido em volta dos olhos arroxeado. Se ali não existia gripe aviária, então o que seria?

Dois peregrinos se aproximavam, também cansados, e iam direto para a fonte. Teve a impressão de já tê-los encontrado antes, mas não era momento para apresentações e gritou:

— Não tomem essa água porque ela está envenenada!

O carro da polícia que os vinha acompanhando para levar o detetive Sanchez se aproximou, dirigindo-se ao estupefato homem:

— Veja essas aves. Parece que estão envenenadas. O senhor chegou a tomar dessa água?

— Não. Não deu tempo. Ia beber com as mãos, quando essa providencial bicicleta o pegou. Felizmente, o senhor viu as aves. Vou interditar a fonte.

Um policial ficou ali junto da fonte, para que nenhum peregrino bebesse daquela água antes que fosse examinada, e o detetive despediu-se, voltando para Pamplona. Maurício procurou o albergue de Atapuerca e sorriu, feliz. Lá estava, com a letra dela, um bilhete dizendo que não encontrara lugar em San Juan de Ortega e dormira ali. Esperava-o em Burgos.

CAPÍTULO 55

Tinha andado 30 quilômetros, de San Juan de Ortega a Burgos, mas, quando a cidade apareceu, ele se encheu de ânimo. A chegada a Burgos é ilusória e o peregrino tem de andar mais de uma hora para chegar ao albergue, que fica do outro lado daquele grande centro urbano.

Embora cansado, uma livraria que parecia ter um grande estoque chamou sua atenção. Ficou parado diante da vitrine uns minutos, olhou em volta, não viu o inspetor e ninguém suspeito. Entrou e procurou a estante de História Medieval. Folheou cuidadosamente alguns livros: *A Cruzada contra o Graal*, de Otto Rahn, *O Graal e a heresia dos cátaros*, de Stephen O'Shea. Perguntou pelo preço e depois olhando desolado para os livros, por não poder comprá-los. Lamentou:

— É pena. Não vim preparado para essa despesa. Peregrino anda sem dinheiro. Desculpe e obrigado.

O rapaz riu, compreensivo, e ele deixou os dois livros em cima do balcão, com a capa virada para cima.

À medida que se aproximava do centro histórico, onde encontraria o albergue, seu coração batia mais forte e não era pelo cansaço. Não tinha gostado de ficar longe de Patrícia, nem de imaginar que poderia estar junto com aqueles seus companheiros. Tinha de vê-la novamente, e se não estivesse em Burgos, pegaria um táxi para ir de albergue em albergue até encontrá-la. Sentia falta de sua maneira alegre de explicar coisas sérias, suas lições de história, e, principalmente, sentia falta de sua presença física, de seu olhar irônico.

Sabia que ela preferia os albergues administrados pela Associação do Caminho e examinava a lista dos peregrinos hospedados, quando ouviu uma voz conhecida:

— Puxa! Já estava com medo de não vê-lo mais.

Uma onda de felicidade o envolveu e ele se voltou para olhá-la, com aquele sorriso confiante de criança saindo do portão da escola quando vê a mãe esperando com os braços abertos.

Aproveitaram o resto da tarde para passear pela cidade e depois procuraram um bom restaurante. Patrícia quis saber o que havia acontecido e ele resumiu os fatos, porque não queria perder tempo com assuntos que podiam preocupá-la. Ela nada comentou sobre a amiga de Santo Domingo de la Calzada.

O dia seguinte era domingo e não tinham ainda visitado a catedral, um dos mais impressionantes templos religiosos do mundo católico. Sua construção foi iniciada no ano de 1221, em substituição ao antigo templo, e só terminou no ano 1765. Por isso é composta de diversos estilos, embora predomine o gótico.

A porta principal é a segunda mais fotografada da Espanha, só perdendo para a porta do Obradouro, da catedral de Compostela. O arco de entrada das catedrais simboliza o universo, e o cristão passa por ele para entrar no solo sagrado da igreja, que simboliza o reino de Deus.

— Gostaria de assistir à missa de hoje. Uma das hospitaleiras insistiu para eu não perdê-la. As missas de domingo na catedral de Burgos são uma verdadeira ópera, com músicas de Bach tocadas no órgão, que emite sons divinos.

— Deve mesmo ser uma cerimônia muito bonita.

O interior da catedral é dividido em três naves, com 19 capelas, 38 altares e 58 pilares. Suas torres medem 84 metros de altura, e tudo nela é um destaque à parte, como a famosa escada dourada em forma de T.

— Impressionante! E essa obra, como tantas outras, surgiu da peregrinação a Santiago de Compostela — comentou Patrícia, entusiasmada.

As igrejas eram financiadas pelos bispos, pelos reis, pelo povo, mas principalmente pela venda de túmulos no meio da nave, nas paredes e perto do altar, como se fosse um loteamento do céu. Quanto mais perto do altar, mais caro era o túmulo, pois se acreditava que seriam mais facilmente vistos por Deus. Esse costume teve início no fim do milênio, quando rondava a certeza de que o mundo ia acabar, e os poderosos tratavam de garantir um lugar no céu.

Um curioso objeto está guardado no museu da catedral e dizem que era o baú de El Cid, o maior herói da Espanha, que viveu no século XI. Segundo uma lenda, quando ele foi desterrado por Afonso IV, não tendo de que viver encheu duas arcas de pedra e areia e divulgou que era um tesouro que daria como garantia, por um empréstimo. Dois judeus teriam aceitado a oferta, mas El Cid impôs como condição que não podiam abrir as duas arcas. Somente se ele não voltasse depois de um ano com o dinheiro e os juros, eles poderiam abri-las e ficar com o tesouro.

Antes de um ano, El Cid voltou com o dinheiro e pagou os judeus, que, no entanto, quiseram ver o tesouro para se deslumbrar com as pedras preciosas que pensavam encontrar. Ao abrirem as arcas, só viram pedras sem valor, e El Cid teria dito que o tesouro era sua palavra.

Cristãos e peregrinos de todas as crenças lotaram a igreja e o som agradável do órgão, acompanhado do canto gregoriano do coro, aumentava a sensação de paz que reinava naquele interior.

Esqueceram o Caminho e ficaram por ali, saboreando a cerimônia como se fosse uma ópera clássica. Não se assiste a um espetáculo como aquele frequentemente. Todo o cenário de autênticas e seculares obras de arte, as formas celestiais das abóbadas, a imponência das colunas, a entrada solene dos celebrantes com o presbítero jogando para frente e para os lados a fumaça do incenso que saía do turíbulo em brasa, convidava à oração.

Era quase uma profanação a impressão de riqueza e poder que toda aquela encenação lhes causava. Mas não havia como evitar, e, quando o celebrante com voz de barítono entoou as primeiras sílabas, eles também se ajoelharam. Não conseguiam sair dali, embora tivessem planos de andar 25 quilômetros naquele dia. Pouco importava agora. Aquela missa valia um pouco de atraso.

Em frente ao altar estava o túmulo de El Cid, embaixo da cúpula octogonal e logo atrás, no coro, o túmulo de D. Maurício, bispo que iniciou a construção da igreja.

Pensamentos estranhos ressoavam em sua mente. Distraído com suas preocupações, não notara que a cerimônia da consagração, tantas vezes repetida em todo o mundo e tantas vezes levando milhões de pessoas a um respeito silencioso quebrado apenas pelo leve tocar de um pequeno sino pelos ajudantes, já tinha iniciado. Uma súbita inquietação o assaltou quando o celebrante começou a pronunciar *"Este é o meu sangue que será derramado por muitos ..."*.

CAPÍTULO 56

Olhou para o cálice e para o arcebispo e começou a esfregar as mãos úmidas, enquanto Patrícia parecia uma santa, encantada com sua própria devoção. Não a imaginava assim, mas gostou. No entanto, precisava tomar uma providência urgente. O celebrante não podia beber aquele vinho. Estava indeciso e trêmulo, mas o desconforto do medo quebrou a barreira da prudência.

Ultimamente, era comum os celebrantes darem vinho para os fiéis tomarem junto com a hóstia e de repente tudo ficou claro em sua mente. Ali estava o significado das charadas de Najera e Irache. Eram duas charadas, que também podiam ser interpretadas como uma única. Na lenda de El Cid, o vazio das arcas simboliza a mentira, mas acima de tudo a palavra. *"No princípio era o verbo..."* São João, que deixa de falar em seu evangelho a parte mais importante da doutrina católica: a Eucaristia, que só existe com a morte: *"... o sangue que será derramado por muitos"*, segundo Mateus. A palavra de El Cid também foi usada para simbolizar o Verbo Divino, no caso, a *Palavra*.

Sim! A palavra era um tesouro que El Cid respeitara. Mas, onde estaria a ligação entre a palavra de El Cid e as charadas? Maurício não queria acreditar na fragilidade daquela simbologia, mas havia lido que São Remígio ajudara o papa a firmar um acordo com o rei merovíngio Clóvis I, em um momento em que o cristianismo estava para desaparecer e Clóvis conquistara quase toda a Europa. Quando essa dinastia enfraqueceu e a Igreja ficou forte, o papa ignorou o acordo e buscou o apoio de Carlos Magno, consagrando-o como imperador do Sacrossanto Império.

Será que não estaria exagerando? Parecia uma loucura, mas pessoas poderiam morrer, se ele não tomasse alguma iniciativa. O momento não era para dúvidas, e sim para riscos. Entre a consagração e a comunhão havia ainda alguns minutos, tempo suficiente se agisse com rapidez, pois o arcebispo não aceitaria a interrupção da missa a um simples pedido seu. Patrícia espantou-se, como se acordando de um sonho, quando ele se levantou, mas não perguntou nada. Percebeu que estava nervoso e seguiu-o.

Havia uma porta que dava para a Sacristia Maior e ele não hesitou. O inspetor Sanchez não estava ali para ajudá-lo, mas não podia deixar o arcebispo beber aquele vinho e ainda envenenar os católicos que quisessem comungar. A sacristia estava vazia e ele voltou para o interior da igreja, na esperança de encontrar alguém que pudesse ajudá-lo. De repente, caiu na realidade. Ninguém acreditaria nele. A missa continuava e o 'Pater Noster qui es in coelo' ("Pai nosso que estais no céu"), cantado, já enchia a nave da igreja com um solene espírito de fé. Não podia invadir o altar, ou o lugar onde estavam os demais padres auxiliares, pois isso causaria pânico; a polícia seria chamada, ele preso, e ainda teria de dar satisfações. Além disso, o próprio inspetor Sanchez aumentaria as desconfianças que não fazia questão de disfarçar.

— Preciso encontrar algum encarregado da igreja com urgência.

Voltaram para a sacristia e nisso apareceu uma mulher que quis saber o que eles procuravam e Maurício deu uma desculpa:

— Será que ainda há tempo de confessar antes da comunhão?

A mulher informou que havia padres nos confessionários distribuídos nos lados da igreja. Eles deveriam ir até lá. Iam saindo, mas disse discretamente a Patrícia:

— Leve essa mulher para o fundo da sacristia e a distraia.

Patrícia dirigiu-se a uma pilha de folhetos e perguntou quais deles se aplicavam à missa daquele dia e quais orientariam a confissão. A mulher pareceu um pouco surpresa com a pergunta, mas se sentiu na obrigação de orientá-la.

Logo que Maurício saiu, notou que todo o sistema elétrico da catedral estava concentrado atrás da porta que separa a sacristia da nave da igreja. Era um portal de duas folhas, que encobriam os dois grandes painéis incrustados nas paredes, um de cada lado. Sem pensar mais, começou a desligar os disjuntores, e as luzes se apagaram, deixando o altar às escuras. Quase ao mesmo tempo um ruído ensurdecedor de alarme assustou o povo. O arcebispo continuou celebrando a missa, apesar do estado de tensão que se refletia em seu rosto. A mulher começou a rezar e correu para a porta de emergência, saindo da igreja. Era o momento apropriado e ele entrou por trás do altar e chegou perto do arcebispo. Alguns padres o olharam, assustados, e ele fez sinal com a mão direita, sossegando-os. Mas o súbito silêncio dos auxiliares chamou a atenção do celebrante, que se virou.

Maurício procurou tranquilizá-los:

— Não se assustem. Fui eu quem apagou as luzes e provavelmente o sistema estava ligado ao alarme.

O arcebispo estava indignado:

— Como o senhor se atreveu a interromper a Santa Missa?

— Acredito que Vossa Eminência corre perigo se beber desse cálice. Posso estar enganado, mas penso que o vinho está envenenado, e a única maneira que encontrei para evitar que o bebesse e ainda o desse a outras pessoas, foi interromper a missa.

O arcebispo o olhava perplexo:

— O senhor...?

— Se entendi sua dúvida, meu nome é Maurício.

A missa foi suspensa e, como era esperado, o detetive Sanchez os procurou no albergue depois do almoço. Comunicou que a água da fonte em Atapuerca estava realmente envenenada e dera ordens para que todas as fontes do Caminho fossem examinadas, mas espantou-se com a iniciativa de Maurício, de interromper uma missa solene de domingo na catedral de Burgos. Era preciso agora que ficasse na cidade até a conclusão das análises do laboratório.

— Espero que compreenda que foi um ato bem atrevido e não posso liberá-lo. Se o vinho não estiver envenenado, precisamos de uma boa desculpa, porque a Igreja já está reagindo de forma emotiva a esses episódios. Para ela, o Caminho é sagrado, um fenômeno inteiramente cristão que nasceu com a descoberta do túmulo de um apóstolo.

A presença do inspetor não agradava a Patrícia, que não quis esperar pelo dia seguinte.

— Acho que vou seguir o Caminho. Esses assuntos policiais não me agradam. Vou andando devagar e assim você me alcança em pouco tempo. Está bem?

Já estava temendo por isso. Havia uma hostilidade misteriosa entre o policial e ela. Tudo parecia dar errado, e fez então uma pergunta aparentemente deslocada:

— Vocês conhecem a lei da fatalidade?

Os dois o olharam interrogativamente.

— Todas as vezes que houver a possibilidade de uma desgraça, devemos contar com ela. O mal tem sempre 99% das probabilidades a seu favor e o bem, apenas 1%.

— A Lei de Murphy? — perguntou Patrícia.

— Não. Alexandre Dumas. *Memórias de um Médico.*

O policial não estava interessado em Alexandre Dumas e também não foi nada diplomático.

— Logo que os resultados chegarem, tomarei por escrito suas declarações e o senhor estará livre para alcançar a senhora Patrícia.

Ela já estava havia dois dias em Burgos, esperando por ele, e mal conseguiu disfarçar a contrariedade. Despediu-se, pegou a mochila e seguiu. Era uma cena constrangedora, e o detetive fingiu não ver o olhar distante de Maurício, que acompanhava o vulto dela se perder na distância. Os testes de laboratório confirmaram que fortes doses de arsênico e formicida estavam misturadas ao vinho. Essência de uva havia sido acrescentada, para que o celebrante não desconfiasse.

O detetive foi enfático:

— No momento estou sem condições de acompanhá-lo, mas o senhor será seguido de perto e eu pediria que deixasse um bilhete com o encarregado de cada albergue em que pernoitar, com a indicação do lugar onde irá parar no dia seguinte. Assim poderemos tomar alguns cuidados preventivos.

— Muito obrigado por cuidar de mim.

O detetive parece que entendeu certa reticência nesse agradecimento e deixou escapar um sorriso cínico.

LIVRO
5

OS TEMPLÁRIOS

CAPÍTULO 57

A encruzilhada é o símbolo da dúvida e o lugar predileto do demônio. É nela que as almas assombradas se refugiam e se juntam aos monstros criados pela superstição, para urdir os pactos com o demônio.

No dia 13 de agosto do ano de 1303, o arcebispo de Bordeaux, Bertrand Got, e o rei Felipe IV da França, também chamado o Belo, marcaram um encontro na Floresta de Andely, na Normandia, perto de um lugar onde os caminhos se cruzavam. O arcebispo Got benzeu-se e pediu perdão a Deus por aquele momento de receio. Mas, ele sabia que a encruzilhada era o ninho das bruxas e, apesar do esforço que a Igreja fazia, queimando muitas delas para salvar suas almas e ainda dar exemplo àqueles que duvidavam da fé, seu número só aumentava.

Os pressentimentos do arcebispo, porém, se justificavam. Mal sabia ele que iria firmar um pacto com o demônio, e levar a um fim trágico o trono francês e o poder do papa. Numa época em que os reis viviam em lutas para ampliar territórios ou defender os que já possuíam, e em que as comunicações eram precárias, a sede real era itinerante e os soberanos vasculhavam seus domínios, à frente dos exércitos. Quando Felipe IV nasceu, em 1268, Fontainebleau não era o majestoso palácio escolhido por Napoleão como residência predileta, mas uma fortaleza rústica e sem conforto.

202

No meio da floresta de Andely, na Normandia, um discreto palacete era, às vezes, usado por Felipe IV, tanto para cuidar de assuntos do Estado como para suas caçadas. Já entardecia e quando a carruagem do cardeal Bertrand Got apareceu o rei o esperava em uma sala ricamente ornada. Ali estava também o primeiro-ministro, senhor Guilherme de Nogaret. Porcelanas fabricadas em Limoges ornavam a mesa coberta com toalhas de seda vindas do Oriente, mostrando a importância que o rei dava àquele encontro com o cardeal, que olhava as frutas secas chegadas do deserto árabe com desconfiança. As cruzadas tiveram o grande mérito de estabelecer um comércio regular entre a Europa e o Oriente Médio, mas muitos cristãos evitavam tocar naqueles produtos oriundos das terras dos infiéis.

O trono do rei estava forrado de veludo azul e perto dele outra enorme cadeira de ébano entalhada, recém-chegada da Áustria, estava reservada para o cardeal. Um grande vaso com flor-de-lis, o símbolo dos reis da França, completava a decoração da mesa.

Depois do jantar e já refeito da viagem, Bertrand Got sentiu um agradável aroma circular pelo salão, e com pequenas inspirações tentou adivinhar o que seria. Percebeu então que, apesar do calor, a lareira estava acesa e um criado levava ao fogo uma chaleira estranha, de bico longo e delgado.

O rei sorriu com as reações do cardeal.

— O senhor cardeal vai saber por que os árabes foram tão combativos contra os cruzados. Antes de cada batalha eles bebem um remédio que chamam de *cahue*, e ficam animados, agitados e lutam como se estivessem dominados pelo Diabo. Bebem-no durante a noite, para ficarem acordados e, pela manhã, entornam uma boa quantidade, para se manterem ágeis e valentes.

O criado trouxe à mesa duas pequenas taças com um líquido escuro, que o rei experimentou, empurrando a outra taça para o cardeal:

— Prove, senhor cardeal, e verá como se sentirá outro.

O cardeal, ainda cauteloso, mas não querendo desgostar o rei, levou à boca o líquido amargo, forte e feio, cujo gosto não combinava com o agradável aroma que sentira.

— *Cahue*, disse Vossa Majestade?

— Sim, mas os cruzados pronunciam "café". Vou adotar esse remédio para tornar invencíveis as forças da França Cristianíssima na luta contra esses outros infiéis, os ingleses.

O cardeal ponderou:

— Mas se Vossa Majestade vai adquirir café para todo o exército, certamente será uma grande quantidade. Não estará enriquecendo os infiéis muçulmanos?

O rei não havia pensado nisso e preferiu mudar de assunto.

— Peço desculpas por ter solicitado sua presença, dizendo na mensagem que era urgente, mas descobrimos uma conspiração contra o reino da França e contra a Igreja Católica. Trata-se, portanto, de um perigo iminente e é preciso agir em absoluto segredo, porque os conspiradores contam com as maiores forças militares organizadas que conhecemos e também com a ajuda do Papa Bonifácio.

O cardeal não revelou surpresa, apesar da acusação contra o papa.

— O senhor cardeal sabe do perigo que a Igreja correu com a heresia dos cátaros. Eles não acreditavam que Cristo era Deus, e há informações de que protegiam entre eles um grupo de pessoas que se diziam descendentes de Cristo e pretendentes ao trono do Sacrossanto Império. Considerávamos que esses cátaros haviam sido eliminados no sul da França, mas há suspeitas de que um desses ditos descendentes tenha conseguido escapar do castelo de Montsegur.

O cardeal sentiu um tremor interno imperceptível aos olhos do rei, como se tivesse lembrado compromissos passados. O rei fez uma pequena recapitulação da história dos merovíngios.

— Tivemos informações de que o Papa Bonifácio VIII cedeu a argumentos de que era melhor restabelecer o pacto da Igreja com o rei Clóvis e recolocar a dinastia merovíngia no trono da França cristã. Seria um desastre para o cristianismo e para os governos já estabelecidos na Europa.

Bertrand Got olhou para o primeiro-ministro, que sorriu, abaixando a cabeça.

— O senhor de Nogaret é descendente de cátaros — explicou o rei.

Um cátaro como o principal cooperador do rei da França era surpreendente. O cardeal compreendeu em um relance o que poderia estar acontecendo. Nogaret usara de influências e se infiltrara no palácio de Anagni, então sede do papado. O rei sabia que tinha diante dele uma pessoa insegura, indecisa, porém ambiciosa. Bordeaux era a capital da Aquitânia, região reivindicada pelos ingleses, que, por sua vez, apoiavam os cátaros e a luta dos senhores feudais do Languedoc contra o rei da França e o papa. A região nunca fora completamente dominada e, por causa disso, o cardeal preferia agir como Pilatos, para evitar confronto com qualquer dos lados.

Mas a visão do rei ia mais longe. Precisava de um papa que o apoiasse para dominar por completo a região occitana e vencer os ingleses. A vaidade e ambição humanas não poupam nem os representantes de Deus neste mundo. O rei sabia lidar com os aspirantes ao poder.

— O senhor de Nogaret usou de sua condição e se aproximou do cardeal Camerlengo.

Bertrand Got começou a transpirar. Por sorte o calor era grande e aquela bebida quente servia de disfarce para esse incômodo suor. Se o rei do principal país cristão estivesse com algum projeto, ele ficaria em uma posição muito difícil se não o apoiasse.

— De início, o cardeal Camerlengo não acreditou na informação do senhor de Nogaret e ele próprio começou a investigar. O Camerlengo foi aos poucos conquistando a confiança do papa, que deixou escapar algumas confidências.

— O que Vossa Alteza está dizendo é muito sério, porque seria uma grave traição do papa para com os cardeais que o elegeram. Imagino também que as forças organizadas a que Vossa Alteza se referiu seriam o exército formado pela Ordem dos Templários. Os cavaleiros templários devem obediência apenas ao papa, e teriam de apoiar um empreendimento desses.

— Esse é outro problema. Não podemos esquecer que na Cruzada Albigense os templários se recusaram a lutar contra os cátaros.

O cardeal era bastante racional e achava aquilo absurdo, mas o papa vinha demonstrando uma hostilidade anormal para com o reino da França. Desconfiava, no entanto, das intenções do rei em relação aos templários, que não aceitaram seu sobrinho na Ordem. O exército organizado e a imensa fortuna dessa Ordem deviam ser a principal motivação do monarca.

Além de terem suas forças espalhadas por toda a Europa, onde eram proprietários de fortalezas, castelos e imensas áreas produtivas, a Ordem dos Templários havia inventado uma maneira inteligente de as pessoas lhe confiarem seus bens e fazerem saques com um papel escrito em código. Com esse documento, o portador podia retirar seus valores em qualquer outra fortaleza, mesmo sendo de outro país. Então, se o rei conseguisse dominar os templários, teria recursos disponíveis para seus propósitos em todo o mundo cristão, inclusive dentro da Inglaterra.

O cardeal começou a entender o plano do rei, mas preferiu agir com sabedoria:

— Muito me honra que Vossa Alteza me coloque a par dessa conspiração contra os dogmas da fé cristã. A divindade de Cristo é intocável e não acredito que o Papa Bonifácio duvide dela. Mas a hostilidade do papa para com a França Cristianíssima é de certa forma suspeita. Entendo que, quando o papa proibiu que o Estado cobrasse impostos sobre os bens da Igreja, estava cumprindo a lei canônica de interdição de os Estados lançarem tributos sobre os bens do clero. Graças ao bom Deus, a situação se resolveu com a concordância de Vossa Alteza, em ouvir previamente os bispos, quando o Estado precisar de ajuda.

Suspeitava-se que mediante pressões e traições Bonifácio tivesse assumido o trono de São Pedro obrigando seu antecessor, o Papa Celestino, a renunciar, mandando-o depois para a prisão, onde teve uma morte triste e dolorosa, em 13 de dezembro de 1294.

O cardeal ouvira rumores de que o papa discordava de certos dogmas e não se surpreendeu com as dúvidas levantadas pelo rei.

— O papa é descendente da Catalunha, uma das regiões onde os cátaros estavam assentados e temos informações de que ele é simpático a esses hereges.

Bonifácio era culto, jurista, diplomata, fundador da universidade de Roma, e agora estava enfrentando o rei da França. Não era de duvidar que tivesse feito acordos com os templários para destronar Felipe IV e nomear um descendente de São Dagoberto, o rei merovíngio que teria sido assassinado com o apoio da Igreja.

O rei foi conclusivo:

— É preciso restabelecer o poder da Igreja sobre o cristianismo sem prejudicar o poder do Estado. Acho que já está na hora de colocar um papa francês no trono de São Pedro, e ninguém está mais bem preparado do que o senhor arcebispo da Aquitânia. Vou começar a trabalhar nesse sentido. Bonifácio já está muito velho e precisa renunciar. Peço-lhe que se prepare, porque o número de cardeais italianos é grande.

Já passava de meia-noite quando foram dormir.

No dia seguinte, o arcebispo acordou com o agradável aroma da bebida árabe entrando pelas frestas da grande porta do quarto. Levantou-se, e o rei o esperava com uma farta mesa para o desjejum.

O criado serviu o café que o cardeal saboreou.

— Às vezes o Diabo se aproveita das boas coisas que o Senhor colocou na terra e que seriam apenas para uso dos cristãos. Se Vossa Majestade tiver êxito em seus planos e seu exército adotar o hábito que veio das terras dos infiéis, o Cristianíssimo Reino da França será invencível. Por isso eu abençoo essa bebida em nome do Pai, do Filho e do Espírito Santo.

— Amém — completaram o rei e Nogaret.

Logo depois o cardeal despediu-se e, quando a carruagem episcopal aproximou-se da encruzilhada no meio dos bosques de Andely, um cheiro forte assustou os cavalos, que bufaram, empinaram e pisotearam réstias de alho, colocadas no lugar onde as duas estradas se cruzavam. O alho amassado se misturou com o pó da estrada e um cheiro estranho, mais parecido com enxofre, entrou pela portinhola da carruagem. Bertrand Got estremeceu e se benzeu.

CAPÍTULO 58

Depois da encruzilhada, o cocheiro conseguiu controlar os animais e, enquanto atravessavam os bosques da Normandia em direção a Bordeaux, na Aquitânia, o cardeal teve tempo para pensar no acordo que fizera com o rei. O reino francês estava em dificuldades. De um lado, sentia-se o clima de uma guerra iminente com a Inglaterra e, de outro, o amplo apoio da França ao papado, dando suporte irrestrito às Cruzadas, deixara o trono francês endividado. Para sair das dificuldades, Felipe IV lançou impostos extraordinários sobre comerciantes, banqueiros e até mesmo sobre o clero. Diante da reclamação dos bispos franceses, o Papa Bonifácio VIII promulgou a bula *Clericis Laicos*, em 24 de fevereiro de 1296, proibindo a cobrança desses impostos. Alegando que o Estado francês tinha autoridade para cobrar impostos de quem quisesse, o rei proibiu a saída de ouro e prata, metais com os quais eram pagas as taxas cobradas pelo Vaticano. Felipe IV elaborou ainda uma lista de acusações contra o papa, incluindo devassidão, corrupção e outros crimes, intimando-o a renunciar. O papa replicou no mesmo tom, impondo que se justificasse perante a Santa Sé, sob pena de excomunhão.

A situação foi resolvida diplomaticamente. Em vez de fazer a cobrança de impostos, o rei pediria o dinheiro e o papa então aconselharia os bispos a pagarem. Havia, porém, a questão da canonização do rei Luís IX, avô de Felipe IV. O rei queria a santificação do avô, porque ele comandara duas cruzadas e fora mártir delas. Para aplacar os ânimos, Bonifácio canonizou o avô do rei, em 25 de agosto de 1297. Mas com essa canonização, o rei passou a pensar que tinha agora mais poderes no céu do que o papa, porque seu avô, agora São Luís IX, também rei da França, estava sentado ao lado de Deus Pai Todo-Poderoso.

Por sua vez, encorajado com essa pacificação, o papa convocou o primeiro Ano Santo para 1300, prometendo indulgência plenária para todos os pecados passados e futuros. Uma multidão estimada em mais dois milhões de pessoas compareceu a Roma, levando Bonifácio a entender que voltara a ter os poderes tradicionais da Igreja.

Nomeou, então, como núncio apostólico de Paris um inimigo do rei, que em represália, mandou prender o recém-nomeado e desencadeou nova guerra contra o papa. Era uma guerra de sobrevivência, e Bonifácio convocou um Concílio em Roma, durante o qual assinou a bula *Unan Sanctam*, em 18 de novembro de 1302, afirmando que a Igreja era santa, católica, apostólica e romana, reiterando o que seus antecessores, Gregório VII e Inocêncio III, já haviam dito antes: que o poder dos reis está subordinado ao poder papal.

Em 12 de março de 1303 o rei convocou uma Assembleia de Notáveis que se reuniu no Louvre e acusou o papa de heresia e simonia. Após a decisão da Assembleia, o papa preparou uma bula — *Supra Petri solio* —, para excomungar e depor Felipe IV. O primeiro-ministro Nogaret fora informado pelo cardeal Camerlengo a respeito dessa bula e assustou o rei.

— Majestade, existe um risco muito grande, se o papa promulgar essa bula. Ele tem as Ordens Militares, dentre as quais os templários, em especial, que lhe devem obediência, e pode organizar uma cruzada contra a França. Nosso rei não pode ser excomungado, porque o trono poderá ser declarado vago e é justamente isso que os ingleses estão esperando. Bonifácio está agindo com muita esperteza, para lançar Deus contra nós. Ele quer que o povo e os demais reis cristãos acreditem que Deus está contra Vossa Alteza.

O rei não hesitou:

— Forme um exército. Vá à Itália e contrate mercenários por lá mesmo. Prenda esse impostor e traga-o para ser julgado pela Assembleia de Notáveis, em Paris. Será queimado na fogueira como herege.

CAPÍTULO 59

Entre os montes Ernicos e Lepinos, na região do Lácio, ao norte de Roma, ergue-se a colina de Anagni da qual se domina o verde vale do Sacco, onde seres humanos já viviam há 700 mil anos. Sobre a colina, está a cidade de Anagni, também chamada de cidade dos papas, porque ali fixaram residência desde 1198 até 1303. Com a morte e o suplício de Bonifácio VIII, deixou de ser a sede pontifícia.

Seguindo as ordens do rei, Guilherme de Nogaret, auxiliado por dois cardeais da família Collona, Pietro e Giacomo, inimigos do papa, contratou um exército de mercenários na Itália e tomou o Palácio do Papa no dia 7 de setembro de 1303. O incidente passou a ser chamado de "Atentado de Anagni".

Ao entrar no palácio, Nogaret encontrou Bonifácio VIII sentado no trono papal e vestido com todos os paramentos pontifícios.

Nogaret o intimou:

— Sei de sua tendência merovíngia e cátara. Você é um herege, e está planejando contra o rei da França. Em nome de Felipe IV, rei da França Cristianíssima, eu lhe ordeno que renuncie, para o bem da própria Igreja.

— O rei da França é meu subordinado e daqui só saio morto.

Nesse momento, o cardeal Giacomo Collona, também chamado de Sciarra, esbofeteou-o, gritando:

— Seu impostor mentiroso, você está preso e será julgado em Paris. Se não renunciar antes do julgamento, será condenado à morte por heresia e queimado na fogueira como todos os hereges. Todos nós sabemos que foi eleito porque comprou a peso de ouro o voto de alguns cardeais, e depois recuperou esse dinheiro esvaziando os cofres do Vaticano.

O povo, no entanto, não gostara daquela invasão da França em território italiano e cercou o palácio. Durante três dias em que o palácio pontifício esteve cercado pela população, Nogaret submeteu o papa a torturas e constrangimentos.

Com a rebelião do povo, Nogaret teve que negociar a liberdade do papa para poder retornar à França. Bonifácio, porém, já tinha 86 anos e foi levado a Roma bastante enfraquecido pelas torturas e privações de alimentos. Terminou aí o período papal de Anagni.

Trinta dias após a prisão de Bonifácio e sua soltura pelo povo, o cardeal, que exercia o posto de Camerlengo, entrou em seu quarto e saiu de lá com a notícia de que o papa morrera. Quando seu corpo foi exposto, percebeu-se que a cabeça estava rachada e faltavam pedaços dos dedos das mãos.

Uma das funções do Camerlengo era confirmar a morte do papa e só ele podia entrar no quarto do pontífice. Ao constatar que o papa tinha morrido, o Camerlengo devia bater delicadamente na testa do pontífice com um martelo de prata, chamando-o pelo nome.

Segundo o cardeal, o papa vinha sofrendo alucinações e mordia as mãos até arrancar pedaços dos dedos. Em um desses momentos de loucura, bateu a cabeça na parede até que a rachou, esparramando o cérebro no chão. Circularam, porém, versões de que o papa não estava doente e nem sofria alucinações, mas, sim, era submetido a torturas para confessar os planos que tinha contra o rei da França, até que em 11 de outubro de 1303, o cardeal Camerlengo teria entrado no quarto quando ele estava dormindo e rachado seu crânio com o martelo de prata, por ordem do rei da França.

Pela primeira vez na história do cristianismo, um soberano católico enfrentara o papa e o derrotara. Esse fato teve um significado tão grande para a história da humanidade, que há quem diga que nesse momento também terminava a Idade Média. O Estado leigo assumia total autonomia e acabava a teocracia papal, em torno da qual se construíra a unidade europeia.

Com a morte de Bonifácio, a intenção do rei era nomear o arcebispo de Bordeaux, Bertrand Got, mas o conclave escolheu o arcebispo romano Nicolau Bocasini, que tomou o nome de Bento XI e morreu envenenado logo depois, aumentando o temor dos candidatos que não fossem franceses. A situação ficou confusa, porque os cardeais relutavam em aceitar o cargo. Os cardeais franceses propuseram a mudança da eleição para outra cidade, na França, mas o povo de Perúgia, onde tradicionalmente o papa era eleito e onde estava reunido o conclave para a eleição do sucessor de Bento XI, não queria perder essa prerrogativa e cercou o lugar do conclave, impedindo a entrada de alimentos e água para os cardeais.

O povo começou a gritar:

— Elejam um papa! Elejam um papa!

Os cardeais italianos não queriam um papa francês, porque a Igreja já estava muito dependente da França, mas a pressão de Felipe era forte e o impasse perdurou por onze meses, quando, enfim, vencido pelo cansaço e pelas tensões, o conclave elegeu o arcebispo de Bordeaux, Bertrand Got, que tomou posse em 5 de junho de 1305, com o nome de Clemente V.

O Diabo, no entanto, já começava a dar demonstrações de alegria. Clemente V foi coroado na cidade de Lyon, na França, e quando saía da igreja para o desfile de apresentação ao povo, passou em frente a um muro que ruiu sobre o cortejo, matando o duque da Bretanha. O papa caiu do cavalo e o rei ficou ferido. Um mau presságio pairou sobre a multidão.

Não querendo voltar a Roma, por não se sentir seguro nessa cidade, e preferindo ficar na França, o papa perdera a prerrogativa de um palácio próprio e, durante vários anos perambulou pelo território francês, tendo residido no condado de Venaissin, propriedade confiscada pela Igreja ao conde de Toulouse, no priorado de Groseau e outros lugares, como um verdadeiro prisioneiro do rei, até que se asilou no convento dos dominicanos em Avignon, em área pertencente ao rei de Nápoles, fora portanto da soberania de Felipe IV. Não existia ainda o famoso Chateau Neuf, cuja construção, com o aproveitamento da antiga sede episcopal, só começou no ano de 1335, por iniciativa do Papa João XXII. Clemente V passou para a história como o papa sem palácio.

CAPÍTULO 60

O papa rezava na pequena capela anexa a seus aposentos, no convento dos dominicanos, quando foi informado de que o rei estava em Toulouse e lhe pedia uma audiência. Clemente olhou para o crucifixo acima do altar e pediu a ajuda dos céus. Solicitou ao bispo de Avignon permissão para receber o rei no salão nobre do palácio.

Assim, alguns dias depois, o papa viu o séquito real subir a rampa do palácio episcopal. O porte nobre dos cavaleiros e os passos cadenciados dos cavalos impressionavam. Clemente estremeceu. O rei dava uma demonstração de grandeza e força que o humilhava mais uma vez. Não seria demais dizer que se Cristo descesse à terra naquela hora teria de esperar para ser atendido por qualquer um daqueles clérigos embevecidos.

O soberano foi levado à sala do papa e beijou o anel da mão direita do pontífice que havia eleito. Apesar de toda sua ambição e apego ao poder, Felipe IV era considerado um católico temente a Deus e, mesmo quando utilizava a Igreja para seus propósitos, fazia-o acreditando que era a vontade divina.

Após o ritual do cumprimento, o papa deu as boas-vindas ao rei.

— Recebi a mensagem de que Vossa Alteza se dignaria a nos dar a oportunidade de abençoar mais uma vez o cristianíssimo reino que Deus lhe confiou.

Com reverência, porém, bastante objetivo, o rei foi direto ao assunto que o levara ali.

— Peço humildemente perdão por meus pecados e a bênção para todo o reino da França, mas temos assuntos importantes que não foram concluídos e que são também do interesse da Santa Sé.

O papa imaginava outra artimanha do rei para tirar nova vantagem de sua eleição, mas fosse lá o que fosse, ele já estava comprometido.

— Como Vossa Santidade sabe, Jerusalém caiu definitivamente em mãos dos infiéis e o último reino cristão naquela região foi São João D'Acre, agora também em poder dos muçulmanos, desde 18 de maio de 1291. Mas a partir de 1187, os templários perderam sua finalidade porque seu grãomestre, Gerard de Ridefort, fez uma manobra suspeita e entregou o Santo Sepulcro aos muçulmanos. As ordens militares, tanto os hospedeiros como os templários, foram transferidas para Chipre e, Vossa Santidade agiu com prudência e astúcia quando transferiu a sede dos templários para Paris.

Na verdade, essa transferência tinha ocorrido por pressão do rei. Clemente imaginava o que poderia querer o rei, quando foi surpreendido com a proposta da construção do palácio pontifício com o dinheiro dos templários.

— Vossa Santidade compreende que a riqueza dos templários não pertence a eles, mas à Igreja, que pode agora dar a esse dinheiro um destino sagrado. O papa precisa de um palácio como o de Roma, para não estar sempre de um monastério a outro.

A surpresa de Clemente V convenceu Felipe de que a presa estava na armadilha, mas era preciso relembrá-lo dos compromissos que já havia assumido com a França, na floresta de Andely. O rei não gostara de o papa ter saído de seu domínio, buscando refúgio na parte do território de Avignon, que ainda pertencia ao rei de Nápoles, mas precisava dele, e por isso o tentou com um palácio de igual pompa ao construído por Constantino sobre o túmulo de Pedro.

No ano de 64, Nero acusou os cristãos de terem ateado fogo em Roma, levando muitos deles ao martírio, inclusive Pedro, enterrado em uma necrópole perto da colina do Vaticano. O túmulo do apóstolo, também considerado o primeiro papa, passou a ser venerado e no ano de 160 foi construída no local uma pequena capela. Em agradecimento pela vitória sobre o imperador Maxencius, na Ponte Mílvio, em 326 Constantino mandou construir, no lugar onde se acreditava ser o túmulo de Pedro, uma grande basílica que passou a se chamar de Vaticano, devido ao nome da colina. Os trabalhos foram terminados em 349, por seu filho Constâncio. Durante doze séculos, até a fuga para Avignon, a basílica foi sede pontifícia, caindo depois no abandono.

O rei sentiu que havia alcançado a vaidade do papa e esclareceu:

— O reino da França foi o que mais participou das cruzadas, para defender o cristianismo contra os muçulmanos e contra os hereges cátaros, e ficou por isso endividado. A Inglaterra é outra ameaça, não só para a França, mas também para a Igreja, porque se os ingleses tomarem a França imporão um papa inglês e ritos litúrgicos semelhantes aos dos druidas celtas. Por outro lado, os templários não produziram nada que justificasse a imensa fortuna que os sustenta, já que a receberam como donativos, ou cobrando juros pelos empréstimos que faziam. Essa organização é indigna da proteção papal porque pratica crimes como blasfêmia, heresia, usura e sodomia.

O papa adotou a mesma objetividade:

— A ideia de Vossa Alteza seria então?

— Os templários são contra a Igreja e se recusaram a se unir aos cruzados na luta contra os hereges do sul. Mas são um poderoso exército organizado e têm muito dinheiro para apoiar a causa que mais lhes interessar. Vossa Santidade sabe que há templários na ilha britânica e o povo de lá quer tomar o território francês.

O papa entendeu a preocupação do rei. Se os templários apoiassem a Inglaterra, a França perderia seu poder, e a pior coisa para a Igreja seria um papa inglês que levasse para Roma as ideias novas surgidas naquela ilha.

E, então, ali, naquele momento, foi urdida a traição contra a Ordem dos Cavaleiros do Templo, os chamados Pobres Soldados de Cristo. As imensas dívidas do trono francês para com os templários, que financiaram as cruzadas e resgataram seu avô, Luís IX, quando foi preso pelos árabes, não seriam pagas, e o rei ainda teria um tesouro incalculável. Os Cavaleiros do Templo seriam integrados ao exército francês, que se tornaria imbatível, o maior do mundo, e ele, Felipe IV, o Belo, seria tão grande como Carlos Magno.

Assim pensava o rei.

O papa o acompanhou até a porta e depois que o soberano saiu, voltou à capela e ajoelhou-se. Mas não conseguiu rezar. Suas origens conflitavam com a condição de Sumo Pontífice e ele mergulhou em profundas dúvidas. Elevou os olhos ao crucifixo, de onde um Cristo com a cabeça caída para o lado direito parecia dizer que se os templários ficassem sob o comando de Felipe IV o papa perderia toda a sua soberania.

A Ordem havia construído uma rede de portos e se aperfeiçoara em navegação e astronomia. Ela tinha estudos que indicavam que a terra era redonda e do outro lado existiam territórios ainda não conhecidos. O rei sabia desses estudos e por isso queria a indicação de um seu sobrinho para grão-mestre. Assim ele teria um exército, o tesouro e os planos de navegação da Ordem para conquistar o resto do mundo. Clemente V refletia. Qual seria o motivo da ausência do senhor de Nogaret, o cátaro renegado e primeiro-ministro do rei?

CAPÍTULO 61

Já era noite adiantada quando uma figura esquiva atravessou os portões da abadia de Alet, nos Pireneus, e desceu a ribanceira íngreme do rio Aude. Seguiu apressado, protegido pela mata que escondia as margens do rio e pelo ruído das águas que encobriam os sons de seus largos passos. O hábito de monge disfarçava os trajes de um cavaleiro fortemente armado que depois de caminhar duzentos metros montou em um vistoso cavalo, que esperava arreado para emergências.

Vários mensageiros tinham deixado Avignon e tomado direções diferentes. Um peregrino saiu de madrugada com seu cajado e após distanciar-se da cidade, usou de todos os meios que encontrou para chegar o mais rápido que pôde à abadia Alet com uma mensagem urgente. Ao tomar conhecimento da notícia, o cavaleiro compreendeu o perigo e saiu para se reunir com os demais mestres da Confraria Negra.

O cavalo conhecia aquelas paragens e não tinha dificuldade de se manter na estrada, apesar da escuridão que cobria as colinas das Corbières como um manto protetor. Ao chegar à curva onde tomaria a trilha para subir até a fortaleza de Rhedae, no alto do morro, o cavalo estacou. Quatro cavaleiros montavam guarda naquele ponto. Ele segurou firme as rédeas do animal, assustado com aquele aparecimento inesperado. Ao notarem que se tratava de um monge, os cavaleiros ficaram mais tranquilos e um deles o saudou:

— Boa-noite, padre. Por que essa pressa toda, o senhor vai atender algum doente?

— Boa-noite! Foi bom encontrá-los aqui. Acho que me perdi nessa escuridão. Devo ir à abadia de Alet. Tenho compromisso com o abade amanhã cedo.

E, dizendo isso, colocou as duas mãos dentro das mangas do hábito, em sinal de paz, porém controlando o cavalo com leves toques do joelho, como sempre fazia em situações de perigo. Dera aquela resposta sem pensar muito, esperando ter sido convincente.

— O senhor já passou a abadia de Alet.

— A abadia é no sentido contrário de onde estou indo? Então devo ter pego uma rota diferente e me perdi.

A resposta, porém, não satisfez.

— Mas essa é a única rota, e a abadia é enorme. O vilarejo de Alet existe naquele lugar desde os tempos dos romanos. Como é que o senhor não a viu?

O soldado, então, atentou para o cavalo do monge.

— Sempre soube que padres viajavam em burricos, não em cavalos como esse. Será que pode descer para que possamos verificar se é mesmo um padre?

— Ora, claro! — disse o monge que, com uma rapidez incrível, tirou as mãos das mangas e duas facas voaram em direção ao pescoço de dois soldados, que se contorceram e caíram ao chão.

Ele aproveitou o momento de indecisão e levantou o hábito, puxando a espada com a mão direita enquanto a esquerda já levantava o escudo. O cavalo parecia esperar por aquele momento e avançou, soltando relinchos para suportar a dor de algum ferimento que podia acontecer no ardor da luta. Mas não houve luta. Atemorizados com a agilidade do cavaleiro, os outros dois voltaram suas montarias e saíram em disparada. Com os joelhos, o monge controlou o cavalo, que obedientemente ficou imóvel. Logo a seguir, duas setas se perderam na escuridão atrás dos vultos, que quase se confundiam com a noite. O monge ouviu dois gritos e adiantou-se para verificar se os acertara. Viu os cavalos parados e dois corpos sem vida caídos perto deles. Voltou à trilha até encontrar a pequena capela nas encostas do morro sobre o qual os druidas haviam construído o vilarejo de Rhedae. Deixou o cavalo oculto sob algumas árvores e entrou na capela. Aproximou-se do altar e retirou da pequenina porta do sacrário um dos pinos que a sustentavam. Deu a volta e introduziu o pino em um ponto quase imperceptível da moldura de uma pedra, incrustada na parede atrás do altar, cuidadosamente trabalhada para disfarçar o pequeno orifício.

A pedra se movimentou, e o vulto desceu uma pequena escada, tendo antes o cuidado de fechar de novo a entrada. Tudo ficou muito escuro e ele permaneceu quieto durante alguns minutos. Caminhou tateando a parede por um longo túnel cavado na rocha, até que apareceu a luminosidade de uma tocha.

Depois que os godos foram expulsos do leste europeu pelos hunos, eles invadiram a Europa e saquearam Roma. O fruto desses saques incluía os tesouros roubados por Tito, quando tomou o Templo de Salomão no ano 70 d.C. Quando se deslocaram para o Languedoc, eles construíram uma grande carroça (*rheda, ae)*[2] para transportar os tesouros provenientes de seus saques, que levaram para o alto de um monte nos Pireneus, onde construíram uma fortaleza e dominaram durante muitos anos a região.

Em meados do século XII, Bertrand de Blanchefort, quarto grão-mestre da Ordem dos Templários, mandara escavar túneis no monte Rhaede, como ficara conhecida a fortaleza dos visigodos, para guardar o tesouro da Ordem, e acabara encontrando o tesouro escondido dos visigodos. Os locais dessas escavações eram mantidos em sigilo e, enquanto a Ordem sobreviveu, a região ficou isolada, dando origem a lendas e mistérios. Desde que o rei e o papa começaram a luta pela dominação da Setimânia, a maior parte desses tesouros foi discretamente retirada dali pelos templários e levada para lugares ignorados.

O monge chegou a um amplo salão iluminado por tochas e ali estavam sete cavaleiros de diversas idades e aparências, sentados em volta de uma mesa octogonal. Vestiam-se de negro com a grande cruz vermelha dos Pobres Cavaleiros de Cristo sobre o peito. Todos se levantaram, mostrando assim a reverência que tinham pelo recém-chegado. O cavaleiro ficou de pé, no lugar ainda vago, e tirou o hábito de monge, ficando com as mesmas vestes que os demais. Um gesto leve da cabeça foi o único cumprimento e,

---

2. *Rhedae le Chateau* — A primeira referência a Rennes le Chateau é de 1647.

218

como se pronunciassem uma oração, recitaram em voz alta um extrato da "Canção da Cruzada Albigense", de Guillaume de Tudèle, em que o cancioneiro relata a morte de milhares de pessoas pelas tropas do papa, no ano de 1219:

"Então começaram o massacre e a terrível carnificina. Os senhores, as damas, as crianças, os homens, as mulheres, despojados e nus, foram passados ao fio da espada. As carnes, o sangue, os miolos dos cérebros, os troncos, os membros, os corpos abertos e cortados, os fígados e os corações foram feitos em pedaços, e ossos quebrados estão jogados por todos os lugares como nunca se viu. A terra, o solo, as margens do rio, tudo ficou vermelho pelo sangue espalhado das vítimas. Não resta homem, nem mulher, nem criança, nem velho, nenhuma criatura escapou. A cidade foi destruída e queimada."

Era a cúpula da Confraria Negra que ficou em vigília, assim que soube que o rei estava em Toulouse.

O recém-chegado falou com apreensão:

— Um mensageiro trouxe a notícia de que a Ordem dos Pobres Cavaleiros de Cristo será dissolvida e Felipe quer todos os seus documentos e bens. Os templários serão incorporados ao exército da França e deverão obediência apenas ao rei, não mais ao papa, como até agora. O senhor de Nogaret mandou espiões e esta área está sob vigilância.

E, depois de alguns segundos, explicou:

— Tive de enfrentar quatro deles agora. Não fosse o meu disfarce de monge, talvez não estivesse com os senhores.

Os outros o olharam com respeito. Aquele era o rei que deveria assumir a dinastia merovíngia, um cavaleiro digno do cargo: forte, ágil, robusto, culto e inteligente. Mas não era o momento para homenagens e voltaram às suas preocupações. Sabiam das maquinações de Felipe IV para se vingar da Ordem, desde que suas pretensões de ser ele próprio o grão-mestre, ou colocar nessa posição um seu sobrinho, foram rejeitadas. O salão onde estavam fora escavado em uma rocha e as paredes tinham sido perfuradas para esconder documentos e parte do tesouro da Ordem. Existiam outras escavações em diferentes lugares, mas a região do Languedoc não oferecia mais segurança.

Quem visse aqueles oito homens de negro, com uma cruz vermelha na frente das vestimentas, teria motivos para receios. Não podiam ser confundidos com os templários, embora alguns entre eles fossem mestres regionais da Ordem. Alguns eram descendentes dos cavaleiros faiditas, que defenderam os cátaros. Outros eram senhores feudais que viviam discretamente no Languedoc. Acreditavam que em suas veias corria o sangue de Cristo e eles eram os herdeiros do sangue real, o Santo Graal, e o cavaleiro que chegara por último era o herdeiro do reino da França, o descendente direto dos merovíngios, cuja coroa fora roubada pelo papa para entregá-la a Carlos Magno.

Para eles, Cristo era um verdadeiro rei, enviado por Deus para restabelecer Seu reino aqui na Terra. E embora muitos acreditassem que Cristo era o próprio Deus, por isso ressuscitara, para aqueles cavaleiros Ele era apenas o messias, o enviado de Deus, e fora realmente morto; mas deixara uma descendência, que se espalhou pela região do sul da França.

Os judeus mataram Cristo com o apoio dos romanos, mas sua dinastia não ficara na Palestina e seus descendentes já eram senhores da França quando o papa reconheceu Clóvis, o rei merovíngio, herdeiro do Sangue Real, como o imperador de todo o reino cristão. A Igreja estava enfraquecida porque seu poder terreno vinha do apoio que recebia do imperador Constantino e, quando este morreu, o cristianismo corria o risco de desaparecer ou se dividir em muitas facções.

A Igreja sabia das origens de Clóvis e entendeu que a aproximação com um descendente de Cristo daria maior unidade ao cristianismo. Essa união trouxe, porém, um risco inesperado para a Igreja, pois havia a crença popular de que os merovíngios eram descendentes de Cristo e o clero passou a ter mais respeito pelo rei do que pelo papa. Se a Igreja pregava que Cristo era Deus e se os merovíngios eram descendentes de Cristo, a confusão estava criada em uma época em que a superstição e a falta de cultura moldavam as religiões ao sabor de cada pregador. A Igreja dependia da divindade de Cristo para fazer frente a Maomé, que se intitulava o Profeta e superior a Cristo.

O cavaleiro fez um pequeno relatório da situação.

— O Papa Clemente não confia no rei e não confia em nós. Se Felipe controlar os bens e o exército dos templários, o papa ficará reduzido a um serviçal. Por outro lado, embora em suas veias corra sangue merovíngio, ele não confia em nós porque, depois de documentada a linhagem de Cristo, a Igreja perderá da mesma forma seu poder. Ele decidiu, então, extinguir a Ordem, para subordiná-la ao rei da França.

Essa era a situação.

— Este é nosso último encontro. A Confraria será reorganizada. Não podemos mais nos expor. Será criada a Ordem do Graal, que assumirá as ações. Os membros dessa nova Ordem serão escolhidos entre pessoas de mérito e lealdade, porém, sem a linhagem sagrada.

Um funéreo silêncio foi quebrado pelas palavras do rei.

— Sem o exército dos templários e com o território do Languedoc tomado pelo rei da França, nossa situação ficou momentaneamente sem esperanças.

Rugas de revolta se estampavam na fisionomia dos participantes.

— Não podemos mais nem nos encontrar nem nos comunicar. Cada um de nós enviará, no código da Confraria, três nomes de sua escolha para substituí-lo na Ordem do Graal. Os nomes serão encaminhados para o Convento de São Tiago, em Paris. Essa nova organização agirá dentro do mais absoluto sigilo e os códigos mudarão constantemente. Continuará a haver oito Casas em todo o mundo, mas cada uma agirá independentemente, dentro do plano que receber.

Os cavaleiros compreenderam que, para o bem deles, não teriam contato com os membros da Ordem do Graal.

A reunião foi encerrada e, ao saírem dali, os oito cavaleiros andaram ocultamente por entre árvores, puxando os cavalos pelas rédeas. Cada animal levava uma carga preciosa. Na caverna escavada, onde estiveram antes, ficaram objetos como metais e porcelanas deixadas pelos visigodos, mas os valores e documentos mais importantes foram levados para La Rochelle, de onde saíram alguns dias depois 18 galeras com documentos e objetos valiosos vindos de todos os templos que a Ordem tinha na França.

CAPÍTULO 62

O rei Felipe demorou mais do que pretendia em seu retorno a Fontainebleau e encontrou o desesperado cavaleiro Guilherme de Nogaret, principal conselheiro do reino, esperando por ele no portão do palácio. Nogaret queria uma entrevista com urgência. Assim que ficaram a sós na sala do trono, o primeiro-ministro acusou o papa.

— Majestade, Clemente tem parentesco com o antigo grão-mestre da Ordem Bertrand de Blanchefort. Os Blanchefort lutaram a favor dos cátaros e por isso suas terras foram doadas a Simon de Monfort. Segundo nossos informantes, eles tinham sangue merovíngio e alguns deles migraram para a Aquitânia, onde se desenvolveu uma população merovíngia. Existe uma relação de parentesco entre os Blanchefort e o papa.

O rei não acreditava no que ouvia.

— Mas, isso é impossível! Tiramos Bonifácio porque ele queria colocar um merovíngio no trono da França e agora temos contra nós a nossa própria cria? O grão-mestre Blanchefort tinha sangue merovíngio e o papa é parente dele? O senhor tem certeza disso?

— Coloquei vigilantes em todas as rotas que levam a Santiago de Compostela. Recebi a notícia de que quatro desses vigilantes foram mortos há alguns dias. Parece que os templários foram informados dos nossos planos. Quem, senão o papa, poderia tê-los avisado?

O rei estava aturdido.

— Então é por isso que a Ordem não queria meu sobrinho como grão-mestre. Eles estavam se preparando para tomar o Languedoc e criar um reino cátaro, que já nasceria rico e com o exército mais poderoso do mundo. A França deve uma grande fortuna à Ordem dos Templários e, se eles tiverem êxito nessa empreitada, corremos um grande perigo. O Papa Clemente preferiu ser fiel às suas origens e nos traiu. Precisamos nos apressar. Não podemos fazer nada contra o papa, mas se agirmos logo, pegaremos os templários de surpresa. Sem os templários para apoiá-lo, o papa vai fazer o que mandarmos.

Nogaret já contava com essa reação do rei e tinha preparado um plano.

— Segundo os cálculos, existem perto de 15 mil cavaleiros templários no território francês, mas estão espalhados. Se agirmos com cuidado, podemos levá-los para as prisões do reino. Descobrimos um templário que foi expulso da Ordem e quer vingar-se. Ele está disposto a colaborar. O sujeito não vale nada e foi expulso porque não prestava mesmo. Chama-se Esquieu de Floyran e fez acusações suficientes para levar todos os templários para a Inquisição. Ele já declarou tudo por escrito.

Entregou ao rei um relatório sobre coisas escabrosas que comprometeriam a Ordem. Estava assinado por Esquieu de Floyran. O rei sorriu, satisfeito. Agora, nem o papa ficaria a favor dos templários.

Cartas lacradas com o selo do rei foram enviadas a líderes políticos e religiosos de todas as cidades em que os templários tinham sede, com ordem de abri-las somente no dia 12 de outubro. A ordem do soberano não admitia contestação e era ameaçadora. Os governos das principais cidades do país também receberam cartas com a mesma advertência. Jacques de Molay, o grão-mestre da Ordem, estava no palácio do Templo em Paris e era vigiado permanentemente. Coincidentemente, nesse dia morreu a cunhada do rei e de Molay foi convidado para acompanhar o enterro, sendo pego de surpresa.

E assim, no dia seguinte, 13 de outubro de 1307, uma sexta-feira, de Molay e quase todos os templários da França foram presos e agrilhoados. O rei mandara fazer, em segredo, mais de 15 mil grilhões, com os quais os 15 mil templários da França foram presos e jogados nos subterrâneos de prisões, onde sofreram as mais bárbaras torturas para confessar o que não tinham feito.

Clemente V protestou contra essa iniciativa do rei, mas teve de se submeter. Os templários foram entregues à Inquisição e submetidos a torturas físicas oficializadas no "Livro das Sentenças da Inquisição", em que o padre dominicano Bernardo Guy divulgou que, para obter a confissão dos acusados, podiam ser usados métodos como: arrancar unhas; arrancar os olhos; colocar ferro em brasa sob várias partes do corpo; rolar o corpo sobre lâminas afiadas; as "botas espanholas" para esmagar as pernas e os pés; a "virgem de ferro", um pequeno compartimento em forma humana, aparelhado com facas e que, ao ser fechado, dilacerava o corpo da vítima; derramar chumbo derretido no ouvido e na boca — enfim, não havia limites para a crueldade. Uma das atrocidades oficializadas pelo Santo Ofício era fazer o condenado comer pedaços do próprio corpo.

Por meio dessas inomináveis torturas, só podiam ser arrancadas as mais estranhas confissões. O papa convocou o Concílio de Viena, em 1311, para extinguir a Ordem, mas como o concílio fora longe da França, os bispos se recusaram a condená-la à revelia. Diante dessa reação, o papa convocou um consistório privado, e em 22 de novembro de 1312 aboliu a Ordem. E mesmo sem julgamento, condenou-a com a bula *Vox in excelso*. Semanas depois, a bula *Ad providam* atribuía à Ordem do Hospital os bens dos templários.

CAPÍTULO 63

Com a abolição da Ordem e diante das confissões arrancadas a ferro e fogo, em 18 de março de 1314 o papa nomeou um Tribunal presidido pelo cardeal Marigny, da cidade de Sens, que se reuniu na Catedral de Notre-Dame de Paris para julgar os quatro cavaleiros chefes da Ordem dos Templários. Entre as evidências contra os acusados estava uma confissão de Jacques de Molay, último grão-mestre da Ordem.

Quando Jacques de Molay e mais três cavaleiros foram introduzidos na sala do Tribunal, os sinais de tortura eram evidentes em todos eles, que mal conseguiam andar e parar de pé. Os dedos das mãos e dos pés do respeitado grão-mestre, de Molay, estavam esmagados e suas unhas tinham sido arrancadas. A multidão aglomerada para assistir a mais um espetáculo ficou em respeitoso silêncio. Os quatro entraram empurrados pelos soldados do rei, mas ostentavam uma fisionomia altiva e solene. Diante das fortes torturas e já inconscientes, tinham assinado confissão de que eram hereges e haviam praticado crimes contra o cristianismo. Com ela seriam condenados à prisão perpétua. Se não tivessem confessado esses crimes, continuariam sendo torturados até morrer ou seriam julgados hereges e mortos na fogueira.

Apesar de abatido, doente e torturado, ao ouvir a sentença que lhe era imposta, de Molay reagiu com indignação e gritou:

"— *Protesto! Protesto contra essa sentença iníqua e afirmo que os crimes de que me acusam foram inventados!*"

Godofredo de Charnay reagiu como de Molay e protestou:

"— *Fomos vítimas de vossos planos e de vossas falsas promessas! É o ódio, seu desejo de vingança que nos condenam! Mas afirmo diante de Deus que somos inocentes e os que dizem o contrário mentem miseravelmente!*"

A retratação da confissão era punida com a pena de morte e o condenado levado à fogueira.

Diante dos protestos de Godofredo de Charnay e do grão-mestre de Molay, criou-se um tumulto em meio ao qual se ouviu a voz irada do arcebispo de Marigny que, aos gritos e elevando a cruz peitoral, sentenciou:

"— *Dois dos condenados reincidiram em suas heresias e rejeitaram a justiça da Igreja! A Igreja os entrega à justiça do rei!*"

A Inquisição apenas condenava. Cabia ao Estado a execução do réu. Era uma fórmula cínica de a Igreja legitimar o crime e não sujar as mãos.

O rei Felipe tratou logo de executar de Molay, temendo a reação da população e, assim, naquela mesma tarde, o grão-mestre, com 70 anos, e outros 36 templários foram levados à fogueira, em uma ilha do Sena.

Ao ser amarrado ao poste, de Molay pediu que lhe soltassem as mãos para que pudesse morrer rezando com elas juntas, o que lhe foi concedido, e teve forças ainda para gritar:

"—*Vergonha! Vergonha! Vós estais vendo morrer inocentes. Vergonha sobre vós todos.*"

As chamas já o consumiam, mas ele ainda teve energias para gritar, de modo que todos ouvissem:

"— Papa Clemente... Cavaleiro Guilherme de Nogaret... rei Felipe; intimo-os a comparecerem perante o Tribunal do Juiz de todos nós dentro de um ano para receberdes seu julgamento e o justo castigo. Malditos! Malditos! Todos malditos, até a décima terceira geração!!!"

Nem bem terminou de pronunciar essas palavras, seu corpo dobrou-se e ele perdeu os sentidos.

Felipe assustou-se quando soube dessas palavras e mais tarde comentou com Nogaret:

— Devia ter mandado arrancar a língua daquele imbecil.

CAPÍTULO 64

Na pequena cidade de Roquemaure, no sul da França, existe ainda um pequeno castelo que os habitantes consideram mal-assombrado. Dizem que na madrugada de 19 para 20 de abril, o médico que atendia o Papa Clemente V, acometido de infecção intestinal, foi barrado na porta do quarto por um cavaleiro alto, de cerca de 70 anos, com uma vestimenta branca coberta por uma capa que ia até os pés calçados com botas de couro. A mão esquerda segurava o cinturão e a direita pousava sobre o cabo de uma longa espada que estava diante dele, fora da bainha. Apesar da testa calva, uma longa cabeleira branca cobria o pescoço e se confundia com a barba espessa. O olhar severo e penetrante era assustador.

No hábito e na capa a cruz dos templários.

Quando o médico chegou perto, o cavaleiro disse:

— Eu cuido do papa. O remédio fica comigo e você pode voltar para casa.

A voz parecia sair de um abismo e o médico entregou os frascos de remédio e foi saindo de costas, enquanto o cavaleiro continuava ali, de pé, imóvel, vendo-o se afastar. Não acreditava que um templário estivesse ali para proteger o papa que os havia condenado, e saiu, aterrorizado.

Ninguém tinha visto aquele cavaleiro entrar e ninguém também o viu sair. Mas no dia seguinte, Clemente V não acordou. Constatou-se que havia ingerido uma mistura com pó de esmeraldas que cortou seu intestino, provocando uma morte dolorosa.

Nogaret e Felipe IV empalideceram quando receberam a notícia. Ainda não tinham esquecido a maldição do grão-mestre de Molay. A descrição do cavaleiro templário visto pelo médico lembrava a figura de Jacques de Molay. O rei aumentou a segurança e fazia seus súditos comerem e beberem antes dele nas mesmas vasilhas, para não ser envenenado.

Guilherme de Nogaret veio a falecer em uma manhã da terceira semana de maio, envenenado por uma vela feita pelo cavaleiro Evrard, antigo templário. Ele usou as cinzas da língua de um dos membros da família d'Aunay, também vítima de Nogaret, misturadas a um cristal esbranquiçado, que na química chamam de sulfonoreto de mercúrio e na alquimia, de "serpente do faraó". A vela foi colocada no quarto de Nogaret e, depois de acesa, soltou uma fumaça que se espalhou pelo quarto; Nogaret morreu vomitando sangue e se contorcendo de dor.

Logo depois da morte do primeiro-ministro, o rei começou a dar sinais de desequilíbrio. Certo dia saiu para caçar, acompanhado de seu camareiro, Hugo de Vouville, de seu secretário particular, Maillard, e de alguns familiares. Entraram na floresta de Pont-Sante-Maxe com seus cães favoritos em busca de um cervo de doze galhos que teria sido visto naquela área. Era um animal misterioso que ninguém conseguia matar. Em certo momento, o grupo viu um animal diferente e correu para cercá-lo, a fim de que o rei tivesse a honra de matá-lo. O rei ficou só, e contou mais tarde a estranha história de que fora guiado por um camponês que o levou até onde estava o cervo e, em seguida, desapareceu. Ficou alucinado ao ver o belo animal, com doze galhos sobre a cabeça, e se preparou para atacar, mas nisso um forte raio de sol refletiu em uma cruz, semelhante à dos templários, formada por dois galhos presos nos chifres do animal. Quando a comitiva real o encontrou, ele estava aturdido e passando mal. Balbuciava apenas "a cruz, a cruz...". Um grosso galho de árvore havia caído em sua cabeça e ele foi levado de volta para Fontainebleau, onde passou a perambular como louco, vindo a morrer em 29 de novembro de 1314 — cumpria-se a maldição de Jacques de Molay.

Segundo alguns documentos e relatórios, Felipe, o Belo, morreu de apoplexia cerebral em uma zona não-motora, devido a uma lesão na região da base do crânio. A maldição de de Molay passou a ser interpretada como uma ordem aos remanescentes dos templários, e outros fantasmas se juntaram aos muitos já existentes na sociedade medieval.

Mortes misteriosas de príncipes e prelados que apoiaram a extinção da Ordem começaram a ser divulgadas pelos trovadores, os informantes da época, que as atribuíam a uma sociedade secreta que se preparava para destruir a dinastia de Felipe IV e assim fazer cumprir o castigo divino sentenciado por de Molay.

LIVRO
6

O SEGREDO DE SÃO REMÍGIO

CAPÍTULO 65

No final do século VI antes de Cristo, o imperador Tarquínio Prisco, conhecido como Tarquínio, o Soberbo, construiu uma grande rede de esgotos, a *Cloaca Maxima*, para drenar as águas e o lixo da Roma antiga para o rio Tibre que atravessa a cidade e deságua no mar Tirreno. Inicialmente, era um canal a céu aberto, que foi progressivamente coberto, em função das exigências urbanas, levando Tito Lívio a escrever erroneamente que ela foi escavada no subsolo. Suas medidas variam de 2,70 a 4,50 metros de altura e 2,12 a 3,30 metros de largura e, até hoje, seu desenho original é um desafio para os arqueólogos. Essa fabulosa rede de esgotos só foi possível devido aos avanços da engenharia etrusca, povo que se instalou no Lácio, onde Roma se localiza. Era um povo progressista, e a eles os romanos devem o desenvolvimento das artes, da engenharia, da urbanização e da estratégia militar com a qual dominaram o mundo.

Foi no terreno drenado pela *Cloaca* que se desenvolveu o centro político, econômico e religioso de Roma. O local passou a ser denominado Foro Romano e mais tarde, durante o período de 46 a.C. a 113 d.C., devido à expansão urbana foram construídas outras praças que tomaram o nome de Foros Imperiais, ampliando-se o centro urbano, onde se concentra a maior riqueza arqueológica do país. Diz-se que ali uma cidade de Roma foi edificada sobre outra.

232

Após a queda do Império Romano, o povo passou a utilizar o material dos antigos palácios para suas próprias moradias e usavam o terreno para o plantio de cereais, vinhas, frutas e legumes, assoreando praças e encobrindo casas. Vestígios da época atravessaram os séculos, como a muralha de Roma, o templo de Júpiter, no Capitólio, e a maior rede de esgotos até então construída.

A prefeitura de Roma concede autorizações para milhares de obras todos os anos e as escavadeiras representam um grande perigo para os tesouros subterrâneos, que a cada momento surgem de um pequeno buraco. O trabalho mecânico é evitado sempre que possível e isso aumenta a necessidade de arqueólogos e técnicos. Em 1990, a ONG *Discovering the Past* contratou um grupo de pesquisadores, incluindo arqueólogos, engenheiros civis, arquitetos e historiadores, para levantar todos os princípios teóricos da engenharia etrusca, em Roma. Nenhum cientista, técnico ou funcionário da *Discovering the Past* era muçulmano, judeu ou cristão.

Depois de um minucioso trabalho fotográfico e análise de materiais, foram desenhados diversos mapas comparando as redes antigas com a rede atual. Foram também identificados possíveis pontos de eventual conexão com a rede em uso, bem como os pontos de aproximação com as redes de água, luz, gás e com as linhas do metrô. Mas nem todos os túneis que a ONG abria eram mapeados. Quando havia necessidade de sinalizá-los para evitar dúvidas na hipótese de uma vistoria pela prefeitura de Roma, sua indicação não era precisa. Na verdade, a *Discovering* fazia, por trás da aparência científica, um misterioso trabalho nos subterrâneos de Roma.

CAPÍTULO 66

Na época em que a *Discovering* começou seus trabalhos, Elaine já era formada em arqueologia na Universidade de Chicago. Depois de participar de pesquisas no interior da França, inscreveu-se no curso de mestrado da Universidade de Roma. Seu orientador era o professor Sandenberg, um cientista preparado, na faixa dos 40 anos, alto, corpo atlético, loiro, atencioso e excessivamente atento a detalhes. Não foi difícil sentir-se atraída por ele, e os dois começaram um discreto namoro, evitando chamar a atenção, para que sua tese não ficasse sob suspeita.

De início, Elaine pensava que o interesse do professor pelas pesquisas da *Discovering* era apenas acadêmico, mas aos poucos notou que ele ficava mais animado quando o assunto eram os trabalhos dessa ONG, e procurou uma maneira de ajudá-lo, concentrando suas pesquisas perto do local onde a ONG operava. Mas que interesse especial teria esse grupo pela *Cloaca Maxima*? Elaine acompanhava o procedimento deles e esperava por uma revelação qualquer. Alguns arqueólogos do grupo estudavam ruínas perto da Igreja de São Clemente, e ela contornou as paredes de modo que não a vissem. Estavam dentro de uma construção de pedra muito antiga, mas cujo teto já não existia. Minutos mais tarde, o chefe do grupo se aproximou e ela pôde ouvi-lo dizer em um sussurro que o plano no Caminho de Compostela estava sendo cumprido e as explosões ocorreriam em breve, tanto lá como na Cloaca.

"Provavelmente estariam fazendo pesquisas nessas duas áreas", pensou Elaine, embora estranhasse o uso de explosões, pois elas destroem os objetos antigos. Talvez tivesse entendido errado e prestou mais atenção. Esperou que o grupo saísse e entrou na antiga construção para observar o que eles estariam vendo de particular naquela ruína. Em cima das ruínas de uma coluna que antigamente dava sustentação ao teto, havia um pedaço de papel. Era um mapa com o desenho da *Cloaca Maxima* e alguns túneis que se ligavam a ela. Em sua borda, uma anotação: "Páginas arrancadas do *Diário de São Remígio*". A Igreja de São Clemente estava indicada sobre um trecho da *Cloaca*, e ela estranhou essa localização, porque a rede de esgoto se situava entre o Coliseu e o Foro Romano enquanto que a igreja ficava na direção oposta. Guardou o mapa e, no dia seguinte, sem que fosse notada, entrou na Basílica de São Clemente.

Ficou impressionada com o que viu. Já lera sobre as escavações feitas no ano de 1857, pelo padre dominicano irlandês Joseph Mullooly, que dera início à recuperação da Basílica, mas ela não imaginava encontrar tanta riqueza histórica. Era até mesmo possível que tivesse sido ali o local onde os cristãos se reuniram pela primeira vez para celebrar a Eucaristia.

A principal característica da Basílica é que ela se compõe de três pavimentos. São, na verdade, três basílicas sobrepostas, de épocas diferentes, e seus afrescos, esculturas e inscrições revelam a história de Roma em todas as suas fases.

Antes de sair para a visita ao local, Elaine havia lido que as escavações iniciadas por Mullooly, no ano de 1857, tinham sido prejudicadas por uma fonte de água que inundava o primeiro piso. Para secar o local e permitir a continuidade das escavações, foi construído um túnel de 700 metros de comprimento, a uma profundidade de 14 metros, ligando a igreja à *Cloaca Maxima*. Estava, então, explicado por que aqueles cientistas colocaram em seu mapa a antiga Igreja de São Clemente sobre a Cloaca.

Estava entusiasmada com essa descoberta que podia facilitar sua tese, e se indagava por que não dera mais atenção às informações sobre essa tríplice igreja. Olhava com imensa curiosidade todos os detalhes, deixando passar os grupos de turistas que ouviam as explicações rotineiras dos guias. O barulho da água que escorria embaixo da grade de proteção aumentava a sensação de um lugar úmido e infecto, que afastava os turistas. Ela, porém, estava entusiasmada. Tinha de dizer isso ao professor Sandenberg, e com essa ideia voltou o mais rápido que pôde para o centro universitário. Já conhecia a vida de São Remígio, mas passou pela biblioteca para uma consulta antes de ir ao gabinete do professor, que sorriu feliz ao vê-la, mas se mostrou apreensivo com sua história.

— Você tem certeza de que falaram em explosão no Caminho de Santiago?

— Foi o que ouvi: no Caminho e na Cloaca.

Conforme ela previra, a reação dele mostrou mais do que uma simples curiosidade científica.

— Preciso ir lá. Preciso ver alguns desses túneis.

— Eu vou com você.

— Não, não vai. Acho que existe aí algum mistério que envolve perigo.
Ela não se convenceu.

— Por isso mesmo devo ir. Venho estudando os túneis de Roma, sua rede de esgoto atual, e conheço os pontos de conexão dela com a *Cloaca Maxima*. Sabia que você ia querer ir lá e memorizei todos esses pontos, os ângulos das curvas, as distâncias entre os túneis, e talvez tenhamos de andar no escuro. Você vai precisar de mim. Sou capaz, mesmo no escuro, de chegar ao local desses túneis novos indicados no mapa.

Ele aceitou relutante, mas sabia que precisava dela. O lugar era difícil, e uma pessoa sozinha podia se perder, escorregar e precisar de ajuda. Passaram o resto da tarde arrumando equipamentos, estudando mapas e a estratégia dessa aventura noturna pelos subterrâneos de Roma.

CAPÍTULO 67

Eram 10 horas da noite quando eles saíram da estação do metrô do Coliseu e seguiram pela via Labianca. Estava escuro, pouca gente nas ruas, e eles desceram uma rampa que dava para o pátio da frente da Basílica. Um portão com grades de ferro impedia a entrada, mas o professor viera preparado e o abriu com facilidade, como também abriu com cuidado a porta de entrada da igreja para não fazer ruído.

Ela mostrou a abertura lateral, onde ficava a bilheteria de ingressos para turistas, e logo chegaram à escada que dava acesso aos pisos inferiores. O ambiente era fúnebre e foram pisando em túmulos de mártires e santos. Seguiram por escadas úmidas e estreitas até chegarem ao local por onde passava o túnel que se comunicava com a *Cloaca Maxima*. A grade estava fixada no solo, mas haviam trazido ferramentas, e com um pouco de esforço ela foi retirada. O professor amarrou uma longa escada de cordões de plástico resistentes em um dos pontos que antes prendiam a grade e desceram. Ambos estavam com roupas apropriadas e impermeáveis, luvas, botas de cano alto e um farolete preso ao boné, de modo que podiam usar as duas mãos. Por dentro da roupa, levavam equipamentos indispensáveis, como óculos para enxergar à noite sem o uso das lanternas.

Ela havia estudado e memorizado todos os detalhes do trajeto, porque sabia que lá dentro, com a umidade e precisando às vezes se utilizar dos dois braços, o mapa não teria muita utilidade. Pôde assim indicar o lugar dos túneis escavados pelo grupo. Aonde iriam dar esses túneis? Teriam conexão com linhas do Metrô ou com a rede de água que abastece Roma? O professor ia preocupado. Se suas apreensões se confirmassem, podiam estar enfrentando um grupo de terroristas audaciosos.

O lugar era frio e escorregadio, sem pontos de apoio, e tinham muitas vezes de andar quase se arrastando. Baratas, ratos, aranhas, morcegos e ruídos estranhos eram inquietadores. Paravam em cada túnel que encontravam e notaram que alguns eram mais largos, como se tivessem sido construídos para uma pessoa passar, e outros eram estreitos como se fossem para algum cano ou fio. Elaine mostrava os túneis que não estavam indicados nas plantas arqueológicas da prefeitura e nem no mapa feito pelo grupo. Resolveram entrar por um dos mais largos, embora tivessem de andar agachados. Ali não corria água e o chão era firme. Depois de uns 30 minutos, ouviram ruídos de água corrente e ela explicou que era a rede urbana de esgoto. O túnel, então, interligava a Igreja de São Clemente com a rede de esgotos da cidade.

Continuaram até saírem no imenso canal, onde puderam andar pelas beiradas que serviam de caminho em um nível acima da água do esgoto, que aparentemente descia da estação de tratamento em direção ao rio Tibre. Outro túnel menor surgiu à esquerda deles, sem também estar registrado no mapa.

— Elaine, espere-me aqui. Vou verificar rapidamente este túnel e em seguida retornaremos para a igreja. É melhor sairmos logo deste lugar.

Ele se arrastou uns dez metros apoiando-se nos cotovelos, quando ficou imóvel, por ter ouvido um ruído diferente, que não reconheceu de início. Logo à sua frente o túnel fazia uma pequena curva, e quando percebeu o perigo já era tarde. Entrara em um ninho de serpentes venenosas, e suas luvas de plástico não ofereceram resistência às presas pontiagudas que atacaram as mãos e o rosto em vários lugares. Tentou gritar para ela fugir, mas a garganta inchou e ele não conseguiu mais respirar.

Elaine estranhava a demora do professor e começou a sentir medo. De repente, teve a impressão de ter ouvido vozes que vinham do caminho que haviam percorrido. O que fazer? Não podia gritar para ele sair e escondeu-se atrás de uma das colunas de sustentação do teto. Apagou a lanterna do boné e colocou os óculos noturnos. As vozes se aproximavam e não podia continuar mais onde estava. Saiu de trás da coluna e seguiu em frente, com cuidado para não escorregar, porque a correnteza das águas poderia dificultar a fuga.

Logo adiante, tomou um desvio e saiu para outro canal. Procurou dar mais velocidade aos passos, apoiando-se nas paredes de concreto, e, por alguns minutos, teve a sensação de que as vozes desapareceram. "Será que continuaram pelo canal em que estava antes?", pensou, esperançosa. Pelo que recordava do mapa, havia uma ligação que chegava até a boca da *Cloaca Maxima*, no rio Tibre. Suas esperanças aumentaram, mas as vozes voltaram e ela podia ver a luz de uma lanterna que se movia de um lado para outro à sua procura. Já estava quase em desespero quando encontrou outro túnel, que pelo mapa também daria na igreja. No entanto, para chegar ao Tibre, onde teria mais chance de escapar, precisava continuar na mesma direção. Teve então a ideia de deixar rastros na boca desse novo túnel, e pôs as mãos e os pés como se fosse entrar nele, e saiu de costas.

O ardil deu certo. Seus perseguidores viram as marcas e ela pôde se adiantar. Após alguns minutos, ouviu um ruído mais forte de água, como se dois riachos se encontrassem. Era o túnel que vinha da igreja, e ela esqueceu o perigo das águas e entrou nele correndo. Logo surgiram as luzes das margens do Tibre. Ela redobrou a coragem e correu tropeçando em detritos e escorregando nas pedras lisas. A saída da *Cloaca* estava quase fechada por acúmulo de sujeira e vegetação, e ela teve de se arrastar, sem pensar em cobras e outros animais repelentes. Conseguiu sair, mas viu as luzes das lanternas dos perseguidores.

238

Quase chorou de desespero, quando viu a cerca de tela de arame colocada logo após a boca da *Cloaca* para afastar turistas e curiosos. Por sorte, mendigos costumavam usar aquele espaço coberto como alojamento e haviam feito nela um grande buraco. Depois de passar pela tela, arrastou-se até a beira do rio Tibre, onde a vegetação alta cobria a margem, e entrou rapidamente na água. Pegou do bolso o caniço de respiração, que sempre trazia em suas pesquisas, e o desdobrou até o máximo de seu comprimento. Ficou perto dos arbustos para que a ponta não fosse notada e respirou, compassadamente. Não podia chorar, mas pressentia que algo muito triste devia ter acontecido com o professor pelo qual se apaixonara. Ficou ali durante mais de uma hora, contando o tempo pelas batidas do coração.

Ouviu o ronco de um motor de lancha que chegou até perto de onde estava. Pessoas examinavam o lugar e o medo quase a denunciava. O medo aumentava o ritmo da respiração, mas, depois de certo tempo, percebeu que as buscas cessaram. Esperou ainda por cerca de meia hora e levantou devagar a cabeça, sem movimentar a água e a folhagem. Ficou imóvel, olhando a outra margem, onde barracas e restaurantes ainda atendiam turistas. Como sair dali? O professor lhe entregara um telefone celular para a hipótese de acontecer alguma coisa. Era só apertar o botão *on* e um certo Aquiles atenderia. Podia confiar nele e devia seguir suas instruções. O aparelho estava dentro de um bolso interno, hermeticamente fechado, de sua roupa plástica impermeável, e funcionou normalmente.

CAPÍTULO 68

Na embaixada dos Estados Unidos, em Brasília, o embaixador Williams apreciava o pôr-do-sol. O horizonte colorido era como uma pintura que se desfazia com a noite e voltava no entardecer seguinte com tintas novas. "O Brasil e seus maravilhosos contrastes", filosofou. Sentia-se prestigiado por Washington, porque resolvera, sem complicações, aquela conspiração para separar a Amazônia do resto do país, planejada por um bando de esquerdistas frustrados associados a empresários ganan-ciosos. Passara os últimos meses em contatos para tirar proveito desse seu êxito, já que o governo brasileiro também acabara reconhecendo que, sem a ajuda dos Estados Unidos, o país estaria hoje em uma guerra interna.

Ouviu o telefone tocar. Gostava de saborear os pensamentos, quando tudo dava certo, e só depois de algumas chamadas percebeu que era o aparelho ligado direto com Washington. Só o presidente e o diretor da CIA o usavam.

"O que será?", perguntou-se, preocupado, e atendeu:

— Alô.

— Embaixador Williams?

Reconheceu a voz.

— Meu caro diretor, por acaso estaria me convidando para outro *Blue Label*?

— Foi muito boa aquela reunião e pode ser que tenhamos oportunidade de nova comemoração.

"Nova comemoração?" O embaixador não gostou da forma do convite.

— Sim?

— Estamos precisando do senhor aqui em Washington e com urgência. Poderia vir amanhã?

— Pelo que deduzo de sua expressão de que "pode ser que tenhamos oportunidade de nova comemoração", trata-se do mesmo assunto.

— O senhor continua com sua fina inteligência e isso é bom, pois estão acontecendo coisas que podem estar conexas.

Depois de desligar o telefone, voltou à janela. O céu azul do planalto central o ajudava a raciocinar. "O que seria? Não gostei do ar de mistério dessa conversa", pensou.

Lembrou os fatos do ano anterior quando um general, chefe da Abin, a Agência Brasileira de Informações, foi assassinado depois de ter levantado a hipótese de que uma conspiração estava em andamento para proclamar a independência do território da Amazônia.

Os acontecimentos se precipitaram e o FBI, a CIA e a embaixada ame-ricana trabalharam junto com os órgãos militares brasileiros para impedir

240

a ação dos conspiradores. Nessa ocasião, conhecera o Dr. Maurício, o responsável pelo esclarecimento e desmantelamento da conspiração.

Seus pensamentos iam mais longe do que lhe permitia o bom senso, mas ele os deixou criar as fantasias que quisessem. Brasília é a capital política do país, São Paulo é a capital econômica e o Rio de Janeiro, a turística. O resto do Brasil gira em torno desses três pontos principais. Ou, pelo menos, girava. Agora as atenções se concentram no importante pólo natural que é a Amazônia, uma preocupação antiga, mas ainda constante para os governos brasileiros.

Não há voo direto de Brasília para Washington, e o embaixador teve de ir a São Paulo, onde embarcou no aeroporto de Guarulhos, chegando a Washington no dia seguinte pela manhã. Foi recebido pelo assessor especial John Hawkins e conduzido ao salão oval da Presidência.

Não era a primeira vez que se reunia com o presidente de seu país na mais famosa sala de reuniões do planeta. Sóbrio e pouco confortável, como se tivesse sido projetado para que os visitantes fossem logo embora, o pequeno salão devia ser medido pela importância do número de pessoas ilustres que ali estiveram.

O diretor da CIA estava presente e, depois dos cumprimentos, o presidente foi direto ao assunto:

— Williams — eram amigos de muitos anos, e o presidente o tratava sem cerimônia —, talvez estejamos sendo envolvidos em um sério problema que pode ter relação com aquela República da Amazônia. Depois de muitas investigações, a CIA chegou a uma surpreendente conclusão. O George vai resumir o que sabemos.

O diretor da CIA foi sucinto:

— Trata-se de um novo tipo de perigo. A CIA tem um departamento especializado em descobertas de documentos que preferimos que não caiam em outras mãos. Praticamente, em todos os sítios de pesquisas arqueológicas, temos agentes especializados que nos enviam informações. Além disso, os melhores estudiosos dos mais variados assuntos, incluindo história medieval, religiões e ciências, trabalham incessantemente na reinterpretação da história.

"Reinterpretação da história!", repetiu em silêncio o embaixador, que não estava entendendo aquela preleção.

— Há pouco tempo, um arqueólogo da CIA participava de pesquisas na região do Languedoc, no sul da França, e fez algumas descobertas preocupantes. Mandei-o vir imediatamente para Washington, porque outros agentes tinham informações coincidentes. Como de costume, ele não viajou direto para os Estados Unidos, indo antes para o México, onde se hospedou como turista em um hotel no centro da cidade. No dia seguinte, foi encontrado morto no próprio quarto. Os documentos haviam desaparecido.

Era uma comunicação surpreendente para um início de conversa e foi seguida de outra revelação perturbadora.

— Esse agente trazia provas sobre um grupo de fanáticos que pode ter sido responsável por fatos até agora não explicados pelos livros de história. Pelas informações preliminares que ele nos enviou, uma corrente religiosa pode estar por trás desses atos.

O presidente escutava em silêncio e o embaixador concluiu que ele já ouvira tudo aquilo.

— A CIA não faz apenas espionagem contemporânea. Dispomos de historiadores que procuram buscar no passado razões para fatos presentes. Temos elementos para suspeitar que um grupo de fanáticos com origem em pressupostos da Idade Média estaria promovendo expressivos atos de terrorismo.

Fora enfático na forma de se exprimir e concluiu de modo estranho:

— A especialidade desse grupo é usar pessoas inocentes. Elas são conduzidas a uma iniciativa qualquer, da qual talvez nem tenham conhecimento, e acabam praticando atos planejados por esses fanáticos, que ficam ocultos.

"Aonde será que ele quer chegar?", e sentiu um aperto no coração ao imaginar o que estava para vir. Não foi preciso esperar muito.

— Estamos chegando à conclusão de que Maurício pode estar sendo levado a praticar inconscientemente um ato de terrorismo e desmoralizar o trabalho dos Estados Unidos contra os conspiradores que tentaram proclamar a República da Amazônia.

242

Controlou-se, mas o esforço que fez foi visível. Tirou os óculos, começou a transpirar, e o presidente comentou:

— Acho que você entende as implicações. Esse Maurício foi pessoa importante na solução daquela trama. Se o estão envolvendo em um ato terrorista significante, como teme a CIA, as repercussões políticas e diplomáticas seriam muito negativas para nós.

Não era difícil de compreender. A primeira implicação seria a acusação de que os Estados Unidos inventaram aquela história de independência da Amazônia, aproveitando-se de um louco, para depois tirar proveito da situação. O país seria acusado, principalmente pelos fundamentalistas do mundo árabe, de montarem uma farsa, reforçando as teses de que a invasão do Iraque fora também uma farsa. E o que não diriam os europeus...!

Era preciso ter calma:

— Meu caro diretor! Imagino que o senhor deva ter algo mais concreto para ligar essas coisas com o Dr. Maurício. Poderia explicar melhor?

O presidente, porém, tomou a palavra:

— O George já me explicou o assunto e por isso o convoquei. Trata-se de uma emergência e sei que está cansado, mas se puder juntar-se ao grupo hoje seria bom. Assim que chegarem a alguma conclusão, me informem e, se tiverem algo novo, não hesitem em me comunicar.

Realmente estava cansado e com sono, mas as preocupações criaram suficiente ansiedade para manter sua mente clara.

CAPÍTULO 69

Foram para a sala da diretoria da CIA em um edifício que ficava entre o Congresso e a Casa Branca, onde os professores Anthony e Brandon, especialistas em história do cristianismo e história medieval, os aguardavam.

O assessor Hawkins já era conhecido deles e o diretor apresentou o embaixador Williams, que representava os Estados Unidos no Brasil. O diretor continuou o relatório, que fora interrompido no gabinete da Presidência:

— Logo que Maurício começou o Caminho de Compostela, a polícia da Espanha pediu informações sobre ele à Interpol.

Teve a tentação de perguntar o que ele fizera de errado, mas se conteve.

— Depois daquela tentativa de proclamação da República da Amazônia nós passamos a segui-lo. Aquela conspiração quase levou o Brasil a uma guerra civil e, se isso ocorresse, nós teríamos de nos envolver, como na Revolução de 1964. A participação dele foi decisiva, porém tornou-o um alvo que tínhamos de vigiar. Pois bem. Há questão de alguns dias ele começou o Caminho de Santiago de Compostela, que já tinha feito antes e voltou para lá agora não sabemos por quê.

O embaixador assentiu com a cabeça.

— O senhor sabe que esse trajeto, chamado de Caminho de Compostela, é cheio de lendas, milagres, tudo misturado com fatos históricos, presença de templários, cruzadas, monastérios, igrejas históricas e albergues, enfim, um conjunto de coisas que fazem desse percurso um dos mais místicos da humanidade.

Até aí não havia exagero. Ele mesmo sentia, às vezes, vontade de fazer essa grande caminhada em meio aos trigais e rebanhos de ovelhas da Espanha.

— Esse misticismo motiva pessoas, e assim como nós fomos encontrar lá no Brasil aquela Ordem dos Templários da Amazônia, também existe no trajeto um grupo que se intitula Templários do Caminho.

A expectativa de uma revelação misteriosa aumentava.

— Até agora, não tivemos uma preocupação especial com o Caminho de Compostela. Entretanto, após algumas pesquisas e deduções, achamos conveniente colocar nele alguns postos de vigilância. E quando seu amigo decidiu ir para lá, ficamos alertas.

"Meu amigo! Nem o conheço pessoalmente. Esse diretor ainda vai receber o troco", prometeu a si mesmo o já ansioso embaixador.

— Pois bem. Nós designamos algumas pessoas para acompanhá-lo discretamente e nos enviar relatórios. Às vezes utilizamos serviços de terceiros, que são contratados sem saber que estão trabalhando para a CIA. Obviamente, quando o assunto merece cuidados, nossos agentes fazem um acompanhamento mais de perto. Dessa forma, se acontecer alguma coisa, a CIA não estará envolvida e ainda podemos tomar outras medidas. No caso de Maurício, foi organizada uma proteção especial, como expliquei. Uma pessoa, que já nos prestara serviços antes, foi contratada para segui-lo na travessia dos Pireneus, desde Saint Jean Pied de Port até Roncesvalles.

Parou de falar, como se quisesse fazer suspense, e concluiu:

— Esse homem foi inexplicavelmente assassinado junto com a filha de 12 anos, que o acompanhava. Ele tinha o hábito de fazer uma caminhada semanal por aquele trajeto, acompanhado da família, a fim de despistar suas atividades de vigilância.

— E a mulher não morreu?

— Não, porque o acompanhava, guardando uma discreta distância e passava informações. Se houvesse algum perigo para ele, nossos agentes estavam por perto.

"Será que não foi um crime comum?", ia perguntar o embaixador, quando o diretor tirou suas dúvidas.

— O assunto se complicou porque um padre foi morto, durante a noite, na Colegiata de Roncesvalles enquanto Maurício dormia no albergue dos peregrinos. Pelos dados que nos enviaram, parece tratar-se do mesmo assassino. Os peregrinos foram interrogados, mas a polícia espanhola passou a ter interesse especial pelas suas declarações.

— Interesse especial? Ele está sob suspeita?

— Não pensamos assim, mas o que chamou nossa atenção é que ele sempre se mostrou discreto e cauteloso. No entanto, no interrogatório, sugeriu aos investigadores que poderia haver correlação entre as mortes do padre e do nosso agente. Não só isso, como também alertou sobre a continuação dos crimes, porque o assassino teria uma missão a cumprir.

— Ele disse isso?!

— Na verdade, conduziu o próprio interrogatório. Acho que foi até imprudente, porque alertou o investigador-chefe da polícia de Pamplona, encarregado das investigações, que ele, o próprio investigador, poderia estar correndo perigo. E ainda forçou o prior da abadia a revelar coisas que estava escondendo.

— Será que ele não ficou perturbado com os problemas que teve por aqui?

O diretor era objetivo e gostava de raciocínios mais claros.

— Vou ser sincero. Já o estamos seguindo há um ano e ele está muito bem de saúde. O que me preocupa, portanto, é que, apesar de ser um homem discreto, criou esse imaginário em um assunto que não era de sua conta, em um país estranho. Deve ser porque suspeitou de alguma coisa que diz respeito a ele próprio. Não sei se estou sendo claro, mas ele se antecipou às conclusões do inquérito e deixou a polícia espanhola preocupada com novos crimes. Parece que de certa maneira estava chamando a atenção da polícia sobre si mesmo, como se buscasse proteção.

— Entendo. Em sua caminhada, ele estaria desprotegido em vários lugares isolados. E quais foram as conclusões da polícia?

— Preocupantes. Fizemos algumas pesquisas. O chefe de investigações da polícia civil do distrito de Pamplona é um dos mais argutos e eficientes policiais da Espanha, e procurou encontrar-se com Maurício, logo após Pamplona, como se também fosse um peregrino. Caminharam juntos até Puente la Reina e ficaram em um hotel da cidade. Ali ocorreu o envenenamento de um peregrino e um ato terrorista que destruiu uma ponte milenar.

— Outro atentado? Com ele?

O diretor riu da preocupação do embaixador, visivelmente cansado da longa viagem, e respondeu em tom de blague:

— Fique descansado. Não foi nada com ele. Ao contrário, mais uma vez ele usou de sua imaginação para ajudar nas investigações. Porém, existe agora um fato novo. Um peregrino holandês, que havia estudado no Brasil, entregou a ele outra charada dentro de um envelope impregnado de veneno, e morreu.

— Outra charada? Houve então uma charada antes? E o que elas diziam?

— Desculpe! Esqueci de lhe informar. Em Roncesvalles, o abade entregou a ele uma frase que falava de "início" e "fim", algo meio sem sentido. A de Puente la Reina, Maurício decifrou concluindo que haveria o atentado para destruir a ponte. O investigador pediu ajuda e o aparato policial foi grande, até agentes do serviço secreto do exército espanhol apareceram no local.

— O governo espanhol deve estar preocupado.

— É o que parece. Pode ser que sejamos chamados a ajudar nas investigações se eles não tiverem êxito. Devemos estar preparados.

— Pelo que entendo de seu raciocínio, como tiveram oportunidades para fazer alguma coisa contra ele e não fizeram, talvez o estejam poupando para algo de maior repercussão.

— Pensamos dessa forma e temos a impressão de que ele também.

— Ele também!... Mas o Caminho de Compostela tem 800 quilômetros. É uma caminhada muito longa, dispersa. Não estou entendendo como um ato terrorista teria tanto significado. Até agora mataram quatro pessoas e destruíram uma ponte antiga, mas isso não criou uma ameaça contra o resto da humanidade.

— Parece simples. É melhor o professor Brandon dar algumas explicações.

CAPÍTULO 70

O professor Brandon era especialista em história e arquitetura medievais. Fizera seu doutorado depois de percorrer três vezes o Caminho de Compostela e pesquisar a arte sacra ali conservada. Estudara todos os estilos arquitetônicos que se sucederam ao longo dos séculos, desde as influências dos celtas, suevos, godos e visigodos, vândalos, romanos, árabes e as influências trazidas da Palestina pelos templários.

Começou explicando a evolução da arquitetura, que teve sua glória nos monumentos fúnebres e mausoléus, seguindo-se para os templos religiosos, palácios, teatros públicos e fortalezas. Dissertou sobre o românico e

247

o gótico, como não podia deixar de ser, e terminou sua exposição fazendo uma afirmação estranha.

— Em nenhum outro conjunto religioso do mundo se encontra tanto simbolismo: Roncesvalles, Eunate, Puente la Reina, Fromista, a Via Láctea, a Concha Marítima que se transformou no símbolo do Caminho, os equinócios de San Juan de Ortega, as lendas e milagres, como se em seus 800 km, a cada passo, o Caminho deve ser visto como um santuário autônomo, sagrado e artístico.

— Ele seria então o maior conjunto de símbolos do cristianismo?

— Esses elementos fazem do Caminho um conjunto de monumentos que, para a civilização ocidental, significam mais do que as pirâmides do Egito ou a Acrópole da Grécia, porque eles são ao mesmo tempo a síntese e a análise do cristianismo.

"Síntese e análise do cristianismo. Ele tinha de dizer uma bobagem dessas!"

— E dão ainda maior significação a esse conjunto os fatos religiosos e culturais que giram em torno dele. O apóstolo São Tiago, o apóstolo Santo André, irmão de São Pedro, as igrejas do Santo Sepulcro que passaram a ser construídas já que Jerusalém estava em mãos dos muçulmanos, milagres, as lendas, a contínua peregrinação por mais de mil anos, ainda hoje muito expressiva, e sua influência na expulsão dos árabes. Goethe chegou a afirmar que a Europa se fez com o Caminho de Compostela.

Havia certa ansiedade na forma como essas informações eram expostas e o diretor aproveitou um breve descanso do professor para esclarecer:

— Não podemos correr o risco de nos arrependermos depois. Talvez tenhamos descuidado um pouco da importância desse ícone, mas um fato de tais dimensões, como o que estamos prevendo, pode ter implicações perigosas, e os Estados Unidos poderão ser responsabilizados.

Eram frases fortes, e o diretor acrescentou:

— O Santo Graal teria estado por muitos anos em San Juan de la Pena, e dois outros cálices, o de Leon e o do Cebreiro, disputam a condição de terem sido o cálice de Cristo.

248

— O Santo Graal! — exclamou o embaixador. — O senhor está dizendo que o cálice de Cristo esteve no Caminho de Santiago e que ainda pode estar lá?

O diretor pediu ao professor Brandon para continuar com as explicações.

— Uma das versões da história diz que, a partir do século III, o cálice que Cristo usou na Santa Ceia esteve em Huesca e daí levado para San Juan de la Pena, um monastério encravado no alto de uma montanha, no território de Navarra, por onde passava o antigo Caminho de Compostela, onde teria permanecido até o século XVII, e desde então não se tem mais notícia dele.

O embaixador parecia não acreditar no que ouvia.

— O cálice que Cristo usou na Santa Ceia estava no Caminho de Santiago? O Santo Graal? Mas como foram perder uma relíquia tão importante? Se o cálice era verdadeiro, por que não o protegeram?

— Existe hoje na capela desse monastério um cálice sobre um pequeno altar de pedra, que dizem ser uma réplica do que esteve ali exposto tanto tempo. Parece que um nobre espanhol o comprou por um pouco de ouro.

— O Santo Graal foi vendido por um punhado de ouro? — reclamou, enfim, o assessor.

— Na verdade, aparentemente, o cálice não era considerado uma relíquia importante. Ele só foi valorizado no século XIII e ainda assim mais como um ideal de cavalaria do que como relíquia. Foram as histórias do rei Artur e dos cavaleiros da Távola Redonda que o tornaram popular.

— Tudo bem — comentou um conformado embaixador —, mas o que essa constatação tem a ver com o Dr. Maurício?

O diretor não quis se aventurar em especulações históricas e olhou para o professor Anthony, que procurou ser didático.

— A maior curiosidade histórica em relação ao cálice usado por Cristo é seu esquecimento durante o primeiro milênio. Outra curiosidade é a coincidência de ele ser lembrado justamente no Languedoc no período dos cátaros e dos templários, quando o Santo Graal foi romantizado e o cálice passou a ser a mais importante das relíquias.

Era uma ideia vaga, até mesmo confusa, e ninguém ousou interrompê-lo.

— Coincidentemente, o Languedoc também buscava sua independência. Existem registros de que naquela época pessoas que se diziam descendentes de Cristo viviam ali protegidos pelos cátaros, que foram exterminados por ordem do papa. Era a região onde os templários queriam se instalar e criar o país templário. Essa mistura entre templários e linhagem de Cristo pode ter gerado a lenda do Graal. Sir Percival, um dos cavaleiros do rei Artur, tem as características de um templário e seria o protetor do Graal.

O embaixador não sabia o que pensar. Se essa teoria estivesse certa, poderiam estar enfrentando uma seita que não teria origem isoladamente de cátaros, templários ou dessa linhagem sagrada, mas poderia ser uma fusão dessas três correntes.

O diretor chamou a atenção para o objetivo daquela convocação.

— A causa da nossa reunião é a hipótese de que essa seita se julgue herdeira do Sangue de Cristo. O Santo Graal seria o Sangue Real, tendo Cristo como o rei dos reis.

— Bem! O Caminho é um longo percurso com inúmeros monumentos históricos. Vocês acham possível que possa ser destruído com atos terroristas?

— Não precisam destruir todo o Caminho. A peregrinação é uma visita ao túmulo do apóstolo São Tiago, que está na Catedral de Compostela. Basta destruir a Catedral e o Caminho desaparecerá.

CAPÍTULO **71**

O **argumento** não convenceu o embaixador.

— Pelo que foi dito no início, só recentemente a CIA passou a ter interesse pelo Caminho de Santiago. Alguma razão especial para isso?

O diretor olhou para o professor Anthony, que deu uma explicação como se estivesse propondo a primeira cruzada contra os terroristas.

— Quando o Papa Urbano II pregou a primeira cruzada, em 1095, Jerusalém estava em mãos dos árabes e a peregrinação ao Santo Sepulcro era quase impossível. Hoje Jerusalém pertence a Israel, que submete os turistas a um controle rígido. Então, se antes o problema era com os árabes, agora é com os judeus. Para os cristãos, a situação é quase a mesma. Só que em vez de a Igreja armar uma cruzada contra os judeus, está estimulando a peregrinação a outros lugares santos, como o túmulo de São Tiago em Compostela.

Era uma conclusão até irônica porque os judeus controlavam agora a visita ao túmulo de Cristo, o filho de Deus encarnado, por eles sacrificado. Ainda assim, devia haver outra solução.

— Não seria então mais simples retirá-lo de lá?

O diretor respirou fundo, como se buscasse coragem para o que ia dizer.

— Esse é o problema. O caso não se resolve.

O embaixador reagiu com firmeza:

— Vamos com calma! Vocês não estão pensando em deixá-lo lá como isca para ver se prendem esses neoterroristas, não é? Digo neoterroristas porque estão introduzindo um tipo de terrorismo que desconhecíamos. Mas se falharmos e os atos imaginados acontecerem? Não será pior? Se a espionagem de outros países descobrir que sabíamos desses fatos e os permitimos, não estaríamos dando razão às acusações que poderiam levantar contra nós?

Houve um silêncio constrangedor. O diretor tentou ser racional:

— Estamos diante de duas situações que confluem para o mesmo interesse. Uma delas é que o próprio Maurício demonstra querer ir até o fim. Do contrário, ele já teria saído de lá ou nos teria pedido ajuda. Afinal, ele sabe como chegar até nós e sabe que pode confiar em nós. Então, por que continua enfrentando situações de perigo desconhecido e aparentemente até os provoca, ajudando a polícia espanhola?

— Inacreditável! Ele estaria aceitando o desafio e querendo descobrir quem são essas pessoas?

— A outra situação é que achamos melhor tirar proveito dos acontecimentos para descobrirmos essa organização. Devo dizer que, assim que começamos a imaginar as hipóteses de perigo, nossa primeira reação foi afastá-lo de lá. Mas, se fizéssemos isso, perderíamos a oportunidade de destruir essa rede de terroristas que já matou vários de nossos agentes.

O embaixador não conseguiu responder a esses argumentos.

— Então, quando percebemos que ele tomou conhecimento do perigo e não se intimidou, ou, se passou a ter receios preferiu enfrentá-los, sentimo-nos encorajados a aproveitar a ocasião e ajudá-lo.

— E envolvendo a embaixada dos Estados Unidos no Brasil não estamos nos complicando ainda mais, no caso de ele falhar?

— Não temos certeza de nada. O senhor já está a par de todas as nossas preocupações e talvez amanhã possa pensar em algo novo.

O embaixador era homem sagaz, esportista e gostava de desafios. Percebeu a complexidade da situação e poderia ter acrescentado um pouco de tempero nas ociosas dissertações históricas daqueles três, mas preferiu silenciar.

Primeiro, porque não tinha tanta certeza assim. Precisava verificar aquilo melhor. O envolvimento de Maurício podia ter outras razões além da hipótese de que os terroristas queriam desmoralizar seu país e o cristianismo. Quase chegou a mencionar a Catedral de Brasília, mas era ainda cedo para aumentar as cismas do grupo.

CAPÍTULO 72

"Morar no Brasil, o país do medo, tem suas vantagens" — pensou o embaixador. "Acostuma-se a prestar atenção aos movimentos suspeitos." Estava no centro de Washington, dirigindo-se ao hotel Lincoln, onde sempre se hospedava, e não era comum as pessoas ali andarem precavidas. Mas viu o tipo afroamericano, troncudo, forte, que o observava disfarçadamente. Teve a ideia de fingir que ia atravessar a rua e olhou para os lados. O outro percebeu e dissimulou, como se estivesse andando normalmente.

Dispensara o carro oficial porque queria caminhar. A distância até o hotel era de apenas de 2 mil metros, e estivera muito tempo sentado em aviões e salas de espera. Passara várias horas naquela reunião e precisava movimentar as pernas. Se aquele homem fosse algum segurança, estaria mais perto dele, e o diretor da CIA teria avisado. Um dia de viagem e outro de discussões sobre temas misteriosos podiam ter mexido com seus nervos e ele estaria vendo coisas demais. Em todo caso, ficou alerta. Chegou ao hotel, pegou a chave, observando discretamente as pessoas no grande espaço finamente decorado da recepção. Um casal de idosos tomava chá e dois senhores formalmente vestidos discutiam os prejuízos ou lucros na Dow Jones. Teve a impressão de que uma moça bonita, também sentada em um sofá, o olhara surpresa, mas ele não deu atenção e pegou o elevador.

Não estava disposto a ir ao restaurante. Pediu seu jantar no quarto e logo após deitou-se. Dormiu pesadamente e acordou sem saber onde estava. Ficou quieto uns instantes e, ao recordar que estava no hotel, acendeu a luz do abajur. Levantou-se bem disposto. Viu um envelope sob a porta e imaginou ser algum comunicado da recepção. Foi ao banheiro, fez a barba e depois, com as duas mãos apoiadas sobre a pia, ficou olhando para o rosto.

Como poderia descrever a si próprio? Sem dúvida, como um americano, pele clara de gente que nasceu em região fria, cinquenta anos, físico de esportista e altura pouco superior a 1,80 metro. No colégio, teve a grande frustração de não integrar a equipe de basquete por ter menos de 1,90 metro. Mas de certa forma foi bom, porque se dedicou mais aos estudos e fez uma brilhante carreira de diplomata.

Ainda meio entorpecido pelo cansaço da viagem, acabou de se aprontar, pegou o envelope e o abriu. Dentro dele, uma folha de papel timbrado do hotel onde estava escrito apenas:

"Preciso lhe falar sobre as páginas arrancadas do *Diário de São Remígio*."

São Remígio? Deve ser engano. Mas teve aquela sensação indefinida de preocupação. Páginas arrancadas do diário de um santo? As coisas estavam tomando rumos misteriosos. Lembrou-se do afroamericano da véspera. Era melhor não perguntar nada ao hotel.

Será que deveria falar a seus colegas de reunião a respeito dessa mensagem? E se eles também a tivessem recebido? Ele ficaria em uma situação desconfortável, se parecesse que fora o único a não ter recebido. Melhor usar a diplomacia. Ela tem uma regra infalível: "Nunca tome iniciativas em situações duvidosas. Estude antes a diplomacia dos outros".

Havia pedido o café no quarto para as sete horas, porque o diretor ficara de buscá-lo às oito. Tinha ainda meia hora e pegou o jornal para ajudar a passar os minutos, quando o telefone tocou. Era da recepção.

— Sr. Williams, está aqui embaixo uma pessoa dizendo que precisa falar com o senhor. Posso colocá-la ao telefone?

— Uma pessoa? Não se identificou?

Ouviu o recepcionista perguntar o nome dela.

— É uma moça que se chama Elaine e diz ser filha do embaixador Peter Griffin.

Surpreso, ia descer para atendê-la, mas o recepcionista informou que ela preferia subir. Deu uma olhada no quarto e guardou no closet o paletó que estava na cadeira da escrivaninha. Havia uma antessala para recebê-la, mas era melhor que tudo estivesse em ordem. Mal acabara de ajeitar o banheiro e a campainha tocou.

Olhou pelo olho mágico e reconheceu a moça bonita que vira no saguão do hotel no dia anterior.

Peter Griffin o havia substituído no Líbano quando ele fora designado para o Brasil. Fora vítima de um atentado em que morreram ele e o filho de 17 anos. Elaine devia ter 15 naquela época, e já tinham transcorrido 10 anos desde aquele dia fatídico.

Abriu a porta.

— Elaine, como você cresceu e ficou uma moça bonita!

Ela parecia nervosa e entrou meio apressada, fechando a porta, mas o cumprimentou educadamente:

— Embaixador Williams, me desculpe se o importuno e também a maneira de vir procurá-lo, mas precisava falar com o senhor.

Ele a olhou compreensivamente e sentaram-se nos sofás que ficavam em torno de uma mesa de centro.

— Está bem. Vejo que está nervosa. Quer água, um chá quente? Ou prefere café?

— Água, por favor, e o café, se não se importar.

— Não me importo. Eu também gosto de café, mas aprendi no Brasil que um bom cafezinho tem de ser feito na hora. Eles dizem por lá que café só é bom quando o cheiro chega primeiro. Enquanto isso, se quiser, pode contar o que tem a dizer.

Ele se levantou e pegou o aparelho elétrico de ferver água que estava guardado no armário da sala, onde também estavam os pacotinhos de açúcar, chá, café e talheres. Colocou a água para ferver e olhou-a paternalmente.

— Então? O que a aflige? Mas diga antes como vai sua mãe. Ela está bem? Estão precisando de alguma coisa?

— Ela está muito bem. Não sabe que estou aqui e seria melhor que não soubesse. Ela sempre se diz grata ao senhor pela ajuda que nos deu quando houve aquele triste episódio com papai.

— Não fiz mais que minha obrigação. Seu pai era um grande amigo e tinha sido o primeiro-secretário da embaixada. Eu gostava muito dele. Aliás, gostava de vocês todos.

— Sim, eu me lembro de que estávamos sempre juntos. Depois, ficou tudo triste e até hoje mamãe chora muito. Perdeu o marido e o filho e eu tive de sair de casa para estudar. Procuro visitá-la o mais que posso, mas não é mais a mesma coisa. O senhor foi muito atencioso conosco, nos ajudando a voltar para cá e a providenciar os papéis para acelerar o recebimento da pensão.

Tomou um pouco de água e disse, pensativa:

— Foi uma sorte encontrá-lo aqui, logo agora.

Não conteve a emoção e começou a chorar. Alguma coisa séria deveria ter acontecido com ela, e a melhor coisa a fazer era deixar a crise de choro passar. Ouviu o borbulhar da água fervendo e levantou-se:

— O café já vai sair.

O embaixador procurava manter a normalidade, mas percebia a ansiedade dela.

— O senhor recebeu o envelope sobre São Remígio?

— Quando a vi entrar meio nervosa, imaginava se você tinha alguma coisa com aquele envelope.

Ela contou então sobre os acontecimentos que levaram ao desaparecimento de seu orientador de mestrado em um túnel subterrâneo da cidade de Roma.

— Era nossa intenção ficarmos noivos assim que eu terminasse a tese. Ele era muito ético e achou que não ficaria bem perante a universidade um professor se envolver com uma aluna. Quando se tratava dos trabalhos da *Discovering*, ele fazia perguntas incomuns. Notei essa preocupação e resolvi ajudá-lo. Não sabia que o estava levando para um perigo sério.

Soluços contidos cortaram sua explanação. Em certas horas, palavras de consolo não resolvem e soam como simples formalidade. Era preferível que ela esgotasse toda sua tristeza para ter a mente lúcida novamente. Sem dúvida, estava diante de uma moça decidida, culta e inteligente. Ela explicou que o professor lhe havia dado o telefone celular com instruções para ela chamar por 'Aquiles'.

— E você telefonou para esse 'Aquiles'?

— Sim.

— Ali da margem do rio?

— Achei que era mais seguro. Havia restaurantes fazendo barulho do outro lado e aproveitei quando passou um barco a motor.

— E qual foi a orientação que ele lhe deu?

— Mandou que eu permanecesse exatamente onde estava. Viriam dois senhores com equipamentos de pesca. Deveria trocar de roupa com um deles, que me substituiria enquanto eu sairia com o outro. Ficamos mudando de ponto como se estivéssemos pescando, e depois fui conduzida a um monastério, que fica perto da Piazza Bernini, de onde saí três dias depois para o aeroporto Fiumicino, vestida de freira e com um novo passaporte.

Relatava sua aventura com certa excitação.

— Quando cheguei a Washington, uma pessoa me buscou no aeroporto e me trouxe para este hotel. Recebi a recomendação para não tomar táxis e não conversar com ninguém. Se precisasse de alguma coisa, devia ligar para 'Aquiles'. Se ele não estivesse, a secretária me atenderia. Um carro estaria à minha disposição. Deram-me o celular do motorista. Parece que esse 'Aquiles' queria falar comigo, mas andava muito ocupado.

— E aí, então, me viu entrar. Você não é mais aquela adolescente cuja imagem ficou na minha memória.

— Nem acreditei quando o vi no saguão do hotel. Cheguei a duvidar, mas quando se dirigiu ao elevador prestei mais atenção e vi que era o senhor mesmo.

O telefone soou novamente. Era a recepção informando que o Sr. George o esperava lá embaixo.

— Quer dizer que não conhece esse 'Aquiles'. Acho que posso apresentá-lo.

Depois, pensando um pouco:

— Talvez fosse melhor você me acompanhar. Estamos tratando de assuntos aparentemente relacionados com esse São Remígio e com o professor Sanderberg. Se não estou errado, o nosso 'Aquiles' está me esperando.

Desceram e, se o diretor ficou surpreso vendo a moça que o acompanhava, não demonstrou.

— Bom dia, Sr. George. Apresento-lhe a senhorita Elaine. Se não estou enganado, já se conhecem por telefone.

— Bom dia, embaixador. Senhorita Elaine, é uma honra.

— Bom dia, senhor George. É um prazer conhecê-lo. Ver o embaixador Williams no hotel ontem foi uma grata surpresa para mim. Ele era muito amigo do meu pai, Peter Griffin. Acho que sabe do atentado.

O embaixador percebeu que ela falava mais que o necessário para que o outro reconhecesse sua voz.

— A senhorita fez bem em contatar uma pessoa em quem pode confiar. Sabemos da forte amizade que havia entre seu pai e o embaixador Williams. Precisamos conversar, mas antes preciso esclarecer certos assuntos.

— Diretor George, posso sugerir que a nossa arqueóloga faça uma exposição do que aconteceu, na reunião desta manhã? Penso que será útil para todos nós.

E, antes que o diretor da CIA respondesse, perguntou a ela:

— Nós temos agora uma reunião com especialistas em histórias do tipo que me contou. São membros da CIA. Se o diretor permitir, você aceitaria fazer um relato minucioso dessa sua experiência?

— Com muito gosto. Estou me sentindo inútil neste hotel e cada vez mais preocupada. Se o Sr. George aceitar, posso fazer isso, sim.

Era o mais sensato, e ela entrou no carro, indo com eles para o edifício da CIA, onde cumpriram as formalidades de identificação e se dirigiram para a sala de reunião. O diretor apresentou-a aos professores, que ficaram curiosos. Afinal, tinham agora um caso concreto a ser relatado pela própria vítima.

CAPÍTULO 73

De início estava um pouco inibida, mas, à medida que ia relatando os acontecimentos, ganhou desenvoltura e falou sobre o interesse que o professor Sandenberg tinha pelos trabalhos da *Discovery*. Começou, então, a dedicar especial atenção a esse grupo, pensando que obteria informações arqueológicas úteis para sua tese. Percebeu algumas incoerências, que transmitiu ao professor. Desconfiava que ele investigava o grupo e presumiu que trabalhava para órgãos de segurança do governo. Não sabia que trabalhava para a CIA, mas passou a informá-lo de tudo o que via e ouvia, terminando o relato com o triste desfecho de sua fuga, sem saber o que tinha acontecido ao professor Sandenberg.

Entre eles, o clima de receio aumentou. O diretor viu pela expressão dos rostos que os demais estavam esperando que dissesse alguma coisa, e fez um pequeno comentário.

— O que me surpreende é que eles jogaram, vamos dizer assim, uma isca muito forte, como se já soubessem que o professor Sandenberg os investigava. Que conclusão podemos tirar disso?

O assessor Hawkins respondeu como se a pergunta fosse dirigida a ele:

— Não temos prova para prendê-los e perderíamos a estratégia.

Então, como se tivesse percebido que tinha dito uma besteira, completou com outra:

— Certamente, eles desaparecerão.

O professor Anthony voltou ao tema que interessava:

— Senhorita Elaine, tenho de cumprimentá-la pela audácia e perspicácia que demonstrou. Foi muito corajosa e pode ter trazido uma contribuição muito grande em um momento de urgência. A história do cristianismo tem sua esteira de especulações, como esse diário de São Remígio. A senhorita poderia nos a dar sua versão sobre esse assunto?

Com modéstia, para não parecer pretensiosa, ela falou:

— Minha tese de mestrado é sobre arqueologia religiosa. Para entender os objetos, tive de me aprofundar na história das religiões.

Como se não estivesse falando com especialistas na matéria, continuou:

— São Remígio foi confessor da rainha Clotilde, esposa de Clóvis I, neto de Meroveu, o rei que deu origem à dinastia merovíngia. A tradição dizia que esses reis carregavam certa divindade e seriam descendentes de Cristo.

Em poucas palavras, lembrou a lenda em que o monstro marinho Quinotauro, não resistindo à beleza da mãe de Meroveu, a levou para o fundo do mar, onde a enxertou. Ela, porém, já estava grávida de Meroveu, que dessa forma acabou tendo dois pais, o rei Clódio e o Quinotauro, que alguns afirmavam ser Netuno, o deus dos mares.

— Os senhores sabem, era uma época em que a Igreja havia sido reestruturada por Constantino, mas com a queda do Império Romano, ela enfraqueceu, entrando em um processo de desorganização. Era também uma época em que a superstição se misturava à religião.

O professor Anthony concordou:

— Muitos bispos não acreditavam que Cristo era Deus, mas apenas um homem dotado de poderes mágicos como os poderes que a lenda atribui a esses merovíngios. Seria possível que o bispo Remígio tivesse tentado unir as duas correntes, aproveitando essa lenda?

— Acredito nisso. São Remígio era bispo de Reims e confessor da rainha, que era cristã, e se aproveitou dessa posição para fazer a aproximação de Clóvis com o Papa, que o reconheceu como único imperador do Império Romano. A partir dessa época o Papa passou a consagrar os reis, que de certa forma ganharam um poder divino, porque o Papa era a ligação de Deus com a Terra.

— Pelo que diz, é possível que grupos que se dizem herdeiros dos merovíngios possam estar procurando essas páginas para provar sua origem divina e o direito ao poder.

— As páginas arrancadas poderiam trazer registros desse acordo. No livro *O Santo Graal e a linhagem sagrada,* escrito pelos pesquisadores Michael Baigent, Richard Leigh e Henry Lincoln, há indicações de que os descendentes dos merovíngios têm estado por trás dessas heresias.

"Então a CIA não estava imaginando coisas", pensou o embaixador. Poderia haver uma seita com pretensões a herdeiros do passado. Gostou de ouvir a menina, porque era assim que a via. E ela continuou:

— Mas os merovíngios se enfraqueceram e a Igreja precisava de um braço forte. Foi quando, segundo vários estudos, ela tramou para substituí-los. Essa situação deu origem a uma história mal explicada: o Testamento de Constantino, também chamado de Doação de Constantino, *Constitutum Donatio Constantini* ou *Constituto domini Constatini imperatoris.* No século XV, esse documento foi considerado falso porque o latim utilizado para sua redação não era próprio do século IV, quando teria sido escrito.

— É possível, então, supor que esse pessoal, ou já está de posse desses documentos ou sabe onde poderiam estar? Obviamente, não precisa responder se não quiser emitir uma opinião vaga — aparteou o professor Anthony.

Ela disfarçou o sorriso, orgulhosa de si mesma, porque estava diante de homens poderosos, que viviam discutindo e decidindo os problemas do mundo, enquanto ela não passava de uma simples universitária, sem a tese terminada. Mas notou que davam importância às suas informações e já se sentia como um deles.

— Pessoalmente, não acredito que essas páginas ainda existam. Acho que a informação que ouvi, e que nos levou a fazer confirmações naquela noite, foi uma espécie de recado da parte deles para os senhores, aproveitando-se do professor Sandenberg.

Falava com contida emoção e respirava forte, mas o professor parecia insensível ao drama que ela vivera.

— Esse documento de Constantino seria verdadeiro ou falso?

— Dizem que ele foi forjado pelo Vaticano para outorgar ao Papa poderes de nomear e destituir reis. Desse modo, o Papa poderia legitimar a linhagem de Carlos Martel, nomeando seu filho, Pepino III, que era o mordomo do palácio do último rei merovíngio, como novo rei.

Parecia receosa, mas continuou:

— São episódios complicados, que geram dúvidas. O testamento de Constantino foi analisado no ano de 1440 e o consideraram falso por conter expressões latinas não usadas na época de Constantino. Ora, o latim era a língua dominante, pois o Império Romano abrangia quase todo o mundo conhecido, e sofria, portanto, influências dos povos conquistados. Seria praticamente impossível que Lorenzo Valla, o analista que considerou falso o documento, mil anos depois de redigido, tivesse conhecimento de todas essas influências linguísticas.

— Entendo. Nem dicionários havia então. As palavras mudavam de sentido, outras eram acrescidas, expressões se alteravam, tanto pelo tempo como pelos lugares onde o latim era falado.

— A outra dúvida é que se São Remígio escreveu um diário, quem teria interesse em fazer desaparecer algumas de suas páginas? Tenho procurado resposta a essa pergunta e às vezes penso que existia outro Testamento de Constantino, um documento sobre o qual o bispo Remígio trabalhou para convencer Clóvis, e ao qual ele fez referências nas páginas arrancadas de seu diário.

O diretor assustou-se:

— Espere! Haveria então dois testamentos de Constantino: um verdadeiro, que seria o de São Remígio, e outro falso, do fim do milênio?

— O documento falso teria sido escrito entre os anos 750 e 850. Acho que existiu realmente um documento que dava ao Papa poderes para nomear os imperadores do Ocidente e, com esse documento, nasceu o poder temporal da Igreja.

Ela percebeu o interesse com essa sua nova ideia e continuou, com desembaraço:

— O documento original de Constantino pode ter sido redigido de forma a não permitir a destituição de reis ou imperadores já consagrados. Clóvis não precisava se unir a uma instituição dividida em Igreja Celta, na Inglaterra, Grega, em Alexandria, Ortodoxa, na Rússia, além de outras que estavam crescendo em várias regiões do mundo. Às vezes nos esquecemos de que Cristo veio da Ásia, e Roma estava no Ocidente, onde predominava a cultura clássica.

O diretor tamborilava os dedos na mesa, revelando o nervosismo.

— E em conclusão?

— Penso que desapareceram com o testamento original, mas havia um testemunho: o *Diário de São Remígio*. Pode-se concluir então que, se essas páginas tiradas do diário existirem, elas poderiam provar a autenticidade do primeiro testamento de Constantino e a farsa montada pela Igreja para consagrar uma nova dinastia.

Era uma opinião amadurecida para aquela universitária e condizia com as conclusões que eles também tinham. Mas suas ideias aumentaram os receios de que esse grupo estava desorientando um inocente brasileiro para que ele praticasse algum desatino no Caminho de Compostela. O embaixador notou que ela não queria que aqueles senhores soubessem de seu relacionamento com o professor Sandenberg, e por isso sempre se referia a ele como "professor". Percebia seu constrangimento enquanto falava e a emoção que sentia. Teve pena dela.

O celular do diretor tocou discretamente. Ele consultou a origem e se afastou da mesa. Voltou com a fisionomia tensa.

— Não sei se devia dizer isso agora, mas estamos no curso de uma investigação que se revela a cada hora mais complicada. Os bombeiros de Roma conseguiram abrir o túnel e retirar o corpo do professor Sandenberg. Ele morreu envenenado com picadas de cobra.

Ela não resistiu à angústia. Soltou uma espécie de grunhido para sufocar o grito e desmaiou, a cabeça tombando sobre a mesa.

CAPÍTULO 74

Elaine foi rapidamente levada para uma enfermaria, onde recebeu tranquilizantes e ficou em repouso. Os outros permaneceram na sala e a reunião continuou. A informação de que mais um agente da CIA havia sido morto deixou-os tensos. Aquele grupo de assassinos era organizado e agia de forma inteligente e profissional.

O diretor desculpou-se:

— Devia ter imaginado que a menina podia ter algum sentimento por seu professor. Na hora, o que me ocorreu foi apenas o drama da morte de mais um agente. Acho que precisamos chegar logo a alguma conclusão. O professor Brandon tem alguma coisa a esclarecer? Alguma ideia?

— Estamos em busca da origem de uma seita. O problema é: em que ponto da história ela surgiu e quem a representa hoje? Pelo que foi exposto por Elaine, temos de voltar à era de Constantino, que deu início à Idade Média com a fundação de Constantinopla no ano 330, enquanto a tomada de Constantinopla pelos árabes em 1473 marcaria o fim da era medieval.

E, olhando desanimado para os colegas de mesa:

— Temos apenas alguns dias para estudar mais de mil anos e não sei em que essas informações podem ajudar.

"Enfim algo sensato: em que isso pode ajudar?", pensou o embaixador, cujo senso de crítica aumentava nos momentos de tensão. Bizâncio, fundada pelos gregos no ano de 657 a.C, depois chamada de Constantinopla e agora de Istambul, era uma de suas cidades prediletas. Nela viveu Filon, 200 anos antes de Cristo, quando relacionou as sete obras mais importantes até então construídas por mãos humanas e que ficaram conhecidas como as sete maravilhas do mundo: os Jardins Suspensos da Babilônia, a estátua de Zeus, o Templo de Ártemis, o Mausoléu de Helicarnassus, o Colosso de Rodes, o Farol de Alexandria e as Pirâmides de Gizé.

As explicações do professor lembravam seu curso universitário. Se o cristianismo trouxe uma nova esperança ao povo, por outro lado trouxe um novo tipo de cativeiro: o pecado. A Igreja acrescentou a rigidez das normas cristãs, criando o cativeiro espiritual, com a ameaça do Inferno.

"O cristianismo escravizou a alma humana. Não a liberou do pecado, mas usa o pecado para mantê-la sob constante ameaça." Não gostou desse seu raciocínio 'herético', provocado pelas monótonas explicações do professor, que olhou desanimado para o grupo:

— Desculpem se o assunto é um tanto maçante, mas há ainda uma questão interessante. No Languedoc se desenvolveu uma cultura liberal, voltada para o romantismo e a trova. Era um desafio novo para a rigidez dogmática da Igreja. Os templários e os cátaros são da mesma época e quebraram o domínio da razão ditada pelo cristianismo.

— Ah! — exclamou Hawkins. — Então o restante dos templários e cátaros está agora unido em uma organização secreta.

O comentário não era fora de propósito e o diretor concordou com o assessor.

— Em princípio, podemos pensar dessa maneira. E, no momento, ela está planejando algo significativo contra a Igreja Católica, que envolve o Caminho de Compostela.

— Desculpem — perguntou o embaixador —, mas a partir dessas divagações, vocês chegaram à conclusão de que o Dr. Maurício será usado para praticar um ato de loucura que desestabilizará o Vaticano e fragilizará o cristianismo como um todo?

John Hawkins era luterano, portanto cristão, e, antes que alguém respondesse, ele interveio novamente.

— Por favor, o que quis dizer com "cristianismo como um todo"?

— O Vaticano é ainda a estrutura orgânica do cristianismo. As outras igrejas, como os Batistas, os Mórmons, os Luteranos e todos os nomes que tenham, nenhuma delas é uma referência isolada. Ao contrário, todas são apenas protestantes. Lutero não criou o cristianismo, apenas protestou contra a maneira de a Igreja de Roma o praticar, mas as diferenças não são fundamentais. Todas as outras correntes cristãs são apenas ideias diferentes do epicentro, do qual irradiaram essas contradições.

O silêncio foi mais prolongado que nos outros intervalos. Não haviam pensado nisso. A desmoralização do Vaticano enfraqueceria também as outras igrejas cristãs. Todo o comportamento das sociedades ocidentais baseia-se na prática do cristianismo, tenha ele a forma que tiver. A moral, o direito, o comércio em todas as suas manifestações adotam leis cujos princípios nasceram do cristianismo, ou foram por ele adotados.

— É bom lembrar que a Igreja Católica é a única instituição que sobreviveu a dois mil anos de história como uma unidade — arrematou.

De fato, nenhum país nem outra instituição daquela época sobrevivem hoje. A Igreja não só persiste, como conserva seu patrimônio e o restaura. Sua dinastia é divina e com Bento XVI já são 265 papas. Essa conclusão aparentemente acadêmica aumentava o terreno pantanoso da dúvida, porque inúmeras instituições surgiram com os erros e acertos da Igreja Católica.

— Será que querem apenas prejudicar a Igreja Católica? Será que não pretendem causar dano maior a nossa civilização? Vejam o abalo que a destruição das Torres Gêmeas causou na sociedade americana. E o que eram aqueles edifícios, comparados com o Vaticano?

Eram perguntas preocupantes, diante da audácia desses neoterroristas.

— Não foi o Anjo Gabriel que ditou o Alcorão a Maomé? Para os muçulmanos, Cristo não é considerado o maior de todos os profetas, depois de Maomé? O pensamento religioso é conexo e tem origens comuns.

O embaixador falava como um pregador do Apocalipse.

— Trabalhei no mundo árabe e aprendi alguma coisa. Nunca li o Alcorão, mas consta que o nome de Maria, mãe de Jesus, é citado mais de 30 vezes nesse livro sagrado. Nenhuma outra mulher, nem mesmo a mãe de Maomé, sua esposa ou filhas, são citadas pelo nome. O Novo Testamento não traz tantas minúcias sobre a mãe de Jesus quanto o Alcorão. Há um grande respeito por Cristo e sua família no livro muçulmano.

CAPÍTULO 75

O alarme soou no serviço de proteção aos agentes da CIA. O agente Yussef Khalil estava em perigo. Imediatamente uma equipe se dirigiu ao apartamento, localizado na rua 92-East, perto do Central Park, mas chegou tarde.

O agente Yussef estava com uma espada atravessada na garganta, caído no chão, diante da escrivaninha. Sua mão segurava uma fita cassete. Os agentes examinaram tudo com cuidado e, depois de adotarem as formalidades normais, pegaram a fita e se dirigiram para o laboratório da agência, em Nova York.

Nunca se sabe que perigos existem em um pequeno objeto como uma fita gravada, e, por isso, ela foi colocada dentro de um compartimento isolado, à prova de explosões e radiações, de onde seu conteúdo foi transmitido para o setor de gravações em Washington, que percebeu a gravidade do documento e enviou imediatamente cópia para o gabinete do diretor, com uma mensagem para o seu celular.

Ao ver a mensagem, o diretor pediu licença para sair da sala e voltou logo depois, nervoso, com uma fita cassete nas mãos.

— Aconteceu uma coisa inesperada e preocupante.

E devia realmente ser preocupante, por sua maneira agitada.

— Quando se fala em Caminho de Compostela, estamos falando essencialmente da Espanha, que durante oito séculos foi dominada pelos árabes, depois expulsos pelas forças cristãs, que fizeram o mesmo com os judeus que ali habitavam desde a Diáspora.

Os outros estavam atentos. Era evidente que alguma coisa grave havia acontecido.

— Pois bem. Às vezes recrutamos agentes com qualificações especiais.

Balançou a cabeça, como se o que ia dizer escapasse à sua compreensão.

— O agente Yussef era muçulmano praticante e muito estudioso. Pedi-lhe para levantar todas as possibilidades de seitas de origem judaica, com propósitos como esse que nos preocupa.

E, com um gesto desanimado das mãos:

— Explico melhor. Não adianta pedir a um muçulmano para encontrar terroristas árabes. Em um caso desses, pedimos a um judeu. Por isso incumbimos Yussef, um muçulmano, de encontrar terroristas de outros credos.

Respirou fundo para conter a tensão.

— Ele acabou de ser assassinado. Estudava a Bíblia, que ficou aberta, em cima de sua escrivaninha, no capítulo do rei Salomão. Yussef era estudioso de radicalizações religiosas e não gostava de judeus. Foi morto com uma espada atravessada em sua garganta. A espada era a cruz de São Tiago, o mata-mouros.

— A cruz de São Tiago — exclamou o embaixador, traduzindo as preocupações de todos.

O perigo, portanto, não rondava apenas no Caminho de Santiago de Compostela.

— Mas como podem esses terroristas saber que estamos aqui reunidos para tratar desse assunto? — insistiu o embaixador.

O diretor não respondeu. Turbilhões de pensamentos e receios trituravam seu cérebro.

— Os assassinos deixaram essa fita. Acho melhor ouvi-la.

Logo nos primeiros momentos, a fita indicava que o agente fora surpreendido em seu gabinete de trabalho.

— *Quem são vocês? Quem são vocês? Não tenho muito dinheiro comigo, mas podem levar o que quiserem.*

Um curto silêncio fazia pressupor que estavam com armas apontadas para ele.

— *Vocês não vieram roubar. Querem outra coisa. Por que não dizem logo?*

Uma voz respondeu:

— *Você vai levar um recado a seus chefes. Mas não faça nenhum movimento suspeito, pois do contrário eu lhe atravesso o pescoço com esta espada. Você a conhece. É a cruz de São Tiago, que matou muitos fanáticos muçulmanos na Espanha, mas devia ter matado a todos. Não devia ter deixado nenhum infiel vivo.*

Então, alguém já estava perto do agente e o ameaçava com uma espada.

— *Você devia ler com mais atenção a Bíblia escrita por Moisés, porque Maomé apenas misturou o Antigo Testamento com os evangelhos cristãos. Depois inventou aquela história de que o anjo Gabriel apareceu para ele em sonhos e ditou uma nova religião.*

De novo, um pequeno silêncio, como se o interlocutor esperasse uma reação de Yussef, que não veio.

— *Para angariar adeptos entre os cristãos, Maomé disse que Cristo nasceu da Virgem Maria e, para agradar aos judeus, disse que Cristo não era o messias, mas apenas um profeta, inferior a ele, Maomé, porque os judeus consideram Cristo um falso messias.*

Aparentemente, Yussef conseguiu se controlar e não respondia às provocações.

— *Lembre a seus chefes que Maomé, no início, mandou seus seguidores rezarem voltados para Jerusalém, mas, como não obteve o apoio dos judeus, mudou de ideia e mandou que rezassem voltados para Meca, onde estava o templo pagão Caaba, com a pedra adorada pelas tribos árabes, que é apenas um pedaço de meteorito.*

— *Não estou entendendo* — era a voz de Yussef.

— *Sim, está. Maomé não criou uma religião, mas um exército de fanáticos aos quais prometeu o céu, quando morressem em combate, e o direito de tomarem tudo o que pudessem dos vencidos. Deu-lhes o direito de ter várias mulheres, de matar e ainda roubar aqueles que perdiam a guerra. Maomé consagrou a violência no mundo árabe, e o mundo só terá paz quando todos vocês desaparecerem.*

Novamente um curto silêncio.

— *Vocês, árabes, são descendentes de Ismael, um bastardo filho de Abraão com uma escrava egípcia. Ou esqueceu o incesto de Lot com suas duas filhas e que, desse incesto, nasceram dois filhos, que deram origem a tribos árabes que habitavam perto de Israel? Por que vocês não leem o Velho Testamento, se foi inspirado nele que Maomé escreveu o Alcorão?*

— *A mão! Essa mão! Conheço sua mão...* — Yussef balbuciou.

No mesmo instante ouviu-se um grunhido, como um gemido, e, logo em seguida, o baque de um corpo caindo. A fita parava aí.

CAPÍTULO 76

O diretor olhou transtornado para o grupo.

O assessor Hawkins vigiava os lados discretamente e não escondia o medo.

O embaixador comentou:

— Eles podiam ter cortado a frase final na qual o agente Yussef identificou a mão do assassino. Se não o fizeram, é porque queriam deixar o recado de que já estão infiltrados na CIA.

E depois de pensar alguns minutos:

— Não vejo lógica nisso. Um agente da CIA cometeria o erro de identificar um assassino que já estava com uma espada em sua garganta? Isso parece montado. Podemos ouvi-la novamente?

A fita foi ouvida, e o diretor concordou com o embaixador.

— Em princípio, eles queriam que Yussef passasse uma mensagem. Aparentemente, portanto, não queriam matá-lo. Acho que entendo o que o senhor quer dizer. Essa fita foi montada.

Um estudo comparativo do som da fita com a voz de Yussef foi solicitado ao laboratório da CIA.

— O agente Yussef não era o único a fazer estudos de radicalização religiosa. O rabino Chaim, da sinagoga de New Jersey, aqui em Washington, que nos presta alguns serviços do gênero, está para chegar. Aliás, Yussef também deveria vir amanhã aqui fazer uma exposição pessoal. Alguns agentes já estiveram na sinagoga para ver se não aconteceu nada ao rabino, mas ele já havia saído e deve estar chegando, assim espero.

Para alívio geral, o rabino foi anunciado.

"Estranho", pensava o embaixador. "Por que teriam deixado o rabino em paz e assassinaram o agente Yussef?"

Um homem alto, barbas longas e nevadas, dentes amarelados pelo charuto e a calvície disfarçada pelo quipá, entrou na sala.

O diretor fez um breve relato do que havia acontecido com o agente Yussef para que o rabino soubesse do acontecido, e rodou a fita. O rabino comentou nervoso:

— É mais uma tentativa de comprometer os judeus.

— Seria? — perguntou o diretor.

— Eu ia alertar para esse lado agressivo do islamismo, como está muito claro na fita. Mas que coisa esquisita! — começou o rabino.

A iniciativa de trazer palestrantes tinha sido do diretor, que pediu ao rabino para dizer o que quisesse. Na dúvida, o grupo faria perguntas.

— Bem! Não é fácil. Na verdade, todas as religiões começam com dúvidas e violências. Ou não foi a morte de Cristo que deu origem aos poderes que o Vaticano tem até hoje?

O assessor Hawkins mexeu-se na cadeira.

— Vejam, também, o que diz a Bíblia cristã sobre a origem de árabes e judeus. Abraão teve dois filhos. Um deles, com sua escrava egípcia, Hagar, a quem deu o nome de Ismael, que em hebraico significa "Deus ouvirá". O outro, Isaac, que significa "gargalhada", nasceu de sua legítima esposa, Sara, porque dizem que Sara riu quando soube que ia ter um filho, já que ela e o marido estavam muito velhos.

Embora fosse uma introdução desconfortável e aparentemente sem sentido, a esperança de que o rabino lhes trouxesse alguma luz os mantinha atentos, sem interrompê-lo.

— Os senhores sabem a história. Isaac, sendo o legítimo herdeiro de Abraão, formou o povo judeu enquanto Ismael, filho da escrava, deu origem ao povo árabe.

"Aonde será que esse rabino quer chegar?", — indagava-se o embaixador. Mas o rabino continuou com suas estranhas narrações:

— Outros dizem que a Bíblia é um repertório de licenciosidades e não pode ser um livro sagrado. Lembram o incesto de Lot com suas duas filhas, que embebedaram o pai e deitaram-se com ele. Desse incesto nasceram dois filhos que deram origem a tribos árabes que habitavam perto de Israel, os moabitas e os amonitas.

O diretor também não estava gostando daquela explanação:

— Mas, especificamente, em relação ao tema que lhe foi confiado, em que pode nos ajudar?

— Ia justamente chegar lá. A maldição divina recaiu sobre os descendentes de Salomão, filho de Davi. Coincidentemente, o agente Yussef lia o Livro de Salomão quando morreu. Nesse livro está toda a mensagem que o Templo nos dá ao longo da história.

A palavra 'templo' ligada à morte do agente reanimou as atenções.

— Apesar de algumas contestações, quando os judeus saíram do Egito, Deus entregou a Moisés, no Monte Sinai, os Dez Mandamentos e mandou que fossem guardados numa arca, a Arca da Aliança. Estava nos planos de Davi a construção de um templo para guardar a Arca, mas Deus não permitiu que ele o construísse porque Davi era adúltero. Ele havia mandado Joab, o comandante dos seus exércitos, colocar Urias isolado, perto do inimigo, para tomar a sua esposa. Foi seu filho, Salomão, cujo nome significa "paz", quem construiu o templo, no ano de 950 a.C.

"Davi está na relação de santos emitida pelo Vaticano no ano de 2001. Como poderia ele ser santo?" — indagava-se o embaixador.

— Salomão se apaixonou por muitas mulheres de outras raças e tribos pagãs, como a filha do Faraó e mulheres de tribos árabes. Deus havia proibido que os filhos de Israel tomassem mulheres dessas nações, porque elas os levariam à idolatria dos seus deuses pagãos. Mas Salomão tomou 700 mulheres dessas tribos, que tratava como rainhas, e mais 300 concubinas. Como Deus havia previsto, Salomão edificou templos aos deuses pagãos, sendo um deles a Camos, deus dos moabitas, e outro a Moloque, deus dos amonitas.

"Então o povo árabe, segundo a Bíblia, não teve origem apenas no filho enjeitado de Abraão, mas também no incesto de um pai com suas duas filhas. Ora, ora! E Cristo seria descendente de um adúltero, o rei Davi!", ruminava o embaixador, que era cristão praticante e não estava gostando daquele relato.

— Salomão, filho do rei Davi e de Bethsabá, viveu entre 1032 e 975 a.C. e não foi apenas mais sábio que seu pai, mas também mais promíscuo. E, devido aos pecados de Salomão, o Templo foi destruído várias vezes. Deus nunca quis o Templo de pé.

O rabino continuava sua pregação, sem perceber as preocupações do grupo.

— Por isso veio a grande catástrofe. Os judeus se rebelaram contra o domínio de Roma e foram massacrados. Os romanos destruíram o Templo e levaram tudo o que havia de mais sagrado. Entretanto, não se tem registro de que tivessem encontrado a Arca da Aliança com as duas pedras em que estavam escritos os mandamentos ditados por Deus a Moisés.

E fez uma conclusão surpreendente para um rabino:

— É por isso que os inimigos do povo eleito dizem que Moisés inventou os Dez Mandamentos para manter iludidos os judeus, que ele levara para o deserto quando fugia da acusação de um assassinato que cometera no Egito.

Com um gesto teatral, mostrou sua tristeza pelo destino do Templo:

— Tudo o que restou dessa destruição é o atual Muro das Lamentações, como se a história confirmasse a lenda de que o demônio Asmodeus foi o arquiteto do Templo.

O diretor já pensava que cometera um erro ao convidar o rabino e esperava que ele terminasse logo sua pregação.

— Na costa ocidental do Mar Morto eleva-se o majestoso monte Massada. Cercados pelas tropas romanas, mil zelotes anteciparam da maneira mais trágica o que aconteceu no Montsegur, com os cátaros. Os pais mataram suas esposas e filhos e, quando sobraram apenas os homens, foram sorteados dez deles para matar os outros e, depois de cada um ter cumprido sua tarefa, um deles foi sorteado para matar os nove finais e, em seguida, se suicidou.

Sua voz tremia através da respiração forte.

— Mulheres e crianças punham as mãos nas costas e levantavam a cabeça para facilitar o corte da garganta pelos punhais afiados. O sangue de milhares de suicidas lavou as encostas do Monte Massada.

E proclamou, desafiador:

— Massada! Sim. Nunca esqueçam, Massada. Foi o maior suicídio coletivo de toda a história da humanidade.

Em outras circunstâncias, aquela narrativa teria despertado suspeitas. No entanto, a morte de Yussef os deixara transtornados. O estado de tensão já estava além dos limites. O diretor olhou para o relógio e o rabino entendeu aquilo como um recado e concluiu:

— Mas a maior afronta para o judaísmo é a frase atribuída a Cristo de que ele destruiria o Templo e o reconstruiria em três dias, profetizando sua ressurreição no terceiro dia depois de morto.

Se foi um alívio quando o rabino chegou, foi outro agora ao se despedir e sair.

CAPÍTULO 77

O movimento das cadeiras encobriu o suspiro que todos deram. O assessor Hawkins desabafou:

— Não entendo mais nada. Afinal, o que estamos descobrindo? Que as religiões são a causa de toda a violência do mundo? Como pode um rabino afirmar que os Dez Mandamentos foram uma invenção de Moisés e que a Arca da Aliança não existiu? A Bíblia virou de repente um manual de violências e promiscuidade? E por que ele usa a expressão Bíblia cristã e não fala em Talmude, a Bíblia dos judeus, nem tocou no Alcorão, a Bíblia dos muçulmanos? Não aguento mais isso. Vou pedir ao presidente para me substituir.

Todos estavam inquietos e a dúvida do diretor era a mesma dos outros.

— O que será que não me convence nessa história?

Seu rosto estava vermelho e os olhos pareciam sair pelas órbitas, mas sabia que tinha de coordenar todas essas emoções de maneira equilibrada:

— Melhor ouvir de novo a fita de Yussef, mas, antes, vamos passar a gravação dessa conversa com o rabino.

Um aparelho começou a repetir o monólogo do rabino. Em certo momento o embaixador pediu meio agitado:

— Podia voltar esse trecho?

Ouviram de novo:

— *Outros dizem que a Bíblia é um repertório de licenciosidades e não pode ser um livro sagrado. E lembram o incesto de Lot com suas duas filhas e que, desse incesto, nasceram dois filhos, que deram origem a tribos árabes que habitavam perto de Israel.*

— Aí, aí mesmo! Essas palavras: *"...o incesto de Lot com suas duas filhas e que desse incesto nasceram dois filhos, que deram origem a tribos árabes que habitavam perto de Israel."*

Não foi preciso pedir explicações. O diretor imediatamente rodou a fita encontrada no corpo do agente Yussef e lá estava a mesma frase: *"...o incesto de Lot com suas duas filhas e que, desse incesto, nasceram dois filhos, que deram origem a tribos árabes que habitavam perto de Israel."*

O diretor olhou pálido para o embaixador, que apenas acrescentou:

— Há um certo timbre nessas vozes, uma semelhança de entonação e não pode ser coincidência a repetição das mesmas palavras. É como se o discurso tivesse sido decorado e uma frase foi colocada como um desafio semelhante às charadas encontradas por Maurício.

Foi acionado o alarme, mas já haviam passado uns quinze minutos e ninguém mais viu o rabino. Mais tarde, o Departamento de Trânsito, ao guinchar um carro cujo prazo de permissão para estacionar estava vencido, encontrou no porta-malas um rabino inconsciente e seus documentos haviam desaparecido.

Pouco se produziu naquele dia. O atrevimento dos assassinos era atordoante.

O assessor exclamou:

— Mas isso é demais!

— Tudo leva a crer — completou o diretor — que o diálogo com o agente Yussef seja falso. Gravaram sua voz e a imitaram para fabricar a fita antes do crime. Yussef não teve tempo para aquele diálogo.

Era difícil de acreditar que um terrorista tivesse invadido o coração da CIA. Era demais para o diretor, que reconheceu, aturdido:

— Todo o nosso sistema de segurança foi violado. Passar pelos controles de identificação e chegar até esta sala!... Incrível! A tecnologia mais avançada criada pela CIA está sendo usada contra ela.

— Estamos perdidos. É o apocalipse final. Já ouvi falar de vários apocalipses, mas esse será o último — Hawkins quase se virou para Meca em uma oração ao Profeta, esquecendo-se de suas convicções luteranas.

O diretor estava desorientado.

— Esse falso rabino criticou ao mesmo tempo o cristianismo, o judaísmo e o islamismo. O que será que ele pretendia com isso?

O embaixador não estava tão abalado. Afinal, pertencia ao mundo diplomático e não à espionagem. Por isso, levantou uma hipótese inesperada.

— É possível — disse — que ele tivesse vindo até aqui nos trazer uma mensagem. Ao criticar o cristianismo, o islamismo e o judaísmo, conforme o senhor resumiu, deixou o recado de que sua organização não pertence a nenhum grupo ligado a essas religiões.

— É verdade! Concordo com esse raciocínio. Mas aonde vamos encontrar grupos fanáticos que não estejam ligados à religião e à ideologia?

Além de preocupado, estava mortificado pela intrusão do falso rabino em seu gabinete e tentou justificar-se.

— Todos os órgãos de espionagem correm esse risco. Estão tentando desviar nossas atenções ao mesmo tempo em que nos trazem novas preocupações, como essa menção ao Montsegur. Estão jogando uma religião contra a outra para que elas se acusem mutuamente dos atos de terrorismo que estão planejando.

Não conseguiu, porém, convencer. A autoconfiança da CIA ficara abalada, porque estavam convencidos de que o assassinato do agente Yussef tivera por finalidade criar um momento de desorientação para facilitar o trabalho do falso rabino.

CAPÍTULO 78

O assessor Hawkins não escondia o ceticismo:

— Afinal, esta é uma reunião da CIA para descobrir um complô histórico ou é um Concílio Ecumênico? Se nós estamos aqui preocupados que esse Dr. Maurício venha a ser induzido a praticar um ato de terrorismo, de que maneira fará isso? Ele explodirá uma bomba, terá explosivos amarrados no corpo, ou o que mais pode ser?

E levantou uma questão aparentemente óbvia:

— E se não for Maurício? E se ele já estiver morto e no lugar dele está um sósia como o falso rabino?

O diretor respondeu com serenidade:

— O DNA dele vem sendo colhido sempre que o perdemos de vista. Não se preocupe. Um fio de cabelo é o bastante para essa análise, e em todas as camas em que ele dormiu foram colhidas amostras.

Com essa observação, o diretor dera a entender que deviam voltar a seus estudos. A questão religiosa assumia agora uma relevância maior com a morte do agente e o discurso do falso rabino. O professor Brandon desconsiderou o rosto franzido do assessor, quando levantou a questão da autenticidade dos evangelhos.

— Uma das grandes dúvidas dos estudiosos do cristianismo é se todas as lições que atribuímos a Cristo partiram realmente dele. Ele não deixou nada escrito e os evangelhos, que deveriam trazer o seu pensamento, só apareceram quase cem anos depois e, como não podia deixar de ser, são contraditórios. A mensagem de Cristo, portanto, foi passada de boca a boca, sem documentação segura. Diziam que Ele era Deus, ressuscitou mortos, curou cegos, mudos, surdos, leprosos, expulsou demônios, transformou a água em vinho, multiplicou alimentos para saciar a fome dos seus seguidores e outros fatos, lembrados apenas pela tradição oral até merecerem a escrita cem anos depois.

O Assessor Hawkins era evangélico praticante e contestou:

— Permita-me informar. Os registros mais fiéis — disse, em tom crítico —, e que talvez não sejam os da CIA, indicam que o Evangelho de Mateus foi escrito na cidade de Lugar, em Israel, no ano 50. O de Marcos, que não foi discípulo de Cristo, mas de Pedro, foi escrito por volta de 65. O de Lucas, que por sinal não era judeu, mas romano, data do ano 70, enquanto que o de São João foi escrito em Éfeso, entre os anos 95 e 100.

— Pois é justamente isso — retrucou Brandon. — Ainda que haja divergências de datas, Cristo não escreveu a sua mensagem, e o que foi escrito mais tarde foram interpretações transmitidas por pessoas que sequer ouviram Cristo.

O professor insistia em sua pregação antievangélica.

— E agora vem outra questão séria. Muito séria. Quero pedir aos senhores que me entendam. Nós não estamos aqui para aceitar as verdades ditadas pela fé, mas sim para descobrir a verdade. Se queremos um milagre, devemos ir a uma igreja e deixar o problema por conta de São Tiago.

O recado foi entendido e ele continuou como um algoz daquelas consciências.

— Pois bem, se já existem dúvidas de que os primeiros evangelhos não traziam o verdadeiro pensamento de Cristo, essas dúvidas aumentam em relação aos evangelhos que adotamos hoje, porque o imperador Deocleciano, no ano 303, ordenou a destruição de todos os escritos e símbolos que dissessem algo sobre o cristianismo. Os evangelhos foram queimados e consta que foram reescritos por ordem de Constantino dezenas de anos depois, sob sua orientação.

O embaixador resolveu intervir, concordando com o professor, mas em tom moderado para acalmar Hawkins.

— Por essa explicação, os primeiros evangelhos já poderiam estar contaminados pelos defeitos da tradição verbal, mesmo quando foram destruídos por ordem de Deocleciano. A partir de então teriam sido reescritos para seguir o pensamento que interessava à elite religiosa dominante.

— Essa é a dúvida. A tradição oral trouxe seus defeitos em uma primeira fase e, posteriormente, o que temos pode ter sido uma reinvenção, que tomou por base o que talvez já nem fosse verdadeiro.

— Sei, sei — continuou o embaixador —, mas, além desse seu raciocínio, existe algum outro fato que possa reforçar essa tese?

— Os pergaminhos descobertos em 1948 na localidade de Nag Hammadi, em Qumran, no Alto Egito, trazem evangelhos escritos por Maria Madalena, Pedro e Felipe, que não figuram entre os quatro evangelistas. A descoberta desses pergaminhos trouxe novos debates sobre o cristianismo e o mais importante para os pesquisadores não é o que está escrito neles, mas sim quem os escondeu.

Um raciocínio levava a outro e o diretor deu uma explicação.

— Não havia segredo nas religiões antigas, como o budismo ou bramanismo. As perseguições religiosas surgiram com o cristianismo e criaram o segredo religioso. Por isso as informações, entre os primeiros cristãos, eram passadas pela via oral e os documentos eram destruídos ou escondidos. Assim como esses pergaminhos encontrados no Egito, temos certeza de que outros existem e, quando encontrados, desmistificarão esse passado, que ainda domina o comportamento da humanidade.

Depois de dizer isso, o diretor ficou alguns segundos em dúvida, mas concluiu:

— O cristianismo vive hoje o mesmo dilema dos tempos de Constantino. A pesquisa científica tenta provar que era impossível Cristo ter ressuscitado. E, se a ciência conseguir essa prova, Cristo seria ainda considerado Deus? E não sendo Ele Deus, como fica o mistério da Santíssima Trindade?

CAPÍTULO 79

O embaixador aproveitou o entardecer para pôr suas ideias em ordem. Não bastassem aquelas discussões que destruíam com rapidez tudo aquilo em que sempre acreditou, não conseguia esquecer a imagem daquela moça que vira através do olho mágico da porta do hotel. Não a encontrou mais e sentia um aperto no coração cada vez que se lembrava dela. Seus passos lentos o guiaram até o memorial em frente à Casa Branca, onde

Lincoln, sentado em uma grande cadeira, olha para George Washington, na outra ponta do espelho d'água.

Aqueles monumentos exerciam sobre ele um grande fascínio e seu patriotismo crescia, quando lembrava os fatos heroicos da vida desses homens, ainda hoje as duas grandes colunas de sustentação de seu país. Para ele, George Washington era como Deus, que criara a grande nação, e, Lincoln, o Cristo que morrera por ela. Washington criou a democracia americana, mas Lincoln morreu por defender a igualdade de todos que nela vivem. Sim. Podia pensar assim, porque enquanto o monumento de Washington aponta diretamente para o céu, Lincoln parece um Cristo coroado em sua cadeira, olhando para o Criador.

Os acontecimentos se precipitaram e medidas adicionais de segurança, revisão de sistemas e estratégias tomavam agora muito tempo do diretor. Nos últimos dois dias, cada participante do grupo recebera tarefas específicas para levar conclusões na reunião seguinte. Não conseguiam sair dos mesmos temas, como se aquelas reuniões fossem uma areia movediça.

Fazia um esforço maior agora para se concentrar, porque sua mente às vezes fugia para um campo ao mesmo tempo desconfortável e agradável. Como acontecem essas coisas? Estava sossegado em Brasília, contemplando o pôr-do-sol, esse grande companheiro dos solitários. De repente, reencontra uma menina que há alguns anos se sentava em seu colo e, agora, o código das prioridades mudara.

O canal silencioso que ligava os monumentos de Lincoln e Washington parecia um grande leito onde as alegrias e tristezas se revolviam em sonhos e pesadelos. Não gostava das ideias discutidas naquelas reuniões e sentira-se um herege quando o professor Brandon contestara a autenticidade dos evangelhos.

Ele era implacável em sua objetividade, mas, para o embaixador, pouco interessava agora se os primeiros cristãos tinham dificuldade de entender que Deus era pai de Cristo, pois se Cristo já era Deus, não podia gerar a si mesmo. E como podia ser gerado de novo, se já existia antes? Como entender também que Cristo fosse tão velho como o pai e o pai tão novo quanto o filho? E como pode o Espírito Santo ser anterior ao Pai e ao Filho, mas ter a mesma idade dos dois?

Seu raciocínio não progredia. A figura de Elaine se interpunha e complicava essa matemática em que um Deus era três e três deuses eram apenas um. Isso era um assunto para teólogos. Olhou discretamente para George Washington, que parecia agora o diretor da escola primária onde estudou. Do outro lado, Lincoln lembrava o professor austero de giz na mão. Há quanto tempo tinha ocorrido aquilo? Certo dia não fizera a lição de casa e ficara encolhido na cadeira com medo de o professor o chamar. Por que as pequenas faltas da infância ficam na memória como uma condenação que se carrega a vida toda?

Um carro preto com quatro passageiros já dera várias voltas em torno dos dois memoriais e vários agentes circulavam disfarçadamente. Esse era seu país. Aqueles homens estavam ali para protegê-lo e não podia esquecer a lição de casa. Mas por que não discutir esses assuntos com Elaine e com champanhe?

O espelho d'água do canal exercia um efeito hipnótico sobre sua mente e, aos poucos, ele foi lembrando detalhes das reuniões e das leituras que tinha feito. A figura do imperador Constantino o perturbava.

O Império Romano já estava decadente quando sua sede saiu de Roma para Bizâncio, na atual Turquia. Por sua vez, o cristianismo dominava as camadas mais pobres da população e começava a exercer sua influência sobre as classes dominantes. Constantino percebeu que essa nova religião podia ser a salvação do Império Romano e procurou trazê-la para si. Os bispos, porém, discordavam em um ponto fundamental: a divindade de Cristo.

O Papa Silvestre convenceu-o de que era preciso unir os cristãos em torno dessa divindade, pois se Cristo não fosse o Deus único, criador do universo, o cristianismo se desfaria em várias religiões e comprometeria ainda mais a união do Império. Constantino convocou o concílio de Niceia, em 325. Apenas 18% de todos os bispos do império romano ocidental compareceram. Os outros eram bispos submissos a Constantino, que já decidira que só um Deus poderia fundar uma religião tão profunda e universal como o cristianismo. Ai de quem ficasse contra essa decisão!

Lembrou-se de que o assessor mostrara sua indignação de democrata contra essa explicação:

— Então os bispos convocados eram todos partidários de Constantino? O senhor quer dizer que esse dogma não chegou a ser uma conclusão, diríamos, religiosa, mas sim política? E, ainda, sem liberdade de votação?

— Com a pressão do imperador, vários bispos abandonaram o concílio para não sofrerem sanções e, foi, então, criado o Credo de Niceia que diz: *"Creio em Um só Deus, Pai Onipotente, Criador do céu e da terra e de todas as coisas visíveis e invisíveis. E em Um só Senhor, Jesus Cristo, o Filho unigênito de Deus, gerado do Pai antes de todas as coisas..."*.

— Estou cada vez mais confuso. Passamos de Compostela para Bizâncio e não chegamos a nada.

Pouco importava ao professor a crença de cada um:

— Para Cristo ser Deus ele tinha de ressuscitar. Mas em que dia Cristo ressuscitou? Os senhores ficarão surpresos. Foi Constantino que oficializou a ressurreição, decretando que ela ocorrera em um domingo e, daí, surgiu o domingo de Páscoa. Acontece que o domingo é o dia do deus pagão *Sol Invictus*, adorado por Constantino.

Como conhecer a verdade? Deixar tudo por conta da fé? Mas fé em quem? O professor levantara mais uma estranha coincidência.

— Os cristãos celebravam o nascimento de Cristo no dia 6 de janeiro, mas Constantino mudou para o dia 25 de dezembro, que era o dia de comemoração do *Sol Invictus*, os chamados festejos de *Natalis Invictus*. Daí o nome de Natal ao dia do nascimento de Cristo.

Esse raciocínio absurdo indicava que Constantino moldou o cristianismo às suas práticas pagãs. Eram temas sensíveis, que alteravam séculos de crença religiosa, mas se alinhavam com as pesquisas de vários historiadores. E o professor chegou a uma conclusão estonteante:

— Constantino era pagão e se julgava o Sumo Sacerdote do Sol Invicto. Portanto, foi um pagão que criou o cristianismo que praticamos hoje. Ele se converteu apenas na hora da morte e foi um dos momentos mais importantes para o cristianismo, porque foi quando a cruz virou um símbolo religioso. Antes era apenas um instrumento de execução de condenados, como a espada ou os leões.

Segundo o bispo Eusébio de Cesareia, considerado o primeiro historiador cristão, Constantino, ao morrer, lhe confessou que teve duas visões. A primeira delas aconteceu nas vésperas da batalha de Saxa Rubia, quando teria visto uma cruz nas nuvens e ouvido uma voz dizer *In Hoc Signo Vinces,* ou seja, *"com este signo vencerás"*. Venceu a batalha, mas a guerra continuou, e antes de outra batalha, que ocorreria na Ponte Milvio, sobre o rio Tibre, na entrada de Roma, no dia 28 de outubro de 312, ele teria ouvido a mesma voz ordenando que substituísse a águia romana dos escudos dos soldados pelas letras *"chi"*, *"c"*, e *"rho"* que é *"p"*, letras essas que eram as iniciais gregas da palavra Cristo. Constantino venceu a guerra e Maxêncio morreu afogado no Tibre.

Mas havia outras versões para esses signos.

Eusébio era o bispo de Roma e, portanto, o Papa. E só ele ouviu de Constantino essa história. Os historiadores, no entanto, dizem que Constantino mandara seus soldados colocarem esses sinais nos escudos, em lugar da águia romana para não se confundirem com o inimigo durante a batalha, porque os soldados de Maxêncio também eram romanos e tinham a águia em seus escudos. Constantino saiu vencedor na disputa pelo título de imperador e inventou mais esse milagre para ter o apoio dos cristãos.

O professor levantava questões que eles tinham de analisar, porque um fato previsível e que precisava ser evitado estava para acontecer em Compostela:

— Estamos há mais de mil e quinhentos anos desde esses fatos e quem somos nós para decidir o que de fato aconteceu? Mas devemos lembrar também que foi a mãe de Constantino, Santa Helena, quem descobriu a cruz na qual Cristo foi crucificado. Foi ela também que decidiu em que lugar Cristo foi crucificado e morto, e foi ela que mandou construir o Santo Sepulcro. Em 381, o imperador Teodósio convocou o concílio de Constantinopla, para o qual foram chamados apenas os bispos trinitaristas, ou seja, aqueles que apoiavam o mistério da Santíssima Trindade. Compareceram

150 bispos, que votaram uma alteração no Credo de Niceia para incluir o Espírito Santo como parte da divindade. Os bispos dissidentes foram expulsos da Igreja e excomungados.

Fora demais para um dia só.

Constantino marcou a data do nascimento de Cristo, decretou o domingo como o dia da Ressurreição, impôs a divindade de Cristo, divinizou a cruz, proibiu as outras religiões, construiu a Basílica do Vaticano, reescreveu os evangelhos, enfim, sem ele não existiria o cristianismo. Com tantas dúvidas, talvez depois daquelas reuniões, o nome de "cristianismo" devesse ser mudado para "constantinismo".

CAPÍTULO 80

Já entardecia e o embaixador contemplou por mais alguns minutos aqueles dois monumentos e voltou para o hotel. Deitado de costas, com as mãos sob a cabeça, pensava em Elaine. As reuniões com ela tinham sido mais proveitosas. Estava sonolento e sua mente cansada.

Não gostava daquele Constantino. Como um sujeito tão ruim podia ser canonizado? Nem bem tinha imposto a divindade de Cristo, mandou matar seu próprio filho, Crispus. Depois sufocou sua esposa, Fausta, em um banho com água fervendo, mandou estrangular o marido de sua irmã favorita, chicoteou até a morte o filho dela e se deliciava, tanto quanto Nero, assistindo a combates mortais de prisioneiros de guerra com animais selvagens.

Sua mente distraída foi substituindo Constantino pela estranha história da esposa do rei sicâmbrio Clodio, que fora violentada por um monstro marinho. A sonolência guiou seu subconsciente para um horizonte distante, onde o azul do mar refletia as cores do céu. Ele era agora o deus Netuno e vigiava o oceano quando viu aquele corpo nu, de curvas tentadoras, nadando nas ondas preguiçosas da praia. Os raios sensuais do sol douravam a pele alva e ele foi tomado por uma inquietude que o fez mover-se até a superfície das águas. Aproximou-se, furtivo, e a envolveu com seus longos tentáculos. O pequeno corpo macio e frágil tentou desesperadamente escapar, mas ele o manteve preso e com cuidado. O olhar que o enternecera antes refletia agora um intenso pavor que o excitou ainda mais. Ela desmaiou e não pôde ver que ele a levara para o trono de Netuno, e lá, no fundo das águas, fez seu sangue de deus dos mares se misturar com o sangue de uma criança que já crescia dentro dela.

Realizado e calmo, subiu à superfície e a depositou na areia branca da praia, onde os soldados do rei que procuravam pela rainha fugiram apavorados, quando o viram. Ele a olhou com ternura e disse:

— De você nascerá uma dinastia de deuses. Seus cabelos serão longos e seus dedos cheios de magia. Seus descendentes serão superiores aos de sua espécie e cuidarão da terra enquanto eu cuido dos mares. Seremos dois poderes unidos em um só mundo.

O embaixador acordou sobressaltado. Fora um sonho curto e agradável que o impressionou. A cena ainda continuava viva em sua memória, mas era preciso esclarecer algumas coisas que o desorientavam. Voltou a pensar em Elaine. Ela parecia ter mais sensibilidade para interpretar a dramaticidade daqueles momentos. Será que já estava em condições de voltar a discutir aqueles assuntos?

Ligou para o quarto onde ela deveria estar. Uma voz delicada atendeu:

— Alô!

— Elaine! É o embaixador Williams. Poderíamos nos encontrar agora no bar do hotel para conversarmos um pouco?

— Claro! Com prazer. Estarei pronta em quinze minutos. Estava mesmo ansiosa por alguma atividade.

Quando ela desceu, ele já estava em uma mesa meio afastada, onde poderiam conversar livremente. Cumprimentaram-se, e ele perguntou se ela aceitaria uma taça de champanhe.

— Mas o senhor não prefere uísque? O champanhe para mim está bem.

— Vou acompanhá-la em uma taça de Don Pérignon enquanto conversamos.

O champanhe chegou e brindaram o reencontro deles, em Washington, depois de vários anos sem notícia, desde o trágico incidente em que ela perdera o pai. Ele a olhava com a sensação de que aqueles cabelos louros bem penteados que, desciam sobre os ombros, e os olhos claros, que sobressaíam na pele rosada do rosto, eram os mesmos da mulher com a qual sonhara minutos antes. Elaine era uma moça realmente bonita, e o leve enrubescer de suas faces denunciou que percebera a maneira inesperada de como a examinava. Mas o embaixador ficaria muito surpreso se pudesse ler seus pensamentos.

Na verdade, ela enrubescera porque, enquanto ele a examinava, ela o viu como um homem maduro, elegante, educado e bonitão. Sofria pelo pai e pelo noivo, mas se sentia desamparada. Reuniu o resto de suas forças morais e deu um suspiro que ele entendeu como de alívio por ele ter desviado os olhos de seu bonito rosto e, então, fez um comentário displicente para iniciar a conversa:

— Sabe? Estou achando que no mundo de hoje talvez valha mais a pena ir ao bar do que à igreja. O bar é um teatro onde os artistas são autênticos.

E, levantando o copo para o brinde:

— Pelo menos me sinto melhor diante de um copo do que no confessionário.

— O senhor veio inspirado. Comparar bar com igreja e copo com confessionário é bastante original. Um copo solitário talvez ajude o exame de consciência.

Ele riu, mas entrou no assunto que o levara a esse encontro.

— Aquela história do monstro marinho com a rainha sicâmbria tem algo semelhante à anunciação de Nossa Senhora. O que você me diz sobre isso?

— É uma das histórias mais fantásticas do cristianismo e tem servido para interpretações de todos os tipos.

— Estou mais preocupado com aquele documento do imperador Constantino. Acho que você tem mais coisa a dizer.

"Um rosto bonito não precisa desse sorriso", pensou, "mas fica melhor com ele."

O tema era sensível para ela, mas precisava perguntar:

— Desculpe se a minha pergunta lhe traz recordações tristes, mas estamos em um momento de urgência. Você acha que o pessoal daquela ONG estaria procurando esse documento em algum lugar de Roma?

A pergunta de fato a desconcertou, mas respondeu:

— Só podia ser isso. Um documento desses teria efeito devastador na credibilidade do Vaticano. Não entendo, porém, o que eles estavam fazendo nos subterrâneos de Roma. Ainda que conseguissem cavar um túnel para chegar ao arquivo secreto do Vaticano, como saberiam onde encontrar esse documento, se ele de fato existir?

— A não ser que tenham alguém lá dentro para ajudá-los. Não sei se me entende, mas a cada dia penso que é assunto complexo demais para a CIA. Minha esperança é uma mente privilegiada que, no momento, anda sozinha pelos campos bucólicos do Caminho de Santiago.

CAPÍTULO 81

Na tarde do dia seguinte, o embaixador caminhava amargurado. Saíra de mais uma infrutífera reunião e, quando chegou ao hotel, ligou para o quarto de Elaine. Teriam tempo para discutir suas preocupações até a hora do jantar.

Logo ela apareceu com um sorriso confiante. Após umas palavras de elogios à sua beleza e elegância, ele começou:

— Sabe? Sempre aceitei os evangelhos como uma verdade que não devia discutir. É como se ainda fosse o tempo das heresias, quando nem a Bíblia se podia ler.

Ela preferia continuar nos elogios, mas ouviu com atenção.

— Três situações criaram um impasse para as nossas discussões: a falta de conhecimento da vida de Cristo, o fato de que os evangelhos foram escritos muito tempo depois que ele morreu e a interferência de Constantino. Por que apagaram da história toda a vida de Cristo? Estudamos a vida dos imperadores romanos, como César, Nero, ou de Ramsés e Tutancâmon, que viveram há milhares de anos. Então, por que motivo não sabemos nada sobre Cristo?

Era um tema delicado até para os dias de hoje e ela concordou com ele.

— Quando se toca nesses assuntos, existe ainda o risco de sermos considerados ateus. Mas Cristo não proibiu a busca do conhecimento. Muito pelo contrário, Ele próprio estudou a lei mosaica e modificou o entendimento dela. Alterou a religião dominante. Enfrentou os doutores da lei e foi perseguido porque tinha ideias novas. Ele deu o exemplo de que religião não pode ser dogmática e imutável, como impôs a Igreja durante dois mil anos.

— Todo tipo de informação que pudesse apresentar Cristo como um ser humano comum, foi destruído. Os evangelhos foram escritos sob certa emoção, quando já se acreditava que Ele tinha ressuscitado e era Deus. Então, qualquer fato que indicasse o contrário, era imediatamente repudiado.

Ele ficou em silêncio, como se quisesse limpar a mente de coisas que o perturbavam, e ela entendeu que o grupo mergulhava nas profundezas do cristianismo, sem saber o que procurar, mas teve de admitir.

— Os evangelhos sempre foram apresentados como uma verdade absoluta, que ninguém se atrevia a contestar.

— Podiam não contestar os evangelhos, mas tinham comportamentos diferentes diante deles. De onde você acha, por exemplo, que surgiu a crença de que os merovíngios eram descendentes de Cristo?

Ela pensou um pouco, como se não tivesse certeza do que ia dizer, mas deu uma explicação.

— A própria Igreja construiu isso, sem querer. É meio complicado, mas por volta do ano 200 o patriarca de Alexandria engendrou uma espécie de árvore genealógica para nomeação de bispos, dando preferência aos descendentes dos apóstolos. Vários candidatos a bispo começaram a forjar genealogias, e é possível que alguns se apresentassem como descendentes de Cristo. Essa pode ser uma das origens da lenda.

Elaine segurava o copo de champanhe, que espumava como as ondas do mar, e ele se lembrou do sonho de Netuno, que levou a rainha sicâmbria para o fundo do oceano. Os lóbulos da orelha dela eram mais bonitos do que o brinco, onde uma pequena pedra de brilhante desaparecia na cor rósea da pele. Os lábios combinavam com a maciez da ponta da orelha e o contorno do rosto tinha uma harmonia que destoava das incoerências do assunto.

Nem mesmo quando ela franziu a testa em um esforço de raciocínio que já havia abandonado, ele voltou à realidade. Sua mente não conseguia se fixar no que falavam e emoções mais fortes nasciam dentro dele. Ela estava concentrada, mas percebeu a distração do embaixador, que parecia absorto.

— Embaixador!... Quanto o senhor quer por seus pensamentos?

Ele corou.

— Oh! Desculpe. Esse assunto mistura Madalena, Netuno, Cristo, si-câmbrios, e me perdi.

Ela sorriu e cada um foi para seu quarto.

LIVRO
7

AS CRUZADAS

CAPÍTULO 82

Maurício andava solitário em uma linda manhã em que as ideias se desviavam das incoerências, em busca de um pouso seguro. Em Burgos, quando elas se encontraram em um ponto comum, ele pôde compreender qual era o plano do inimigo e aplicara um humilhante golpe nessa organização criminosa. Fora, porém, um feito isolado e embora já começasse a formar uma teoria sobre o que estava acontecendo, não podia se descuidar. Algo brutal poderia acontecer para demonstrar que a organização era superior, como em uma espécie de vingança pelo fracasso em Burgos.

Esquivava-se de grupos, porque não sabia que perigo poderia estar entre eles, e, sozinho, podia raciocinar e fazer exercícios de alerta para quando tivesse de tomar iniciativas. A companhia de Patrícia era um apoio que o ajudava nesses momentos, mas alguma coisa a afugentava do inspetor. Poderia ter esperado a conclusão do inquérito em Burgos, mas usara a desculpa de não gostar de assuntos policiais.

Seu raciocínio trabalhava em um campo imenso de hipóteses. Por que o detetive não aparecera antes de ele chegar a Burgos, como antes de San Juan de Ortega? Teve a leve impressão de que o inspetor Sanchez sentira uma pitada de ciúmes, porque se antecipara às investigações policiais e salvara a vida do arcebispo e de outras pessoas naquela catedral. Por outro lado, as charadas passaram a ser outro problema. Não podia confiar na matemática dessa organização e procurava uma lógica dentro de todas essas incoerências. Se antes pensava que tinham sido entregues quatro charadas, agora estava com três, já que as de Irache e de Najera eram mensagens dissimuladoras para que ele se descuidasse em Burgos. Se estivesse certo, faltavam ainda cinco. Qual, porém, o enigma que se esconde por trás delas? A primeira leva à palavra caminho. A de Puente la Reina tem o significado, óbvio, de ponte, e agora surge a palavra tesouro. Três palavras, portanto, já estavam definidas, mas não esclareciam nada.

"Será que o pessoal da CIA entendeu a mensagem de Alexandre Dumas?"

Voltou a se interessar pelo canto dos pássaros e pelo colorido das flores como um elixir para a alma. Vilarejos de nomes pitorescos e solitários como Tradajos, Rabé de las Calzadas, Hornillas del Caminho e outros que foram ficando para trás até chegar a Arroyo San Bol, um vilarejo judeu desaparecido.

Ninguém sabe o que aconteceu com a população de Arroyo San Bol, mas é certo que a Igreja não iria tolerar um povoado judeu dentro do Caminho de Compostela. Instintivamente, caminhou até a pequena casa que serve de albergue. Não encontrou ninguém e ficou alguns minutos sentado à sombra das árvores, junto ao arroio. Sentiu-se melhor, ideias novas se juntaram às que já tinha e voltou a caminhar. Não conseguia encontrar vestígios de Patrícia e quase já se convencera de que não a veria mais, quando finalmente encontrou no albergue de Hontanas um bilhete em que ela dizia que não conseguira dormir bem e se levantara muito cedo. Ia reduzir as marchas de cada dia até que ele a alcançasse. Talvez o esperasse em Castrojeriz.

Tomado por novo entusiasmo, levantou-se cedo. Era ainda de manhã quando atravessou o enorme portal que resta nas ruínas do convento de San Anton. A estrada asfaltada continua fiel ao antigo Caminho e as portinholas por onde os monges passavam pão e vinho aos peregrinos resistem à destruição do tempo e do homem. Dali se descortina o castelo de Castrojeriz, no alto de um morro. O peregrino se depara na entrada desse vilarejo medieval com a Colegiata de Santa Maria, atual santuário de Nossa Senhora de Manzano, ou da maçã, porque a imagem apareceu em uma macieira. A igreja é cheia de invocações ao mistério da Anunciação, com a imagem da Virgem Branca.

Mas o Caminho é cheio de surpresas. Um peregrino que não se vê há uma semana surge de repente, e a alegria do encontro é memorável. Alguns andam ligeiro, outros fazem um trajeto mais curto, e, assim, as alegrias do reencontro acontecem. No entanto, para quem vinha com o espírito prevenido, casualidades geram suspeitas. Ele observava as quatro ferraduras pregadas na porta da Colegiata, quando o ciclista que encontrara no albergue de Granhon o cumprimentou.

— Senhor Maurício! Bom dia! Não vi quando deixou o albergue em Granhon. O senhor se levantou mais cedo que todos e, pelo visto, saiu quando ainda estava muito escuro.

Explicou que dormira ao relento, vendo as estrelas e a lua.

— O senhor é muito corajoso. Dormir sozinho nesses campos! Confesso que o invejo. Ainda vou fazer uma experiência dessas.

Conversaram alguns minutos e o ciclista apontou para as ferraduras.

— Sabe que muita gente ainda acredita que essas quatro ferraduras pregadas na porta da colegiata são as ferraduras do cavalo branco de São Tiago? Ele se referia à Batalha de Clavijo. De acordo com a lenda, São Tiago desceu do céu montado em um cavalo branco para ajudar o rei Ramiro a vencer os mouros, que fugiram em debandada com medo dos golpes mortais que o santo desferia com uma espada semelhante a uma cruz. Talvez a batalha nunca tivesse existido, mas a lenda teve grande repercussão e sua divulgação ajudou a expulsar os mouros da Península Ibérica.

— Mas você demorou muito para chegar até aqui, estando de bicicleta.

O ciclista riu e explicou:

— Fiquei um pouco em Burgos para ajeitar minhas férias. Vou colaborar esta quinzena como hospitaleiro no albergue de San Nicolau, logo mais adiante.

E, dizendo isso, despediu-se com um *Buen camino*.

"Burgos? Não o vi por lá. Se chegou antes, em que albergue se hospedara? E como poderia ajeitar férias em Burgos, se trabalha em Madri?"

Patrícia não estava nos albergues de Castrojeriz. Ainda não começara o entardecer e ele atravessou a longa rua medieval, em torno da qual se fez a cidade, na esperança de que a encontraria em outro vilarejo. Ao fim de uma pequena planície, começa a subida do Mostelares, mas ele parou estupefato, ao pé do morro.

Uma pequena placa indicava a direção de Castrillo Matajudios.

"Castelo Mata-Judeus?!...", leu incrédulo. O Caminho teve uma cruzada para matar hereges, um apóstolo para matar os mouros e agora aparece um castelo de matar judeus. Teria a população judia de Arroyo San Bol sido conduzida para esse castelo? Teria o Caminho sido um pretexto para a purificação religiosa da Europa cristã? Ou ele estaria enganado e não seria essa a origem da palavra Matajudios?

Até então vinha se deparando com peças desajustadas de um quebra-cabeças: as vítimas não combinavam, como o caso do espanhol e da menina nos Pireneus e a madre superiora de Najera; o estilo dos crimes era diferente em cada assassinato, variando de envenenamento a ritualismo como o de Irache. Apesar dessas aparentes incoerências, no entanto, acabara descobrindo alguns pontos que se ajustavam e já começava a formular uma teoria. Subiu o monte e de lá do alto voltou-se para o imenso e distante horizonte que deixava para trás. Estava confiante e lembrou-se do discurso do inspetor em Atapuerca "Sir Francis Drake! Ora, ora!".

CAPÍTULO 83

Assim que sobe o Mostelares, o peregrino encontra uma planície com campos cultivados. Os agricultores recolhem as pedras do meio dos campos para facilitar a mecanização da cultura dos cereais e as amontoam na beira do caminho, como se fossem mausoléus. Em alguns lugares, as pedras são arrumadas em forma de cruz, que ali pareciam estranhas figuras que o olhavam com suspeita.

Evitava companhias, embora não conseguisse entender como uma pessoa estranha conseguira entrar em sua vida e lhe causar sentimentos profundos. Tinha sonhos conturbados, que não o deixavam dormir direito e continuavam a perturbá-lo durante o dia. Era uma situação contraditória, porque enfim estava só, como sempre queria estar. Podia agora levantar-se cedo, andar sozinho e buscar a paz interior que sentira no alto dos Pireneus.

Pensar era um de seus prazeres prediletos, e ia se deliciando com um momento desses quando divisou ao longe um grupo de peregrinos reunidos em torno de alguma coisa no chão. O que seria? Apressou o passo e, quando se aproximou, viu a bicicleta quebrada ao lado da estrada. Havia sinais de sangue no cascalho.

— Mas que descuido! — exclamava um peregrino. — Derrapar em um lugar limpo e plano como este e ainda bater a cabeça no monte de pedras!?...

Pelo que ouviu, o ciclista devia ter um celular e pediu socorro, porque o grupo vira uma ambulância sair dali antes de eles chegarem ao local.

Maurício constatou que a bicicleta era a mesma do ciclista de Granhon. Um duvidoso acidente. Aos poucos, os peregrinos se foram e ele teve mais liberdade para examinar os vestígios ao redor. Não viu sinais de derrapagem do pneu da bicicleta, e o monte de pedras não era tão grande que pudesse ter desmoronado em cima da cabeça de alguém. Examinou as pedras e uma delas tinha vestígio de sangue, como se tivesse sido usada como arma.

Estava claro que o ciclista caíra em uma cilada. Alguém o esperava atrás das pedras e o acertara com um tiro, simulando depois o acidente. A uns vinte metros adiante viu o rastro recente de um veículo, que atravessara os campos e saíra na trilha. Era certamente a ambulância, que devia estar escondida por perto e aguardava um aviso do assassino para recolher o corpo.

Por que, no entanto, deixaram a bicicleta?

Não seria outro recado para ele, porque já havia recebido os da cruz quebrada em Monjardim e das unhas do falcão em Najera. Esse era para outra pessoa, mas quem seria essa outra pessoa? E quem seria esse ciclista para ser morto logo depois que o encontrara em Castrojeriz? Não encontrou nenhum papel de bloco com letras caligrafadas em vermelho.

CAPÍTULO 84

Eram quase cinco horas da tarde quando viu ao longe o singelo edifício da Ermida de São Nicolau, do qual muitos peregrinos passam ao largo, sem saber de sua curiosa liturgia.

O pequeno albergue é provavelmente o mais cativante do Caminho. Consta que suas origens remontam ao século XIII e teria sido fundado pela Ordem de Malta. Durante séculos ficou abandonado, vindo a ser restaurado pela Confraria de São Tiago. Os hospedeiros revivem a cena do Lavapés e, como Cristo fez com os apóstolos na noite da quinta-feira que antecedeu à Paixão, lavam e beijam os pés dos peregrinos.

Depois de se acomodar, Maurício tomou banho e deitou-se para descansar do longo dia de caminhada e calor. Estava aborrecido com o assassinato do ciclista, que parecia relacionado com o fato de eles terem conversado em Castrojeriz, mas não entendia essa morte aparentemente gratuita.

O albergue era um lugar emblemático porque fora fundado pela Ordem de Malta, também chamada Ordem dos Hospedeiros de São João. Maurício não queria pensar em mais nada, apenas dormir, mas aquele albergue fustigava sua memória. Lembranças confusas da visita que fizera a Clermont-Ferrand trouxeram a sua cabeça já cansada trechos do discurso do Papa Urbano II, quando incitou a população da França a organizar exércitos para retomar Jerusalém.

Conforme foi adormecendo, imagens estranhas ocupavam seu sono e ele se viu no meio de uma multidão, que gritava enraivecida:

"Matemos os infiéis. Matemos todos eles em nome do Bom Deus!"

A multidão respondia aos apelos de um pregador vestido de branco, com um grande chapéu em cunha invertida, que do alto de uma montanha levantava um crucifixo com as duas mãos e, com voz potente, pregava:

— *O sagrado Túmulo do Senhor Cristo está hoje em mãos impuras. Uma raça amaldiçoada dominou aquelas terras cristãs e com ferocidade massacra, assassina, tortura e escraviza os peregrinos que vão pacificamente à Terra Santa apenas para visitar o Túmulo do Senhor.*

"Mas isso não pode estar acontecendo!", pensou assustado. "Esse parece o discurso do Papa, mas ele está com a fisionomia do inspetor Sanchez.

O Papa, ou o inspetor Sanchez, levantou as duas mãos como se fosse abençoar a multidão, mas em vez disso voltou a falar com voz inflamada:

— *Esse povo amaldiçoado que tem nomes de turcos, persas, árabes, muçulmanos, islâmicos, ou seja lá que outros nomes o Demônio lhes deu, é amaldiçoado, digo eu, porque é estranho a nosso Deus, e nega a divindade do Senhor.*

A multidão bradava:

— *Morte aos infiéis! Deus o quer! Deus o quer!*

A voz do Papa, ou do inspetor, repercutia pelas montanhas e dava mais energia à raivosa multidão.

— *Nossas igrejas foram ultrajadas, cristãos foram castrados e seu sangue vertido em pias batismais para escarnecerem do santo sacramento do batismo.*

Maurício ouvia incrédulo o inspetor Sanchez incitar a multidão que parecia espumar de desespero, para sair dali em busca da terra sagrada. Ele falava com a mesma convicção de Atapuerca, quando punha a culpa no Caminho.

— *Abusam de mulheres e crianças cristãs. Roubam os peregrinos, e quando os cristãos não têm dinheiro, eles abrem seus ventres com a lâmina da espada em busca de peças de ouro que poderiam ter sido ingeridas e assim escondidas.*

O inspetor estava entusiasmado com o êxito de suas palavras e continuava cada vez mais incitador.

— *Esses infiéis amaldiçoados perfuram os umbigos dos cristãos e depois atam suas tripas a estacas e as esticam até outro poste onde as amarram para que os cristãos vejam suas próprias entranhas queimando ao sol, apodrecendo e sendo consumidas por corvos e vermes. Depois soltam cães famintos para devorá-los ainda vivos.*

Mas alguma coisa estava errada. O Papa estava mudando o discurso de Clermont.

— *Até agora vocês não passaram de desordeiros vagabundos que roubavam os bispados, assaltavam as abadias e estupravam suas freiras. Pois agora, se* quiserem ser perdoados por esses vis pecados devem invadir as tendas dos turcos e misturar no sangue das virgens muçulmanas o sangue cristão que corre em suas veias.

E, então, notou estarrecido que o inspetor Sanchez estava vestido como o demônio.

— Sereis guerreiros abençoados e todos os pecados que já cometeram e os que vão cometer estão desde já perdoados. Em nome do Senhor Jesus Cristo, eu lhes dou a vida eterna.

No momento em que ele pronunciou o nome de Jesus Cristo, houve uma explosão e agora era ele próprio, Maurício, falava para a multidão, como se fosse o Papa, enquanto o inspetor Sanchez estava em cima de uma colina montado em um bisonte pré-histórico como o Homem de Atapuerca.

Maurício não pôde controlar as palavras que saíam de sua boca e terminou levando aquela multidão ensandecida ao paroxismo:

— Eu vos prometo que todo aquele que morrer e levar com ele o crânio de um turco se sentará ao lado do Senhor.

Fora um discurso glorioso e, quando o terminou, a multidão gritou em uma voz que se ouviu em todos os recantos do Paraíso:

"Louvado seja o Senhor meu Deus!"

CAPÍTULO 85

Devia estar sonhando, mas não conseguia acordar. Era como se uma maldição o obrigasse a assistir a tudo aquilo para compreender os dias de hoje.

Tentou rezar e percebeu, de repente, que suas vestes de cavaleiro se transformaram em roupas de mendigo. Não só ele, mas todos os cavaleiros eram agora mendigos sem armaduras, sem cavalos, sem armas, descalços. Como se tivesse sido empurrado por uma força irresistível, dirigiu-se àquela horda de maltrapilhos e começou a gritar ferozmente:

— Fui indicado por Deus para levá-los a reconquistar a Terra Santa. Não precisamos de armas, nem cavalos, nem de armaduras, porque a nossa fé nos

*protege e assim como as muralhas de Jericó ruíram com o som das trombetas
tocadas pelos anjos, todas as portas de Jerusalém se abrirão e os inimigos cairão
mortos ao pronunciarmos o nome do Senhor. Vamos! Sigam-me!*

E, então, um bando de esfarrapados, desempregados, desordeiros e mendigos
passou a segui-lo. Era venerado como Pedro, o Eremita, e chefiava a
cruzada dos Mendigos, uma multidão de vândalos que, por onde passava,
depredava, roubava, estuprava e matava aqueles que não lhes entregassem
armas, mantimentos e roupas, pois quem se recusasse a ajudar na reconquista
da Terra Santa se equiparava aos infiéis.

Obrigaram os navios de mercadores a transportá-los pelo mar Adriático
à Turquia e lá se depararam com o exército turco, que se lançou sobre eles.
Um cavaleiro impetuoso veio em sua direção e a única arma que tinha era
o cajado, que se transformou no mesmo instante em uma enorme espada
com uma cruz no cabo. Montava agora um cavalo branco e avançou sobre
os mouros, que fugiram assustados com sua ferocidade.

Dando golpes pela esquerda e pela direita, foi cortando cabeças, rasgando
intestinos, enquanto gritava para seu exército de 300 mil cruzados:

— *Matem todos! Matem todos, porque Deus saberá escolher os seus!*

Subiu em uma enorme pedra no centro da cidade, onde hasteou triunfante
a bandeira do Papa. Era a pedra de onde os muçulmanos acreditam
que Maomé subiu aos céus, mas ele, São Tiago, tinha reconquistado a Cidade
do Senhor.

A carnificina fora tão grande, que o sangue chegava aos joelhos das pessoas.
Não houve piedade, e a sinagoga foi queimada com todos os judeus dentro
dela, porque Cristo havia dito: *"Quem não está comigo, está contra mim!"*.

Desesperado, gritava:

— *Matem todos! Matem todos! Todos aqueles que se diziam cristãos, mas
viviam aqui junto com os infiéis, ajudaram a conspurcar o túmulo do Senhor.
Matem! Matem! Matem! Todo aquele que convive com um muçulmano, e
também o judeu que não aceita a fé pregada pelo Salvador, devem ter o mesmo
destino dos infiéis turcos.*

Depois de lavar a Cidade Santa com o sangue dos pecadores, tomou o
rumo dos céus. Ele era o apóstolo São Tiago, o Mata-Mouros, que voltava

triunfante aos céus para prestar contas da missão que lhe fora confiada por Deus. Guiou seu cavalo branco por entre nuvens úmidas para tirar as manchas daquele sangue impuro, que não podia entrar no céu. Mas quando lá chegou, o trono de Deus estava vazio.

"Muito esquisito. Deus nunca abandona seu posto! Ele deveria estar aqui saboreando essa vitória contra o Demônio. Então, onde estaria Ele?"

Como que para responder a essa pergunta, as nuvens se abriram e ele viu lá embaixo Deus recolhendo os corpos dos infiéis e os levando um a um para o Santo Sepulcro. Depois do massacre, os muçulmanos que escaparam da carnificina foram obrigados a levar os corpos dos mortos para fora da cidade, onde formaram montes tão altos como as muralhas. Deus agora os trazia de volta para dentro das muralhas da Cidade Santa.

"Mas isso não é possível! Deus está recolhendo os corpos dos infiéis e os guardando no Santo Sepulcro, junto com o corpo de Cristo? Mas por que Ele não leva os corpos dos cruzados que morreram na batalha? Algo está errado."

Um súbito temor o invadiu. Será que havia matado o povo de Deus? Qual seria então o povo escolhido? Mas o Papa havia prometido o paraíso para quem matasse os infiéis! Precisava descer e entender por que Deus estava do lado dos judeus, dos hereges, dos pagãos e tinha abandonado os seus.

Montou no cavalo e começou o caminho de volta à Terra Santa, mas as nuvens se fecharam e apagaram as flechas amarelas. Como descobrir o Caminho, agora? Desceu nuvem por nuvem, assustado e perdido. O cavalo desaparecera e ele estava deitado sobre uma nuvem. A umidade o inquietava. Uma gota de água fria lhe caiu sobre a testa.

Tentava se mover, mas não conseguia, como se estivesse sofrendo um ataque cataléptico. De onde vinha essa água, se já não havia mais nuvens? Teve um leve estremecimento e percebeu que alguém passava um pano molhado em sua testa.

— O que houve? — perguntou, agitado.

— Não se assuste. O senhor teve um pesadelo. Talvez tenha tomado muito sol no caminho.

Era uma freira, que não vira quando chegou ao albergue. Olhou para ela e então compreendeu que dormira e tivera sonhos perturbadores, que o acusavam. Sempre criticara a afirmação de Freud de que o sonho é a realização de um desejo. Preferia dizer que os sonhos nos acusam de alguma coisa. Quando bem analisados, se vê por meio de suas mensagens que estão nos revelando algo que pesa em nossa consciência.

A freira estava com uma pequena bacia de água e passava uma toalha em sua testa. Estava mais calmo e, então, viu que a freira era uma moça jovem e bela como uma santa. Só mais tarde descobriu que o forte pressentimento que se apossou dele naquele momento era a premonição de outro crime. Talvez por causa da intensidade de como a olhava, ou porque talvez tivesse percebido em seu olhar alguma centelha libidinosa, ela falou:

— Nós todos estamos a serviço do Senhor. Cada um tem sua missão a cumprir para que o Bem vença o Mal.

Palavras enigmáticas. Será que ele deixou escapar alguma coisa durante o sonho? O que será que ela quis dizer com "missão a cumprir"?

— Obrigado, irmã. Talvez tenha realmente exagerado na caminhada de hoje.

— Que Deus o abençoe em sua peregrinação.

Enquanto ela se retirava, viu um corpo perfeito de mulher escondido por dentro de um hábito negro. "Por que pessoas como ela estragam sua vida para dedicar-se aos pobres e infelizes?" E voltou a ter o mesmo pressentimento de perigo de quando a vira logo que acordara.

CAPÍTULO 86

Às sete horas seria a cerimônia do lavapés. Seis cadeiras de cada lado estavam dispostas diante do altar. Maurício sentou-se em uma delas e a freira que enxugara sua testa aproximou-se com uma bacia de água e ajoelhou-se diante dele. Lavou-lhe os pés e depois os beijou simbolicamente em um movimento rápido, dizendo:

"Em nome de Cristo os acolhemos no hospital de São Nicolau.
Que o descanso o conforte e repare suas forças para que continue
o Caminho. Amém."

Em seguida, o monge hospitaleiro deu as boas-vindas a todos e convidou-os para a ceia, acompanhada de vinho. Fora uma reunião alegre e despreocupada que lhe fez bem. Deitou-se às dez horas junto com os demais e dormiu um sono reparador até as duas horas da madrugada.

Evitava se mexer sobre o colchão para não fazer barulho e acordar os outros, mas o vizinho roncava e ele não conseguiu mais dormir. Tentou ocupar a mente com um plano para aplicar outro golpe no assassino, como fizera em Burgos. A enigmática morte do ciclista não se encaixava. Quem na verdade seria ele? Se soubesse, muita coisa poderia descobrir.

Seus esforços para dormir não tiveram êxito e quando ele olhou no relógio eram quatro horas. Perdera completamente o sono e preferiu ir embora. Gostara da experiência de dormir ao relento depois de Granhon, e o ar frio da noite que sentiu ao abrir a porta do albergue deu-lhe novas energias. Atravessou a extensa ponte medieval sobre o Rio Pisuerga, e com a pequena lanterna procurava as flechas amarelas que apontavam para as curvas do rio.

Ao longo das margens do Pisuerga, o arvoredo formava confusas figuras que se levantavam para o céu, aumentando os receios da noite. Arrependeu-se de ter saído tão cedo e talvez tivesse sido melhor não ter parado no albergue da Ordem de Malta. A evocação histórica do lugar o impressionara e seus temores aumentaram.

Um ruído estranho às suas costas o assustou e ele gritou quase sem querer:

— Quem está aí?

Não viu ninguém e o silêncio voltou. Teria sido algum pequeno animal? Os pálidos raios de claridade, que começavam a aparecer, não foram suficientes para reanimá-lo. Continuou andando, com a sensação de que alguém o seguia, como acontecera em Villambista. Estaria tão impressionado assim? Não, não estava, e sentiu vontade de voltar correndo para o albergue, quando ouviu passos de gente andando rapidamente por entre as árvores da margem do rio, como se quisesse ultrapassá-lo.

Correu a lanterna pela trilha e viu que as árvores que formavam a senda do Caminho brotavam de dentro de um valo largo, aberto, para escorrer a água da chuva, e algumas se juntavam, criando um vão entre os troncos. Ele escolheu um grupo de árvores e se protegeu no meio delas. Tirou a mochila e a deixou apoiada contra os troncos para simular que continuava ali, mas agachou-se com cuidado e esgueirou-se pelo valo, sem fazer ruído. Depois de ter-se afastado uns 20 metros, ocultou-se no meio de outro agrupamento de árvores.

Os passos se distanciaram e o silêncio voltou, mas continuou quieto, parado onde estava, até que ouviu tiros. Desde os Pireneus, incomodava-se com esses sons invasores das sossegadas manhãs de sol, quando os caçadores iam com seus cães atrás de coelhos e perdizes, mas agora eles o alegravam. Talvez tivesse se enganado, porque nada acontecera. O horizonte começou a se encher de cores, dando mais prazer à brisa fresca da manhã. Mas foi um momento de falsa felicidade. Ao aproximar-se de Itero de la Vega, suas pernas bambearam.

Diante da ermida de São Tiago na entrada da cidade, havia alguma coisa no chão semelhante a um corpo. Parou bruscamente e o pavor tomou conta de todo seu organismo. Quis gritar para acordar o povoado, mas sua voz não saiu. Seus olhos não acreditavam no que viam. As lindas cores que nasciam daquele bonito amanhecer não combinavam com a cena macabra de um corpo com a cabeça quase separada. Era a freira que cuidara dele no albergue. Estava caída, de costas para o chão, os braços abertos e o pescoço preso ao corpo apenas por uma tira da própria pele. O sangue ainda saía das veias e artérias, indicando que o crime ocorrera há pouco. Os olhos abertos revelavam o terror de quem pressentiu que ia morrer e não teve tempo para gritar, pois, se ela gritasse, ele teria ouvido.

Sentiu lágrimas caírem dos olhos e um sentimento de revolta o fez jurar que não deixaria a morte dela sem vingança, mesmo que tivesse de morrer. São promessas e juras que se fazem em momentos de forte emoção e não se tem certeza de que se poderá cumpri-las, mas uma coragem súbita, que nunca sentira antes, o fizera forte o bastante para pelo menos alimentar esse sentimento de justiça.

E então viu que a mão direita estendida ao lado do corpo segurava um objeto. Abriu os dedos ainda quentes e retirou o papel de bloco, com letras de calígrafo em tinta vermelha. Leu a seguinte frase:

"*Os hereges devem ser esmagados como serpentes venenosas*".

CAPÍTULO 87

Na sala de reuniões da CIA, o diretor não tirava os olhos da mensagem que acabara de receber. Em volta da mesa, o assessor Hawkins, os professores Brando e Anthony e o embaixador o olhavam, apreensivos. Algo muito sério devia ter acontecido, porque o diretor estava tenso, a respiração alterada, os olhos vermelhos, quase sem conseguir articular as palavras.

— Perdemos mais uma agente. Deve ter caído em uma armadilha. Era uma excelente funcionária que eu mesmo contratei. Foi encontrada por Maurício hoje de manhã em um vilarejo do Caminho, com a cabeça separada do corpo.

— Degolada! — exclamou, com enorme esforço, contendo a emoção.

A notícia os chocou e assustou. O diretor não esperou por perguntas, para explicar:

— Conseguimos que a agente Helen ficasse em um albergue perto de Itero de la Vega, disfarçada de freira. Maurício chegou ao albergue ontem à tarde, com a fisionomia carregada e foi dormir. Teve pesadelos e ela o ouviu resmungando palavras sobre as cruzadas.

"Não gostei. Fisionomia carregada e tendo pesadelos? O que será que o levou a isso?", pensou o embaixador.

— Maurício saiu do albergue hoje de madrugada. A agente Helen percebeu que alguém o seguia e enviou uma mensagem, dizendo que ia ver o que estava acontecendo.

Apesar de a notícia ter abalado o moral do grupo, havia uma certa incoerência no relato do diretor. O embaixador preferiu ficar em silêncio. Afinal, aquele não era seu ambiente e logo o professor Brandon levantou a questão.

— Mas ela é que deveria estar atrás dele, já que o seguia. Como foi que ele a encontrou?

— Certamente ela foi capturada e carregada até um ponto mais adiante, onde foi assassinada. Um golpe na cabeça indicou que ela havia sido atacada antes. Devia haver mais de uma pessoa para fazerem isso.

— Desculpe, diretor George — insistiu o professor —, a CIA deixou uma mulher cuidando disso?

Em certas missões, mulheres são mais eficientes do que homens. Mas o professor tinha razão, pois se tratava de assunto que escapava à rotina dos trabalhos.

— Ela não deveria estar sozinha. Um agente fora morto pouco antes de chegar ao albergue. Ele ia iniciar trabalhos de hospitaleiro, tipo de pessoa que recebe os peregrinos. Ela estava esperando por ele e disse no telefonema que, provavelmente, a pessoa que estaria seguindo Maurício seria esse nosso agente. Recebemos hoje a informação de que ele fora assassinado com um tiro na testa e que depois bateram com pedras na cabeça dele para deixar manchas de sangue e simular um acidente.

No meio diplomático, uma consternação como essa levaria a infindáveis reuniões antes de reiniciarem os trabalhos. Por isso o embaixador admirou a objetividade do grupo em superar com rapidez o episódio e analisá-lo, como fez o professor:

— Se ele estava sonhando com as cruzadas, então deve estar, como nós, fazendo ilações entre o que está acontecendo hoje e o que aconteceu no passado. As cruzadas foram um dos mais tristes envolvimentos do cristianismo. Desorganizaram toda a elite dominante na Europa, aprofundaram as dissidências internas da Igreja, endividaram a nobreza e o clero, santificaram o crime e consolidaram o poder árabe sobre a Palestina.

O assessor Hawkins era pouco entendido em assuntos da Idade Média, mas queria às vezes mostrar que estava atento.

— Seria isso o bastante para o surgimento de uma seita que queira agora se vingar de coisas que as cruzadas fizeram? Será que essa seita não está ligada à Al Qaeda?

"Mansa ignorância", pensou o embaixador, que, de repente, chamou a atenção do grupo com uma observação.

— Acho que estamos deixando o elefante escapar pelos vãos dos dedos.

Como se entendesse a pergunta muda que estava em cada olhar, explicou:

— O Dr. Maurício está enviando mensagens desde Roncesvalles, e nós não percebemos isso porque estamos concentrados demais na nossa capacidade para resolver problemas.

E, dirigindo-se ao diretor:

— O senhor disse outro dia que, no depoimento em Roncesvalles, ele tentou buscar a proteção da polícia espanhola. Começo a pensar de modo diferente. Ele queria chamar a nossa atenção para algo que também não sabia o que era. Ele queria a nossa proteção, pois se quisesse a proteção da polícia local teria pedido expressamente. Entretanto, pelo que tenho ouvido, ele vem fazendo um trabalho de esconde-esconde com esse inspetor.

O diretor estava com a testa franzida, procurando pensar com rapidez, e o embaixador continuou:

— Por outro lado, não acredito que ele vá nos enviar problemas que possa resolver por lá. O senhor se lembra da República da Amazônia? No momento certo, ele nos enviou um recado convincente e de maneira inesperada. Ele está como nós, sem saber o que vai acontecer, mas está atento e nos informando.

— Como nos informando? — perguntou Hawkins.

— Por suas atitudes. Sua presença contínua e participativa, em todos esses episódios, é como um relatório permanente que ele espera que saibamos interpretar.

O diretor passou as mãos pelo rosto.

— Incrível! Como não pensamos nisso antes? É claro que ele sabe que o estamos vigiando e que tomaríamos conhecimento de tudo o que dissesse ou fizesse. Sem dúvida, suas atitudes são como uma espécie de mensagens, mas ficamos anestesiados com tantas notícias alarmantes.

O diretor olhou para o embaixador com respeito.

— O senhor consegue ver alguma ligação das cruzadas com essa seita, admitindo que seja uma seita que esteja por trás desses crimes?

— Estava justamente pensando nisso. As cruzadas não foram uma organização, como os templários, nem uma instituição, como a Inquisição, ou mesmo um agrupamento permanente, como os cátaros. Não houve por parte de reis ou da Igreja nenhuma perseguição contra os cruzados, como a que houve contra a Ordem dos Templários.

O embaixador teve a sensação de que estava perto de uma importante conclusão, quando o professor Brandon o atrapalhou com suas explicações.

— É importante entender a situação da Europa quando surgiu o movimento das cruzadas. Havia muitos nobres sem bens, porque a herança era do primogênito, e esses nobres deserdados se transformaram em assaltantes que não poupavam igrejas, monastérios e abadias. A produção de alimentos era escassa e os senhores feudais formavam exércitos para invadir as terras dos vizinhos. O número de mendigos e crianças abandonadas era enorme. A miséria e o sofrimento eram tais, que a única esperança era a salvação eterna.

Eram fatos conhecidos, mas o grupo ouviu, paciente, o professor.

— O Papa Urbano II era um nobre francês e percebeu que tinha de levar para longe aqueles desordeiros. Teve então a ideia de uma guerra santa com a promessa do paraíso e propriedade das terras e bens dos mouros àqueles que os conquistassem. É fácil imaginar o que aconteceu. Foram ao todo nove movimentos reconhecidos como cruzadas, que durante dois séculos se dirigiram à Terra Santa em busca do céu e de fortuna.

Foi lembrado um triste episódio que colocou uma mancha indelével nesse movimento cristão. Por falta de alimentos, muitas crianças na idade de dez a doze anos viviam como mendigos. Para se livrar delas, o rei Felipe, da França, foi convencido de que Deus havia escolhido as crianças para libertar a Terra Santa porque eram puras. As espadas e as lanças dos infiéis não as atingiriam porque Cristo proclamara: "*Vinde a mim as criancinhas*". Um espertalhão chamado Estevão foi incumbido de guiá-las para a Terra Santa, mas no meio do caminho as crianças foram vendidas aos próprios mouros.

O embaixador se arrepiou, como se estivesse ouvindo os gritos lancinantes de milhares de meninas sendo estupradas e garotos castrados pelas afiadas adagas muçulmanas para servirem de eunucos.

Por sorte, a voz enérgica do diretor o retirou daquelas tristes imagens.

— É incrível! A Igreja sobreviveu, não resta dúvida. Mas a que preço? Com assassinatos, conspirações, guerras, genocídios, torturas, Inquisição, traições como a dos templários?

Calou-se. Sua face estampava a amargura que sentia pela morte cruel de sua agente.

— E agora os senhores querem o quê? Pois eu estou realmente convencido de que os crimes que ameaçam o Caminho de Compostela são parte de um plano mais amplo para se vingar dessa secular esteira de barbaridades.

Estava aturdido e parecia desanimar. Colocou o cotovelo direito sobre a mesa e apoiou nele o queixo. Olhava para a parede como se estivesse vendo o corpo de sua agente com a cabeça separada, em uma estrada distante dali, sem sequer uma homenagem *post mortem*, enquanto reis viravam santos.

CAPÍTULO 88

O assassinato da freira hospitaleira o atrasou e Maurício teve de pousar em Boadilla del Camino, que se destaca pelo pelourinho gótico, do fim do século XV.

Assaltantes e até mesmo peregrinos ficaram expostos à vergonha e à exposição pública, presos àquela imponente coluna por correntes e argolas. Nessa época, o Caminho entrava em decadência e a fé era substituída por uma justiça severa e punitiva, imposta pela Inquisição. O peregrino admira o pelourinho, tira fotografias e sai imaginando como pode uma obra de arte como aquela ter servido para a morte.

No dia seguinte, saiu antes do alvorecer. Algo o impulsionava para frente e ele respirava o ar adocicado que chegava com a brisa fresca dos campos. A lua ainda disputava com as estrelas o espaço do firmamento e ele parou várias vezes para contemplar a Via Láctea, que se estendia sobre o Caminho, como um véu protetor do peregrino.

O amanhecer é sempre uma renovação, como se Deus recriasse o Universo. Novas esperanças substituem os desencantos passados e Maurício acompanhou o Canal de Castilla pisando a mesma trilha usada pelas mulas que, amarradas a cordas, puxavam as barcaças, uma de cada lado do canal, em um trajeto de 207 quilômetros, no século XVIII.

O coração começou a alterar o ritmo das batidas ao se aproximar de Fromista, onde se dirigiu até o albergue e perguntou se uma peregrina chamada Patrícia pernoitara ali. A simpática anfitriã o encheu de esperanças:

— Ah! É o senhor Maurício? Ela saiu há pouco e pediu para lhe dizer que o estaria esperando na Igreja de San Martin.

— Ela disse isso?

— Sim! Desse jeito.

Agradeceu e se dirigiu à igreja. "Como ela sabia que eu ia parar no albergue? Imaginou isso ou teria sido um ato falho?"

A Igreja de San Martin de Fromista estava mais para um templo de iniciados do que para uma igreja cristã. Erigida em 1066, suas três naves paralelas são cortadas por um transepto sobre o qual o signo octogonal domina o ambiente. Toda a sua construção é um mistério e o simbolismo do teto sugere a criação de códigos e significados.

Era grande o número de igrejas com simbolismos iconoclásticos ou matemáticos, que transformavam o Caminho em uma espécie de tabuleiro de xadrez. Novamente ali estava o octogonal, como um signo que o desafiava.

O românico orientava suas construções com o altar voltado para o leste, de onde vinham as primeiras luzes da manhã, que venciam as trevas do pecado. A cúpula representa os céus e tem dois orifícios para o lado oeste, por onde entram os últimos raios do sol, simbolizando o juízo final. É por isso que o Caminho é chamado de Via Láctea, ou Caminho de Leite, porque é uma longa mancha branca no céu se esticando de leste para oeste, com mais de duzentos bilhões de estrelas e das quais o sol é apenas uma.

Ali, no meio da nave, olhando para cima com um interesse que ele não notara nela antes, Patrícia observava aqueles desenhos, mais como uma pesquisadora voltada para a iconografia do que como estudante de letras.

Um "bom dia" surdo, como se não quisesse quebrar o encantamento daquele encontro, soou pela nave da igreja e repercutiu por todos os capitéis.

Ela voltou-se para ele e sorriu. Foram comedidos nas manifestações, em respeito ao ambiente.

— Pensei que não a encontraria mais.

— Estou feliz em vê-lo. Mas você não parece muito contente, mas sim cansado e desanimado.

— Depois eu conto. Agora que estamos aqui, vamos estudar essa igreja, que é considerada um dos elementos mais emblemáticos do Caminho.

Ela apertou os lábios e balançou a cabeça.

— Pensei que você ia dizer que estava com saudades de mim. Que sentiu a minha falta. Que ia me chamar de fujona, mas você gosta mesmo é de igrejas e símbolos.

Ele corou. Era verdade. Não fora gentil nem cavalheiro. Pediu desculpas e ela percebeu seu embaraço e sorriu. Deu-lhe um beijo em cada bochecha.

— Estava vendo tudo isso com cuidado para lhe explicar quando o encontrasse.

Ah! Como foi gostoso ouvir aquilo: "quando o encontrasse".

Um folheto informava que a igreja, dedicada a São Martinho, fora construída no fim do século XI e restaurada há questão de cem anos.

— Restaurada há cem anos? Não gosto disso. A obra perde sua mensagem.

— Você esperava encontrar alguma mensagem nesse teto?

Ele balançava a cabeça de um lado para outro, desanimado.

— Se os capitéis foram raspados, então eles perderam a espiritualidade. Esta igreja perdeu o misticismo. As almas dos peregrinos que morreram no Caminho viviam nesses pequenos relevos da igreja. São mais de 300 no beiral do lado de fora. Como podem ter feito isso? Arrancaram a espiritualidade que havia neles e só restou a formosura da arte. Eles deixaram de ser uma fonte de esoterismo cristão.

Ela não resistiu.

— Esoterismo cristão?!... As almas de peregrinos que viviam nesses capitéis?!

— Você não entende, não percebeu ainda. Preste atenção nessas figuras.

De onde surgiram elas? Os artistas da época precisavam se espelhar em alguma coisa. E o que era mais importante para eles no Caminho de Compostela se não o próprio peregrino? A peregrinação valorizou quem andava pelos campos e se sacrificava por ela. Para esses artistas, o peregrino que morria anonimamente no Caminho é que merecia a santificação. Como a Igreja canonizava os nobres e os membros do clero, os escultores santificaram os peregrinos anônimos. Por isso ninguém se atrevia a mexer nessas representações. Ultimamente existe um furor de restauração e os símbolos perderam sua riqueza espiritual. Restou apenas a arte, como uma lápide sem vida.

— Pelo amor de Deus, nunca tinha pensado nisso — exclamou Patrícia horrorizada.

— Existe uma invocação ao misticismo, não apenas nos crimes, mas em tudo que esse pessoal está fazendo. Essa igreja já não esconde nada do passado e, pelas conclusões a que estou chegando, elementos novos ou restaurados não participam desse jogo. Acho que podemos ir embora.

— É bom mesmo sair deste ambiente. O que houve? O inspetor encheu sua cabeça de ideias?

Ele voltou à realidade.

— Estou um pouco transtornado. Aconteceu uma coisa que me abalou profundamente. Ninguém volta a ser o mesmo depois de ver uma freira degolada em um amanhecer solitário no Caminho para Compostela.

Ela não conseguiu esconder a reação.

— Freira?!... Era uma das monjas que cuidavam do albergue? Uma freira nova e bonita? Como é que ela era? Morena? Lembra a cor dos olhos? O cabelo?

Ele contou o ocorrido e descreveu a monja o melhor que pôde.

— Você parece perturbada com a morte dela. Por acaso esteve nesse albergue também?

— Não, não! Apenas fiquei realmente muito chocada com tamanha violência.

Mesmo depois de continuarem a caminhada, era visível o esforço que ela fazia para se controlar. A morte da freira a afetara profundamente. Ele preferiu manter a normalidade da conversa para aliviar a tensão e conversava apenas para raciocinar melhor, mas era muito estranho que ela perguntara pelo cabelo da freira. Freiras não mostram cabelo.

— Deve existir uma explicação para essas mortes. Não é um assassino agindo isoladamente, do tipo desses *serial killers*. Existe uma organização por trás disso. Há uma mensagem profunda nessas mortes. É como se algum fantasma viesse do fundo da história para nos assombrar hoje.

— Mensagem? Então puseram uma charada no corpo dela?

Maurício entregou o papel que encontrara na mão da freira e ela leu:

— *"Os hereges devem ser esmagados como serpentes venenosas"*, mas o que isso quer dizer?

— No ano de 1252, o Papa Inocêncio IV publicou um documento chamado *Ad extirpanda*, no qual afirmou que *"Os hereges devem ser esmagados como serpentes venenosas"*. O Papa se referia aos cátaros.

CAPÍTULO 89

Em todo esse extenso museu de arte sacra em que se resume o Caminho, o peregrino mantém vivas as emoções que sentiu ao atravessar os Pireneus e assistir à missa em Roncesvalles. Os milagres, os fantasmas ocultos pelas ruínas, trilhas regadas por mais de um milênio de lágrimas e suor saídos de dores, doenças, tristezas e desgraças produzem uma inexplicável energia que impulsiona o peregrino para frente.

Era para viver e sentir essas emoções que Maurício pensara em fazer o Caminho. Desde o início, porém, teve de substituir esse prazer pelo alerta contra um perigo desconhecido. O brutal assassinato da freira ofuscara a alegria do reencontro com Patrícia. O clima de tensão já se instalara nos 800 quilômetros do Caminho e alguns peregrinos tinham até mesmo desistido da peregrinação, porque não se sentiam seguros.

Mas, para quem continuou, o Caminho era longo e convidava ao movimento.

Era pouco mais de meio-dia quando chegaram a Villalcazar de Sirga. O sol quente, o cansaço, a fome e as tensões do dia os conduziram instintivamente a um pequeno restaurante na praça, e, dali, Maurício ficou estudando a igreja de Santa Maria la Blanca.

A igreja é considerada um dos góticos mais bonitos da Espanha, e sua imponente fachada tem uma atração especial. Existia antes naquele lugar um antigo monastério dos templários, que se reuniam onde hoje é a nave da igreja. Com o terremoto de Lisboa, em 1755, que refletiu até nessa região da Espanha, grande parte do edifício foi destruído e o remanescente foi transformado na igreja.

Quando as emoções se sucedem sem descanso e se misturam a pressentimentos e receios, a percepção se distrai. Era quase uma hora da tarde quando eles entraram na igreja, e nesse horário não é comum ver padre celebrar missa. Muitos peregrinos, no entanto, são sacerdotes e aproveitam os templos que ficam abertos para cumprirem a obrigação cotidiana desse santo sacramento. A riqueza interior deslumbra o despojado peregrino que anda em torno da nave e se fixa no precioso retábulo sobre o altar. Em reação ao protestantismo, que proibiu o culto às imagens, a Igreja começou a divulgar a vida dos santos por meio dos retábulos, tipos de painéis pintados, porque o povo não tinha cultura suficiente para ler.

Eles admiraram o retábulo e andaram pela igreja, conversando em voz baixa para não perturbar o padre que rezava a missa. Maurício examinava tudo com cuidado, sem que nada de especial lhe chamasse a atenção. Chegou à conclusão de que estava exagerando em suas preocupações e saíram da igreja.

Um peregrino mexicano, ajoelhado na escadaria em frente à porta, estava com um manto de Nossa Senhora de Guadalupe estendido à sua frente e repetia em tom monótono:

— Senhora de Guadalupe, ajude sua irmãzinha Santa Maria la Blanca a tirar o demônio de dentro da igreja. O demônio descobriu que o cajado é mais forte que a cruz. Senhora de Guadalupe, expulse o demônio do cajado que está profanando o sacramento da Eucaristia.

Maurício parou, estupefato. Quis perguntar ao peregrino onde estava o demônio do cajado, mas lembrou-se de que, enquanto mostrava a Patrícia o túmulo do último dos mestres templários do monastério, que estava enterrado na abside da igreja, teve a impressão de que o padre rezara um Pai Nosso diferente, mas ele não imaginava que o perigo podia estar no padre. Em vez de ter dito "Pai Nosso que estais no céu, santificado seja o vosso nome...", o celebrante dissera *"Pai santo, Justo Deus dos Bons..."*.

Aquele era o Pai Nosso dos cátaros e ele não atentara para o detalhe. Esqueceu o peregrino da escadaria e voltou correndo para a igreja. Lembrou-se de que o padre era um homem alto, forte, tez morena e disfarçava a fisionomia com trejeitos e um capuz. Ele devia ser o peregrino do cajado, o assassino que matara o padre Augusto, em Roncesvalles. O altar, porém, estava vazio. Nenhum padre e nenhum vestígio do celebrante.

Patrícia o acompanhava, mas Maurício se voltou para fora da igreja.

— A escadaria! O peregrino mexicano! Precisamos encontrá-lo. Como fui cair nessa? Como esse mexicano sabia do cajado do demônio?

O manto, com a imagem de Nossa Senhora de Guadalupe, estava aberto sobre os degraus da enorme escadaria na frente da igreja, mas o peregrino desaparecera.

O sol estava quente. O uso secular do solo para a produção de cereais só deixou umas distantes e poucas árvores. Mas o Caminho se alimenta da solidão e o silêncio ajuda a recompor as ideias. Não havia mais nada a fazer, e eles seguiram adiante.

Depois de alguns quilômetros, em que cada um se bastava a si mesmo, Patrícia resmungou mal-humorada:

— Desta vez não houve charada.

E, não aguentando mais a pressão, sentou-se no barranco e chorou.

CAPÍTULO 90

O embaixador não tirava a catedral de Brasília da cabeça.

Aqueles símbolos esquisitos sobre o altar, lembrando o útero materno, podiam estar ligados a essa concepção sanguínea do Santo Graal. Havia indicações de que os templários tiveram papel ativo no descobrimento do Brasil, e, nesse caso, não seria difícil que alguns cátaros os tivessem acompanhado. Essa linha de raciocínio poderia levantar suspeitas. Seria Maurício um descendente de cátaros?

O diretor também não escondia o desconforto.

— Tenho de reconhecer que ele tem uma rapidez de raciocínio que me impressiona, e, apesar de me sentir humilhado, às vezes dá vontade de chamá-lo para trabalhar na CIA.

Notou o olhar estranho dos outros e justificou:

— Pois vejam. Essas charadas são como um desafio que ele aceita e acaba desvendando. Mas por que ele?

O embaixador tinha outras dúvidas.

— E essa senhora chamada Patrícia, aliás uma americana que estudou literatura no Brasil? Ao que parece, ela se tornou companheira dele durante a viagem. Há informações mais completas sobre essa moça?

O diretor o olhou como se suspeitasse da pergunta.

— O senhor tem alguma ideia nova?

— Os vitrais da Catedral de Brasília representam um ovo rodeado de doze anjos simbolizando a Anunciação.

— Na Catedral de Brasília?

— O projeto inicial era de um templo ecumênico que em vez de torre teria uma coroa imitando a Estátua da Liberdade. O projeto foi mudado porque o Brasil é considerado o maior país católico do mundo e precisava de uma catedral católica. A coroa da Estátua da Liberdade foi, então, o modelo para a coroa de Nossa Senhora Aparecida, que é a padroeira do Brasil. Será que por trás dessa construção já não havia um simbolismo regional ligado a essa história? Por que uma seita com origem cátara o escolheria para uma missão terrorista?

Como se estivesse se justificando, concluiu:

— Embora pouco plausível, é como o senhor diz: todas as ideias precisam ser postas sobre a mesa.

O diretor ficou pensativo e logo em seguida fez uma ligação do aparelho que ficava na mesa, mantendo o som para que todos ouvissem.

— James. Os estudos de DNA daqueles grupos de Roma. Você tem alguma novidade?

— Os arqueólogos da ONG *Discovering the Past* têm o DNA dos habitantes de uma região do sul da França, perto de Carcassonne.

— E o DNA desse Maurício?

— Não combina com os demais.

O embaixador não estava satisfeito.

— E qual a origem desse Maurício? Seus antepassados estariam, por algum laço sanguíneo, ligados ao sul da França, nobreza francesa, enfim, a essas coisas das quais estamos falando?

A resposta foi precisa:

— Ele vem de um tronco escandinavo, um imigrante que aportou no Brasil no início do século XVII e sem nenhuma relação com cátaros ou templários.

Com as mesmas dúvidas sem respostas, o embaixador mudou a questão:

— Será que o episódio de San Juan de Ortega esclarece definitivamente a frase do padre: *a prata não pode refletir a luz*?

— Não, não acho! — respondeu o diretor. — O que aconteceu em San Juan de Ortega foi uma dissimulação para dar a entender que a frase tem a ver com equinócio da primavera. Todas as simulações feitas e hipóteses levantadas não esclarecem o assunto. O padre conseguiu dizer apenas um pedaço da frase.

A lembrança da frase deixou-os frustrados. Estiveram todo esse tempo envolvidos com a história do cristianismo e a haviam esquecido. Sem saber o que significavam aquelas palavras, não conseguiriam decifrar o enigma.

CAPÍTULO 91

Na manhã seguinte, o grupo já estava reunido em torno da mesa quando o diretor entrou. Após um formal cumprimento, sentou-se, a secretária trouxe o café expresso que já servira aos outros e saiu. Sem disfarçar a ansiedade e a preocupação, ele distribuiu algumas fichas e esperou por alguns minutos.

— Para mim, foi difícil acreditar nas conclusões dos nossos analistas. E talvez os senhores, em um primeiro momento, pensem como eu pensei.

Olhava para a xícara ainda com o café quente e se expressava como se ainda não acreditasse no que ia dizer.

— Ou esse Maurício está brincando com os meus nervos, ou é possível que ele tenha nos enviado uma mensagem, o que não deveria nos causar impacto, porque de certa forma é o assunto que vimos estudando. Eu ainda tinha esperança de que essa organização não fosse tão perigosa, que nossos raciocínios ficassem no campo da fantasia.

Era normalmente um homem controlado e não podia deixar de ser de outra forma para o cargo que ocupava. O que então o preocupava tanto agora?

— Como já viram, essas fichas resumem um conjunto de treze livros chamado *Memórias de um médico*, no qual Alexandre Dumas relata de maneira romanceada a Revolução Francesa.

— Mas o que tem Alexandre Dumas com o Caminho de Compostela? — perguntou Hawkins.

A surpreendente resposta veio do professor Anthony.

— A Revolução Francesa começou em Marselha e Alexandre Dumas situou o tesouro do conde de Monte Cristo também em Marselha. Curiosamente, é o lugar para onde teria ido Maria Madalena com José de Arimateia depois da morte de Cristo.

"Será que o Dr. Maurício não está exagerando?", pensou o embaixador, que achou melhor tirar suas dúvidas.

— Por acaso os analistas da CIA estariam entendendo que Alexandre Dumas baseou seu livro na hipótese de o tesouro do conde de Monte Cristo ser o tesouro dos templários?

O diretor apoiava a cabeça com a mão direita.

— Essa é a questão. Se for uma mensagem, ele nos mandou descobrir de onde Alexandre Dumas tirou a ideia de um imenso tesouro escondido na região de Marselha. Com isso, vai-se consolidando a tese de que estamos diante de uma antiga organização secreta cujos poderes atravessaram a história.

Embora já viessem estudando a probabilidade de uma instituição criminosa com origens no passado, não queriam aceitar que ela pudesse atravessar os séculos sem ter deixado vestígios. Atentados, crimes políticos e outras atitudes que chegaram a provocar guerras fazem parte da história. No entanto, suas origens ou quem os cometeu ficaram conhecidos. A situação agora era diferente. Um homem inteligente, participando dos fatos, os alertava de que Alexandre Dumas já tinha essa visão e que, portanto, uma organização poderosa, oculta no anonimato, vinha agindo ao longo da história e até mesmo a escrevendo.

O embaixador estava cada vez mais perplexo. Quando lera *Memórias de um médico*, não estava interessado em cátaros, templários e Caminho de Compostela, mas teve de admitir:

— Nessa história, a Revolução Francesa é relatada como tendo sido obra de uma organização secreta, a Ordem dos Iluminados, liderada por um mago, um homem com poderes sobrenaturais, que em vinte anos acabaria com a monarquia na França. Vinte anos, disse o feiticeiro de Alexandre Dumas, "... *para destruir um mundo velho e reconstruir um mundo novo*".

Voltava às já discutidas teses de sociedades ocultas.

— Um misterioso personagem chamado José Bálsamo circulava pelo continente e se fazia passar pelo conde Cagliostro. Seu sinal secreto era L.P.D.

O diretor voltou ao estudo das fichas.

— Notem algumas circunstâncias interessantes, como a visão de Maria Antonieta sobre sua morte na guilhotina. Ela se dirigia a Paris para se casar com o delfim, Luís XVI, quando teve de parar no castelo de um nobre, onde encontrou esse mago, que a mandou olhar uma garrafa. O vidro da garrafa espelhava sua imagem na guilhotina, com a cabeça cortada.

— Então, segundo Alexandre Dumas, a Revolução Francesa não teria sido uma revolta espontânea do povo contra a tirania, conforme diz a *Marselhesa*, mas uma conspiração induzida por alguma organização?

Em vez de esclarecimentos, o diretor acrescentou outra dúvida:

— Pode ser que os jacobinos, a facção mais agressiva, tenham tirado seu nome de Jacques de Molay, que é *Jacobus*, em latim. Outra coincidência é que os jacobinos queriam que Luís XVI ficasse preso no Templo, a antiga fortaleza dos templários, em Paris, como uma espécie de humilhação final, porque foi um rei da França que traiu os templários. Vejam estes versos da Marselhesa.

E passou uma ficha, onde se lia:

> *"Ouvis nos campos rugirem*
> *Esses ferozes soldados?*
> *Vêm eles até nós*
> *Degolar nossos filhos, nossas mulheres."*

— A *Marselhesa* foi composta por um oficial francês chamado Claude-Joseph Rouge de Lisle, em Estrasburgo, na noite de 25 de abril de 1792, e foi chamado inicialmente de *"Canto de guerra para o exército do Reno"*. Nessa região houve uma bárbara perseguição contra os cátaros, com Inquisição, fogueira e tudo o mais. Se lermos com atenção, veremos que a letra é quase um relato daquilo que os soldados do rei praticaram contra os cátaros.

— Então, a *Marselhesa* não é de Marselha? — perguntou o assessor Hawkins, mas o diretor ignorou a pergunta.

— No início do primeiro volume, Alexandre Dumas fala em *"soberano das lojas do Oriente e do Ocidente"*, já indicando que se tratava de uma organização que pretendia a destruição da monarquia francesa. Cria até um símbolo L.P.D., que significa *Lilia Pedibus Destrue*, ou seja, 'arranque os pés de lírios'.

— L.P.D. — lembrou o embaixador, era uma espécie de código desse José Bálsamo.

— *Lilia*, ou lírio, seria a flor-de-lis, que é o símbolo informal da monarquia francesa. Há quem diga que *Lis* deriva do nome do príncipe Luís, posteriormente Luís VIII, que pela primeira vez usou, no ano de 1211, o desenho dessa flor em seu sinete. Então, destruir os pés de lírio sugere a destruição da monarquia francesa.

O diretor parecia compreender que uma certa frustração se instalara na sala. Afinal, esse Maurício parecia um maestro regendo o pensamento deles.

— Ele deve ter estudado a Revolução Francesa e certamente leu um resumo desses livros. Aparentemente, ele não tem certeza de nada, assim como nós. Mas como é ele que está vivendo o drama, sempre que chega a uma conclusão que faça sentido, ele a transmite para nós. Temos de reconhecer, porém, que há coerência em seu comportamento e em seu raciocínio.

O celular do Diretor o chamou novamente. Pouco depois ele abanou a cabeça com um sorriso.

— O pessoal demorou um pouco para saber se havia algum significado, mas logo que chegou a Burgos ele entrou em uma livraria, ficou uns trinta minutos lá dentro, folheando livros. Depois que saiu, uma agente procurou saber que assunto o estaria interessando. Os livros eram *A Heresia dos Cátaros* e *Cruzada contra o Graal*.

Como era de esperar, os analistas já haviam feito estudos desses livros e passaram para o grupo os pontos de interesse.

O diretor abanou a cabeça.

— É incrível! O livro *Cruzada contra o Graal* informa que um homem vestido com uma túnica negra, durante a revolução em Paris, estocava com um punhal os padres que encontrava na rua e gritava: "*Esta é pelos albigenses, esta pelos templários!*", e quando a cabeça de Luís XVI foi cortada pela guilhotina, ele molhou os dedos e esparramou sobre a multidão gritando: "*Povo da França, batizo-te em nome de Jacques de Molay e da liberdade!*".

— Impressionante! — foi uma exclamação geral.

Faltava um livro, e o silêncio era uma pergunta muda.

— Neste outro livro, *A Heresia dos Cátaros*, há uma informação preocupante. Hitler e seus conselheiros pertenceriam a uma sociedade secreta neocátara, e o teórico nazista Alfred Rozenber teria sobrevoado o Montsegur, no dia 16 de março de 1944, para lembrar os 700 anos da tomada dessa fortaleza pelos cruzados. Há indicações de que os nazistas consideravam os cátaros como arianos e se identificavam com eles.

Cada diálogo ressuscitava esqueletos do passado e o diretor trouxe uma informação interessante sobre os trabalhos da CIA nesse campo.

— Já há algum tempo vimos trabalhando com o imaginário de muitos autores. Imaginário, diria eu, é o campo das imaginações e não o campo das hipóteses. Mesmo para este caso.

Ao embaixador, aquilo pareceu um exagero.

— O senhor está querendo dizer que a CIA estaria dando credibilidade a romances que tentam reinventar a história a partir da imaginação?

— O senhor mesmo está usando a palavra hipótese. Absurda ou não, podemos estar dentro de um novo campo de hipóteses: o das hipóteses absurdas.

O professor Brandon interveio:

— O que o diretor quer dizer é que a criatividade da fantasia pode ajudar a pesquisa científica. É mais ou menos o que fez Júlio Verne, imaginando foguetes indo à lua, quando ainda não existia o avião, ou Conan Doyle criando a criminologia a partir de Sherlock Holmes.

— Quer dizer que esse chamado "imaginário de hipóteses" nascido da ficção já vinha alertando sobre uma organização que há tempos pode estar influindo nos acontecimentos mundiais? — indagou o embaixador. — É o que eles querem dizer?

E continuou em tom grave:

— Tudo isso me espanta. Se Alexandre Dumas, ao contar a história da Revolução Francesa, ainda que de forma fantasiada, alerta para a possibilidade de uma organização secreta ter induzido o povo a essa revolta, o mesmo pode estar acontecendo hoje.

CAPÍTULO 92

Naquela tarde, o embaixador parecia deprimido. Elaine chegou sorridente e, depois de se acomodarem, o embaixador levantou o copo para o brinde costumeiro.

— Acho que vou perder um amigo antes de conhecê-lo.

— Não há como salvá-lo?

— Temo que não. Continuamos divagando sem nada de objetivo. Tenho certeza de que ele é vigiado de perto por nossos agentes, mas estamos de mãos amarradas. Não podemos tirá-lo de lá, porque isso seria pior até para ele. Seria eliminado posteriormente em um acidente qualquer. Para o governo americano isso também não resolve. O fato é que ele está sendo usado por nós, como isca, e parece que sabe disso.

O champanhe estava bem gelado, como gostava.

— Recebemos hoje uma mensagem em que ele nos manda ler um conjunto de livros de Alexandre Dumas. Não sei se já leu *Memórias de um médico*.

Ela acariciava o pé da taça com os dedos macios, como se quisesse acalmar as bolhas nervosas que subiam do fundo.

— Pois é. Alexandre Dumas levanta a suspeita de que a Revolução Francesa foi uma revolta induzida por uma organização secreta ligada aos templários. E, entre outras deduções, estranhamos que Alexandre Dumas tivesse encontrado o tesouro do conde de Monte Cristo em Marselha.

— É verdade! Maria Madalena, o Languedoc! Vocês imaginam que Alexandre Dumas teve a ideia do livro *O Conde de Monte Cristo* baseado no tesouro dos templários?

— Ou dos cátaros. Existem também referências de que Hitler poderia estar ligado a uma seita cátara.

— O senhor está brincando!

O garçom se aproximou para repor o champanhe nos copos.

O jantar foi silencioso, com algumas palavras amenas, como se não quisessem tocar mais naqueles assuntos. Terminado o café, tomaram o elevador e subiram para seus quartos. Ela ficava em um andar abaixo do dele e, quando a porta do elevador se abriu, trocaram o costumeiro beijo de boa-noite.

— Durma bem, senhor Williams. — E completou sorrindo: — Está tudo muito interessante. Gostaria de poder ajudá-lo mais.

Teve a impressão de que ela demorou um pouco mais para sair do elevador e quase a convidou para continuar com o champanhe em seu quarto, mas Elaine saiu e ele apenas disse:

— Você está ajudando muito. Bons sonhos para você também.

CAPÍTULO 93

Igreja abandonada é um desafio ao demônio, que sempre tenta invadir o território de Deus. A majestosa igreja, que se erguia sobre um morro banhado pelo rio Cueza, tinha uma nova imagem ao lado do altar naquela noite. Estava escuro, e quando o sino deu as 12 badaladas da meia-noite, um cão uivou encobrindo o ranger da enorme porta de madeira.

Um vulto encapuzado entrou e, com passos moderados, chegou até perto do altar. Ajoelhou-se e dobrou a cabeça até encostar a testa no chão, com as mãos na frente, como se fosse um piedoso cristão. Ficou assim em silêncio, reverenciosamente, diante da imagem da qual saiu uma voz trêmula e disfarçada:

— Falhamos em Burgos. Ele foi melhor do que nós.

— Vim receber o castigo, Respeitável mestre, porque subestimei o adversário.

O humilde vulto aguardava as chibatadas com pontas agulhadas, como ele próprio já castigara muitos outros e alguns deles até o suspiro final, quando nem mais a cor embaçada dos olhos consegue dar sinais de sofrimento.

Ouviu, porém:

— Seu trabalho em Itero de La Vega foi levado em consideração.

— Não mereço o perdão, Respeitável mestre, e por isso me desdobrarei em todos os meus esforços.

A imagem continuava imóvel e a voz passava por ela como o eco de outro som, que vinha de um ponto diferente.

— Qual foi a reação dele diante do corpo da monja?

— Indignação, senhor. Mas logo voltou a sua normal objetividade. Como era esperado, ele desprezou os símbolos de Fromista e agiu com rapidez em Villalcazar de Sirga.

— Acha que ele já está preparado para a revelação?

— Em Castrojeriz, senhor, ele mostrou que tem ideias sobre nossos objetivos, mas precisa da revelação para confirmá-las. Observei-o em Arroyo

324

San Bol e na porta da igreja de Castrojeriz. Depois ele parou significativamente diante da placa para Castrillo Matajudios.

— E como se comporta a mulher?

— Ela ficou impressionada com a degola da monja, mas cumpre sua tarefa. Continua com a mesma câmera e pede que ele tire fotos com ela.

— E aquele policial, o inspetor Sanchez?

O vulto tinha as respostas prontas.

— Ele hesita um pouco, mas é muito perspicaz.

O silêncio voltou à nave da igreja e, só quando ao longe o vulto ouviu os uivos de um cão assustado, levantou a cabeça. A imagem desaparecera. Ele recuou para a porta de entrada e também se escondeu na noite.

CAPÍTULO 94

Maurício tinha pressa de chegar a Leon. Já haviam deixado para trás Carrion de los condes, Terradillos de templários, Burgo Reneros, Sahagun e vários vilarejos sossegados, onde gostaria de ficar.

Já haviam percorrido mais da metade do Caminho e logo alcançariam o fim.

Tinha esperança de descobrir nos vitrais da catedral de Leon algum elemento novo, algum tipo de código em que pudesse enquadrar as charadas. Em um total de 737, todos eles dos séculos XIII a XV e distribuídos por 125 janelas, que somam um total de 1.750 m², passaram a ser conhecidos como a 'teologia de Deus' por suas inúmeras representações bíblicas e sacras.

E foi com essa expectativa que venceram mais de 30 quilômetros sob o sol escaldante para chegarem cansados ao albergue beneditino das Irmãs Carbajalas, na Praça de Santa Maria do Caminho. Mas o jantar no boêmio Bairro Húmido, assim conhecido pelo consumo de vinho e cerveja, foi compensador.

Logo cedo tomaram a direção da Catedral. Maurício tinha certeza de que aqueles elementos bíblicos lhe fariam alguma revelação, mas quando entraram na igreja, ele foi tomado de profunda frustração. Os vitrais irradiavam seu esplendor e a nave parecia um reflexo do Paraíso. Chocado com aquela beleza que já tinha visto antes, mas não apreciara com tanta atenção, sentou-se em um banco, desanimado.

Patrícia sentou-se ao lado dele.

— Em Fromista, você me disse que os crimes estavam ligados ao misticismo, mas isso aqui é deslumbrante demais. Essa exuberância não combina com misticismo.

Com a mão esquerda amassando as bochechas, ele olhava os vitrais, o altar, o teto e, por fim, balançou a cabeça.

— De fato não combina. O peregrino não passa mais de algumas horas em cada lugar, e esses símbolos e representações são quase infinitos. Seria quase impossível para uma pessoa descobrir alguma referência aí em apenas um dia. Até agora as cenas foram rápidas e as charadas estavam à vista. Vamos ao Monastério de Santo Izidro.

No museu do monastério, uma misteriosa peça do século I desafia as lendas do Santo Graal.

Um cálice folheado a ouro em seu interior, adornado por pedras preciosas na parte externa e um camafeu romano do tempo de Cristo, chamado de 'cálice de Dona Hurraca', uma senhora da nobreza medieval, foi o objeto que mais chamou a atenção de Maurício. Ele examinou a peça e explicou a Patrícia que aquele cálice era da época em que Cristo morreu. Saiu, porém, do museu, com mais dúvidas do que quando entrou. Estavam agora sentados na praça em frente do monastério e Patrícia pensava no cálice.

— A peça é simples e seria do tempo de Cristo, mas foi adornada com ricas pedras preciosas. Teria sido esse o cálice que Cristo usou na Santa Ceia?

Maurício estava mergulhado em pensamentos, olhando a torre do monastério onde um galo substituía a cruz.

— Você está vendo o galo, lá em cima? Ele é o símbolo da esperança. Seu aspecto arrogante, sua plumagem, seu grito estridente e sua vigilância que se inicia ao nascer do dia, o associam à luz e ao fogo. Na liturgia medieval, ele era o símbolo de Cristo, com seu peito estufado desafiando sem medo o frio, a escuridão, os ventos e as tormentas, como Cristo desafiou o demônio, o deserto, as hostes romanas, os fariseus e a cruz.

Ela não sabia o que ele queria dizer e esperou por uma explicação que não veio.

— O galo foi também o inspirador do sino, com seu forte cântico ao amanhecer.

— Ai, ai! Assim não dá! Da teologia dos vitrais para o cálice de Dona Hurraca, e do cálice para o galo. O que esse galo tem a ver com tudo isso?

Ele se levantou e pegou a mochila. Olhou para o galo novamente e, com uma calma que a impressionou, disse:

— Tudo vai ficando mais simples. Devemos apenas estar preparados para as novas revelações.

CAPÍTULO 95

O embaixador não conseguia prestar atenção aos incansáveis relatos de cruzadas, heresias e templários. Sua mente fugia da história do cristianismo para os encontros com Elaine, e mal conseguia disfarçar a ansiedade para sair dali.

Ela parecia mais bonita a cada novo dia, e eles já entremeavam algumas danças ao som da música ao vivo, na pequena pista redonda do bar do hotel. Tratavam-se com mais intimidade e ela o chamava de Williams.

Foi um alívio quando pôde enfim voltar ao hotel. Chegara um pouco mais cedo e, em vez de ir direto ao bar, como fazia sempre, subiu até o apartamento, tomou um banho, pôs uma roupa leve, dessas que os americanos chamam de casual, e desceu.

Não esperou muito e ela apareceu com o costumeiro sorriso, que parecia agora mais bonito. Seu caminhar gracioso chamava a atenção por onde passava, e ele se levantou para recebê-la.

— Dom Pérignon, senhor? — perguntou o garçom.

Ele olhou para ela, que concordou com um sorriso e demonstrou certa intimidade.

— Você hoje está mais esportivo. Fica melhor assim, mais jovial e mais bonitão.

— Você também está muito bonita. Aliás, sua beleza e elegância chamam a atenção.

Era pesaroso voltar aos temas anteriores, mas o início da conversa já fora bastante para quebrar a formalidade entre eles. Os olhos, os gestos, os sorrisos e as expressões faciais criavam um diálogo paralelo.

O garçom serviu o champanhe e os copos se tocaram suavemente, como o sorriso cúmplice que acompanhou o brinde. Ele comentou:

— Bem! Foi um longo dia de assuntos repetidos.

Ela respirou fundo, com o olhar perdido nas bolhas do champanhe.

— Imagino que as pesquisas da CIA levem a várias direções que confirmam as preocupações de vocês. Presumo que o tempo termina quando ele chegar a Santiago de Compostela.

— Por isso vivemos repetindo frases, como se estivéssemos contando os passos dele.

Ela riu da comparação, e ele perguntou:

— Como pode um passado tão complicado ressuscitar de repente?

Ela não respondeu, mas olhou com um olhar profundo, como se um tratado de filosofia estivesse impresso neles. Parecia mais bonita quando estava séria, e ele quase não entendeu o que ela disse:

— Se realmente existe a possibilidade de estar acontecendo o que a CIA suspeita, acho interessante lembrar a maldição de Jacques de Molay. Quantas gerações mesmo ele amaldiçoou e quantos foram os reis da França depois dessa maldição?

— Foram 13 gerações e a França não teve tantos reis. A vingança contra os pecados de Felipe IV e do Papa Clemente V pode recair sobre as gerações presentes. É isso o que teme a CIA.

Ela fez então uma pergunta, com ar malicioso.

— O que você sabe sobre o pecado?

"Será que o champanhe de hoje tem mais álcool que o de ontem? Ou será que esse rosto bonito tem mais álcool que o champanhe?", pensava ele, que já se torturava por dentro, e apenas repetiu:

— O pecado?

Ela mostrou naturalidade:

— Sim. O pecado e também o confessionário.

— Confessionário? — ele parecia não estar entendendo, embora estivesse gostando do assunto.

— O pecado não foi instituído por Cristo. Aliás, para Cristo o pecado era uma coisa natural. Não foi ele que, para proteger a pecadora, disse: "Quem nunca pecou que atire a primeira pedra"?

— Mas, então, quem instituiu o confessionário?

— Foi um bispo. O bispo Calixto de Roma, no início do século IV, decidiu que o clero podia perdoar os pecados, até mesmo os mais graves, como o adultério ou a apostasia. Antes dessa decisão, entendia-se que o cristão depois de batizado não podia pecar. Se cometesse pecado grave, tornava o batismo sem efeito e iria para o Inferno.

A palavra inferno não combinava com aquele momento de ilusões, mas ela continuou:

— O martírio era o meio mais seguro de os cristãos irem para os céus, mas com a oficialização do cristianismo não houve mais martírio e, então, os cristãos o substituíram pelo autoflagelo, o autossuplício. Depois, para tornar menos sacrificada a vida dos cristãos, o autoflagelo foi substituído pela penitência, dando origem ao confessionário. Esse medo do Inferno levou os papas a criarem as indulgências e, desse modo, arrecadar dinheiro para construir o Vaticano e enriquecer bispados.

— Tudo parece muito artificial, muito fabricado. Por isso Lutero quis a Reforma.

— Ao longo da História, e a História é longa, parece que as coisas foram sendo construídas, já que Cristo não está mais aqui para dizer se aprova ou não certas inovações.

— Inovações? — evitava entrar na discussão de temas e preferia extasiar-se com toda a beleza de Elaine.

— Sabia que o purgatório foi uma invenção da Igreja porque na Idade Média as penitências, às vezes, eram intermináveis e impossíveis de serem cumpridas? Para não ser preciso dar penitências impossíveis, criou-se o purgatório, e as doações patrimoniais começaram a redimir os pecados.

O jantar, à luz de velas, no elegante restaurante do hotel, foi acompanhado de olhares e sorrisos maliciosos, e, antes de pedirem os dois expressos e a conta, foram para a pista de dança.

O champanhe e a música criaram novas emoções, e, quando o ritmo se transformou em uma suave música romântica, eles naturalmente se aproximaram mais, dançando com passos lentos, rosto colado e as mãos se encontrando em carinhosos afagos. Ele pôs a mão atrás do pescoço de Elaine e os lábios se encontraram em um terno beijo. Foi um momento extasiante, que repetiram ao compasso de músicas lentas, e, quando voltaram para a mesa, o embaixador pediu a conta, que parecia nunca ter demorado tanto a chegar.

Naquela noite, o elevador não parou no andar de Elaine.

LIVRO
8

A INQUISIÇÃO

CAPÍTULO 96

Uma longa ponte de pedras, construída pelos romanos em Hospital de Órbigos, lembra a estranha história de um nobre chamado D. Suero, que lutou durante um mês contra setenta adversários, em honra de uma dama cujo nome não se conhece.

O sonho de D. Quixote era vencer tantos adversários como D. Suero, e, não o conseguindo, desabafou sua frustração com uma frase que está inscrita em uma placa ao lado da ponte: *"Digam que são mentiras as lutas de Suero de Quinones del Paso!"*.

Todo lugar de grande simbolismo histórico, como a ponte sobre o rio Órbigo, podia ser palco de novo ato criminoso. Mas eles a atravessaram sem que nada acontecesse, e seguiram para Astorga, a *Asturica Augusta*, cidade que conserva ainda tradições romanas. Até hoje, em toda segunda quinzena de agosto, a Astorga elege um César Augusto, imperador.

A paisagem da enorme muralha no alto de uma colina, com o palácio episcopal e as torres da catedral, anima o peregrino a apressar os passos.

A Península Ibérica teve a contribuição cultural e genética de vários povos. Os celtiberos eram celtas que habitavam a região em torno dos Pireneus. No ano de 409, os vândalos e suevos a invadiram e, enquanto os vândalos desceram para o sul, até a Vandaluzia, hoje, Andaluzia, os suevos ficaram no norte e fundaram a Galícia.

Era uma linda manhã quando deixaram Astorga, e Patrícia não resistiu ao espetáculo da fachada barroca da catedral projetada contra os raios do sol.

— Ah! Quero uma foto comigo no meio dessa paisagem, mas com a minha máquina. Você tira?

Era um aparelhinho complicado, um tipo de máquina fotográfica que ele nunca tinha visto, mas ela sempre pedia para ele tirar fotos com aquela geringonça.

Continuaram depois o Caminho, e o dia correu tranquilo, sob a proteção de nuvens benfazejas. Em Rabanal Del Camino, acabam as monótonas planícies de Leon Y Castilla e começa a paisagem das montanhas.

As ruas silenciosas de Foncedabon, no Alto do Irago, surpreendem o cansado peregrino, que, desde o começo de sua caminhada, vive a expectativa de passar por esse assombrado vilarejo e chegar à Cruz de Ferro, onde ele para, atira uma pedra ao pé da cruz e faz um pedido.

No início do século XI, um ermitão chamado Guacelmo colocou uma cruz de ferro no alto do Irago, a 1.531 metros de altitude, o ponto mais alto do Caminho. Com o tempo ela se transformou em um dos locais mais sagrados e mais carregados de forças espirituais do mundo das peregrinações.

Patrícia estava animada.

— Não vejo a hora de chegar à Cruz de Ferro e jogar uma pedra carregada de desejos e esperanças.

A invocação das forças espirituais da natureza já era professada pelos povos asiáticos e árticos, na Antiguidade, e chegou até o Alto do Irago, onde se encontrou com a magia da peregrinação. Desde muito, o homem passou a acreditar no espírito das montanhas e no simbolismo das pedras. A pedra tem seus mistérios, esteja ela no alto dos morros, no leito dos rios, nas muralhas dos castelos, nas pirâmides do Egito, nos templos, nos túmulos, nas estradas, nas pontes, nas torres das igrejas, nos monumentos, nos anéis dos reis e nos enfeites dos pobres.

Presságios brotavam daquelas casas de madeira velhas e abandonadas. Janelas abertas mostravam um interior escuro e Maurício sabia que olhos de bruxas os vigiavam. Os gatos magros e cães disformes deitados nas calçadas davam a impressão de que estava atravessando um mundo fantasmagórico. Patrícia foi aos poucos perdendo sua animação, talvez pelo cansaço da subida, talvez influenciada pelo silêncio do companheiro.

— Que lugar! — exclamou. —Não sei se estou cansada ou se estou presa a esse chão de pedras antigas por uma força misteriosa. O passo não rende!

O alívio de deixar para trás o cenário irreal de Foncedabon melhorou os ânimos, e logo chegaram à esperada Cruz de Ferro.

Muitos peregrinos trazem de seus países uma pequena pedra para lançar ao pé da cruz e levar com eles uma daquelas já carregadas de espiritualidade. Eles não tinham trazido pedras, mas pegaram uma do redor, e com um sorriso cúmplice, como se tivessem feito o mesmo pedido, cumpriram a tradição de jogá-las ao pé da cruz.

CAPÍTULO 97

Assim que saíram de Foncedabon, um jovem rapaz francês caminhava devagar, consultando o Guia do Caminho, quando outro peregrino, alto, forte, vestido com um capuz que o protegia do sol e lhe escondia o rosto, se aproximou.

— Bom dia — cumprimentou o estranho, cortesmente.

O rapaz respondeu e o outro perguntou:

— Esta cidade abandonada me dá arrepios. Você acredita em demônios?

O rapaz sorriu e respondeu:

— Há quem diga que eles existem, há quem diga que não, mas não gostaria de me encontrar com um deles.

O outro acompanhou os passos vagarosos do rapaz e, depois de alguns minutos, começou a falar com voz soturna.

— Eles existem, sim. Além daqueles que Deus expulsou do Paraíso, o próprio homem se encarregou de fabricar muitos outros.

O jovem olhou de soslaio.

— Quando o imperador romano Teodósio se converteu ao cristianismo, ele proibiu todas as outras religiões em seu reino. Mas as religiões antigas, como as atuais, também tinham seus deuses. Adoravam o sol, a lua, o fogo, as montanhas inacessíveis, o raio violento das tempestades e o ribombar dos trovões. As florestas eram perigosas e surgiram os deuses animais.

Falava em um tom misterioso, com voz solene, como um pregador, e cativou o rapaz, que o ouvia com atenção.

— Era infindável o número de templos dedicados a deuses poderosos, que impunham medo nos reis e imperadores. O povo lhes levava oferendas, e piras acesas alimentavam esses espíritos da eternidade.

Lembrou que sociedades adiantadas cultivavam seus deuses. Isis e outros eram adorados pelos egípcios. Os gregos tinham Zeus, os romanos Júpiter. O fogo era um deus poderoso e, para muitos, ainda é. O rapaz parecia confuso e não sabia o que responder enquanto o peregrino dava sua explicação.

— Você já ouviu falar dos Eloins? Pois é. A própria Bíblia fala dessas divindades misteriosas como se fossem seres de outro planeta que chegaram à Terra e se apaixonaram por nossas mulheres e, por isso, queriam matar todos os homens.

O rapaz nunca tinha ouvido falar dos Eloins e pensou em procurar um ciber café, na primeira cidade, para pesquisar na internet.

— Quando o imperador Teodósio baniu todos esses deuses de seu reino, como Deus fez com Lúcifer e os outros anjos maus, eles não deixaram de existir só porque foram expulsos do Império Romano. Lúcifer e seus companheiros também não desapareceram. Os deuses antigos existiam, tinham vida, tinham adeptos, o povo os via constantemente e foram chamados de deuses pagãos pelo cristianismo.

O rapaz olhou as montanhas da Galícia que circundam Foncedabon e começou a estranhar a insistência do peregrino.

— Todos esses deuses se transformaram em demônios, como o anjo Lúcifer e seus asseclas, depois que foram banidos pelo imperador romano. Alguns se refugiaram no interior dos mares, provocando maremotos terríveis como não havia antes, outros se transformaram em monstros marinhos.

Alguns se esconderam no alto das montanhas e começaram a provocar avalanches. Os desertos se encheram de perigo e as cidades se tornaram violentas porque Teodósio encheu o mundo de demônios que não existiam antes. Os deuses faziam o bem, mas foram transformados em demônios, que passaram a lutar para voltar a seu altar.

Por um momento, o rapaz compreendeu que o mundo de hoje tem mais demônios do que o mundo antigo e que o ser humano vem criando demônios a cada dia. Instintivamente, começou a seguir o peregrino, que abandonara a voz misteriosa e falava com humildade.

— Mas existem pessoas boas, e uma pessoa boa afasta os demônios de perto dela. Quando estamos perto de uma pessoa boa, estamos longe dos demônios.

Conversavam displicentemente e logo chegaram à Cruz de Ferro. O peregrino mostrava-se emocionado.

— Não podemos ir embora sem uma foto ao pé da cruz. Vou tirar um foto de você, com sua máquina, e depois você tira uma de mim, com a minha. De acordo?

— Claro. Aqui está. É só apertar este ponto.

— Ótimo. Vai ser fácil. Já vi fotos dessa cruz, mas as melhores são aquelas em que o peregrino se abraça ao mastro, deste jeito.

Para explicar melhor, fez um movimento por trás das costas do rapaz e colocou nas alças de sua mochila um pequeno papel.

— Mas abrace bem a cruz. Gosto de imagens místicas. Depois que você tirar a minha foto, jogaremos as pedras, como é da tradição, e faremos um pedido pelo bem da humanidade.

O rapaz subiu o monte de pedras, agarrou-se ao pé da cruz e olhou para o peregrino, que já estava com a máquina preparada e sorria agora, sem o olhar misterioso de antes. Ia ser uma foto bonita, porque a posição do sol era favorável, pensava o rapaz, que, em uma fração infinita da eternidade, viu o brilho relâmpago de uma câmera fotográfica voltada para ele, mas não teve tempo de perceber que dela saía uma bala calibre 22, que lhe atravessou a testa, no meio dos olhos. Apenas continuou por uns segundos preso

338

à cruz. O peregrino saiu do lugar onde estava e foi se aproximando da pequena Capela de São Tiago, que fica perto da Cruz de Ferro, agachando-se às vezes, como se estivesse procurando uma pedra maior para jogar ao pé do cruzeiro, e desapareceu.

CAPÍTULO 98

Cada ponto do Caminho é um objetivo ao qual o peregrino chega como uma conquista, uma vitória sobre si mesmo. Mas alguns pontos, como aquela cruz solitária no alto da Galícia, têm um significado simbólico intraduzível. Simples, pequena, sem beleza, isolada, ela criou para o lugar uma atração indesvendável. Assim que passa por ela, o peregrino começa a sentir uma nostalgia que o acompanhará toda a vida e, por isso, volta-se para vê-la mais uma vez, em uma última despedida.

Ela é uma espécie de talismã que atrai e retira um pedaço do tempo da vida do peregrino para depois ir devolvendo ao longo do Caminho, como se não quisesse ser esquecida. Quem passa pela Cruz de Ferro sabe que não vai esquecê-la e que talvez não a veja mais.

Maurício e Patrícia tiveram essa percepção e, depois de andarem alguns minutos, voltaram-se para um último adeus. Lá estava a Cruz de Ferro sendo venerada por aqueles que tinham fé e por aqueles que não tinham.

Patrícia olhou para a cruz e não resistiu à melancolia que aquele momento despertava:

— É muito triste não ver mais aquilo que não se consegue esquecer.

Maurício prestava atenção no rapaz abraçado à cruz, como se não quisesse mais sair dali. Ela percebeu o nervosismo que tomou conta dele.

— O que houve? A cruz o impressionou tanto assim?

Ele apontou para o peregrino ajoelhado.

— Veja aquele rapaz.

— O que tem ele? Está abraçado à cruz.

O rapaz começou a escorregar, o corpo rígido e a testa sangrando. Os peregrinos que antes pediam para que ele saísse, porque também queriam tirar fotos, começaram a perceber que algo de estranho estava acontecendo. Logo os ventos do Irago levaram com eles o grito histérico de uma mulher.

Maurício subiu correndo o monte de pedras e tomou o pulso do rapaz, embora soubesse que era tarde. O corpo tinha descido lentamente e ficado em posição de oração. Olhou tristemente para ele e pediu a Deus que recebesse a alma daquele jovem, que viera ao Caminho em busca de paz. Não se surpreendeu com o papel de bloco, com letras caligrafadas em tinta vermelha, enganchado na alça da mochila. Guardou-o sem que outros percebessem. Não fazia muito tempo que o rapaz levara o tiro e o assassino devia estar por perto. A Capela de São Tiago parecia olhá-lo como uma testemunha do que acontecera. A porta estava semiaberta e ele entrou, mas não havia ninguém lá dentro. Deu a volta na igreja e viu o rasto de alguém que descera correndo o morro embrenhando-se na pequena mata. Teve a impressão de ver lá embaixo, já distante, folhas de arbustos se mexendo. Patrícia aproximou-se.

— Mas o que será que houve?

— Alguém se ofereceu para tirar uma foto do rapaz e deu-lhe um tiro com um silenciador. Não há mais nada a fazer e é melhor seguirmos. Alguém chamará a polícia.

Voltaram para o monte de pedra, onde o rapaz continuava agarrado ao pé da cruz.

— Vi quando você pegou a folha de papel que estava na mochila do rapaz.

Não tinha como evitar.

— É outra charada. Consegue traduzi-la?

Ela pegou o papel e leu.

> *"Até quando, Senhor, prorrogas o prazo de fazermos justiça e vingarmos nosso sangue?"*

— Não gosto de charadas. Mas que coisa macabra está acontecendo! Não entendi essa mensagem.

— Tenho a impressão de que você vai encontrar alguma coisa parecida no *Apocalipse*, de João. Talvez esteja no *Livro dos Sete Selos*, quando ele fala dos mártires.

— Mártires? Mas quais mártires?

— Imagino que sejam os cátaros. O mistério fica mais claro na medida em que nos aproximamos de Compostela.

— Como é que você desconfiou do peregrino ajoelhado? Como sabe que o assassino se ofereceu para tirar foto dele? Como adivinhou isso? Acho que me deve uma explicação e isso já está muito perigoso. Em Najera não foi diferente. Você desconfiou muito depressa daquele papel no vaso de flores. E, agora, como você adivinhou que este peregrino estava morto?

— Não sei, não sei. Durante a caminhada o misticismo vem crescendo e quando o peregrino chega a essa cruz já está carregado de impressões.

— Credo! Pare de me assustar com seu fanatismo e me explique como adivinhou que o rapaz estava com problemas.

— Mas é isso que tento explicar. Eu tinha certeza de que alguma coisa grave aconteceria aqui e já estava me sentindo aliviado, quando me afastava, sem que nada acontecesse. Foi essa minha preocupação que fez com que, enquanto você via um peregrino ajoelhado ao pé da cruz, eu visse um homem se apoiando nela para não cair.

Ela parecia frustrada por não ter tido a mesma percepção e ele completou:

— O assassino sabia que iríamos parar e olhar para trás. Todos os peregrinos fazem isso.

— Essas câmeras digitais têm a vantagem de se ver a foto na hora. Vamos ver se identificamos alguém.

Tinham tirado fotos nas duas câmeras, na dela e na dele. Perto de umas dez fotografias, porém nenhuma delas mostrava pessoas suspeitas. Nem mesmo o peregrino morto aparecia nas fotos.

— Com certeza, o assassino fez contato com o rapaz, pouco antes de termos chegado à cruz e preparou a encenação.

Ela estava assustada:

— Quem será esse misterioso assassino? Como pode praticar esses crimes e desaparecer?

— Fugiu por entre os arbustos.

— Esse bandido é de uma impressionante precisão, não apenas na pontaria certeira na testa da vítima, mas na maneira como conduziu a situação. Ele escolheu uma vítima, convenceu-a e aproveitou com muita eficiência o pouco tempo que teve desde que saímos de perto da cruz e paramos para olhar para trás. Credo! Nunca imaginei passar por uma coisa dessas.

CAPÍTULO 99

Caminhar no alto daquelas montanhas, vendo ao longe os picos verde-escuros, envoltos em um véu de neblina, era um privilégio reservado a poucos. As rasteiras flores roxas e amarelas cobriam o cume da montanha como um tapete colorido, e trouxeram de volta o encanto do Caminho. Quando começou a longa e penosa descida do Irago, suas atenções se voltaram para as pedras e buracos. Nem quando vê lá embaixo a histórica cidade de Molinaseca, lembrada desde os primeiros séculos, o peregrino se alegra, porque lá de cima ele calcula a distância desse perigoso trecho. Sua alegria volta quando começa a atravessar a maravilhosa ponte de estilo românico sobre o rio Meruego.

"Ponte é uma ligação entre dois pontos. Em teoria, é, portanto, um fator de coerência. Por enquanto, só tenho um ponto. Sei de onde sair. Mas aonde chegar?" Não sabia ao certo de que serviam esses seus raciocínios, mas os fazia para manter a mente alerta.

Chegaram a Ponferrada a tempo de visitar o Castelo dos Templários, uma das mais imponentes fortalezas da Ordem. Depois do banho, Patrícia estava mais animada.

— Temos de seguir a rotina dos peregrinos. Não quero perder esse castelo. Gosto de visitar castelos. Para mim é como se eles fossem os bastiões da história. Nenhum tratado de história me causa tanto impacto como um castelo.

Ele continuou massageando os pés com um creme bactericida e riu com esse comentário.

— É verdade. Na época, eles eram os últimos recintos de segurança. Cabia às suas paredes grossas a responsabilidade de preservar o poder e defender a comunidade. Não importa se os nobres, que nele moravam, exploravam o povo. As muralhas do castelo estavam ali para preservar o poder. Hoje existem os mísseis teleguiados, os submarinos, os navios de guerra, os computadores, os arsenais atômicos, enfim...

Respirou fundo e concluiu:

— Castelo é um desafio à imaginação. Ele esconde a formosura das donzelas e a elegância de cavaleiros protegendo um príncipe encantado. O castelo representa tudo. O poder, a riqueza e a segurança de uma construção sólida e bonita, sempre no alto de um morro. É uma espécie em extinção. Ninguém mais constrói castelos.

Muito antes, no lugar onde hoje é o castelo dos templários, havia um pequeno refúgio cercado de muros de pedra, um *castrum*, palavra que deu origem a castelo. Os romanos chegaram a levantar ali uma fortaleza, que foi destruída na invasão dos godos. O lugar adquiriu importância com o Caminho de Santiago. No ano de 1178, o povoado foi doado à Ordem dos Cavaleiros do Templo, que reconstruiu a fortaleza romana destruída pelos godos, transformando-a em um portentoso castelo, e dali os templários passaram a proteger os peregrinos.

Ainda não existia a artilharia, e a ameaça dos atacantes se resumia a flechas ou catapultas para lançar pedras. Surgiram os alquimistas que, de tanto fazerem experiências para descobrir a pedra filosofal, que transformaria tudo em ouro, acabaram por inventar o fósforo, e, ao tentarem criar o elixir da longa vida, descobriram o álcool. A pólvora apareceu na China no século IX, e pouco depois os árabes também a empregaram, passando em seguida para a Europa, onde os monarcas a usaram para se protegerem contra os senhores feudais. A pólvora deu origem aos canhões e levou ao reforço das muralhas, que antes estavam preparadas para flechas e catapultas.

A fachada do castelo com suas belas torres dominava a paisagem urbana, apesar das edificações modernas. Eles ficaram por alguns minutos admirando sua imponência e, depois, subiram a rampa de acesso protegida, à esquerda, pela torre dos Caracóis e, à direita, pela torre das Cabras. O castelo lembrava contos de fadas e a corte do rei Artur. Para o peregrino que desde Roncesvalles convivia com as lendas e mistérios do Caminho, o conjunto semiovalado de muralhas protegidas pelo Vale do Sil traz à mente a pergunta que a história ainda não respondeu: como puderam os Cavaleiros do Templo terem sido dominados com tanta facilidade?

CAPÍTULO **100**

Assim que passaram pelo portão de entrada, foram tomados pelo clima de mistério que fomenta as lendas sobre esses guerreiros e sobre a ignóbil traição que os levou à extinção.

A senhora que tomava conta do guichê apontou um grupo de turistas com um guia e, se eles se apressassem, teriam tempo de segui-los. Aproximaram-se quando o guia já cumpria seu papel de entreter os visitantes com as curiosidades do templo.

— Todas as edificações medievais que ocupavam essa área em frente de vocês foram derrubadas para a construção de um campo de futebol. Se observarem melhor, podem ver que o arco do portão, do século XIV, foi destruído para poder passar os caminhões.

O guia informava que as construções dos templários eram do século XII e feitas com pedras de cantos arredondados. Depois da extinção da Ordem, o novo senhor, Pedro Fernandez de Castro, construiu outro castelo, em um dos extremos da área, quando então se deu início às edificações com pedras quadradas e retangulares.

Subiram até o alto da torre construída por Fernandez de Castro, onde o guia explicou a origem do culto à Nossa Senhora de Encina.

— Quando os templários cortavam madeira, na margem do rio Sil, para construir o castelo, encontraram uma imagem de Nossa Senhora no tronco de uma 'encina'. Daí o nome da padroeira da cidade. A encina pertence à família dos carvalhos.

344

Enquanto o grupo olhava para a torre da bonita catedral, o guia fez uma pergunta:

— Vocês sabem de onde vem a tradição de que sexta-feira 13 é dia de azar?

Ninguém respondeu.

— Foi em uma sexta-feira 13 que os templários foram presos à traição e condenados à fogueira. Vem desse episódio a tradição de que esse é um dia de azar.

Era uma informação apropriada para um castelo dos templários e o guia passou a explicar a função de cada torre, os brasões, os corredores para as rondas, enquanto davam a volta pelas muralhas até chegarem de novo ao portão de entrada, por onde subiram uma rampa, à direita, junto à muralha de pedra, até uma porta lateral, que estava trancada. O guia a abriu e, depois que eles entraram, trancou-a de novo. Desceram uma escada de pedra de aproximadamente seis metros e chegaram a uma sala retangular. Maurício se lembrava de já ter estado ali antes, mas naquele ano era uma espécie de porão aberto. O castelo agora vinha passando por uma restauração que nada tinha com suas características históricas, e o local estava coberto com um teto de madeira.

O guia adotara uma postura solene e sua voz soou como se estivessem em uma cerimônia:

— Esta sala era a capela do Templo onde também se fazia a iniciação. Os iniciados tinham a percepção da divindade e deviam usar essa percepção para distinguir o falso do verdadeiro, assim como Deus reconhece os seus.

O grupo não se manifestava nem tinha em suas faces aquela curiosidade que os turistas normalmente têm por cultura descartável. A voz mudara para um tom acusador.

— O Caminho foi o único culpado pelo genocídio contra os cátaros, foi também o único culpado pelos crimes contra os templários e pelos crimes praticados pela famigerada Inquisição.

Maurício observou discretamente aquelas pessoas. Tinham idade de 20 a 40 anos e usavam tênis e roupas próprias para ginástica. Seu instinto não o enganara em Foncedabon e o alertava novamente. Por que o guia trancara a porta quando entraram? Por que essa história de iniciação? Por que também lembrar ali a ordem do abade Amaury, quando ordenou a morte de todos os habitantes da cidade de Bezier: *"Matem a todos que Deus reconhecerá os seus"*?

— Todos os peregrinos tinham de passar pelo Languedoc e, quando ali chegavam, descobriam um modelo de cristianismo puro, que os tocava na alma e suas aflições se acalmavam.

Patrícia parecia indiferente.

— A Igreja tinha perdido Jerusalém e os árabes avançavam inexoravelmente sobre os territórios cristãos. O trono papal estava ameaçado com a conquista da Península Ibérica. O Islã já se aproximava do Vaticano. O sopro de esperança que nascera com a descoberta do túmulo do apóstolo São Tiago, de renovação do cristianismo, passou a ser o maior perigo para a Igreja, porque a religião praticada pelos cátaros se espalhava com rapidez por toda a Europa, por intermédio dos peregrinos, e a atingia em seus pontos mais vulneráveis.

A voz tinha agora uma sonoridade messiânica.

— Os peregrinos caminhavam meses apreciando a vida simples dos campos e quando chegavam ao Languedoc entravam em contato com os cátaros. Ali descobriam um cristianismo puro praticado como nos tempos dos apóstolos, sem o luxo, a avareza e a corrupção do clero. Eles passavam por aquele território, tanto na ida como na volta de Santiago. O Papa compreendeu que enfrentava uma ameaça em seu próprio terreno. Organizou, então, uma campanha violenta, a Cruzada Albigense, que praticou o genocídio dos cátaros.

Maurício mantinha o rosto inexpressivo, como os demais.

— Os templários eram o exército mais forte de toda a Europa e dispunham de uma grande fortuna. Quando o Papa Inocêncio III criou a Cruzada Albigense, os templários se recusaram a lutar contra os cátaros, alegando que a Ordem fora criada para proteger a Terra Santa e não para matar cristãos.

As palavras pareciam ribombar no teto e cair sobre eles, como uma acusação.

— E foi porque os templários se recusaram a participar dessa carnificina urdida por Felipe IV e Clemente V que resultou na inominável e cruel traição contra os Pobres Cavaleiros de Cristo.

Sua voz aumentou o tom de indignação quando falou da Santa Inquisição.

— Mas não ficou só nisso. Para garantir o completo extermínio dos cátaros e de todos aqueles que com eles simpatizassem, o Papa criou um órgão especializado na tortura, o mais terrível instrumento de crueldade que o mundo já conheceu. Na cidade de Toulouse, capital do Languedoc, terra dos cátaros, foi criado o Tribunal do Santo Ofício, que passou a ser chamado de Inquisição, pois sua especialidade era inquirir até que a vítima não suportasse mais os sofrimentos e assinasse uma confissão ditada pelos inquiridores.

Passou para um estilo professoral, sem alterar o tom de ameaça.

— Acho que vocês compreendem agora por que o Caminho para Santiago foi o culpado dos crimes contra os cátaros, dos crimes contra os templários e de todos os crimes praticados pela Inquisição, pois se não houvesse essa peregrinação os cátaros e os templários não seriam exterminados.

Ninguém perguntou nada, como se tudo estivesse combinado, e ele concluiu:

— Enganam-se, porém, aqueles que pensam que a luta pelo Reino acabou.

Sem mais comentários e até mesmo de maneira abrupta, abriu a porta e, quando eles saíram no pátio, o grupo se dispersou com a polidez de múmias sorridentes.

Lá embaixo, o vale do rio Sil parecia uma grande moldura de despedida do sol.

CAPÍTULO 101

Ao saírem do castelo, passaram pela praça central e entraram em um restaurante italiano. Maurício sempre acreditou que não existe dia difícil que um bom vinho não possa alegrar, mas se enganara. Ele pedira um Chianti clássico e, quando os copos se tocaram na alegre melodia do brinde, ela foi lacônica:

— Guia esquisito, não?

— Você reparou que não havia outros grupos de turistas no castelo?

— O quê!?... Não me diga que prepararam uma recepção só para nós?

— É o que me parece. Ele não era um guia e aquele grupo não era de turistas. Aquilo foi apenas uma representação.

Ela conteve a crise de nervosismo enquanto Maurício levantou o copo contra os últimos raios de sol que saíam do Vale do Sil, como se quisesse ler, no colorido do vinho, o que passava na cabeça do guia.

— Gente misteriosa — disse ele por fim. Eles dirigem toda sua raiva contra a Igreja Católica. Para eles, a Igreja concentrava todos os poderes da época, tanto o poder temporal como espiritual, e, portanto, caberia a ela, mesmo hoje, a responsabilidade pelo que ocorreu no passado.

— Mas estamos tão longe desse passado!...

— Engano seu. Ele não desgruda do presente. Aquele guia parecia apressado e deixou de mencionar que o Papa que determinou a Cruzada Albigense foi o cardeal Lotário di Conti di Segni, um barão eleito Papa Inocêncio III. Ele era sobrinho do Papa Clemente III e tio de seu próprio sucessor, Gregório IX.

— Ora, ora! Transformaram o papado em dinastia?

— Eis aí o delicado detalhe da história. Os papas pertenciam à nobreza medieval e estavam, dessa forma, comprometidos com o feudalismo. Era o sistema feudal que lhes garantia o poder.

— Sim, eu sei, era no papado que se concentravam os poderes temporal e religioso. E o que tem isso a ver com o guia?

— Os cátaros eram contra o juramento, porque o juramento era um compromisso material e, para eles, a matéria foi criada pelo Deus do Mal. Ocorre que o juramento era o instrumento da vassalagem entre os feudos menores e os maiores, ou com os senhores feudais e o rei. O juramento de vassalagem era o único instrumento que unia a sociedade da época. O vassalo prestava o juramento em uma cerimônia formal e unia o senhorio e a nobreza, e toda essa estrutura se ligava à Igreja.

— De onde você tira essas ideias malucas?

— Como esses papas eram senhores feudais, eles não estavam preocupados apenas com a fé, mas também com o juramento. Fé e juramento eram as molas da Igreja na Idade Média.

Patrícia deixou a ironia de lado.

— Não é que você pode ter razão! Os cátaros eram contra a fé e contra o juramento. Eles diziam não precisar da fé por terem contato direto com Deus. Então, além de praticarem um tipo de cristianismo, que comovia os peregrinos e punha em risco a fé católica, eles representavam uma séria ameaça ao poder medieval por serem contra o juramento de vassalagem.

— É uma curiosa fatalidade geográfica e histórica: os cátaros estavam no lugar errado e no momento errado, ou seja, habitavam um ponto de passagem obrigatória dos peregrinos e, ainda, viveram em uma época em que os papas pertenciam à nobreza. A fé e a vassalagem, ou seja, a Igreja e a sociedade feudal se uniram contra eles.

— E a que reino você pensa que ele se referia?

— Os templários eram a maior força organizada da Idade Média. Sua riqueza era imensa e foram eles os fundadores do sistema bancário. Existem referências de que, após a tomada de Jerusalém pelos árabes, eles pretendiam fundar um reino templário no Languedoc. Consta que seria um país livre, governado pelos herdeiros merovíngios e com liberdade de religião. Para a Igreja e para o reino da França, era o que podia acontecer de pior.

Naquele momento, viram o guia do castelo entrar no restaurante e cumprimentá-los com um gesto de cabeça.

— Olha o problema. O que esse guia veio fazer aqui? Depois do jantar, vou até a mesa dele. Chega de recados misteriosos! Já estou com raiva disso.

— E pensar que estou aqui para fazer o Caminho!... — disse Patrícia, que suspirou e, distraidamente, esbarrou no copo de vinho, manchando as bermudas.

— Oh! Que pena! Vou procurar um banheiro para me lavar.

O garçom veio imediatamente e recompôs a mesa.

Pouco depois ela voltou, mostrando bom humor. O guia ainda continuava lá e não tinha sido servido. Sobraria tempo para conversar com ele depois.

O tempo passou, e esperavam a sobremesa, quando ouviram o ruído de vidro quebrado. O guia também deixara cair o copo, que se espatifou no chão.

— Hoje parece ser o dia dos copos — ironizou Patrícia.

O guia estava com a cabeça sobre a mesa e os braços caídos de lado, sem dar sinais de vida. Maurício correu e tomou-lhe o pulso que já estava fraco e logo parou. O guia se sentara de costas para uma janela envidraçada e levara um tiro na nuca. Maurício olhou para os lados da rua e não viu ninguém correndo ou se escondendo.

Ao lado do guardanapo, estava o conhecido papel de bloco com letras em vermelho caligrafadas:

"Repartiram meus vestidos entre si e lançaram sorte sobre a minha vestidura".

Escondeu o papel e ia chamar o garçom, quando dois homens entraram de maneira abrupta e o derrubaram.

Um deles ordenou:

— Mantenha-se deitado, Dr. Maurício. Nós já comunicamos o inspetor Sanchez, mas o senhor não deve expor-se assim.

— Ele está na cidade?

— O senhor deve seguir o Caminho. Ele o encontrará quando preciso.

CAPÍTULO 102

A sugestão de seguir o Caminho, porém, só foi possível no dia seguinte, e saíram o mais cedo que puderam. Chegaram à Villa Franca Del Bierzo e Maurício parou diante de uma grande mansão branca na *calle del Água*. Ali estava a casa de Tomás de Torquemada, o terrível inquisidor, cujo nome passou a simbolizar a tortura e a crueldade.

— Não é que o guia de Ponferrada pode ter razão? Por que motivo o mais temível chefe da Inquisição tinha uma residência bem no meio do Caminho?

Patrícia estava indignada.

— É incrível como essas coisas podem ter acontecido. Acreditavam tanto que o fogo purificava os hereges, que chegavam a desenterrar cadáveres para serem queimados. Davam a essas representações macabras o nome de Autos-de-fé, que também ficaram conhecidos como "festas da morte".

Maurício pensava no guia assassinado. Ele não devia fazer parte do grupo de assassinos; fora contratado para aquela representação teatral e, depois, levaria a mensagem ao restaurante. Talvez tivesse recebido instruções para deixar a folha de papel em cima da mesa quando saísse, porque quem o contratara sabia que Maurício iria prestar atenção em tudo que ele fizesse. Mas o guia tornou-se uma testemunha incômoda e por isso o eliminaram.

Suas atenções se voltavam agora para o Cebreiro, um dos pontos mais místicos e emblemáticos do Caminho. A imagem do rapaz, ao pé da Cruz de Ferro, o entristecia. Essa seita não iria deixar passar em branco o Cebreiro, assim como não deixara em branco a Cruz de Ferro. Mas como poderia ele evitar novos crimes se não sabia como seriam praticados? Mesmo a polícia, que o vinha seguindo, não estava tendo êxito.

E, ao se lembrar da polícia, desceu a mochila e pegou um mapa.

— O que é isso?

— Um presente do inspetor.

Era um mapa da Idade Média com as cidades de onde saíam os peregrinos. Eles vinham da Rússia, Finlândia, Noruega, Suécia, Inglaterra, França, Grécia, Itália, enfim, de todo o mundo cristão.

Patrícia olhava o mapa, com curiosidade.

— Que coragem! Os peregrinos chegavam a andar milhares de quilômetros para ir até Santiago. O guia do castelo tinha razão. Todos passavam pelo Languedoc, tanto na ida como na volta.

Maurício comentou preocupado:

— Ele sabe tudo a meu respeito. Fez até uma curiosa observação sobre Oliveira do Conde, uma pequena e bonita cidade do norte de Portugal.

— Não gosto desse homem. Ele me parece traiçoeiro. Você deve tomar cuidado quando estiverem conversando. Ele está buscando algum detalhe de sua vida para fazer ligação com esses crimes. Polícia é assim. Eles precisam acusar alguém para se livrarem do problema, e por isso muitos inocentes foram condenados.

Ao falar de inocentes condenados, ela olhou de novo para a grandiosa mansão do inquisidor Torquemada e se lembrou de uma jovem inocente, queimada viva pela Inquisição.

CAPÍTULO 103

No ano de 1430, mais de um século depois de terem cometido os crimes contra os templários e do martírio de seu grão-mestre, Jacques de Molay, a França e a Igreja se uniram para praticar outro pavoroso assassinato, que repercutirá para sempre, nos ecos da história. Um ano depois desse crime, o Papa Eugênio IV rezava em sua capela, pedindo ajuda do bom Deus para resolver a crise pontifícia, que surgiu com a eleição do antipapa Félix V por seus adversários.

O cardeal-secretário interrompeu suas meditações com a informação de que o bispo Couchon estava no palácio e pedia uma audiência com urgência. O Papa sabia que o bispo presidira o Tribunal da Inquisição que mandara queimar na fogueira, na cidade de Rouen, a jovem Joana d'Arc, a grande guerreira, nascida em Dom Remy, que se dizia guiada por Deus e que, com essa fé, salvara o Reino Cristianíssimo da França.

O visitante estava com as feições encrespadas, exibindo uma grande tensão, quando pediu para se confessar. O Papa sentiu o olhar angustiado de um ser prestes a cair no desespero e levou-o a seu gabinete. Assim que entraram na sala particular, o bispo caiu de joelhos e implorou:

— Vossa Santidade me perdoe, mas já me confessei várias vezes, com o meu capelão, com outros bispos e até mesmo com cardeais, mas minha consciência pesa e pesa cada vez mais, e minha cabeça dói. Por isso estou aqui, prostrado diante de Vossa Santidade, porque sei que devo expor a

352

minha consciência diretamente ao Papa, o sucessor de São Pedro, único representante de Deus neste mundo. Eu peço humildemente que aceite a minha confissão e conceda o perdão dos meus pecados.

O comportamento do prelado indicava que uma importante revelação iria ser feita e abençoou o bispo.

— Como sacerdote de Cristo, estou pronto para ouvir sua confissão.

O bispo Couchon mostrou-se aliviado:

— Faz um ano que não durmo direito e durante todo esse tempo tenho tido sonhos perturbadores. O arcanjo Miguel, príncipe da milícia celeste, juntamente com Santa Margarida e Santa Catarina, os mesmos mensageiros que a herege Joana disse que lhe tinham aparecido, aparecem agora nos meus sonhos e me acusam de ter derramado o Sangue de Cristo.

O Papa teve um estremecimento e o bispo continuou:

— No julgamento em que foi condenada como herege, ela jurou que os mensageiros lhe fizeram relatos da situação triste em que estava a França e que ela deveria ir em seu socorro, porque a cristandade estava em perigo. Apesar de argumentar que nunca havia montado em um cavalo, nunca havia empunhado uma espada e que era uma simples camponesa de Dom Remy, na Lorena francesa, ela insistia que os mensageiros divinos lhe trouxeram ordens para ajudar o herdeiro do trono, o delfim Carlos.

O assunto já era conhecido do Papa, que escutava em silêncio.

— Agora esses mensageiros gritam comigo, todas as noites, que fora o próprio Cristo Nosso Senhor quem enviara a jovem Joana, porque os exércitos da França estavam sendo dizimados pelos ingleses. Eles dizem que eu cometi um crime ao condená-la por bruxaria. Mas eu não entendo, eu não entendo porque todo o seu comportamento era de uma bruxa guiada pelo Diabo. Coisas muito estranhas envolviam suas atitudes, como o momento em que ela entrou no castelo de Chinon e reconheceu o rei.

Couchon tremia.

— Vossa Santidade sabe do episódio. A menina entrou no palácio, como se estivesse acostumada àquela vida, e, sem nunca ter visto antes o rei Carlos, reconheceu-o no meio de 300 nobres. O rei sabia de sua vinda e sabia também que ela se dizia enviada por Deus e deixou então outro nobre no trono, parecido com ele, para confundi-la e testar seus poderes. Foi grande o assombro de todos, quando ela entrou no salão, e, em vez de dirigir-se ao trono foi onde estava o delfim Carlos e fez uma reverência.

O bispo se benzeu, antes de continuar.

— Os mensageiros me atormentam, me apavoram e repetem constantemente que eles deram a Joana a descrição do delfim Carlos para que ela não se enganasse. Eles insistem que ela era portadora de um segredo divino e foi por causa desse segredo que Carlos se convenceu de que a salvação da França dependia dela, entregando-lhe então o comando do exército francês.

O bispo parou de repente, como que assaltado por um medo súbito. O Papa havia sido eleito há apenas dois meses e aquelas revelações também o assustaram, mas procurou incentivar o bispo:

— Pois, continue.

— Não é possível que seja verdade, mas, a cada aparição, o arcanjo Gabriel me acusa de não ser digno do Reino dos Céus, de ter mandado matar a herdeira do sangue de Cristo, que lhe fora passado por descendentes de Sigisbert, o protegido dos cátaros. Esses reis franceses sempre foram supersticiosos e ainda hoje acreditam que os merovíngios são os verdadeiros herdeiros do trono.

O Papa tentou compreender.

— O senhor bispo acha que, diante dessa situação, Carlos preferiu acreditar em Joana e confiou-lhe o comando do exército. E uma menina, que nunca teve uma espada nas mãos operou o grande milagre de levar a França à vitória?

Houve um momento de reflexão, que nenhum dos dois queria quebrar. Mas o bispo estava com a consciência pesada:

— Logo na primeira batalha, ela ficou sozinha diante do exército inglês e começou a murmurar palavras que os soldados franceses não puderam ouvir, e aconteceu algo incrível, inacreditável, um verdadeiro milagre. O exército inglês debandou e o rei foi salvo.

— Aconteceu um milagre. Mas milagre é um ato divino.

— Sim. Ou melhor, bruxaria, pois assim foi decidido pelo Tribunal, que a considerou uma feiticeira, uma adivinha. Tinha poderes demoníacos e, com eles, enfeitiçava os soldados. Agia de modo estranho, vestia-se como homem e, no meio de tantos homens, era uma permanente tentação ao pecado. O duque Jean d'Alençon, que fora comandado por ela, chegou a ver seus seios e eles eram belos, muito belos. Por isso ela não podia ter sido enviada por Deus, mas sim pelo Demônio, que mandou aquela tentação, aquele corpinho novo, bonito, sensual...

— Bispo Couchon! — falou o Papa, em tom de censura.

O bispo estava visivelmente atormentado e tentava justificar o crime que cometera.

— Ela era uma bruxa e previu a própria morte, porque depois da vitória retumbante sobre os ingleses, alertou o delfim para ir logo a Reims a fim de ser coroado, porque os mensageiros lhe haviam profetizado que ela morreria em menos de um ano, e não estaria ali para ajudá-lo. Agora os mensageiros me comparam a Judas, como um novo traidor do sangue de Cristo.

O Papa não sabia o que dizer, e aquelas apreensões do bispo eram perigosas. Se fossem divulgadas, poderiam criar novo cisma, numa Igreja já abalada por tantas dúvidas. A maneira histérica como o bispo relatava os fatos já o estava contagiando.

— Vossa Santidade talvez não compreenda, mas a vitória sobre os ingleses em Orleans era militarmente impossível. Alguns soldados testemunharam no julgamento que bastava que ela desse um leve aperto nos arreios e seu cavalo avançava como um dragão soltando fumaça pelas narinas e corria, sem sequer tocar o solo com as patas. Foi terrível, terrível, mas essas eram as descrições dos soldados que fugiam apavorados.

— Soldados de que lado? Dos ingleses ou dos franceses?

— Dos ingleses, sem dúvida. Mas os ingleses também eram cristãos e Deus não mandaria uma mensageira para matar cristãos. Por isso aquela vitória foi julgada pelo Tribunal do Santo Ofício como diabólica, pois só os demônios poderiam formar um exército para derrotar os ingleses, também protegidos por Deus. Uma bruxa, uma bruxa, uma bruxa, e para a bruxaria só há um remédio, a fogueira — exclamou o bispo, exaltado.

O Papa levantou dúvidas.

— Talvez os ingleses não fossem tão católicos. Eles defenderam os cátaros. Eleonor de Aquitânia vivia assediada pelos trovadores que frequentavam o castelo dos condes de Toulouse. Os trovadores eram cantores licenciosos, vagabundos, devassos, que viviam fofocando intrigas contra a Igreja. O casamento de Eleonor com o rei Luís VII da França foi uma farsa para aumentar seu poder. Ela rejeitou um rei cristão, que organizou a Segunda Cruzada, e se casou com Henrique d'Anjou em 1152, que se tornou o rei Henrique II da Inglaterra. Eleonor levou para aquele país os territórios da Normandia, a Aquitânia, o Limousin e o Perigord. Ela era mãe de Ricardo, Coração de Leão, o mais festejado guerreiro, cantado em gesta como o próprio rei Artur e superior até mesmo a Carlos Magno! Há suspeitas de que praticava atos libidinosos com seus soldados.

— Mas, mas... — gaguejava o bispo — Ricardo foi um cruzado, foi à Palestina libertar o Santo Sepulcro das mãos dos infiéis, lutou contra Saladino e o venceu.

— Ricardo pretendia ampliar seus domínios sobre todo o mundo cristão, e uma das formas de conseguir isso era através do casamento de sua irmã com Malek-Adel, irmão de Saladino. Ele queria outra ordem mundial, um mundo cristão-muçulmano. Todos nós sabemos que Saladino profanou o Santo Sepulcro substituindo a Cruz pelo Crescente, o símbolo muçulmano. Foi necessária uma ação imediata da Igreja e dos reis aliados para que ele não se tornasse cunhado de Saladino.

— Pelo que Vossa Santidade me diz, os hereges eram então os ingleses.

O tom de voz do Papa não escondia uma forte censura ao apavorado bispo.

— O poderoso Ricardo Coração de Leão, rei da Inglaterra, rei da Irlanda, rei de Anjou, de Arles e de Chipre morreu excomungado, sem receber as orações e as bênçãos da Igreja. E, por ter sido excluído da comunidade cristã, com certeza está agora aos gritos no Inferno.

Ao ouvir a palavra inferno, pronunciada pelo Papa, o bispo jogou-se ao chão e pediu perdão pelo crime que cometera.

— Perdoe-me, Vossa Santidade, em nome do céu. Preciso me redimir desses pecados e de outros que também cometi. Prometo abandonar a luxúria, terei menos mulheres em meu leito, vou dar aos pobres uma pequena parte da minha riqueza. Vou fazer penitência uma vez por ano, mas, pelo amor de Deus, alivie a minha consciência e peça a Ele para não me mandar para o inferno, onde o fogo não apaga.

O Papa pensou no sofrimento da menina sendo queimada viva por ter sido acusada por esse bispo de mentirosa, perniciosa, abusadora, supersticiosa, blasfemadora, presunçosa, idólatra, cruel, dissoluta, invocadora de Diabos, apóstata, cismática, herética e outras invenções.

Logo após o julgamento, ela entrou com um recurso que deveria ser encaminhado ao Vaticano, como era normal no caso, mas o bispo Pierre Couchon, que agora estava diante dele tentando se livrar dos remorsos com uma simples confissão, indeferiu o recurso dizendo: "*O Papa está muito longe.*" E aplicou a pena capital contra a jovem aldeã, em circunstâncias pouco edificantes para o rei da França, Carlos VII, que não seria rei e nem mesmo existiria mais a França, se não fosse Joana, a pequena aldeã.

Ela foi vendida aos ingleses para ser condenada como herege e bruxa, porque era preciso destruir o mito de uma enviada de Deus. Foi levada à fogueira na cidade de Rouen em 30 de maio de 1431. No momento da morte gritou que: "*As vozes não mentiram! Jesus! Jesus! Jesus!*".

Seu corpo foi inteiramente queimado pelas chamas, mas, apesar das insistências do carrasco em pôr mais lenha, enxofre e carvão, seu coração permaneceu intacto e com sangue. Perante o povo comovido, os ingleses mandaram jogar o coração de Joana no rio Sena, dentro de um saco, para que não servisse de relíquia, e criou-se então a lenda de que esse coração será encontrado quando houver a restauração espiritual e moral do Reino de Deus.

O Papa também estava preocupado e suas mãos transpiravam.

— É bem possível que Deus Nosso Senhor tenha mandado a menina Joana com poderes divinos para mostrar aos ingleses o caminho da Fé. Sabemos de movimentos preocupantes naquele país.

Pessoas estranhas divulgavam presságios de que o Reino da França iria desaparecer. Pouco adiantava agora admoestar Cauchon, porque o mal já estava feito. O mais importante era uma solução que apaziguasse o clero e o povo franceses. Sua mente trabalhava febrilmente e quase não ouvia o bispo, que continuava choramingando:

— Ando cada vez mais assustado. Os membros do tribunal estão tendo um destino misterioso. O promotor Jean d'Estivert, que fez as acusações contra ela, morreu afogado em um esgoto da cidade de Rouen, e o cardeal de Winchester, que veio da Inglaterra para me ajudar no julgamento, ficou louco. João de Luxemburgo, que vendeu Joana aos ingleses, teve morte inexplicável, e o confessor dela morreu de mal súbito dentro de uma igreja, na Basiléia, onde se isolou, atacado por um medo estranho.

Com o martírio de Joana houve uma reviravolta na situação. É como se, mesmo depois de morta, ela continuasse a defender a França, porque o crime repercutiu entre as hostes inimigas, onde muitos combatentes a admiravam. Os ingleses perderam o ânimo de lutar, talvez já esgotados por tantos anos de guerra, talvez pela consciência de que tinham nas costas o peso daquele martírio injusto.

Corria a história de que Carlos VII havia acreditado que realmente ela era descendente de uma linhagem divina e só a abandonou porque não queria dividir o poder. Dizem que ele chegou a pensar em desposá-la e legitimar o trono com um sopro de divindade, mas não lhe agradava a ideia de casar-se com uma mulher que seria mais respeitada do que ele. A mãe da menina, Isabelle Romée, reclamou a revisão da pena e a reabilitação da memória da maior heroína da França. Para isso, contou com o apoio de um arrependido Carlos VII.

A confissão de Pierre de Couchon foi esclarecedora e dava ao Papa a oportunidade de reparar o erro e esperar que Joana o ajudasse lá do céu na nova luta que a Igreja enfrentava com as heresias que surgiam na Alemanha.

O Papa deu a absolvição ao bispo:

— Pelos poderes que o Senhor Deus transmitiu ao primeiro Papa, eu o perdoo. Como penitência deverá recolher-se a um convento pobre e simples, levar uma vida monástica, respeitar seu celibato, jejuar todos os dias e divulgar a santidade de Joana. Deverá doar todos os seus bens, e não apenas parte deles, aos pobres de Roma. Eu mesmo conferirei seu comportamento.

O bispo saiu resmungando contra o rigor da penitência, e o Papa designou uma comissão formada pelo arcebispo de Reims e pelos bispos de Paris e de Coutances para rever a sentença contra Joana, tendo essa comissão chegado à conclusão de que os processos de Rouen contra a donzela Joana d'Arc estavam cheios de "...*calúnia, de maldade, de injustiça, de contradição, de violações do direito, de erros de fato*", e a declararam inocente.

CAPÍTULO 104

A reunião da CIA naquela manhã foi ocupada por uma informação aparentemente sem nexo com os fatos que estavam discutindo. Um agente enviara de Oliveira do Conde um pequeno relato sobre fatos curiosos ocorridos naquela pequena aldeia do norte de Portugal. Uma folha de papel estava diante de cada um dos participantes. O agente teria encontrado referências de que a pedra fundamental da pequena Igreja de São Pedro, no centro da aldeia de Oliveira do Conde, no Carregal do Sal, fora colocada por São Paulo quando por ali pregava. Uma gramínea chamada de 'carrega', abundante naquela época, deu o nome de Carregal ao local onde havia salinas exploradas pelos romanos.

Dólmens de seis mil anos e círculos misteriosos de cerimônias esotéricas registram a presença dos druidas na região de Carregal do Sal. Desde a era pré-cristã, os druidas habitavam as cavernas dos Pireneus e eles ajudaram a esconder os últimos remanescentes dos cátaros.

Vestígios de estradas antigas cortam Oliveira do Conde, como provável ramificação da Via Dominitia, a antiga rota construída pelos romanos, na Galícia, no II século a.C, ligando a Península Ibérica a Roma, para onde foi escoada a grande produção de ouro da região e cujas escavações são conservadas hoje como patrimônio da humanidade. Foram encontradas referências de que a filha de D. João IV, Catarina de Bragança, depois de rejeitada pelo rei Carlos II, da Inglaterra, com quem se casara, levando como dote a Índia, passara a frequentar cerimônias druidas, no então vilarejo de Oliveira do Conde.

Entretanto, o que mais chamava a atenção era o estranho episódio que envolveu Napoleão e um sarcófago de alabastro construído no ano 1439, em estilo gótico, em que está enterrado Fernão Gomes de Góes, nobre proprietário de terras no Carregal do Sal. Segundo as crônicas locais, no mês de agosto do ano de 1617, morreu Dom Luís da Silveira, terceiro conde de Sertelha e bisneto do rei Dom João II. Depois de morto, ou seja, quase duzentos anos depois da morte de Fernão de Góes, Dom Luís foi amortalhado e levado até a localidade de Carvalhal Redondo para o carpinteiro fazer o caixão. O mistério está nessa circunstância de ele ter sido levado, já envolto em mortalhas, para Carvalhal Redondo, em vez de esperar o caixão em Oliveira do Conde. Dessa outra cidade, seu corpo voltou para ser enterrado ao lado do sarcófago de Fernão Gomes de Góes, dentro da igreja de São Pedro, em uma campa rasa. O fato de o enterro ter sido discreto e a distância entre Oliveira do Conde e Carvalhal Redondo têm levantado especulações, porque no mês de agosto o clima é quente e o corpo não resistiria à decomposição.

Com o fracasso da invasão de Portugal e pouco antes da batalha do Buçaco, no ano de 1819, perto de Oliveira do Conde, Napoleão mandou seus soldados destruírem o sarcófago de Fernão Góes e examinar o que havia dentro. Cumprindo essas ordens, os soldados forçavam e danificavam a valiosa peça, sem conseguir abri-la, quando misteriosamente aproximou-se deles uma velha senhora, vestida de negro, caminhando silenciosamente. Ninguém viu de onde ela veio e como pôde, de repente, aparecer ali, sem ser notada. Ela caminhou até o sarcófago e levantou a tampa com facilidade. Os invasores fugiram apavorados como se fosse coisa de assombração.

O relato do agente parava aí.

O assessor coçava a cabeça sem saber o que dizer. Os outros ficaram em silêncio, mas Hawkins não resistiu:

— Bonita história, mas não entendi nada. Em que ela nos interessa? Podia ter acontecido com a Fontana di Trevi, em Roma.

O diretor esfregava o rosto com as palmas das mãos como se quisesse acordar de um torpor. Depois desse pequeno exercício de volta à realidade, comentou:

— O inspetor fez essa referência a Oliveira do Conde de uma maneira insidiosa. Parece que ele ainda suspeita do Dr. Maurício e vem pesquisando toda sua vida particular.

Ele continuou falando como se já tivesse suas conclusões e aguardava a concordância dos demais.

— Só faltava Napoleão! Na verdade, ainda hoje alguns imperadores são tratados como divindade. Napoleão se considerava um ente superior, mas precisava de sangue divino. Segundo o que temos lido, ele tentou por todos os meios provar sua origem merovíngia. Não só se dizia um deles, mas fazia acordos de casamento com nobres de origem merovíngia, como Carlos Magno e outros reis da França também fizeram. A preocupação merovíngia é ainda um drama na história da França.

O assessor Hawkins tentava compreender. O professor Brandon segurava os óculos com os cotovelos na mesa e olhava o vazio da parede.

— Bem — suspirou o embaixador —, temos então uma conexão com o presente. A hipótese de uma seita não está assim tão errada.

— A questão — disse o professor Brandon — está no campo das imaginações. Se há quem acredite que Simão Cireneu morreu no lugar de Cristo, nós podemos levantar outra hipótese nessa questão de Oliveira do Conde.

E pensou um pouco antes de falar, com receio de alguma crítica:

— Será mesmo que na carroça voltou o corpo amortalhado de D. Luís, o terceiro conde de Sertelha? Será que em vez do corpo não vieram documentos, atrás dos quais estava Napoleão? Afinal, por que o levaram para Carvalhal Redondo, se podia esperar o caixão em Oliveira do Conde? Por que D. Luís foi enterrado junto ao sarcófago de D. Fernando? Haveria algum túnel por baixo desses dois túmulos? Se havia, deve ter desaparecido com o terremoto de Lisboa.

— Curioso como esse inspetor entra em certos detalhes — comentou o embaixador.

— Ele tem um estilo peculiar. Descobre esses detalhes e vai destilando veneno para enfraquecer a mente do suspeito. Nos trabalhos para a Interpol e mesmo em alguns da CIA, dos quais participou, sempre agiu dessa forma e deu resultado.

O diretor já tinha identificado os cacoetes de cada um, e toda vez que o diplomata alisava o queixo com a mão direita, ele sabia que alguma ideia nova viria dali. E estava certo mais uma vez.

— Fico imaginando como é que essa organização recruta seus membros. É claro que eles não têm uma universidade de preparação para entrar nessa Ordem. O senhor disse há poucos dias que gostaria de tê-lo trabalhando para a CIA.

Sua observação chamou a atenção do grupo.

— Não é fácil formar uma pessoa como ele: culto, inteligente, raciocínio rápido, sempre alerta, esportista, entre 45 e 50 anos de idade, poliglota, com tese de doutorado em Direito, homem que já exerceu funções de relevância e suficientemente maduro para ocupar uma posição-chave em qualquer organização, até mesmo secreta.

— Entendo. Ele pode estar sendo testado.

— Um teste de dupla finalidade, penso eu. Se for aprovado, é porque evitou os atos terroristas e a seita escolheu o homem certo. Se não evitar esses atos, é porque pereceu junto e foi reprovado.

Logo depois desses comentários, ficou preocupado. O olhar frio do diretor indicava que, se ele passasse nos testes, a CIA teria de eliminá-lo, porque não poderia correr o risco de ele integrar essa organização.

CAPÍTULO 105

À medida que se aproximavam de Compostela, a situação ficava mais tensa. A morte da monja, a falsa missa de Villalcazar de Sirga, a morte do rapaz na Cruz de Ferro e, por último, o guia em Ponferrada.

O Cebreiro era outro lugar cheio de mistério e lendas. Tinha agora de volta aquela mesma percepção de perigo de quando se aproximava de

362

Foncedabon e, por isso, quando chegaram ao Cebreiro, não ficou surpreso ao ver o carro de polícia.

— Senhor Maurício, como está? Fez uma boa caminhada?

— Boa tarde, detetive Sanchez.

O detetive cumprimentou Patrícia e justificou-se:

— Não me deixam inativo. A cada dia surge uma coisa nova. Fiz uma série de investigações e, se me permite, preciso fazer-lhe algumas perguntas. Tomei a liberdade de reservar dois quartos para vocês na casa de uma família amiga. Depois que se alojarem, podemos jantar e tomar um bom vinho.

Estavam diante do monumento ao Graal, levantado na entrada do Cebreiro. O inspetor leu em voz alta a inscrição colocada no momento:

"Contam que um peregrino alemão, perdido nas paragens do Valcarce, em meio a nuvens densas, parou e escutou vindo de longe, bem do alto, o som de uma gaita. Era como um "alalá", que neste lugar tocava um pastor que com suas notas sonoras guiou o peregrino até o Santo Graal".

E com a mesma voz pastosa de quando quer provocar:

— Aqui no alto do Cebreiro existem mistérios que se escondem nas dobras do passado.

Mas, notando a testa franzida de Maurício, soltou uma forte gargalhada.

— Não se impressione! Esses Pireneus me fascinam com suas lendas. Segundo uma delas, Artur, o rei dos celtas britânicos, incentivava seus cavaleiros a procurar o Santo Graal, que somente poderia ser encontrado por uma alma pura e sem maldade. Um desses cavaleiros, sir Galahad, saiu à sua procura e, depois de vencer várias dificuldades, chegou até um sítio onde uma moça muito linda o tentou. Mas sir Galahad resistiu e, como recompensa por suas virtudes, foi guiado até este ponto, no alto do Cebreiro, onde encontrou o Santo Graal.

Quando o inspetor fazia suas exibições de conhecimento, ele sempre acrescentava alguma interpretação, e Maurício ficou imaginando o que poderia vir agora. E de fato o homem tirou os olhos do monumento e levantou uma dúvida.

— Acho isso tudo muito contraditório. Existem registros históricos de que o cálice de Cristo esteve no monastério de San Juan de la Peña desde o início da Idade Média, desaparecendo lá pelo século XVII. Ora, se o Graal estava em lugar certo e sabido quando Chrétien de Troyes, no século XII, divulgou as lendas do rei Artur, então a busca do Santo Graal não era para encontrá-lo.

— E qual seria o objetivo dessa busca?

O policial encarou Maurício e deu uma resposta de quem preferia esconder a própria opinião:

— Pois sabe que eu não tinha pensado nisso?

Depois dessa encenação, ele se ofereceu para levá-los até a casa, na viatura, mas Maurício e Patrícia recusaram com educação, porque é um princípio dos peregrinos fazer todo o Caminho a pé. Só em emergências usariam outro tipo de transporte. No Cebreiro existem várias residências que alugam quartos, e algumas delas são até bastante confortáveis, como a que o detetive havia escolhido.

Pouco se via do horizonte, escondido sob nuvens ameaçadoras. Maurício abriu a janela, e morros misteriosos, como o passado desse vilarejo, buscavam abrigo sob o manto frio da noite. Imaginou quantas trilhas e esconderijos poderiam existir naquelas montanhas e desceu a guilhotina de vidro que havia levantado, trancando a veneziana com a cremona.

O restaurante indicado pelo inspetor estava cheio de peregrinos, mas ele já os esperava em uma mesa, a um canto. As mesas próximas comentavam o inusitado policiamento do Caminho e a 'rádio peregrino' falava da possibilidade de outros atentados. Alguns relâmpagos assustadores prenunciaram a tempestade, que não tardou.

Depois do jantar, o detetive quis conversar com Maurício a sós, nem que fosse por alguns minutos. Reconheceu que ele estava cansado, mas queria trocar algumas ideias. Por causa da chuva, a viatura levou Patrícia para a casa onde se hospedara.

— Bem! — começou o policial — Posso entender que não quis se envolver com os crimes de Irache, Najera e da Cruz de Ferro. Temos acompanhado seus passos e acredito que tenha coisas a nos dizer.

Não havia o que esconder e nem o que esclarecer. Fez um pequeno resumo dos fatos que acompanharam sua caminhada, sem entregar as charadas. Elas já eram em número de 7 e levariam a uma conversa sem fim.

— O senhor é muito observador e isso vai nos ajudar. O Cebreiro é outro lugar místico e devemos estar preparados para evitar surpresas.

O cansaço e o vinho começaram a pesar e Maurício pediu licença para ir dormir. Sentiu-se bem no quarto bem arrumado. Foi ao banheiro, escovou os dentes, preparou-se para dormir e deitou-se na cama macia e limpa. Os lençóis brancos e o travesseiro agradável eram diferentes dos leitos dos albergues. Deitou-se de costas, com as mãos sob a cabeça, tentando ver o teto forrado de pinho. A chuva caía e ele ouvia a água escorrendo pelo telhado enquanto o vento fazia barulho na janela.

"Isso está meio chato", e levantou-se para colocar um calço de papel na janela e parar o barulho.

"Coisa estranha. Por que a cremona não está encaixada lá em cima? Eu me lembro de tê-la fechado e ninguém entrou aqui depois, porque o quarto já estava arrumado quando saí."

Assustou-se. Com certeza alguém entrara ali e saíra pela janela. "Ou será que entrara por ela?" Olhou debaixo da cama e não encontrando nada suspeito correu até o quarto de Patrícia e bateu na porta.

— Sou eu, Maurício. Está tudo bem aí? As janelas estão bem fechadas?

Ela abriu a porta. Estava vestida com as bermudas que ia usar no dia seguinte e uma camiseta que realçava os seios sensuais. Ele fingiu não ter notado:

— Desculpe acordá-la, mas alguém entrou no meu quarto. Posso fazer uma vistoria no seu?

— Claro. Claro, mas será que esse detetive não o está assustando demais?

Olhou debaixo da cama, forçou as duas folhas da janela, movimentou a cremona várias vezes para fazer o trinco correr para cima e para baixo e chegou à conclusão de que talvez ela estivesse certa.

— É! Acho que você tem razão.

Deu-lhe um beijo de boa-noite e voltou para o quarto, onde encontrou tudo bem trancado, como havia acabado de deixar. Deitou-se de lado, e desta vez colocou a mão sob o travesseiro como, às vezes, fazia antes de dormir, para a cabeça ficar bem apoiada. Sentiu uma lâmina afiada e com um movimento ágil pulou da cama. Acendeu a luz e levantou o travesseiro.

Lá estava o papel que ele temia ver. O mesmo bloco com letras caligrafadas em tinta vermelha e uma clara ameaça:

"A vingança do Graal".

Olhou o relógio. Eram ainda 10 horas, estava cansado, precisava descansar o corpo e a mente para estar preparado. Estava confuso, mas previa algo terrível. A mensagem era curta, fria e ameaçadora. O que seria agora e como conseguiram entrar no quarto?

A janela! Alguém entrara pelo lado de fora enquanto eles estavam jantando. Ou então alguém tinha a chave da porta e depois saiu por ela. O quarto era no segundo andar, mas havia uma sacada por onde o intruso poderia descer.

Invejou a normalidade que vinha lá de fora, com os ruídos naturais da vila, onde os peregrinos andavam e conversavam, apesar da chuva. O raciocínio precisava de um cérebro que não estava funcionando mais. Sentou-se à beira da cama e encostou a cabeça sobre as mãos abertas, com os cotovelos apoiados nos joelhos, até que o efeito do vinho e do cansaço acabou tomando conta dele, e se deitou. Foi logo dominado por um sono profundo, e sonhou que tinha subido o morro do Cebreiro para assistir à missa, mas, quando entrou na igreja um monge, coberto de uma veste negra, cortava a hóstia com um grande bastão de metal.

Acordou suado e se sentou na cama. Agora só se ouvia o ruído da chuva. A janela não fazia barulho, mas o vento uivava. Era quase meia-noite. Vestiu a calça impermeável e colocou as botinas. Fizera bem em ter ido jantar com as sandálias, pois do contrário as botas estariam molhadas. Pegou a capa e saiu do quarto, fechando a porta silenciosamente. Desceu a escada com cuidado e não acendeu a luz do corredor. Tinha uma chave da porta da rua que abriu, sem fazer ruídos. O vilarejo estava escuro. O Cebreiro não tem iluminação pública, apenas algumas lanternas nas paredes das casas. A chuva e a escuridão criavam uma atmosfera de medo, mas ele precisava seguir. Pela lógica de tudo aquilo, sabia que ele próprio não corria perigo, mas estava certo de que haveria vítimas. Caminhou em direção à igreja, que ficava mais ao alto, a uns 50 metros da casa onde se hospedara, e como esperava, ouviu passos. Alguém o seguia. Agachou-se para não ser visto, mas um raio desceu do céu como se o carroção de fogo do profeta Elias tivesse voltado à Terra. A iluminação permitiu uma visão ampla do lugar, e ele conseguiu ler, no portão de pedra de uma casa, a placa da Irmandade do Sagrado Sacramento.

"Irmandades, sociedades secretas, confrarias, ordens religiosas. Cada uma com seu mistério."

A chuva caía torrencialmente. Nem os cães se atreviam a sair, e se algum deles o viu preferiu continuar em seu canto a se importunar com um peregrino imprudente. Era preciso pensar com a mente do assassino, porque sabia que estava lidando com um criminoso cheio de artifícios e dissimulações. Não havia mais motivos para precauções, porque estava sendo seguido. Passou o portão do grosso muro de pedras que circunda a igreja e, em passos largos, chegou à porta da igreja, que, como supunha, estava destrancada. Abriu-a com rapidez e jogou-se ao solo, ocultando-se atrás de um banco, quando viu o inspetor entrar correndo, em ziguezague, com a lanterna acesa, e se agachar perto dele.

CAPÍTULO 106

O silêncio dentro do santuário era quebrado apenas pelo barulho dos trovões e pela chuva no teto. Não era conveniente deixar o assassino tomar a iniciativa, e Maurício pediu para o inspetor focalizar os interruptores que estavam perto da porta. Assim que o facho de luz os localizou, levantou-se rápido e, com um salto, bateu as mãos no interruptor e caiu deitado no chão da igreja, rolando em seguida para baixo de um banco.

Ninguém! Nenhum ruído, nenhum movimento. Mas alguém havia entrado na igreja, pois a porta estava aberta. O cálice ficava guardado dentro de uma proteção de vidros inquebráveis, com alarme eletrônico, e não havia sinais de arrombamento. Subiu a escada do coro, mas não havia ninguém por lá.

— Estranho. Deveriam ter roubado o cálice. Por que não o roubaram? O senhor estava esperando uma coisa dessas, não estava, inspetor?

— Tinha minhas suspeitas. O misticismo do Cebreiro e esse lendário cálice levavam à conclusão de que alguma coisa aconteceria aqui. E, pelas nossas conclusões, fosse lá o que fosse, só aconteceria depois que o senhor chegasse. Algum mistério o protege, e pensei, então, que poderíamos prender esse assassino, mas ele não agiu como esperávamos, porque não roubou o cálice. Ou será que chegamos muito cedo?

Falou como se pedisse desculpas, mas em um tom de voz de quem está ocultando alguma coisa. O momento não era para polidez, e um pensamento fugaz passou por sua mente sonolenta. Olhou para o policial, que se mostrava preocupado, e então compreendeu tudo. Não pensou mais e gritou:

— A casa do padre! Vamos lá, antes que seja tarde. Este cálice é uma cópia.

Saíram às pressas para uma casa antiga de pedra, ao lado da igreja.

A porta estava entreaberta e eles entraram. O padre morava com uma freira que era sua irmã, e, com isso, dispensava serviços de empregada doméstica. Ela tomava conta da igreja e da casa paroquial.

Subiram a escada que levava ao piso superior, e notaram a fresta de luz que saía debaixo de uma porta. Se alguém estivesse ali, ou já teria saído ao ouvir o barulho que fizeram nos degraus, ou estava preparado para recebê-los. Como ninguém apareceu, o inspetor abriu a porta e jogou-se ao chão com a arma preparada.

A cena impressionava.

O corpo do padre estava caído perto do guarda-roupa com uma meia em volta do pescoço, a língua para fora, os lábios roxos e os olhos saltando das pupilas. Fora estrangulado com as meias de dormir. O corpo da freira pendia, de frente, sobre a guarda dos pés da cama. Não havia sinal de luta e nem gavetas abertas e revoltas. O detetive verificou a pulsação de ambos e abanou a cabeça.

— Estão mortos.

Maurício teve a intuição do que podia ter acontecido e gritou para o policial que parecia estar em transe.

— Inspetor! Acho que o cálice não estava aqui. Com esses crimes, o senhor deve ter pedido ao padre para tirá-lo da igreja. Aquele que está ali é uma réplica de segurança para situações como esta. O padre não guardaria o verdadeiro neste quarto. Alguém mais pode morrer se não agirmos com rapidez. O senhor preparou o terreno antes de eu chegar ao Cebreiro e deve saber onde está o verdadeiro cálice.

O policial apenas abanou a cabeça.

— Quem mais poderia ser responsável por uma peça tão sagrada para o Caminho? Uma congregação religiosa? Uma irmandade?

— Tem de haver alguém a quem o padre confiaria o cálice. O senhor deve saber disso, vamos logo para lá.

— Eu não sei, eu não sei. Pensava que o padre ia guardá-lo.

— Mas se não estava com o padre, então onde está? O assassino conseguiu essa informação e está indo para lá. Vamos! Acorde! Não existe uma irmandade, uma associação, algo assim?

Veio-lhe de imediato à lembrança a placa da Irmandade do Sagrado Sacramento que ele vira com a claridade do relâmpago. O padre entregara o cálice para a irmandade. Só podia ser isso.

— Vamos sair daqui. Acho que sei onde pode estar o cálice.

Desceram as escadas, pulando os degraus e logo estavam diante da casa térrea, de pedra, reforçada, e com uma placa na porta indicando Irmandade do Sagrado Sacramento.

A porta estava fechada, mas destrancada. Alguém entrara por ela, porque os moradores não costumam dormir com a porta aberta em um povoado por onde passam tantos estrangeiros. Entraram e se jogaram imediatamente ao chão, o que os salvou de serem atingidos pelos tiros abafados por um silenciador. O assassino estava dentro da casa e havia esperanças de prendê-lo. A prudência nunca está preparada para acompanhar a coragem, e Maurício procurou movimentar-se entre os móveis, jogando os objetos que encontrava para os lados e desorientar o bandido.

Estava escuro, e o detetive hesitava em atirar, com receio de ferir os moradores. Mas o assassino não tivera essa preocupação, e a dona da casa fora atingida. O bandido continuava atirando às cegas, para dificultar a perseguição, e correu para a cozinha. Ele havia pensado em tudo e também deixara a porta da cozinha aberta. Com a rapidez de atleta bem treinado, saiu correndo e pulou o muro do quintal, desaparecendo na escuridão da noite.

Maurício e o detetive voltaram para a casa para socorrer a mulher, mas o marido já tinha chamado uma ambulância. Eles saíram pela porta da sala e, enquanto corriam para o largo da igreja, ouviram dois tiros.

— Acho que o acertaram. Trouxe para cá os melhores atiradores. O ruído dos tiros veio do cemitério ao lado da igreja. Vamos para lá — disse o inspetor.

— Será? Ele goza do benefício da escuridão e seus guardas estão fardados. São um alvo fácil para ele.

Essa probabilidade deixou o policial mais agitado e, enquanto dava ordens pelo celular, procurava acompanhar Maurício que, em vez de ir para a esquerda, onde estava o cemitério, passou pela frente da igreja, contornou a casa paroquial pela direita, fazendo uma curva contrária à direção que os policiais tinham tomado. Quase nada se via, porque a chuva e a iluminação fraca ajudavam o bandido, que aproveitava bem a escuridão da noite. Se os guardas o pegaram, tudo estava resolvido, mas Maurício sabia que aquele assassino era inteligente demais para se deixar atingir tão facilmente. Não havia lógica na direção daqueles tiros. Quando chegaram ao local, encontraram os corpos de dois guardas estendidos no chão. A situação ficou dramática e o detetive ajoelhou-se para cumprir o ritual macabro de colocar o dedo na aorta de cada um. Ali, no chão, estavam dois de seus melhores auxiliares. Cada um tinha dois ferimentos: um na testa e outro no peito. Estava confuso e triste. Quase chorando, perguntou a Maurício:

— Como o senhor explica isso? Por que dar mais um tiro em cada um?

Maurício olhou para o pobre homem, que já não conseguia raciocinar direito. Com voz de quem também estava estupefato diante da situação, deu sua versão:

— Ele pegou os policiais de surpresa e atirou primeiro com a própria arma, que tinha silenciador. Depois de matá-los, deu mais um tiro em cada um, com a arma deles, porque sabia que os estampidos nos trariam para cá. A autópsia vai dizer que os tiros no abdômen foram das armas dos policiais e esses tiros na testa pertencem a outra arma. Nós ouvimos apenas dois tiros e, portanto, dois outros foram dados com silenciador.

— Mas qual a lógica disso? Por que esse procedimento tão estranho?

— Pense bem. O melhor caminho para uma fuga não seria aqui, na estrada asfaltada, onde seria mais fácil encontrá-lo. Ele deve ter descido para o fundo do vale. Com essa chuva e essa escuridão, vai ser quase impossível encontrá-lo nas trilhas sinuosas dessas montanhas.

— Mas então, por que veio até aqui cometer esses dois crimes?

Maurício compreendia que o inspetor não conseguia raciocinar.

— Ele deve ter estudado a posição de seus policiais e...

Não teve coragem de concluir o que ia dizer, mas o inspetor acordou de seu estupor e perguntou, nervoso:

— O que o senhor ia dizendo? Espero que não seja o que estou pensando!

— Só há uma explicação. Ele matou estes dois para nos desviar de seu caminho e nos entreter aqui. Se existe algum policial isolado... Acho que o senhor entende. Ele precisa de um disfarce, e nada melhor agora do que o uniforme da polícia até chegar a seu esconderijo e trocar de roupa.

O detetive o olhou, quase desesperado.

— Meu Deus! Mas é o demônio em pessoa. Deixei um guarda tomando conta da antiga palhoça celta, que é hoje o museu do Cebreiro. Será que vou perder mais um dos meus homens?

Deu ordens aos guardas para não se separarem e percorrerem os locais ali por perto enquanto eles corriam para a palhoça celta, onde encontraram o corpo de um policial, sem uniforme.

Maurício olhou para o fundo do vale, mas nada se via. Escuridão, chuva e um macabro silêncio.

Uma ambulância chegou de Villa Franca del Bierzo para atender a mulher. Felizmente, o tiro não havia atingido nenhum órgão vital.

O mestre da Irmandade mostrou onde estava guardado o cálice. Era um compartimento de pedra hermeticamente fechado com um cofre eletrônico, que só responde aos códigos de abertura em horários preestabelecidos. O cálice ainda estava lá. Aparentemente, o assassino não sabia disso. O cálice estava salvo, mas custara a vida de cinco pessoas. Logo chegaram reforços das cidades próximas, e uma intensa busca começou a ser feita por toda a redondeza. Maurício sabia que aquela busca seria inútil, mas, ainda assim, ficou acordado em solidariedade ao inspetor, que não se conformava com o fato de que aquilo tudo tinha acontecido diante de seus olhos. Fazia perguntas a Maurício, como se estivesse se preparando para uma sabatina, porque seus superiores e a imprensa não o perdoariam.

— O senhor deduziu corretamente que o cálice podia não estar na igreja. Infelizmente, chegamos tarde para salvar a vida do padre e da freira. Mas não consegui entender qual foi seu raciocínio naquele momento.

Procurou falar com cuidado para não parecer mais sagaz que o policial.

— Existe uma comunicação entre a igreja e a casa paroquial. Enquanto o padre rezava a missa, o assassino entrou na casa e traçou seu plano. Depois, voltou para a igreja, ocultou-se, esperou o padre trancar a porta de comunicação com a casa paroquial e, assim que ele saiu, foi até a porta principal da igreja e destrancou-a, porque a chave fica do lado de dentro.

— Destrancou a porta por dentro? Mas por que esse risco desnecessário? Não era mais fácil ficar lá no quarto do padre?

— O assassino precisava de tempo. A porta aberta nos confundiria, dando a impressão de que ele entrara por ela e ainda poderia estar lá dentro. Ele raciocinou que nós ficaríamos em dúvida e, dessa maneira, ganhou alguns minutos. Estudou o cálice e desconfiou de que era uma réplica. Foi, então, atrás do original e tomou precauções para retardar quem o perseguisse, usando a estratégia de deixar a porta aberta.

— Mas isso não explica como o senhor calculou que o padre não estava com o cálice. Não consigo entender como percebeu isso.

Como explicar aquilo para um detetive? Às vezes tudo vem com rapidez à mente. Como explicar uma intuição?

372

— Vou tentar explicar o que me ocorreu na hora. A irmã deve ter ouvido barulho e entrou no quarto, que estava com a porta meio aberta. O senhor se lembra de que o padre estava perto do guarda-roupa, estrangulado com uma dessas meias compridas de dormir, enquanto ela estava no pé da cama, mais perto da porta, o que indica que chegou depois. Imagino que o assassino ameaçou enforcar o padre com a meia se ela não dissesse onde estava o cálice, ou então ameaçou matar a freira para pressionar o padre.

— Mas o senhor acha que ela sabia onde o cálice estava guardado?

— Sim. Por isso levou um tiro na testa e outro no peito, caindo de bruços sobre a guarda da cama. Quando a irmã percebeu que o padre já estava ficando roxo, ela tentou salvá-lo. Depois que teve essa informação, o assassino atirou primeiro nela para que não gritasse, já que o padre não tinha mais como reagir.

Maurício estava cansado e com sono. Também já estava com raiva desse detetive, que, às vezes, parecia inteligente e, outras vezes, cometia burrices como essa de hoje, e agora parecia arrependido.

Depois de um silêncio constrangedor, Maurício despediu-se:

— Estou cansado. Boa noite, inspetor.

No dia seguinte, o trajeto até Tricastella tinha apenas vinte quilômetros, mas era um trecho difícil. O Alto do Polo fica a 1.313 metros de altitude, e, depois, uma longa descida força os joelhos até Tricastella.

CAPÍTULO 107

O diretor da CIA trouxe novas informações.

— Se quiserem notícias do nosso amigo Maurício, ele se envolveu em novos episódios. O Cebreiro, um lugar na Galícia, tem um cálice misterioso, que alguns acreditam que seja o Santo Graal. Parece que foi inspirado nesse cálice que Wagner escreveu a ópera *Parsival*, o cavaleiro do rei Artur, que ficou encarregado da guarda do cálice de Cristo.

Falava em um tom meio solene, como que emocionado com a hipótese de que toda a santidade da vida humana pudesse de repente perder o sentido.

— Ainda faço o Caminho de Compostela!

Fez que não viu o olhar irônico do embaixador e tentou explicar:

— O Cebreiro é um lugar muito místico, situado a 1.293 metros de altitude logo que se entra na Galícia pelo Caminho de Compostela. Existe ali uma pequena igreja dedicada a Santa Maria Real, que dizem ser reminiscência de um monastério pré-românico. Vocês sabem o que isso significa?

Ninguém respondeu.

— No inverno, o Caminho fica coberto de neve. Em uma dessas noites rígidas de frio e também de muita chuva, um camponês subiu o morro para assistir à missa que um padre pouco crente celebrava para cumprir sua obrigação. Quando viu o pobre homem tremendo de frio entrar na igreja, pensou: "O que será que esse imbecil veio fazer aqui com essa tempestade? Só para ver um pedaço de pão e um pouco de vinho?".

"O que será que deu nele? Ficou piegas, de repente?" — pensava o embaixador.

— Nesse instante ocorreu o milagre do Cebreiro. Foi como se Deus quisesse mostrar ao mundo, mais uma vez, que a salvação está no sacrifício e, naquele momento, quando o padre ironizava a fé do camponês, o pão se transformou em carne e o vinho se transformou em sangue.

Respirou fundo e completou:

— O padre e o camponês estão enterrados na Capela dos Milagres, nessa mesma igreja.

Era o diretor da onipotente CIA falando de milagres como se acreditasse neles. O que, no entanto, os impressionou foi o tom emotivo da voz.

— Mas os milagres não pararam. O cálice com o qual o padre celebrava aquela missa começou a ser venerado como sendo o Santo Graal. Dizem que a rainha Isabel, a Católica, quis se apossar dele e ia levando-o embora na carruagem real, mas, ao chegar ao lugar chamado Pereje, logo abaixo do Cebreiro, aconteceu outro fenômeno espantoso: os cavalos pararam e se recusaram a continuar. Ela compreendeu que estava cometendo um grave pecado e pediu ao cocheiro para voltar. Os cavalos obedeceram docilmente ao comando de volta e ela devolveu o cálice à pequena igreja. Depois os cavalos passaram por Pereje sem nenhum problema, rumo a seu castelo.

Os demais começaram a pensar se o drama que a CIA estava passando não seria demais para o diretor, e ficaram aliviados quando ele ponderou:

— Um dia vocês vão me entender. Eu não tenho o direito de ter fé, não posso acreditar em Deus e menos ainda em milagres. A CIA é seu próprio Deus e tem de encontrar soluções até mesmo quando elas parecem não existir. Não temos o direito de lamentar mais tarde que não estávamos preparados para o desafio.

Entenderam. O diretor não estava emocionado com o milagre do Cebreiro, mas sim porque crimes e fatos estranhos criavam um mistério cada vez mais complexo, e a CIA seria acusada de incompetente se não soubesse interpretá-lo. Para ele, a competência era a única fonte de milagres.

CAPÍTULO 108

Já eram mais de 3 horas da madrugada quando Maurício foi dormir. O corpo cansado e dolorido não permitiu um sono reparador. Teve sonhos estranhos e acordou assustado às 9 horas. Quando se levantou, viu o bilhete embaixo da porta:

"Achei melhor não acordá-lo. Também não quero servir de estorvo para suas confidências com esse seu amigo. Espero-o em Tricastella. Beijos, Patrícia."

Com uma pontada de desgosto, conferiu todos os seus pertences e arrumou a mochila. Examinou o quarto com cuidado, mas não encontrou a folha de papel com a charada que havia deixado em cima da cama antes de sair para a igreja. Alguém a pegara. Quem teria sido e por quê?

Passou pela praça da igreja onde o inspetor o esperava na viatura. Cumprimentaram-se, e Maurício perguntou se tiveram algum êxito:

— Até agora só encontramos a farda do soldado assassinado. Estava escondida em uma moita pouco afastada da estrada. A chuva apagou os rastros e o cheiro. Por enquanto, nem os cachorros estão sendo úteis.

Conversaram um pouco e, apenas por gentileza, porque sabia que Maurício não ia aceitar, ofereceu-se para levá-lo até Tricastella.

Maurício agradeceu e seguiu.

Talvez tivessem sido os 20 quilômetros mais difíceis de toda a jornada. Havia dormido mal e o corpo doía com os ventos frios do Alto do Polo. A chuva dera lugar a um nevoeiro branco que cobria o verde vale de Tricastella, onde entrou às 4 horas da tarde, depois de uma longa descida. A cidade estava cheia de estudantes. Procurou o albergue, mas não encontrou Patrícia. Olhou a relação das pessoas hospedadas e não viu o nome dela. Estudantes deitados por todos os lados, esticados em seus sacos de dormir, ocupavam todos os espaços.

"Onde será que ela se meteu?" As pensões estavam cheias e não encontrou nenhum recado. Lembrou-se de que na peregrinação anterior também havia muita gente nessa cidade e algumas pessoas estavam alojadas no interior da igreja. Foi até lá. De fato, muitos peregrinos já estavam deitados no chão e nos bancos da igreja, em sacos de dormir. Algumas escolas tinham levado os alunos para fazerem parte do Caminho de Compostela, começando por Tricastella. Desanimado, entendeu que não ia encontrá-la.

Estava com fome, sem almoço, e para continuar o Caminho precisava se alimentar e comprar um pouco de provisões. Havia um prédio na entrada da cidade, com um restaurante. Certamente estaria cheio, mas devia ir até lá, pois não podia cometer a imprudência de seguir sem provisões. Entrou e levou um susto. O lugar estava cheio de peregrinos, e, ao verem-no, todos começaram a falar em vários idiomas. Uma bagunça! O que será que poderia ter acontecido? Olhava para eles, sem entender aquela gesticulação, quando um senhor falou em espanhol:

— Senhor Maurício. Não fique nervoso, mas a senhora Patrícia reservou um quarto para o senhor no andar de cima. Ela está lá e pediu que não o deixássemos ir embora. É isso que todos estão querendo dizer em alemão, francês, holandês, espanhol e outros idiomas.

Ele respirou aliviado, agradeceu e começou a subir a escada, raciocinando que sua amizade com ela já era assunto para a 'rádio peregrino'.

No alto da escada, chamou por ela porque não sabia o número do quarto.

— Não faça escândalos!

Maurício sentiu a ternura daquele momento e, sem saber por que, uma profunda tristeza tomou conta dele. Já estava amando aquela mulher e gostava de tê-la por perto. Sofria com sua ausência e se alegrava quando estavam juntos.

"Bem que ela podia ter reservado um quarto só", e assim pensando, aproximou-se e a abraçou. Beijou-a e discretamente a empurrou para dentro do quarto, e ali trocaram longas carícias, mas ela o afastou, justificando:

— Você anda muito atormentado e precisa primeiro encontrar sua paz interior. Desculpe, mas não quero apenas ser uma espécie de remédio para sua consciência.

E, como se tivesse ficado arrependida da maneira como falara:

— Sabe? Acho que o estou amando muito. Não aguento mais ficar longe de você.

Ele a olhou e novamente seus lábios se encontraram, em um beijo cheio de angústia, de apaixonados separados por temores que não entendiam.

— Você é muito bonita. Nem acredito que, com tantos jovens vistosos por aí, eu tenha a sorte de merecê-la.

— Bobo. Você talvez possa ser a coisa mais bonita que me aconteceu, e não quero perdê-lo.

Ela quis saber o que houve no Cebreiro e ele contou de maneira resumida. Ela já sabia da morte do padre e da freira, mas os relatos fantasiados dos demais peregrinos comentavam outras mortes misteriosas.

CAPÍTULO 109

Logo adiante de Tricastella, por um caminho que segue à esquerda, ergue-se o monastério beneditino de Samos, um conjunto monumental cujas origens remontam ao século VI, anterior ao Caminho e à invasão dos árabes na Espanha. O nome Samos deriva de Samamos, que significa lugar onde os monges vivem em comunidade.

Um padre de aproximadamente 70 anos organizava um grupo de turistas, aos quais se juntaram. Foram levados para o segundo piso e o padre começou a explicar o grande painel de pinturas nos corredores que antecedem ao claustro. Em uma das paredes, fotografias mostravam os estragos do incêndio ocorrido em 25 de setembro de 1951, quando um dos grandes tambores de álcool para a fabricação de licores pegou fogo e o monastério foi quase totalmente destruído. Só foi possível salvar a sacristia, a igreja e alguns poucos pontos. As fotografias das ruínas, emolduradas e protegidas por vidros, formavam um painel melancólico.

Maurício examinava uma das fotos quando viu refletida no espelho a imagem de um monge que lhe pareceu conhecido. Virou-se assustado, mas nada viu. "Muito estranho". Estaria ficando obcecado com as ideias de uma conspiração? Não. Não estava. Tinha realmente visto um rosto conhecido, mas não havia ninguém no corredor. Estudou melhor a posição do quadro, e o vidro refletia uma porta fechada do claustro. Não adiantava ir até lá porque, se alguém o vigiava, não iria deixar-se ver.

O padre conduziu-os de volta ao piso inferior, onde ficavam a sacristia e a nave da igreja, com a estátua do rei Afonso II. Ele era ainda criança quando o pai foi assassinado e a mãe o levou a Samos para que os monges o escondessem. Depois de adulto, reivindicou o trono e retribuiu os favores a Samos, que prosperou. Foi o rei Afonso II o primeiro peregrino ao túmulo de São Tiago. Assim que soube da descoberta, ele, sua esposa e toda a corte dirigiram-se ao local. Foi ele também que decretou que São Tiago seria o padroeiro da Espanha.

Assim que entraram na sacristia, Maurício sentiu todo o impacto de suas preocupações. Uma imensa abóbada octogonal distribuía luzes celestiais que clareavam o ambiente, e justamente embaixo do centro da cúpula estava uma mesa octogonal.

— Dois símbolos octogonais?!... — deixou escapar.

O padre o olhou com atenção e explicou:

— Logo que pararam as perseguições religiosas, no tempo do Império Romano, os cristãos começaram a construir igrejas que seriam uma espécie de trono divino aqui na Terra. Era preciso representar o céu e por isso todas as igrejas têm uma cúpula abobadada. Mas, para ser de fato uma abóbada harmônica, foram necessárias as oito nervuras que lhe dão forma e se concentram em um único ponto para simbolizar o caminho direto para o céu.

E, dizendo isso, aproximou-se da mesa:

— Olhem essa obra de arte. Ela tem a forma octogonal e estilo barroco. Notem que suas nervuras se concentram em um ponto exatamente embaixo do ponto central da cúpula, de onde descem os raios solares.

O padre, de baixa estatura, inclinou-se sobre a mesa, esticando o braço para alcançar o centro. Maurício olhou para cima, acompanhando a explicação, quando viu que um grande bloco de pedras estava se despregando do alto da cúpula. Com um gesto rápido e brusco agarrou o padre e puxou-o. A pedra desceu com velocidade e caiu com estrondo no centro da mesa, destruindo-a. O barulho foi grande e pedaços de pedra se espalharam pela sacristia, causando ferimentos leves em algumas pessoas.

O padre estava pálido e parecia mais velho que Noé. Conseguiu balbuciar:

— O senhor salvou a minha vida.

Patrícia molhou um lenço na pia de água benta e passou no rosto do sacerdote, que logo se reanimou. Era um velhinho alegre, que riu do fato e comentou:

— Posso entender isso como sendo uma mensagem de Deus. Ele não me quer lá em cima por enquanto. Preciso fazer mais penitências aqui na Terra para merecer o céu.

E, ainda sorrindo:

— Até que não acho ruim, não!

Curiosos apareceram e eles saíram para visitar uma igrejinha de estilo pré-românico à margem do rio Sarriá, perto do monastério, de onde seguiram o Caminho por trilhas estreitas e em meio a bosques verdejantes, ao longo dos quais se distribuíam ruínas e casas abandonadas.

Ao passarem por um muro de pedras, Maurício, que ia à frente, voltou-se e ficou imóvel diante dela. Patrícia ficou um tanto embaraçada, esperando que ele fosse beijá-la, mas ele a olhava, como se não a visse, e apenas murmurou:

— Era o abade de Roncesvalles. Agora reconheço aquela fisionomia. Mas o que ele estava fazendo nesse monastério? E por que se escondeu quando me viu? Ele estava refletido no vidro da fotografia.

Ela reagiu com nervosismo:

— E o que tem de especial um abade a mais em um monastério? É a casa deles! Deixe de besteira. Vamos seguir o Caminho. Assim não dá. Você já está maníaco.

— Pode ser que sim. Mas eu me lembro da fisionomia que ele tinha quando me entregou a primeira charada, depois do meu depoimento em Roncesvalles. Existe uma lógica no comportamento desses assassinos. Alguns pontos começam a se encaixar, como a cúpula octogonal.

— Ora! Não me venha com as bem-aventuranças de novo.

Ele, porém, estava sério. Não gostara do comportamento do abade em Roncesvalles, e a sua aparição no Monastério de Samos era um mau agouro.

CAPÍTULO **110**

Cinco quilômetros antes de Santiago está o monte do Gozo. O nome traduz a alegria dos peregrinos quando ali chegavam e viam as torres da catedral, que despontavam no horizonte. Devido à urbanização, não se consegue hoje ver dali as torres, mas, ainda assim, ao chegar ao Alto do Gozo, o peregrino é tomado por uma sensação de triunfo sobre todas as dificuldades do Caminho.

A sede, o cansaço, a fome, o frio, a chuva, encontrar um lugar para dormir ou comer, os perigos dos buracos nas trilhas, as escarpas para subir ou descer, as noites mal dormidas, as pequenas inconveniências dos albergues que vão se somando ao longo da caminhada, o desânimo que às vezes atormenta, dores musculares, bolhas, a mochila nas costas, o sol forte, os ciclistas que surgem de surpresa imaginando que o Caminho é só para eles ou, ainda pior, os cavaleiros a galope jogando os animais sobre os peregrinos, enfim, os 800 quilômetros do Caminho justificam o nome desse pequeno morro.

Era o entardecer de um sábado. Existe ali um albergue para aqueles que preferem adiar a alegria da chegada, como se guardassem com carinho o prazer de ler a última página de Dostoievski. O enorme conjunto moderno em que se tornou o Gozo tirou-lhe as características de albergue de peregrino, mas, pelo menos, Maurício e Patrícia poderiam chegar a Santiago no dia seguinte e assistir à missa do meio-dia, quando apresentam o espetáculo do *botafumeiro*.

Assim que o dia amanheceu, eles saíram sem pressa e chegaram à praça do Obradoiro, que leva o nome da fachada da catedral. Os detalhes tão minuciosos e artísticos das três portas lembram trabalho de ourives e, por isso, o nome *"obra doiro"*. Turistas se misturavam aos peregrinos de mochilas nas costas, e eles acharam que já era hora de terem um bom descanso. Na mesma praça da catedral está o Paradouro dos Reis Católicos, cuja propaganda diz ser o hotel mais antigo do mundo. Verdade ou não, era um luxuoso hotel que poderia recompor todas as suas energias.

Maurício lembrou-se de que na peregrinação anterior, quando fizera sozinho o Caminho e sem as preocupações de agora, sentira uma profunda frustração. Por um lado sentia a realização de ter percorrido os 800 quilômetros mais místicos da cristandade, mas havia o outro: o Caminho terminara, e com ele as lendas, o companheirismo das trilhas e das noites nos albergues. Foi até mesmo estranho que tivessem alugado quartos separados, quando pareciam estar ansiosos por momentos íntimos. O olhar confuso que ela lhe lançou o deixou mais frustrado, contudo, pensou ele, há tempo para tudo. Depois de se alojarem nos confortáveis apartamentos do Paradouro, saíram para assistir à missa do meio-dia.

Curtiam a alegria de terem terminado o Caminho e também a frustração de tê-lo acabado. Mas essa frustração era ilusória. O Caminho é como o horizonte, que nunca alcançamos, e é ilusão pensar que ele acaba em Santiago.

Quando esteve ali antes, era o Ano Santo Jacobeu, que foi instituído na Idade Média. Essa celebração acontece sempre que o dia 25 de julho, dedicado a São Tiago, coincide com um domingo. Nos anos santos, o peregrino passa pela Porta do Perdão, que fica no lado da igreja que dá para a praça Quintana, e recebe as indulgências.

Pessoas dos mais variados cultos e ideias fazem o Caminho para Compostela, que não tem mais hoje o espírito de peregrinação da Idade Média, mas mantém o misticismo que empolga os que o completam.

— Desculpe perguntar, mas você é católica?

A pergunta desconcertou Patrícia, que pensou um pouco e respondeu:

— Católica, propriamente, não. Tenho minhas convicções, considero-me cristã, uma seguidora de Cristo, mas não gosto de dogmatismos.

E, em tom irônico:

— Nos tempos antigos talvez seguisse um cristianismo do tipo dos cátaros, mas não seria uma *perfeita*.

No século 1100, o bispo Gelmirez iniciou a construção de uma grande basílica românica para substituir o velho templo, e o mestre Mateus foi incumbido de aumentar a porta da entrada principal, que se tornou insuficiente para o grande número de peregrinos que chegavam. Foram construídas três portas com três arcos, e no majestoso arco central estão Cristo e os evangelistas circundados pelos 24 anciãos do Apocalipse.

Os peregrinos apoiavam-se no pórtico, e os anos se encarregaram de moldar aquele ponto com o formato de uma mão. O que antes era apenas um gesto de apoio tornou-se uma tradição, e todo peregrino, ao entrar na igreja, coloca a mão ali. A estátua em oração na base posterior da coluna é o próprio mestre Mateus, que quis assim assinar essa obra imortal com sua própria imagem. Cumpriram essa formalidade e se misturaram aos milhares de peregrinos e turistas que admiravam a beleza da catedral. Maurício prestava atenção aos detalhes e parecia procurar por alguma coisa que não encontrava. A charada de Roncesvalles falava de início e fim. O Caminho deveria terminar em Santiago de Compostela porque ali está o túmulo do apóstolo, o motivo da peregrinação. Se o fim era ali, então a prova final

382

tinha chegado e todo o exercício físico e mental do Caminho seria agora posto à prova.

Antigamente não havia os cuidados higiênicos de hoje e os peregrinos entravam na igreja como maltrapilhos sujos e malcheirosos. O bispo da época mandou então construir um turíbulo de 1,6 metro por 80 centímetros, de latão prateado, que existe até hoje e precisa de oito homens treinados para levantá-lo até o mais alto da igreja para que a fumaça do incenso perfume o altar. O *botafumeiro*, como passou a ser chamado o turíbulo, é a maior curiosidade do Caminho. A igreja estava toda iluminada e a solene missa comovia turistas e peregrinos. Quando os oito homens vestidos de roxo começaram a levantar o imenso turíbulo, muitas pessoas derramaram lágrimas de emoção. A peregrinação em si própria pode ser considerada um milagre, e muitos que ali estavam não acreditavam que tinham vencido a grande distância de 800 quilômetros.

No entanto, a iluminação, o prateado do *botafumeiro* e o espiritualismo denso do momento, incomodavam Maurício. "*A prata não pode refletir a luz*", pensava preocupado. "A prata do botafumeiro? As luzes? Não. Será que não me enganei? A frase podia mesmo se aplicar ao fenômeno de San Juan de Ortega. Será que tudo acabou lá mesmo? Não pode ser, pois houve vários crimes depois de San Juan."

A missa terminou com o "*Ide in pace*", e eles acompanhavam a multidão que ia descendo a escada do Obradoiro quando um peregrino se desequilibrou e caiu em cima de Patrícia, que só não rolou escada abaixo porque se apoiou nas pessoas em volta. Ela fez uma careta de dor e não conseguiu levantar-se. Várias pessoas se aproximaram, em solidariedade. Ela torcera o pé e, com custo, sentou-se em um dos degraus. O peregrino que provocara o acidente pediu imensas desculpas, estava desconcertado, e devolveu a máquina fotográfica que havia caído das mãos dela. Apoiada em Maurício e, com um pouco de esforço, conseguiram chegar ao hotel, ao lado da igreja.

— Que pena! — lamentou ela. Logo agora que eu ia visitar o túmulo. Queria tanto tirar uma fotografia do local.

Maurício foi cavalheiro e disse que não iria sem ela. Poderiam esperar até que se recuperasse. O hotel providenciou um hospital, onde um médico a examinou com cuidado. Por sorte, não houvera fraturas.

— Em três dias a senhora já poderá andar, sem forçar muito esse pé, mas por enquanto deve ficar em repouso — foi a recomendação do médico.

Ela lamentava não poder ver o túmulo do apóstolo e pediu que ele tirasse uma fotografia com a máquina que trouxera. Agora, só faltavam as de Compostela para que ela tivesse uma sequência própria de fotografias.

— Pois é. Podíamos ter visitado o túmulo antes da missa, mas a fila era muito grande. Esperava que à tarde o movimento fosse menor. Que pena! Você vai tirar uma bem caprichada, não vai?

— Pode deixar. Vou levar as duas máquinas, a minha e a sua, porque da última vez, devido a uma falha, eu não tirei fotos do túmulo.

Começou uma leve chuva e ele entrou na igreja. O número de pessoas ainda era grande, mas, como os peregrinos passavam rapidamente diante do túmulo e apenas se benziam ou tiravam uma foto, a fila andava ligeiro. O túmulo ficava em uma cripta, e diante dela um genuflexório para os fiéis se ajoelharem, se benzerem e saírem. Enquanto descia as escadas para chegar ao genuflexório, ele preparou as máquinas porque seria descortês segurar a fila. Ajeitou primeiro a sua câmera, pois assim treinaria para uma foto melhor com a dela. Logo estava diante do túmulo de prata do chamado 'apóstolo do trovão', um dos doze apóstolos de Cristo, decapitado por Herodes Agrippa I, filho de Aristobulus e neto de Herodes, o Grande, que antes mandara matar todas as crianças do reino para que Cristo não ameaçasse seu trono.

Ligou o flash e apertou. Viu logo que a foto ia ser perfeita. A iluminação que se refletiu no sarcófago de prata trouxe toda a imagem para dentro da máquina, que a registrou para sempre. Mas assim que viu o sarcófago refletido na pequena tela da máquina fotográfica digital, levou um choque. Ficou paralisado enquanto um frio inquietante percorria sua espinha. Não conseguia tirar os joelhos do genuflexório para se levantar, porque os olhos estavam fixos no sarcófago do santo. Os demais peregrinos o olhavam espantados. Um deles perguntou:

— O senhor está bem? Precisa de ajuda?

Ele não estava bem, mas não precisava de ajuda. Agradeceu e saiu andando, como um autômato. Foi até a frente da igreja e sentou-se nos degraus. Agora entendia o que o padre queria dizer com a frase: *"... a prata não pode refletir a luz"*. Entendia também agora o comportamento de Patrícia. Ela representara durante todo o Caminho. Conquistara-o, brincara com seus sentimentos e, quando pedia para ele tirar fotos, estava apenas preparando-o para esse momento. Deveria parecer natural que pedisse para ele tirar uma foto do túmulo com aquela máquina. O comportamento dela era às vezes estranho e ele percebera várias situações de incoerências, mas não podia acreditar em tamanha falsidade. Desde o início ela estava agindo friamente e preparando o momento certo. O tombo na escadaria teve o propósito de buscar uma justificativa para que ele tirasse a fotografia e explodisse a catedral de Santiago enquanto ela desaparecia. Ele vinha desconfiando de algo, mas não imaginava uma armadilha tão audaciosa. Aquele tropeço na cama em Roncesvalles era apenas um álibi na hora do crime. Ela o envolvera durante todo o Caminho para que achasse normal tirar aquelas fotos, e em Ponferrada, quando derrubou o copo, foi para sair da mesa e telefonar para alguém, avisando que ele ia questionar o guia depois do jantar. Mas por quê? Por que toda essa armação para que ele participasse desse ato de terrorismo? Por que tinha de ser ele a explodir o templo de Santiago?

Não sabia responder a essas perguntas e estava angustiado. Quem o visse ali, com os olhos vermelhos, podia imaginar um peregrino emocionado por ter concluído a grande jornada. Estava traumatizado demais para perceber a chegada do inspetor, que o cumprimentou educadamente:

— Boa tarde, Senhor Maurício. A senhora Patrícia ainda está na igreja?

Maurício balançava a cabeça de um lado para o outro, deixando o inspetor intrigado. Apertava os lábios para não chorar de raiva. Conseguiu dizer apenas:

— Esta máquina pertence a ela. Era para eu tirar as fotografias do túmulo do apóstolo porque ela não tinha condições de enfrentar a fila, devido a um acidente com o pé.

E, sem disfarçar a tristeza:

— Não tirei as fotos. Não com essa máquina.

O inspetor o olhou de forma estranha e Maurício continuou:

— Naquele instante eu me lembrei da frase do padre. A prata não pode refletir a luz. A prata é o revestimento do túmulo e a luz é o flash que ia detonar o dispositivo que está dentro da máquina e explodir a igreja comigo dentro. Ela simulou a queda na escadaria para não ir comigo.

— Não é possível! O senhor deve estar enganado.

Maurício balançou a cabeça de um lado para outro, e o detetive, meio abobalhado com essa revelação, expressou com voz pausada e clara, como se fabricasse cada uma das palavras:

— A senhora Patrícia, a assassina? Não podemos fazer uma acusação dessas sem examinar essa máquina. É muito sério. Trata-se de uma cidadã americana, e teríamos mais problemas do que soluções.

O inspetor esperava por tudo, menos por aquela situação, pois parecia um ator de teatro que havia esquecido seu papel no meio da cena. Dava ordens pelo celular, com a cabeça erguida, e pediu que um agente fosse até onde estavam. Maurício lhe passou a câmera, que ele pegou com cuidado.

— É preciso antes fazer uma perícia neste aparelho, mas, por precaução, vamos vigiar o hotel. Fique sossegado, mas espero que desta vez o senhor esteja enganado.

O inspetor andava de um lado para outro, diante de Maurício, que continuava sentado e deu uma sugestão:

— Acho que o senhor está muito otimista. Não vai ser fácil encontrá-la. É melhor eu voltar para o Paradouro dos Reis Católicos e tomar um bom vinho. Não quer me acompanhar?

Saíam para o restaurante do hotel quando o telefone chamou o inspetor:

— O quê? Ela não está mais hotel? Não sabem para onde foi?

Maurício apenas esboçou um sorriso melancólico.

LIVRO 9

A ÚLTIMA MENSAGEM

CAPÍTULO 111

Maurício acordou com a cabeça pesada devido aos *Gran Reserva* da lista de vinhos do paradouro. O inspetor insistira ainda que ele experimentasse a 'queimada', uma bebida de aguardente, com casca de limão e açúcar, fervidos em um grande caldeirão, que os druidas tomavam para espantar os maus espíritos. Ficou esfregando o rosto no travesseiro, pensando no que fazer, e acabou cochilando mais um pouco. Abriu os olhos, disposto, e foi tomado por uma profunda frustração. Sentia-se humilhado e triste. Sonhara com o direito de ser feliz, porém o destino brincara com ele. Pior ainda era aquela sensação de coisa inacabada. Durante todo o Caminho sabia que ia enfrentar um momento final, mas não sabia qual nem onde. Mas, então, valia a pena lutar pela vida. Agora, porém, não tinha mais por que lutar.

Sua tristeza foi aos poucos substituída pela mágoa e lembrou o juramento que fizera ajoelhado diante da monja degolada em Itero de La Vega. Não podia permitir que esses crimes continuassem, e um sentimento novo, uma vontade de se vingar, de se mostrar superior a esses assassinos, deu-lhe um desconhecido vigor, movido mais pelo brio do que pelo senso de justiça. Mas estava realizado, pois aplicara outro golpe contra essa seita. A Catedral de Santiago de Compostela continuava de pé.

Nos tempos dos antigos romanos e celtas, existia uma rota de peregrinação que ia do leste até o extremo oeste da Espanha. Era a viagem do Sol, e os antigos acreditavam que ele nascia no Oriente e se afogava no oceano, em Finisterre, o fim da terra, para dar a volta ao mundo e renascer no dia seguinte.

Todos aqueles acontecimentos se deram em lugares enigmáticos e *Finis Terrae* era um desses pontos, lá era o Marco Zero, o fim de tudo. Tinha certeza de que encontraria o assassino lá, onde o sol se afoga para renascer na manhã seguinte. Ele também precisava renascer, e a melhor maneira era fazer a viagem do Sol, de onde voltaria ressuscitado. Quando saiu do hotel, com a mochila nas mãos e pronto para continuar a caminhada, o inspetor o esperava na Praça do Obradoiro.

— Aonde vais, senhor?

— Completar o Caminho, ou melhor, fazer uns exercícios até Finisterre.

— Compreendo. Acho melhor levar um telefone celular. Antes, havia o da senhora Patrícia. Já percebi que não gosta de carregar esses aparelhinhos, mas pode precisar de ajuda, e daqui a Finisterre são mais 90 quilômetros.

— Ora. Não tinha pensado nisso. Muito obrigado.

Aceitou o celular oferecido pelo inspetor e prosseguiu.

Para os antigos, a terra era plana e a água do mar caía em uma grande cachoeira que engolia os barcos que se afastavam. Alguns mais corajosos se atreveram a desafiar os monstros marinhos e provaram que a Terra é redonda. Ele estava ali, como um desses aventureiros, mas, se para os antigos, os fantasmas, os monstros e os mistérios do mar não apareceram, ele ao contrário logo iria encontrar um demônio verdadeiro. Seriam mais 90 quilômetros de caminhada, que planejou fazer em três dias. Poderia ter ido de ônibus ou de carro, mas queria enervar um pouco o inimigo, ao mesmo tempo em que estudaria, com calma, a maneira de enfrentar esse desafio. Nesse trajeto, o número de peregrinos é pequeno, porque a peregrinação termina em Santiago de Compostela. Procurou andar cadenciadamente, parando às vezes no alto das montanhas para respirar e se alongar.

A distância gera o mito, mas agora se aproximava do Marco Zero, junto ao Farol do Fim do Mundo, onde a distância já não existe e o mito não tem onde se esconder. A realidade destrói as lendas e ele ia ter diante de si apenas uma realidade para qual se preparara durante o Caminho. Os quilômetros se escondiam atrás dele como os mitos no passado. Depois de caminhar quase mil quilômetros desde Saint Pied de Port, chegou à cidade de Finisterre, três quilômetros antes do Farol. Preferiu acomodar-se por ali, fazer relaxamento e preparar a mente para enfrentar a luta que teria logo ao amanhecer.

Estava escuro quando se levantou e se dirigiu para onde imaginava ser sua última arena. Daí em diante, não precisaria mais lutar, pensava. Tinha certeza de que o ponto de encontro seria diante do Marco Zero. Tudo era muito intrigante naquele jogo de mistérios, e a sensação de que ia enfrentar o assassino e completar sua missão dava-lhe uma coragem que não conhecia. Sim, ele tinha agora uma missão. Se a missão daquele assassino era espalhar a morte e o terror pelo Caminho, a sua era acabar com esses crimes. Para isso, no entanto, tinha de ser ele a definir as regras desse jogo. O medo, o desânimo, o desencanto e a dúvida são como tabuleiros pantanosos, onde sombras disformes e escuras protegem o inimigo. Precisava levar o inimigo para campos que ele dominava melhor que o outro.

O assassino era uma pessoa com a mente perturbada, dominado por fantasmas interiores que o impediriam de raciocinar corretamente. Iludira-se com o tabuleiro da felicidade cujas peças coloridas são como pétalas que murcham de repente e, depois que perdem a cor, exalam o triste odor da frustração. Nenhuma inquietude podia distraí-lo, e nem mesmo se sentiu incomodado com a lembrança súbita do sorriso irônico de Patrícia, que o encantara durante todo o mês. Era como se tivesse vencido o medo da morte e se julgasse superior a ela. Mas por que esse entusiasmo, se ia enfrentar um perigo que sequer sabia como era? Perdera o encanto pela vida ou já se acostumara com desafios? Estaria em busca de justiça ou frustrado porque se deixara enganar como uma criança? Ou esperava vê-la junto com o assassino para desabafar toda sua raiva? Fosse o que fosse, havia jurado diante do corpo da monja degolada na estrada, em Itero de La Veja, que a vingaria, e precisava cumprir o juramento. Concentrou-se novamente, despindo-se de sentimentos contraditórios.

CAPÍTULO 112

Oito figuras postaram-se diante de uma mesa de pedra, no interior de uma gruta oculta entre as florestas dos montes galícios. A cavidade na rocha tinha as dimensões de um grande palácio, cujos salões eram separados por correntes de água ou grossas colunas de estalagmites. Era o Tribunal da Ordem do Graal, reunido para um julgamento. Bem no fundo do túnel, onde apenas os morcegos e os répteis se atreviam a ir, as oito figuras, com capuzes que escondiam suas faces e distantes das velas que emitiam uma luz suficiente para que eles vissem o réu prostrado como um gafanhoto a 10 metros de distância, já tinham decidido qual seria a sentença. Uma voz trêmula e rouca fez uma única acusação e não precisava de mais crimes para a punição.

— Você não podia ter deixado que ele continuasse com sua máquina fotográfica. Falhou e sabe qual será o castigo.

O réu esperou um pouco para responder:

— Sim, Respeitável mestre, eu e minha equipe falhamos. Eles já se purificaram com o autoflagelo, e eu ajudei aqueles que não tinham mais forças para entrar no campo da felicidade eterna. Eu deveria ter me purificado como eles, mas recebi ordens para comparecer a esta sessão do Sacro Tribunal da Ordem.

Aquelas pessoas não tinham pressa. Sentiam-se seguras e as frases guardavam minutos entre elas.

— Os perdedores não merecem complacência. São pessoas insatisfeitas, e ele é um perdedor perigoso. Pelo que sabemos a seu respeito, o alvo não vai sossegar enquanto não descobrir quem matou a menina e a monja.

A sonoridade áspera da voz ecoou pela caverna, assustando pequenos vultos que esvoaçaram às cegas pela escuridão. O assassino guardou um amedrontado silêncio.

— Mas ele é um perdedor que não teve a percepção do último momento e tomou a direção errada, indo a Finisterre à sua procura.

O assassino compreendeu a nova responsabilidade. O alvo não podia continuar vivo.

— Compreendo, Respeitável mestre, que deverei reparar o meu erro, eliminando o inimigo. Será minha última missão. Depois me sacrificarei diante de vós.

Mas o Tribunal tinha outro propósito.

— O caminho para a vida eterna é a consciência. A dele é leve, como a dos que estão cumprindo seu dever. Mas você conhece seu pecado.

— Meus pecados, Senhor, meus pecados, como posso me livrar deles?

— Ninguém se livra do pecado, quando ele prejudica outras criaturas. Se, com o pecado você prejudicou a si mesmo, o sacrifício poderá levar à salvação. Mas você prejudicou a Ordem e, dessa forma, prejudicou todo o esforço que ela vem fazendo para salvar a humanidade. Não há perdão para o pecado que prejudica as outras pessoas.

Aquele corpo de joelhos no chão e mãos postas como um louva-deus, implorando um perdão no qual não acreditava mais, começou a estrebuchar. Queria falar, mas de seus lábios saía apenas:

— Senhor, Deus do Bem! Senhor, Deus do Bem!

A caverna escura, cheia de morcegos em voos rasantes, lembrava as profundezas do inferno. A voz agora saía de outro vulto. O assassino sentiu naquele novo tom um pouco de esperança, para seu desespero.

— Você precisa de um guia para chegar ao céu. Sua alma deverá se agarrar à dele.

O assassino apertou as duas mãos convulsivamente, não acreditando no que ouvira. Não tinha receio do flagelo ou do pior dos castigos, porque sabia que por meio do sofrimento chegaria à glória eterna. Mas, como dissera aquele mestre, prejudicara a Ordem, e seu pecado não teria perdão. O sofrimento na Terra era temporário, mas o sofrimento eterno o amedrontava. Agora, porém, o Tribunal lhe dava a oportunidade de encontrar uma alma que não tinha pecados e lhe mostraria o caminho dos céus.

— Se falhar novamente, Respeitável mestre, suplico o mais cruel castigo para que minha alma se livre de todos os pecados e não volte a ser esta matéria impura.

— Não haverá perdão para outra falha, pois, se houver, nem os poderes da Ordem perante Deus o livrarão do castigo eterno.

Foi a maneira que a seita encontrou para se livrar de um problema sem deixar vestígios. As velas se apagaram e, no reino da escuridão, figuras disformes se distanciaram umas das outras e tomaram caminhos diferentes, como se enxergassem à noite, como os morcegos.

CAPÍTULO **113**

Maurício chegou ao alto do morro e divisou dali o Farol do Fim do Mundo. Estava ainda escuro e não viu ninguém por perto. Havia chegado a um grande pátio de estacionamento onde estava o escritório de turismo de Finisterre, mas não viu nenhum veículo, nenhum sinal do assassino. Cauteloso, atravessou o estacionamento e logo adiante viu o peregrino forte, sentado no banco de cimento que fica no meio da praça em frente do farol, com um cajado comum, sem lâminas afiadas na ponta. Era sem dúvida o assassino. Sabia que aquilo iria acontecer a qualquer momento, porque eles fracassaram em Santiago. Não adiantava fugir. Estava diante de um assassino profissional, e viera até ali justamente para encontrá-lo. Gostou de ver que não estava com medo. Saberia agora por que o estavam envolvendo em coisas tão sinistras.

O assassino não perdeu tempo e começou a falar:

— Você provou que é inteligente e esperto, mas traiu a causa.

Não estava preparado para uma frase boba dessas. O inimigo era mais alto que ele, tinha braços fortes, corpo atlético e próprio da agilidade. Era um adversário implacável que tinha certeza de que sairia vencedor. Mas qual seria sua artimanha? Não gostara da acusação de que traíra a causa. Que causa seria essa? Era preciso cautela, porque parecia que tudo fora montado para um ritual messiânico e, em todo ritual, a força que mais impressiona é o poder da mente, e, por isso, precisava se concentrar. O detalhe, a atenção, o autocontrole, essas seriam suas armas, as peças de seu tabuleiro.

— Você traiu a causa. Você tinha sido escolhido porque, com sua ajuda, nós iríamos destruir os grandes símbolos da maior heresia da história e restaurar a pureza do cristianismo praticado pelos cátaros.

Sorriu de satisfação, porque novamente tinha adivinhado a respeito da seita e enviara os recados certos para a CIA. Um pensamento turvo lhe veio à mente, porque usara a pessoa errada para diversos desses recados. Mas por que o assassino dava essas explicações? Seria para deixá-lo nervoso? O momento era de aplicação e estratégia. O banco retangular de cerca de oito metros de comprimento os separava, e o assassino ficou parado a certa distância. Maurício segurou firme o cajado. Era a única arma de que dispunha, mas na juventude aprendera a lutar varapau. Sabia alguns golpes e até mesmo treinava com amigos que gostavam desse esporte.

Aproveitou a parlapatice do assassino para arrancar mais informações.

— Era muita pretensão de vocês pensarem que explodir igrejas e matar padres seria suficiente para acabar com o catolicismo.

— Engano seu. A Igreja está condenada e nós temos contribuído muito para isso. Nossa luta não é de hoje, e um dia a história mostrará todos os nossos êxitos.

Aquilo não era coerente com os cátaros. Eles praticavam uma religião pura, sem maldade e nem mesmo usavam armas para se defenderem. Quando o Papa lançara contra eles a cruzada e a Inquisição, sequer se defenderam. Escondiam-se e, quando eram presos, enfrentavam a fogueira, mas não lutavam. Os cavaleiros excomungados que viviam entre eles é que se encarregaram de combater os soldados da Igreja.

— Vocês não são cátaros. São apenas uma seita fanática. Os cátaros eram humildes e santos. Eram chamados de *bons homens* e praticavam apenas o bem. Foi você que matou a criança lá nos Pireneus, matou o padre, a monja do albergue e também os outros, não foi?

O bandido não atacava e isso era estranho. Esse assassino já deveria ter avançado sobre o banco com o cajado. Por qual motivo continuava parado e o olhando, como se esperasse que um raio caísse do céu para dessa vez fazer seu trabalho? Se ele não começava a luta, alguém teria de fazê-lo, e

Maurício rodeou o banco que estava entre eles, mas o bandido afastou-se. Ficaram, agora, em frente um do outro, cada um segurando o cajado. Observou o inimigo com atenção. Era um sujeito forte, acostumado com a luta e com a morte enquanto ele era apenas uma fera acuada e sem o mesmo preparo. Contava, porém, com a autoconfiança do inimigo, e começou a fingir-se assustado. Segurava o cajado com displicência. Tinha de acertá-lo no primeiro golpe, porque não teria a oportunidade do segundo. Ao mostrar sua habilidade nesse tipo de luta, deixaria o adversário prevenido e poderia não haver oportunidade para o segundo golpe. A resposta do outro mostrou a face da seita:

— Chegou a hora da vingança e nós voltaremos a reinar. A bondade de antigamente será substituída pela justiça.

Mas se esse fanático estava ali para matá-lo também, por que essas explicações? Devia tirar vantagem disso:

— Essa história de cátaros não convence ninguém. Já que você vai me matar, acho que pode dizer quem vocês são, na realidade.

Ficaram andando em círculos e Maurício teve uma impressão macabra. O assassino fora ali para morrer, porque fracassara em sua missão. Será que tinha de matar e morrer junto, porque já tinha recebido sua sentença final? Ele não respondeu a sua pergunta, mas disse outra coisa incoerente:

— Você fracassou na missão e por isso precisa morrer.

— Mas não entendo. Afinal, traí a causa ou fracassei na missão? E qual é essa causa, ou melhor, essa missão? Isso não está muito claro. Ora, se sou um de vocês, por que deveria morrer junto com a explosão da igreja de Compostela?

— É a causa. É o martírio.

Parecia meio dopado, às vezes balbuciava coisas sem nexo e estava com os olhos vermelhos e estufados. Será que estaria em uma missão suicida? Estariam reeditando a seita dos Assassinos do 'velho da montanha'? Pensara nisso durante o Caminho e talvez estivesse certo. Nesse caso, esse bandido poderia estar realmente dopado. Se fosse isso, ele não teria mais todos os reflexos, o que seria bom, e uma ideia lhe passou pela cabeça:

— Você veio aqui para uma revelação. É por isso que não está lutando.

— Você não se mostrou digno da revelação.

— E qual é o mistério?

Certa ansiedade tomou conta de Maurício. O que será que esse sujeito podia revelar de tão importante?

— A última mensagem.

— Última mensagem?!... Qual é essa última mensagem?

— Você não a compreendeu. Tudo já lhe foi revelado, mas cometeu uma falha.

"Última mensagem? O que seria? Aquelas charadas todas eram mensagens que ele decifrara, mas não recebera nenhuma outra charada. Então, que mensagem seria essa?" Precisava sair dali com urgência. Não era momento para tentar decifrar enigmas, mas o assassino apenas bloqueava seu caminho e não lutava.

— Sua luta é inútil. Nossa missão já acabou.

— Nossa missão?!... A sua também já acabou? Então, o meu fracasso é também seu fracasso e morreremos juntos?

Era como imaginava, mas não podia perder tempo e tomou a iniciativa do ataque. Abriu as pernas para ter mais firmeza e pegou o cajado com as duas mãos, mantendo-o firme na horizontal, em frente do corpo, como se estivesse apenas preparado para se defender. Mas o bandido ficou parado a uma distância de dois metros e apenas fazia gingas com o corpo, como se participasse de uma dança macabra. Era o momento. De surpresa, avançou, dando a impressão de que ia atingir a cabeça e, quando ele se desviou, colocou rapidamente o cajado no meio das pernas, derrubando-o. O bandido levantou-se, com agilidade e enfurecido, sem o cajado, que ficara no chão, para se agarrar a Maurício. Esperava essa reação e, no mesmo instante, colocou o cajado embaixo do pé esquerdo do bandido, que estava meio levantado e se desequilibrou, mas ainda assim esticou os longos braços para envolvê-lo. Nesse movimento de esticar o braço, o bandido descuidou-se do rosto e Maurício deu-lhe uma bordoada violenta, cortando-lhe o canto da boca. O bandido ficou estonteado e caiu.

Fora mais fácil do que temia. Não podia ficar ali, porque precisava descobrir que mensagem era essa que não recebeu. Jogou o cajado contra o assassino e correu.

— Não adianta correr. Nós temos de ir juntos, precisa me esperar. Você é um dos eleitos, e sei que não conseguirei entrar no paraíso sozinho. Minha alma não sabe chegar lá. A explosão não pode levá-lo sozinho.

"Explosão? De onde ela viria?" E novamente teve a desconfortável sensação de que o derrubara com facilidade. O assassino era um homem forte, alto, treinado a lutar, mas se manteve passivo naquele encontro.

— Nossas almas precisam seguir unidas para o céu, e para isso precisamos morrer abraçados. Você é puro, é um eleito, não me deixe aqui.

"Então foi isso. O tombo fora uma artimanha para ele me agarrar e em seguida explodir a bomba para ir comigo para o céu. Ora, ora, em que brincadeira me meti!"

Enquanto o outro choramingava suas estranhas explicações, Maurício correu o mais rápido que pôde para ficar longe da explosão. A escarpa pedregosa morria nas ondas revoltas do oceano, mas não tinha alternativa. A distância entre os dois diminuía e ele correu até a escada, que fica ao lado do farol, mas preferiu descer o terreno inclinado ao lado dela e pulou para uma parte plana do penhasco. Passou perto de uma cruz de pedras e continuou por uma trilha perigosa, estreita, lisa e com pedras soltas. Sua intenção era dar a volta ao farol, andando sobre as rochas, e para isso tomou o rumo da direita.

O morro era íngreme e pedras enormes o atrapalhavam porque precisava contorná-las ou até mesmo pulá-las, porque o outro se aproximava. O bandido podia se livrar do martírio com o suicídio, mas havia o fanatismo, ele tinha medo das maldições que o perseguiriam. Alguma consequência existia que o assustava. Alguma ameaça pesava contra ele, se não morressem juntos. Era um grupo de fanáticos supersticiosos, que durante séculos chafurdaram em um misticismo próprio que se alimentava do crime. Não podia ficar ali, mas seria alcançado facilmente.

— Pare! — gritava o bandido, já bem perto.

Era uma voz desesperada, que aumentava suas energias, e Maurício continuou, pulando pedras, rolando pelo chão, sentindo a umidade da jaqueta, até que chegou a um ponto sem saída. Estava sobre uma enorme pedra e não tinha mais para onde fugir. Vinte metros abaixo, ondas raivosas se batiam contra as rochas. E era ali, no meio da batalha, que o mar travava contra as muralhas de pedra em seu eterno esforço para destruir a terra, que ele tinha de entrar. Aquele instante de hesitação foi o suficiente para o assassino agarrá-lo pela jaqueta e, então, instintivamente, estendeu os braços para trás e a jaqueta escorregou para as mãos de seu perseguidor.

De lá de cima do penhasco e sem saber que tipo de morte o esperava, deu um grito de desespero e se lançou o mais longe que pôde, no meio das ondas. Já estava perto da espuma branca quando ouviu a explosão. Quase no mesmo instante, sentiu o impacto atordoante com a água fria. Enquanto caía, encheu os pulmões de ar e seu corpo desceu às profundezas. Tudo ficou escuro e a última coisa que lhe veio à mente foi uma sensação intensa de felicidade, como se um anjo de longos cabelos negros o estivesse tirando do fundo do oceano.

CAPÍTULO **114**

O que é a existência? Seria a dor? A alegria? Não. Talvez fosse respirar. Talvez fosse ouvir. Talvez fosse o perfurar de uma lânguida agulha procurando satisfazer-se com a dor alheia. Ou o que seria? Parece outra coisa e era essa outra coisa que lhe dava a impressão de que existia. Existia? Ou vivia? Que sensação era essa que lhe dava a ideia de que ainda vivia e que, portanto, existira antes? Respirava! Era isso. Respirava. O que era antes então? A única coisa de que se lembrava era o frio. Mas tinha aprendido que o inferno era de fogo, então não tinha ido para o inferno. Mas aquele frio o sufocava. A água lhe entrava pelo nariz e o afogamento era aflitivo. O que estava acontecendo? Sentiu de novo alguma coisa que o afagava e se lembrou do anjo que o guiara, no fundo do mar. Estava, então, no fundo do mar. Mas que mar era aquele que não tinha sal? Não sentiu o gosto de sal quando o ar dos pulmões acabou e ele tentou respirar, mas não encontrou o ar que pulsa o coração e mantém a vida sobre a terra. O anjo desaparecera. Também não havia mais água. Conseguia enfim respirar, mas não enxergava nada.

Ah! Que tristeza profunda! Por que estava ali sentindo essas coisas, quando todos os sofrimentos tinham desaparecido nas águas profundas do mar? Nunca tinha ouvido falar que anjo sabia nadar. Ou as sereias seriam os anjos do mar? Agora estava ali de novo, triste e só. Só?!... Não pode ser! Alguém passava suavemente alguma coisa sobre as costas de sua mão. Será que voltara a existir? Mas para que existir, se já tinha ido embora? Será que existir era importante para alguém mais? Não queria existir. Já tinha perdido a consciência do que era viver, e, se um anjo o acolhera, é porque já estava nos céus, onde sua mãe dizia que tudo era bonito.

Respirou. Tentou piscar e a mão passava mais forte sobre a sua. Uma mão sobre a sua. Agora eram duas mãos e ele descobriu que também tinha outra mão. Duas mãos acariciavam suas duas mãos. Não conseguia piscar. Estranho. O que seria isso? Havia ainda algo diferente em sua cabeça. Som. Sim. Som! Mas o que é o som? Vinha tudo meio de repente. Começou a perceber que estava ressuscitando. Deus não o quis no paraíso. Mas por quê? Também não estava com vontade de ir ao paraíso.

— Querido — ouviu.

"Querido?!... Por que esfregam com tanta força as minhas mãos?"

Uma emoção profunda o dominou. Sentiu a respiração mais forte e seus olhos se umedeceram. O desconsolo das lágrimas! Não conseguiu piscar, mas alguém esfregou ainda com mais força suas mãos. Ouviu uma palavra.

— Maurício, acorde! Fale comigo.

Havia tristeza ali também. Que bom! Não era o único triste. Mas "Maurício? Quem seria Maurício?". Muita água nos pulmões. Não conseguia respirar. O anjo foi embora e roncos de motores o ensurdeciam.

"Mensagem. A última mensagem!"

Sensação desagradável de obrigação que não cumprira.

— Querido. Eu te amo. Não me deixe sozinha. Lembra quando eu lhe disse que você poderia ser a coisa mais bonita que aconteceu em minha vida? Por favor, não me decepcione.

Engraçado. Decepção foi o que sentiu quando fugiu daquele assassino. Mas por que então ficara tão feliz quando pulou na água, sem o casaco? Horrível a água do mar que sai dos pulmões através dos olhos. Alguém passou um pano sobre seus olhos e enxugou a água do mar. Não se lembrava do sal, mas sabia que as lágrimas estavam salgadas. O pano limpou seu nariz, porque dali também saíam lágrimas. Não gostou daquilo. Muco de nariz não é coisa educada. Balançou a cabeça e alguém gritou:

— Ele se movimenta, graças a Deus. Ele está vivo.

Aquele som era conhecido. Mas por que ficou feliz em ouvi-lo? Ouviu outro som. Som! Som era voz. Queria viver de novo e agradecia o anjo por ter ido embora. Mas o outro som lhe trouxe grande tortura interior. Tinha uma vibração que o fazia lembrar coisas que o inquietavam.

— Sem dúvida, ele está se recuperando — disse uma voz comum a todos os médicos.

Não sentiu alegria naquela voz. Gostara mais do tom triste do "Querido".

O tempo. O que é o tempo? O tempo é vida, costumava dizer. Perder tempo é perder a própria vida. Mas então, não podia perder tempo. Tinha de acordar. Sabia que lá fora havia flores, gente, céu, sol. Luz. Luz?!... Sim, luz! Luz, disse Goethe, ao morrer, mandando abrir as janelas. Mas Goethe o lembrou de algo. O que seria? Precisava de claridade para se livrar da angústia que vinha do fundo escuro do mar.

— Luz...

Foi como uma tempestade que revirou mesas, cadeiras, cortinas, e ele ouviu o barulho irritante de persianas. Não gostava de persianas. Sempre tivera dificuldade de fechá-las. Mas por que então existiam persianas ali, na escuridão do fundo do mar?

— Oh! Meu São Tiago, eu vos agradeço esse milagre.

Sim! Era voz feminina. A outra voz então era masculina. Começava a entender o que estava em volta dele. Esboçou um sorriso, porque conhecia essa voz e, antes ela não era assim tão cheia de fé, antes era irônica e crítica. Seu sorriso foi como uma resposta, e ele sentiu os lábios dela roçando os seus.

— Eu quase acreditei que você ia me pregar essa peça, seu malandro. Agora trate de acordar. Já chorei e rezei muito.

Uma escuridão profunda tomou conta dele. Mas depois dessa escuridão, acordou e abriu os olhos. Olhou para o teto, depois para os lados. Como pensara, era um quarto de hospital e estava vivo. Mas como o haviam tirado do fundo do mar? Estava vivo, quando se julgava morto. Moveu a cabeça e viu. Não havia dúvidas de que era o mesmo anjo, mas não tinha mais as asas. A fisionomia, o corpo belo, até mesmo as roupas brancas e a face celestial. O anjo que o salvara estava junto dele. Sorriu e teve a percepção de quanto era bom viver. O anjo pegou suas duas mãos e também havia lágrimas em seus olhos.

— Querido! — foi só o que ouviu, afundando novamente no oceano.

Três dias se passaram enquanto ele se dividia entre a luz do dia e a escuridão das profundezas do mar. Seus sinais vitais e todo seu organismo funcionavam regularmente. Mas o cérebro lutava para mantê-lo afastado, como se receasse revelações tormentosas.

— Quando será que ele volta à normalidade, doutor, o senhor não tem como saber? Por que ele não fala, não acorda, não abre os olhos? Oh! Meu Deus!... Ele chegou a falar antes, abriu os olhos antes e, de repente, parou.

Reconheceu a voz de Patrícia. Ela parecia preocupada com ele.

— Em um momento desses, precisamos acreditar em três coisas: primeiro em Deus, depois no paciente e, por último, na medicina. É ele que precisa querer voltar a viver. Se alguma coisa em seu cérebro o alerta que a volta à normalidade pode feri-lo mais que a escuridão desse ostracismo, vai ser difícil, muito difícil.

"Mas o que pode me ameaçar? Nada está me ameaçando. Preciso voltar. Preciso voltar. Eu tenho urgência de voltar. Então, por que não volto?"

— Doutor, parece que ele está chorando.

O médico pegou o pulso.

— Estranho. O pulso está acelerado. O coração está acelerado. Alguma emoção forte o perturba. Isso é bom. Isso é bom.

Maurício deu um profundo suspiro e abriu os olhos.

— Patrícia.

A emoção na sala foi grande. Médico, enfermeira, auxiliares, mostravam sua alegria da forma mais diversa. Uns riam, outros falavam e uns choravam, como ela. Mas ele repetiu, como se fosse urgente:

— Patrícia, escute, é muito importante. O inspetor Sanchez.

E como se tivesse feito um enorme esforço, voltou a dormir.

Ela pôs a mão na cabeça dele e segredou em seus ouvidos:

— Eu sei, eu sei.

E depois para o médico:

— E agora, doutor?

— Ele voltou à realidade. Sua saúde está boa e, principalmente, parece que seu cérebro funciona otimamente. Acho que a senhora recebeu um recado e isso demonstra clareza de raciocínio. É questão de uma ou duas horas.

CAPÍTULO 115

O médico estava dando as explicações sobre seu estado de saúde.

— O senhor caiu de uma altura muito grande nas águas geladas de Finisterre. Chegamos também à conclusão de que caiu de cabeça. Teve muita sorte em não bater em uma pedra, mas o choque foi grande e ficou desacordado. Acabou bebendo muita água e foi salvo por um helicóptero da Marinha espanhola, que estava rondando a região. Mas já se recuperou, não teve problemas de fratura ou lesões corporais, e está pronto para sair.

Sentia-se realmente bem, e Patrícia o levou para o Paradouro dos Reis Católicos. Uma suíte presidencial estava reservada por conta da Coroa Espanhola. Ele chegou andando e observando tudo com cuidado. Sabia que não podia mais errar, agora que compreendera o enigma.

404

Os dois ficaram a sós e se sentaram no sofá da sala espaçosa e bem decorada. Trocaram um beijo carinhoso e ela o criticou sorrindo:

— Você chegou a duvidar de mim, não foi?

Ele se lembrou do que o médico disse a respeito de o cérebro não querer que ele voltasse à normalidade, e respondeu também sorrindo:

— Eu a imaginava uma agente da CIA e a usava para mandar recados. Mas na hora de tirar a fotografia compreendi a mensagem do padre que estava morrendo. Lembra qual era a mensagem? Seus amigos devem tê-la informado.

— *"A prata não pode refletir a luz"*? Mas o que tem isso a ver? Agora você me deixou ansiosa.

Ele explicou que compreendeu, na hora da fotografia do túmulo de São Tiago, que a câmera dela era um explosivo. E, então, acreditou que ela fazia parte do grupo de terroristas.

Ela dissimulou o ressentimento e perguntou:

— E quando foi que você voltou a acreditar em mim?

Ele descreveu a luta que teve com o assassino e que compreendera tudo no momento da explosão.

— Parece que ele era um desses fanáticos suicidas e, se sua missão fracassasse, teria ao menos de morrer comigo. Ele tinha de me agarrar para eu explodir junto, mas, quando ele puxou a minha jaqueta, eu soltei os braços e ela saiu.

Ela se sentia culpada por ter fugido sem lhe dar notícias.

— O inspetor Sanchez me deu um celular que estava na jaqueta. Era por isso que o assassino queria ficar sempre perto de mim. O ardil da máquina fotográfica na catedral não funcionou, e ele preparou o celular. Por sorte, a jaqueta saiu e pulei em tempo. Quando caía na água, compreendi que o chefe do grupo de terroristas era ele, e você era inocente. Lembro-me de ter sentido uma felicidade muito grande, como uma aura celestial, porque não ia morrer decepcionado.

Maurício segurou as mãos dela, que não parecia muito feliz.

— Então, por que demorou tanto para voltar a si no hospital? Eu já não estava mais aguentando. Não podia ter feito isso comigo.

— Não sei se meu cérebro duvidava de que era feliz ou ainda estava confuso. Mas e quanto a você? Por que escondeu de mim que era uma agente da CIA?

Ela se levantou.

— Eu não escondi nada de você. Você fingia que não sabia e ficava me estudando o tempo todo. Não me falava das charadas, a não ser quando queria que enviasse relatórios. Todos os seus comentários sobre o Santo Graal, os templários, os cruzados, a Inquisição, o cristianismo, tudo aquilo era para eu dizer a Washington o que você estava pensando. Mas ainda assim duvidou de mim. Claro. Imagino sua confusão, o esforço de raciocínio e seu permanente estado de alerta, que enfim o salvou.

Ela tentava evitar que os acontecimentos criassem um obstáculo entre os dois.

— Mas você não tinha tanta certeza. Sei disso. Às vezes acreditava mais no inspetor do que em mim. E, quando a informação era importante, você passava para os dois, como foi lá em Burgos com aquela história de Alexandre Dumas.

— E por que você estava me dando proteção? Por que levaram aquele espanhol e sua filha à morte? Os peregrinos que a acompanhavam eram também da CIA. Não puderam evitar aquele crime?

Ela não aguentou o peso daquela lembrança e lágrimas tristes saíram de seus olhos.

— Foi necessário. O embaixador dos Estados Unidos no Brasil exigiu proteção especial para você e sua família. Fora um pedido do Exército brasileiro, por causa da sua participação contra um grupo de conspiradores, e alguém poderia tentar represálias.

Tinha a voz triste, como se estivesse confessando a culpa por aqueles fatos.

— Às vezes, nós precisamos de situações de dissimulação. Então contratamos uma pessoa que fazia esse serviço, rotineiramente, para acompanhá-lo de perto. Ele fazia parte de uma organização altruística que se dizia originária dos templários, mas nós estávamos por perto, em locais estratégicos da travessia dos Pireneus.

Ele pareceu satisfeito com a resposta dela, mas voltou a perguntar:

— E o tombo em Roncesvalles? Por que aquela encenação?

— Fez parte da estratégia. Um dos nossos viu a polícia subindo os Pireneus, e procurou informar-se. Criei uma situação de segurança, diria de alerta, e com registro de horários, porque haviam matado uma pessoa contratada para lhe dar proteção. Não dormimos naquela noite nem saímos do albergue.

Era evidente o desconforto daquele diálogo, e ela mudou de assunto:

— Perguntei ao médico se havia alguma restrição de alimentação para você.

E com um tom de voz brincalhão:

— Falei que você gostava dos bons vinhos espanhóis e ele me respondeu que vinho é o sangue de Cristo, e isso só lhe fará bem.

— Essa história de sangue de Cristo já está monótona, mas o que está sugerindo?

O hotel havia providenciado uma pequena adega na suíte, da qual ela retirou uma garrafa de Vega Sicília — Único, safra 1991.

— Olhe que preciosidade. Oferta do rei da Espanha.

Abriu a garrafa com o carinho de um somelier diante de uma raridade.

— Você vai acabar sendo eleito o salvador de países. Primeiro, o Brasil, agora a Espanha.

Ele foi até a janela e ficou observando as duas torres da catedral que se projetavam contra o céu azul. Que mistérios poderiam elas esconder?

— Em que está pensando?

— A CIA não desconfiava do inspetor Sanchez?

Ela balançou a cabeça, decepcionada.

— Eu o considerava um tanto estranho, mas a ponto de ser ele o responsável por esses crimes? Uma pessoa de sua posição? Sempre tentando esclarecer os fatos e com equipes de policiais e técnicos? A CIA tem o currículo de todas as pessoas envolvidas em uma situação dessas, e tenho certeza de que os dados desse inspetor são insuspeitos.

— Mas, então, como é que foram desconfiar dele, afinal?

— Você estava sendo seguido na fila dos peregrinos para entrar na igreja, e o nosso agente percebeu sua reação diante do túmulo do santo. É um agente especializado em leitura de lábios a distância, e sua conversa com o inspetor, a meu respeito, levantou a suspeita, pois, se ele vinha nos seguindo, como não sabia do acidente na escadaria? Na dúvida, me tiraram rapidamente do hotel e passaram a vigiá-lo, mas ele tinha tudo preparado. Depois que você foi para Finisterre, ele desapareceu.

— Ele sabia que você pertencia à CIA e sabia também sobre seus amigos.

— De onde você tirou essa conclusão? Se ele sabia, por que provocou aquele incidente e não me deixou ir com você tirar a fotografia? O resultado seria até melhor.

— Não, não! Ele é sutil, inteligente. Se você morresse no local, seria uma vítima. Não era isso que ele queria. Vítima ele já tinha uma, e era eu. Essa organização queria envolver a CIA. Afinal, seria fácil acusá-los de terem preparado tudo isso, de terem matado padres, freiras e crianças como parte de um atentado para culparem os árabes.

Ela estava lívida.

— Agora que tudo se esclareceu, entendo por que ele pronunciou bem as palavras de uma frase como se quisesse que alguém mais a entendesse. Lembro-me de ele ter dito bem devagar: "A senhora Patrícia, a assassina?".

— Meu Deus! Você pode ter razão. Ele queria que os meus colegas ouvissem ou lessem o diálogo, e deu tempo para me tirarem do hotel.

Maurício lembrou-se do acidente que ela sofrera.

— Mas e você, como se sente? Estamos falando muito de mim, e seu pé, ficou bom?

— Com muito gelo e três dias de repouso, já estava bem melhor. Você não esqueceu que fiquei no hospital ao seu lado, não é? Cuidaram de mim também. Como vê, já posso andar com certa naturalidade. O inspetor já está sendo procurado. Não acho que será fácil encontrá-lo.

Ele não parecia confiante. Serviu-se de mais vinho e chegou até a janela. Olhava a praça do Obradoiro, onde vira o inspetor pela última vez. No auge da peregrinação, durante a Idade Média, havia milhares de tendas em volta da catedral para os peregrinos se lavarem e jogarem fora suas roupas sujas, que eram queimadas todos os dias em uma grande fogueira.

Pensamentos misteriosos começaram a aflorar em sua cabeça, e ele desceu o copo até os lábios com os olhos fixos em um ponto inexistente. Parecia triste e frustrado, como se tivesse perdido um amigo.

— Não acredito que tivessem criado um plano tão sofisticado para simplesmente acabar na fuga desse policial ou na morte do assassino em Finisterre.

Colocou o copo novamente no espaço entre as torres e disse:

— Durante trinta dias estudei o comportamento desse sujeito. Alguma coisa mais séria deve estar reservada para mim.

Ela reagiu preocupada:

— Para você? Não entendi.

— Não sejamos inocentes. Parece que todos esses acontecimentos eram uma espécie de teste como se fossem os *Doze trabalhos de Hércules*. Acontece que passei em todos.

E olhando para as torres da igreja:

— Até aqui.

— Como assim? Vamos parar com essa mania. Como até aqui?

Mas ela própria compreendeu que o perigo podia continuar e ameaçava também seu país, os Estados Unidos da América, do qual tinha tanto orgulho. Os dois viveram juntos uma sequência de fatos inesperados, e ele tinha razão, não podia ser inocente:

— Acho que pode estar certo. Não se trata apenas de sua ou da minha segurança, mas também do envolvimento dos Estados Unidos em um assunto que não sabemos ainda qual é. Se você tem alguma coisa em mente, por favor, me diga. Estamos nisso juntos, e esse Sanchez chefia um grupo perigoso.

Ele pensou no poder de ação que ela tinha naquele momento. Uma informação mais séria, que passasse para a CIA, podia movimentar agentes em várias partes do mundo. Mas como se desviasse de assunto, perguntou:

— Desculpe se essa pergunta lhe causa tristeza. A monja do albergue de São Nicolau era a sua amiga que nos separou em Santo Domingo de la Calçada, não era?

Os olhos dela se encheram de lágrimas.

— Sim. Era uma colega de trabalho, e nós entramos juntas na CIA. Participamos de algumas missões.

Controlou-se e disse o que ele já esperava:

— Eu tinha instruções para ela, que só podia dar pessoalmente.

Ele achou melhor voltar aos problemas que já tinham:

— Pelo que imagino, devo passar por um teste final, que não será aqui em Santiago. Sei que corro perigo, mas tudo isso é irreversível. A situação está de um jeito que, ou eu enfrento o perigo, ou ele me alcança. Não tenho como fugir.

— Mas por que você diz que não será aqui? Como você sabe disso?

— As mensagens.

— As charadas? Mas elas já não foram decifradas? O que mais existe nelas?

— Não sei. Mas não estou tranquilo. Falta alguma coisa. Elas levam a palavras isoladas, que nada significam para mim. Não estou satisfeito.

Ela se levantou e pegou o copo.

— Quase ia me esquecendo do vinho. Uma preciosidade dessas. Mas também você fica aí com esse olhar messiânico, como se esperasse alguma mensagem do Além!...

Sentados agora no sofá, fizeram um pequeno gesto com os copos que se encontraram em um brinde ainda atormentado e sorveram devagar o bom vinho da Espanha. Ele aspirou a delicadeza do bouquet, que despertava sensações de frutas silvestres escuras, mas sem a alegria que um momento como aquele devia despertar.

Foi novamente até a janela e levantou o copo para ver, entre as cores do vinho, o céu azulado. Os peregrinos continuavam chegando com suas mochilas nas costas, em um desafio aos séculos. Olhavam gloriosos para a monumental fachada e entravam na catedral para depois procurarem o escritório da Associação do Caminho, em busca da Compostelana, na Praça das Platerias. O Portal das Platerias é o único dos três portais que conserva seu estilo primitivo. É um arco romano perfeito e, no centro, tem um monograma de Cristo em que as letras alfa e ômega estão invertidas, como se quisessem dizer que o fim não era ali.

"Mas se o fim não é aqui, onde seria?"

Distraidamente, levou aos lábios, mas teve a impressão de sentir o cheiro de rolha encharcada. "Cheiro esquisito! O vinho estava tão bom, há pouco." Tomou um gole, e o acentuado cheiro de rolha encharcada se transformou em sabor de enxofre. Ele afastou bruscamente o copo e ficou olhando a praça com os olhos esbugalhados e a testa enrugada. Entendera agora o discurso do inspetor em Puente la Reina quando disse que, no auge da peregrinação, o Caminho adquirira um simbolismo perigoso porque se dirigia para o lado oposto a Roma.

— O que você tem? Vou chamar o médico.

— Não! Estou bem.

Com a voz trêmula e a respiração apressada, exclamou:

— Foi o Diabo. Ele apareceu, enfim!

— O Diabo? Você viu o Diabo? Acho que não devia ter saído do hospital.

— O Diabo deixou o rastro para eu segui-lo. Ele quer que eu o encontre em um determinado lugar, e marcou onde é.

— Não é possível!

— Sim, é verdade. Agora entendo por que o assassino disse que não me mostrei digno da revelação. Ao se despedir de mim, o inspetor na verdade dava o endereço de onde me seria feita a última revelação.

— Oh! Deus! — foi o que ela conseguiu exprimir.

CAPÍTULO **116**

Ela o olhava, incrédula.

— Mas será que isso não acaba nunca? Você quase morreu e vários crimes aconteceram. Há pouco, eu pedi para dizer o que você pudesse ter em mente para prender esse assassino, mas me sinto desencorajada. E que lugar é esse, aonde tem de ir?

— Quando olhava a Praça do Obradoiro, lembrei-me de que ele me esperava ao sair do hotel e se despediu de mim com uma frase que dá significado a tudo o que ele aprontou: "*Aonde vais, senhor?*".

Patrícia não conseguia articular as palavras e o nervosismo se espalhava por seu rosto tenso.

— Ele está em Roma, me esperando. "*Domine! Quo vadis?*" Dizem que São Pedro ia fugindo das perseguições em Roma e, em sua fuga, encontrou Cristo, que vinha em sua direção, com uma cruz nas costas. São Pedro assustou-se ao vê-lo e perguntou "*Aonde vais, senhor?*". E Cristo respondeu: "*Vou voltar para junto do meu povo, que você está abandonando*".

Ela se levantou e passou a andar de um canto para outro. Não queria pensar e, com muito esforço, evitou uma crise de choro. Era uma agente da CIA, preparada e informada. Sabia o que estava por trás daquela simples frase. A aparição de Cristo foi na Via Apia Antiqua, em Roma, e lá estava o Vaticano. A voz de Maurício a fez estremecer.

— Até agora foram sete charadas. Falta portanto a última para completar o signo octogonal, que forma o enigma de Compostela.

— Enigma de Compostela? Signo octogonal? Então era por isso que você ficava olhando o teto das igrejas? Por que não me falou nada disso antes?

— Cada charada representa uma palavra. Em Roncesvalles, foi caminho, em Puente la Reina, ponte, as charadas de Irache e de Najera eram para dissimular o envenenamento do arcebispo em Burgos, onde podemos tirar a palavra tesouro, com El Cid.

Hesitou um pouco ao lembrar a moça degolada e mencionou rapidamente apenas o nome da cidade:

— Em Itero de la Veja, temos Inquisição. Em Foncedabon, a charada da cruz de ferro falava de herege; a de Ponferrada obviamente são os templários, e a última que temos é a do Cebreiro, que lembra eucaristia.

— E que montagem podemos fazer com caminho, ponte, tesouro, Inquisição, herege, templários e eucaristia? Mas se são oito palavras, ainda falta uma. Será que ele quer que você a adivinhe?

— Não. Não penso assim. O inspetor reservou a última para dizer pessoalmente. Será o teste final. Talvez nem seja palavra, talvez seja um símbolo. Como eu lhe disse, ele é imprevisível, mas acabou semeando uma lógica que temos de colher.

— Teste final? Você me enlouquece com essas coisas.

E desta vez não conteve o choro convulsivo. Estava desgastada por um mês inteiro em que não dormia para ficar vigilante, de dia ou de noite.

— Vão matá-lo. Eu sei disso. Mataram todas essas pessoas como um aviso. Não vou deixá-lo ir. Vou pedir à CIA para protegê-lo. Você agora é meu, precisamos um do outro. Já sofri muito no hospital.

Ele a abraçou carinhosamente, passou as duas mãos por seus cabelos e tranquilizou-a:

— Não vão me matar. Esses crimes foram praticados para testar o meu temperamento. Durante todo o Caminho, eles estudaram o meu raciocínio e o meu comportamento emocional. Eles precisam de uma pessoa razoavelmente culta, suficientemente amadurecida e que mantenha a frieza diante de situações aflitivas. Para o quê? Tenho meu palpite, mas preciso ir só.

Era até mesmo desnecessária a pergunta, mas assim mesmo ela a fez:

— Mas por que Roma?

— Lá está o Vaticano. O Enigma de Compostela é a palavra Vaticano. Não conseguiram explodir a catedral de Santiago, mas, estavam preparados para um lance mais espetacular. Preciso estudar charada por charada e explicar o significado de cada letra da palavra Vaticano. As charadas formam um acróstico e o enigma está dentro dele, dentro da palavra Vaticano. Será o teste final que se completará com a última charada, mas, pelo que concluí durante todos esses dias, acho que disponho de tempo suficiente para isso.

E com um beijo silencioso e cheio de ternura, que também revelava sua tristeza, disse:

— Você precisa ir embora. Volte para Washington e conte tudo o que aconteceu, mas peça para não interferirem, não colocarem guarda-costas, porque isso seria fatal para mim. O resto é com vocês. Sabem como agir, só não podem me seguir.

Os dois continuaram abraçados e os beijos foram se alongando e se transformaram em carícias, às quais não resistiram e se entregaram em um merecido momento, que as dúvidas e perigos do Caminho não haviam até então permitido.

LIVRO
10

A ORDEM DO GRAAL

CAPÍTULO **117**

A reunião no gabinete do diretor da CIA, em Washington, tinha agora uma agente especial que havia acompanhado Maurício durante todo o Caminho. Um tanto ansiosa, ela tentava resumir para aqueles homens o que havia acontecido e quais providências Maurício sugeria.

O diretor parecia incrédulo:

— Então, ele chegou à conclusão de que haveria alguma coisa na Itália, porque as charadas revelavam circunstâncias, cujas primeiras letras formavam um acróstico: a palavra Vaticano.

— Ele já vinha alertando que as charadas eram incoerentes e que cada uma devia ser parte de um código. As charadas de Irache e de Najera seriam na verdade uma só, e ainda falta, segundo ele, a charada da letra "O".

Ela parecia preocupada quando concluiu:

— Essa mensagem lhe seria revelada no momento final, em uma espécie de ritual.

— Ritual — exclamou o embaixador. — Não gosto dessa palavra. Cheira a mistério, mas, enfim, é o que estamos vivendo. E esse inspetor Sanchez é mesmo complicado. Ele enviou oito enigmas, mas reduziu-os a sete para confundir Maurício, que não teria ido a Finisterre enfrentar a morte se tivesse entendido isso antes.

— Sim. Por sorte ele desconfiou do número oito desde o início, quando o inspetor dissertou sobre a ermida de Eunate, no primeiro dia em que caminharam juntos.

— Então, já em Eunate, ele começou a suspeitar do inspetor, mas no mesmo dia a senhora se apresentou, em Puente la Reina, e dividiu com ele as desconfianças.

— Houve momentos muito difíceis, conforme o relatório que enviei sobre Ponferrada. Estávamos trancados dentro de um recinto com um grupo que pertencia a essa seita.

— Trancados junto com os assassinos? — perguntou Hawkins. Era evidente que a CIA não comunicara aos demais participantes do grupo que a mulher que acompanhava Maurício era uma agente.

— Foi assustadora a maneira indignada como o guia acusou o Caminho pelos crimes da Inquisição, pelo genocídio dos cátaros e pelo fim dos templários. Ao passar pelo território dos cátaros, os peregrinos entravam em contato com essa forma de cristianismo e a divulgavam pela Europa, dando causa a outras heresias. A solução encontrada pela Igreja foi acabar com eles.

Os demais ouviam em silêncio, diante dessa impressionante revelação de que o místico Caminho de Compostela dera também causa a crimes horrendos para salvar o cristianismo.

— O guia falava como um messias pregando um novo reino.

— E, em que momento ele passou a desconfiar de você novamente? — interrompeu-a o diretor.

— No restaurante, ele ia conversar com o guia. Fiquei preocupada e simulei a queda do copo para ter uma desculpa e poder sair para avisar os outros agentes. Logo em seguida, o guia foi assassinado e voltei a ser suspeita.

— De fato, era uma situação de dúvidas — comentou o professor Anthony.

— E essa suspeita o martirizou durante todo o Caminho. Ele fez várias tentativas em busca de uma certeza. Percebi que não adiantava dizer que era uma agente da CIA, porque ele estaria entre desconfiar de um graduado policial espanhol ou de uma espiã americana. Só quando ele pulou no mar e o celular dado pelo inspetor explodiu é que ele encontrou a certeza.

— Homem corajoso — comentou o embaixador.

O diretor não estava muito seguro. As providências sugeridas por esse Maurício eram melindrosas e havia o risco de ele estar errado. Mas não tinha alternativa e parecia o melhor plano a seguir.

— Você acha que devemos seguir o instinto dele, ou melhor, sua capacidade de percepção e de análise?

— Ele percebeu desde o início que ia enfrentar um problema desconhecido e se armou de todo raciocínio possível. Quem mais iria imaginar que a pergunta do inspetor, quando ele saiu para Finisterre, era uma mensagem?

— Você se lembra de mais alguma coisa que ele possa ter dito de útil?

— Ele não era muito claro, como se tivesse receio de dar a mensagem à pessoa errada. Falava por parábolas, como Cristo. Em Najera, por exemplo, ele concluiu que o assassino agia de maneira previsível, dentro do imprevisível, e perguntou se eu conhecia a teoria da imprevisibilidade.

— Não é muito, mas pode ajudar. Ele estudou a psicologia do assassino durante um mês. Conviveu com ele.

E encerrou a reunião com uma atitude positiva.

— Vamos aos trabalhos. Talvez eu tenha de passar pelo constrangimento de cumprimentar esse tal de Maurício, mas é preferível isso a ser derrotado por esse inspetor.

CAPÍTULO **118**

O Boeing 747-400, saindo de Madri para Roma, pousou no aeroporto de Fiumicino. Embora fosse um voo interno da Comunidade Europeia, todos os passageiros tiveram de passar pelo Serviço de Imigração.

Medidas especiais de controle estavam sendo tomadas. Maurício apresentou seu passaporte e o oficial consultou a tela do computador.

— Seu endereço em Roma?

— Hotel da Colina.

420

Depois que devolveu o passaporte, o oficial transmitiu uma mensagem em código pelo celular, informando a chegada do alvo e onde ficaria hospedado.

Da sacada da suíte 503, Maurício apreciava agora o entardecer que derramava sobre as sete colinas de Roma o colorido de um sol que se ajeitava preguiçosamente no horizonte. Patrícia havia providenciado sua hospedagem naquele hotel, alegando que era fator de segurança.

Ela não aceitara facilmente que ele devia agir sozinho. A CIA não fora capaz de decifrar os mistérios que tinham acontecido no Caminho e poderia se precipitar, pondo tudo a perder. Com CIA ou sem CIA, o perigo era o mesmo, talvez maior com ela.

Eram 6 horas da manhã quando começou a descer os 136 degraus da Scalinata di Trinitá dei Monti, construída em 1726 para ligar a Piazza di Spagna ao alto da Colina Pincio. Passou pela famosa barca construída por Bernini em 1626 e desceu a Via Condotti até chegar à Via del Corso, onde virou à esquerda.

Durante a noite, haviam colocado um envelope sob sua porta com instruções sobre o trajeto que devia fazer, e as seguia rigorosamente. Contornou a Piazza Venezza à direita e seguiu pela Via del Teatro Marcello, que serviu de modelo para a construção do anfiteatro do Coliseu. Os romanos construíam os teatros como uma meia-lua enquanto os anfiteatros eram redondos, como se juntassem dois teatros, fechando um círculo para ligar as duas pontas.

As atitudes daquele sujeito eram todas simbólicas e até o trajeto que indicara tinha esse propósito. Era como se o estivesse alertando de que o cerco se fechava, ligando as duas pontas: o começo e o fim, da primeira charada. Por isso o fizera passar pela primeira metade, o teatro, e, em seguida, o grande círculo, o anfiteatro do Coliseu. O roteiro incluía a *"Boca da Verdade"*. Devia ir até lá.

Na entrada da igreja de Santa Maria in Cosmedin, ao lado do Coliseu, estava a Boca da Verdade. Uma carranca com a boca aberta engolia a mão de quem mentia. Fora advertido de que não devia ser seguido, não podia levar armas, nem podia ter chip ou dispositivo eletrônico em qualquer lugar do corpo ou das vestes.

Na Boca da Verdade receberia outras instruções. As grades que protegem o pórtico da igreja estavam trancadas com cadeado. Uma placa indicava que a igreja seria aberta às 9h30. Logo, turistas de todo o mundo chegariam para tirar fotos com a mão na Boca da Verdade. Eram 6h30 e ele esperou pacientemente, andando de um lado para outro, e, de repente, percebeu que o cadeado estava destrancado. Mas como alguém poderia tê-lo aberto? E se a CIA tivesse mandado alguém segui-lo, apesar das recomendações em contrário? Nesse caso ele seria vítima da Boca da Verdade.

Venceu os fantasmas que sua mente criava e chegou até a parede onde estava a carranca, que simbolizava um deus pagão. Estendeu o braço e pôs a mão devagarzinho, com receio de uma picada de escorpião, aranha, cobra ou até mesmo de uma agulha envenenada. Arrepios tomaram conta de seu corpo, como se estivesse com febre, mas percebeu que tocava em uma folha de papel.

Aliviado, retirou-o com as pontas dos dedos e procurou ler o que nele estava escrito. Nada. Nenhuma palavra. Entendeu o recado de que não precisava de mais instruções e só o mandaram ali para que tivessem tempo de verificar se não estava sendo seguido.

Tomou a Via de Cerchi em direção ao Palatino. Os romanos, antigamente, moravam no alto de sete colinas, chamadas de Campidoglio, Quirinale, Viminale, Esquilino, Célio, Aventino e Palatino. Ele seguiu pelo vale entre o monte Palatino e o Aventino, passando diante das ruínas do Circo Romano, que tinha capacidade para 250 mil pessoas, um quarto da cidade de Roma antiga. Logo adiante estavam as ruínas das Termas de Caracala, outra gigantesca obra para 1.500 banhistas. Deixava a mente passear livremente por aquelas paisagens, porque ia em breve exigir muito dela.

"Domine! Quo Vadis?"

Por que aquele maluco escolhera esse lugar para o encontro final? Estaria querendo dizer que o Papa abandonara o rebanho de Cristo?

Já haviam se passado mais de duas horas desde que deixara o hotel quando chegou à encruzilhada onde Pedro encontrou Cristo e hoje existe uma capela, mandada construir pelo Papa Urbano VIII, no ano de 1600. Aproximou-se devagar, examinando tudo com cuidado. A porta da igreja estava fechada, mas destrancada. Entrou. A pequena claridade matinal não produzia uma boa iluminação. Logo na entrada, em uma pedra protegida por armações de metal, estavam réplicas das pegadas que Cristo deixou quando se encontrou com Pedro. A pedra original está guardada na igreja de São Sebastião, não longe dali. Ele teria dito a Pedro que estava voltando a Roma para ser crucificado de novo, e desaparecido em seguida, deixando as marcas de seus pés em uma pedra da Via Apia.

O silêncio pesava e ele se ajoelhou diante do pequeno altar. Depois que os olhos se acostumaram com a pequena escuridão, ele viu na parede um afresco de São Pedro, crucificado de cabeça para baixo, porque dissera aos carrascos que não merecia morrer da mesma maneira que o mestre.

Um ruído de portas sendo trancadas o fez voltar-se. A armação de ferro que protegia as pegadas de Cristo movia-se lentamente. Levantou-se e dirigiu-se para lá.

"Não é possível!"

Uma escada de pedra começava bem embaixo do lugar sagrado onde Cristo teria pisado. "Muito inteligente. Ninguém pensaria em profanar um lugar destes."

CAPÍTULO 119

Ficou parado por alguns instantes, cheio de dúvidas, mas criou coragem e desceu uma longa escada de pedra. Ouviu novamente o ruído da grade de ferro, que protegia as pegadas de Cristo, se fechando atrás dele. A escadaria tinha inclinação de 45 graus, com degraus de aproximadamente 40 centímetros de altura. Tochas a iluminavam e, depois de descer 20 degraus, Maurício tomou um corredor à direita. Era um labirinto com outros corredores fazendo comunicação entre si, mas só havia um deles iluminado.

Havia sinais de túmulos nas paredes, portanto devia estar em uma das grandes catacumbas que se localizavam naquela região. O corredor foi ficando mais largo e logo se viu diante de um enorme portão de bronze. Era uma peça dos tempos do Império Romano, tendo no alto a águia de Roma e mais embaixo a cabeça de César. Na parte inferior, havia um cálice achatado com uma pequena base. O portão estava semiaberto. Ele passou pelo enorme arco de metal e entrou em um salão espaçoso. Seu coração começou a bater acelerado. Imaginava se teria coragem suficiente para aquele encontro, que prometia ser um ritual. Seria ele uma vítima a ser imolada como sacrifício a algum deus qualquer? Não podia, porém, deixar que esses temores antecipassem o sofrimento que viesse a ter.

Conforme previra, esse pessoal soubera de sua chegada a Roma no momento em que entregou o passaporte na imigração. O inspetor Sanchez tinha meios de acompanhar seus movimentos, e puseram debaixo da porta durante a noite a mensagem com um mapa do lugar aonde deveria ir. Era óbvio, também, que se o próprio inspetor estava em Roma é porque esse grupo tinha ramificações na Itália. O que pretendiam com ele, então? Poderiam tê-lo matado no Caminho e não o fizeram. Fora poupado até agora, mas já não podia mais confiar nisso. Estava preparado para todo tipo de desafio, inclusive o da morte, como em Finisterre. Mas em Finisterre ele já não tinha mais motivos para continuar vivendo, e a morte não o impressionava. Agora Patrícia voltara e, como na lenda do sol, ele também se afogara nas águas de Finisterre e renascera.

O salão onde acabara de entrar era enorme, antigo, e essa seita o descobriu e provavelmente o adaptou para cerimônias e rituais. O que será que haveria por ali? Estava em uma espécie de antessala, o que previa outras salas para onde seria conduzido. Sua vista acostumou-se à penumbra e ele viu o vulto logo adiante. Parecia estar sentado em um trono de pedra.

— Bom dia, inspetor Sanchez. Em alguns momentos da nossa caminhada, tive simpatia pelo senhor, apesar de achá-lo um tanto messiânico.

O outro não respondeu, e o silêncio e o medo começaram a consumi-lo. Precisava de coragem e não podia dar demonstrações de fraqueza para aquele assassino. Duas enormes portas laterais estavam fechadas. Aonde será que iriam dar? Continuou avançando com cuidado, olhando para o chão, para cima, para os lados, com receio de alçapões, setas envenenadas e outras armadilhas. Já podia ver a face do inspetor quando este se levantou:

— Por favor, poderia parar onde está?

A pouca claridade das luzes foi enfraquecendo ainda mais e a abóbada do salão se encheu de estrelas. A vista se acostumou e ele pôde ver a Via Láctea. Teve a impressão de que a voz agora veio de outra sala e olhou para o trono. Estava vazio.

— Sabia que nos veríamos novamente. Estamos felizes por termos escolhido uma pessoa que honrará a Ordem. Seu teste em Finisterre foi grandioso. O grupo de executores precisava desaparecer e deixamos para o senhor o privilégio de se livrar do mais perigoso deles.

"Mais essa!", pensou. O assassino tinha concluído sua missão e precisava morrer. Coube então a ele, Maurício, essa incumbência enquanto essa Ordem ficava com as mãos limpas. O "grupo de executores" devia ser os ajudantes do assassino nos crimes do Caminho. Pelo visto, todos eles agora estavam mortos.

— No entanto, para chegar ao teste final, precisa explicar o enigma que se esconde por trás das charadas.

Houve um momento de silêncio, como se o próprio inspetor hesitasse em lançar o desafio. Era como se ele preferisse continuar movimentando a diabólica esteira de crimes e mistérios que assombrou o Caminho durante um mês, e agora se sentia pesaroso por esse jogo estar no fim. Porém, com voz firme, perguntou:

— Qual o significado da primeira?

Luzes mais fracas se acenderam e a claridade aumentou, mostrando a porta por onde saíra o inspetor. Estava aberta e teve ímpetos de entrar logo nela, mas era melhor desafiar aquele terrorista mostrando que estava calmo. Caminhou devagar e falou com calma:

— Aquele seu jogo complicado de charadas me manteve ocupado durante todo o Caminho. Não fossem os crimes, até que seria divertido. A charada não era tão enigmática. Tudo que tem um começo tem um fim. O começo era conhecido, mas caberia a vocês dizer qual seria o fim. Só no hospital, depois do acidente em Finisterre, é que me ocorreu que havia outra mensagem por trás daquelas charadas. Nessa primeira, em Roncesvalles, entendi que as palavras "início" e "fim" sugeriam um caminho. Ora, eu estava começando o Caminho de Compostela, que é também chamado de Via Láctea, cuja primeira letra é "V".

O silêncio dominou o ambiente. Lampiões se acenderam em uma porta lateral que dava para outro salão semi-iluminado. Levou um susto quando se viu de frente com as ruínas de uma ponte caída sobre o rio Arga. Era a ponte de Puente la Reina, em dimensões menores, depois da explosão.

— O senhor me enganou aqui também. O que eu fiz de errado para que desconfiasse de mim assim tão cedo?

Aquela humildade traiçoeira não o iludia. Conviveu com ela em várias situações. Manteve a altivez de suas respostas, como se estivesse dando aulas de lógica a um aluno displicente.

— Confesso que ali foi mais complicado. Diria que foi mais uma adivinhação que a decifração dessa charada. Depois de descobrir algumas letras ficou mais fácil preencher as lacunas. Quando concluí que as charadas criavam um acróstico de Vaticano, tentei descobrir o que significava esse "A", seguindo a lógica de seu comportamento.

— Lógica do meu comportamento?

— Desde o início, comecei a registrar pontos de coerência que levavam aos cátaros e ao Languedoc. Comecei a catalogar e ligar os fatos. Tive um mês para isso, e confesso que foi um desafio muito penoso decifrar charadas e fazer adivinhações a partir de crimes violentos e desnecessários. A frase em Puente la Reina dizia: *"Os caminhos se unem em uma só ponte para renegar o passado"*.

— E qual sua dedução?

— Não se trata de ponte, mas de pontífice.

— E onde está a letra "A", em ponte ou pontífice? — perguntou o outro, desafiador.

Bem valeram os pressentimentos que sentiu ao explicar para Patrícia o significado da palavra pontífice quando saíam de Cirauqui, depois de Puente la Reina. Como também valeram as cismas que o assaltavam quando contemplava as majestosas pontes do Caminho.

— Sem dúvida foi uma ideia engenhosa. Os imperadores se autodenominavam *"Pontifex Maximus"*, porque, ao vencer os rios, os brejos e os desfiladeiros, a ponte vencia a natureza. Com a queda do Império Romano, o Papa Leão I, no século V, apropriou-se dessa expressão para indicar que o poder do Papa era maior que o dos imperadores, porque ele era a ponte que ligava o homem a Deus. Portanto, ao destruir a ponte, vocês estavam simbolizando a destruição do Sumo Pontífice.

— O senhor não respondeu a minha pergunta.

— Não foi fácil chegar a uma explicação para a letra "A". Eu sabia que meu teste final seria a identificação de cada charada com uma letra da palavra Vaticano. Perguntei-me muitas vezes o que poderia ter acontecido com a letra "A" para despertar em vocês um desejo tão grande de vingança contra o Papa. Convenci-me de que só podia ser a Cruzada Albigense, da qual os templários se recusaram a participar e que extinguiu os cátaros e levou à Inquisição.

Maurício não tinha pressa e precisava cansar o inimigo, que permaneceu em silêncio.

— Não existia lógica nas charadas, mas um simbolismo com o qual eu tinha de trabalhar. Destruir a ponte foi um simbolismo contra o poder do Papa, aliás, muito interessante. Seria como apagar o passado do cristianismo para a construção de um novo Caminho. A letra "A" é a inicial de Albi, a cidade, ou de albigense, o povo que lá morava.

— Muito brilhante. Mas por que escondeu essas conclusões? Havia motivos para desconfiar de mim? Fui tão transparente assim?

Ele parecia magoado.

— O telefone celular. A ponte explodiu no momento de seu telefonema. Lembra-se de que eu quis telefonar para o comandante e não me deixou?

Você teve receio de que eu desconfiasse de alguma coisa na hora de pegar o aparelho. Esse golpe de acontecer uma explosão no momento de um telefonema não é novo.

CAPÍTULO 120

As poucas luzes se apagaram e tudo ficou em um silêncio sepulcral. Como se fosse para lhe causar arrepios, uma música fúnebre parecia sair debaixo da terra. Outras luzes se acenderam perto de uma abertura de onde saía uma escada levemente inclinada que conduzia a um compartimento inferior.

Tomou essa direção e deparou-se com um espaço amplo. A parede em frente era uma bela paisagem do Montsegur, o morro que passou a ser o Gólgota dos cátaros. Diante do quadro, aos pés dele, feixes de madeira iluminados imitavam fogueiras, queimando bonecos que se contorciam e gemiam. Chiados de lenha verde soavam pela sala e um cheiro forte de betume fazia arder as narinas.

— O senhor reconhece o homem logo na frente?

— Não. Não sei quem é.

— É o *perfeito* Olivier, o legítimo portador do Sangue de Cristo.

Maurício nunca tinha ouvido falar desse Olivier.

— Alguns dias antes de morrer, o *perfeito* Olivier, o herdeiro da coroa merovíngia, enviou para lugar seguro a *perfeita* Michelle, grávida de seu filho. Ele foi cuidado por um amigo de Olivier, o lendário Homem da Floresta, que protegeu a criança até que a Confraria Negra o recolheu e a linhagem foi salva.

Maurício não respondeu.

— Vou esclarecer um pouco suas dúvidas. O tesouro dos templários foi levado em 18 galeras para a Escócia e algumas ilhas seguras. Foi assim que financiamos e ajudamos a Inglaterra a enfraquecer o trono da França para que ele caísse humilhantemente com a Revolução Francesa. Ah! Aquela foi uma brilhante vingança da Ordem.

428

Era uma informação estarrecedora. Essa Ordem aparentava dispor de poderes e riquezas capazes de abalar o mundo. Teria sido mesmo ela que organizara a Revolução Francesa? Procurou ser cauteloso.

— Só não entendo por que estou sendo envolvido nisso.

— O senhor vem sendo observado, e a Ordem precisa de seus serviços. A fase da iniciação está quase no fim.

Era um absurdo que não sabia como contestar. O inspetor apontou para o quadro na parede.

— Em Burgos, o senhor salvou a Igreja de ser acusada de matar seus fiéis. Explique como interpretou as charadas de Irache e Najera.

Estava em uma situação da qual não tinha como sair. Não convinha aumentar os desafios e deu sua versão.

— Existe aí uma mistura do evangelho de Mateus com o de João para fazer uma única charada. Talvez a letra "T" se aplique a tesouro, que tanto pode ser dos cátaros, dos templários ou de El Cid. No evangelho de Mateus, que está na charada de Irache, vinha a indicação do momento em que sua organização cometeria um crime. Vocês sabiam que eu iria visitar a Catedral de Burgos. A encarregada do albergue convencera Patrícia a assistir à missa solene. Há um exagero de simbolismo em tudo que vocês fazem. O evangelho de João, que vem na charada de Najera, tem uma introdução: "*No princípio era o Verbo*". Os cátaros preferiam o evangelho de João e, então, imagino que estejam fazendo referência à palavra que o Papa não respeitou no tratado que fez com o rei Clóvis.

O outro não respondeu e ele preferiu encerrar esse tema:

— E aí está, portanto, a letra "T", de tesouro, para compor a palavra Vaticano.

Maurício lutava para não se deixar dominar pelo desânimo que tomava conta dele. Esperava por um desafio do qual pudesse sair. Estava, porém, preso dentro de um imenso subterrâneo, passando por uma sabatina de interpretação de charadas e sem ter ideia de como aquilo ia acabar.

"Esse maluco está querendo me deixar nervoso."

As luzes o conduziam agora por um corredor, que não tinha visto antes, e chegou a uma praça, onde a Inquisição queimava hereges em um auto-de-fé. Clérigos bem vestidos, com mitras e vestimentas coloridas, rezavam pelos que morriam na fogueira. A cena era horrorosa.

Embora se tratasse de bonecos, o cheiro de carne queimada e gritos lancinantes imitavam de forma autêntica a realidade. Sentiu uma leve tontura e hesitou. Não queria ver aquilo, mas a porta já estava fechada. Voltar seria também uma tentativa vã. Voltar para onde? Era certo que todas as entradas por onde viera estavam agora trancadas. Tinha de avançar, e, já que tinha de avançar, melhor fazer isso com destemor.

Os exercícios de respiração diante daquele cenário dantesco o ajudaram a adotar uma postura de indiferença. O barulho era forte, e até que as fogueiras se apagassem e os 'hereges' morressem, trazendo silêncio à grande sala, demorou mais de uma hora. As provas vieram em um crescendo e aquela experiência foi a mais forte. E então ele reparou no cardeal que conduzia o auto-de-fé: era o abade de Roncesvalles. Estava fincado de pé, em estacas de madeira que se moviam lentamente para frente e para trás, e o sangue coalhado no chão era autêntico. O padre devia ter sido morto ali mesmo, com a estaca fincada em seu corpo, ainda vivo.

— O senhor não se sente muito confortável — ouviu o inspetor dizer.

Teve ânsias de vômito e não conseguiu falar.

— Esse é o prêmio da traição. É dado a todos aqueles que traem a causa depois de se filiar à Ordem. O abade tentou encontrá-lo em Samos. O senhor o reconheceu porque viu o reflexo em um dos quadros de fotografias do corredor do claustro.

Então era isso. O abade o procurara para tentar salvá-lo e revelar o plano do inspetor, que interrompeu seu estupor com uma pergunta brusca:

— E então? Qual é a charada?

Ele não resistiu à indignação:

— Por que tantos crimes? E dessa maneira horrível? Suspeitei do comportamento do abade desde os primeiros momentos. Mas ele não sabia do plano completo, não é verdade? Devia dizer apenas a frase "*A prata não pode refletir a luz*" e me entregar a charada. O comportamento dele durante

430

o interrogatório me pareceu teatral, ensaiado, e, por isso, me voltei da porta, quando ia saindo. Como eu previra, ele me olhava de maneira temerosa e me entregou a charada. Também desconfiei do fato de o assassino do padre ter entrado facilmente no monastério e chegado até o claustro. O abade facilitara as coisas para ele.

Maurício balançou tristemente a cabeça:

— Ele me entregou a primeira charada e agora faz parte da última. Ele esteve no começo e agora está no fim. A consciência do velho sacerdote não suportou o peso dos crimes dos quais era conivente.

— Mas, repito, qual é a charada?

O tom de voz já não era tão cortês.

Maurício lembrou-se da monja degolada e sua reação foi de revolta. Não podia fazer nada além de acusá-lo, e o fez:

— O senhor é um débil mental que faz do crime uma diversão, e usou a bula do Papa Inocêncio IV *Ad Extirpanda* para esse crime. Certamente se arrogou no mesmo direito previsto naquela horrível ordem papal de que "*...os hereges devem ser esmagados como serpentes venenosas*", que era a mensagem deixada na mão da monja degolada em Itero de la Vega. Obviamente está se referindo à Inquisição.

— Inquisição! O Santo Ofício! Os autos-de-fé! A fogueira! O confisco de bens! O uso de mulheres que tinham de se sujeitar ao clero para não serem queimadas vivas! Quantos crimes! Quantos crimes! Se passar no teste final, o senhor terá uma missão.

— Missão. Você só fala em missão. Que missão é essa, que já começa com tantos crimes?

— Pois essa é a nossa missão. Onde houver paz, vamos promover a guerra, e onde houver amor, vamos transformá-lo em ódio, até que os maus desapareçam. Caberá às gerações futuras decidir o momento de reconstruir o Templo.

Maurício sentiu um arrepio com o ódio que parecia transpirar daquelas palavras.

— A letra então é o "I", de Inquisição. Ou pensa que é outra coisa?

Era a voz de uma pessoa que parecia tão indignada com os crimes da Igreja contra os hereges, que via nessa indignação a justificativa para os que ele praticava. Maurício procurou assumir o controle da situação.

— Tem razão. Mas podemos seguir. Ainda faltam três charadas conhecidas e uma que desconheço.

Pequenas luzes foram se acendendo em um corredor mofado, estreito e alto, cavado no fundo da terra. Esse grupo descobrira essas escavações, cuja entrada só era possível pelo túnel embaixo das pedras que tinham as marcas dos pés de Cristo, e o mantiveram em segredo.

Mas onde esses túneis iriam sair? Pelo que lembrava, descera 20 degraus de 40 centímetros de altura, então estava a oito metros de profundidade. Avançara oito metros em direção à esquerda do altar, ou seja, só para descer a escada andara oito metros em direção à Via Apia. Contara os passos em cada corredor e em cada salão, e devia ter progredido 25 metros subterrâneos do outro lado da Via Apia. Estava, portanto, sob uma pequena colina, com construções velhas e abandonadas, do outro lado da estrada. Haveria ali uma saída para esses túneis?

Seguiu as luzes e deparou-se com outro grande salão, tendo, no centro, uma pequena construção representando a igreja de Madalena na cidade de Béziers, onde a população procurou abrigo para tentar escapar da selvageria dos cruzados cristãos. As paredes estavam queimadas, em ruínas, e, dentro delas, bonecos de plástico mutilados. A ordem do legado papal era matar todos os habitantes, porque Deus saberia distinguir os cristãos, levando-os ao céu, e mandaria os hereges e judeus para o inferno.

O cenário ao redor da igreja era horrível. Crianças com espadas atravessadas na barriga, mulheres grávidas com as pernas cortadas ou com o ventre rasgado de cima a baixo, velhos com lanças atravessadas em seus corpos, casas queimando e até padres e bispos sendo executados. Sem dúvida, tudo aquilo era um processo de vingança, e vingança caprichosa, bem planejada, para ter repercussões e não ser esquecida. Maurício já estava enojado dessas representações. Era inconcebível que mais crimes fossem cometidos em nome de outro fanatismo. Aquela indignação, que tomou conta dele quando vira a monja degolada, voltou com força. Tinha de dar um jeito de pôr fim a esses novos atos de crueldade, e disse com firmeza:

— Era preciso todo esse exagero só para mostrar os horrores que os cruzados praticaram em Béziers, na França? Não há necessidade de explicar a charada. Você já tem a letra "C", que tanto pode ser o "C" de cruzados como de cátaros.

O silêncio mostrava que o inspetor não estava mais ali. Para onde teria ido? Que surpresa nova o esperava? Aguardou com paciência, e uma fresta de luz mostrou outra passagem. Deparou-se com um grande salão de banhos, com água em quase toda a área, e, no centro, uma espécie de ilha com uma fogueira acesa envolvendo um cavaleiro templário, magro e velho. A água era corrente como se fosse um rio, e a pequena ilha parecia a ilha de *Vert Gallant*, onde de Molay fora queimado.

A cena era impressionante, e, enquanto o boneco se contorcia no fogo, uma gravação gritava ameaçadoramente:

— *Papa Clemente... Cavaleiro Guillaume de Nogaret... rei Filipe! Malditos! Malditos! Todos malditos até a décima terceira geração!!!*

"Será que essa água é de alguma corrente subterrânea? Não estamos muito longe da Cloaca Maxima e do rio Tibre, talvez uns três quilômetros, mas em um nível superior. Essa água então não podia ser um canal subterrâneo que chegava até *Cloaca Maxima*, mas uma pequena fonte com a qual fizeram essa encenação. Então, não adianta pular no rego d'água e tentar a fuga."

Entretanto, não queria perder tempo. Estava tenso, e aquelas exibições de crueldade indicavam um final estapafúrdio e perigoso. Sabia que aquele maníaco estava por ali e não esperou para dar sua versão.

— Vocês buscaram novamente no evangelho a mensagem de Ponferrada, que dizia: "*Repartiram meus vestidos entre si e lançaram sorte sobre a minha vestidura*". Trata-se da túnica inconsútil de Cristo que os soldados sortearam entre eles depois de o terem crucificado, segundo o evangelho de João, seu preferido.

— Mas o que isso significa?

— É outro simbolismo mistificado pelo qual tenta dizer que o patrimônio dos templários foi sorteado entre a Igreja e o rei da França. A túnica sem costura indicaria que os templários eram também uma unidade sem costuras, sem divisões, e que a Ordem continua inteira, indivisa, apesar da traição.

O outro ficou em silêncio, como se esperasse mais explicações, e Maurício o provocou:

— Afinal, quem são vocês? Templários? Herdeiros de Cristo? Cátaros? Não está muito confusa essa sua Ordem?

— O senhor sabe que não. Os templários se preparavam para dominar o Languedoc sob a coroa de um herdeiro de Cristo, porque os Cavaleiros do Templo eram os protetores do Santo Sepulcro. E os cátaros poderiam continuar praticando sua religião, porque foram eles que esconderam e protegeram o Sangue Real. Por isso continuamos unidos e somos até hoje uma túnica inconsútil.

Maurício compreendeu que, se isso fosse verdade, estava sendo convocado para entrar em uma organização poderosa e anônima. O inspetor dera essa informação para ajudá-lo a se decidir.

— Estamos diante da maldição de Molay, que caiu sobre a cabeça do Papa e do Rei. De Molay foi o vigésimo segundo e último grão-mestre dos templários e morreu da forma como está representado. Aqui também tive de fazer deduções. A palavra Vaticano já estava clara na minha mente. De onde viria então o segundo "A", a não ser de Avignon, onde o Papa Clemente V tramou com o rei a traição contra os templários?

— Muito bem. Estamos nos aproximando dos momentos mais emocionantes da nossa entrevista.

CAPÍTULO 121

Na época das perseguições religiosas, os cristãos se reuniam dentro das catacumbas para rezar e celebrar a missa. Faziam cavidades em suas paredes, onde construíam pequenos altares e representavam a Santa Ceia. Essas cavidades, abaixo do solo e junto com os mortos, foram as primeiras igrejas cristãs.

Atrás de uma pedra improvisada de altar, um boneco paramentado partia a hóstia. Era a lenda do Cebreiro, mas a representação era diferente. O celebrante tinha a fisionomia do padre assassinado junto com a irmã e o cálice era uma árvore de cujas folhas pingavam gotas de sangue.

— O senhor foi esperto no Cebreiro. Desconfiou logo que o cálice fora trocado e entendeu com facilidade como o padre e sua irmã morreram. Também salvou o cálice que eu ia levar para desmoralizar o Caminho. Sei que vai dizer que se trata da letra "N". Mas o que significa essa letra agora?

Parecia um diálogo normal, de pessoas adultas. Mas tinha também a sensação de exame vestibular para entrar em uma universidade.

— Tive tempo para estudar sua psicologia. Sua atuação em Roncesvalles, fingindo desconhecer a morte do espanhol e da menina nos Pireneus, não me convenceu. Depois, o pobre do padre ouviu sua conversa com o assassino, mas não acreditou no que ouvira. Para ele, o chefe de polícia de Pamplona não podia estar envolvido em um plano terrorista, e por isso não passou adiante a informação. Essas coisas me vinham à cabeça e para mim era difícil também acreditar em seu envolvimento.

Fez outra acusação.

— Foi o técnico que morreu no helicóptero quem fez a bomba para San Juan de Ortega, não foi? Ou pensou que iria me convencer com aquela farsa?

— Mas foi o senhor que concluiu que a frase do padre se referia ao solstício da primavera.

"Esse assassino não merece ser tratado por senhor", decidiu Maurício.

— Era o que você queria que eu pensasse. Por que não fazer seu jogo? A desconfiança é uma hipótese que precisa ser provada. Diante de acontecimentos suspeitos e ainda sem prova, é preciso ampliar o campo das desconfianças. Tinha minhas dúvidas, mas deixei-o acreditar durante todo o Caminho que confiava em você.

O silêncio tomou conta da sala por alguns minutos, mas era evidente que, apesar de contido, o inspetor se sentia humilhado pelo fato de não ter percebido que despertara essas desconfianças. Quanto mais enfraquecido o inspetor se sentisse, menos segurança teria naquilo que pretendia fazer, e era essa a intenção de Maurício.

— Também foi você que provocou aquele acidente com Patrícia, na porta da igreja de Santiago. Em Atapuerca, envenenou a água da fonte. Outro artifício infantil para conquistar minha confiança, demonstrando que também seria uma vítima, como se quisesse mostrar que eu estava certo quando o alertei, no meu interrogatório em Roncesvalles.

Maurício percebeu que o inspetor estava desorientado e pressionou ainda mais:

— Minhas suspeitas também aumentaram no Cebreiro, quando você se negou a informar sobre a irmandade. Eu lhe disse que o assassino havia conseguido essa informação, mas você ficou quieto e não me disse nada para ganhar tempo. Mais tarde, comecei a pensar como você poderia ter tomado tantos cuidados para proteger o cálice e não saber dessa irmandade. O padre foi esperto e deu o cálice para outro guardar. Você dera outras instruções, mas ele não confiou.

— Mas o que significa a letra "N"? Sem esse esclarecimento, seu teste termina aqui.

— O esforço que fez para ser imprevisível gerou sua própria lógica. Seu comportamento passou a ser transparente. A lenda do Cebreiro é a renegação da fé. Aquele encontro na *Fuente del Reniego,* depois de Pamplona, me chamou a atenção. Por que ali? Você gosta de se revelar em simbolismos, e eu fui catalogando isso. O padre que rezou a missa no Cebreiro não teve fé o suficiente, e não entendeu o sacrifício do pobre camponês, que tinha subido o morro, durante uma noite chuvosa, para assistir à missa. Então, aí está sua letra "N", de renegar, ou de negar, o que dá no mesmo.

— Mas a explicação não está completa.

— Nem é preciso explicação. Você já a deu agora há pouco. Consideram-se herdeiros do sangue de Cristo, nessa lenda em que Madalena teria sido esposa dele. O Santo Graal não seria o cálice de Arimatéia, mas a própria árvore genealógica à qual vocês pensam pertencer, e é por isso que essa árvore aí sangra, em um simbolismo genealógico com o sangue de Cristo.

436

— Falta o significado da charada. O que o Cebreiro tem a ver com o desafio da fé?

Maurício balançou a cabeça, pesaroso:

— Quanto bem uma organização como a sua poderia ter feito para a humanidade! A fé que vocês têm de que vencerão essa luta está agora se alimentando do sangue derramado por crimes injustificáveis. A letra "N" é de negação da lenda do Cebreiro, porque o sangue de Cristo não está na hóstia, mas em vocês.

Já estava farto daquilo e devia estar preparado para o momento final. O assassino em "Finisterre" havia se referido a uma "última mensagem". Qual seria essa última mensagem, que não aparecera até agora? Seria ela a revelação final?

CAPÍTULO 122

No gabinete do diretor da CIA, especialistas em tráfego aéreo, informática, telefonia móvel e fixa, criptógrafos e outras formas da mais sofisticada tecnologia estavam agora assessorando o grupo, que se mostrava visivelmente agitado. Contavam os minutos finais para uma grande catástrofe, mas não tinham certeza ainda de como seria, nem onde e nem quando. Grande número de conjecturas fora levantado, mas pareciam dependentes do raciocínio de uma única pessoa.

O diretor informou Patrícia:

— Ele acabou de entrar em uma igrejinha, na Via Apia Antiqua, perto do local onde, segundo o cristianismo, Pedro perguntou a Cristo: *"Domine, quo vadis?"*. Entendo que, se foi até esse lugar, é porque recebeu instruções dessa seita. O raciocínio dele, então, estava certo.

O alívio na sala foi grande. A capacidade de perceber o detalhe do recado do inspetor, na saída do hotel em Santiago, e a conclusão de que, se escapasse vivo do atentado em Finisterre, deveria ir a Roma encontrar-se com os terroristas, trazia um pouco de certeza de que ele poderia se sair bem outra vez. Logo em seguida, o celular do diretor chamou e ele atendeu. Todos perceberam que ele ficou tenso e quase gritou:

— Impossível. Tem de haver algo errado. Descubram alguma coisa, porque o tempo está passando. Hoje é o último dia e temos até as 6 horas da tarde.

A informação desanimou-os:

— Não foi encontrado nenhum operador de voo no aeroporto de Fiumicino com DNA dos cátaros ou de outros que catalogamos como a eles relacionados. Foram verificados todos os aeroportos próximos e nada foi encontrado de suspeito. Nenhum operador de voo foi contratado recentemente e nem mesmo diretores, supervisores ou chefes de grupo foram substituídos nos últimos dias.

A informação caiu como uma ducha fria sobre todos eles. Maurício havia explicado a Patrícia que o símbolo octogonal da ogiva das igrejas, tendo um ângulo aberto no centro do teto, indicava a subida aos céus. O Vaticano simbolizaria esse ângulo, e era possível que oito aviões fossem lançados sobre o Vaticano.

Outra informação veio em seguida, criando mais desânimo:

— Todos os dados da ONG *Discovering the Past* desapareceram dos registros da Prefeitura de Roma. É como se ela não existisse.

As alternativas eram escassas e o diretor corria atrás do tempo:

— Não podemos pedir ao aeroporto de Fiumicino que desvie rotas de avião sem uma prova, sem um indício mais forte. Iriam nos chamar de loucos.

O assessor Hawkins levantou-se:

— Preciso avisar o presidente.

O embaixador, porém, disse ríspido:

— Sente-se aí e ajude a pensar. O presidente não vai resolver o problema.

E dirigindo-se para o diretor:

— É um desafio para nós todos. Ele sozinho chegou à conclusão sobre a palavra Vaticano e também quanto ao momento do atentado: 18 horas, horário em que de Molay foi levado à fogueira, e o dia 13, dia da traição contra os templários. Ele enfrentou perigos sem que pudéssemos ajudá-lo. E nós, com tantos recursos, estamos amarrados, sem uma ideia sequer? Não posso acreditar nisso.

Pôs os cotovelos sobre a mesa para apoiar a cabeça, também desanimado, quando teve um sobressalto:

— Estamos falhando em algum raciocínio. Devemos fazer o que ele fez todo esse tempo. Criar alguma coisa nova.

CAPÍTULO **123**

Luzes mostraram uma escada íngreme e longa ao lado do altar. Contou 30 degraus de aproximadamente 40 centímetros de altura, o que indicava que subiram agora 12 metros. Diante dele, surgiu um corredor largo e, em seguida, uma porta de bronze. Parou hesitante. Teria coragem suficiente para suportar o encontro final daquele ritual macabro? O que pretendiam com ele? Poderiam tê-lo matado no Caminho e não o fizeram. Mas matá-lo estava nos planos dessa gente porque assim planejaram em Compostela e em Finisterre. Não faltava muito para descobrir e teria de resolver tudo sozinho. Se agentes da CIA estivessem por perto, esses criminosos adiariam a execução do plano.

O medo faz o coração bater mais forte, a pele ficar pálida, a voz tremer e as pernas bambearem. Se estava sentindo tudo isso, então estava com medo. Estivera perto da morte e quase morrera em Finisterre, mas lá não sentira medo. Por que estava com medo agora? A morte sequer é uma percepção de que se parou de viver. Quando se encontra com ela já não se sente mais nada, mas esse pessoal pensava em vingança, e vingança naquelas circunstâncias sugeria a imitação do que tinha visto nas salas anteriores. Não é a morte que assusta, mas o que vem antes dela. Respirou aquele ar úmido, frio e fúnereo enquanto sua vista se acostumava com o ambiente, e passou pelo umbral da enorme porta, que se fechou atrás dele.

Estava um tanto escuro, mas viu ao fundo um trono de mármore e sobre ele um grande crucifixo, com uma coroa de ouro na cabeça de Cristo, que tinha os pés apoiados sobre um pedestal de jade. O braço esquerdo segurava um bastão de metal apoiado no chão de pedra, semelhante ao cajado do peregrino assassino, dando sustentação a um Cristo que não estava pregado ou amarrado na cruz.

"Coisa esquisita!", pensou. Então, notou que a ponta do cajado, que apoiava o crucifixo contra o chão, era a ponta de uma lança. Sentiu arrepios. A lança que matara Cristo era agora um cajado, e Cristo passara a ser um peregrino com uma lança assassina. Foi avançando devagar e olhando para os lados. Não era possível que o inspetor estivesse sozinho ali. Ao aproximar-se mais, viu o vulto sentado no trono, como um soberano, esperando que o súdito se aproximasse e se ajoelhasse diante de seu senhor.

"Roupa de cerimônia. Ele está com o uniforme de um cavaleiro templário, mas a vestimenta tem na frente um cálice vermelho, em vez da cruz."

Assustou-se com a voz solene do inspetor.

— A última mensagem. A palavra Vaticano não está completa.

Sim! Faltava a letra "O", a última letra, a última charada. Tinha de pensar rápido para descobrir de onde viria.

Olhou para o crucifixo e se assustou. Sobre sua cabeça não estavam as letras INRI, que significam *"Iesus Nazarenus Rex Iudeorum"*, mas "INRC". Estariam dizendo que Jesus Nazareno não era o rei dos judeus, mas rei dos cátaros, porque essa seita acolheu Sigisbert, o último merovíngio? A letra "C" só podia ser de *"Cathororum"*, o genitivo plural de *"Cathorus"*. Embora essa palavra não existisse no latim da época de Cristo, eles a acrescentaram na Idade Média, como muitas outras palavras que foram enriquecendo esse idioma durante os séculos em que foi a língua oficial da Igreja e da ciência.

Mas não existia ali nenhuma mensagem. A sala era uma grande abóbada celeste, e pequenas luzes simulavam as estrelas da Via Láctea e mantinham a semiescuridão do ambiente. Estava tenso. Um leve tremor tomou conta de seu corpo quando a voz quebrou de novo o silêncio:

— Gosto de sua objetividade. O óbvio não o amesquinha como a muitos terrenos. É claro que se trata da letra "O", isso é óbvio. Mas onde ela está escrita?

"Terrenos? Então ele já se julga um ser celestial?"

E, então, percebeu o deslize que o inspetor deixara escapar ao dizer que a letra "O" estava escrita. O esforço para manter a mente aberta fora recompensado. O inspetor se entusiasmara com seu messianismo e deixara escapar que a mensagem estava escrita naquele lugar. Onde mais poderia estar escrita a letra "O", se não no círculo formado pela abóbada da sala que, ao simular o universo, descrevia com as linhas do horizonte um "O"? Lembrou-se do raciocínio que fizera sobre o anfiteatro. O círculo se fechava ligando as duas pontas: o começo e o fim. Era essa a mensagem. Observou melhor aquele céu e notou os sucessivos elementos octogonais em volta de um ângulo central semelhante às igrejas do Santo Sepulcro de Roncesvalles, Eunate e Torres del Rio. O simbolismo daquela abóbada artificial lembrava a crença antiga de que quem fosse enterrado sob ela chegaria mais facilmente aos céus. Não gostou daquela conclusão porque estava justamente no centro. O padre, no monastério de Samos, ia sendo uma vítima desses fanáticos porque estava bem embaixo da cúpula. Mas precisava ganhar mais tempo para que Patrícia desse um jeito de tirá-lo dali.

— Foi o teste mais difícil que a Ordem fez para escolher um de seus Mestres. O senhor foi o único, entre todos os candidatos, que sobreviveu nos últimos anos. Só falta decifrar o enigma final para ser escolhido como um dos oito Mestres da Ordem do Graal.

E já em tom reverente:

— O senhor está de parabéns, mas seu principal teste não foi vencer as dificuldades que criamos, mas a demonstração de frieza e raciocínio em situações adversas e tensas, como a que acabou de passar.

Ficou indignado.

— Quer dizer que expôs deliberadamente a minha vida em risco para me testar? E para isso cometeu todos esses crimes? E o compromisso com seu país, com a Espanha? E seu juramento de policial? Nada justifica o crime bárbaro contra aquela criança nos Pireneus.

— Os juramentos da Terra não se sobrepõem a Deus.

Estava preparado para tudo, mas a perplexidade obscurecia a perspicácia e desorientava o raciocínio. O que pensar e falar sobre um absurdo desses?

Para aquele louco, todos os crimes e as coisas misteriosas que lhe foram impostas no Caminho eram simples provas de concurso público.

— O senhor sabia que alguma coisa o esperava. Em certo momento, chegou até mesmo a desconfiar de mim. Depois, quando provocamos o acidente com a senhora Patrícia para substituir a câmera fotográfica, mostrou mais uma vez sua sagacidade e não explodiu a catedral de Santiago. Porém, aconteceu o que temíamos. Passou a suspeitar dela e, naquele momento, achamos que não estava preparado para a verdade. Mas seu desempenho em Finisterre comprovou que escolhemos a pessoa certa.

— Desempenho? Escolha certa? Mestre? Que história é essa? Você está maluco.

— O senhor foi eleito um dos oito Mestres da Ordem do Graal. O senhor se lembra do quadro do Montsegur? Pois bem! Naquela época foi criada a Confraria Negra para dar continuidade à luta. Descobrimos que o Deus do Mal tem muitos guerreiros em seu favor. O amor, que é a única arma do Deus do Bem, só vai conseguir salvar a humanidade se antes enfraquecermos o Mal. Os cátaros acolheram o Sangue Real e praticavam o amor puro na esperança de que só o amor seria suficiente para vencer o Mal.

Era uma coisa inconcebível. Esse pessoal colocava o Bem e o Mal como uma equação matemática. Se o reino do Mal ficasse enfraquecido, o Bem venceria.

— Nossa missão é destruir todos aqueles que praticam o mal. Quanto menos gente ruim na Terra, mais fácil será para que o amor cumpra sua missão. Nós eliminamos os injustos, os impuros e os que agem em favor deles para que os bons sejam maioria e o Deus do Bem tenha um exército maior do que o Deus do Mal.

Pelo visto, também podia se considerar condenado, porque não seguiria esses malucos.

— Por sua inteligência, bravura nos momentos de perigo, raciocínio, cultura, perseverança e outras qualidades que estudamos durante o Caminho, decidimos que deverá ocupar a vaga. Fui escolhido apenas para acompanhar seu desempenho, porque os testes já estavam definidos pela Ordem.

— Decidiram? Sem me consultar? Eu não faço parte de seu mundo, não sou um merovíngio e sigo outros princípios.

— Esse é seu teste final. Qual o enigma que se esconde por trás da letra "O" e onde ela está?

— Estamos no centro do enigma.

CAPÍTULO **124**

No gabinete do presidente dos Estados Unidos da América, em Washington, um grupo selecionado olhava também, sem disfarçar a ansiedade, a tela de um home theater digital.

O diretor dava explicações.

— O que vamos ver agora é o mesmo cenário que será transmitido em Roma.

As redes de televisão apresentavam suas programações normais do período da tarde com estudantes ganhando prêmios para responder acertadamente sobre curiosidades. Não demorou muito, um canal interrompeu para dar notícias urgentes. Aviões desgovernados caíram sobre o Vaticano, provocando cenas dantescas. Já haviam caído cinco aviões, que incendiaram tudo em volta. Não havia informações se o Papa tinha morrido, mas as esperanças eram poucas, porque era o horário da Ave Maria, e ele devia estar rezando junto ao altar da Santíssima Virgem.

A histeria e o desespero tomaram conta da chamada 'cidade das sete colinas'. O pavor aumentou quando outros três aviões começaram a descer como enormes flechas em direção à Santa Sé. O que se assistiu foi estarrecedor. Cada avião daqueles transportava perto de 400 toneladas de combustível, e cada choque provocava explosões que levantavam chamas aos céus como se o fim do mundo tivesse chegado.

O presidente não se conteve:

— Vocês têm certeza de que essa encenação vai funcionar?

— Foi tudo meticulosamente preparado. Não há hipótese de erro.

No entanto, novamente, o embaixador não parecia satisfeito. O presidente conhecia seu amigo.

— O que o perturba, Williams?

Ele respirou pensativo e respondeu:

— Estamos quase em cima da hora, mas, e se estivermos errados? E se o plano for outro?

— O que você acha que está errado?

— Muito previsível. Como é mesmo aquela história da imprevisibilidade? Não é possível que esse grupo não saiba que nós podemos controlar pelo satélite os aviões que passam pelos céus de Roma. Ele deixou muitas pistas sobre signo octogonal e o Vaticano. É claro que nos está induzindo a fazer alguma coisa enquanto prepara outra.

Patrícia compreendeu a dúvida do embaixador.

— Penso como o senhor. O plano não deve ser esse. Os fundamentos dessa ação terrorista talvez sejam os mesmos, isto é, explodir o Vaticano, mas o plano pode ser outro. Esse homem é muito inteligente e chefia uma organização sofisticada. Todos nós sabemos disso e acho que estamos caindo em uma armadilha. Talvez devêssemos manter o plano dos aviões para desorientá-lo, mas quais as alternativas?

— A imprevisão! — começou a falar o embaixador, como se pensasse em voz alta. Nós não estamos tratando de imprevisibilidade em geral. A nossa imprevisibilidade está limitada ao fanatismo. Essa é a área de estudo dessa imprevisibilidade. Como se comportam os fanáticos? O que a história nos conta sobre eles?

Olhou para os dois professores, que estiveram presentes em todas as reuniões, e fez uma pergunta:

— O que diz esse *campo de imaginação dos autores*, do qual os senhores falaram logo nos primeiros dias, a respeito do comportamento dos fanáticos?

E adiantando-se a qualquer resposta:

— Podemos dizer que os primeiros cristãos eram fanáticos e queriam o martírio para se santificar. Os cátaros corriam alegres para as fogueiras

444

na expectativa de morrerem queimados e irem para os céus. São muitos os fanáticos suicidas no Oriente Médio nos dias de hoje.

O diretor o olhava com um interesse novo e os outros pareciam pensar no que responder quando o embaixador bateu o punho direito sobre a mesa.

— Esperem! Aquele falso rabino deixou um recado. Lembro-me de ele ter dito *"Nunca esqueçam Massada. Foi o maior suicídio coletivo de toda a história da humanidade"*. Os zelotes são hoje considerados como o primeiro grupo terrorista, uma organização criminosa, e consta que Judas Iscariotes tenha sido um deles. Tudo combina: terrorismo, sectarismo, suicídio.

Lutavam contra o tempo, e toda ideia nova vinha carregada de expectativas.

— Vocês entendem? Eu falo de um atentado suicida. É como disse Maurício, existe uma previsibilidade dentro das imprevisões desse maluco.

Patrícia estranhou a referência ao falso rabino.

— Do que o senhor está falando?

O diretor contou sobre o assassino do agente Yussef e sobre o episódio do rabino.

— Isso é incrível! Um terrorista entrar no gabinete do diretor da CIA e fazer uma palestra?!... É, sem dúvida, uma tentativa de suicídio, porque, se fosse preso, teria de responder por atos que, nos Estados Unidos, levam à condenação, à morte. Acho que isso confirma a opinião do embaixador. Mas como se daria isso?

— Caminhão! — exclamou o assessor. — Precisa ser uma bomba muito grande para explodir o Vaticano.

— Precisamos de um óbvio simples como esse, porém viável. Não creio que seja caminhão. O poder de destruição de um caminhão ou outro veículo terrestre é limitado para o que pretende essa organização. Estamos há um mês discutindo complexidades: charadas, crimes, encenações, explosões, mensagens misteriosas, e por que isso? Esse grupo de fanáticos nos levou a um profundo estudo de história certamente para nos afastar do óbvio.

O diretor mantinha um silêncio estranho, como se esperasse conclusões melhores, e Patrícia comentou nervosa:

— Um helicóptero poderia levar uma carga de explosivos e é um óbvio que une três fatores indispensáveis para um atentado desses: carga, suicídio e facilidade de aproximação do alvo.

Uma das especialidades da NSA — *National Security Agency*, à qual pertence a CIA, é sua capacidade de captar informações transmitidas por telefone, e-mail, fax, telex. Todo telefonema, fax, acesso à internet ou outro equipamento de comunicação, que for acionado em qualquer ponto do mundo, pode estar sendo anotado pela NSA. Essa incrível capacidade de escuta, registros e análise está ainda apoiada em acordos com os países mais adiantados, formando uma rede de reação instantânea a qualquer alerta. Todos os serviços de inteligência dos países do *Tratado do Atlântico Norte*, a OTAN, trabalhavam febrilmente, naquele momento, a pedido da CIA.

CAPÍTULO 125

Maurício sabia que quanto mais longos os diálogos com o inspetor, mais tempo a CIA teria para chegar ao local. Patrícia havia informado que todos os lugares por onde passasse ou onde entrasse em Roma seriam registrados por satélite. Equipes de especialistas acompanhariam seus movimentos com aparelhos de alta precisão. Mas o tempo estava se esgotando e logo seriam 18 horas.

— Daqui a pouco o senhor será espectador de um grande caos.

— Mas você está enganado. Não vai acontecer mais nada.

O curto silêncio foi interrompido pela observação do inspetor:

— Talvez não vejamos, pois, como eu já disse, seu raciocínio e suas artimanhas surpreendem. Mas explique então o plano representado pelas charadas.

— São oito aviões que vão cair sobre o Vaticano, hoje, uma sexta-feira, dia 13, dia da traição contra os templários. A abóbada desta sala representa as abóbadas das igrejas do Vaticano e por isso também lembram a última letra que fecha o círculo.

— Eu esperava por essa resposta. Mas a que horas?

Por que não gostou do tom de voz do inspetor? Um pouco cético sobre as previsões que fizera, respondeu:

— Pergunta inocente. Só pode ser às 18 horas, momento em que de Molay, o último grão-mestre dos templários, foi queimado em uma fogueira na pequena ilha de Vert Gallant, do rio Sena, como foi representado em uma das salas que atravessamos.

— Impressionante. Mas falta alguma coisa. Acho que sabe a que me refiro. Por que esperou vários dias para vir a Roma?

Maurício sorriu.

— Se não fossem os crimes cometidos, eu diria que você é até mesmo infantil. O número 8 da cúpula octogonal simboliza também o mês. Outubro é o mês dez no calendário gregoriano, mas era o mês oito no calendário romano. O calendário romano começava com o mês de março, mas o inverno era muito longo e por causa disso foram criados os meses de janeiro e fevereiro. Não adiantava eu vir para Roma antes, porque sabia que você tinha escolhido essa data. O número 8 é seu número e o dia 13 é emblemático para vocês.

— É por ter conquistado o nosso respeito que o senhor foi eleito para figurar na história como uma dessas pessoas que revolucionam o mundo. A Ordem do Graal não exige que seus mestres sejam da linhagem sagrada. Desde que foi criada para substituir a Confraria Negra, a Ordem do Graal teve seus componentes selecionados entre todas as forças sociais.

Não gostou do que ouviu e replicou:

— Entretanto, lamento dizer-lhe que não haverá o espetáculo que você programou. A CIA já deve ter providenciado a prisão de seus colegas no aeroporto de Fiumicino.

Levou um susto com a risada histérica do inspetor, como se ele estivesse celebrando sua vitória sobre o Apocalipse. Pensava ter esclarecido o assunto, mas parece que o maluco tinha uma surpresa. A imprevisibilidade era uma arma desse policial, que falou com voz triunfante:

— Enfim, os derrotei. No entanto, parabéns pela decifração da charada. O senhor é um privilegiado e está aqui para assistir ao maior ato de vingança pelos crimes que foram cometidos contra os nossos antepassados. Hoje, dia 13, uma sexta-feira, e daqui a apenas duas horas, a sede do Vaticano será destruída, como se todos os cavaleiros templários e os defensores de Montsegur atacassem aquele edifício maldito, com todas as suas armas, no maior grito de vingança e raiva que o mundo jamais assistiu.

"Não era possível!"

O plano era aquele que havia passado para Patrícia e a maneira de executá-lo também, com os oito aviões. Mas os aviões não seriam levados por alterações de plano de voo feitas no aeroporto de Fiumicino, como pensara. Mas que diabo! Como poderia agora descobrir o plano desse louco, preso naquela sala?

Já estava desesperado, mas não podia deixar que o outro sentisse a preocupação que transparecia de seu silêncio e da respiração nervosa. Era preciso fazê-lo falar. A jactância pode trazer revelações.

— Mas, afinal, se o plano era esse, por que me trazer aqui? Não creio que foi só para me fazer assistir a um espetáculo diferente. Isso eu veria pela televisão e talvez com mais conforto.

A resposta foi outro riso histérico de quem sabia que tinha vencido. Já não aguentava a insana alegria daquele fanático.

— Vamos ver pela televisão também, porque tenho aparelhos nesta sala. Mas daqui, por essa fresta aí em cima, que tem uma tela de captação e ampliação de imagens por satélite, você vai ver um espetáculo que jamais esquecerá. Em breve, a Capela Sistina e a Igreja de São Pedro serão simples fumaça no céu. Ah! O mundo vai esquecer as Torres Gêmeas e vai começar a tremer. Sei que, ao comprovar a nossa vitória, irá escolher o lado certo, porque é um vitorioso, e os vitoriosos sempre formaram uma casta unida.

O tratamento de "senhor" era intrigante e reverencioso. Certamente imaginava que aceitaria ser um dos oito mestres dessa Ordem.

— Mas havia necessidade de todas essas mortes? Não seria mais fácil me chamar para uma reunião e esclarecer esse assunto, sem tanta maldade e encenações?

— Esperava por essa pergunta. Mas talvez nem fosse necessário respondê-la. A Ordem aproveitou seus testes para demonstrar ao mundo mais uma vez que não pode ser derrotada.

— Mas por que não explodir logo a Igreja de Santiago e o Vaticano em vez de fazer esse teatro de crimes desumanos?

Era outra pergunta desnecessária, mas precisava ganhar tempo.

— Não teria a mesma repercussão e nem a ressonância histórica. Imagine o World Trade Center sendo destruído por uma bomba. Não acha que foi mais espetacular os aviões atravessarem as torres e assombrarem o mundo? Bin Laden praticou um ato que será lembrado para sempre. Nós assustamos os padres, os peregrinos, a CIA, o governo espanhol, durante um mês. Criamos o medo, movimentamos governos e agora vamos semear o pânico e o desespero.

De fato, aviões lançados sobre Roma e destruindo a Santa Sé era um fato que despertaria a comoção do mundo.

— Após a cerimônia da iniciação, verdades lhe serão reveladas, mas não existirá perdão para a traição após a revelação.

Não haveria perdão para a traição! Por que simples frases podem criar tanto medo? No entanto, só poderia haver traição se ouvisse essas verdades, mas para ouvi-las teria de aceitar o cargo de mestre para então ser iniciado. E, se não aceitasse, o que aconteceria? Era isso que o preocupava agora.

— Podia ter deixado Patrícia explodir a Igreja de Santiago. Você não acha que teria mais impacto um atentado praticado por uma agente da CIA?

— Ela era a mensageira do Diabo e precisava levar seus recados a ele. Não era digna dos planos.

"Como pensei, esse imbecil sabia de tudo! Teria essa organização elementos dentro da CIA? Era bem provável." Não podia deixar, no entanto, que se sentisse tão vitorioso. Começava a adivinhar os passos que seriam dados e precisava ganhar tempo.

— E se eu não quiser o cargo de mestre da Ordem?

— Vou responder à sua pergunta e ajudá-lo em sua decisão. Sei que vai aceitar o cargo porque é bastante inteligente para isso.

— E de que jeito vai me convencer?

— Simples. Se não aceitar, será preso no local do crime como um agente camuflado da CIA que explodiu o Vaticano para pôr a culpa nos árabes. Se aceitar o cargo de mestre, ouvirá revelações que o impressionarão e acabarão por convencê-lo.

— E você acha que alguém vai acreditar nisso?

— Tudo já foi cuidado. Vários artigos na imprensa darão essa versão, e o senhor sabe, uma mentira repetida várias vezes torna-se verdade. A Interpol e a polícia italiana o encontrarão aqui, sentado neste trono. A imprensa estará presente e o cenário será muito convincente.

— Não me convence. O artifício já está muito batido. Pôr a culpa nos árabes? Não vai colar.

— Pensa realmente assim mesmo?

"Oh! Deus! O que será que esse fanático planejou?"

— O Vaticano continua com as suas cruzadas e com a Inquisição condenando inocentes. A nossa especialidade foi semear a dúvida para depois colher a discórdia. O Vaticano é hoje tão criticado como o governo americano. Só os católicos praticantes apoiam o Vaticano e só os americanos não odeiam os Estados Unidos.

CAPÍTULO 126

No ano de 1861, Vittorio Emanuele II unificou os reinos da Itália com a ajuda de Giuseppe Garibaldi, o guerreiro de vários continentes, que também ajudou o Brasil na guerra contra o Paraguai. Ficou lendária sua companheira, Anita Garibaldi, que o acompanhava nos campos de batalha. Com a proclamação da República, os herdeiros varões da casa real não puderam mais ficar na Itália, e Umberto, rei titular, nunca mais voltou a seu país. No ano de 2002, porém, essa proibição foi revogada e o filho de Umberto, também Vittorio Emanuele, herdeiro do trono, pôde pela primeira vez visitar seu reino.

Eram 17 horas quando um helicóptero UH-145, de fabricação da Eurocopter, saiu do aeroporto de Pescara levando a bordo uma pessoa que se intitulava herdeira do trono para uma audiência às 18 horas com o Papa. Trinta minutos depois, outro helicóptero, também UH-145, do grupo de salvamento marítimo, esquentou os motores na base aérea de Civitavecchia e levantou voo para cumprir as rotinas de fiscalização costeira. Voava baixo e estava carregado de explosivos com a força destrutiva de uma pequena bomba atômica.

Logo após alçar o ar, esse helicóptero recebeu instruções da torre do aeroporto de Fiumicino e desviou-se da rota dos aviões. Obediente, seguiu a orientação dada e afastou-se até manter a distância indicada de cinco quilômetros da praia. Ele tinha tempo ainda para retornar e sobrevoar o Vaticano, onde deixaria sua carga e se afastaria rapidamente para não sofrer as consequências da enorme explosão que destruiria não só a Basílica de São Pedro, mas também uma grande área em volta.

O piloto sabia que o helicóptero que saíra de Pescara às 17 horas criara uma situação de segurança para que, se surgisse algum imprevisto, as suspeitas caíssem sobre o membro da família real que tinha um compromisso com o Papa. Embora tivesse plano de voo para Roma, o helicóptero que saíra de Pescara se desviaria alguns quilômetros antes, porque também tinha conhecimento da explosão. Vários telefonemas haviam sido feitos para simular essa reunião do herdeiro do trono com o Papa, e esse era o plano de desorientação. As vozes foram compostas em computador para dar a maior semelhança possível, mas a CIA perceberia a simulação e concentraria suas suspeitas no aparelho que saíra de Pescara, perto do Adriático. Uma reunião do herdeiro do trono italiano com o Papa, naquele dia e naquela hora, seria vista como suspeita, e todas as atenções se dirigiriam para o helicóptero de Pescara enquanto ele ficava livre para sobrevoar Roma e chegar ao Vaticano. Ninguém iria desconfiar de uma aeronave da Marinha em serviço de rotina diária.

Assim raciocinando, ouviu outro helicóptero receber orientações da torre. Devia mudar seus planos de voo para deixar livre o espaço para aviões da Força Aérea que estavam fazendo exercícios de voos rasantes. Estava atento a todas as circunstâncias e anotou as coordenadas dadas pela torre. Era estranho, porque não fora avisado desses exercícios da Força Aérea. Imediatamente calculou que, pelas novas coordenadas, o outro aparelho ficaria a apenas 50 metros de sua esquerda, voando à mesma altitude. Viu o aparelho aproximar-se e chamou a torre:

— UH-145 do Salvamar chamando Torre de Controle.

— Torre de Controle na escuta.

— As coordenadas que você deu ao último helicóptero estão dentro da minha zona de segurança de voo. Corrija isso, por favor.

— Entendido. Desligo.

Em vez da alteração solicitada, ouviu orientação dada a outro helicóptero de uma empresa de investimentos financeiros que voava à sua frente e que certamente levava executivos de volta para casa. Anotou as coordenadas desse outro helicóptero e o alarme soou em sua mente. Já estava afastado uns 5 mil metros da costa sobre o mar Tirreno e a cor branca dos barcos contrastava com o azul do mar.

Chamou novamente a torre, que não respondeu. Mas, quase no mesmo instante, percebeu outro helicóptero voando em uma altitude pouco maior que a sua, e já eram então três aparelhos muito próximos a ele. Aquilo não era normal. Olhou para cima e notou que esse terceiro helicóptero era um poderoso A109 Power, de fabricação americana. Um helicóptero militar! Precisava sair dali. Deu uma guinada para tomar a direção da cidade, mas então percebeu que em cada helicóptero havia um atirador com um fuzil e, naquela distância, só podia ser uma arma do tipo Mac Millan que atinge com precisão um alvo a 2 mil metros de distância. O plano saíra errado e as forças militares da Itália exigiam que ele se afastasse para o alto-mar.

Dispunha, no entanto, de um arsenal de grande poder de destruição e recebera ordens para ao menos provocar uma grande explosão, ainda que não atingisse alvos. Ele morreria na explosão, mas destruiria os aparelhos que o prenderam, e essa notícia causaria impacto. Manobrou os manches e afundou em direção à água ao mesmo tempo em que acionava os dispositivos de ação. Tinha sido preparado para essa missão como um suicida e sabia que a morte na explosão não era dolorosa se comparada com o que aconteceria se fosse preso. A Ordem não perdoa os fracassos, e nem mesmo na prisão se livraria do castigo. A explosão levantou ondas até a beira da praia e os helicópteros que o perseguiam se desequilibraram e caíram no mar. Barcos menores que estavam próximos foram destroçados e os navios ancorados foram jogados uns contra os outros e até mesmo contra as pedras do cais.

CAPÍTULO **127**

Às 17h30, o inspetor ligou dois grandes aparelhos de televisão. Continuava sentado no trono e Maurício pensava no que fazer. Podia atacálo e tentar algum lance, mas qual? E como? Não tinha nenhuma arma.

Naquele momento a televisão passava um filme do Bruce Willis em que terroristas tinham dominado um enorme edifício e inutilizara as ações do FBI e CIA. Mas ele era Maurício, e não Bruce Willis, e não tinha como sair porque todas as portas e saídas estavam fechadas. Se Bruce Willis representava uma situação fictícia, ele estava vivendo a realidade.

Uma dúvida começou a intrigá-lo: por onde fugiria esse sujeito? Examinou o chão, o trono, as paredes, porque é nelas que normalmente alguma pedra se move para uma saída secreta. Pelo menos é assim nos contos de mistério. Mas ele teria de apalpar todas as pedras e objetos daquela sala para descobrir alguma coisa. Não havia tempo para isso. Apesar das mudanças de direção dentro do circuito seguido, calculou que se afastara 50 metros da entrada do túnel que iniciava nas pegadas de Cristo e, provavelmente, estava pouco acima do nível do solo, do outro lado da Via Apia e sob uma colina. Portanto, se houvesse saída, seria na saia do morro além da estrada.

Ouviu a voz vitoriosa novamente:

— Como o momento sagrado está chegando e não há mais tempo para modificar o destino programado por Deus, vou lhe dizer uma coisa. Existe realmente um grupo de especialistas nossos entre os programadores de voo no Fiumicino. Mas nenhum deles tem o DNA dos cátaros. Nós sabíamos que vocês iam estudar o DNA dos arqueólogos da *Discovery*. Não sou eu o único membro da Ordem a ocupar cargo estratégico nos órgãos de segurança. Temos instituições em todos os países. Vocês desconhecem o nosso poder e as nossas fontes de informação.

O inspetor voltara a falar em tom solene como se estivesse em uma missa fúnebre.

— Está na hora de tomar sua decisão e sei que irá para o lado certo. O momento da escolha está próximo. O senhor terá de optar em ser um mestre da Ordem ou ser responsável pela destruição do Vaticano e pelas mortes no Caminho.

Estaria essa besta pretendendo injetar nele algum sonífero para colocá-lo no trono e depois sair? Mas faria isso sozinho? Era estranho que ninguém mais estivesse ali. Voltou a pensar em Bruce Willis quando seus pensamentos foram interrompidos para uma notícia de última hora. Informavam que o movimento de aviões no aeroporto Fiumicino tinha aumentado. O tráfego estava congestionado. A mensagem foi curta.

— Está vendo? Logo teremos mais novidade.

Soltou uma risada feia, como a de uma hiena comendo os filhotes para não amamentá-los. Alguns segundos depois das 18 horas, a televisão começou a mostrar cenas horrorosas de aviões caindo sobre a Cidade Eterna. Maurício assistia estarrecido. Um grande jumbo apareceu na tela e se dirigiu para o Vaticano. Logo, mais outros surgiram e as cenas que assistiu eram terríveis. Os canais de televisão interromperam suas programações e passaram a detalhes que deixavam o inspetor enlouquecido de felicidade.

— Vocês perderam, vocês perderam. Eu sabia que não conseguiriam chegar ao plano. Vocês erraram. *Estais vingado, de Molay!*

Pulava e dançava como um bailarino ensandecido e gritava:

— Eu sabia, eu sabia. Sua amiga CIA está tentando me enganar com essa encenação ridícula para ganhar tempo.

Aquilo não podia estar acontecendo. Precisava dar um jeito de sair dali com urgência porque, se fosse preso naquele lugar, acabaria levando a culpa de tudo. Nem haveria como explicar para o mundo o que acontecera na verdade, porque ninguém acreditaria em uma versão tão absurda, e, com certeza, ele morreria antes. Assim que voltasse ao normal, o inspetor iria tentar a fuga. Antes disso alguma coisa iria ser injetada nele, ou algum acidente iria deixá-lo desacordado para que fosse colocado no trono, como era o plano deles. Certamente os comparsas desse maníaco deveriam aparecer para esse serviço. Tinha de aproveitar o momento de êxtase em que dançava e gritava como um folião alucinado, e foi-se aproximando. Já estava perto quando o inspetor pressentiu o perigo e se virou, mas Maurício pulou em cima dele, segurando-o. Era preciso imobilizá-lo para evitar que acionasse algum dispositivo de emergência que certamente tinha preparado.

Mas o outro era esperto e ágil. Afastou-se rapidamente para o lado e estendeu a perna. Maurício não chegou a cair, porque se equilibrou com as mãos no chão, levantando-se em tempo de ver o inspetor correr para o crucifixo. Quando viu que ele queria pegar a lança de Cristo, gritou:

— Não faça isso!

— É a vingança do Sangue Real. Tenho de fazê-lo. Foi com essa lança que o mataram e com ela o mundo será destruído.

"A lança. Como não pensei nisso?" Não podia deixar que ele a movimentasse, pois certamente a lança movimentaria alguma parede, alguma porta secreta, por onde ele fugiria.

Correu o mais rápido que pôde e agarrou as pernas do inspetor, que já tinha subido no patamar do trono e com a mão direita segurava a lança. Levantou a perna dele e o arrastou, mas com isso a lança se despregou do Cristo. Um ruído estranho na parede mostrou a iminência do perigo.

O inspetor conseguiu pegar a lança e deu um golpe na cabeça de Maurício, que sentiu o impacto. O inspetor aproveitou-se disso e avançou com a arma apontada contra seu peito, mas Maurício esquivou-se, pulando de lado ao mesmo tempo em que agarrou a lança com as duas mãos e, com um movimento brusco, puxou-a para frente, jogando-o ao chão. Ao cair, o policial soltou a lança e Maurício chutou-a para longe. Antes que ele se levantasse, correu e a pegou, esperando o revide. O inspetor perdera o domínio da situação, mas estava agora de pé e o encarou, desafiador:

— Vamos! Ataque! Assim, morreremos os dois. Isso aqui vai se encher logo de gás e uma faísca elétrica explodirá a sala. Tudo estava previsto. Se o plano falhasse em alguma coisa, não poderiam restar vestígios. Eu me entusiasmei com o meu êxito e me descuidei de você. Não há perdão para o erro. Mas o plano funcionou e o Vaticano será destruído. Vocês perderam!

— E você está falando demais. Não quero morrer e nem você pretende isso. Sua missão é destruir o mundo e não deixar que ele o destrua, não é? Então, seja inteligente, vamos sair logo pelo túnel que você tinha preparado para a fuga. Não vai adiantar morrer.

Mas não parecia ser essa a filosofia do inspetor.

— Sou um mestre da Ordem do Graal e devo seguir o exemplo do rei Olivier. Para proteger os herdeiros do trono, seguimos um princípio rígido. Viveremos sempre com a vitória ou morreremos com a derrota. Essa é a diferença entre nós. Vocês estão acostumados apenas com a vida. Rejeitam a morte, porque não foram preparados para ela. Há séculos nós estamos vivendo para morrer, e a vida para nós é apenas uma celebração dessa expectativa.

— Tem razão. Não estou preparado para a morte e não tenho motivos para morrer. Vamos! Siga na frente. Você vai ter de sair comigo.

— Não farei isso. Se for preso, desonrarei a Ordem. Lembra do cátaro de Finisterre? Ele morreu sabendo que o céu é a recompensa final. O Papa não prometeu os céus para os cruzados? Maomé não prometeu o paraíso para os soldados que morressem na luta contra os cristãos? Deve existir alguma verdade em tudo isso e minha fé diz que, morrendo pela causa, serei recompensado.

Com um grito desesperado em busca de novas energias, o policial avançou com rapidez sobre Maurício, que já o esperava e deu-lhe um golpe na cabeça. O inspetor caiu de costas e imediatamente Maurício colocou o pé esquerdo sobre seu peito e, com a ponta da lança em sua garganta, exclamou com raiva:

— Foi assim que vocês mataram o espanhol, não foi? Pois vou fazer a mesma coisa com você agora, seu infeliz. Se eu tiver de ir para o inferno por tirar deste mundo um terrorista monstruoso como você, irei com gosto, mas tenho certeza de que Deus me perdoará. Sim! Esteja certo disso, porque Ele saberá distinguir os seus, e você não é um deles.

Sentia realmente vontade de enfiar aquele pedaço de metal na garganta do inspetor e talvez tivesse de fazer isso para tentar sair dali, porque os ruídos aumentavam e a porta por onde entrara já estava estalando. Não era, porém, um assassino, e não iria cometer essa atrocidade. Precisava ao menos imobilizá-lo, e agiu com rapidez. Afastou a lança do pescoço e enfiou-a na coxa dele com força. O homem gritou de dor e tentou sentar-se, mas Maurício deu-lhe uma cacetada com o cabo da lança, desacordando-o.

Foi quando olhou em volta e viu a parede onde o Cristo estava rachar-se, e um cheiro forte de gás causou-lhe náuseas. O inspetor devia ter alguma saída de emergência e ele não podia ficar mais ali. Os ruídos junto à porta cresciam e ele parecia estar no centro de um terremoto. O cheiro de gás aumentava e talvez realmente tudo fosse explodir. Teve a ideia de que era melhor ficar perto da porta porque, se ela caísse, pelo menos tinha o caminho da volta. Os ruídos ficaram mais fortes e ele correu para lá, encostando-se na parede, pouco atrás do enorme batente de madeira. O barulho confuso de coisas lançadas contra a porta se misturava com um ruído de motores. Mas motores, ali?

O que seria isso? Não parecia ruído de paredes desmoronando. Olhou para o teto, que ainda parecia firme, assim como as paredes do salão. Apenas o local da lança de Cristo desmoronava e dele saía uma nuvem branca. Pôs o lenço no nariz e prendeu a respiração. Uma leve percepção transformava-se em esperança, e sua fé aumentou. Em uma hora dessas é preciso acreditar. É preciso ter fé. "*Não é para mim, Senhor, mas para a glória do Teu Nome*", lembrou a profissão de fé dos templários. Disse isso em tom de oração e esperava que Deus a ouvisse.

Ficou atrás do espesso e forte batente, encostado na parede, com a esperança de que a porta caísse e aparecesse uma saída. Novamente, o estranho ruído. A parede não estava rachando nem pedras estavam caindo. O que seria então? Tornou a rezar, implorando a Deus para que fosse verdade o que estava pensando. De repente, com um forte estalo, a porta caiu para dentro da sala e policiais do Corpo de Bombeiros, com máscaras de gás, entraram com cuidado. Ele gritou, apontando o lugar onde estava o inspetor ainda deitado no chão, mas não pôde acompanhar mais nada, porque colocaram uma máscara em seu rosto.

Com a queda da porta, pedras e torrões começaram a cair e os policiais armaram uma barreira de proteção com barras de metal que pareciam escudos enquanto ele era arrastado por aquelas salas que o aterrorizaram horas atrás, e saíram na Via Apia por um corredor que não tinha notado. O trabalho foi rápido porque, como era esperado, o gás estava preparado para explodir assim que o ambiente ficasse cheio dele.

Lá fora uma ambulância o esperava. Caminhões do Corpo de Bombeiros jogavam jatos de água sobre focos de incêndio que se alastravam, e médicos o deitaram em uma cama e começaram a apertá-lo por todos os lados. Um deles colocou o aparelho de pressão, outro a máscara de oxigênio para que sua respiração voltasse ao normal e, assim, com o nariz e a boca fechados, não pôde sequer gritar para aqueles idiotas que ele estava bem, muito bem e também muito feliz por vê-los.

Deram-lhe um sedativo, e em seus sonhos ouviu sirenes e gritos enquanto prédios caíam e carros colidiam uns contra os outros em uma imensa procissão em direção às grandes chamas do inferno. Cenas de aviões caindo e de cátaros sendo queimados se misturavam em seu cérebro enquanto ele assistia a tudo amarrado a um pelourinho gótico no centro de uma enorme fogueira. Permaneceu na Unidade de Terapia Intensiva do Hospital Metropolitano durante algumas horas, e, depois de vários exames, foi levado para um quarto. Estava agitado e os médicos preferiram mantê-lo sedado até o dia seguinte.

CAPÍTULO **128**

Acordou e, ainda sonolento, perguntou para o vulto na beira da cama:

— Há quanto tempo estou aqui?

E só então percebeu a mão macia de Patrícia em sua testa. Acordou por completo e ficou subitamente consciente:

— Você, de novo? Será que não podemos marcar um encontro sem ser em um quarto de hospital?

Ela riu e o beijou nos lábios.

Lembrou-se de tudo e sentou-se bruscamente na cama.

— O Vaticano! O inspetor! Meu Deus!

Ela tornou a sorrir e disse:

— Fique calmo. Não aconteceu nada. Você apenas assistiu a um filme que a CIA colocou na tela da televisão daquele maluco para desorientá-lo. Não se pode negar que o sujeito era preparado e chefiava uma organização eficiente e perigosa.

— Chefiava?

Ela demorou um pouco para responder. Sabia que entre o inspetor e Maurício havia se desenvolvido um antagonismo de desafios que gera esse tipo de relacionamento difícil de explicar. Havia respeito entre eles.

— Ele morreu no cumprimento do dever. Você sabe o que quero dizer. Os soldados do Corpo de Bombeiros conseguiram retirar o corpo dele antes da explosão, e o enviamos para seu país.

Isso era previsível. O inspetor tinha se suicidado. Fingira o desmaio e devia ter tomado algum comprimido. Não havia como acusar mais ninguém. O assassino morrera em Finisterre. Não se conheciam os outros membros dessa Ordem e, para sua própria segurança, agora era melhor fingir que essa organização não existia mais, e que talvez nunca tivesse existido.

— Acho que está ansiosa para dizer que a CIA descobriu que o plano não incluía aviões. Quando vi a destruição que a TV do inspetor mostrava, senti na hora um impacto, mas pela reação dele percebi que aquelas cenas eram falsas.

Ela pensou um pouco como se estivesse estudando as palavras:

— Você é incrível. Nós perdemos muito tempo para entender suas mensagens. O embaixador Williams foi quem nos alertou de que você não podia usar telefone, internet, correio ou outros meios que pudessem ser revelados.

— Embaixador Williams? O embaixador dos Estados Unidos no Brasil?

— Sim. Ele está em Washington desde os crimes de Roncesvalles. Seu depoimento lá despertou a atenção da CIA. Foi o embaixador que explicou que aquele depoimento era uma espécie de mensagem e que você começaria a enviar mensagens por códigos, como por exemplo *Memórias de um médico*, de Alexandre Dumas.

— Puxa! Cheguei a recear que americanos não lessem escritores franceses.

— Aquela história de que o inspetor Sanchez gostava de preparar desafios de inteligência. Em dado momento, percebemos que estávamos transferindo para você toda a lógica dos acontecimentos, limitando-nos a traçar nossos planos a partir de suas mensagens.

Ela ia começar as explicações, mas percebeu que era desnecessário.

— Você está brincando comigo. É claro que já deve ter imaginado tudo o que fizemos. Conseguiu decifrar charadas, prever o comportamento do inspetor e várias de suas ações, então não vá me dizer agora que precisa de explicações.

Ele havia se levantado e estava perto da janela. Ao longe um helicóptero cruzava os céus de Roma e seu comentário indicava que ela estava certa. Ele não precisava de informações:

— Não entendo como admitem essas coisas por cima desta cidade.

E continuou falando, como se não acreditasse que tinha passado por tudo aquilo:

— Parece que saí de um pesadelo. Parece, não, saí mesmo. Fiquei impressionado com o poder dessa organização. Aquelas salas subterrâneas e todo o aparato das representações, aquilo não é coisa de principiante. Imagino que vocês se utilizaram desses aparelhos novos que fotografam o subsolo e estudaram o lugar, não foi isso? Os geólogos andaram aplicando esses aparelhos para descobrirem cidades soterradas no Egito.

— Assim que cheguei a Washington com seus recados, o governo americano informou os Serviços de Inteligência da Itália e pediu o apoio da OTAN. Tudo o que existe de mais sofisticado em tecnologia de solo e espionagem foi usado. Graças a isso pudemos chegar a tempo. Um discreto e eficiente serviço de análise de movimentação de navios, lanchas, helicópteros e tudo o mais começou a ser feito com o auxílio das Forças Armadas da

Itália e da OTAN. Um dos pilotos do serviço de salvamento da Marinha ficara doente, alguns dias atrás, e o substituto ficou sob suspeita, assim como outros em situações semelhantes.

— Mas você não me parece muito segura. Nem me chamou de bobo ainda. O que houve? Já sei. Está preocupada porque a organização continua e a CIA não sabe como chegar a ela, não é?

— É isso mesmo. Mas você, ao contrário, parece muito tranquilo para uma pessoa que passou por tantos perigos e que talvez possa ser alvo de vingança.

— Não acredito. Fui leal a eles. Não sei dos mistérios dessa Ordem e não me foi feita nenhuma revelação. Tenho até a impressão de que eles conseguiram o objetivo, que é deixar a CIA e o mundo moderno preocupados. Pode dizer a seus companheiros que, se um dia eles tiverem uma relação dos dirigentes dessa Ordem, ficarão muito surpresos. Talvez alguns de seus membros façam parte da CIA e do FBI.

Um sentimento de pesar tomou conta dele, como se tivesse perdido algo com o fim dessa aventura.

— Não! Não me querem mais. Já me usaram para dar seu recado. Estamos livres. Até vejo o grupo de oito mestres reunidos para selecionar dois substitutos, um para o inspetor Sanchez e outro para mim.

O helicóptero era agora um distante ponto no horizonte. Maurício sentia-se como se tivesse traído uma pessoa que confiava nele. O inspetor acreditava realmente que ele ia fazer parte da Ordem e tinha também uma saída de emergência daquela sala, porque estava muito confiante. Quem fez todo aquele aparato obviamente tinha preparado alguma fuga espetacular, que não pôde usar.

Um longo silêncio se interpôs entre eles, mas aos poucos voltaram ao normal.

Ela o olhava ternamente e foram se aproximando um do outro. Ela começou a roçar seus lábios nos dele, como se estivesse brincando, e então se abraçaram em um incontido entusiasmo.

Ele mordeu de leve o lóbulo de sua orelha esquerda e sussurrou:

— Quarto de hospital não é nada romântico! Sabe de uma coisa? Deixei reservada no hotel uma garrafa de Brunello di Montalcino Biondi Santi, safra 1990, para comemorarmos o fim disso tudo. Foi uma safra muito especial de 580 caixas apenas.

Ela respondeu, sem esconder a excitação:

— Biondi Santi? Então o que estamos fazendo aqui neste hospital?

CAPÍTULO 129

No bar do Hotel Lincoln, em Washington, o embaixador e o diretor da CIA estavam novamente sentados em torno de uma mesa para o *happy hour*.

O garçom havia trazido o Blue Label com o qual já tinham comemorado a vitória sobre os conspiradores da República da Amazônia. Copo baixo, uísque *on the rocks*, mexiam as pedras com os dedos, no estilo brasileiro, conforme aprendera o embaixador, e estavam relembrando os acontecimentos em que estiveram envolvidos.

O diretor parecia admirado:

— Então, em sua opinião, ele ficou preocupado desde o assassinato do espanhol, nos Pireneus, e aproveitou o inquérito em Roncesvalles para aparecer demais, como se estivesse nos enviando um recado.

— Ele sabia que tinha proteção especial, porque o nosso agente do FBI no Brasil o avisou.

— Muito ardiloso. Entrava em livrarias para ver livros que tratavam do assunto que o preocupava, ou mandava os mesmos recados pela nossa agente e pelo inspetor, porque não sabia em qual confiar.

E depois de pensar um pouco:

— Imagino o medo, as tensões que ele passou, sabendo que era alvo de grupos terroristas ou seitas religiosas querendo se vingar. Essa vida de Cristo precisa ser desvendada, precisa sair do mistério, pois do contrário sempre vão aparecer novos fanáticos.

462

Mas o embaixador estava longe. Lembrava-se dos bons momentos que passara com Elaine. Com sua ajuda, ela agora estava em Paris para completar seu sonhado mestrado em arqueologia. Ficaram de se encontrar por lá de vez em quando.

A lembrança de Elaine fez seus pensamentos saírem de Paris e voltarem para Compostela. Em toda aquela história um assunto ficara pendente. Não se falara mais no *Diário de São Remígio*, e esse silêncio da CIA era suspeito. O diretor mantinha um ar de mistério, como se estivesse escondendo alguma coisa. Achou melhor esclarecer.

— Aquela história do *Diário de São Remígio* não está ainda explicada. Surgiu alguma notícia sobre as páginas que desapareceram?

O diretor pigarreou, constrangido.

— Seu amigo, sabe? Ele complica muito as coisas.

O embaixador o olhou, perplexo.

— Não vá me dizer que ele descobriu as páginas perdidas do *Diário*?

— Não, não. Ele não descobriu, mas indicou onde estavam.

Aquilo era incrível. As páginas arrancadas do *Diário de São Remígio*, que poderiam ainda aumentar as suspeitas de que a Igreja estaria envolvida no assassinato do rei Dagoberto, teriam sido encontradas?

O diretor não esperou pela pergunta óbvia e completou:

— Quando passavam em frente da catedral de Viana, seu amigo mostrou o túmulo de César Bórgia à nossa agente Patrícia e convenceu-a de que aquele túmulo era falso. Segundo ele, o túmulo de César Bórgia deveria ter documentos importantes.

— E ele sabia que o *Diário* estava lá?

Bem a contragosto, o diretor concordou.

— Não, ele não sabia, mas teve a intuição de que alguma coisa poderia estar escondida naquele túmulo. Não podemos dispensar hipóteses, mesmo porque a sugestão que ele dava era bastante coerente. Já lhe disse que não gosto desse Maurício. Por vezes ele me deixa acabrunhado. Mas pedimos licença ao Vaticano para pesquisar a Catedral de Viana. Abrimos discretamente todos os túmulos, trabalhando à noite, para não despertar suspeitas e deixando tudo arrumadinho para o dia seguinte.

— E isso foi feito durante o período de nossas reuniões?

— Desculpe, mas não podíamos abrir todo o jogo. Poderia não ser verdade e nem todos os assessores podiam saber disso. Conto agora para o senhor porque nos ajudou muito.

O embaixador manteve a fleuma diplomática e o diretor falou pausadamente, como se ele próprio não acreditasse:

— Foram encontrados manuscritos que podem ser as páginas que faltam no *Diário de São Remígio*. As análises indicam que são da época em que ele viveu. Temos cerca de dez pedaços que não podem ser considerados páginas, porque se partiram com o tempo. Elas estão ainda sendo estudadas, mas pelo que já foi pesquisado são muito comprometedoras.

— E o Vaticano certamente quer esses documentos.

— Sim, sem dúvida, e serão entregues depois de bem estudados, concordou o diretor com um tom de voz misterioso.

— Entendo, entendo!

O diretor riu, bonachão.

— Todos os originais das páginas arrancadas do *Diário de São Remígio* serão encaminhadas ao Vaticano para serem guardadas na *Riserva*.

Fez uma pausa e completou:

— Com algumas correções, claro.

O embaixador sorriu. A CIA iria preparar documentos que podiam ser identificados como da mesma época de São Remígio, mas ficaria com os originais. Os documentos entregues ao Vaticano seriam falsos, como falso era o segundo testamento de Constantino.

— Sabe, embaixador, um dia os arquivos do Vaticano terão de ser abertos. É preferível que algumas coisas não estejam lá. Por outro lado, também é bom que nós tenhamos alguns trunfos contra o clero. O Papa às vezes exagera quando critica o nosso sistema capitalista.

Os dois riram e levantaram os dois copos para um brinde a esse final feliz quando o garçom chegou com um telegrama para o embaixador Williams.

— Telegrama? Aqui?

Abriu e deu uma gostosa gargalhada. Passou para o diretor, que leu em voz alta:

"*Posso sugerir que desta vez excluam o Brasil de seu mapa? (ass.) Maurício.*"

O diretor espantou-se.

— Mas como ele sabe que nós fizemos aquele brinde dizendo "*América para os americanos*"?

— O senhor é o homem da CIA. Quem poderia ser, além do mordomo?

— Seria o garçom? De fato, o garçom não é o mesmo de um ano atrás. Sim, aquele maroto devia estar ouvindo a nossa conversa. Pensamos estar imunes a uma espionagem brasileira e nos surpreendemos. Uma hora é esse Maurício, outra hora é um garçom que, certamente, estava com documentos falsos. Será que a Abin, a Agência Brasileira de Informações, seria tão eficiente assim? Será que esse telegrama é mesmo dele? Deixe-me conferir.

— Sim. Sim. É de Roma.

O embaixador pegou o copo e, em tom contemporizador, disse:

— Mas, meu caro diretor, não acha que ele merece uma concessão?

E, sem esperar pela resposta:

— Por que não o atendemos e mudamos o brinde?

Levantou o copo e brindou:

— O Brasil para os brasileiros!

E, quando os copos se encontraram, o diretor completou:

— Mas a América para os americanos!

Leia também, do mesmo autor:

O CONCEITO ZERO

Uma Trama Internacional para a Independência da Amazônia

Romance

*À minha esposa, Clarice,
e a meus filhos
Paulo Eduardo, Carlos José e Aracy.*

*E também aos brasileiros que
ainda não nasceram, na esperança
de que encontrem um Brasil melhor.*

LIVRO I

O RIO DA DÚVIDA

"*No dia 27 de fevereiro de 1914, logo após o meio-dia, começamos a sulcar as águas do rio da Dúvida, com destino ao desconhecido.*

Ignorávamos se dentro de uma semana estaríamos no Ji-Paraná, se em seis meses no rio Madeira ou em que lugar iríamos parar dali a três meses. Eis porque o rio se denominava rio da Dúvida.

Então o coronel leu que, de ordem do governo brasileiro e considerando que o ignorado curso d'água era evidentemente um grande rio, ficaria denominado 'rio Roosevelt'."

THEODORE ROOSEVELT
PRESIDENTE DOS ESTADOS UNIDOS

1

O dia fora apagado, como sempre ocorre após uma noite de pouco sono. Mesmo quando não se sentia bem, o general não baixava a guarda. Cuidadoso, antes de sair verificava se havia tomado todas as cautelas que o seu serviço exigia.

Normalmente, pousava a mão na maçaneta da porta e olhava de novo a mesa, os arquivos, a disposição dos objetos, o cesto do lixo, papéis pelo chão, e meditava se não havia deixado de tomar alguma providência.

Gostava de lembrar a história do juiz chinês que, quando ia dar uma sentença, pegava a chaleira de chá quente e despejava na xícara. Se alguma gota caísse no pires, deixava para decidir no dia seguinte. Evitava sair às pressas do seu gabinete, com receio de falhas nem sempre justificáveis. Aprendera que justificativas só confirmam o erro.

Já eram oito horas da noite e, apesar de estar um pouco frustrado por não ter conseguido criar ainda a estrutura de vigilância à qual dera início, sentia-se de certa forma satisfeito porque estabelecera um último contato que poderia ajudar na solução daquele mistério.

Chegou a ter receio de que o sujeito não fosse aceitar a missão. Já tinha trabalhado muito para o governo, sabia que era hora de parar e cuidar da própria vida, de seus negócios, pensar mais na família.

E estava certo, pensou com certa tristeza. Ele próprio já estava na faixa dos cinqüenta anos, atingira o generalato, ocupara cargos de importância, até mesmo no exterior, e às vezes sonhava com um pequeno sítio, brincar com os netos e vê-los correr pelo gramado e, quando os netos não estivessem lá, poderia cultivar flores com sua mulher. Pensava nela com certa melancolia. Ela engordara um pouco, coisa da idade, mas parece que ficava cada vez mais atraente. Admirava-a por manter a jovialidade e beleza.

Às vezes, via no seu rosto um pouco de apreensão, como se ela adivinhasse algum perigo. Mas estava à frente do principal órgão de informações do governo federal e não podia sair enquanto não confirmasse suas suspeitas ou desistisse delas.

Sentia ter de adiar os sonhos do gramado em frente de uma casa afastada da cidade, mas era preciso descobrir que tipo de articulação estava sendo feita e quem estava por trás disso. Era preciso salvar o Brasil, pensou, e compreendeu de repente que não passava de um sonhador. Quem mais estaria preocupado com o país?

Desde que assumira a chefia da Agência Brasileira de Informações, Abin, começou a catalogar os registros considerados mais sigilosos. Tinha o hábito de catalogar fatos, arquivar documentos com método e coerência. E, assim, organizou informações sobre políticos, movimentos sociais, guerrilhas nas fronteiras, contrabando, tráfico de drogas, principalmente na região da Amazônia, onde movimentos de guerrilheiros do Peru e da Colômbia se misturam com o tráfico.

Havia algumas coisas curiosas, como a comunicação daquele comandante da Varig que, quando ia de Manaus a Brasília, tinha ouvido pelo rádio um avião da Força Aérea Brasileira, FAB, dar ordens para outro avião se identificar e pousar numa pista perto de Itupiranga, à margem do rio Tocantins, no Pará. Como as coordenadas indicadas pela FAB não estavam no Pan-Rotas, ele relatou o episódio à Agência Nacional de Aviação Civil, Anac, e essa informação veio parar na Abin. Nenhum avião da Força Aérea esteve naquela região, nem registros de qualquer comunicado feito pela Aeronáutica. As coordenadas eram de uma pista clandestina, provavelmente usada por traficantes, e nela estavam os destroços de um avião roubado. Havia sinais de luta.

Em outro episódio, perto das terras da Mineração São Francisco, numa estrada abandonada que liga a cidade de Colniza, no Mato Grosso, com Humaitá, no Amazonas, a Polícia Federal recebeu denúncia de que ali funcionava um laboratório de cocaína do grupo de Pablo Escobar. Segundo a denúncia, ia ser feita a entrega de uma tonelada de cocaína, com pagamento em dólares, e os traficantes chegariam com o dinheiro em dois aviões Learjet.

No dia indicado, a Polícia Federal armou uma operação de guerra para prender a quadrilha, contando com a ajuda das polícias militar e civil de Mato Grosso. Quando chegaram ao local, os traficantes estavam mortos. Parece que houve luta entre grupos e a polícia encontrou a droga e o laboratório incinerados.

Uma lancha explodiu no porto de Manaus, com dois cientistas que iriam estudar a flora amazônica. Logo depois, uma fonte anônima informou à imprensa que esses cientistas tinham feito treinamento de guerrilha em Cuba. Não se sabe quem explodiu a lancha e quem passou a informação à imprensa, mas a fonte estava certa. Os cientistas e a lancha tinham documentos falsos.

Em Roraima, um avião com seis agentes da Polícia Federal desceu no aeroporto de Boa Vista para abastecer. Sua missão era destruir pistas clandestinas de pouso dentro da reserva Ianomâmi na fronteira com a Venezuela e que serviam para o tráfico. Enquanto abasteciam, chegou uma patrulha do Exército, que cercou o avião e prendeu seus passageiros. O avião havia sido roubado e os federais eram falsos. A informação fora dada pessoalmente por um agente do Serviço Secreto do Exército, que desapareceu logo em seguida.

Outros fatos foram catalogados e todos mostravam uma lógica imperturbável em várias direções.

O general nunca se esquecera daquela lei de geometria de que, conhecendo-se dois pontos, traça-se uma linha reta até o infinito. Ali havia muitos pontos com os quais se podia traçar várias linhas retas. A seqüência de episódios não podia ser mera coincidência. Mas o que seria então? Quais pontos seguir?

Atrás de uma lógica para isso, foi criando linhas de raciocínio. Uma dessas linhas indicava que alguém se apoderava do resultado de operações ilícitas, principalmente o tráfico de drogas. Com paciência, foi colhendo informações, juntando os pauzinhos e chegou a uma conclusão surpreendente. Era possível que um grupo organizado estivesse ajudando a prender traficantes, mas ficava com o dinheiro deles.

Não foi difícil concluir sobre a Confraria. Foi um achado espantoso. Nem mesmo os órgãos de segurança ou de informações sabiam dessa Confraria, camuflada no meio da selva. E era como um presente do céu para os propósitos do Exército de criar a "Resistência".

A Confraria apoderava-se do dinheiro, das armas e dos aviões de traficantes e contrabandistas, e depois os entregava à polícia. Com isso, ela auferia volumosa receita para cobrir suas despesas e formar um exército particular. Não tinha certeza, mas devia ser uma organização patriótica.

Mas por que então não procuravam auxílio do governo? Essas indagações estavam sem resposta. Será que esse grupo tinha informações que comprometiam pessoas ou órgãos oficiais?

Assustou-se, de início. Aquilo não era ético, e era ilícito. A defesa do país devia assentar-se sobre bases morais. Chegou a pensar em acionar os órgãos de segurança para investigar a fundo essa tal confraria. O Comando Militar da Amazônia, o Comam, com sede em Manaus, devia ter meios de chegar até ela. Depois pensou que era melhor ele próprio tentar contato, sem alertar outros órgãos ou instituições.

Não era tão simples. Andou fazendo perguntas. Arriscou palestras em faculdades, entidades de classe e setores de segurança sobre o potencial da Amazônia e a sua importância para o país. Deixou escapar frases como isca, mas não adiantava. Essa organização, fosse lá o que fosse, não aparecia. Mas ela tinha de saber que o seu interesse era apenas ajudá-la. Não podia desanimar.

Outras linhas de raciocínio iam em direções perturbadoras. Não se atrevia a levar suas preocupações a escalões mais altos. O instinto obrigava cautelas. E se o Ministério da Defesa não acreditar nas suas suspeitas? Poderiam não tomá-lo a sério e, nesse caso, seria substituído em seu posto e certamente interromperiam iniciativas que já vinha adotando sigilosamente para esclarecer as dúvidas que o corroíam. Não se importava com o cargo. Talvez fosse mesmo o momento de parar, mas o instinto o alertava sobre alguma coisa muito séria que poderia ocorrer e era preciso continuar investigando.

Chegou a semana da Páscoa dos militares. Não era católico praticante, mas a função impunha certas obrigações, e ele estava lá de novo estudando o estranho desenho daquela arquitetura. A catedral de Brasília talvez seja a única do mundo que não tem jeito de catedral. Também, não fora construída para ser catedral. Oscar Niemeyer projetou um templo ecumênico, e Brasília seria a única capital do mundo cristão a não ter catedral. Logo o Brasil, com uma grande população católica!

O interessante é que a construção de Brasília gerou um impasse para o projeto. O Estado não tem religião e não podia financiar a obra. A solução foi decretar a catedral como patrimônio de interesse público, e o governo militar pôde, assim, destinar verbas para a sua construção.

Uma ou outra cerimônia o obrigava a nela entrar. O simbolismo daquele templo era uma das maiores incoerências de Brasília. A cúpula foi inspirada na Estátua da Liberdade, mas a catedral acabou sendo dedicada à Nossa Senhora Aparecida, padroeira do Brasil.

A catedral de Brasília não tem a nave das outras igrejas, mas um amplo espaço circular que fica pouco abaixo do nível do solo. Um grande ovo no vitral azul, atrás do altar, simboliza o útero e os doze anjos em vitrais colocados em diagonal mostram a Anunciação de Nossa Senhora.

Para entrar na igreja, o fiel passa por um túnel meio escuro, chamado de "zona de meditação", que o prepara para se encontrar com a claridade interna que suplanta qualquer gótico no mundo.

Estava à paisana. Não se sentia bem quando entrava na igreja com farda e aquelas condecorações no ombro. É bom ser humilde perante Deus, pensava ele. O dia era reservado para a confissão dos militares. Não havia muitos. Ultimamente as pessoas comungam sem se confessar. Já teve a pachorra de contar quantas pessoas comungam numa missa e chegou à conclusão de que não havia padre para todos se confessarem. Mas ele achava importante manter seus princípios religiosos.

Era um privilégio poder confessar-se e comungar naquela igreja. Sempre saía de lá com um sentido novo de vida. A "penumbra da meditação" e logo em seguida o esplendor irradiante da luz e do renascimento dos vitrais eram tocantes. Incomodava-o a pieguice que tomava conta dele nessas horas, mas, afinal, quem não é emotivo neste mundo?

Chegou a sua vez. O confessionário era de madeira, estilo moderno, mas ainda daqueles em que o padre ficava dentro e o penitente se ajoelhava do lado de fora. Havia dois confessionários logo na entrada à direita. Não entendia muito essa história de pecado, nem acreditava que qualquer padre pudesse perdoá-lo pelo que fez de errado. Mas sentia-se bem, como se estivesse realmente diante de Deus, menos porque acreditava, mas porque recordava os tempos de criança, quando ia à missa nas manhãs de domingo.

Entrou no confessionário e notou que não havia padre. "Estranho", pensou. Tinha visto uma pessoa se confessar ali e essa pessoa estava agora ajoelhada num dos bancos para cumprir a penitência. Não demorou muito e apareceu outro padre. Um monge? Encapuzado? Parecia beneditino, o capuz escuro lhe escondia o rosto, mas pôde ver o olhar penetrante e firme de um representante de Deus que parecia mesmo estar dotado de poderes sobrenaturais para livrar o mundo dos seus pecados.

O novo padre fez o sinal-da-cruz e disse com voz calma, estudada e misteriosa:

– Meu filho, Deus sempre dá respostas para perguntas bem-feitas.

Não eram palavras para começar uma confissão e entendeu logo que ali estava o contato que vinha buscando. Por que será que se lembrou de Bocage, o poeta português? São injustas as piadas que fazem sobre esse grande poeta. Lembrou-se da história que seu pai contara quando ainda era criança.

Parece que a rainha de Portugal não suportava mais as irreverências de Bocage com a Corte. Numa audiência, a rainha disse a Bocage que ia fazer-lhe duas perguntas. Se ele errasse apenas uma delas, seria enforcado, e então perguntou: "Qual é a melhor parte da galinha?" Bocage respondeu: "O ovo". Tempos depois, num baile no palácio, a rainha se encontrou com Bocage e perguntou de repente: "Com quê?" E Bocage respondeu prontamente: "Com sal".

O cargo que ocupava não permitia distrações, e assim respondeu ao monge:

– Mas existem perguntas bem intencionadas para as quais está difícil uma resposta.

Foi a melhor confissão de sua vida. Saiu de lá com a sensação de estado de graça. Tinha certeza de que se confessara com o mestre da Confraria, que talvez nem fosse padre, mas a absolvição fora tão convincente, que ele comungou assim mesmo. A Confraria estava fazendo trabalho policial, sem custos para o governo, e ao mesmo tempo defendendo a integridade nacional. Mas não foi só por isso que o general saiu satisfeito de lá. A idéia de um trabalho paralelo, extra-oficial, também o agradou.

Com poucas palavras e dentro do tempo de uma confissão normal, recebeu as explicações que buscava e estabelecera os meios de contato.

Isso se encaixava muito bem dentro da filosofia de "resistência". O Exército tinha consciência de que não podia suportar ataques de potências como os Estados Unidos e a Organização do Tratado do Atlântico Norte, Otan. Mas a guerra do Iraque, onde grupos de insurgentes continuam resistindo até hoje e enfrentando os melhores exércitos do mundo, renovou os planos de se criarem grupos de resistência, como no Iraque e no Vietnã, para desencorajar o inimigo.

Pensava nisso agora, em pé diante da porta, com a mão na maçaneta, e sorriu satisfeito.

Respirou fundo, abriu a porta e saiu. Sempre levava uma pasta pequena de documentos de dissimulação. A sua secretária e chefe do gabinete já estava pronta. Ela sabia que, quando ele punha a mão na maçaneta, ainda dava tempo para passar batom e ajeitar o cabelo.

Ela também já estava de pé, a mesa em ordem, as gavetas trancadas, a roupa ajeitada. Gostava da sua ordenança. Era a mais eficiente de todas as pessoas que com ele trabalhara. Capitã do Exército, exímia atiradora, lutava artes marciais como poucos e tinha raciocínio brilhante e rápido. Por trás daquele batom de secretária, havia uma arma segura e confiável.

A Abin fica no setor militar de Brasília, uma grande área no caminho do aeroporto, onde também está o setor policial. Evitava sair logo após o expediente por causa do trânsito. Preferia ficar até mais tarde porque sempre sobravam problemas que não pôde resolver durante o dia. Tinha a vantagem ainda de menos telefonemas e interferências.

Como homem de segurança, não gostava de ficar preso no meio de carros e sem opções para sair de eventual perigo. Já eram mais de oito horas e o trânsito fluía bem. O motorista era primeiro-tenente com vários treinamentos para situações de risco.

Passaram pela portaria, onde os controles não poupavam nem os mais graduados, e tomaram a avenida, passando em seguida por baixo de um grande viaduto, e retornaram em direção à cidade. Não faziam o mesmo percurso todos os dias e desviaram para a direita, como se estivessem indo para o setor das embaixadas.

A rua era arborizada de ambos os lados e também servia de corredor de ônibus. Brasília fora planejada para ter poucos carros particulares e mais transporte público. Projetada para apenas quinhentos mil habitantes, já conta hoje com quase três milhões, e o transporte público praticamente não existe. Foi preciso abrir viadutos para passar por cima ou por baixo daquelas largas avenidas. Estavam se aproximando de um deles, quando viram o enorme caminhão que vinha na contramão, em alta velocidade.

Eles mantinham a direita, e o caminhão parecia uma dessas caçambas de misturar concreto para construção. Talvez o motorista estivesse bêbado e entrara na contramão, sem perceber, mas não havia tempo para descobrir o que estava acontecendo naquele momento. O enorme veículo aumentou a velocidade e foi de encontro a eles. O perigo era real e a previsibilidade do choque iminente antecipava a angústia do impacto.

Já estavam praticamente em cima do viaduto, e no espaço entre o meio-fio e o *guard-rail* não cabia o carro. O tenente não viu outro jeito senão passar para a esquerda e deixar que o caminhão transitasse pela mão que vinham ocupando. Na hora em que quis mudar de pista, outro caminhão saiu da rua que dava acesso ao viaduto e ocupou o seu lado esquerdo e ele retornou para onde estava.

Iam bater de frente com o caminhão que vinha em cima deles. A capitã gritou: *"Pule, general!"* E, dizendo isso, abriu a porta do carro e se jogou sobre o passeio, agarrando-se nas plantas que o ornamentavam. O tenente conseguiu frear o carro e, com essa manobra, o caminhão da esquerda adiantou-se e ele desviou, aproveitando o vazio que o caminhão deixou, mas ficou meio atravessado na rua para fazer essa manobra, e a enorme caçamba de concreto pegou-o de lado, jogando-o para o alto.

Horrorizada, ela viu o carro voar, fazer uma cambalhota e cair de rodas para cima, bem de frente com o caminhão que continuou acelerado, arrastando-o na avenida. Os poucos carros que passavam não conseguiam desviar-se, chocando-se uns contra os outros.

O caminhão, que parecia blindado, pois nada aconteceu com ele, parou de repente, a uns vinte metros de onde ela estava, e um motorista aparentemente assustado pulou da cabine e saiu correndo por uma rua lateral.

Nesse instante, o carro do general explodiu e o incêndio espalhou-se. A capitã conseguira arrastar-se, rolando pelo barranco que ia dar no viaduto e estava a ponto de desmaiar, mas fez um esforço enorme e se controlou. Não tinha como socorrer o general, ela pensou. Provavelmente já estaria morto. O carro explodira e espalhara fogo pela rua incendiando outros carros.

Fora treinada para todas as circunstâncias de perigo, mas não estava preparada para essa catástrofe. Fora tudo muito rápido e aquele episódio estava esquisito. Olhou bem a cena e percebeu que o motorista do caminhão que batera contra o carro do general saíra correndo no meio das árvores e fugia para os lados da Av. W3, onde havia mais movimento.

Começou a correr para tentar alcançá-lo, mas ele tinha ganhado distância e mostrava estar bem treinado. Ela também estava em forma e saiu no encalço do motorista. "Vou alcançá-lo", pensou. O motorista conseguiu atravessar a área aberta da praça e chegou até a rua do outro lado. Ela estava em desvantagem, mas acelerou e passou a correr em maior velocidade. Nisso, apareceu uma viatura da Polícia Militar que se aproximou do motorista. "Graças a Deus, chegou ajuda e esse acidente precisa de explicações", concluiu.

A viatura parou perto do motorista e desceram dois policiais com as armas apontadas como se fossem prendê-lo, mas a capitã viu o motorista entrar rapidamente na viatura, como se já a esperasse. "Não é possível", refletiu.

Os policiais voltaram as armas em sua direção e começaram a atirar, mas ela jogou-se de lado e rolou pela grama ainda seca pelo sol que acabara de se pôr. A viatura deu meia-volta e passou para o outro lado da avenida saindo em velocidade.

Aprendera a não ter emoções nas situações de perigo. Era preciso raciocínio e agilidade. Os sentimentos trabalham em favor do inimigo. Tudo indicava que aquilo não fora simples acidente. Aquelas cenas tinham sido bem planejadas, e ela também era um dos alvos. O que fazer? Aqueles policiais podiam não saber que ela havia pulado do carro, apesar do uniforme. Podiam imaginar que era uma espectadora casual, mas o motorista iria informá-los. Com certeza eles voltariam para eliminá-la, se ficasse ali.

Este livro foi composto em Minion 11/16
sobre papel Polen Soft 80g/m².